노장선역, 동아시아 근원사유

노장선역, 동아시아 근원사유

오 태 석

역락

머리말

　당송팔대가의 영수인 한유(韓愈)는 <사설(師說)>에서 "도를 전하고[전도(傳道)], 학문을 닦게 하며[수업(授業)], 미혹된 것을 풀어내는[해혹(解惑)]" 것이 스승의 일이라고 했다. 동아시아 문화권에서 20세기 중반까지 이러한 가치관은 그런대로 존중되어 온 편이다. 그러나 서구 산업혁명과 함께 전개된 근대화와 20세기 초 상대성이론과 양자역학으로 대표되는 현대과학혁명 및 급속한 과학기술사회로 진입하게 된 오늘날의 상황은 전과 같지 않다.

　그러면 네트워크 기반의 지식혁명이 진행되고 있는 오늘날 인문학은 어떤 자세를 취해야 할 것인가 하는 문제가 대두된다. 본서는 동아시아 인문학이 지녀야 할 시대적 지향, 그리고 개인적으로는 청년기부터 품어온 세계진리에 대한 궁금증에 다가가기 위한 학문적 접근이라고 하는 두 가지 문제의식에서 동아시아 문명의 근원적 사유 기반인 주역, 노자와 장자, 그리고 중국화한 불교인 선학을 중심으로 그것의 과학적, 철학적 재해석을 시도한 첫 번째 책이다. 전체의 내용은 주역, 노장, 선학, 그리고 문학의 4부에 15편의 글을 나누어 실었다.

　본서에서 유학을 깊이 다루지 않은 이유는 인학 중심의 유학이 노장 선역과는 결이 다르기도 하려니와, 송 이후로는 기존의 다른 사유체계를 상당 부분 흡수하여 성리학, 양명학, 고증학으로 자기 확장성을 보이며 혼종적으로 진행된 부분이 있어서이다. 이러한 이유로 본서에서는 삼가 융합적인 성리학의 주체인 송대 사대부 의식을 선학과의 교감이라고 하는 측면에서만 다루었다.

본서의 제목이기도 한 '노장선역(老莊禪易)'의 주제들은 어느 정도 공유적인데, 그것은 동아시아 사유가 지니는 내적 요소들의 상호추동성과 총체 전일의 관점이다. 이를테면 주역 음과 양의 질적 주고받기, 또는 노장의 보이는 것과 보이지 않는 것 간의 유무상생적 왕래와 병작 양행의 사유, 그리고 선학과 문화 외연과의 장르적, 심미적, 계층적 상호 차감(借鑑) 같은 것이 그것이다. 실상 세상만물은 어느 하나로만 추동될 수 없다. 이것과 저것이 서로 주고받으며 앞을 향해 나아간다. 그런 점에서 동아시아 근원사유가 보여주는 서로가 서로에 기대며 나아가는 내적 추동과 총체 관점은 우주 본질에 부합된다.

편차는 먼저 제1부 '은유와 유동의 기호학, 주역'에서 동아시아 근원사유의 특징을 가장 잘 드러내는 주역 음양론을 기호학의 관점에서 풀어보고, 동태 사건인 효(爻)와 그것의 상 맺음인 괘의 의미를 전통과 현대적 관점의 비교를 통해 재해석했다. 다음으로는 태극의 중심선을 미분으로 풀어 점복의 의미에 연결했으며, 문학예술의 음양 상보의 심미와 함께, 전통 의학과 생활역학의 음양론을 상호 공명의 칼 융의 동시성 원리로 설명하였다.

제2부 '초월·해체·역설의 사유, 노장'에서는 노장의 세계인식을 과학철학적으로 고찰했다. 노자 제1장의 "도가도(道可道) 비상도(非常道)"론을 중심으로, 유와 무, 그리고 현동(玄同)과 충(沖)의 의미를 해체와 과학철학의 관점에서 풀었다. 그리고 장자에서는 다소 종교성 강한 초월과

해체의 인식론적 사유를 풀고 호접몽의 물화를 논했다. 그리고 다시 노장을 비교하며 동이점을 따졌다. 노장에 대한 해석 과정에서 상대성이론과 양자론의 과학철학적 의미를 양가성(ambivalence)에 주목하며 접목했다. 'in·ex·ist'한 존재의 의미나 영(0)의 무극과 태극에 대한 양자수학적 논의 같은 것이 한 예이다. 글을 작성한 순서에 따라 우언으로 풀이한 장자를 앞에 두고, 운문인 노자를 뒤에 두었다.

제3부 '중국선과 이선심미'에서는 불교의 중국 전래와 혜능부터 시작된 각종 중국선을 소개했으며, 이후 송대 선학과 시의 만남으로 형성된 시선(詩禪) 교융의 문예심미, 원형 표상이 강한 한자와 중국선의 만남으로 이루어진 의경론, 안사의 난 이후 형성된 당송 사대부 문화의 혼종적 이중적 심태와 그 문학적 구현, 그리고 송대 이선심미(理禪審美) 형성 등을 다루었다. 이 과정에서 죽림칠현과도 다른 도연명적 시은(巿隱)의 송대적 부각의 의미, 중국사 전개의 삼박자 모형 등도 함께 다루었다.

제4부 '에레혼(erewhon)의 감성 여정, 중국시'에서는 세계본질의 이해와 융합학문의 필요성을 논하기 위한 기초적 글로서 '존재, 관계, 기호의 해석학'을 앞에 두었다. 그리고 '한시의 뫼비우스적 소통성'에서는 진리 발견을 향한 동아시아 문학적 여정이란 각도에서 한시를 재조명했다.

필자는 청년기 중국시에서 학문의 여정을 출발해 박사를 받고, 이후 중국문학비평을 거쳐 이제는 현대물리학을 위시한 자연과학과의 접목으로 옮겨가고 있으며, 본서는 학제간 융합연구의 처음 10년의 결실이다. 아직 충분히 익지 않았거나 단편적인 내용들이 더러 보이는 바, 이에 대한 독자 여러분의 가르침을 바란다. 필자는 2016년부터 뜻을 같이하는 중국학 연구자들과 함께 '동아시아과학철학회'를 운영하고 있다. 20세기부터 급발진하기 시작한 현대과학의 거시 흐름을 인문학이 더 이상 외면할 수 없을 뿐만 아니라, 동아시아 사유와도 상관도가 크기 때문이다. 연구 외연을 확장 접목할 수 있다면 새로운 학문분야로 커나 갈 수도 있다고 생각한다. 향후 동아시아 인문사유와 과학의 재해석을 통한 접목이라고 하는 메타 융복합적 인문학의 꽃이 활짝 피어나기를 기대한다. 끝으로 오늘에 이르기까지 내적 지원을 아끼지 않아온 어머 니와 아내, 그리고 필자의 여러 책을 내준 역락출판사에 감사드린다.

2017. 9. 저자

차례

II. 초월·해체·역설의 사유, 노장

III. 중국선과 이선심미

IV. 에레혼의 감성 여정, 중국시

I.
은유와 유동의 기호학, 주역

01 주역 기호학의 표상체계

1. 주역과 음양기호

주역 음양론은 음과 양 두 상반된 기호 간의 상호 추동을 통해 확장 구현되는 동아시아적 세계 표상의 논리체계이다. 이러한 사유는 중국을 비롯한 동아시아 문화의 핵심 특징이며, 생활역학과 각종 프랙털적 함의는 물론 현대과학과도 접점을 보이는 등 여전히 유효한 해석학적 파급력을 보여주고 있다. 당초 점복과 관련되어 출발한 음양 사유는 공자는 물론 노장에서도 강력한 저류를 형성하고 있지만, 후에는 인도에서 유래하고 중국선으로 정착한 불교의 반야 공관(空觀)이나 화엄(華嚴)의 연기(緣起)설과도 만나며 그 문화적 해석력을 확장 강화해나갔다. 이렇게 각종 사상, 문화, 예술, 의학, 풍속에 대한 영향은 물론, 20세기 양자역학으로 대표되는 현대물리학의 관점에도 일정한 참조체계로 작용하고 있는 주역 음양론의 재해석 작업은 동아시아 사유의 화수분으로서

의미 있는 일이다. 그런 의미에서 이 책은 바로 주역과 노장 사유를 중심으로 한 동아시아 근원사유에 대한 새로운 독법의 제시를 위한 탐색적이며 과정적 의미를 담고 있다.

주역 음양론과 관련하여 필자는 이 책 15편 중 총 4편에 걸쳐 논의할 것이다. 그것은 (1) 음양에 대한 기호학적 접근과 그 시적 속성, (2) 주역 음양론의 표상 체계에 대한 두 가지 관점적 해석 및 괘·효의 여정, (3) 태극의 중심선을 통해본 기미와 현상 간의 미분철학적 함의, (4) 음양론의 문화적 확장 양상이다.

주역 음양론의 도입이 되는 이글에서는 간략히 다음 두 가지 사항을 고찰한다. 먼저 음양 두 기호와 그 순열성이 지니는 기호학적 의미망을 알아본다. 그리고 다음으로는 구체적 진술이나 명시적 언명이 아닌, 기호에 근거한 은유상징의 비유가 왜 필요한지 열린 해석을 향한 해석학적 지평확장의 측면에서 생각해본다.

사실 주역에 대해서는 오늘에 이르기까지 수천 년간 한중일 삼국 및 주역 이진법을 공감한 라이프니츠(G. W. Leibniz, 1646-1716) 등 서구 학자들에 이르기까지 상수, 의리는 물론이고, 생활역학 및 물리학과의 학제간 융합 등 다양하고 광범하게 접목 활용되고 있다. 이에 관해서는 많은 관련서가 있으므로 이 책에서 다시 같은 설명을 할 생각은 없다.

필자는 금세기 들어 인간의 삶을 둘러싼 세계의 본질적 규명의 중요 요소인 존재와 언어의 문제에 대한 학리적 탐구를 시작했는데, 이러한 생각은 필자가 대학시절부터 생각해온 과제이기도 하다.[1] 그것은 동아시아 문명사유의 근원적 토대를 이루는 주역과 노장을 제대로 보아야

---

1) 이에 관한 내용은 제14편 <존재, 관계, 기호의 해석학>을 참고.

한다는 생각에서 기인한다.

이글에서 필자는 주역의 표현 방식과 그 의미 지향 체계에 대하여, 그것을 구성하는 형식적 양상으로서의 주역 음양기호의 확장과 분화를 기호학적으로 바라보고자 한다.[2] 그 방법론적 여정을 부연하면 언어의 한계너머 존재하는 기호의 다층적 의미 작용, 그 표상 체계를 둘러싼 문제들, 시적 속성, 한계와 혼융성 등에 관하여, 서구 언어철학과 시학적 관점들이다.

이제 주역 기호학의 이론 고찰에 해당되는 이글의 주안점을 개괄한다. 다음 장인 제2장에서는 기호의 텍스트성이라고 하는 일반 기호학 이론 및 언어철학의 담론에서 바라본다. 구체적으로는 소쉬르, 퍼스, 야콥슨의 이론이 기초하여 주역 음양기호의 속성을 이해하고, 그것이 지니는 함의를 생각한다.

제3장에서는 주역 표상체계 즉 동아시아 사유의 가장 큰 특징인 주역 음양론의 기호와 코드의 텍스트성을 기호학 관점에서 대비 관찰한다. 도상과 기호들을 통한 명제 선언성, 모호성의 포괄적 함축을 지니는 권위와 시적 속성, 주역 체계의 무한 확장의 속성을 논한다. 이어서 음양 유비의 상관 사유, 유추, 대립, 보완, 변화, 확장, 순환의 특성들을 대비적으로 개관한다. 이와 함께 역의 기호 체계를 '태극[◐], 양의(兩儀)[--－], 사상(四象)[≡, ≡≡, ≡≡, ≡≡],[3] 8괘, 64괘 및 무한괘'로의 분화 확장과 함의[4] 및 프랙털적 속성을 고찰한다.

---

2) 주역 서장인 이글의 주안점은 주역 세계관의 해석학적 의미에 있지 않고, 음양에서 시작하여 확장 변용되어 나아가는 주역의 표상 체계의 외적 특징과 표상 방식을 기호학적으로 설명한다.

3) 사상의 구체적 명칭은 太陽[노양≡], 少陰[≡≡], 太陰[노음≡≡], 少陽[≡≡]이다.

4) ≪周易·繫辭傳(上)≫, "易有太極, 是生兩儀, 兩儀生四象, 四象生八卦."

2. 음양의 기호적 속성과 텍스트

주역이 음과 양의 기호를 통한 세계 표상이라고 한다면, 먼저 기호학의 이론적 토대를 이해할 필요가 있다. 학문으로서의 기호학은 유사한 생각을 지니며 19세기말 동시대를 살았던 소쉬르(Saussure, 1857-1913)와 퍼스(Peirce, 1839-1914)를 통해 시작되었다. 이 두 사람은 각기 유럽 언어학과 미국 화용론이라고 하는 서로 다른 지적 토대를 지니고 있으며 학문적 교감은 없었던 것으로 보고 있다. 두 사람의 이론은 서로 다른 학문적 배경에 따라 이론을 체계화하였고, 기호학 이론가들은 이 둘의 견해를 통합하려는 움직임도 있었다.5)

소쉬르는 기호는 기표(Signifiant, Sr.)와 기의(Signifié, Sd.)의 자의적인 결합으로 이루어졌으며, 이미 약속된 관습과 같이 고정적 속성을 지닌다고 생각했다.6) 반면 퍼스는 기호란 다른 무엇을 인지적으로 대신하는 것이라고 했다. 이렇게 되면 기호는 '가리키고자 하는 것의 등가화된 약호'가 된다. 퍼스는 기호란 대상을 표상하지만 대상과의 동기화 속에서 부단히 생성 변형된다고 생각한다는 점에서 기호의 자의성을 말하되 고정적인 것으로 보는 소쉬르와는 구별된다.7) 실상 모든 기호에 있

---

5) 송효섭, 《문화기호학》, 아르케, 2001, p.29 및 p.51.

6) 소쉬르의 강의를 들은 학생들의 노트를 제자인 샤를르 바이이(Bally)와 알베르 세슈에 (Sechehaye)가 편집한 《일반언어학 강의》(1911-1913)에서는 기표와 기의의 관계를 이렇게 설명하고 있다. "기의와 기표를 연결하는 끈은 임의적이다. 우리는 기표와 기의가 연합해 만들어내는 전체를 기호로 보기 때문에 언어기호는 임의적이라고 표현할 수 있다." 소쉬르는 기호의 임의성이 존재하는 이유는 "한 사회에서 수용되는 모든 표현 수단이 근본적으로는 집단의 습관, 즉 관습에 근거하기 때문"이라고 했다.(루디 켈러 저, 이기숙 역, 《기호와 해석》, 인간사랑, 2000, pp.190-191) 언어학에서는 '자의적'이란 말을 더 선호한다.

7) '동기'(motivation)란 기호와 그것이 표상하는 대상체 사이의 유사한 정도를 나타내는 말이다.

어서 표현의 단면과 내용의 단면 사이의 상호 관계는, 보편적이며 불변하는 대응관계를 형성하는 것이 아니라, 기호 자체의 문제와 함께 문화나 관습 또는 태도 등 기호 전달 여건에 따라 상당히 유동적으로 해석된다.[8)]

이렇게 볼 때 소쉬르가 말한 자의성은 고정적 여건에서 오는 의미부여의 자의성을 말한 것이기는 하나, 이를 시간 사건의 자의성으로까지 확장시켜 나아간다면, 비록 양자의 토대와 출발이 다르기는 하지만 소쉬르와 퍼스의 학리적 접점이 불가능한 것만도 아니라고 할 수 있다. 이렇게 되면 기표와 기의 사이에는 상호 유동적이며 불안정한 상관관계가 형성된다고 할 수 있다.[9)] 여기서 기호 해석에 관련된 기호 의미의 다중성이란 역동성이 전개 가능해진다. 주역 기호의 표상 체계를 논할 이글은 바로 기호 해석의 이와 같은 상호 도출 과정에 주목하고자 하는데, 이것을 기호의 텍스트화 과정이라 할 수 있을 것이다.

그러면 주역은 어떠한 성격의 기호성을 띠는가? 먼저 퍼스가 말한 기호의 유형을 보면 기호에는 '도상 기호(icon), 지표(指標) 기호(혹은 표시 기호 index), 상징 기호(symbol)'가 있다고 했다. ① '도상'은 기호와 대상체가 양자간의 실체적 유사성에 기반한 상을 가지는 기호로서, 교회의 종탑이나, 태양, 달, 눈을 가리키는 일(日), 월(月), 목(木), 천(川) 등의 상형

---

8) 김운찬, <기호와 거짓말> : 신현숙·박인철 편, ≪기호, 텍스트, 그리고 삶≫, 도서출판 월인, 2006, pp.9-10.
9) 퍼스는 기호가 대상을 드러내고, 그 기호가 전달되어 새로운 해석소를 생성하는 과정은 어느 한 지점에 머물지 않고 끊임없이 생성해내고 있다고 본다. 그래서 그는 해석소를 대상에서 대상의 해석 이전에 존재했을 것으로 생각되는 '직접적 해석소', 해석자가 대상을 통해 실제 산출해내는 '역동적 해석소', 그리고 기호가 지속적인 해석의 확충을 통해 궁극적으로 도달하는 '최종적 해석소'라고 하는 3종의 해석소로 나누어 설명한다.(송효섭 엮고씀, ≪기호학≫, 한국문화사, 2010, p.17)

문자가 그러하다. 도상 기호는 비록 그것의 대상체가 존재하지 않는다고 해도 그것을 의미 있게 만드는 성격을 가진 기호이다.10) ② '지표'의 사전적 의미는 '방향이나 목적, 기준 따위를 나타내는 표지(標識)'란 의미로서, 기호학에서는 상호 물리적 인접성을 통해 지시 대상과 실존적이며 인과적 연계를 이루는 기호이다. 불과 연기, 비와 구름, 부유함과 손가락에 낀 다이아몬드, 감기와 콧물 또는 재채기, 지능 정도를 나타내는 IQ, 국내총생산으로 한 나라의 경제적 상태를 드러내는 GDP 등은 모두 지표 기호이다. 지표 기호는 대상체와 공통의 성질을 지니고 그 대상의 영향을 받는 기호이다. ③ '상징'은 문화적 약속에 의하여 자의적으로 선택한 (기호에) 의미가 부여된 기호로서, 학교의 마크, 대부분의 숫자와 언어들이 이에 해당된다. 상징 기호는 주로 연상 법칙에 따라 그것이 표상하는 대상체로 귀결되는 기호이다. 상징 기호는 해석체가 없으면 기호로서의 의미를 상실하는 기호이다. 상징 기호로서의 정의, 어머니, 진선미 등이 의미하는 상징적 의미들은 우리가 만든 것이라기보다는 사회적 관습에 의해 주어진 것으로 본다. 기호와 대상체 사이의 유사 정도를 동기(motivation)라고 하는데, 도상은 동기성이 높은 반면 상징은 동기화가 상대적으로 약한 비동기 기호이다.11)

또 세계적인 기호학자 벵베니스트(Emile Benveniste)는 기호의 적용 범주를 '언어기호, 도형기호, 사회예절기호, 외적 기호, 종교기호, 예술기호'로 나누어 대부분의 인간 행위를 거의 포괄하고 있다. 소쉬르나 퍼스 역시 우리 생활 주변의 '모든 것이 기호'라고 했는데, 이렇게 본다면

---

10) 찰스 샌더스 퍼스 저, 김성도 편역, ≪퍼스의 기호 사상≫, 민음사, 2009, p.155.
11) 김경용, ≪기호학이란 무엇인가≫, <용어해설>, 민음사, 1994, pp.316-328 참조. 그러나 이 비동기성도 사회적 관습에 따라 본래는 약했던 것이 결국 강하게 작용되기도 한다.

실상 대부분의 우리의 삶은 광의의 기호로 가득 차 있다. 우리가 개별적 사유 경험을 통해 기호의 울타리를 넘으려고 하면 기호는 또 그만큼 자신의 지평을 넓혀, 우리를 기호의 세계에 가두어 버린다.12)

한편 구조주의 언어학자 야콥슨(Roman Jakobson, 1896-1982)은 소쉬르와 퍼스를 비판적으로 수용하며 시학의 응축적 기호성을 강조한 20세기 최고의 언어학자이다. 그는 소쉬르의 자의성 이론을 비판적으로 바라보며 언어기호의 도상성에 주목했다.13) 야콥슨은 주역의 음양론적 사유 방식과 관련하여 음운에 관한 논의 중에 포(Pos)의 말을 인용하여 "대립은 고립된 사실이 아니라 구조의 원리이며, 대립에 의해 상이한 것 두 개가 결합하나 어느 하나가 없으면 다른 하나도 인지되지 않는다."고 했는데, 이와 같은 서구 학자들의 상관 사유는 주역 음양론의 관계론적 사유와 닿아 있다는 점에서 흥미롭다.

이상에서 보더라도 기호의 유형과 분류는 매우 다양하게 전개되고 있으며, 나름의 이론 근거를 가지고 있어 어느 하나로 확정하기 어렵다. 기호학이 발달한 프랑스의 ≪르 그랑 로베르≫ 사전에 정의된 '기호'의 뜻을 설명한 것들 중 주역 기호와 관련하여 소개하면 '지표, 표상, 증상; 추상적 주체를 지시하는 간단한 그래픽 형태; 상징 또는 암시적으로 사건, 가치를 표상하는 구상적 비구상적 실재' 정도의 의미가 관련이 있는 것으로 보인다. 현대 기호학의 대부이며 생명기호학(biosemiotics)을 제창한 시비억(Sebeok)은 '대상-기호' 간의 표현 방식과 근접 강도를 참조하여 기호를 '신호, 증상, 도상, 지표, 상징, 이름'의 6종으로 분

---

12) 앞의 책, pp.40-60.
13) 야콥슨, <언어의 본질에 대한 탐색>(*Language in Literature*, eds. Krystyna Pomorska & Stephen Rudy, The Belknap Press of Harvard University Press, 1987, pp.413-427), ≪문화기호학≫, p.105 재인용.

류하기도 했다.14) 이글에서는 기호학의 일반 유형으로 인식되는 도상, 지표, 상징 기호를 중심으로 주역 음양기호[--, —]의 갈래를 생각해본다.

음양기호는 그 시원이 확실치 않다. 다만 하늘과 땅, 해와 달, 남과 여 등 강함과 부드러움이라고 하는 상호 대비되는 속성을 지닌 것들의 실체의 유사성에 기초한 모양을 본뜬 것으로 볼 경우 이는 도상기호에 가깝다.15) 그렇다면 음양기호는 대상에 가깝다는 점은 있으나, 구체적 사물의 묘사는 아니므로 도상기호로 보기엔 무리가 있다.

다음으로 지표와의 관련성 여부를 본다. 음양기호는 '연기와 불'과 같이 물리적 인과성이 있지는 않으나, 기호가 가리키는 대상과의 상호 인접적인 메시지 기능이 엿보인다는 점에서 어느 정도 지표적 성격도 조금은 띠고 있다고 할 수 있다. 또 다른 관점에서 보면 한자의 구성 원리인 육서(六書) 중의 지사(指事)와 유사하다는 점에서도 지표성은 조금은 인정된다고 생각된다. 하지만 음양기호의 시원을 알기 어려운 만큼 확정하기 어렵다.

이번에는 음양기호가 자의적 의미 부여의 속성을 지닌 상징 기호인가에 대하여 알아보자. 음양기호가 비록 단순하지만 자연적 생성이 아닌 형식적이고 인위적인 고안의 흔적이라고 본다면,16) 음양기호는 상징 기호에 대해서도 열려 있다. 음·양 기호는 하늘과 땅, 해와 달, 낮과 밤, 강함과 부드러움, 남과 여, 적극성과 소극성, +와 - 등 무수한 층

---

14) 김성도, 《기호, 리듬, 우주》, 인간사랑, 2007, p.107, pp.231-256.

15) 음양기호가 남녀 성기를 형용한 것이라고 하는 郭沫若의 설도 있는데, 그렇다면 이 논리는 보다 강화된다. 음양기호의 유래에 관한 짧은 논의는 박종혁의 《주역의 현대적 이해》 p.10을 참조.

16) 이창일, 《주역, 인간의 법칙》, 위즈덤하우스, 2011, p.45.

위의 이원적 속성을 상징하고 있다. 음양기호는 대상체와 물리적으로 구체적으로 연결되지는 않지만, 연상 법칙에 따라 그것이 표상하는 대상체로 귀결된다는 점에서 상징 기호의 속성을 지니고 있다고 생각된다. 필자는 음양기호는 '대상-기호' 간의 동기화 정도가 처음에는 그리 높지 않았지만, 시간이 흐르면서 사회에 폭넓게 수용되면서 그 동기화 정도가 높아지지 않았을까 생각한다. 그렇다면 현 단계에서 괘 구성의 최소 단위인 음양기호[--, —]는 '지표적 상징 기호'가 아닐까 추정해보지만,[17] 확증을 위해서는 향후 진전된 논의를 필요로 한다.

그러면 기호는 어떻게 의미와 연결되는가? 소쉬르는 언어란 '차이들의 체계'(system of differences)라고 보았다. 그는 언어에는 오직 차이들만 있을 뿐이라고 언명한다.[18] 즉 어떤 이름이 의미를 지니게 되는 것은 그 이름 자체의 절대성에 기인하지 않고, 다른 것들과 다른 차이에서 온다는 것이다. 언어는 결국 선택이다. 선택이란 무엇을 드러내기 위해 다른 것을 제거한다. 즉 언어는 뜻을 드러내기 위해서는 다른 한편에서는 감추기도 한다고 볼 수 있는데, 그렇다면 언어란 총체적 본질이 아니라 드러냄과 은폐의 근사치에 불과하며, 이런 의미에서 언어는 사호 차이 속에서 본질을 다 드러내지 못하는 차연(差延, différance)의 보충대리적 은유라고도 할 수 있다.[19]

이렇게 모든 기호에 있어서 표현의 단면과 내용의 단면 사이에는 차이의 강이 흐르고 있으며, 여기서 다양한 의미가 생성된다. 결국 문화

---

17) 상징 기호가 대상체와의 느슨한 연결 관계를 갖는다는 점에서도 지표 기호를 함의하고 있다.(≪퍼스의 기호 사상≫, 민음사, 2009, p.156)

18) Ferinand de Saussure, *Course in General Linguistics*, trans. Wade Baskin, New York : McGraw-Hill, 1966. ≪기호학이란 무엇인가≫, p.57 재인용.

19) 제14편, <존재, 관계, 기호의 해석학>을 참고.

과정 중에서 기호는 필연적으로 그 안에 다중의 의미를 생성 함유하게 된다. 명료하게 무엇을 말한다는 것은, 그것이 지닌 모든 함의를 다 전 달할 수 없기 때문에 나머지의 희생을 전제로 하기 때문이다. 언어 기 호가 지니는 의미의 다중성은 기표와 기의가 차이 속에서 자의적으로 만들어지는 데서 연유한다. 즉 기호가 관계하는 곳에서 소쉬르적으로는 기표와 기의 사이에는 불안정하고 유동적인 상호 관계가 형성되는 것 이며, 데리다(Jacques Derrida)적으로는 기표의 표류, 라캉(Lacan)적으로는 기의의 미끄러짐, 에코(Umberto Eco)적으로는 거짓말 이론이 생겨나는 것이다.[20] 아프리카 마다가스카르국의 말라가시(Malagasy)어 사용자들은 가능한 한 모호하고 애매하게 말하는 것이 가장 협조적인 대화술이라 고 하는데, 언어의 한계를 고려할 때 이해가 간다.[21]

공자

사실 중국에서는 일찍부터 언어에 대 한 불신이 퍼져 있었다. 공자(孔子)의 "글 은 말을 다 싣지 못하고, 말은 생각을 다 싣지 못한다."는 언표가 그것이다.[22] 노 장과 현학, 선학은 모두 이와 같은 언어 의 불완전성에 기대고 있다. 여기에 언어 의 한계를 넘어설 보다 총체적인 소통 도 구의 필요성이 요구되는데, 기호와 선과 시와 예술이 모두 그러한 범주에 가까우 며, 이런 점에서 이들은 언어를 넘어설 광의의 또 다른 기호들이다. 기

20) 김운찬, <기호와 거짓말> : 《기호, 텍스트, 그리고 삶》, p.10.
21) 김욱동, 《은유와 환유》, 민음사, 1999, p.79, p.97.
22) 《周易・繫辭(上)》, "子曰, 書不盡言, 言不盡意. 然則聖人之意其不可見乎?"

호는 대상에 대한 실체적 접근에 있어서 차이와 생략과 왜곡의 불완전
성을 최소화하고, 두 주체 사이의 완전한 소통을 지향하나 그것은 영원
히 채워지지 못한 채 언표된다. 중국 문화의 시원을 이루는 주역의
음·양 기호와 괘효사 및 하도와 낙서 등의 주역 표상체계는 바로 그러
한 방법론적 여정이었으며, 그것은 기표와 기의가 상호 요동하며 흔들
리는 가운데 그 실체적 모습을 잠시 현현(顯現)할 뿐이다.

결국 우리가 밝혀내고자 하는 궁극적인 그 무엇은 실체로서보다는
관계적 유동 속에서 일부 드러나며, 그 드러나는 방식은 논리적 직설의
언어가 아니라 오히려 함축과 생략이 가해진 기호와 이미지의 은유와
환유적 파생실재를 통해 발견할 수 있을지 모른다. 그렇다면 이는 뫼비
우스 쉬프트와 같은 건너뜀이며 도약이고, 방법론적으로 새로운 지평으
로의 지향이다.[23] 이같은 논리선상에서 다음 장부터 주역 기호학의 텍
스트화 과정과, 주역 체계를 이루는 '기호-대상'간의 상호 텍스트적 전
이에 대해 기호학, 수리 철학, 문예비평의 시야를 통해 바라본다.

3. 음양기호의 시적 지배

주역은 세계 표상에 어떤 방식으로 다가가고 있는가? 분석적 논리적
언술인가? 아니면 기호적 축약과 비유적 함축인가? 주역은 후자를 택하
고 있다. 그 이유는 무엇인가? 이글에서는 주역이 택하고 있는 세계의
진리 표상으로서의 기호 체계의 함의, 그리고 언술 생산 방식상의 시적

---

23) 제14편 〈존재, 관계, 기호의 해석학〉

속성을 고찰한다.

구체적으로 전자는 기호의 코드화와 텍스트화의 과정에 대한 고찰이 될 것이며, 후자는 음양 사유의 기본 속성과 주역의 의미 생산체계의 다중적 변용과 다차원적 확장 및 소통에 대한 고찰이 중심을 이룰 것이다. 이를 통해 주역 기호학의 특징을 큰 그림으로 그리고자 한다.

광의의 기호학에서 세계는 모두 기호로 가득 차 있으며 세계는 곧 기호이다. 그러나 협의로는 기호와 코드가 구분되는데, 이러한 기호의 조직 원리를 코드(code)라고 한다. 코드화(codificatin)란 기호가 체계적으로 조직되어 방향과 지향성을 지니게 되는 과정이다. 그리고 이러한 코드에 의해 생산된 산물이 곧 텍스트(text)가 된다. 기호학에서 말하는 '기호→코드→텍스트'로의 의미 확장은 주역에서 다음과 같이 적용 가능하다. 주역 괘의 성립은 음양의 기호에서 효로, 그리고 다시 효에서 괘로 확장되어 나간다. 여기서 음과 양은 기호이고, 그것의 세계 내 존재 의의는 효(爻)로 나타난다. 그리고 이러한 효들이 모여 괘(卦)를 이루며 하나의 사건을 완성한다.

주역 <계사전(繫辭傳)>에서 "단(彖)이란 상(象)을 말한 것이요, 효란 변화를 이름이다."라는 말을 달리 풀이하면,24) 괘중의 사건 순서에 따라 6개로 구성되는 각각의 효는 동태적 변화를 가리키고, 괘(卦)는 이것들로 구성된 전체의 모습을 형용한 것이라는 것이다. 그렇다면 주역은 음·양을 기본 기호로 하고, 효를 코드로 삼으며, 괘에서 텍스트화한다.25)

---

24) <繫辭上> 제3장, "彖者, 言乎象者也, 爻者, 言乎變者也."
25) '기호-코드-텍스트'의 기호학적 삼항 관계는 김경용의 ≪기호학이란 무엇인가≫(민음사, 1994, p.15)를 참고하고, 필자가 이를 주역 기호체계에 응용해 보았다.

이들 각각에 대해 상론한다. 먼저 음양[--, —]을 생각해본다. 음·양이란 사물의 내적 속성을 표상하는 기호이다. 음과 양이라는 두 개의 기호에 이항대립적 사물과 속성을 포괄 귀속시키는 것이다. 현상적으로는 이항 대립이지만, 전체론의 관점에서 보자면 이는 내적으로 상반되는 두 속성을 통해 추동되는 한 사상(事象)의 표현이기도 하다. 그리고 이러한 방식은 언술적 설명에 의하지 않고 축약된 약호로 표현하므로 산문적이 아니고 시적이다. 텍스트로서의 괘는 이러한 약호들의 순열적 도상이다. 그리고 우리는 이러한 시적 기호 장치들에 대해 나름의 해석을 가한다.

이를 요약하면 음양기호화된 주역 텍스트는 결국 '기호의 시적 지배'로 요약된다. 이 시적 속성은 다음 두 가지 함의에 연결된다. ① 하나는 주역 기호체계 자체의 시적 속성이고, ② 다른 하나는 주역 괘·효사 언술 방식의 시적 속성이다. 먼저 주역 기호 자체의 시적 속성에 대해 생각해 보자. 제2장에서 언어의 한계성에 대해 논했지만, 언어 없이는 소통이 어려우므로 언어는 대상을 드러내는 불가피한 차선의 최선으로 선택 운용할 수밖에 없다. 그러나 그 한계 역시 명백하여 동아시아 사유에서는 이미 한계를 설파한 언급들이 주역 계사전이나 노장, 그리고 인도에서 전래한 불교와 선종에서 강조되곤 했다.

그 형성 시기를 정확히 추단하긴 어려우나 주나라의 역이라고 하는 주역에서는 이미 오래전부터 이러한 인식하에 비언어적인 방식을 채용하여 사물로부터 상(象)의 기호를 취하여 진리를 표상하고자 했다.[26] 그

---

26) 서대원의 《주역강의》(을유문화사, 2008) 같은 책에서는 괘의 명칭과 그것을 설명한 卦爻辭가 서로 상징 내용이 맞지 않는다고 하면서, 본문이 먼저 있고 나중에 팔괘 등의 卦象이 붙었을 것이라고 추정했다. 이렇게 역의 괘상과 괘사의 설명 중 어느 것이 먼저인가에 대한 이론이 존재하기는 하나, 이글은 괘상이 먼저 있고, 이에 대한 경과 전이

리고 그 영향은 중국 및 동아 한자문화권과 서구 지성에까지 광범한 영향을 미쳤다. 즉 개괄화된 축약성, 정신적 계열화의 상징성, 그러면서도 구체적 사건에 특정하기 어려운 추상성과 모호성, 그리고 비특정화와 관련된 의미의 확장을 특징으로 하는 주역의 기호 세계는 언어의 지평을 넘어서는 초언어적 소통 방식이다.

언어 한계를 넘어서는 이러한 주역 표상 체계의 총체적 직관성, 축약성, 상징성, 추상성, 모호성, 의미 확장성의 기호 미학은,[27] 서구와 달리 대상을 부분이 아니라 하나의 전체로 인식하게끔 한다.[28] 삶에서 드러나는 거의 모든 종류의 자기표현을 광의의 언어적 표현이라고 한다면, 주역의 기호 표상 체계는 산문적 언어가 아니라, 야콥슨의 방식으로는 진리 표상으로서의 기호계의 본질에 다가가는 은유의 '시적 언어'에 가깝다고 할 수 있다.

두 번째 사항인 괘효사 설명 방식의 시적 속성에 대해 생각해본다. 주역의 괘효사는 대체로 뜬금없는 듯한 비유로 가득 차 있다는 점에 주목할 필요가 있다. 동서고금을 막론하고 성경과 불경 등 종교 경전들이 시대를 넘어 여전한 위력을 발하는 것은 내용상 종교적 진리를 설파하고 있기도 하겠지만, 그 언술과 소통 방식에서 고도의 추상적 은환유로 의미의 다중성을 내포하고 있어서 시공을 넘어 부단히 새롭게 읽혀지

달렸다고 하는 일반적 관점에 기초하여 논의를 진행한다. 象과 언어의 선후 관계 및 주역에서 상이 차지하는 중요성에 관해서는 정병석 역주 ≪주역≫(을유문화사, 2010) 하권, p.625, 주 299를 참조.
[27] 직관성과 모호성이 함께 자리하고 있는 점은 눈여겨 볼 필요가 있다. 아이콘적 기호적 전달이라고 하는 점에서 총체적 직관성을 띠고 있으며, 내적 의미가 다중적 변용이 가하다는 점에서 모호성을 지니고 있는 것이다. 그런 의미에서 용어의 나열 순서는 대체로 분명한데로부터 점차 의미 확장을 향해 번져나가고 있다.
[28] 이러한 총체적 직관성 모호성은 어떤 면에서 이항대립을 초극하는 노자적 '抱一'의 기호학적 표현이라고도 할 수 있다.

기 때문이다. 주역 제31괘인 '택산 함괘(澤山 咸卦)'를 예로 든다.

　　[함괘(咸卦)]29) (澤山 咸 : ☱ 上兌)
　　　　　　　　　　　　　 ☶ 下艮

　　咸은 형통하며, 올바르게 하면 이로우니, 여성(아내)를 취함에 길하다.

　　象傳에 말하기를, 咸은 感이니, 부드러움이 위로 올라가고, 굳셈이 아래로 내려가 두 기운이 상응하여 서로 같이하며, 머물러 기뻐하고, 남자는 여성에게 낮춘다. 그런 까닭에 "형통하며, 올바름을 지키면 이로우며, 여성을 취하면 길하다"고 한 것이다. 천지가 감응하여 만물이 조화하여 만들어지고 성인이 사람들의 마음을 느껴 천하가 화평하니, 그 감응되는 바를 살펴 천지만물의 정상을 보아 알 수 있을 것이다.

　　상전에 말하기를, 산위에 연못이 있는 것이 咸이니, 군자는 비움으로써 사람들을 받아들인다.

　　초육은 엄지발가락에 느낀다. 상전에 말하기를 "그 엄지발가락에 느낀다"는 것은 뜻이 밖에 있다는 말이다.

　　육이는 다리의 장딴지에 느끼면 흉하니, 신중히 거하면 길하리라. 상전(象傳)에 이르기를, 비록 "흉하지만 신중히 거하면 길하다"는 것은 순리에 따르면 해가 없다는 말이다.

　　구삼은 허벅지에 느끼는 것이다. 그 추종하는 것에 집착하여 있는 까닭에, 그대로 나아가면 부끄러우리라. 상전에 말하기를, "허벅지에 느낀다"고 하는 것은 역시 한 군데 머물러있지 않아, 그의 뜻이 타인을 추종하는 것이니, 그 집착이 비루한 것이다.

　　구사는 바르면 길하여 뉘우침이 없으리니, 왔다 갔다를 자주하면 친구만이 너의 생각을 따르리라. 상전에 말하기를, "바르면 길하여 뉘우침이

---

29) 「咸, 亨, 利貞, 取女吉. / 象曰, 咸, 感也, 柔上而剛下, 二氣感應以相與. 止而說, 男下女, 是以亨, 利貞, 取女吉也. 天地感而萬物化生, 聖人感人心而天下和平, 觀其所感, 而天地萬物之情可見矣! 象曰, 山上有澤, 咸, 君子以虛受人. / 初六, 咸其拇. 象曰, "咸其拇", 志在外也. 六二, 咸其腓, 凶, 居吉. 象曰, 雖凶居吉, 順不害也. 九三, 咸其股, 執其隨, 往吝. 象曰, "咸其股", 亦不處也, "志在隨人", 所執下也. 九四, 貞吉, 悔亡, 憧憧往來, 朋從爾思. 象曰, "貞吉悔亡", 未感害也, "憧憧往來", 未光大也. 九五, 咸其脢, 无悔. 象曰, "咸其脢", 志末也. 上六, 咸其輔頰舌. 象曰, "咸其輔頰舌", 滕口說也.」

없다"는 말은 아직 사사로운 느낌에 해를 입지 않는 것이다. "왔다 갔다 하기를 자주하는" 것은 아직 크고 빛나지 않다는 것이다.

구오는 그 등에 느끼니 후회가 없을 것이다. 상전에 말하기를, "그 등에 느낀다."는 말은 그 뜻이 말단에 있다는 뜻이다.

상육은 그 볼과 뺨과 혀로 느낀다. 상전에 이르기를, "그 볼과 뺨과 혀로 느낀다"는 것은 입에 말만 올려놓은 것이다.[30]

이상 주역 하경의 첫 번째인 함괘(咸卦) 괘효사의 설명은 궁극적으로 무엇을 말하고 있는가?[31] 먼저 괘의 체를 보면 함괘는 위가 태(兌)이고 아래는 간(艮)으로서, 태(兌)는 젊은 여자이고 간(艮)은 젊은 남자이다. 또 괘덕으로는 간은 독실하여 멈춘다는 의미이고 태는 기뻐한다는 뜻이다. 간(艮)은 산으로서 철(凸)의 형상이고, 태(兌)는 못으로서 요(凹)의 형상이다. 또 양과 음효가 각각 셋씩 균형 있게 포진되어 있다.[32]

함괘는 괘효사에서 '함(咸)'은 모두 '감(感)'으로 해석하고 있는데,[33] 문면상 남녀간의 신체적 교합으로 말머리를 시작하고 있다. 각효는 엄지발가락에서 장딴지를 거쳐 허벅지, 그리고 등을 거쳐 얼굴에까지 이르는 남녀의 접촉을 여섯 개의 효사를 통해 순차적으로, 그리고 각 효가 위치한 기본 자리와의 음양 상합의 여부, 강유의 상보성을 가지고 설명하고 있다. 인간사의 도리와 길흉을 따지는 것이라기보다는 남녀의 육체적 애정과 관련된 그 무엇을 말하고 있는 것으로 보이며, 각 효와

---

30) 해석은 기본적으로 정병석 역주 ≪주역≫(을유문화사, 2010)을 따랐으며, 상세 주석 및 설명은 생략한다.
31) 주역 상경은 순음양으로서 천지자연을 주로 말했으며, 체에 해당된다. 하경은 음양의 상호결합으로서 주로 인간 관계를 말하며 용에 해당되는 것으로 본다.
32) 정병석, ≪주역≫ 하권, p.14.
33) 그러면 왜 感이라 하지 않았는가? 咸卦는 '感'에서 사사로운 마음을 뺀 무심한 감응을 의미한다.

효 사이, 그리고 효 내에서도 의미 간극이 커서 종종 맥락 파악에 곤란을 느낀다. 해석을 위해서는 나름의 해석 방향을 택하여 사물의 유비를 통한 은유적 독법으로 읽어야만 가능해진다. 주역 64괘 중 상당수가 이와 같다. 즉 은유와 환유를 통한 확장적 의미 규정이 필요하다. 이렇게 할 때 이 괘는 인간관계의 기본이 되는 부부 관계의 도리에서 인간 세계 보편적 처신의 규범으로 확장 재해석되며 살아남으며, 결국 이런 방식으로 주역은 경전적 지위까지 오르게 되는 것이다.[34]

앞서 말한 주역 표상 방식의 추상적 표현, 유비적 은유와 환유를 통한 의미의 전이, 문화 소통적 맥락화를 통해 괘는 다층 의미 속에서 흔들리며 확장되고 새롭게 해석된다. 이 같은 과정을 통해 주역의 괘효사는 물리적 시공간과 문화적 한계를 넘어 서로 다른 시대에 맞추어 부단히 재해석되며 의미를 현재화한다. 그 핵심 비결은 직접 서술이 아니라 함축과 추상의 모호한 시적 언술로 이루어져 있다는 데 있다. 계사전에 보이는 다음 언급은 주역의 기호화, 문학적 수사화의 상관성을 잘 말해 준다.

> ≪주역·계사상(上)≫에, "공자가 "글은 말을 다 드러낼 수 없고, 말은 생각을 다 드러내지 못한다."고 말했다. 그런즉 성인의 뜻을 다 헤아리지 못하겠는가?[35] 공자는 "성인은 상(象)을 세워 뜻을 밝히고, 괘(卦)를 설정하여 진정과 거짓을 다 포괄한다. 수사로써 그 말을 극대화하고, 변통하여 그 이로움을 다하며, 북돋아 그 신묘함을 다 드러낸다."고 하였다.[36]

---

34) 함괘에 대한 경학으로의 微言大義에 대해서는 廖名春 등 저, 심경호 역, ≪주역철학사≫ pp.91-92를 참조.
35) 주역 註에서는 "言으로 전하는 것은 얕고, 象으로 전하는 것은 깊기(言之所傳者淺, 象之所傳者深)" 때문에 주역의 象을 통해서 성인의 뜻을 파악할 수 있다고 한 것이다.
36) ≪周易·繫辭上≫, 子曰, "書不盡言, 言不盡意." 然則聖人之意, 其不可見乎? 子曰, "聖人立象以盡意, 設卦以盡情偽, 繫辭焉以盡其言, 變而通之以盡利, 鼓之舞之以盡神."

주역 주에서는 "말로 전하는 것은 얕고, 상(象)으로 전하는 것은 깊기 때문에,37) 상을 통해서 성인의 뜻을 파악할 수 있다고 했다. 말로 다할 수 없는 그 무엇을 상을 가진 기호로써 드러내며, 언어가 흘려버릴 수밖에 없는 한계성 내용들을 기호로써 다 포괄하여 신묘함의 소통 체계로 삼는다는 것이다. 이렇게 주역 언술 방식이 취하고 있는 언어초월적 속성, 다시 말하면 주역 텍스트의 기호화, 즉 기호의 코드화와 텍스트화 및 그 해석의 시적 속성은 주역으로 하여금 같지 않은 시대사회적 여건 속에서 지속적으로 마르지 않는 화수분같이 부단히 새로운 해석이 낳았으며, 이러한 주역의 언술 방식은 진리표상이 불가능함을 깨달은 고대 동아시아 사유의 한 표상이며, 그 진리전달성은 '기호의 시적 지배'로 대신하고자 한 것이라는 해석이 가능하다.38)

이상은 다음 사항을 담고 있다. 먼저 음양의 기호적 속성과 그 상호 텍스트성의 문제이다. 여기서 불완전 소통 기제인 언어를 대신하는 주역 기호의 속성을 '지표적 상징 기호'로 추청하고, 그 '기호→코드→텍스트'로의 의미망 확장 과정을 보았다. 특히 동아시아 사유의 근저에는 주역의 음양론이 폭넓게 자리하고 있으며, 현대 언어학에서도 밝혀진대로 완전 소통이 불가능한 언어의 대체적 장치로서 세계 표상을 추구한 주역 기호학에서 음양기호[--, —]는 태극에서 음양으로, 태양[노양, ⚌], 소음[⚎], 태음[노음, ⚏], 소양[⚍]의 사상,39) 그리고 8괘, 64괘,

---

37) "言之所傳者淺, 象之所傳者深"
38) 한시의 진리표상성에 대해서는 15편 <한시의 뫼비우스적 소통성>을 참고.
39) 두 개의 효로 이루어지는 四象에서 상하 두 효의 표기에는 두 가지 방식이 있다. 上이 外表로 드러난 현상이라면, 下는 바탕이자 내면인 裏이다. 이 중 少陽과 少陰의 음양기호 방식은 어느 쪽을 보느냐에 따라 두 가지 관점이 존재한다. 송대 소옹(邵雍)을 비롯한 전통적 관점은 상효를 중심으로 명명하여, (a) 음의 바탕에 양변인 소양[⚍] 및 양의 바탕에 음변인 소음[⚎]으로 표기한다. 이 방식은 복희육십사괘차서도의 순차 흐름과

무한괘로 확장되어 나간다는 점이다.

이어서 제31 함괘(咸卦)를 예로 들며 '상(象)을 세워 심중의 뜻을 드러내고 그것에 의거해 해석하는' 은환유적 시적 담론을 보았다. 그 특징은 생략과 은유이며, 이를 통해 주역 기호의 해석학적 지평은 개방적으로 확장 가능하게 된다.

이렇듯 동아시아 중국에서 주역의 두 가지 큰 특징인 은환유의 '기호'와 '시적 속성'은 주역이 점복서로서뿐만 아니라 철학서로서도 시대에 따라 부단히 재해석되는 강력한 힘을 갖게 해주었다. 기호와 시를 통한 시대초월적 담론, 이것이 동아시아 주역 기호학이 지니는 유구한 생명력이다.

일치하는 장점이 있다. 또 다른 한 가지는 효의 동태적 진행성에 중점을 두는 관점으로서, (b) 소양[==] 및 소음[==]으로 표기한다. 필자는 효의 진행성을 중점을 두는 (b)방식이 변화의 주역 표상에 더 매력적이라고 생각되지만, 복희육십사괘차서도와의 불합성으로 인해 본서는 일단 전통 관점을 좇아 상효에 중점을 두는 (a)방식대로 표기한다. 이 방식으로 하면 태극이 음과 양으로 분화되면서 그 비중이 어떻게 변해가는지를 시각적으로 이해하는 데 편하다. 四象의 출발은 어디서부터 시작해도 문제가 되지는 않는다. 편의상 太陽[老陽, =]의 바탕에서 少陰[==]이 생겨나고, 다시 그것이 자라 太陰[老陰, ==]으로 강화되며, 이 태음에서 새로 양이 자라나 少陽[==]이 되고, 그것이 더욱 진행해 다시 태양이 되는 순환의 과정을 그려나간다.(관련 부분은 본서 p.61 주 57, p.65 주 66, p.114 주 26을 참고. 또한 (b) 관점을 취한 책은 김승호·백진웅 저, ≪주역과 몸≫, 수연, 2003, p.120, pp.134-135; 김상일 ≪역과 탈현대의 논리≫, pp.250-256)

1. 주역 괘효의 기호학적 의미

1편에서는 주역 음양론의 기호학적 속성, 그리고 그것이 왜 시적 담론을 지향하는지를 보았다. 이제부터는 '기호-코드-텍스트'로 나아가는 주역의 구성과 해석에 관한 전통적 설명, 그리고 이를 현대에 어떻게 과학적·융합적으로 해석할 수 있는가에 관해 생각해본다.

음양사유를 통한 세계 표상과 이론 체계를 내재한 주역은 동아시아를 대표하는 사유기반을 이룬 만큼 역사적으로 허다한 논의가 있었으며, 또 그것을 바라보는 시각도 상당히 다양하다. 그 역사적 해석의 갈래는 주역의 창시, 음양의 괘효사, 그리고 계사전을 비롯한 십익(十翼)의 형성과 의미,[1] 이들 전체와 관련된 해석학적 다기함, 주역을 바라보는

---

[1] '十翼'은 彖傳 상하 2편, 象傳 상하 2편, 繫辭傳 상하 2편, 文言傳, 說卦傳, 序卦傳, 雜卦傳이다.

관점상의 분기인 상수역과 의리역 등이 그것이다. 주역의 체계에 대해 이렇게 여러 저작에서 저마다의 관점으로 바라보고 있는 만큼,[2] 본편에서는 이들에 대해 언급하지 않겠다. 다만 주역을 구성하는 각 요소들에 대해서는, 전통적 시야를 먼저 설명한 후 다시 융합 관점에서 재구성해 나가도록 한다.

(1) 상과 역

주역의 형성과 태극과 음양의 이치 및 그 팔괘와 육십사괘로의 변화 발전에 대한 철학적 설명은 역시 주역의 해설서인 십익 중 <계사전> 상하 편에서 상세히 언급했다.

---

2) 한국에서 출간된 주역에 관한 다양한 관점을 보여주는 연구서와 주역 번역서들을 소개한다. ≪易과 탈현대의 논리≫(김상일, 지식산업사, 2006), ≪주역의 과학과 道≫(이성환・김기현 공저, 정신세계사, 2009), ≪복잡계와 동양사상≫(최창현・박찬홍 공저, 지샘, 2007), ≪주역, 인간의 법칙≫(이창일, 위즈덤하우스, 2011), ≪주역철학사≫(廖名春・康學偉・梁韋弦 저, 심경호 역, 예문서원, 1994), ≪주역의 발견≫(문용직, 부키, 2007), ≪탈현대와 동양적 사유논리≫(정진배, 차이나하우스, 2007), ≪주역의 생성논리와 과정철학≫(박재주, 청계, 1999), ≪주역 철학의 이해≫(高懷民 저, 정병석 역, 문예출판사, 1995), ≪음양과 상관적 사유≫(A.C.그레이엄 저, 이창일 역, 청계, 2001), ≪주역의 세계≫(카나야 오사무 저, 김상래 역, 한울, 1999), ≪주역의 이해≫(김일곤・김정남 편저, 한국학술정보, 2009), ≪주역의 현대적 이해≫(박종혁・조장연, 국민대출판부, 2006), ≪易의 철학 : 주역 계사전≫(金景芳・呂紹綱 저, 한국철학사상연구회 기철학분과 역, 예문지, 1993), ≪易으로 보는 시간과 공간≫(김동현, 한솜미디어, 2008), ≪주역과 철학≫(조혁해, 한빛, 2004), ≪數易≫(옹산 김상봉, 은행나무, 2007), ≪주역 산책≫(朱伯崑 저, 김학원 역, 예문서원, 1999), ≪중국적 사유의 원형≫(박정근, 살림, 2004), ≪주역선해 연구≫(청화, 운주사, 2011); *이하 역서 : ≪대산 주역강의≫ 1,2,3(김석진 저, 한길사, 1999), ≪주역≫(정병석 역주, 을유문화사, 2010), ≪東坡易傳≫(蘇軾 저, 성상구 역, 청계, 2004), ≪역주 周易四箋≫(정약용 저, 방인・장정욱 역, 소명출판, 2007), ≪주역 왕필주≫(王弼 저, 임채우 역, 길, 2000), ≪周易≫(최완식, 혜원출판사, 1989), ≪주역강의≫(서대원, 을유문화사, 2008)≪인문으로 읽는 주역≫(신원봉, 부키, 2009).

　① 옛날 복희씨가 천하를 다스릴 때에 위로는 하늘의 형상을 관찰하고, 아래로는 땅의 형상들을 살폈으며, 새와 짐승의 모양과 지상의 마땅한 모습들을 관찰했다. 가까이로는 몸에서, 멀리는 여러 사물에서 (상을) 취하여서 처음으로 팔괘를 그려, 신령스런 덕에 달통하고, 만물의 형편을 갈래를 나누어 구분하였다.[3]

　② 한번 음이 되고 한번 양이 되는 것을 도라고 한다.

　이런 까닭에 역에는 태극이 있어 양의가 나오고, 양의에서 사상이 나오며, 사상에서 팔괘가 나왔다.[4]

　③ 그러므로 역이란 상이다. 상(象)이란 본뜨는 것이다. 단(彖)이란 재질을 말하고, 효(爻)란 천하의 '움직임'을 본뜬 것이다. 이로써 길과 흉이 생기고 소통과 막힘이 생기는 것이다.[5]

　이글에서 주역이란 세상의 다양한 형상들을 본떠 상을 세웠으며, 그 체계는 음양에서 사상(四象)으로, 그리고 다시 팔괘로 기호화하고 풀이한 책이며, 이를 통해 인간사의 길흉을 헤아리고 반성적 사유의 계기로 삼는다고 하는 고대인의 주역관을 볼 수 있다. 여기서 '상(象)'의 개념은 주역의 중심 지표이며 동시에 주역을 기호학으로 읽어야 할 까닭을 제시해주고 있다. 상은 대상의 속성을 기호화한 것으로서, 은유와 상징의 유비에 해당한다.

　그러면 이러한 총체적 개념으로서의 '역'이란 무엇인가? ≪설문해자(說文解字)≫에서는 '역(易)'을 하루에도 열두 번씩 색깔을 변화시키는 카멜레온 같은 도마뱀[석척(蜥蜴)]으로 풀었는데, 이것이 변통 관점의 석척

---

3) ≪周易·繫辭傳(下)≫(第2章), "古者包犧氏之王天下也, 仰則觀象於天, 俯則觀法於地, 觀鳥獸之文與地之宜, 近取諸身, 遠取諸物, 於是始作八卦, 以通神明之德, 以類萬物之情."
4) ≪周易·繫辭傳(上)≫, "一陰一陽之謂道(第5章)", "是故易有太極, 是生兩儀, 兩儀生四象, 四象生八卦.(第11章)"
5) ≪周易·繫辭傳(下)≫(第3章), "是故易者, 象也, 象也者, 像也. 彖者, 材也, 爻也者, 效天下之動者也. 是故吉凶生而悔吝著也."

상형설(蜥蜴象形說)이다. 한대 위백양(魏伯陽)의 ≪주역참동계(周易參同契)≫에서는 '日'과 '月'의 합해 이루어진 회의자로서 해와 달을 형용한 것으로 보는 목적론적 풀이가 있다. 이외에도 제설이 있으나 모두 변화를 의미한다는 점에서는 공통점이 있다.6) 한편 역의 두 기초 단위인 음과 양을 보면, 양은 '볕 양'으로서 언덕에 해가 비치는 모습이며, 음은 '그늘 음'으로서 언덕 뒤편으로 그늘이 진다는 뜻을 담고 있다. 이들을 연결하면 낮과 밤을 상징하는 해와 달의 두 요소가 결합하여 역을 이루고, 이것의 확장으로써 세계를 표상한다고 볼 수 있다.

역사적으로 易에는 세 가지 의미가 담겨져 있다고 본다. ① 낮과 밤이 바뀌듯 변화한다는 개념이 첫 번째이다. ② 그 가운데 늘 같은 모양으로 운행하므로 불변의 속성이 있으며, ③ 이를 간략한 기호로써 표상하니 간명하고 쉽다는 의미가 내재되어 있다. 이것이 정현이 <주역건착도(周易乾鑿度)>에서 말한 역이 지닌 '변역(變易), 불역(不易), 간이(簡易)'의 세 가지 이치이다. 순서대로 말하자면 변역은 삼라만상의 부단한 변화에, 不易은 그 배후의 불변하는 상도(常道)적 이치에, 그리고 간이(簡易)는 주역 기호의 포괄적 간이성에 초점을 맞추고 있다.

이번에는 기호로서의 괘상과 그 설명부인 괘사에 대해 생각해보자. 필자는 기호로서의 괘상이 괘사보다 더욱 본질적 실체에 접근해 있으며 보다 완전하고 총체적이라고 생각한다. 왜냐하면 괘사는 이미 기호의 원초적 다의성을 버리고 특정한 방향을 택해 해석하고 있기 때문이다. 즉 괘사는 괘상의 초보적 이해에는 도움이 되겠지만, 총체적 의미를 파악하는 데 있어서는 오히려 방해가 될 수 있다. 이러한 이치는 노

---

6) 최완식 ≪周易≫(pp.8-9) 및 정병석 ≪주역≫(상권, p.12) 참조.

자 제1장의 "말로 설명되는 도는 참된 도가 아니다."라는 언설이나,[7] 장자가 말한 "고기를 잡았으면 통발은 잊어야 한다. … 뜻을 얻었으면 말을 잊어야 한다."고 하는 말이나 같다.[8] 이것이 바로 비문자적 기호의 힘이다.

앞서 제2장에서는 음양의 기호적 속성을 고찰하였다. 이제부터는 음과 양이 상호 관계 속에 펼쳐내는 역동적이며 동태적인 세계를 생각해보자. 그 세부 내용은 무극 혹은 태극에서 시작하여,[9] 음양의 대립보완의 속성, 사상, 팔괘, 육십사괘로의 확장의 순으로 간략히 개괄한다. 태극은 우주자연이 다양한 사물로 분화하기 이전에 그 기초 요소로서의 음양의 이기가 '구분되기는 했으나, 아직 외부로 표출되기 이전의 내재된 상태'로서, 음양 내재의 잠재태이다. 이는 내적으로 상관 포일(抱一)의 혼연한 세계이다.

이러한 태극에서 분화 표출되어 나온 상태와 요소가 음양 양의인데, 음과 양은 우주 구성에 있어서 상호 대비적으로 이원 계열화한 어느 위상 공간 상의 속성적 표상이다. 여기서 간과하지 말아야 할 두 가지 사항은 음과 양이 상호 대비를 통해 주어진 속성들이므로 고립정형의 것이 아니라 절대적이지 않고 상대적이라는 점이다. 즉 음과 양은 고정된

---

7) ≪老子≫, "道可道, 非常道."
8) ≪莊子·外物≫, "筌者所以在魚, 得魚而忘筌. 蹄者所以在兎, 得兎而忘蹄. 言者所以在意, 得意而忘言. 吾安得夫忘言之人而與之言哉!"
9) 이외 無極을 태극 이전의 단계 또는 태극의 다른 양상으로 상정할 수 있는데, <太極圖說>을 제창한 '無極而太極'론을 제창한 宋 周敦頤 이래로 무극의 선행적 개념이 중시되었는데, 주희는 무극이 태극을 낳는게 아니라 무극인 동시에 태극이라고 해석하기도 했다.(이상 박재주의 ≪주역의 생성논리와 과정철학≫ 참조) 양자를 구분해 보자면 무극은 시공간적 우주론으로 보자면 음양의 기미가 없으며 분화를 위한 어떠한 작용도 하지 는, 우주의 시원에 해당되는 가장 초기의 혼돈 그대로의 원초적 상태라고 할 수 있다. 음양 발전의 우주론적 논의는 ≪복잡계와 동양사상≫(최창현·박찬홍 공저, 지샘, 2007, p.86) 및 ≪易으로 보는 시간과 공간≫(김동현, 한솜미디어, 2008, p.72)을 수정 참조.

실체적 논법이 아니라 관계적 논법으로 읽어야 한다. 구형의 지구 표면
에서 동과 서, 혹은 남과 북의 방위를 가지고 생각해보자. 만약 서쪽으
로 계속 나아갈 경우, 나중에는 이전에는 동쪽이었던 곳이 이번에는 서
쪽이 되는 이치로서, 이들은 상호 모순되는 가운데 짝을 이루며 상대를
기다리는 대대적 상대성의 관계에 있음을 알 수 있다. 두 번째 사항은
음양이 서로를 상반할 뿐 아니라 서로 안고 있음에 대해서이다. 음은
양을 내포하고 있고 양은 음을 내포하는 허실상보의 상관적 관점으로
이해해야 한다.10) 과학적으로도 음양 세계관은 20세기 양자역학의 성
과인 쿼크(quark)의 모습이 시시각각 변하는 가운데 허속에서 실을 구현
하고 있음은 시사하는 바가 크다.

이렇듯 음양은 서로 상대적일 뿐만 아니라 그것이 처한 여건 속에서
또 상호 짝모순의 관계 속에서 대대적으로 달라지며 변화한다. 앞서 음
과 양의 글자뜻에서 설명했던 언덕 양쪽의 양지와 음지, 그리고 낮과
밤도 시간의 경과와 함께 즉 지구의 자전과 함께 그 위상이 부단히 변
화하며 바뀐다.11) 그러기에 앞의 계사전 인용 ②번 문장의 "한번 음이
되고 한번 양이 되는 것이 도"라고 한 말이나, 계사전중 같은 문장 중
의 "낳고 낳는 것을 역(易)이라고 한다"는 말은 생생불식하여 소장성쇠
하는 '음양 상대성'의 관계적 독법으로 읽어야 함을 의미한다.12) 또 이
러한 음과 양은 부분적으로는 상호 대립되는 속성을 우선적으로 현시

---

10) 火(☲)와 水(☵)의 괘상은 각기 본질적 속성 안에 상반되는 속성을 감추고 있는 모습이
　　다. 실상 《주역》과 《도덕경》에서 말하는 무극이나 태극은 상반되는 양자를 존재론
　　적으로 하나도 아니고 분리된 둘도 아닌 '不一不二'의 '抱一'의 개념으로 이해되어야
　　할 것이다. 이에 대해서는 김형효의 《사유하는 도덕경》(소나무, 2004) 제10장 및 제
　　22장의 해석(pp.128-135, pp.210-213)을 참조.
11) "음지가 양지 된다"는 말은 여기서 나왔을 것으로 여겨진다.
12) 《周易·繫辭傳(上)》, "一陰一陽之謂道.……生生之謂易."

하지만, 총체적으로는 보완적이기도 하다. 음과 양의 상호 대립은 명제적으로도 당연한 이치이나, 태극에서 보이는 총량의 일정성을 생각해보면 그 보완 관계를 쉽게 짐작할 수 있다. 이러한 보완을 통해 전체로서의 존재는 총체적 균형과 조화를 이루게 된다.[13]

음과 양은 양이 다하는 곳에서 음이 시작하고, 반대로 음이 끝까지 가면 양이 시작된다. 한자어에서 '끝까지 다하다'라는 의미를 지닌 '진(盡)'이나 '궁(窮)', 또는 '극(極)'은 이러한 플러스와 마이너스의 양면성을 보여주는 어휘들이다.[14] 이 의미를 함수의 미분의 관점에서 검토해보자. 각각 현상과 전조(前兆)의 관계를 의미하는 함수 $f(x)$와 기울기 $f'(x)$에서, 함수 $f(x)$의 기울기인 $f'(x)$가 +에서 -로 바뀌거나, 혹은 그 반대인 시점에서 극점에 도달하며, 그 점 이후로는 기울기의 부호 변화와 함께 하강하거나 혹은 상승한다.[15] 극은 극한으로서 무한의 개념에 닿아있는데, 서양 수학자들은 하나같이 무한을 끝(end)의 개념으로 이해했으나, 역에서는 그 끝과 극을 순환적으로 이해하는 점에서 서로 다르다. 극이란 더 갈 수 없는 끝의 개념이라기보다, 오히려 다음 단계로의 변곡점(inflection point)으로 파악한다는 것이다.[16] 앞에서 검토한 미분 도함수에서 극점에서 함수 그래프가 방향 전환하고 있는 것이 그것이다. 결

---

13) 모순 대립되는 두 요소가 역동적으로 상호작용을 하며 균형을 이룬다고 하는 현대 물리학자 닐스 보어(Niels Bohr)의 원자의 상보성이론, 생명체의 평형 유지 기능, 유가와 도불 사상의 중국 내에서의 역사적 상호 보완성, 중국문학에서 시의 평측 등 우주자연의 허다한 현상들이 이러한 대립적 보완의 총체적 균형을 통해 지속 유지됨을 말해준다. 이와 관련된 대표적 견해는 프리초프 카프라에서 보인다.

14) 태극 파동의 또 다른 내용은 필자의 <한시의 뫼비우스적 소통성>을 참조.

15) $f'(x)$의 극(최대치 혹은 최소치는)은 현상으로서의 $f(x)$보다 한 템포 선행하여 움직인다.

16) 김상일, ≪역과 탈현대의 논리≫, 지식산업사, 2006, p.219. 이 책은 四象의 이해 등 일부 오류와 과도한 주관성으로 논란의 여지가 없지 않으나, 다양한 통섭적 지식의 융합과 자유로운 창의로 넘치는 책이다.

국 이상의 내용에서 음과 양은 내적으로는 서로 질적으로 작용하는 동시에 외양상으로는 대립 보완, 상호 속성의 교차와 내재적 소장(消長)을 하는 등 그 자체로서 역동적이며 무궁한 순환 변화를 내재하고 있음을 알 수 있다.

(2) 괘와 효

실상 주역은 음·양 효의 관계망으로 구성된 기호 텍스트가 핵심이다. 앞서 말한 음양의 내재적 역동성은 먼저 사상(四象)으로의 일차 확장을 낳는다. 사상을 음양기호로 태양[노양, ⚌], 소음[⚎], 태음[노음, ⚏], 소양⚍]이 된다. 이들은 각기 음양 두 효의 순서적 작용으로 만들어진 상들이다. 두 효는 아래가 이면, 위가 표면의 속성을 말하는데, 단순 조합에 의미가 있지 않고 각 효들의 순차가 중요한 순열 기호이며, 각 효의 시간 사건은 기본적으로 아래부터 위로 읽어나간다.

앞의 태양, 소양, 태음, 소음의 사상을 순서적으로 풀이하면 다음과 같다. 태양의 바탕에서 젊은 음인 소음(少陰)이 생기고, 그것이 자라나 태음이 된다. 극에 달한 이 노음에서 소양(少陽)이 생겨난다. 그리고 그것이 강화되어 다시 태양이 되는 순환구조를 형성한다. 이는 2진법으로 말하자면 0과 1의 순열로서, 홀수를 양이라 하므로 0은 음이 되고 1은 양이 되며, 아래서부터 읽어가므로 '태양, 소음, 태음, 소양, (태양)'의 순으로 순환할 경우 숫자는 각기 '11, 10, 00, 01, (11)'이 되겠다.

이제 괘에 대해 알아보자. 주역의 괘는 조합만 가지고는 괘상이 확정되지 않는다는 점에서 순열이다. 이를테면 팔괘의 8종 가운데,[17] '양2

---

17) 坤(곤☷ 음음음), 艮(간☶ 음음양), 坎(감☵ 음양음), 巽(손☴ 음양양), 震(진☳ 양음음), 離(리☲ 양음양), 兌(태☱ 양양음), 乾(건☰ 양양양). 효의 순서는 시간 순으로 하단부터

음1', 또는 '음2양1'의 조합은 각각 3종의 괘만 가능하고, 순열로 될 때 비로소 서로 다른 8종의 괘가 나온다. 또 그것을 확장하면 64괘가 되는데, 이번에는 확장 방식이 다르다. 부연하면 팔괘는 음양 각 효가 세 번 움직여 순열이 되어[2^3=8] 이루어지고, 육십사괘는 이러한 팔괘가 중첩되는 [$2^3 \cdot 2^3$=64]의 경우의 수로 이루어진다.[18] 이상과 같이 태극에서 시작하여 양의, 4상, 8괘, 64괘로의 확장 과정을 음양 이진법 수식에 기초해 풀어보면, 8괘에 이르기까지는 $F(n)=2^n$(n은 0에서 3까지의 자연수)가 될 것이고, 그 함수값은 1, 2, 4, 8이 된다. 그리고 64괘는 괘의 모양대로 팔괘의 순열이 둘이므로, $F(3) \cdot F(3)=2^3 \cdot 2^3$=64가 된다.[19]

다음으로 음양기호의 상대성의 분화 확장 방식을 보자. 주역의 음과 양은 생명 탄생의 방식인 제곱 방식으로 분화하여 차원을 넓혀나가고 있다는 점이다. 존재는 '매번 변신과 변형을 이어가는, 급수계열적 형태의 거듭제곱의 힘'으로 추동된다.[20] 이러한 $F(n)=2^n$의 수식을 철학적으로 풀어 보겠다. n을 차원으로 보면 다음과 같이 해석될 수 있다. 만물의 미분화 상태인 0차원에서 함수 값은 1이다. 이것이 불일불이의 '포일(抱一)'이다. 무극이 태극인 것이다. 1차원의 경우 $f(1)=2^1$=2로서 음양 양의(兩儀)는 1차원 선에 해당된다. 2차원의 경우 $f(2)=2^2$=4로서 사상은 2차원 면에 해당된다. 3차원의 경우 $f(3)=2^3$=8로서 8괘는 3차원 공간에 해당된다. 그리고 64괘는 두 개의 공간에 해당하는 제곱수로서

기술.

18) 필자가 64에 이르는 길을 2^6이라고 쓰지 않고 $2^3 \times 2^3$=64로 쓴 점에 주의하기 바란다. 그것은 두 개의 공간이 만나 시공간을 만들어낸다고 보기 때문이다.

19) 그 확장 순서는 보통 태극, 양의, 사상, 팔괘, 육십사괘 순으로 전개된다고 말하지만, 周亦池 같은 경우는 <易經卦象의推演與排列原理의擴展>(≪大連大學學報≫第3卷 第2期, 1993.6.)에서 순열과 지수로 풀어내면서 팔괘가 양의에서 나왔다고 하는 주장도 한다.

20) 김상일, ≪易과 탈현대의 논리≫, p.28.

4차원 시간에 해당된다고 볼 수 있다.[21] 그래서 위치에 따른 효(爻) 이름에 초(初)와 상(上)이라는 시간과 공간이 섞여 들어가 있다. 64괘가 시간과 공간을 상호 직조하는 데서 멈추었으나, 이론적으로는 지속 확장도 가능할 것이다.[22] 그러나 우리네 인간 세상에서의 풀이는 그 의미 확장이 여기까지라고 생각된다. 포일의 관점에서 볼 때 1이나 64 모두 하나이면서 전체이고 전체이면서 하나라는 점에서 그 에너지와 의미는 잠재적이며 내포적이다.[23]

이제 각 효들의 자리와 전개를 잠시 살펴보도록 한다. 각 효가 들어가는 자리는 기수와 우수에 따른 양과 음 고유의 위치값을 갖고 있으며, 효 간의 배치 역시 1-4, 2-5, 3-6 자리 간에 위대칭성(位對稱性)이 작동된다. 즉 주역은 음양 상반의 치대칭과 함께 위대칭을 같이 지니고 있다는 것이 된다. 역에서는 효의 위치를 설명할 때 시간과 공간을 함께 아우른다.

효의 명칭을 보면 음효는 1, 2, 3, 4, 5, 6의 앞의 음수인 2와 4를 더

---

21) 이는 아인슈타인의 선생인 '민코프스키(Hermann Minkowski, 1864-1909) 시공간'의 개념과 비슷하며, 두 개의 공간이 시간으로 연결된다고 해석할 수 있다.

22) 2009년 易에 대한 필자의 음양 파동의 미분적 시간 연기에 관한 교양과목 강의를 수강한 동국대학교 사범대학 수학교육과의 이경화 학생은 <易의 수학적 접근과 해석>이라는 리포트에서 爻의 수가 무한개인 무한괘의 최대치와 최소치를 무리수 e를 사용하여 수식으로 풀어 무한 확장이 가능함을 보여주었다. 수식 중 극양(음)괘는 양(음)의 효수가 무한개인 괘를 뜻한다. 또 필자의 견해를 수학적으로 확장하여 효와 괘에 수식으로 적용하였으며 Taylor 정리를 활용한 끝에, 결론으로서 '미래의 운명이란 정해진 것은 아니지만 그 범위가 정해져 있으며, 내적인 힘, 즉 의지(노력)에 의해 한정된 영향을 받을 수 있다'고 증명하였다. 보고서는 '중국문학.com(wenxue.kr)'을 참조.

$$\text{Max(극양괘)} = \left(\frac{1}{0!} + \sum_{n=1}^{\infty} \frac{1}{n!}\right) - \frac{1}{0!} = e-1 \ , \ \text{min(극음괘)}$$
$$= -\text{Max(극양괘)} = -(e-1) = -e+1$$

23) 정자와 난자의 수정 결합 후, 2배체, 4배체, 8배체를 거치고, 8배체부터는 그 잠재된 힘들이 비로소 각 기관들이 분화로 발현된다고 하는 생물학적 탄생 과정 역시 주역 괘의 전개 과정으로 유비할 수 있다.

한 六으로 부르고, 양효는 양수인 1, 3, 5를 더한 九로 부른다. 그리고 위치에 따라 아래서부터 '初◖(九 또는 六)'에서 시작하여 '◖二', '◖三', '◖四', '◖五', 그리고 '上◖'라고 부른다. 이렇게 육효로 구성되는 대성괘의 효들은 초구(또는 초육)에서 시작하여 상구(육구)에서 맺어진다. 여기서 '초(初)'는 시간 개념이고, '상(上)'은 공간 개념이다. 그렇다면 주역의 기호 세계는 놀랍게도 시공간의 상호 소통성을 보여준다. 각 괘효들이 일정한 순서를 통해 배열 해석된다는 점에서 괘는 시간 사건 속에서 공간성을 담보해내고 있다. 이렇게 주역 괘효의 텍스트(text)는 시공 교직적인 상호 짜임(textile)을 보여주고 있다.

주역 기호학의 표상 체계는 단순한 음양기호가 2의 승수를 통해 효과적으로 효와 괘로 확장되면서, 시공간적 연계 속에 순열화하고, 사회 문화 콘텍스트 속에서 유동적으로 의미망을 확장시켜가며 다의성의 세계를 열어나갔다. 그 표상 체계는 언어적 구체성, 부연성, 명시성에 의하지 않고, 오히려 그 반대인 기호의 이미지, 개괄성, 모호성에 의지한다는 점, 그리고 음양의 이분적 배열과 다각적인 차원의 상호 작용을 무한 순차화하는 과정을 통해 의미 구도의 열린 세계를 형성해냈다.[24] 이상 주역이 밝히고자 하였던 기의의 세계는 유동하는 기호 속에서 은유와 유동을 통해 마치 뫼비우스 시프트의 건너뜀을 통해 언어의 한계를 넘어 온전한 도의 세계를 구현하기 위한 기호적 여정이었다.

---

24) '다각적인 차원'은 각 효의 시간순차만 아니라, 효의 음양과 위치와의 조응 관계, 나아가 서로 떨어진 위치에 있는 효들 사이의 조응까지도 의미 생성에 관여하고 있다는 점을 말한다.

2. 주역 음양론의 과학적 해석

본장의 내용은 먼저 주역에 대한 전통적 관점을 앞서의 기호학에서 유도한 내용과 비교 검토한다. 이에 따라 음과 양, 괘의 이면을 흐르는 효, 효의 결과로서 맺어진 괘 즉 팔괘와 육십사괘, 그리고 만물의 출발점이자 총괄인 태극에 대해 고찰한다.

(1) 십익(十翼)

본장에서는 주역의 기호적 속성과 의미가 중국적 동아시아적 관점에서 어떻게 읽히며, 이 둘은 어느 정도 정합성이 있는지를 염두에 두며 검증적으로 고찰한다. 이에 앞서 주역의 체계를 개괄해본다. 주역은 본문과 해설 두 부분으로 되어 있으며, 64개의 음양기호와 본문을 경이라 하는데, 64개의 괘상, 괘사, 효사로 되어 있다. 또 해설 부분을 전(傳)이라 하는데, 모두 10편으로 되어 있어 경을 돕는 날개라는 뜻으로 '십익'이라고도 한다. 십익은 경과 전에 분산 수록되어 있다. 단전(상하), 상전(상하), 문언전은 본문에,[25] 그리고 계사전(상하), 설괘전, 서괘전, 잡괘전은 별도로 있다.[26]

---

25) 본문에 있는 문언전은 건괘와 곤괘에만 있으며, 단전과 상전은 64괘 모두에 있다. 단전의 상하편은 별도 구분된 것이 아니라, 주역 乾卦에서 離卦까지의 30괘를 上經으로, 그리고 咸卦에서 未濟卦의 34괘를 하경으로 편한 데에 따른 것이다. 단전은 64괘에 다 붙어 있어 괘사를 해설하고 있으며, 象傳은 64괘의 여섯 효 모두에 있으므로 총 384효에 대해 설명하고 있다. 이중 괘사를 보충 해설한 부분을 大象傳, 효사를 해설한 부분을 小象傳이라 한다. 十翼은 공자가 지었다고 하는 설이 있지만, 후대의 학자들이 그 정신을 좇아 지어 가탁한 것으로 본다.

26) 김석진, ≪대산주역강의≫(1), 한길사, 1999, pp.41-42; 김재범, ≪주역사회학≫, 예문서원, 2002, p.107.

그러면 십익에는 어떤 내용이 있는가? 본문 부분의 단전, 상전, 문언전부터 순서대로 말한다. 명료하게 끊어 가른다는 의미의 '단(彖)'은 문왕이 괘를 판단했다고 하는, 괘 전체의 의미를 간략히 정의한 괘사로서 경에 해당된다. 그리고 공자가 부연했다고 하는 설명 부분으로서 "단왈"로 시작하는 부분이 전에 해당되는 단전(상하)이다. 이어 상전(상하)에는 괘의 형상을 좇아 설명한 대상인 괘상과, 변화하는 각효의 형상의 의의를 하나하나 설명한 소상인 효상이 있다. 이어 하나로 된 문언전은 64괘의 근간이 되는 건괘와 곤괘를 따로 떼어내 종합적으로 풀이한 것이다. 이상 5전은 본문에 들어 있다.

다음으로 계사전(상하)은 문왕의 괘계사와 주공의 효계사를 공자가 총체적으로 해설했다고 하는 데, 실은 후학들이 가탁한 것으로 본다. 계(繫)란 매어놓는다는 뜻이니 각효의 변화를 거쳐 하나의 상으로 맺어진 괘상을 고정화시킨다는 의미이다. 계사 상전이 총론이며 체에 관한 내용이라면, 계사 하전은 각론이며 용에 해당된다.

그리고 춘추 전기에 형성된 것으로 보이는 설괘전은 소성괘인 팔괘에 대한 선후천 생성 배열 원리와 작용 등 다각적인 설명이 상수적 내용과 함께 언급되어 있다. 취상(取象)과 괘덕에 따라 설명하였다. 전국시대에 이미 존재한 서괘전은 64괘의 배열 순서를 서술한 것이다. 서괘의 차서 및 상하 분경의 상수적 의미는 다음 절 괘 부분에서 논한다. 끝으로 십익의 말미는 잡괘전이 있는데, 본래 역전에 속하지 않다가 한대에 발견되어 추가되었다. 64괘의를 둘씩 짝을 두어 설명하였다.[27]

이상 십익은 음양기호로 구성된 기호 세계에 대한 짧은 경문만으로

---

27) 廖名春·康學偉·梁韋弦 저, 심경호 역, 《주역철학사》, 예문서원, pp.103-120.

이해하기 어려운 주역 본경에 대하여, 총체적이며 세부적 언어로써 세계의 생성·전개·판단의 표상으로 비유 설명한 동아시아 한자문명권의 해석학전 경전의 중심에 있다. 필자는 전편에서 주역의 기호학적 특색으로부터 '음양효'와 '괘'(8괘와 64괘), '효', '태극'의 의미들을 은환유 이론 및 미분철학을 동원하여 설명해냈다. 본장에서는 이와 같은 주역 표상 체계의 핵심을 경전에 대한 중국 전통의 해석학적 관점을 통해 도출해내고, 이러한 내용들이 전편에서 필자가 행한 분석과 어느 정도 정합되는가의 문제를 비교와 대조를 통해 검증적으로 고찰해보도록 한다.

주역 해석학의 핵심을 이루는 어휘들은 음양, 효와 괘, 태극, 그리고 상수적 이해들이다. 본장에서는 이들 도도한 연구사적 흐름을 지니는 상수학을 제외하고 나머지 핵심 용어들에 대해 음양기호학의 중국적 관점을 중심으로, 전편의 기호학적 논의와 비교 검토해 보도록 한다.

(2) 음양

음양은 주역 전체의 핵심을 이루는 두 종류의 기호이자 용어이고, 세계 분화의 기초 단위이며 작용이다. 그리고 이에 관한 논의를 음양론이라 할 수 있다. 음과 양에 대해서는 ≪주역·계사전≫에 많이 언급되어 있다. ≪계사·상전≫에서 "하늘은 높고, 땅은 낮으니 건과 곤이 정해지고, 높고 낮음으로 펼쳐지니 귀와 천이 자리하며, 움직임과 머뭄이 일정하니 굳센 것[剛]과 부드러운 것[柔]이 정해졌다"고 했는데,[28] 강은 양의 쓰임이며, 유는 음의 쓰임이므로 같이 보면 된다. 그렇다면 음·

---

28) ≪繫辭·上傳≫(1) "天尊地卑, 乾坤定矣. 卑高以陳, 貴賤位矣. 動靜有常, 剛柔斷矣."

양 또는 강·유는 세계를 구성하는 다양한 대립적 요소로서 표상되는 셈이다. 주역에서는 음을 먼저, 그리고 양을 나중에 표시하는데, 이는 음이 수렴 생성해내는 작용을 더 중시한 데서 비롯된 것으로 보인다. 이는 명료한 논리체계인 수학적으로도 표현 가능한데, 음양 동태성의 수학적 풀이는 괘 부분에서 종합적으로 다룬다.

그러면 이 음양은 어떻게 움직여 나가는가? 계사전에서 "한번 음하고 한번 양함을 일컬어 도라고 한다."고 정의했다.[29] 이 말은 역사적으로 많은 함의를 갖지만, 태극에서 시작하여 음양으로 분화한 우주자연은 음과 양이 번갈아 작용하면서 '동태적'으로 생성 전개되어 나간다는 뜻으로 생각된다. 여기서 '도'란 '진리'를 뜻하기도 하지만, 말 그대로 '길'이라고 보아도 좋겠다. 그렇다면 이는 결국 세계는 음과 양의 상호 교직 속에 새 길을 만들어 나가며 흘러간다는 것이다.

또 정호와 정이 형제는 "천지 만물의 이치는 홀로가 없으니 반드시 상대가 있다(天地萬物之理, 無獨必有對)."거나 또는 "대대(對待)가 있으니 생생의 근본이다(理必有對待, 生生之本也)."라고 하였다.[30] 즉 음양론의 핵심은 음양을 서로가 서로에게 기대며 부단히 상호 작용하여 만들어나가는 것인데, 이는 음양이 상호텍스트적(intertextuality)으로 즉 서로를 기다려 대대법적으로 움직여 나가는 역동적 자기조직화를 의미한다.[31]

---

29) ≪繫辭·上傳≫(5), "一陰一陽之謂道."
30) ≪주역사회학≫, p.144에서 재인용.
31) 김재범은 ≪주역사회학≫(p.148)에서 최영진의 음양의 '대대의 특징'을 다음 네 가지로 요약 정리했다. ① 對待는 적대적이 아니라 타자와의 관계 속에서 자기 존재의 확보라는 시야로 읽어야 한다. ② 상호 모순이 아니라 상호 추동하는 상반상생, 상반응합의 사고이다. ③ 균형과 조화이다. ④ 공간에 머무르지 않고 시간적 관계성을 포섭한다. 이상 최영진의 글은 <'易'으로의 초대>(≪동아시아 문화와 사상≫ 제1호, 동아시아문화포럼, 열화당, 1998, pp.34-38)을 참조.

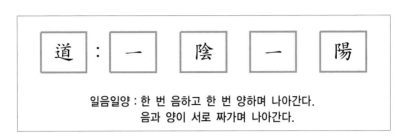

‘일음일양’의 또 다른 의미는 총체적으로는 사물의 다른 속성이기도 하지만, 내부의 양면 속성을 지닌 한 사물 표상이기도 하다는 점이다. 음과 양은 상호 독자적이며 대립적 표상으로 나타나지만, 다른 한 면에서는 서로가 질적으로 내재하고 있다는 점이다. 뒤의 ‘괘’ 부분의 설명 중 음양 분화도에서 알 수 있듯이, 음은 양을 내재하고 있다. 즉 주역의 ‘음중양, 양중음’의 동시 포괄적 인식은 동아시아 음양론의 큰 특징이다. 주역의 음양 대대 사유는 이분법이나 인과론적 사유가 아닌, 일원론의 상관론적이며 동시성의 인식 원리이다.[32] 이는 어떻게 보면 한 생명체를 구성하는 세포가 생명체 전체의 속성을 모두 포함하고 있는 것과 유사한 이치이다. 그리고 이러한 소에서 대로의 질적 동일성을 지닌 확장 역시 프랙털(fractal)적 동형구조(isomorphism)이다.[33]

본장 5절의 태극 부분에서 언급하겠지만 작은 단위와 큰 단위가 하나의 닮은 모습으로 구현되는 양상이다. 그렇다면 전체로서의 대태극과 부분으로서의 소태극이 한 모습이라고 할 수 있겠다. 이것이 동아시아

---

32) 김재범, ≪주역사회학≫, 예문서원, 2001, pp.146-147. 또 이러한 동시성(synchronicity)의 관점은 심리학자 칼 융이 받아들였으며, 역의 점복의 관점에 연결될 수 있다는 점에서 사유 비약적이다.

33) 과학에서 사용된 용어로서 서로 다른 것들 사이에 나타나는 구조적 동일성을 의미한다. 나무와 나뭇잎, 수많은 프랙털 도형, 우주와 원자의 모형 등 매우 다양한 동형구조가 존재한다.

음양론의 중요한 특색이다. 그러면 이 둘은 어떻게 상관하는가? 이에 대해서는 효와 괘 부분에서 논하도록 한다.

복잡한 세계를 단순한 두 개의 기호인 음양으로 표상되는 사물 표현 방식에 대한 문학예술상의 의미를 생각해본다. 세계를 구성하는 수많은 사상과 존재는 음과 양의 두 가지 속성으로 요약되며, 주역 곳곳에서 음양은 다양하게 유사한 다른 속성들로 유비 표상되는데, 이러한 유비 는 바로 유사한 것들 간의 은환유적 비유 연결이다.[34] 그리고 작용면에 서 음양은 단순히 정태적 상으로서만 존재하는 것이 아니라, 상호 작용 을 통해 제3의 새로운 변화를 만들어낸다.[35] 이는 마치 사람의 보행에 서 좌와 우의 움직임을 통해 결국은 앞으로 전진해나가는 것을 생각케 한다.

이상 음양은 태극에서 나와 상반상생의 상호 추동으로 대대연기 속 에서 세계를 표상하는 핵심 단위이다. 상호 대립과 보완의 양면 속성을 지니는 동아시아 음양론은 음과 양의 상호 작용을 자체 동력화하여 동 태적으로 세계를 추동해내는 동아시아 사유의 특징을 잘 보여주고 있 으며, 서구의 정태적 실체론과는 다른 동태적 관계적 사유로서 아직까 지도 많은 시사를 던져주고 있다는 점에서 주역 철학의 독자성이 엿보 인다.

---

34) 주역의 이와 같은 유비적 연결 방식은 시경, 초사, 이소 등에서 비흥의 수법이란 용어 를 통해 중국고전문학의 대표적 수사법으로 자리 잡게 된다.

35) ≪계사·上傳≫(2)에서 "변과 화란 나아가고 물러남의 형상이요, 강유는 낮과 밤의 형 상(變化者, 進退之象也.)"이라고 동태적으로 해석했다.

(3) 효(爻)

효에 대해서는 상세한 설명이 필요하다. 역의 근본적 속성은 변화이고, 그 변화를 추동하는 것은 효이기 때문이다. 계사전에서 "역은 상으로서 상이란 모양을 본뜬 것이며, 단은 재료이며, 효는 천하의 움직임을 본뜬 것이다. 이 때문에 길흉이 생기고, 후회와 인색함이 드러난다."고 했다.[36] 그렇다면 효란 구체적으로 무엇인가? 본뜨는 것이다. 그런데 그 본뜸, 즉 효의 의의는 어떤 사상(事象)의 '흐름'을 형용 설명하는데 있다. 또 계사전에서 "단이란 상을 말하고, 효는 변하는 것을 말하며, 길흉은 자기에게 닥칠 득실을 말한 것이다."고 했는데,[37] 돼지어금니란 뜻을 지닌 글자인 단(彖)이 괘 전체의 표상을 한마디로 잘라 말한 것이라면, 괘의 이면을 흐르는 여섯 효는 그 내적이며 동태적 변화의 과정을 추적 설명한 것이다. 그래서 사람들은 그 괘효에 나타난 길흉을 보고 자신에게 어떤 결과가 야기될지 득실을 따지게 된다. 주역의 효는 각 괘마다 6효씩 하여 64괘가 되니 총 384효는 모두 음이나 양의 두 가지에 불과하지만, 각각의 위상공간에 따라 의미를 달리하게 된다. 즉 효는 동태적 상황 속에서 읽혀진다는 점이 중요하다.

이제 효의 자기 구현 방식을 본다. ≪계사·상전≫ 제2장에서는 "성인(복희씨)은 괘를 설정하여 괘상을 보고 말을 매어[계사] 길흉을 밝혔다. 강과 유가 서로 밀어서 변화를 만들어낸다."고 하였다.[38] 괘의 표상은 음양이 서로 작용하여 변화가 일어나는 과정을 기록한 것이 괘이며, 이

---

36) ≪繫辭·下傳≫(3) "是故, 易者象也. 象也者, 像也. 彖者材也. 爻也者, 效天下之動也. 是故, 吉凶生, 而悔吝著也."
37) ≪繫辭·上傳≫(3) "彖者, 言乎象也. 爻者, 言乎變者也. 吉凶者, 言乎其失得也."
38) ≪繫辭·上傳≫(2) "聖人設卦, 觀象, 系辭焉, 而明吉凶. 剛柔相推, 而生變化."

괘를 통해 일의 성패를 가늠하고 대비케하는 것이 괘의 의의라며, 그 변화는 '강유상추(剛柔相推)', 다시 말하면 '음양 상추'를 통해 일어난다는 것이다. 즉 음과 양이 상호 작용하여 새로운 변화를 만들어내는 것, 이것이 역의 요체이며 효변(爻變)이다. 이러한 과정을 거쳐 "굳센 것과 부드러운 것이 서로 마찰하여, 팔괘가 움직여 나온다."는 것이다.39) 역의 표상을 크게 말하자면 태극에서 음양이 나오고, 다시 사상과 팔괘 및 64괘로 나아감을 설명한 것이다.

이렇게 주역 음양론에서 효는 동태적으로 파악할 때에만, 음양 요소에서 괘로 이어지는 중간 과정에 처한 효의 의미가 생생하게 드러난다. 실체적 의미에서 독립된 효는 단순한 음양기호일 뿐이다. 고립된 효만 가지고서는 사건과 의미의 구체성을 띠지도 못할 뿐더러 총체적이고 유기적인 독법이 개재될 여지가 없다. 그러나 괘 안에 위치하여 선후로 흐르는 관계적 독법으로 읽힐 때, 즉 '일음일양'의 작용을 통하여 괘와 효는 비로소 생생하여 신묘막측한 살아있는 의미로 우리에게 다가온다.40) 다음 건괘(乾卦, ䷀)를 통해 실례를 본다.

> [一] 初九 : 물속에 잠긴 용은 쓰지 말라.(潛龍勿用.)
> [一] 九二 : 드러난 용이 밭에 있으니, 대인을 봄이 이롭다.(見龍在田, 利見大人.)
> [一] 九三 : 군자가 날이 저물도록 굳게 행하고 저녁에도 돌아보면, 상황이 어려울지라도 허물이 없으리라.(君子終日乾乾, 夕惕若, 厲无咎.)

---

39) ≪繫辭·上傳≫(1) "剛柔相摩, 八卦相盪.
40) ≪繫辭·上傳≫(5) "생하고 생함을 易이라 하고, 형상을 이룬 것이 乾이며, 법을 본받는 것을 坤이라 한다. 역의 수를 끝까지 하여 올 것을 아는 것을 占이라 하고, 그 통하고 변함을 事라 한다. 음양의 헤아릴 수 없는 신묘함을 神이라 한다."(生生之謂易, 成象之謂乾, 效法之謂坤, 極數知來之謂占, 通變之謂事, 陰陽不測之謂神.)

[一] 九四 : 힘차게 솟구쳐 올라도 연못에 있다면 허물이 없으리라.(或躍在淵, 无咎.)

[一] 九五 : 나는 용이 하늘에 있으니 대인을 봄이 이롭다.(飛龍在天, 利見大人.)

[一] 上九 : 높은 곳에 처한 용이니, 후회가 있으리라.(亢龍有悔.)

　주역의 큰 근원이 되는 중천(重天) 건괘(乾卦)에 대한 풀이다.41) 중천 건괘는 두 개의 천(天)인 '☰'과 '☰'의 결합이다. 대성괘를 이루는 각 효는 모두 양효로 이루어져 있는데, 같은 양효이면서도 위치에 따라 설명은 판이하다. 밑의 효부터 전개되는 각 효의 설명에서 보듯이 건괘의 효사에서 궁극적 득실의 중심이 맨 위의 상구가 아니라 구오에 있음은 주역의 순환론적 세계관을 알게 해주는 부분이다. 극이라고 하는 현상적 정점이 지니는 원초적 이중성은 곧 양의 모멘텀에서 음의 모멘텀으로의 변화의 순간이기 때문이다.42) 중국적 용어로는 사물이 극에 달하면 다시 회귀하는 '물극필반(物極必反)'이다.

　각 효는 효의 위치, 효 자체의 변수, 다른 효와의 관계로 의미가 정해진다. 전통 역학에서 효의 위계는 이렇게 비유된다. 초효(初爻)는 서인(庶人), 제2효는 사(士), 제3효는 대부, 제4효는 경, 제5효는 천자, 그리고 끝의 상효(上爻)는 은퇴한 군자로 본다. 밑에서 위로 올라가는 여섯 개의 효가 모두 양인 건괘는 각 효가 똑같은 양효임에도 불구하고 처한

---

41) ≪文言傳≫(5)에서는 이렇게 풀고 있다. "크도다. 乾이여! (육효의) 剛・乾하고 中・正하며 純・粹함이 매우 정밀하다. 육효가 발휘하여 두루 情을 통하며, 때에 따라서 (각기) 六龍을 타고 하늘을 마음대로 노니는구나. 구름을 운행하고 비를 베풀어 천하가 평안해 짐이라."("大哉乾乎! 剛健中正, 純粹精也, 六爻發揮, 旁通情也, 時乘六龍, 以御天也, 雲行雨施, 天下平也.")

42) 이런 의미에서 한자 또는 중국어의 '極, 盡, 窮'字에는 현재적 상승의 정점과 미래적 하강이라고 하는 양면적 의미가 내포되어 있음을 알 수 있다.

위치에 따라 변화의 추이에 따른 전혀 다른 해석이 가해지고 있다. 이를 효위($爻位$, 즉 2^n을 기초로 하는 효위설의 관점에서 보자.[43] 각효의 자리는 짝수와 홀수의 자리에 따라 음과 양의 터전이며, 여섯 개의 효들은 사상($事象$)이 전개되어가는 시간 사건적 흐름들이다. 즉 각 효는 바로 그 시공간적 위상 속에서 자신의 동태적 좌표를 연속적으로 설정해나가는 동일한 사물의 다른 외적 양태들이다. 이런 의미에서 이들은 '일즉다'이고 '다즉일'로서 '하나이면서 전체이고 또한 전체이면서 하나가 되는' 상관적 개체의 동태적 추이의 과정으로 해석된다. 정재분의 <메주>라는 시를 보자.

> 처마 끝에 매달린 소리 없는 풍경에게 긴긴 밤이 다녀가고 언 햇살이 스며들어 실핏줄이 자랄 즈음 묵묵한 어느 손길 윗목 구들장 내어줄 제 담요를 뒤집어쓰고 기운이 차올라 하얀 꽃을 피우는 겁니다. 고드름이 낙화하는 정월 보름 햇나물이 군내를 헹굴 즈음 항아리 하나 가득 바다를 길어 올리는 겁니다. 검댕이 숯과 붉은 고추부지깽이로 불씨를 일으키고 훠훨훨 사르며 시간 마루를 넘어서 다른 이름으로 태어나지요[44]

이 시에 대해 평론가 장석주는 이렇게 말한다.

> 정재분의 <메주>는 그 메주를 발효 숙성시킨 뒤 장의 원료로 쓰는 차례를 따라간다. 처마에 매단 메주는 긴긴 밤이 다녀가고 언 햇살이 스며들면 제 안에 실핏줄이 자라 생명이 깃든다. 그 메주를 더운 뜰아랫방에다 짚을 깔고 온도와 습도를 잘 맞춰 숙성 발효시켜 간장이나 된장 원료로 썼던 것이다. 메주는 "담요를 뒤집어쓰고 기운이 차올라 하얀 꽃을 피우"며 숙성 발효한다. 그 잘 띄운 메주를 이듬해 정월 보름 즈음에 큰

---

43) 김상일, 《역과 탈현대의 논리》, 지식산업사, 2006, p.361.
44) 정재분, <메주> : 《그대를 듣는다》, 종려나무, 2009.

항아리에 깨끗한 물을 붓고 천일염을 섞은 뒤 숯(陰)과 붉은 고추(陽)를 띄운다. 양을 품은 물은 "불씨를 일으키고 휘월휠 사르며 시간 마루를 넘어서" 불이 되었다가 "다른 이름으로 태어"난다. 그렇게 지난한 과정을 거쳐 메주는 장(醬)이라는 새로운 이름으로 거듭난다. 메주는 스스로 소진된 재이며 그 재 속에서 일어나는 불꽃, 즉 피닉스다. 메주에 실핏줄이 자라나고 하얀 꽃이 피어나 새 생명을 얻는 것이다. 이때 장은 땅(콩)과 하늘(바람·햇살)의 합쳐짐이며, 음(어둠·물·숯)과 양(볕·천일염·붉은 고추)의 섞임이다.

메주는 "처마 끝에 매달린 (채) 소리 없는 풍경"이 되는데, 공간의 위계학에서 메주가 걸린 처마 끝 허공은 세속을 넘어 하늘로 나아가는 초입이다. 땅에서 나고 자란 콩이 불에 익혀져 짓이겨진 뒤 다른 이름, 다른 존재로 태어나려고 하늘의 신성한 시간으로 공중 부양한다. 처마 끝에 매달린 이 메주는 서정주의 <동천(冬天)>에 나오는 "즈믄 밤의 꿈으로 맑게 씻어서" 찬 하늘에 옮겨 심은 마음 속 임의 "고운 눈썹"에 상응한다.[45]

노자를 음미하는 시인 정재분은 장석주의 설명과 같이 가을날 땅의 기운을 머금고 거둬들인 콩은 질적 변신을 위해 처마 끝에 걸려 하늘과 바람의 기운을 받으며 새로운 생명을 피워내고, 다시 정월에 음양의 배합 과정을 거치며 전혀 다른 장(醬)으로 재탄생하게 된다. 장석주는 메주의 재탄생 과정을 시간 속의 음과 양의 배합으로 설명해내고 있다. 앞 시간에서 뒷 시간으로의 시간의 흐름 속에서 메주는 과거를 버리고 점차 질적 변화를 이루어나간다.

메주의 질적 변화의 결과물인 간장은 역(易)으로 말하자면 초효에서 상효로 나아가며 맺어진 하나의 괘상은 시간 속에서 다양한 효로 변해

---

45) 장석주, 《오늘, 명랑하거나 우울하거나》, <휘얼휠 사르며 시간 마루를 넘어서>, 21세기북스, 2012, pp.230-231.

가며 나아가다 맺어진 결과적 상이다. 이때 과거는 흘러가고 없다. 그렇다면 6효로 맺어진 괘상이란 결국 한 효에서 다음 효로 변해가는 과정, 즉 시간 사건적인 생생불식의 부단한 변화과정을 하나의 그림에 모두 담은 공시적 미토그램이다. 이런 점에서 시 <메주>의 메주에서 간장으로의 자기 변모과정은 효의 변화를 통한 괘상의 위상공간적 결정이다.

이제 시간과 공간의 관점으로 다시 건괘 효의 변화와 추이를 보자. 괘의 각 위치에 따른 효사는 위치와 때에 따라 '잠룡, 현룡(見龍), 비룡, 항룡(亢龍)'으로 무상하게 변해간다. 이는 하나의 사물이 시시각각 시공간적 상황 속에서 다르게 발현되는 외적 양태이다. 이렇게 보면 괘의 각 효는 자신이 처한 위치인 공간[位] 속에서 시간[時]의 추이와 함께 달라지는 효의 의미를 추적 설명한 것임을 알 수 있다. 그래서 초구(初九)의 '공간적 시간'에서 출발한 효의 여정은 상구(上九)의 '시간적 공간'에서 상이 잡혀(capture),[46] 전체로서의 괘의 그림(picture)이 걸리면서 [掛] 괘상(卦象)이 드러나는데, 사람들은 이를 읽으며 미래에 대비하는 것이다.

그렇다면 괘효의 시공간은 어떠한 성격의 것인가? 그것은 공간 따로 시간 따로인 절대의 시공간이 아니라 시간과 공간이 상대적으로 작용하여 틈새 없이 하나가 되는 관계적 시공

아인슈타인

---

46) 실제로는 시간과 공간을 가를 수 없기에 이렇게 표현했다.

간이다. 서구에서 이러한 시공 상관의 인식은 $E=mc^2$으로 요약된 20세기 과학혁명의 태두 아인슈타인의 상대성이론에 이르러서 비로소 가능해졌다.[47] 아인슈타인은 다음과 같이 말했다. "상대론이 출현하기 전에는 모든 사람들은 시간과 공간이 계속 존재한다고 생각할 것입니다. 그러나 상대론의 관점에서 말하면, 물질과 그 운동이 소멸한다면 더 이상 시간과 공간은 존재할 수가 없을 것입니다."[48] 과학적으로 물질과 에너지가 속도와 함께 서로 주고받기[전환]를 하고 있다는 뜻이다. 불교적으로 말하자면 '색즉시공, 공즉시색'이며, 불생불멸의 '이사무애법계(理事無礙法界)'인 셈이다. 결국 이는 서구 철학사에서 상호 독립적인 차원의 구성체라고만 여겨졌던 시간과 공간이 실은 물질과 운동의 함수라는 혁명적 발언이다.[49]

이 말을 다시 주역으로 돌이켜 생각해보면, 주역에서 음과 양은 상호간에 서로 밀어주는 '음양상추'의 작용을 통해 불가분의 시공간의 궤적 속에서 효의 사건들을 통해 전개된다. 즉 초효에서 시작한 효의 여정을 상효로 나아가며 하나의 괘를 이루어 세계를 표상하게 된다. 결국 세계

---

47) $E=mc^2$은 수식에 보이는 단위만으로도 많은 것을 말해준다. 에너지가 질량(무게)과 빛의 속도(30만Km/sec), 그리고 빛의 제곱 단위로서의 공간과 시간 개념이 함수적으로 연결되어 있다.

48) 高懷民 저, 정병석 역, ≪주역 철학의 이해≫, 문예출판사, 2004, p.592 재인용.

49) 시공은 파악하기 어려운 개념이다. 비유로 말하자면, 시공을 하나의 거대한 고무판으로 볼 때, 그 위에 놓인 별들의 질량은 고무판을 변형하여 彎曲시킨다. 질량이 클수록 고무판의 휘어짐도 커지고, 웅덩이가 생기는데, 이러한 휘어짐은 공간의 휘어짐일 뿐 아니라, 시간의 휘어짐이기도 하다. 또 역으로 시간과 공간이 휘어지면 물질의 질량은 팽창하게 된다. 따라서 큰 별 주위의 시공간은 휘어져 있으므로, 이를 지나는 측지선 (geodesic line)에 따라 빛도 휘어진다. 이때 공식 개요는 다음과 같다. →'시공간변형곡률=비례상수×질량에너지'(① 찰스 세이프 저, 고중숙 역, ≪無의 수학, 무한의 수학≫, 시스테마, 2011, pp.208-209; ② 정순길, ≪과학 주역≫1, 안티쿠스, 2011, pp.74-82; ③ 소광섭, ≪물리학과 대승기신론≫, 서울대학교출판문화원, 1999, pp.74-83)

표상의 시발이었던 태극은 음양의 역동적이며 역설적 자기 분화의 운동 속에서 시공간적 자기지속과 성쇠변화를 이룬다.50) 약 3천년 전 이미 시간과 공간을 함께 보아온 역의 상관적 시공간 인식과 다양한 함의를 지닌 총체적 표상 방식은 현대 과학의 관점에서 볼 때 놀라운 혜안이다.

(4) 괘

바로 앞의 효의 여정에서 보았듯이 초효에서 시작한 효의 동태적 과정이 상효(上爻)까지 갔을 때에 맺어진(capture) 하나의 상(picture)을 괘라고 한다. 즉 시간에 따른 동변의 진행태였던 각위(各位)의 효가 제6효에서 capture된 picture로서 상으로 걸린(掛) 것이 괘이다. 그래서 시간 개념인 초효와 공간 개념인 상효를 한 괘에서 같이 사용하고 있는 것인데, 이렇게 괘는 시간과 공간의 상호 교직으로 구성된 세계(世界)와 우주(宇宙) 내의 존재(存在)적이며 시간 사건적 표상이다.51)

괘의 기본이 되는 것은 천지만물의 대표성을 지닌 팔괘이다.52) 이를 소성괘(小成卦)라고 하고, 소성괘가 거듭하여 이루어진 64괘를 대성괘(大成卦)라고 한다. 즉 전자는 음양효 3개로 된 8괘이고, 후자는 이러한 팔

---

50) 이러한 점에서 태극은 서구 유클리드 공간을 헤쳐 나가는 것이 아니라, 스스로 자기조직화해나가는 프랙털적 속성을 지닌다. 이 점은 다음 장중 '사이[間]의 심미' 부분에서 상술한다.

51) 범어에서 온 '世界, 宇宙, 存在'에서 '世, 宙, 存'은 시간 개념이며, '界, 宇, 在'는 공간 개념이다.

52) 팔괘는 건(乾 : ☰ 하늘), 태(兌 : ☱ 못), 이(離 : ☲ 불), 진(震 : ☳ 우레), 손(巽 : ☴ 바람), 간(艮 : ☶ 산), 감(坎 : ☵ 물), 곤(坤 : ☷ 땅)을 말한다. 한편 팔괘는 라이프니츠가 영향 받은 0과 1의 이진수로 표시할 수도 있다. 이에 대해서는 주 57의 수열화한 도해도를 참조.

괘의 제곱수인 음양효 6개로 구성된 64괘가 된다. ≪계사 · 하전≫에 "팔괘가 열을 이루니 상이 그 속에 있고, 팔괘를 중첩시키니 효가 그 가운데 있다."고 한 말이 그것이다.[53]

여기서 잠시 같은 소성괘의 중복인 중괘에 대해 언급하면 중괘는 외견상 효의 중복사건이기는 하나 두 소성괘의 효사는 서로 다른 위치와 흐름 속에서 읽혀지며 자기만의 효의를 지닌다. 왜냐하면 소성괘의 괘상은 같지만 효위가 다른 까닭에 괘의 역시 다르기 때문이다. 또 대성괘에는 상하를 뒤집어도 똑같은 형상이 나오기에 뒤집을 수 없는 8개의 부도전괘(不倒轉卦)[54]와, 뒤집었을 때 다른 괘상이 나오는 56개의 도전괘(倒轉卦)로 구성되어 있으며, 이를 계산에 의해 주역 괘의 기본 괘수를 도출하면 36괘가 된다.[55] 그런 점에서 불교가 33天의 세계를 보여준다면, 주역은 36宮의 철학서라고 할 수 있다.

그러면 괘는 어떻게 생성되는가? 계사전에, "역에는 태극이 있고, 태극은 음양을 낳으며, 음양은 사상을 낳고, 사상을 팔괘를 낳는다. 팔괘가 길흉을 결정하며 길흉이 대업을 낳는다."[56]고 하였다. 즉 주역 표상

---

53) ≪繫辭 · 下傳≫ "八卦成列, 象在其中矣. 因而重之, 爻在其中矣."
54) 음양기호의 특성상 부도전괘가 모두 같은 괘의 겹인 重卦만은 아니다. 부도전괘는 주역 상경의 重天乾(1)와 重地坤(2), 山雷頤(27), 澤風大過(28), 重水坎(29), 重火離괘(30)와, 하경(下經)의 風澤中孚(61), 雷山小過괘(62)이다.
55) 괘 형성의 기본 요소를 따지는데 있어서, 도전괘 56/2=28개에 부도전괘 8괘를 더하면 주역 기본 괘수 36宮이 나오며, 이들은 상경과 하경에 각각 18괘씩 고르게 분포되어 있다. 그 과정을 셈하면, 부도전괘가 직전 주석에서 보듯이 상경에 6개가 있어 상경 30-6을 하고 다시 둘로 나누면 도전괘 12괘가 되므로, 여기에 부도전괘 6을 다시 더하면 18궁이 위치한다. 또 하경 34괘중 부도전괘 둘을 빼 34-2하고 다시 둘로 나누면 도전괘는 16개가 된다. 이에 다시 부도전괘 2를 다시 더하면 하경에도 18궁이 배치됨을 알 수 있다.(≪대산주역강의≫(3), pp.425-427)
56) ≪繫辭 · 上傳≫(1) "是故易有太極, 是生兩儀, 兩儀生四象, 四象生八卦, 八卦定吉凶, 吉凶生大業."

의 생성 체계는 '태극→ 음양→ 사상→ 8괘→ 64괘'의 순서도로 제시된 것이다. 자세한 것은 아래 주석의 그림을 참고하기 바란다.[57)]

두 그림은 태극에서 팔괘에 이르는 과정을 그리고 있는 점에서는 같으나 다른 점도 함유하고 있다. 좌측 그림은 이진법적 개념을 담고 있으며, 우측 그림은 질적 분화의 개념을 보여준다. 우측 그림을 풀이하면 하나의 이태극이 음과 양으로 분화되며, 그것은 마치 태극이 그러했듯이 순전한 음과 양이 아닌, 그 안에 다시 음성과 양성을 내포한 음과 양으로 분화된다. 이런 방식으로 계속 분화해나가는 음과 양은 양적 분화가 아니라 질적 분화로 해석되어야 하며, 이것이 동아시아 음양론이 지니는 음양 분화의 동태적 속성이다. 이런 점에서 대태극에서 분화된 소태극들은 대태극과의 동형성을 보여준다. 이는 마치 세포생물학에서 각 세포들이 어느 정도 이와 같은 모습을 보여주는 것과 흡사하다.

태극의 분화를 수학적으로 풀이해본다. 주역에서 음과 양은 대립적 사물인 실체로서만이 아니라 대부분 상호 대대적으로 해석된다. 계사전에 "태극에서 양과 음이 나온다."고 하고, "한번 음하고 한번 양하는 것

---

57) 첫 번째 그림은 0과 1의 이진수로 표시된 이진괘도표이다. 그리고 태극에서 괘로 분화되어 나갈 때 매 차원마다 재분화되는 음양의 속성을 보여주는 두 번째 그림에서 一陰陽 태극이 다양한 多陰陽으로 분화·전개되어 나가는 방식과 속성을 볼 수 있다.(그림은 <유가의 복희8괘 생성과정 설명도> : 김상봉, ≪數易≫, 은행나무, 2007, p.37의 오류를 수정 인용) [음 : ○, 양 : ●. 각 단위의 좌는 음(○), 우는 양(●)이다.]

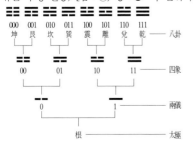 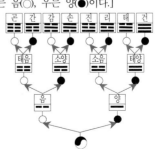

을 일컬어 도라고 한다."고 할 때,[58] 음양은 동태적 모멘텀을 지닌 방향성의 측면에서 이해된다. 이 경우 음과 양은 수학적으로 현 상태에서의 양으로의 변화이므로 결국 양=$\{1효 : f'(x)≥0\}$이 되고, 음은 현 상태에서의 음으로의 변화를 말하므로 음=$\{1효 : f'(x)≤0\}$이 될 것이다.[59] 즉 그 방향성[모멘텀, 기울기]이 각각 +와 -라는 말이다.

그리고 양에서 나누어진 노양[⚏]과 소음[⚎]을 각각 예로 들면, 먼저 노양이란 양의 방향(1효)으로의 변화량이 양인 변화(2효)를 가리키므로, 노양으로의 전개는 이번에는 태극에서 분화한 $f'(x)$의 양효를 기초로 방향성을 만들어 나가는 것이므로 노양(老陽)=$\{1효 : f'(x)≥0\}$ and $\{2효 : f''(x)≥0\}$가 되고, 같은 방식으로 소음은 양의 방향(1효)으로의 변화량이 음인 변화(2효)를 의미하므로 소음=$\{1효 : f'(x)≥0\}$ and $\{2효 : f''(x)≥0\}$이 된다. 이와 같은 식으로 층차를 달리해가며 미세하게 분화해 나가는 것이 괘의 수학적 분화이다.[60] 수식을 통해 우리는 음과 양의 속성과 비중과 강도가 어떠한 정도인지에 대해 기호일 때보다 더 잘 이해할 수 있게 된다. 필자가 전편에서 논한 현상과 전조라고 하는 미분철학적 해석 역시 이와 같은 원리에서 도출된 것으로서 이 부분은 '태극'에서 다시 언급할 것이다.

---

58) ≪繫辭・上傳≫11 "是故易有太極 是生兩儀.", ≪繫辭・上傳≫5 "一陰一陽之謂道."

59) 이 수식은 2009년 필자의 교양과목 강의 중 '미분으로 푼 주역 음양론'을 수강한 수학교육과 이경화 학생의 20쪽 분량의 보고서에 의한 것이다. 보고서는 필자의 홈페이지인 중국문학.com 또는 www.wenxue.kr을 참조.

60) 앞의 이경화의 수식으로 8괘와 64괘를 풀이하면, 팔괘=$\{1효 : f'(x_0)\}∩\{2효 : f''(x_0)\}∩\{3효 : f'''(x_0)\}$, 64괘=$\{1효 : f'(x_0)\}∩\{2효 : f''(x_0)\}∩\{3효 : f'''(x_0)\}∩\{4효 : f^4(x_0)\}∩\{5효 : f^5(x_0)\}∩\{6효 : f^6(x_0)\}$가 된다. 그렇다면 결국 태극에서 분화한 음양(2^1=2), 그리고 사상(2^2=4)과 팔괘(2^3=8), 육십사괘($2^3・2^3=2^6$=64)로 분화되면서, 미분함수의 층차 역시 2^n의 지수만큼 1, 2, 3, 6으로 전개된다는 것을 알 수 있다.

효위로 보면 음양에서 괘로의 생성과정은 2^n을 기초로 하여 전개된 수식이다. 화살표로 연결하게 되면 순환은 되지만, 아직은 선형적이다. 이를 方圖 및 상수로 풀어내면 보다 복잡한 현대 수학과 철학의 중요한 문제들이 쏟아져 나올 수 있으나, 이 점은 별도의 학문 축적이 필요하므로 다음 기회로 미룬다.[61]

이제 64괘의 차서와 관련하여 생각해본다. 처음 제1괘부터 제12괘까지의 앞 열두괘의 순서를 예로 들어보자. 우주의 기본이 되는 ① [중천(重天)]건괘와 ② [중지(重地)]곤괘, 이후의 생성을 의미하는 ③ [수뢰(水雷)]준(屯)괘가 나오고, 유아적인 ④ [산수(山水)]몽(蒙)괘, 그리고 이를 키우고 수급해주는 ⑤ [수천(水天)]수(需)괘, 다시 그들 간의 내부적 갈등과 송사를 의미하는 ⑥ [천수(天水)]송(訟)괘, 그 다툼을 물리적으로 해결하는 ⑦ [지수(地水)]사(師)괘, 그리고 승자를 중심으로 조화를 꾀하는 ⑧ [수지(水地)]비(比)괘, 그 도움을 각자가 자신의 작은 소임을 다하는 ⑨ [풍천(風天)]소축(小畜)괘, 그 축적을 예를 이행함으로써 질서화 하는 ⑩ [천택(天澤)]이(履)괘, 이를 통해 태평한 사회를 연다는 ⑪ [지천(地天)]태(泰)괘, 그러나 천지 순환의 원리에 따라 세상이 어지러워지는 ⑫ [천지(天地)]비(否)괘로 이어진다는 해설 방식이다.

이상 괘의 순서는 사물과 인간사회에 대한 도리 또는 영향 관계에 따른 것으로 요약 가능한데, 순서를 이어가는 원리는 의미의 연접성에 따른 환유의 원칙에 따라 괘순이 번호가 나아가고 있음을 발견할 수 있

---

61) 팔괘를 중심으로 64괘에 이르는 수많은 상수역 및 도상역에 관련된 다양한 논의가 존재하고, 이와 관련한 시중의 참고 서적들 역시 꽤 많다. 이 중 라이프니츠, 러셀, 칸토어 역설 및 괴델의 불완전성 정리 등 수학, 메타철학, 동양철학을 두루 다루면서 수월치 않은 창발적 사유를 예리하게 자기화한 책으로는 김상일의 《역과 탈현대의 논리》를 꼽을 수 있다.

다.[62] 필자는 전편에서 언급했던 여섯 개 효사의 동태적 전개가 환유를 중심축으로 전개된다고 했는데, 위와 같이 64괘의 순차 역시 유비적 환유의 방식으로 차서가 정해지고 있음은 중국문화 구성 방식의 특징적인 부분이다.

주역 표상의 은환유의 유비성은 괘의 범주 확장에도 원용될 수 있다. "팔괘가 작게 이루어지고 이를 이끌어 펼치며 종류를 접촉하여 키워내면 천하의 능사를 모두 다 포함할 수 있다."[63]에서 '종류를 좇아 확장시키는 것'은 바로 환유의 원칙이다. 이는 은유와 환유의 방식으로 주역의 괘가 세상사의 많은 것을 포괄할 수 있음을 말한 것인데,[64] 류에 따라 상을 취하고 상에 따라 뜻을 취하는 취상과 취의이다.

다음으로 64괘를 도상화할 때, 그중 피아노 건반같이 보이는 '복희 64괘차서도'를 보면 하나 건너씩 층차를 달리 해가며 64괘로 분화해가는 음양괘의 모습은 바로 동형구조(isomorphism)적 도상에 다름 아님을 알 수 있다.[65] 이와 유사한 그림은 배열 방식에 따라 여러 가지로 가능

---

62) 그런데 서괘의 순서를 결정하는 척도에 대해 '의미'가 아닌 다른 관점인 '기호'에 의해 결정된 것은 아닌가 하는 점도 생각해볼 수 있다. 두 소성괘가 相反 기호의 대성괘를 이룬 연이은 쌍은 64괘 중 총 6쌍이 나타난다. 앞 12괘에서 예를 들면 水天需괘와 天水訟괘, 地水師괘와 水地比괘, 地天泰괘와 天地否괘의 관계가 그것이다. 이러한 예가 많다면 기호적 象이 우선시 되었다고 평가할 수도 있겠으나, 64괘 중 20%인 6쌍 12괘만 그러한 것으로 미루어, 상이라고 하는 기호적 척도에 의해 서괘되었다고 보기는 어렵다.

63) ≪繫辭·上傳≫(9) "八卦而小成. 引而伸之, 觸類而長之, 天下之能事畢矣."

64) 로만 야콥슨에 의하면 내적 유사성의 바탕 위에서 두 말 사이의 연상 작용을 통해 A에서 B로의 질적 도역과 대체가 은유이고, 각 언어 단위가 보다 복잡한 단위 속에서 자신의 문맥을 찾아내어 연결되는 의미의 외적 연접과 치환이 환유가 되는 것이다. 또 움베르토 에코는 이 둘이 서로 독립적이거나 배제하지 않으며 서로 닿아 있음을 주장한다. 그런 의미에서 은유와 환유를 합하여 은환유(metaphtonymy)라고 부르기도 한다.(필자, <은유와 유동의 기호학-주역> ≪중국어문학지≫ 제37집, 2011, pp.32-35)

65) '복희 64괘차서도'는 ≪周易本義≫≪宋元學案≫ 등에 수록되어 있다.

할 것으로 보인다. 이는 본장 '① 음양' 부분에서 말한 대로 주역이 단순한 이분법을 기초로 복잡다단한 세계 내 사상(事象)을 표현하는 표상으로서 유의미한 동시에 동형구조성을 내재하고 있다는 것을 보여주는 좋은 예가 된다. 음양론적 동형구조성은 제4편 1장의 '문학예술' 부분에서 그 활용 양상을 볼 수 있다.

(5) 태극

태극은 주역 전체를 종합적으로 표상하는 대표적 도형이면서, 그 시발점의 상징이다. 이제 64괘로부터 시작하여 태극의 의미로 천착해 들어가보자. 주역 64괘는 건과 곤에서 시작하여 기제(旣濟)괘를 거쳐 미제(未濟)괘로 끝난다. '제(濟)'가 '건너다'라는 의미를 지닌다면 미제괘는 아직 건너지 못했다. 즉 최종적으로 완수되지 못하고 목적에 다다르지 못했다는 뜻이 된다. 즉 여전히 지속되어야 한다는 뜻이 되겠다. 64괘가 건곤에서 시작하지만, 기제에서 끝나지 않고 다음에 미제가 나온다는 것은 역이 끝나지 않고 순환 확장 가능하다는 것으로 의미한다.[66] 즉 건괘 제5효에서 6효로 나아가면서 다시 순환을 염두에 두는 것과 같은 이치이다. 즉 64괘는 무한 순환의 한 과정일 뿐이지, 그것 자체로

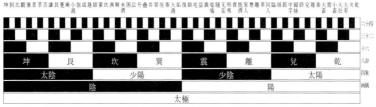

66) 이 주역 '64괘차서도'에서도 볼 수 있듯이 음양괘의 무한 확장성에 대해서는 앞글에서 설명했다.

서 완성적 의미를 지닌 것이 아니라는 점에서 주역 표상체계는 완성성의 미완성적 표상 방식을 취하고 있다.

　제6효와 제64 미제괘가 끝이 아니라고 한다면, 결국 정점을 의미하는 태극에 보이는 '극(極)'은 더 나아갈 수 없는 끝이 아니라 새로운 시작의 변곡점(inflection point)이 되는 것이다. 이 점에서 주역의 사유는 서구의 직선형 사유가 아닌 원형 사유이다. 수학에서 +에서 -로 바뀌거나 또는 그 반대를 의미하는 변곡점은 기울기가 0, 즉 '$f'(x)=0$'를 전환점으로 삼는다. 0은 끝이면서 새로운 시작점이다.

　이제 0의 의미에 대해 생각해본다. 노자는 무에서 자연이 발화한다고 했으므로 0을 기점으로 삼았다. 그리고 주역은 태극에서 발화한다고 했으므로 1을 기점으로 삼았다. 그러다가 주돈이에서 무극이 곧 태극이라고 하면서 0과 1을 같이 보는 사상사적 전환이 생겨났다. 본래 서구 수학에는 0이란 개념이 없었으며, 뒤늦게 인도에서 아랍으로 건너오면서 받아들이게 되었다.[67] 그런데 이 0은 극단적 양가(兩價) 포괄성을 지니고 있다.

　0은 범어로 공(śūnya), 또는 공성(空性, śūnyatā)이라고 할 수 있다. 하늘은 비어 있다고 보아 공간이라고 한다. 그런데 빈 곳 같던 그 공간이 실은 비어 있지 않음이 과학으로 증명되었다. 일반상대성이론에서 0은 별들을 통째로 집어삼키는 괴물 같은 블랙홀이며, 양자역학에서 0은 진공을 포함하는 우주에 충만한 무한대의 에너지 원천, 즉 '영점 에너지'를 의미한다. 즉 0은 무이기도 하고, 동시에 무한이기도 한 것이다. 이

---

67) 숫자 0은 인도어로 수냐(sunya)인데, 아랍으로 건너와 시프르(sifr)가 되었다. 서구에서는 이 새로운 수를 라틴어발음에 따라 제피루스(zephirus)로 썼고 이것이 zero가 되었다. 프랑스어로는 숫자를 0의 아랍어 원음에 가깝게 시프르(chiffer)라고 한다.(≪무의 수학, 무한의 수학≫, p.87)

러한 역설은 빅뱅 이전의 상태나 블랙홀을 상정하면 쉽게 이해할 수 있다.[68]

이쯤 되면 태극을 무극과 같이 이해할 때, 무는 곧 전체이기도 하다는 것인데,[69] 이러한 모순의 논리를 스즈키 다이세쓰(鈴木大拙)는 유명한 "산은 산이고 물은 물이다"로 시작하여 부정과 재긍정으로 이어지는 '즉비(卽非)의 논리'라고 했다. 즉비의 논리는 "모든 것은 한 순간도 머물러 있지 않으며 끊임없이 주변과 교감하며 변화"하는 것, 즉 변화야말로 존재의 본질이라는 전제에서 출발한다.[70] 그렇다면 중간과정의 음양과 사상, 팔괘, 64괘의 분화 역시 무의 다른 표현이고 시공간상에 존(存)하고 재(在)함의 존재적 여정의 '같으면서 다른' 기호적 표현 양상에 다름 아니게 된다.

결국 태극은 모든 것의 모든 것이며, 모든 것의 융화적 포함(包涵, 包含이 아닌)이다. 또 분화된 작은 그 무엇도 주역의 세계에서는 전체를 담고 있는 자기언급적 멱집합의 관계에 있다.[71] 즉 '일즉다, 다즉일'인 것이다. 이러한 자기언급성은 필연적으로 역설을 낳게 되는데, 그래서 '역설(易說)은 곧 역설(逆說)'이며,[72] 뫼비우스적 맞닿음이다. 태극은 하나의

---

68) 현대 과학에서 광대무변하게 펼쳐진 우주 전체를 미시과학의 쿼크(quark)의 관점으로 보면 쿼크 자체가 거의 빈 空의 구조인 까닭에 이를 응축하면 하나의 작은 점으로 수렴될 수 있다고 말한다. 이쯤 되면 '색즉시공, 공즉시색'이 허무맹랑한 말만이 아님을 알 수 있다.

69) 무한을 의미하는 히브리어 '에인 소프'(ein sof)는 창조주 신을 칭한다. 그리고 그 다른 이름은 無를 뜻하는 '아인'(ayin)으로도 불린다. 또한 이 말은 히브리어로 나를 뜻하는 '아니'(aniy)와 철자만 다르며 가치는 동일하다. 그렇다면 세계 무한 원천자인 신은 암호 속에서 '나는 무이다'라고 말하면서 동시에 '나는 무한이다'라고 말하고 있는 것이다.(≪무의 수학, 무한의 수학≫, p.91)

70) 장우석, ≪수학, 철학에 미치다≫, 페퍼민트, 2012, pp.59-60.

71) 멱집합이란 자신의 모든 부분들을 원소로 삼는 집합을 말한다. $P(A)=\{X \mid X \subset A\}$ 또는 2^n이다.

72) ≪역과 탈현대의 논리≫, p.33-40, pp.229-235, p.373.

큰 극이므로, 0점 시작이고 동시에 모든 것이다. 그 0점 안에 모든 것이 다 내재되어 있으며, 분화와 융합을 함께 안고 있다. 역의 태극은 이상과 같은 역설적인 자기언급을 통해 차원의 승화 화해를 이루어나감, 이것이 주역 음양론의 특징이다.

한편 태극은 현대 과학의 에너지나, 혹은 전통적 기의 관점으로 읽을 수도 있다.[73] 빅뱅 이전의 '영점 에너지'의 상태, 이는 곧 무한 에너지이기도 하다. 태극을 구성하는 이들 음양 상관적인 두 에너지의 흐름은 각개의 효에서 양의로, 그리고 다시 사상으로 나아가고, 다시 그 확장인 8괘를 거쳐 64괘, 그리고 더 나아가 무한괘의 세계로 확장 가능한 구조를 내재하고 있으며, 동시에 수렴 가능한 구조를 표상하고 있는 것이다.

이러한 양자 역학의 관점은 중국 고대사유의 기반인 태극 음양론의 사유 관점과 상당히 닮아 있다. 이런 까닭에 도상화 된 태극은 또 다른 의미로 우리에게 다가온다. 필자는 전편에서 태극의 중심을 흐르는 선을 함수적으로 바라본 뒤, 미분 관점을 원용하여 태극 역학의 의미를 전조와 현상으로 풀어냈다. 이는 태극 형상에 대한 전통 중국의 효와 괘의 관계에 대한 해석학적 설명이다.

계사전에서는 이를 기(幾)와 미(微)로 설명하고 있는 것을 볼 수 있다. 앞서 '효'의 설명에서 보았듯이 효는 동적 변화상이다. 그리고 그 결과로서 괘상이 도출된다. 그래서 계사전에서 "효와 상이 안에서 움직여, 길흉이 바깥으로 드러난다. 공과 업은 변화로써 드러나고, 성인의 마음은 (괘효사의) 말로 나타난다."고 했다.[74] 이는 효변은 내적인 것으로

---

73) 정순길, 《과학 주역》1,2, 안티쿠스, 2011. 이 책은 에너지 관점으로 주역과 괘를 표상했다.

활동하기 전에 '내발(內發)'의 것이며, 그것의 외적 현현이 괘의 길흉임을 말하고 있다.

계사전에서는 이러한 내외 연기적 인과관계를 이렇게 설명하고 있다.

> 공자가 말하기를, '기미를 앎이 참으로 신묘하다! …… 기미란 미묘한 움직임으로서, 길함을 미리 알아차리는 것이다. 군자는 기미를 보아 움직이니 종일을 기다리지 않는(/고 단박에 알아차린)다. …… 군자는 은미한 것을 보아 드러날 결과를 알고, 부드러운 것을 봄으로써 강한 것을 알 수 있다. 그기에 만인이 우러른다.[75]

기미라는 것은 사물과 사건의 조짐이며 전조이다. 그리고 그 조짐이 외형으로 나타나면 길흉을 결과한다. 그러면 이를 어떻게 미리 알아낼 수 있는가? 이는 효의 변화를 보고 아는데, 성인군자는 그 기미를 통해 명철하게 예단하고 이에 대비한다는 것이다. 성인은 이러한 사물의 내적인 작은 싹인 기미를 미리 알아 판단할 수 있는 까닭에 서둘지 않아도 멀리 가있고, 또 가지 않아도 이미 당도해 있다고 한 것이다.[76] 계사전의 이 말은 필자의 방식으로는 태극 중심선의 외선인 $f(x)$와 그 모멘텀인 $f'(x)$의 미분적 해설과 실질적으로 같은 의미이다. 태극 중심

---

74) ≪繫辭·下傳≫(1) "爻象動乎內, 吉凶見乎外, 功業見乎變, 聖人之情見乎辭."

75) ≪繫辭·下傳≫(5) "子曰, 知幾其神乎, 君子上交不諂, 下交不瀆, 其知幾乎. … 幾者動之微, 吉之先見者也, 君子見幾而作, 不俟終日. … 君子知微知彰, 知柔知剛, 萬夫之望." 이 내용은 雷地豫괘(상☳하☷)의 六二효에 대한 설명으로서, '기미'의 의미를 드러내기 위해 부분 발췌했다. 원문의 내용은 예괘의 중심이 되는 九四 양효에 대한 六二의 선견지명을 말한 것이다.

76) ≪繫辭·上傳≫(10) "역은 성인이 지극히 깊이 기미를 연구한 결과이다. 깊기 때문에 천하의 모든 이치를 통달할 수 있고, 기미를 알기에 천하의 모든 사무를 이룰 수 있으며, 신묘하기 때문에 서둘지 않은 것 같으면서도 멀리 가 있고, 가지고 않는 것 같은데 이미 도착해 있다."("夫易, 聖人之所以極深而硏幾也. 惟深也, 故能通天下之志: 惟幾也, 故能成天下之務, 惟神也, 故不疾而速, 不行而至.")

선이 '모멘텀-현상' 간의 시간연기적인 텍스트로 읽혀질 수 있으며, 겉으로 보이는 현상 $y=f(x)$는 그 모멘텀인 $f'(x)$를 통해 연기적(緣起的)으로 결정되며, 시차를 두고 밖으로 드러나 현상화한다고 했다. 그리고 그 전조였던 $f'(x)$는 다시 그것의 전조인 $f''(x)$에 의하여 규정되는데, 이는 마치 양파 껍질과 같은 다층 연기의 표리 관계에 있다고 했다. 이를 달리 말하자면 이면의 모멘텀인 $f''(x)$는 $f'(x)$를 결정하고, 그 $f'(x)$는 다시 $f(x)$의 모멘텀이 되어 현상을 결과한다. 3종의 상관 함수 $f''(x)$, $f'(x)$, $f(x)$의 관계는 각각 '현상, 노력, 의지'라고 할 수도 있다. 이것이 세계와 사건 표상으로서의 태극 중심선이 지니는 점복 의미의 과학적 내포이다.

이렇게 미분은 현실에서는 밖으로 드러나지 않지만 내적 동인으로 작동하는 이념적이고 잠재적인 벡터의 장으로서 차이의 분화와 현실화의 동인(動因)이 된다.[77] 여기서 전편에서 말한 $f'(x)$ 또는 $f''(x)$와 같은 미분 그래프는 각각 전통 중국적 해석학에서 말한 '효변(爻變)' 혹은 그 효변의 또 이면의 내적 동인인 필자식으로 말하자면 '내효변(內爻變)'이라고 명명할 수도 있다. 이처럼 태극의 그림은 다양하게 읽혀진다.[78]

태극과 음양분화의 또 다른 음양론적 특징은 '보다 차원 높은 총량불변의 속성'을 지닌다는 점이다.[79] 주역 해석학의 새로운 전환을 이룩한

---

77) 고이즈미 요시유키 저, 이정우 역, ≪들뢰즈의 생명철학≫, 동녘, 2003, pp.38-39.

78) 태극도의 그림에서 태극의 원은 중심선에 의해 두 개의 곡옥으로 나누어져 있다. 원의 중심점을 기준으로 전체를 8분하면, 양의 곡옥은 '건태이진' 순으로 크기가 작아지고 있고, 음의 곡옥 역시 '곤간감손' 순으로 작아짐을 볼 수 있다. 그리고 이들 괘는 이웃한 것들 간에는 漸移의 방식으로 음양효가 변하며, 전체적으로는 4쌍의 상호 대칭쌍이 배치되어 있다.

79) 왕부지 역시 이와 유사한 생각을 갖고 있었던 것 같다. 이규성은 왕부지가 우주는 시공간적으로 무한하며, 생산력이 무한하고, 생산력의 총량이 불변적으로 보존된다는 것으로 요약 가능하다고 했다.(이규성, ≪생성의 철학, 왕선산≫, 이화여자대학교출판부, 2001, p.185)

주돈이

송의 주돈이(周敦頤)는 유가 중심의 해석학적 풍토위에 노장을 끌어들여 '무극이 곧 태극'이라고 하여, 1인 태극에 0인 무극의 노장적 개념을 더함으로써 태극 사유를 보다 심화시켜 무의 개념으로까지 승화시켰다. 0의 무와 무한의 양자 포괄적 속성을 내포한 태극의 음양론적 양자 포함성은 단순한 총량불변이 아닌 역설적 역동성의 표상이다. 주돈이는 사람마다 사물마다 하나의 태극이 있다고 했는데, 이러한 생각은 모든 생명체는 내부에 무수한 세포를 가지고 있으며, 이들마다 독자성과 유기성의 원칙에 의해 총체적 하나를 이루는, 즉 생물학적으로 '하나이면서 전부이고 전부이면서 하나인' 자기언급적 사유이다.

이런 점에서 역과 태극의 사유 방식은 '일즉다, 다즉일'의 매우 역설적이며 동적 특징을 보여준다.[80] 이와 같은 자기언급적 태극론은 청대 왕부지의 "태극은 하늘과 땅의 공간에 있으면서, 시작도 없고 끝도 없어 틈이 있을 수 없다."라는 말로도 연결된다.[81] 광활한 대태극의 세계

---

[80] 高懷民은 ≪주역 철학의 이해≫(p.342)에서 "전체 우주의 모습은 하나의 태극이고, 그것은 음양으로 나뉘어졌지만 둘이면서 하나이다."라고 하며 그 하나 됨은 '감응'을 통해서라고 말했다.

[81] 王夫之, ≪周易外傳≫, 卷5, "太極無始無終而不可間也."(≪생성의 철학, 왕선산≫ p.157)

가 미시적 소태극의 세계와 상통한다는 것은 동형구조(isomorphism)적인 데, 이 둘의 만남과 소통을 뫼비우스(Mobius) 접점이며 웜홀(worm hole)적 세계로 표상할 수 있다.

03 은유와 유동의 기호학, 주역

1. 은유의 열린 지평, 주역

주역의 음양 두 기호는 어떤 양상을 보이며 텍스트를 구성해나가는 가? 우리는 앞에서 기호학의 측면에서 주역을 바라보았다. 이번에는 주역을 관통하는 두 요소인 은유와 유동의 관점에서 생각해본다. 주요 내용은 은유의 열린 지평, 생성과 흐름의 사유인 태극과 그 중심선의 미분철학, 그리고 주역 기호학의 해석학적 의미이다.

먼저 은유와 관련해 생각해본다. 제1편에서는 은유의 시적 지배에 대해 보았는데, 이번에는 은유의 문학적 기능에 대해 생각해 본다. 역은 기호의 시적 지배 형식으로 표상되어 있고, 그 기호는 무엇인가를 대체하여 가리킨다는 점에서 일단 총괄적으로 은유적이라고 할 수 있다. 사실 은유는 문예비평에서 다시 협의의 은유와 환유로 구분 설명되는데, 이 둘은 구분할 필요가 있다. 아리스토텔레스는 시의 본질은 모방에 있고, 그 효과적 장치로서 중심에 은유를 두었다. 이로부터 은유 이론이 시작되었으며, 현대에는 소쉬르, 폴 리쾨르, 움베르토 에코, 조지 레이코프와 마크 존슨, 로만 야콥슨, 롤랑 바르트, 라캉 등을 거치며 다양한 스프레드를 보여주었다.1) 은유와 환유의 장치는 임의적으로 말해지는 것이 아니라, 나름의 체계를 가지고 우리의 언어와 사고 및 행동을 규정한다. 그러면 주역 괘효의 의미를 확장적으로 해석하기 전에 수사학에서 중요한 지위를 점하는 은유와 환유를 변별한다. 은유 이론을 본격 제기한 로만 야콥슨의 정의이다.

> 시적 기능에 대한 경험적인 언어학적 기준은 무엇일까?…… 이 질문에 대한 해답을 위해서는 언어 행위에 이용되는 두 가지 근본적인 배열 방식, 즉 선택(selection)과 결합(combination)을 상기하지 않으면 안된다. …… 이렇게 선택된 두 낱말이 발화의 고리에서 결합되는 것이다. 이때 선택의 근간은 등가성, 유사성과 상이성, 동의어와 반의어 등에 있으며, 결합 곧 배열(sequence)의 구성을 이루는 밑바탕은 인접성이다. 시적 기능은 등가의 원리를 선택의 축에서 결합의 축으로 투사한다. 다시 말해서 등가성이 배열의 구성 요소로 승격된다.2)

야콥슨은 언어 행위의 두 중심축을 선택과 결합으로 보고, 선택의 근간이 등가성, 유사성과 상이성, 동의어와 반의어이고, 결합의 근간은 인접성이라고 했다. 유사서의 바탕 위에서 두 말 사이의 연상 작용을 통해 A에서 B로 대체되는 것이 선택 즉 은유이고, 각 언어 단위가 보다 복잡한 단위 속에서 자신의 문맥을 찾아내어 연결되는 관계성이 결합

1) 김욱동, ≪은유와 환유≫, pp.21-23, p.75, p.82, p.102.
2) 로만 야콥슨 저, 신문수 역, <언어학과 시학> : ≪문학속의 언어학≫, 문학과지성사, 1989, p.61 : 이상 오형엽, ≪문학과 수사학≫, 소명출판, p.66 재인용.

즉 환유가 되는 것이다. 그는 "시적 기능은 등가의 원리를 선택의 축에서 결합의 축으로 투사하는 것"이라고 했다.[3]

이런 의미에서 은유(metaphor)는 한 종류의 사물을 다른 종류의 사물의 관점에서 이해하고 경험하는 의미의 질적인 도약과 대체(substitution)이다.[4] 다음으로 환유(metonymy)는 어떤 개체와 관련되는 인접한 다른 개체를 사용하여 표시하는 의미의 연접적 치환(replacement)이다.[5] 이 둘은 우리의 경험에 토대를 두고 연상(association)을 환기시키며 다른 곳으로 의미의 전이를 꾀한다는 점에서는 유사하지만, 은유적 개념이 '유사성'에 기반하여 형성되고 환유적 개념은 '인접성' 또는 인과성에 토대를 둔다는 점에서 다르다.

결국 은유는 수직적 계열체, 유사성, 등가성, 질적 변화, 치환, 랑그, 시, 상징주의와 관련되고, 환유는 수평적 통합체, 인접성, 연접성, 맥락, 공시적, 파롤, 산문, 리얼리즘과 관련된다고 할 수 있다. 이를 도표로 요약 정리하면 다음과 같다.[6]

---

3) 오형엽, ≪문학과 수사학≫, 소명출판, 2011, pp.66-86.

4) 한자로 '내포하여 말하다'라는 뜻인 은유, 즉 metaphor는 metapherein(메타페레인)이란 라틴어와 만나게 되는데, 이는 '너머로'와 '옮겨 나르다/가져가다'란 의미의 합성어로서, 한 말에서 다른 말로 그 뜻을 옮겨 가는 epiphora, 즉 '의미의 轉移(轉義)'를 뜻한다.

5) 한자로 '바꾸어 말하다'라는 뜻을 지닌 환유는 metonymy는 metonomia(미토노미아)에서 왔으며, 이는 이름을 바꾼다는 의미로서, 대체와 치환이다. 환유에는 ① 부분으로 전체를 대신하는 경우(提喩 Synecdoche), ② 생산자로 생산품을 대신하는 경우, ③ 통제자로 피통제자를 대신하는 경우, ④ 기관으로 책임자를 대신하는 경우, ⑤ 장소로 기관을 대신하는 경우, ⑥ 장소로 사건을 대신하는 경우가 가능하다.(≪삶으로서의 은유≫, pp.79-83)

6) 은유와 환유 이론은 현대 수사학, 언어철학의 중요한 아젠다로서 不同한 다양한 견해가 존재한다. 은유와 환유의 비교표는 김욱동(pp.261-262), 김형효(p.108)에 각각 제시되어 있으나, 양자의 내용이 상치되는 것도 있다. 한편 은유와 환유에 관한 이글의 논의는 주로 다음 책들을 주체적으로 섭렵하였다. ≪삶으로서의 은유≫(G. 레이코프, M. 존슨 저, 노양진·나익주 역, 박이정, 2009, p.24), ≪은유와 환유≫(김욱동, 민음사, 2007, p.111), ≪구조주의 사유체계와 사상≫(김형효, 인간사랑, 2010, pp.104-108, pp.328-329), ≪상

은유	환유
수직적 계열체(선택 대체)	수평적 통합체(결합)
내적 유사성	외적 인접성
치환	맥락
不同 층위·영역간 소통	동일 층위·영역내 소통
이해적 장치	소통적 장치
정신적 전이적	인과적 물리적
시	소설
랑그(Langue)	파롤(Parole)
공시성	통시성

위 표에서 명시적인 특징들을 이분화하긴 했지만, 실상 은유와 환유
는 명료하게 구분되는 것만은 아니라 오히려 근저에서 상호 작용하고
있기도 하다. 언어학의 은유와 환유 이론을 정신분석학으로 연결한 라
캉은 "은유는 무의미로부터 의미가 발생하는 바로 그 지점에 자리잡고
있다."고 했다.7) 라캉적으로 은유가 의미의 발생이고, 환유가 무의미
속에 미끄러지는 것이라고 한다면 은유가 환유적 연결 속에서 생성되
는 것을 말한다. 그래서 에코 같은 사람은 이 둘이 서로 독립적이거나
배제하지 않으며 서로 닿아 있음을 주장한다. 그런 의미에서 은유와 환
유를 합하여 은환유(metaphtonymy)라고 부르기도 한다.

한편 은유와 환유는 상호간의 일정한 이러한 차이에도 불구하고 이
둘은 그것이 언어든 기호이든 모두 사물의 본질을 대체하여 발화하는

징, 은유, 그리고 이야기≫(정기철, 문예출판사, 2004, p.376), ≪문학과 수사학≫(오형엽,
소명출판, 2011, pp.66-86), <라캉의 기호적 주체론>(박찬부) : ≪언어와 기호≫ 제6집,
한국기호학회, 문학과지성사, 1999, pp.91-116, <제유의 우주>(이지훈) : ≪노자에서 데
리다까지≫, 예문서원, 2006, pp.225-244)
7) Jacque Lacan, trans. Bruce Fink, Ecrits, New York, Norton, 2006, p.423.(≪문학과 수사학≫,
   p.81 재인용)

언술 방식이라는 점에서 대상과는 분명한 거리를 지닐 수밖에 없다. 이는 결국 기호란, 기호가 태생적으로 지닌 의사 전달의 한계성과 또 그로 말미암아 야기되는 텍스트 해석의 열린 지평이라고 하는, 양면 속성을 함께 지니고 있다는 뜻인 셈이다. 이는 주역 기호 체계가 현실적으로는 64괘에서 머물지만, 이론적으로는 무한괘로의 확장이 가능하고, 또 현 64괘로도 무한 해석학적으로 열린 지평을 지니고 있다는 것에서도 변증이 가능하다.8)

그러면 주역 기호학의 특징은 무엇인가? 먼저 주역 기호 체계는 기호로 구성되어 있고, 기호의 세계는 일차적으로 은유의 세계라는 점이다. 제3장에서 기호의 시적 지배를 각 효의 기호적 은유성과 인접한 효 간의 시적 발화라고 하는 두 가지 측면으로 나누어 설명했으므로 본절에서 상론은 줄이도록 한다. 역은 이러한 유추와 모호성에 기초한 은유, 그리고 나아가 환유의 화법을 통해 환경과 시대에 구속되지 않고 해석학적으로 열린 의미 지평을 확보할 수 있었던 것이다.

그러면 이제부터는 이러한 은유의 바탕을 이루는 음양기호의 속성을 상호 관계의 내용면에서 살펴보자. 주역 음양기호 사유의 상관적 특징은 정적 평면 논리를 거부하는 동적 역설(逆說)의 사유를 내재하고 있다는 점이다. 그 역설성은 주역 기호 체계의 기초가 되는 음과 양의 상호 텍스트적 생성 사유에 이미 내재되어 있다. 음과 양은 그저 상호 대립하는 실체로서 읽혀져서는 곤란하다. 고대 서양에서는 사물을 실체로 보아 왔다. 고대 서양에서는 어떤 물체가 물에 뜬다고 하면, 그 물체가

---

8) 주역 64괘가 제63괘 '水火 旣濟'[上☵下☲]를 거쳐, 제64괘 '火水 未濟'[上☲下☵]로 일단 끝나고 있다는 것은 64괘 자체의 순환성을 내포하고 있기도 하지만, 한편으로는 64괘 밖으로도 열려 있음을 의미한다.

뜨는 속성을 있기 때문에 뜬다고 보았다. 그러나 관계론을 지향하는 동
양에서는 사물의 부침은 물과 물체 둘 사이의 비중의 경중에 따른 것이
라고 하는 상황을 중시하는 관점으로 바라보았다. 이분법은 동서양 어
디에나 존재하지만, 서양에서는 대립하는 실체적 바라보기를 지향하고
있는 반면, 동양에서는 상호 관계적 독법으로 이해하는 것이다.

상대주의에서 음과 양은 상황에 따라 얼마든지 다르게 읽혀질 수 있
게 된다.9) 대대법적 상호 연생(緣生)의 관계론에서는 음은 영원한 음이
아니고 양은 영원한 양이 아니게 된다. 정지된 고정불변이 아니라 동태
적으로 소장성쇠하는 음과 양인 것이다. 그리고 이는 직선의 선형 사유
가 아니라 순환의 원형 사유로 이어진다. 그래서 극은 끝이 아니라 새
로운 시작이 된다. 하나의 커감은 다른 하나의 줄어듬이다. 전일적 사
유(holism)이다.

태극에서 음과 양이 배태되지만, 음은 양을 품고 있고 또 양은 음을
질적으로 품고 있다. 그래서 <계사전>에서 '한번 음이 되고 한번 양이
되는 것이 도(道)'라고 한 것이다. 이와 같이 역이 음양 단위를 고정된
실체로서가 아니라 상호 생성 소장의 상대적 개념으로 제시하고 있다
는 것은, 역의 세계관이 분리의 세계관이 아니라 양중음 음중양의 '불
일불이(不一不二)'의 혼융적이며 모순적인 역설(paradox)의 사유를 그 근저
에 지니고 있다는 것을 말해준다. 주역의 이와 같은 내재성은 분리의
양가적 세계관으로는 제대로 읽혀지지 않는다. 이분법의 단순 분리와
대립을 넘어서는 초월과 전이의 동적 사유이다. 이러한 역설의 기호 체

---

9) ≪주역의 과학과 道≫(이성환·김기현 공저, 정신세계사, 2009, p.93)에서는 음양이 상호
  대립, 상호 의존, 상호 소장, 상호 전화, 분화 법칙, 체용 법칙의 여섯 가지 기본 원리를
  지니고 있다고 했다.

계로 인해 역과 괘의 의미들은 현실 속에서 고정되지 않고 부단히 새롭게 읽혀지게 된다.

주역 표상 체계가 보여주는 세 번째 내용은 괘효 전개의 시공교직성이다. 제1편에서 보았듯이 주역은 기호의 은유적, 시적 지배를 통한 사건과 형상의 시공간적 융회를 보여준다. 주역은 또한 음양 두 기호에 기초하여 여섯 효로 구성된 괘상인 그림 기호로 표상된다. 그러면 괘효의 구조를 보도록 하자. 여섯 효를 지닌 대성괘는 두 개의 소성괘로 구성되는데, 그 시간사건적 해석은 아래로부터 시작하여 위로 올라가며 동태적으로 바뀌어가며 역(易)적으로 진행된다.

앞에서 보았듯이 주역 괘효 중의 명칭에서 제일 처음의 효를 시간 개념인 '초(初)'로 부르는 것과, 마지막 효를 공간 개념인 '상(上)'이라고 부르는 점에 주의하자. 여기서 한자 '초(初)'자는 '의(衣)'와 '도(刀)'의 합체자이다. 옷을 재단하기 위해 칼로 양분하여 나누는, 시원으로부터의 분화와 분리의 뜻을 내포하고 있다.[10] 그 분화와 분리는 사건, 구조, 시공 그 어느 것으로도 해독 가능할 것인데, 주역의 초(初)에서 상(上)으로의 진행은 사건의 시공 속 직조과정이다. 이는 주역의 의미 세계가 시간에서 시작하여 공간으로 끝남을 말하는 것이다.[11] 제1효에서 발화된 사건은 시간의 경과와 함께 다음 효로 옮겨 가면서 사건이 전개된다. 그리고 마지막 제6효에서 공간적으로 '사진 찍히게' 되는 것이다. '사진 찍는다'는 것은 흐르는 시간의 경과 속에서 특정 시간의 정지된 공간적 정경을 담아내는 행위이다.[12]

---

10) 김형효, ≪사유하는 도덕경≫, 소나무, 2004, p.46.
11) 이러한 初와 上의 시공 관점은 창의력 넘치는 김상일의 ≪역과 탈현대의 논리 : 라이프니츠에서 괴델까지 易의 강물은 흐른다≫(지식산업사, 2007, pp.150-163)에서 시사 받았다.

역에서 각 효와 효는 위치에 따라 위상차를 보이며 사건은 차연적으로 전개된다. 그리고 이러한 위계적 공간화는 각 시간의 차이를 두며 일어나는 시간 사건적 전개를 보이므로, 이것이 공간의 시간화이며 또한 시간의 공간화이다.13) 이렇게 시간과 공간은 상호를 필요로 한다. 그런 의미에서 괘에서 효의 전개는 '공간-시간'의 상호 조응 속에 구현된다. 괘의 효들은 의미의 시공간 선상에서 기호와 의미가 서로 되먹여 가면서 의미를 생성해낸다. 시간적인 연기와 공간적인 차이 간격이라는 씨줄과 날줄이 상호 직조해내는 상호 교섭을 거쳐 의미는 이것에서 저것으로 흘러가며 텍스트화하고 도를 이루어나가고 있는 것이다. 영어에서 텍스트(text)와 직물(textile)이 의미를 공유하고 있는 까닭이다.14)

괘의 시간선상에서 처음으로[初] 초효가 발화되면 그것의 기표는 물리적으로 사라지지만 의미 작용의 결과인 기의는 흔적을 남기며 다음 제2효로 넘어간다. 이렇게 하여 마지막 제일 위쪽[上]에 위치한 제6효인 상효에서는 기의들의 융합이 공간적으로 이루어지게 된다. 여섯 번째 효가 발음되는 순간 이미 사라진 다섯 개의 효가 제6효에 가중되면서 총체적 하나로 형태화한다. 이렇게 하여 시간적 위계를 넘어 공간화하므로 상(象)이라 한 것이다.15)

시각적인 것은 공간에 관계되고, 청각적인 것은 시간에 관계된다. 사

---

12) 이는 마치 원자보다 작은 단위인 quark의 모습을 카메라로 연속 셔터를 눌러 사진 찍는다고 하면, 물론 쿼크는 관찰자의 영향에서 자유롭지 못하여 쿼크 자체의 모습을 확정하기 어렵기는 하지만, 매양 그 모양이 다르게 찍히는데, 이는 아직까지 발견한 가장 작은 단위인 쿼크라고 하는 물질의 미세 입자가 부단히 운동하고 변하면서 그때마다 다른 모습을 드러내는 것에 유비 가능할 것이다.

13) 20세기 혁명적 과학 패러다임인 양자역학의 단초를 열어준 아이시타인의 $E=mc^2$은 시간(가속도)과 공간(무게) 간의 상호 조응의 함수식이다.

14) 김형효, ≪노장 사상의 해체적 독법≫, 청계, 1999, p.18, p.30, p.69.

15) ≪易과 탈현대의 논리≫, pp.155-163.

유에 필연적으로 영향을 미치는 동서양의 문자를 비교해보자. 데리다는 표의문자는 공간적 속성이 강하고 표음문자는 시간적 속성이 강한데, 서구의 문자는 시간 속성이 강하므로 육성언어인 음성중심주의 (phonocentrism), 즉 로고스중심주의(logocentrism)로 간 것이라 하며 이를 비판적으로 평가했다.16) 데리다는 이를 지양하고 무한히 흩뿌려지는 기호의 산종(dissemination)적 탈중심화를 주장한다. 이와 같이 서구 전통의 한계를 인식한 데리다의 사유는 현대 해석학 지평의 새로운 돌파이며 동시에 동양적인 것에 대한 재성찰의 계기로 작용한다.

대상을 상형해낸 표의문자 한자는 시각문자이며 속성적으로는 공간성에 연결되는데, 이는 한자가 육성언어가 아니라 문자언어이며 그림에 가깝다는 뜻이다. 그러나 한자는 단순한 픽토그램(pictogram)이 아니라 창조적 상상이 들어간 미토그램(mythogram)이라고 본다. 그림은 대상의 원형을 직접 투사한다. 그래서 문자언어는 육성언어에 비해 직관 소통이 가능하며 그 소통 속도가 빠르다. 르루아 구랑(Leroi-Gourhan)은 태초에 말, 그림, 글이 하나의 융합체라는 점을 고생물학으로 증명했다.17)

이와 관련하여 김상일은 데리다가 추구했던 '원-글'은 '글=그림'의 논리에서 나온 것인데 이것만으로는 부족하며, 여기에 '글=그림=(원전을 향한 영혼의) 그리움'으로 삼박자가 맞아야 비로소 온전한 전일을 향한 진전이 가능하며, 이것이 바로 역의 '상(象)-수(數)-사(辭)' 삼박자

---

16) 데리다가 소리의 세계를 부정적으로 파악한 반면, 들뢰즈는 견해를 달리한다. 들뢰즈는 보이는 세계가 현실성이 지배하는 세계라면, 들리는 세계는 잠재성이 지배하는 세계라고 하며 흐르는 노마드(nomad)적 유목의 삶에 의미를 더 두었다.(강신주, ≪철학 VS 철학 : 동서양 철학의 모든 것≫, 그린비, 2010, pp.387-398) 이러한 차이는 데리다는 원형의 회복에, 들뢰즈는 본질의 미래적 탐색으로 다른 부면을 본 데서 비롯된 것으로 생각된다. 들뢰즈의 잠재성은 다음절에서 좀 더 논하기로 한다.
17) 김성도, ≪기호, 리듬, 우주≫, 인간사랑, 2007, pp.403-410, p.570.

의 트로이카 원리라고 주장했다.18) 기호로 말하면서 기호에 부재하는
점에서, 주역의 세계는 실의 세계가 아니라 허의 세계이며, 그러나 그
허가 파생실재, 즉 시뮬라크르적으로 발현하여 실제를 대신하며 역설적
으로 작용한다. 그래서 주역 기호학의 역설(易說)은 곧 역설(逆說)이라는
것이다.

주역의 괘는 그림 기호인 음양을 재료 삼고, 효의 전개 가운데 시간
적으로 은환유적인 스토리를 담아낸다. 그리고 이 기호의 세계는 마지
막 제6효에서 그 흐름이 정지된 채 사진 찍히며 의미를 던져낸다. 각
효들은 각각 유추와 유비의 은유적 치환으로 의미를 만들어낸다. 여섯
개의 효가 전개되면서, 각 효는 그 위치에 따라서, 또는 연접한 각 효들
을 지나며, 그리고 효들 사이의 상호 조응 속에서 시간의 전이와 함께
환유적으로 맥락화하며 의미를 구성하고, 사건을 총체적으로 표상한다.
이렇게 구현된 괘는 다시 시적 은유로 우리에게 의미를 던진다.

이렇게 괘효는 은유적으로 발생된 각 효의 의미가, 효와 효의 전개
과정에서 환유적으로 미끄러지며 전체적으로 맥락화하는 과정을 밟아
나간다. 그리하여 앞 효의 사건은 차이 속에서 다음 효로 미끄러져가며
완결을 지연하며 흘러나간다. 이것이 차연(différance)의 교직화(textile) 과
정이며, 괘라고 하는 텍스트(text)가 짜여져 가는 과정이다. 'différance'
가 '다르다'는 뜻의 'differ'와 '연기/유예하다'라는 뜻의 'defer'의 합성
어임을 생각해보면, 이는 '차이'라고 하는 공간 개념이 '연기(延期)'라
고 하는 시간 개념과 만나는, 시간과 공간의 교직화가 일어남을 알 수
있다.

---

18) 김상일, 《易과 탈현대의 논리》, pp.53-55, pp.150-154.

데리다는 기의를 묘사하는 기표와 그 대상체인 기의 사이에는 영원히 합일되지 못하는 차이가 존재하고, 그 차이는 연관되는 다른 기표와 기의로 이전되며 서로를 되먹이는(feedback) 과정을 반복하며 한없이 지연되고 본체인 '원-기의', 즉 데리다가 말한 '원-글'은 현전하지 않고 기호들 가운데 차연되며 영원히 모습을 드러내지 않는다고 했다.[19] 즉 신은 모습을 드러내지 않고 그 파생의 현존만이 시공간적으로 존재(存在)할 뿐이다.[20] 언명[기표]은 실체를 드러내기 위한 것인데, 실체는 오히려 기표들 사이에 유동하며 흘러 다닐 뿐 자신의 본 모습을 드러내지 않는다. 즉 기호로 자기 언명을 하는 순간 자신이 사라지는 역설이 발생하는 것이다.

주역은 바로 이렇게 서로 다름[相異]에서 시작하여 서로 미루어[相移, transition] 가면서,[21] 부단히 대상과 마주하며 상호텍스트적으로 의미를 흩뿌려나간다. 이렇게 상이(相異)에서 상이(相移)로 전개되는 주역 괘효의 차연의 흐름에서 초효(初爻)의 시간에서 출발한 괘효의 여정은 상효(上爻)의 공간에서 하나의 괘로 맺어지는 일점 정지의 순간에 캡처(capture)되고, 그 지점에서 한 장의 상으로 픽처(picture)되어 은유의 메시지를 던져내는 것이다. 이렇게 상호 관계의 고리 속에서 대립과 보완과 역설을 내포한 채 동태적으로 생성되며 시공을 하나의 차원으로 융회해내는 주역 기호학의 체계가 약 3천년 전에 이루어졌다는 점은 인류사의 경이로운 일이다.[22]

---

19) 기표와 기의의 상호성에 관한 포스트구조주의 및 정신분석학적 의미에 대해서는 제14편 '존재, 관계, 기호의 해석학' 제3장 '정해진 답(定答)은 있는가?'를 참조.
20) 存은 시간상의 있음이며, 在는 공간상의 있음으로서, 존재는 시공간상에 잠시 발현되었다가 사라질 뿐이다.
21) 김상일, ≪易과 탈현대의 논리≫, 지식산업사, 2006, p.153.
22) 20세기 양자역학의 선구인 아인슈타인이 $E=mc^2$의 공식을 통해 시공을 하나로 묶어낸

2. 생성과 흐름의 사유, 태극 중심선의 미분철학

앞에서는 '은유의 열린 지평'에서는 효가 시공을 가로지르며 나아가는 가운데 사건이 맺어지며(capture) 괘로 표상(picture)된다는 점을 말했다. 그리고 이러한 사건의 맺음과 다음 사건으로의 연결은 프랙털적이다. 효에서 괘로 맺어진 사건은 불연속적이지만, 사건이 연속적으로 생성되는 존재의 관점에서는 이러한 개별 사건들의 합이 흐르면서 존재의 총체로 연결되기 때문이다. 따라서 존재는 단순한 존재가 아니라 시공 속에서의 '존재-사건'적 존재이다. 이는 마치 대나무가 마디로 구성되며 총체적으로는 흘러가는 것과 유사한 이치이다.23)

본장에서는 주역 기호학의 또 다른 큰 특징으로서 괘효보다 그 원형태인 태극 음양론에 대하여 고찰할 것이다. 하나는 태극의 의미이고 둘은 유동 즉 흐름의 사유에 대한 미시 분석과 그 수학철학적 함의이다. 먼저 태극이 지니는 함의를 생각해본다.

우리는 태극의 그림으로부터 다섯 가지 의미를 추출해낼 수 있을 것이다. 그것은 ⓐ 세계의 순환 반복성[태극의 원], ⓑ 은유 상징의 유비적 사유[추동하는 두 요소와 상징성], ⓒ 음양의 대립적 보완의 총체 심미[길항하는 두 힘의 총체성], ⓓ 에너지 흐름의 시간 연기[태극선의 흐름], 그리고 ⓔ 음양 교체의 맥동적 허실 심미[태극선의 위와 아래, 그리고 그 사이의 흐름]이다.

것을 생각할 때, 그 직관과 통찰은 매우 놀랍다. 인도 불교에서 온 개념인 시간과 공간을 하나로 묶어내는 개념으로서의 宇宙, 世界, 存在와 같은 말이 이를 증명한다.

23) 이러한 '불연속-연속'의 관계는 양자역학에서의 '양자도약'(quantum leap)과 같은 불연속성이 더 큰 분자, 물질, 우주의 자원에서는 연속된 흐름으로 관측된다는 것과 같은 맥락을 보이고 있다고 생각된다. 이에 대해 필자는 후속 논문으로 고찰할 것이다.

이를 다시 재정렬하면 ① 음양상보의 총체 심미(ⓐ-ⓒ), ② 차이와 파동의 시간 연기(緣起)(ⓓ), ③ 음양 맥동의 허실 심미(ⓔ)로 정리 가능하다. 이들은 모든 존재가, 그리고 음양이 서로 관계하는 것처럼, 서로 연결되어 있다. 따라서 이들 내용은 이미 이 책의 직접적 관련 부분에서 서술하고 있으므로 여기서는 태극 중심선을 중심으로 점복의 내적 '기미'(幾微)와 그 결과로서의 '현상'에 관한 미분철학적 의미를 본다.

차이와 흐름의 철학자 들뢰즈(1925-1995)는 ≪차이와 반복≫에서 존재의 실재성(reality)은 잠재성(virtuality)과 현실성(actuality)의 두 가지 측면을 지닌다고 했다. 다시 말하면 실재로서 주어진 상황은 드러난 현실성 외에 다르게 생성 가능한 잠재성도 안고 있다. 그래서 새로운 모습으로 태어나기 위해서는 잠재성의 층위로의 운동이 불가피하며, 이를 탈영토화라고 불렀다. 이와 같은 상념은 태극의 현대적 해석에도 일정한 참고를 제공한다. 주역의 태극으로부터 우리는 이와 같은 내재성의 흐름을 읽어낼 수 있다. 이제까지 본 것은 역의 분화된 상태인 괘와 효였으나, 역의 출발은 음양 양가성 내재의 표현인 태극 또는 그것마저도 드러내지 않은 무극(無極)에서 찾을 수 있다. 이글에서는 그 역사적 출발체인 태극 기호의 의미망들을 현대적으로 길어내 본다. 이러한 분석에는 미분 개념을 원용하여 흐름의 의미를 생물학, 사회학적으로 해석한 들뢰즈의 관점이 의미 있게 다가온다.

동양에서 주역, 노자, 선, 시학의 기초 토대는 역시 언어에 대한 뿌리 깊은 불신이었으며, 그것은 20세기 현대 언어철학에서 분석적으로 재음미된다. 그리고 그 중심에는 데리다에서 이미 보았듯이 '차이'가 존재한다. 대상과 언어기호와의 차이, 기표와 기의의 차이, 이러한 것들이 우리가 '원-대상'으로 다가가는 데 있어서 방해 요소로 작용한다. 그런

데 이는 언어적, 정태적 세계에만 머물지 않고 생명체와 그 환경, 나아
가 우주 전체에 작용하는 것으로 인식된다. 실상 생명체가 살아가는 장
은 끊임없이 차이가 발생하는 장이다.

　그러면 이러한 차이를 산출하는 장은 어떤 것인가? 그것은 수학적으
로 미분적인 것이다. 들뢰즈의 생철학은 결국 차이에 대한 미분적 고민
으로 나타난다. 그의 구조주의가 보여주는 것은 미분적 구조가 생명체
에 잠재해 있다는 것이다.[24] 삶이란 하나의 주체가 아니라 흩뿌려진 여
러 점들 사이를 이어가는 차이의 유목적 여정이요 흐름이다. 여기서 그
는 그 차이의 세계 중 어느 하나를 가치적으로 선택하거나 부정하지 않
고 인간의 영역과 그 바깥 영역의 관계를 되새기며 그 사이의 연속과
불연속, 미세함에서 거대함에 이르기까지 동적으로 횡단하며 흘러가는
그대로 수용하려는 자세를 보인다.[25] 필자는 이와 같은 의미들이 태극
의 선을 통해 일정 부분 맥을 같이 한다는 생각에 이르렀다. 그러면 주
역 태극에서 나타나는 미분적 의미들은 어떻게 해석될 수 있을까? 태극
과 관련한 두 그림을 보자.

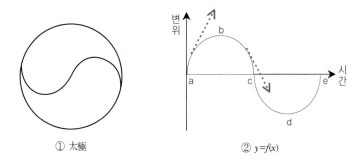

① 太極　　　　　　　② y=f(x)

24) 고이즈미 요시유키 저, 이정우 역, ≪들뢰즈의 생명철학≫, 동녘, 2003, pp.28-30.
25) 우노 구니이치 저, 이정우·김동선 역, ≪들뢰즈, 유동의 철학≫, 그린비 리좀총서 06,
　　2008, p.281, pp.269-272. 이런 점에서 그의 사유는 있는 그대로 받아들이려는 노장적
　　세계관과도 맥락이 닿고 있다는 생각이다.

그림 ①인 기호로서의 이태극(☯)은 원과 그 원의 중심을 지나며 흐르는 중앙의 곡선으로 구성된다. 나누어진 양쪽은 각각 양과 음의 영역으로 상징 가능하다. 두 번째 그림은 그것의 내면 곡선을 함수화하고, 임의의 지점에서의 기울기인 미분선을 그어놓은 그림 ② 즉 $y=f(x)$의 그래프이다. 그림 ①의 원을 거두어 내면 그림 ②의 함수가 된다. 그러면 이제 태극 내면의 미분철학적 독법을 생각해보자.

우측 파동함수에서 x축을 시간(t)으로, y축을 공간이라고 상정해보자. 그러면 함수 $y=f(x)$는 원의 주기적 승강을 반복하며 진행할 것이다. 이 중 함수 $y=f(x)$가 x축과 만나는 부분들을 각각 a, c, e라 하고 그 사이의 정점들을 각각 b, d라고 할 때, 이 함수 $y=f(x)$의 움직임을 시간과 관련지어 생각해본다.

일단 a에서 b까지는 현상 플러스 구간 중의 상승기이다. 그리고 b에서 c까지는 현상 플러스 구간 중의 하강기이다. 이제 c에서 d까지는 현상 마이너스 구간중의 하강기이며, d에서 e까지는 현상 마이너스 구간 중의 상승기로서 이렇게 네 구간을 거치면 1순환을 마친다. 그러면 이러한 움직임을 추동하는 내적 요인(factor)는 무엇인가? 그것은 바로 함수의 각 단계마다 변화되는 기울기이다. 곡선의 기울기, 즉 모멘텀은 미분(微分)을 통해 구할 수 있다.[26] 여기서 곡선 중 각 점에서의 기울기는 바로 접선으로 나타나며, 그것은 미세하게 쪼갠 x가 움직인 동안의 y의 변화량으로 나타내므로 $\frac{dy}{dx}=\frac{\Delta y}{\Delta x}$ 가 되고, 미분식은 $y=f'(x)$로 나

[26] 모멘텀(momentum)이란 물체가 한 방향으로 지속적으로 변동하려는 동기부여적인 힘이요 勢力이다. 본래 물리학 용어로 동력을 말하며, 추진력, 여세, 타성이라고 한다. 기하학에서는 곡선 위에 있는 한 점의 기울기를 나타내며, 경제학에서는 한계변화율을 뜻한다. 특히 주식시장에서 주가가 상승 추세를 형성했을 때, 그 지속의 유력한 선행 지표가 된다.

타낸다. 위 우측 그림 ②는 $y=f(x)$ 중의 어느 한 점에서의 접선의 마이너스와 플러스의 기울기를 예시적으로 보여준다.

미분(微分)은 미시 세계의 지향과 강도를 가늠하는 유용한 도구이다. 하지만 더욱 미시 세계로 들어가자면 기울어진 곡선을 $\dfrac{dy}{dx}=\dfrac{\Delta y}{\Delta x}$ 로 직선화하는 만큼의 미세한 차이를 지닌다. 결국 미분은 무리수적 무한 근사치에 대한 유리수적 차이를 극복하지 못한다. 즉 실재하는 '물(物) 자체(Ding an sich)', 또는 '원-대상'을 온전히 재현하지 못하는 차이의 한계를 숙명적으로 내포한다. 이렇게 볼 때 미분의 의의는 현상의 이면에서 태동하는 수면하의 방향성을 통해, 그 동태적 지향을 미래적으로 알려주는 내적 힘에 대한 기하학적 수식화의 의미를 지닌다고 할 수 있다. 이제 위 그래프 중 $a{\sim}e$ 사이의 구간별 흐름을 도표로 나타내면 아래 주석과 같다.[27]

위의 그래프는 '모멘텀-현상' 간의 시간연기적인 텍스트이기도 하다. 겉으로 보이는 현상 $y=f(x)$만으로는 진정한 실체의 이해에 이르기 어렵다. 현상은 그 모멘텀인 $f'(x)$를 통해 연기적으로 결정되며, 시차를 두고 수면 위로 나타난다. 그리고 그 전조였던 $f'(x)$는 다시 그것의 전조인 $f'(x)$에 의하여 규정되는데, 이는 마치 양파 껍질과 같은 다층적인 연기적 표리 관계이다. 이를 달리 말하자면 이면의 모멘텀인 $f''(x)$는 $f(x)$를

[27]

	시간 구간	$a\to b$	$b\to c$	$c\to e$	$d\to e(a')$	$a'\to b'$
$f(x)$	$f(x)$의 위치	⊕	⊕	⊖	⊖	⊕
	$f'(x)\to f'(x)$의 기울기 [방향]	+	−	−	+	+
	$f'(x)$의 절대값 [强度]	작아짐 >	<	>	<	>
$f'(x)$	$f'(x)$의 위치	⊕	⊖	⊖	⊕	⊕
	$f''(x)\to f'(x)$의 기울기 [방향]	−	−	+	+	−
	$f''(x)$의 절대값 [강도]	커짐 <	>	<	>	<

결정하고, 그 $f'(x)$는 다시 $f(x)$의 모멘텀이 되어 현상을 결과한다. 3종의 상관 함수 $f(x)$, $f'(x)$, $f''(x)$의 관계는 손쉽게 '현상, 노력, 의지'로 말할 수도 있을 것이다. 이렇게 미분은 현실에서는 밖으로 드러나지 않지만 내적 동인으로 작동하는 이념적이고 잠재적인 벡터의 장으로서 차이의 분화와 현실화의 동인(動因)이다.[28]

이렇게 플러스와 마이너스, 그리고 현상과 이면, 그리고 시차에 관한 미분적 관계로부터 얻게 되는 시사는 주역 태극의 세계가 그 이면을 동태적으로 흐르는 음양의 '방향'과 '강도'들이 개재된 에너지의 파동적 흐름의 세계이며, 이로부터 우리는 양파 껍질 같이 벗겨낼수록 표리가 상호 연기되는 프랙털적 동형구조(isomorphism)의 세계질서를 유추하게 된다.[29] 에너지 흐름의 관점을 동양적으로 해석하면 태극은 음과 양이 서로 관계하여 만들어낸 기의 흐름으로 볼 수도 있다. 그렇다면 태극은 시공의 차연적 연기 속에서 그 내부 요소들인 음양의 상호성 속에 미분적 방향과 강도에 의해 매순간의 앞과 뒤에서, 그리고 순간마다 서로 다른 과정적 의미들을 파생하면서 유동하며 흐르는 세계 질서의 기호적 표상이다.

태극 중심선의 흐름은 멀리서 보면 하나의 선이지만 작게 보면 단순한 선이 아니다. 그 선의 상하에는 미시적으로 수많은 불협화의 뇌동과 단속이 있다. 현상으로서의 수많은 존재의 파편들이 만들어내는 존재적 흐름으로서의 선이기 때문이다. 이러한 존재 발현의 불규칙성은 좀 더 멀리 보게 되면 나름의 맥(pulse) 또는 주파수(frequency)를 형성해나간다.

---

28) ≪들뢰즈의 생명철학≫, pp.38-39.
29) 이같은 유사 반복의 흐름은 '쿼크-원자-혹성-태양계-우주'나 '나뭇잎과 나무'와도 같은 동형구조의 설명에도 일정한 시사가 될 것이다. 한편 들뢰즈는 차수를 하나씩 감하는 미분의 세계는 잠재태로서 신체에 대한 각 기관에 비견될 수 있다고 보았다.

이는 생명체뿐만 아니라, 비생명체에서도 나타난다. 생명체마다 맥이 뛰듯이, 컴퓨터의 커서도 깜박거리고 전류도 음양의 교차 속에 전자기적 추동력을 만들며, 지표 위를 떠다니는 공기도 흐르고, 지구 역시 공전궤도인 황도면과 수직으로서가 아니라 지축이 23.5° 기울어진 채 세차운동(precessional motion) 속에 자전을 하며 돈다.30) 달과 지구가 지구와 태양 주위를 멀리서 돌듯이, 매우 조그만 전자가 원자핵의 아득히 먼 곳에서 돌고 있다. 중국의 율시에서도 평과 측이 서로를 비추어가며 한 편의 시율을 형성해 나간다. 나아가 각 주파수는 서로 간에 간섭하여 증폭과 소멸을 만들기도 한다. 건물과 다리가 무너지고, 사람 간에 힘을 만들어내는 것도 공명(resonance)의 원리이다. 이러한 범우주적 맥동성과 상호 공명의 인드라망(Indra's Net)적 관계는 모든 존재를 대대적 연기로 추동한다.

실상 태극은 삼라만상의 세계를 그려내는 아시아적 기호 표상이다. 태극의 이면에 잠재된 미분적인 힘들은 자연에서 분화하며 현실화한다. 이들은 미세하게는 매우 불안정하고 요동치는 듯이 보이지만, 거시적으로는 세계와 만나면서 안정된 카오스모스(chaosmos)의 교향악을 연주해내곤 한다. 효의 여섯 사건이 모여 하나의 괘를 이루고, 괘들이 모여 한 인간의 세계선(word line)을 그려나간다. 미시 속의 단절적이며 불연속적 사건들이 모여 한 존재의 거시 맥락에서는 흐른다. 대나무가 분절된 마디를 통해 이어나가는 이치이다. 미분 방정식은 혼란으로부터의 질서이자 역동적 균형인 카오스모스의 세계를 내적으로 표상하고 있다.31)

---

30) 팽이를 통리면 팽이의 회전과 동시에 팽이의 회전축도 수직선을 중심으로 이동을 하게 된다. 이렇게 팽이의 회전축이 이동을 하는 것을 세차운동이라고 한다. 지구도 자전축이 23.5° 기울어져 있으므로 팽이가 도는 것과 같이 지구는 자전을 하면서 세차운동을 하게 되며, 25,800년에 1회전을 하게 된다.

태극을 구성하는 이들 음양 상관적인 두 에너지의 흐름은 각개의 효에서 양의로, 그리고 다시 사상으로 나아가고, 다시 그 확장인 8괘를 거쳐 64괘, 그리고 더 나아가 무한괘의 세계로 확장 가능한 구조를 내재하고 있다.

이러한 차이와 파동의 음양 연기의 다양한 대대법적 세계는 주역 각 괘를 구성하는 음양의 효들의 배열로써, 유비적 은유와 연접의 사건을 전개해내고 시공을 교직해내며 열린 의미 지평을 우리에게 던져준다. 여기에 '목화토금수'의 상생 상극의 오행론이 더해지며 더욱 정교화한 은유와 유동의 주역 기호학은 동서문명을 막론하고 오늘날에도 폭넓은 함의를 제공해준다는 점에서 여전히 마르지 않는 사유의 깊은 샘이다.

3. 주역 기호학의 해석학적 의미

지금까지 주역 기호학의 관점에서 주역의 기본 요소인 음양, 괘효, 상과 역, 기호의 시적 지배, 역설과 은유, 음양의 대대적 연기, 그리고 태극에 내재된 음양 연기적 흐름의 미분철학적 의미들을 데리다와 들뢰즈 및 문예 이론의 관점들을 융합의 시야에서 고찰했다.

정리하자면 주역은 태극과 음양의 두 기호로 구성되어 있고, 그것이 모여 괘를 이루며 인간의 삶에 관여하는 형태를 띤다는 점에서 출발하여, 기호학의 관점에서 태극과 음양기호를 토대로 하는 주역 표상 방식의 특징을 보았다. 이는 크게 세 가지로 요약된다. 첫째로 음양기호의

---

31) 《들뢰즈의 생명철학》, pp.55-64. 멘델레프의 프랙털 기하학, 로렌츠 끌개, 일리야 프리고진의 소산구조론 등은 그 과학적 예증들이다.

속성과 그 상호텍스트성의 문제를 살펴보았다. 먼저 대상에 대한 실체적 접근에 있어서 차이와 생략과 왜곡의 불완전성을 최소화하며 동시에 두 주체 사이의 완전한 소통을 지향하나 그것은 영원히 채워지지 못한 채 언표되는 기호의 이중적 속성을 주역 기호의 상관성과 연결하여 보았다. 음양기호 '--, —'를 기호학과 결부시켜 잠정적으로 지표적 상징기호로 보았다. 이와 관련하여 태극에서 음양으로, 그리고 태양[노양, ═], 소음[══], 태음[노음, ══], 소양[══]의 사상과, 팔괘, '수화(水火) 기제(旣濟)괘'와 '화수(火水) 미제(未濟)괘'의 64괘를 거쳐 무한괘로 확장되는 과정을 수학철학으로 설명해보았다.

둘째로 음양과 주역 표상 체계의 기호학에 관한 분석을 통해, 생략과 은유에 근거한 '주역기호의 시적 지배'라고 하는 점을 주역 괘사와 함께 고찰하고, 주역 기호학의 표상 체계를 상과 역, 괘와 효의 동태적 움직임의 관점에서 분석하였다. 이를 통해 '음양→효→괘'로 전개되어 나아가는 주역 기호학의 과정 중에서 음양기호가 구성하는 효와 괘의 상징적이며 동적인 유비와 유추의 속성을 설명하였다. 또 주역 표상 방식의 추상적 표현, 유비적 은유와 환유를 통한 의미의 전이 및 문화적 맥락화를 통해 괘의 의미가 다중적으로 흔들리며 확장되고 새롭게 해석되는데, 이같은 과정을 통해 주역의 괘효사가 물리적 시공간과 문화적 한계를 넘어 서로 다른 상황 중에서 부단히 의미의 현재화를 추동해냄을 논했다. 그리고 이러한 주역의 언술 방식은 언어 초월적 속성을 지닌 기호의 시적 지배에 의해 강화된다고 했다.

셋째로 은유와 유동의 주역 기호학의 특징에서 먼저 대립, 보완, 역설을 특징으로 한 의미 지평의 열림을 도출해내고, 괘효의 시공 교직성을 데리다의 관점 및 은유와 환유 이론을 원용하여 논했다. 이러한 기호와 코드의 기본 요소들이 삼효 또는 육효의 전개선상에서 전이와 유동[흐름]이라고 하는 또 다른 확장을 기하고 있음을 고찰하였다. 주목할 것은 '초효'에서 '상효'로 전개되는 공간의 차이와 시간의 연기를 추동력으로 삼는 주역 괘효의 차연의 흐름이 지니는 시공의 상호 교직성이다. 그렇다면 시간적 초효에서 출발한 괘효의 여정은 공간적 상효에서 하나의 괘로 맺어지는 순간에 캡처(capture)되고, 그 지점에서 한 장의 상으로 픽처(picture)되며 은유적 메시지를 산출해내는 것이다. 다음으로 태극과 그 중심선의 흐름에서 주역 사유의 동태성을 특징화하여, 들뢰즈의 미분 관점을 태극과 결부시켜 $f'(x)$와 $f(x)$의 미분철학적 의미를 전조와 현상으로 풀어냈다. 또 태극 중심선에는 미시와 거시 양면에서 파편적 현상과 그것들을 총화시켜나가는 카오스모스적 질서의 흐름과, 음양 맥동과 대대 연기의 유동의 기호 철학이 담겨져 있음을 말하였다.

이상의 내용을 다시 정리하면 이와 같다. ① [괘의 확장] 동아시아 사유의 근저에는 주역의 음양론이 폭넓게 자리하고 있다. 현대 언어학에서도 밝혀진 대로 완전 소통이 불가능한 언어의 대체적 장치로서 세계 표상을 추구한 주역 기호학에서, 음양기호[--, —]는 태극에서 음양으로, 태양[노양, ⚌], 소음[⚍], 태음[노음, ⚏], 소양[⚎]의 사상, 그리고 8괘, 64괘, 무한괘로 확장되어 나간다. ② [괘효의 텍스트화] 시간의 초효(初爻)에서 출발한 괘효의 여정은 상효(上爻)의 공간에서 맺어지는 순간, 상이 capture되고 picture가 맺어지며 은유의 의미들은 현실 속에 던져진다. ③ [태극의 미분철학] 음양론의 총체 도상인 태극에서 중심선의 미분철학적 분석을 통해, 세상사는 선행적인 $f'(x)$의 모멘텀과 그 결과로서의 시간 후행적인 $f(x)$로 흘러 전개된다.

동아시아 사유에서 중심적 위치를 차지하는 음양론은 분화뿐만 아니라 유기적 자기완결을 지향한다는 점에서 특징적이다. 또 태극에서 생성된 음과 양은 단위 시공간의 세계를 차이 속에 흐르며, 에너지를 생성적으로 추동해 나간다. 그리고 그 표상인 주역 기호학은 '시간-사건' 속의 기미(幾微)들을 단속의 흐름 속에서 은유적으로 드러내고 있는 것이다.

04 음양론의 문화 적용

앞에서는 동아시아 음양론의 기본 원리와 함의에 대한 이해를 전통적 의미에서 출발하여 융합 관점으로 재해석해 보았다. 이제부터는 문화적 확장 적용을 고찰한다. 주역의 음양론은 중국문화와 동아시아 한자문화권에 제반 사상, 생활 문화, 예술 심미, 풍수 등 일상생활 곳곳에 넓고 깊은 영향을 미쳤으며, 현대의 서구적 생활문화에도 불구하고 여전히 힘을 발휘하고 있다. 이는 동아시아 문화가 음양 사유에 오랜 기간 물들어 있다는 증거이다. 이글에서는 이들 양상 중 필자의 전공과 관련이 큰 문학예술 심미를 필두로, 한의학, 생활역학의 세 방면에 걸쳐 특징적인 양상들과 그 이면을 흐르는 원리들을 통해 음양사유의 동아시아 문화의 확장 양상을 검증하도록 한다.

1. 문학예술

주로 예술과 사유 공간에 존재하는 음양의 박동과, 허와 실의 심미를 생각해본다. 허실 심미의 형성에는 첫째로는 중국의 사시 순환의 농경 문화가, 그리고 둘째로는 노장 사상의 영향이 크게 작용했다고 본다.

먼저 해양문화에서 발흥한 서구의 경우를 보자. 물론 서구에서도 자연이 삶의 기본 토대인 것은 동아시아와 같다. 그러나 서양의 신화와 서사시는 인간 중심의 세계관이 의식의 내면에 깊이 자리하고 있다. 자연을 적극 지배 이용하여 삶의 윤택함의 도구로 보고 있는 점은 동아시아와 시각의 질이 매우 다르다. 실제로 서구의 역사는 인류를 제외한 모든 자연적인 것에 대한 정복의 역사이다. 최근에 와서야 비로소 폐해의 심각성을 느낀 나머지 지구 생태환경에 대한 관심이 고조되고 있는 상태이다. 건축을 보아도 서양의 건축물은 대부분 자연과의 조화가 아니라, 그 공간을 지배하는 인간에 초점을 맞추어 지었다.

20세기 탁월한 건축가 르 코르뷔지에(Le Corbusier)는 1929년 프랑스 파리 근교에 인간의 삶을 구현할 '공간의 힘'으로서의 건축물인 빌라 사보아(Villa Savoye)를 설계했다.[1] 이 집은 '토지의 건물로부터의 해방, 자유로운 평면, 자유로운 입면(立面), 수평의 긴 창, 옥상 정원'이라는 그의 다섯 가지 건축 원리를 잘 구현한 기념비적인 서구 주택이다. 필로티 방식의 이 복층 건물은 차가 집의 심장부까지 들어와서 멈추고,[2] 자

---

1) 본명은 샤를 에뜨와르 자네레 그리(Charles Edouard Jeanneret-Grit, 1887-1965)이다. '건축이란 지적 감수성으로 보편적 세계를 보는 사람'이라는 말에 적절한 감수성 강한 스위스 태생의 프랑스 건축가이다. '근대건축 국제회의' 창립멤버이며, 롱샹(Ronchamp) 성당, 라 뚜레트(La Tourette) 수도원, 인도 찬디가르 도시계획을 설계했다.

2) 필로티는 건물 전체 또는 일부를 지상에서 기둥으로 들어 올려 분리시킬 때 만들어지는 공간으로, 르 코르뷔지에가 처음 선보인 건축 양식이다. 최근에 필로티는 친환경 놀이

유로운 평면으로서의 곡선으로 된 현관을 통해 서서히 올라오면 그의 다섯 가지 원칙이 구현된 드라마틱한 구조와 경관이 펼쳐진다. 2층은 거실과 침실, 중정이 자유로운 칸막이와 함께 배치되어 시선을 무한 확장시켜주며, 수평의 긴 창밖으로는 파노라마같이 자연이 열려 공간을 확장한다.

그런데 이 교과서적 서구 주택은 동양인인 우리가 볼 때 전혀 다른 시각에서 읽혀지게 된다. 빌라 사보아를 구성하는 세계관은 무엇인가? 그것은 '만물의 중심에 인간인 내가 있다'는 것이다. 그리고 이들 사이에서 건축물의 중심이 되는 경사로는 '내'가 주변을 장악하며 관조하는 중심 루트가 된다. 이는 그가 말한 '살기 위한 기계'로서의 주택의 개념에 충실한 당연한 귀결이다.[3]

이에 반해 동양의 주거 형태는 굳이 토굴을 들지 않더라도 매우 자연적이다. 우리나라의 경우는 더욱 그러한데, 초가집, 기와집, 그리고 무덤의 봉분 역시 순수 자연이다. 초가는 나무, 황토, 풀의 자연 재료로 만들어지며 기와집 역시 자연과의 소통을 중시하는 소재와 구조를 갖고 있다는 점에서 새롭게 조명받고 있다. 동아시아에서는 새 집으로 이사하면 먼저 그곳의 신 또는 정령에 제사를 지낸다. 그것은 공간에 대한 정복자의 모습이 아니라, 공존하는 자연에 대한 겸손한 공유자의 정신이다.

자연과의 조화, 겸허한 삶의 자세는 어디 건축에 국한되겠는가? 회화, 음악, 춤 등의 예술 분야에서도 마찬가지이다. 다음 좌측의 그림은 한 폭의 멋진 산수화이다. 산 위에는 보름달이 떠 있고, 산에는 국화를

공간과 파티 등 여가 활동의 공간으로 진화하고 있다.
3) 승효상, ≪건축, 사유의 기호≫, 돌베개, 2004, pp.69-84.

비롯한 나무가 있다. 이러한 정경은 바로 산수, 전원시인인 도연명, 왕유 등의 시에도 잘 어울릴 것이며, 여기에 시가 있으면 제화시가 된다. 사시의 순환 속에 이택후(李澤厚)식으로 말하자면 '하늘과 인간의 동형구조'적 세계관[천인동구(天人同構)]이 형성되고, 사람들은 자연과 벗하며, 자기 인생의 유한(有限)함과 그 덧없음을 자연에 기대어 초월하고자 했다. 서두에서 본 소식의 <적벽부(赤壁賦)>에 나타난 인간 존재의 유한성을 넘는 초월적 흠모와 귀의의 대상은 바로 자신들의 삶의 토대인 영속하는 자연 자체였으며, 그 자연과의 호흡을 통해 인간의 사변과 심미지평을 확장 성숙시켜 나아갔다.

　　중국에서 이러한 자연과의 동거 관념은 특히 도가 사상과 함께 심화된다. 노장 철학의 가장 두드러지는 특징은 음과 양 중에서 특히 음(陰)에 대한 주목이다. 그리고 그 논리 전개는 기존의 지배 관념들을 부정하는 역설의 방식으로서 소박한 변증법적 반(反)의 경우에 해당될 것이다. 노자 ≪도덕경≫은 짧지만 함축이 강하여 읽을수록 샘이 깊어지는 느낌이 드는데, 이는 미처 살피지 못한 것에 대한 새로운 주목과 반어적 은유의 힘에서 나온다.

　　기존의 유가 철학이 플러스적이고 외면적이라면, 도가 철학은 마이너스적이며 이면적이다. 유가가 보이지 않는 내면 대신 그 넘쳐남으로써의 컵의 겉모습에 중점을 두었다면, 도가는 컵을 만들게 원인한 컵 벽 안쪽의 비어 있는 공간에 주목한다. 즉 차 있음이 아니라 빔의 공간을 주목했다는 말인데, 이는 불교와 함께 중국사유의 차원을 크게 올린 힘이기도 하다. 몽상가의 언어 사유가 현실의 언어를 넘어 결국 현실보다 더욱 현실에 잘 대응하도록 되먹여 친 형국이다. 이후 위진 현학과 송대 선학의 영향으로 성리학에서 최고의 관념철학 단계에 오른 중국의 철학과 예술심미는 명대에 이르러 비로소 관념을 탈피하고 몸과 기의 경험철학의 세계로 방향 전환을 해나갔다.

산, 달, 국화: 파동

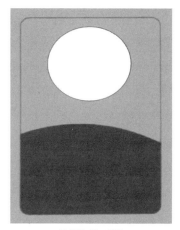

동산의 달; 허실

우측 그림은 즐거운 놀이인 화투의 한 그림이기도 하다. 그런데 이 그림은 오직 두 개의 획만으로 전체를 충일하게 하고 있다. 아래의 선은 지평선이고, 윗선은 보름달이다. 그림에서 아래의 땅과 위의 허공은 우열의 가름 없이 적절하게 조화하여 전체를 구성하는 소임을 다한다. 여기서 비어 있는 허는 단순한 여백이 아니라 실에 기대어 전체에 숨 쉴 여력을 제공하면서 동시에 두 개의 실을 조화롭게 연결해주고 있다. 또 실은 그냥 실이 아니라 허에 기대어 전체의 허함을 안정화하며 세계의 열림을 유도하고 있다. 이는 실 또는 허만으로는 얻기 어려운 허실 상보의 총체 심미이다.

회화에서도 대나무 그림은 사실주의에서보다 마디와 마디를 두 개의 가로선으로 떼어 그릴 때 실제보다 더욱 대나무 같이 느껴진다. 단절의 간극이 오히려 관통의 힘을 강화하여 주는 것이다. 무희가 춤을 출 때 춤사위와 사위 사이에 포즈(휴지, 정지, pause)를 둘 때 그 감동이 더욱 강하다. 이는 노래도 서예도 마찬가지이다. 쉼 없는 노래를 생각해보라! 예술상의 휴지들은 그것을 더욱 율동적이며 살아있게 만드는 박자(pulse) 들의 맥동하는 '힘의 틈'들이다. 이것이 실보다 강력한 허와 비움의 미학이다. 우주의 별 사이의 공간이란 존재인가 아닌가? 빔은 단순히 없는 공간이 아니다. 무는 유를 잉태하는 존재의 한 양식이다. 그래서 노자는 무에서 유가 생성된다고 말한 것이다. '비움의 미학'에 대해 말하자면 너무 만장해지므로 여기서 줄이도록 한다.[4]

실상 모든 존재는 고유의 맥(pulse)과 주파수(frequency)를 가지고 있다. 그것은 생명체뿐만 아니라, 비생명체 역시 마찬가지이다. 컴퓨터의 커서도 깜박거리며 숨을 쉬고 있으며, 전류도 음양의 교차 속에 움직여 나간다. 이러한 범우주적 맥동성은 그것의 존재와 방향을 속성짓고 추동하는 강력한 자체 동력이다. 이렇게 존재가 보여주는 음과 양, 단과 속은 상호 영토화와 탈영토화의 과정을 반복하며 앞으로 나아간다. 그렇다면 문학예술의 개별적, 유적 맥동들은 무엇인가?

음과 양의 이진법적 단위들은 괘의 6배열을 통해 8괘를 거쳐 64괘로 확장되는 양상이 '복희64괘차서도'에서 보듯이 피아노 건반 같이 프랙털적 동형구조성을 띠며 확장되어 나감을 보았다. 이러한 동형구조성은 중국인의 문예심미에도 영향을 주었다. 먼저 율시의 동형구조적 심미를 들여다보자.

근체율시의 성음은 평음인 평성과 억양음인 측성으로 구분되는데, 이

---

4) 필자의 《중국문학의 인식과 지평》(역락, 2001) 중 <중국문학 비평사유론> '내재미의 지향'에서 일부 언급했다.

는 수당대 한어 중고음의 사성에서 연원한다. 평상거입의 4성중 '평성'
과 '상거입'성으로 평과 측이 나눠지고, 평성은 다시 음평(상평)성과 양
평(하평)성으로 나뉘는 한편, 음미가 [-p, -t, -k, -l]로 끝나는 입성자는
여타 성조로 산입되어 오늘의 음평, 양평, 거성, 상성이 각각 현대중국
어 1성부터 4성으로 불리게 되었다. 중국에서 시각적 표의문자인 한자
의 성운에 대한 관심은 4세기 불교의 번역 과정에서 인도어의 음운 특
징에 대한 인식에서 시작된 것으로 본다. 이후 육조말 심약(沈約)의 사
성팔병설에서 율시의 운율 규칙이 기초를 마련했으며, 당송기에는 시가
창작 능력을 우선시하는 과거제의 본격 실시로 더욱 강조되었다.[5] 그
러면 평측률의 이론적 준거가 된 심약의 '사성팔병설'을 보자.

　　옷깃을 제치고 글 쓰는 심정을 논함에 있어서, 옛 사람들의 글을 보면
시문의 잘되고 못되는 이치를 말할 수 있다. 五色이 서로 펼쳐지고 여덟
악기의 소리가 조화하여 음률을 이룸은, 색깔과 음조가 각기 사물의 온
당함을 찾았기 때문이다. 궁상의 오음이 서로 변화하고, 고저가 조화를
이루려면, 앞이 '가볍게 뜨는 소리'[평성]일 때 뒤에는 '기울어진 소리'
[측성]가 와야 한다. 한 구 중에도 음운이 다르며, 두 구 가운데 경중이
달라야 한다. 이러한 이치에 능통해야 비로소 글을 말할 수 있다.[6]

이 내용은 결국 음양론에 오행론이 더해져서 음률의 협화를 추구하
는 심미가 율시의 평측률로 자리 잡은 것임을 알 수 있다. 이와 같은
율시의 격률론이 제기되었던 사회적 배경으로는 370년이나 장기 지속

5) 중국 고전시의 성률미 설명은 필자의 <중국시의 세계문학적 지형-그 네 가지 정경>
(≪외국문학연구≫, 제46호, 2012.5, pp.197-225)을 참조.
6) 沈約, ≪宋書·謝靈運傳論≫, "若夫敷衽論心, 商榷前藻, 工拙之數, 如有可言, 夫五色相宜,
八音協暢, 由乎玄黃律呂, 各適物宜. 欲使宮羽相變, 低昂互節, 若前有浮聲, 則後須切響. 一
簡之內, 音韻盡殊, 兩句之中, 輕重悉異, 妙達此旨, 始可言文."

된 위진 남북조 혼란기에 영속하는 자연으로부터 심적 위안을 찾고자
한 육조 문인들의 '영속적이고 조화로운 자연 심미의 문학 방면으로의
심미구조적 전이'의 결과로 보인다.

그러면 다음 한시에서 청각적 맥동을 평측, 구법, 이어짐과 끊어짐의
단속적 반복, 운, 음양의 상호 대립적 보완, 그리고 총체적 조화 및 율
시의 프랙털 또는 동형구조성(isomorphism)을 느껴보도록 하자.

*두보 <춘망(春望)> 시로 본 율시의 프랙털 심미

A 國破山河在, 城春草木深.　　나라는 깨져도 산하는 여전하고
　 ●●/○○/●↔○○/●●/◎　　도성에 봄이 드니 초목은 짙어간다.
B 感時花濺淚, 恨別鳥驚心　　꽃피는 봄을 느껴 꽃 보고도 눈물짓고
　 ●○/●●/●↔●●/●○/◎　　이별이 한스러워 새 소리에도 놀란다.
C 烽火連三月, 家書抵萬金.　　전란의 봉화는 세 달이나 피어오르고
　 ○●/○○/●↔○○/●●/◎　　가족의 편지는 만금보다 비싸다.
D 白頭搔更短, 渾欲不勝簪.　　하양게 센 머리 긁을수록 빠져서
　 ●○/●●/●↔○●/●○/◎　　이제는 비녀마저 지탱치 못하겠네.
(○ : 평성, ● : 측성, ◎ : 운, ↔ : 대구; 형식 : 측기식 수구불입운, 侵운)

이 시는 안사의 난으로 피폐해진 도성과 이로 인해 고단하기 짝이
없는 백성들의 삶을 자신의 상황으로 연결지어 읊은 두보의 <춘망(春
望)> 시이다. 평측률을 제2, 4자 단위로 끊고 그 2, 4자의 평측만 가지고
全詩의 평측률을 구별로 끊어 요약하면, '측평 ↔ 평측. 평측 ↔ 측평. 측
평 ↔ 평측. 평측 ↔ 측평'이 된다. 여기서 평성이란 평평한 소리이고 측
성은 곡절이 있는 소리이다.[7] 평과 측은 시를 구성하는 최소의 청각적

---

7) 평측의 구분은 다음과 같이 간편하게 구분 가능하다. 고전시의 판별 원리는 고음의 平上
　去入의 4성 중 음의 흐름이 평평한 상평성과 하평성은 격률상 평성, 나머지 상거입성은
　측성이라 한다. 이를 현대음과 조응하면, 고음의 상평성, 하평성, 상성, 거성은 각기 오늘

맥박 요소들이다. 음양론으로 보자면 평은 음에, 측은 양에 해당될 것이다. 여기서 측성을 양, 평성을 음으로 바꾸면, [양음↔음양. 음양↔양음. 양음↔음양, 음양↔양음]이 된다.8) 총체적으로 보면 이 시는 홀수구에선 측성으로 억양을 짓고, 짝수구에선 평성자 운을 달아 안정화하는 '상승-하강[╱ ╲]'의 방식을 반복하고 있다. 다만 이 시는 '오언율시 측기식 수구불입운'으로 지은 것이므로 제1구의 운자를 달지 않아, 제1연 역시 여타 연과 같이 [╱ ╲] 구조이다. 결과적으로 이 시는 전체적으로 안정된 구조를 보여준다. 다만 B,D연의 제1자에서 작은 변형이 있지만 지나친 정형성을 조금 완화하는 정도이다.9)

　이러한 평과 측의 층차와 심급을 달리한 먹임과 되먹임의 맥락은 전 시의 조화에 기여하며 총체적 안정을 보여준다. 여기에 짝수구 끝의 운까지 곁들여 맥락 단속의 읽기를 시도하고 귀로 들어본다면, 눈에서 느꼈던 공교함을 넘어 눈으로 보아 머리로 이해하는 '시'가 아니라, 귀와 몸으로 직접 체화하는 '시가(詩歌)'임을 알게 될 것이다.10) 이상 율시의

　날 표준어의 1, 2, 3, 4성에 해당된다. 그러므로 대체로 1, 2성은 평성이고, 3, 4성은 측성이라고 보면 된다. 다만 측성으로 분류가 되었다가 지금은 사라진 입성자의 처리가 문제이다. 이 문제는 1, 2성으로 편입된 고대의 입성자를 추려내 측성으로 판별하면 되는 것이다. 우리나라 한자의 독음은 수당대음에서 유래했으므로, 입성자의 판별은 1, 2성 중에서 우리말 독음으로 [-p, -t, -k] 받침을 지닌 음을 찾아 측성으로 처리하면, 현재의 중국어 발음으로도 평측을 대체적으로 가릴 수 있다. 예를 들면 學, 習 등은 각각 1, 2성으로서 평성으로 보이지만 우리말 독음상 입성 발음[-k, -p]이 있으므로, 격률상 측성이다.

8) 이 시의 음양률을 +와 -기호로 다음과 같이 표시할 수 있다. 제1 및 제2층차(字와 句) : [{(+ -) ↔ (- +) / (- +) ↔ (+ -) }={ (+ -) ↔ (- +) / (- +) ↔ (+ -)}], 제3층차 (聯) : [(양↔음)=(양↔음)]

9) 평측률이 이와 같이 가게 된 이유는 각 구의 끝에 3자가 연속적으로 평측을 같이하지 못하도록 하는 下三平과 下三仄의 금기 때문이다. 결국 변용 가능한 제3자의 평측을 바꾸게 되고, 그 대응적 후속조치로 제1자까지 손보아 바꾼 것이라는 점에서 내적 타당성이 있는 파격이다.

10) 서양문화사는 시각 우위의 역사였다. 눈은 대상의 고정, 투영, 재현을 통해 눈의 절대

격률 역시 툭툭 맥이 뛰는듯한 음양이 이루어낸 허실상보 심미의 문예 장르적 확장이다.11)

　이렇게 율시에서는 두 자가 한 단위가 되고 이들은 음 또는 양이 되면서 상대에 양 또는 음을 불러오며 음양 대립을 구현한다. 그리고 A연부터 D연까지 각 연의 출구와 대구 역시 음양 대립을 보여주는데 이것은 제1단계보다 한 층차 높은 단계의 구현으로서 동형구조적이다. 더 나아가 이번에는 연과 연간, 즉 A↔B, C↔D가 음양 대립을 보여준다. 다만 율시의 전개상 보통 전 2연과 후 2연 간에는 대립이 나타나기 쉽지 않다는 점에서 음양 대대의 동형구조성은 제3층차에서 그친다. 크게 보아 음양의 상대성은 자간, 구간, 그리고 연간에서 같은 모습으로 확장 적용이 가능하다. 이것이 율시의 기본적인 음양론적 동형구조성이다. 다시 정리하면 율시의 구조는 각 글자의 음과 양이 최소 단위가 되고, 그것이 각 구내에서 두 개씩 짝을 이루어 음양론적 속성, 즉 상대와 이원대립의 대대성(binary opposition)을 드러내며 전개된다. 이렇게 상대를 기다리며 서로 대치와 조화를 꾀하는 대대법적 상대성은 다음 구간에서도 나타나면서 음양의 맥동이 이루어진다. 그리고 보다 큰 층위인 연들 사이에서도 같이 나타난다. 이는 결국 음양 대대의 동형구조적 확

화, 사물의 코드화, 주체와 대상의 분리를 주도한다. 이에 비해 귀와 입은 신체에 내재된 체화 능력을 통해 함축된 내용을 펼쳐가며 상대에게 비물질적 변용을 야기한다는 점에서 가변적이며 소통적이다. 귀와 입을 주동시켜 시각의 문화를 청각의 문화로 바꾼다면, 일방성에서 벗어나 또 다른 소통과 체험의 의미들을 길어낼 수 있을 것이다.

11) 부기할 것은 이러한 한시에서 평측을 통한 음양 박동의 미시적, 거시적 맥동성이 시적 음률미의 형성에 크게 기여한 것은 사실이지만, 이것만이 전부는 아니라는 점이다. 만일 언어 재료가 어휘의 길이가 제각각인 영어와 같은 음성문자였다면 지금 보는 것과 같은 제언적 운율미의 구현은 불가능했을 것이다. 즉 한자가 지니는 표의성, 단음절성, 고립어적 속성은 강한 의미적 함축과 함께 한시의 시공간적 길이를 균일화하고, 이로 인해 한시의 시청각적 맥동감은 훨씬 강화될 수 있었다는 것이다. 이것은 한자와 중국시 간의 태생적인 언어적 친연성이다.

장이다.

한편 율시의 격률을 주역의 괘효의 전개와 비겨볼 때는 다소 차이가 있는데, 그 이유는 주역의 괘는 음과 양의 3순열의 2배승, 즉 두 개의 소성괘를 통한 대성괘로써 세계 표상을 가능한 한 최대한 표현하는 기호적 구조이며, 율시는 상호 대대적 조화 균형이라고 하는 식이라는 음양론의 기본 규칙에 중점을 두어 심미화를 중시하고 있는 데서 나타난 차이이다.

이와 같은 율격은 변려문에서도 강구되어 있다. 특히 변려문의 대장은 유명하여, 글자 수, 문장 성분, 품사, 숫자, 색깔, 사물의 속성과 종류 등 다양한 대를 추구하고 있다. 전통 건축물에서 흔히 보는 대련 문구도 그 예이다. 실상 평성과 측성 역시 성음의 음양의 한 부분이다. 한자문화권으로서 중국 문화의 영향을 깊게 받은 우리나라 역시 실정은 같다. 세종대왕은 한글을 창제할 때, 기본적으로 만물이 음양과 오행의 이치에 의해 운행되고 있다고 보았으며, 언어적 특징, 발성기관, 글자의 창제와 조합 등에서 음양의 원리에 의거했음을 ≪훈민정음해례본≫의 기록을 통해 잘 알 수 있다.[12] 특히 중성은 천지인[· ─ ㅣ]의 단 3종의 자소로 모든 것을 표현해내는 우수한 문자를 창제했다.

음양 유비의 관념은 전통 음악에서도 나타난다. 정음인 오음은 '궁상각치우가 되고, 이들은 각기 오행인 '토금목화수'에 상응한다. 또한 12

---

[12] ≪훈민정음해례본 · 정인지서문≫(1446), "계해년 겨울에 우리 전하(세종)께서 비로소 정음 28자를 창제하시고, 간략하게 범례를 들어 보이시고 이름을 훈민정음이라고 지으셨다. 이 글자는 상형해서 만들되 글자 모양은 중국의 古篆體를 본떴고, 소리의 원리를 바탕으로 하였으므로 음은 7조에 맞고, 천지인의 뜻과 음양의 묘가 다 포함되지 않은 것이 없다."(<鄭麟趾序>, "癸亥冬. 我殿下創制正音二十八字, 略揭例義以示之, 名曰訓民正音. 象形而字倣古篆, 因聲而音叶七調. 三極之義, 二氣之妙, 莫不該括.") 또 해례본 <製字解>에서는 태극설과 음양오행설을 새 글자의 제자 원리로 삼았다고 하였다.

율에도 음양의 배속이 따로 정해져 있다.[13] 이번에는 회화미술 분야에
미친 음양론적 특징을 들어보자. 이와 관련한 음양론의 중심은 허와 실
의 심미이다. 일단 회화 도구로서 쓰이는 먹과 용지는 음양의 표상이다.
음에 양을 칠한다고 할 수 있을 것이다. 음인 하얀 종이는 양인 검은
먹을 받아들이고, 작가는 자기가 이해한 자연 대상을 '재현'(reproduction)
이 아니라 거기서 받아 생성된 의미를 새롭게 '표현'(expression)해내는
것이다.

동아시아 수묵화는 사경(寫景)이 아니라 사의(寫意)에 포인트가 있다.
그러므로 원근이나 크기와 사실성 여부는 크게 중요하지 않게 된다. 그
래서 한 장의 종이는 단 몇 줄의 선만으로 채워지기 일쑤이다. 화투의
8월의 공산 그림을 생각해보면 쉽게 이해된다. 그림은 단 두 개의 선으
로서, 실의 부분인 달과 언덕, 그리고 그 밖의 허공이 잘 배분되어 있으
며 전체로서 허실상보의 조화를 이룬다. 중국화는 육조 현학 시대의 사
혁(謝赫)의 《고화품록(古畫品錄)》을 기점으로 화가의 품격과 '기운생동'
을 중시하는 가운데 명말 동기창(董其昌)으로까지 이어져 왔다. 음악이나
춤에서도 그 아름다움은 실에 해당되는 음악과 춤 사이의 쉼(pose)을 통
해 빛나는 것과 같은 이치이다.

허의 심미는 도교 심미에서 출발하며, 현학을 통해 심화되며 동아시
아 예술 전반에 큰 영향을 미쳤다. 도교 심미는 양보다는 음을 강조한
다. 소박하고 드러내지 않으며, 그윽한 물아일체적 몰입인 좌망(坐忘) 중
의 드러냄의 역설의 심미가 내재되어 있다. 또 수묵화에서는 대나무 마

---

13) 양률에는 黃鐘, 泰簇[태주], 姑洗[고선], 蕤賓, 夷則, 無射[무역]이 속하다. 음률에는 大
呂, 夾鐘, 仲呂, 林鐘, 南呂, 應鐘이 배속된다.(이영구 편저, 《중국고대음악론 : 樂記》,
자유문고, 2003, pp.40-42)

디가 대가 이어지지 않는 채 분절적으로 처리됨으로써 보다 더 대나무 같이 느껴지게 한다. 이는 외적 실재보다 내적 정신을 강조하는 허의 심미이다. 소식(蘇軾)은 '흉중성죽'이란 말로 대상에 대한 자기 완성적 인격 심미를 강조했는데, 이는 중국 문인화 창시의 큰 추동력이 되었다. 자연에서 모티프를 찾기는 하되, 세속에서 빠져나가 그것을 완전히 자기화하여 창출하는 문인화적 여백과 함축의 예술심미 같은 것이다.14)

　이러한 생각은 서예나 원림 문화에서도 같다. 서예에서는 '계백당흑 (計白當黑)'이라고 하여 글자인 실처와 그 사이의 자간 혹은 행간의 허처 가 서로 조화를 이루어야 아름답다는 의미인데, 이 역시 허실상생이다. 전통 희곡에서 노래인 창사(唱詞), 즉 곡조가 실이고, 노래 중간의 합주 나 대사인 과문(過門)은 허에 해당되는데, 이 둘의 조화를 통해 희곡의 즐거움이 고조된다는 것이다.

---

14) 조광제·김시천 엮음, ≪예술, 인문학과 통하다≫, 웅진, 2008, pp.184-189; 린츠 저, 배연희 역, ≪중국문화 : 회화예술≫, 대가, 2012, p.21.

아울러 건축에서도 역시 음과 양 또는 허와 실의 조화는 중시된다. 음양오행의 우주적 관철은 중국 최고 권력의 상징인 고궁 자금성에서도 마찬가지로 나타난다. 양의 속성인 제왕의 전은 앞에 위치하며, 음의 속성인 황후의 전은 뒤에 있다. 그리고 자금성 전체로는 배산임수의 형세를 띠고 있으며, 궁전의 명칭 역시 음양론에 근거해 명명된 것이 많다. 허실론으로 보자면 실의 공간과 허의 공간, 또는 실의 정경과 허의 정경은 상호 상승적으로 조화된다. 북경 외곽의 이화원(頤和園)을 보면 북쪽 만수산과 남쪽 곤명호가 상응하며, 그 사이에 정자, 누각, 긴 회랑이 위치한다. 그리고 섬 위에 지어진 정자는 다리를 통해 육지와 통한다. 이 정자가 실이면 호수는 허이고, 또 서쪽 원경으로는 옥천산과 서산의 허경이 아스라이 자리하고 있어 결국 음양·허실의 묘합을 통해 사람들에게 풍경에 더하여 안정적 심미감을 준다.15)

이상과 같은 음양·허실은 동아시아 문화 사유의 특징으로서의 '간(間)의 심미'의 구현이라고 할 수 있다. 서구 문명이 실체 중심적이라면,16) 아시아 문명은 실체라기보다는 그것들 사이의 관계에 역점을 둔다.17) 그러면 인간, 시간, 공간에서 왜 실체와 실체의 사이[間]가 중요한가? 사람의 사람됨은 시와 시, 그리고 공과 공의 사이에서 사람과 사람의 관계를 통해 드러난다고 볼 수 있을 것 같다. 그렇다면 시공간의 개

---

15) 천팅여우 저, 최지선 역, ≪중국문화 : 서예≫, 대가, 2012, pp.66-67.
16) ≪수학, 철학에 미치다≫, p.73. "고대 그리스인들이 수와 도형이라는 불변적 대상을 발견함으로써 현상의 변화를 설명할 수 있는 기반을 마련하였다면 고대 중국인들은 대립자들의 동적 균형이라는 불변적 요소를 통하여 현상의 변화를 설명할 수 있는 틀을 발견하였다. 또한 수학으로 대표되는 서양의 사유체계는 존재론적 관점(불변)에서 점점 관계론적 관점을 수용하면서 진화 발전해갔으며 결국 20세기에 들어와서 관계와 존재를 하나로 소통시켜가고 있다. 즉 수학의 역사는 동서양 사유가 하나로 소통되는 과정으로 볼 수 있다."
17) 김명진·EBS다큐멘터리, ≪동과서≫, 예담, 2008, pp.42-71.

넘을 이미 내재한 우리 모든 '존재'는 부단히 변화하는 점과 점의 연결을 통해 자기 구현되는 것인 셈이다. 즉 '존재적 실체'란 매 순간마다의 부단한 연결 과정을 통해서 그때그때의 시공간에서 드러나는 결과로서의 관계적 실체인 것이다.

이를테면 뇌과학에서 뇌가 시냅스와 시냅스 간의 활발한 연결 소통을 통해 생물학적인 존재 활동을 하고 있으며, 인터넷, 휴대폰, 카카오톡에서 모두 타자와의 소통적 행위를 통해 너와 나의 존재 의의를 상호 또는 자기 확인하고 있는 것이 그 유비가 되겠다. 이 점은 현 단계 물질의 최소 계측 단위인 쿼크(quark)가 실체가 아니라 관계적으로 자기 모습을 드러내고 있다는 점을 생각하면 보다 쉽게 이해된다. 우리는 모두 너와 나, 앞 시간과 뒷 시간, 이 시공간과 저 시공간 사이를 횡단해 나가는 시간적 '존(存)'과 공간적 '재(在)'의 존재자들이다. 이는 서구의 점 중심의 실체적, 개체적, 정태적 사유와 구별되는 관계적, 총체적, 동태적 사유이다.[18]

2. 한의학

음양오행의 가장 유용하고 직접적인 영향은 인체에 대한 유비적 적

용인 한의학에서 발휘되었다. 한의학에서는 인체의 질병은 심신의 음양 조화가 깨짐으로써 생긴다고 보고 있다. 인체의 조화와 균형은 동서를 막론하고 현대의학에서 건강의 중요한 지표이다. 중국에서는 일찍이 음양론을 인체에 적용시켜 그 균형 관계에 대한 섬세한 관찰을 하였고, 그 최초의 본격적 의학서는 ≪황제내경≫이다.

또 의학 분야에서 음양론과 함께 발전한 것이 오행론이다. 주역에 나오지 않는 오행론은 음양론보다 뒤늦게 성립되었는데, 음양이 만들어내는 다섯 기운을 표상하며, 키워줌과 눌러줌, 즉 상생과 상극의 작용을 통해 우리 삶의 여건과 의학에서 류비적으로 대응시키며 민간 문화와 한의학 분야에서 음양론 못지않게 응용 발전해왔다.19) 상생은 '목화토금수'의 방향으로 생성적으로 전개되며, 상극은 '수화금목토'의 순으로 견제적으로 작용한다. 음양오행론은 음양의 상생과 상극의 조화작용을 통해 생명체 혹은 조직체의 자기 조절 기능을 지닌다고 보았다. 그러면 ≪황제내경≫의 음양·오행의 구체적 적용 양상을 살펴보자.20)

---

19) '목화금수토'로 구성된 오행설은 음양설 후에 나왔으며 자연과 천문 관측에서 나온듯하다. ≪尙書·洪範篇≫에 처음 나오고, 좌전과 노자에서 오색, 오미, 오음 등으로 언급되었다. 전국시대 제나라 鄒衍이 五德終始편에서 오행의 상극설을 논하고 한대에 동중서 등이 중시하면서 유행했다. *그림 : ≪알기 쉬운 역의 원리≫(강진원, 정신세계사, 2003, p.101), ≪주역의 과학과 道≫(이성환·김기현, 정신세계사, 2009, p.304) 참고.

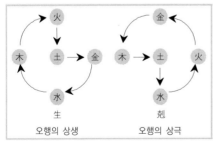

20) 황제내경은 음양론에 의거해 인체 운행의 원리를 설명한 중국 최초의 의학서로서 전국 시대부터 진한에 걸쳐 이루어졌다고 보고 있다. 素問, 靈樞 편으로 나누어져 있으며, 음

황제가 말하였다. 음양은 천지의 도이고 만물의 기틀이며, 변화의 부
모이고 생살의 원천이며, 신명이 깃들어 있는 집이다. 질병의 치료에는
필히 음양에 근본을 두어야 한다.[21]

하늘에는 무형의 정기가 있고, 땅에는 유형의 사물이 있다. 하늘에는
입춘, 춘분, 입하, 하지, 입추, 추분, 입동, 동지의 여덟 절기가 있고, 땅
에는 목화토금수의 다섯 가지 내용이 있다. 그런즉 천지는 만물의 부모
가 된다. 맑은 양기는 하늘로 오르고, 탁한 음기는 땅으로 내리는 까닭
에 천지가 동하고 정하며, 신명이 기추가 된다. 이런 까닭에 만물을 능
히 낳아 키우고 받아들여 보관하며, 끝나면 다시 시작하게 된다. 오직
현인이 위에서 하늘에 짝하여 머리를 키우고 아래로 땅을 본떠 발을 기
르며, 가운데서 인사(人事)에 맞추어 오장을 키워낸다. 천기는 폐에 통하
고, 지기는 목에 통하며, 풍기(風氣)는 간에 통하며, 우레의 기운은 심장
에 통하며, 골짜기의 기운은 비장에 통하며, 우(雨)의 기운은 콩팥에 통
한다. 여섯 경락이 천(川)이 되고 창자는 바다가 되어 아홉 구멍은 물을
대는 곳이 되고, 천지의 음양을 몸의 음양으로 삼는다.[22]

황제가 물었다. "내가 듣기에 하늘은 양이고 땅은 음이며, 해가 양이고
달이 음이니, 대소의 달이 360일로 1년을 이룸에 사람도 역시 이에 상응
하오. 이제 하늘에는 인체의 3음(소음, 궐음(闕陰), 태음)과 3양(소양, 양
명, 태양)이 천지의 2분적인 음양과 합치되지 않음은 어떤 까닭이오?" 이

양의 원리, 장부, 경락, 病因, 病機, 病症, 診法, 針刺 등 광범한 분야를 논했다.
21) ≪黃帝內經·素問≫第5 <陰陽應象大論>, "黃帝曰, 陰陽者, 天地之道也, 萬物之綱紀, 變
化之父母, 生殺之本始, 神明之府也, 治病必求於本."
22) ≪黃帝內經·素問≫第5<陰陽應象大論>, "故天有精, 地有形. 天有八紀, 地有五裏. 故能
爲萬物之父母. 淸陽上天, 濁陰歸地, 是故天地之動靜, 神明爲之綱紀. 故能以生長收藏, 終而
複始. 唯賢人上配天以養頭, 下象地以養足, 中傍人事以養五臟. 天氣通於肺, 地氣通於嗌, 風
氣通於肝, 雷氣通於心, 穀氣通於脾, 雨氣通於腎.

에 기백이 대답하였다. "음양이란 것이 수를 열로 나누면 백으로 확장할
수 있고, 천으로 나누면 만으로 확장할 수 있는데, 만의 크기는 이루 다
셀 수 없을 만큼 크지만 결국 음양의 요체는 대립·조화의 한가지입니
다. 하늘이 덮고 땅이 북돋아 만물을 생장하는데, 아직 땅에서 나오지 않
는 것은 음처(陰處)인 즉 '음중의 음'이라고 이름하며, 땅에서 나오는 것
을 '음중의 양'이라고 명명합니다. 양은 정기(正氣)를 베풀어 생장시켜주
고 음은 그것을 주관해 형성하게 됩니다. 그러므로 낳음은 봄의 온기로
인한 것이요, 자람은 여름의 화기로 인한 것이며, 받아들임은 가을의 청
량함으로 인한 것이며, 보존함은 겨울의 한기로 인한 것입니다. 만약 사
시 사시의 음양의 실조가 오면 천지의 운행은 막혀버리고 말 것입니다.
음양의 변화는 사람에게 있어서도 같으니 그 이치를 미루어 짐작할 수
있을 것입니다."23)

이상 몇 편을 통해서도 ≪황제내경≫은 전반적으로 천지자연의 음양
과 오행의 이치를 사람에 유비적으로 적용한 의학서이며, 음양뿐 아니
라 오행론에도 상세한 설명이 되어 있음을 볼 수 있다. ≪소문≫의
<생기통천론(生氣通天論)>(3), <천원기대론(天元紀大論)>(66), <오운행대
론(五運行大論)>(67), <기교변대론(氣交變大論)>(69) 편 등에서는 오행과 관
련하여 집중 설명하였고, 또 주로 침경인 ≪영추≫의 <사전(師傳)>(29),
<오열오사(五閱五使)>(37), <본장(本臟)>(47), <오색>(49) 편 등에서는 오
장 정기의 건강 유무를 얼굴 등 신체 다른 부위와의 관계 속에서 파악
할 수 있다고 했다. 이는 인체와 장부가 오행을 중심으로 서로 경락 또

---

23) ≪黃帝內經·素問≫第6 <陰陽離合論>, "黃帝問曰：余聞天爲陽, 地爲陰, 日爲陽, 月爲
陰, 大小月三百六十日成一歲, 人亦應之. 今三陰三陽, 不應陰陽, 其故何也? 岐伯對曰：陰
陽者, 數之可十, 推之可百, 數之可千, 推之可萬, 萬之大不可勝數, 然其要一也. 天覆地載,
萬物方生, 未出地者, 命曰陰處, 名曰陰中之陰. 則出地者, 命曰陰中之陽. 陽予之正, 陰爲之
主. 故生因春, 長因夏, 收因秋, 藏因冬. 失常則天地四塞. 陰陽之變, 其在人者, 亦數之可
數."

는 맥락으로 연결됨을 뜻한다.24) 서양이 기관을 기능 위주로 보는 데
반해 동양에서는 음양론 위에서 장상, 기혈, 경락을 본다는 점에서 서
로 관점이 다르다. 한의학에서 맥락관점의 대표적 예는 침구학에서 가
장 잘 드러난다. 침구, 진맥, 그리고 이침·족침·수지침 등은 신체 일
정 부위가 몸 전체를 표상하고 있다고 보고 장부에 해당되는 부분을 맥
락적으로 자극함으로써 장부를 활성화 하는 방법이다. 이러한 것들은
모두 경락과 맥락을 통한 유비의 신체적 응용이다.

≪동의보감≫   ≪동의수세보원≫

음양 유비로서의 인체적 적용은 조선에도 전파 발전되었는데, 그 대
표적인 것이 허준의 ≪동의보감≫과 이제마의 ≪동의수세보원≫이

24) 한국에서 번역된 관련 서적은 다음과 같다. ≪황제내경·소문해석≫(1-5책, 개정판, 이
    경우 역, 여강출판사, 1999); ≪황제내경·소문≫(상중하, 최형주 역, 자유문고, 2004);
    ≪황제내경·소문해석≫(홍원식 역, 高文社, 1975); ≪황제내경·영추해석≫(홍원식 역,
    고문사, 1989).

다.25) 이 중 독자적 체계를 이룬 이제마(李濟馬)의 '동의수세보원'을 살펴보자. 총 4권의 동의수세보원은 성명(姓名)론, 사단(四端)론, 확충론, 장부(臟腑)론의 625조의 장부, 병리, 진단, 약제 등의 이론을 세밀히 기술한 책으로서 조선 의학의 획기적 성과를 이루어낸 책이다. 그는 주역 음양론 위에 '천, 인, 성(性), 명(命)'과 사단론 등 사서의 철학적 관점을 입혀 사람의 체질을 '양중양'의 태양[노양, ☰], '양중음'의 소음[☲], '음중양'의 소양[☵], '음중음'의 태음[노음, ☷]의 사상으로 나누고 이에 따른 치료법인 사상의학을 제시했다.26) 체질에 기초한 사상의학은 종래의 한의학을 혁신한 방안으로서 맹자의 실천적 사단(四端) 철학을 임상을 통해 의학에 연결시킨 것이기도 하다.27) 이렇게 우리나라 한의학의 독자적 이론 기초를 마련해 준 이제마의 사상의학은 조선의 독자적 의학 이론을 제시했다는 점에서 음양론의 한국적 변용 확장이다.

이상에서 주역에서 비롯된 음양론에 오행설이 더해져서 의학적 적용된 사례를 보았다. 주역의 천인 상응, 정기설, 환경과 인간의 관계, 예방의학적 관점들이 한의학의 발전에 중요한 기초를 형성했다.28) 그중

---

25) 1613년 간행된 許浚의 ≪東醫寶鑑≫은 內經篇, 外形篇, 雜病篇, 湯液篇, 針灸篇으로 구성되어 있으며, 명대 李時珍의 ≪本草綱目≫과 비견된다. 李濟馬(1837-1900)의 ≪東醫壽世保元≫은 1894년 李濟馬가 음양론에 기초하여 사람의 체질을 4가지로 나누어 그 원리와 처방을 내놓고 1901년 간행되어 우리나라 고유의 독자적인 사상의학 체계를 창출해냈다.

26) 이는 p.65 '복희64괘차서도'의 그림을 보면 이해가 쉽다. 양중양, 양중음 등의 표현은 4분화된 사상의 명칭이다. 이는 태극이 2분, 4분, 8분 등으로 나누어지면서 층차별로 생기는 현상의 언어적 표현이다. 이를테면 8분의 경우에는 '양중양의 양', '양중양의 음' 등으로 표현 가능할 것이다. 그는 임상을 통해 태음인이 조선 인구의 50%, 소양인이 30%, 소음인이 20%이고, 태양인은 극히 적다고 했다.(이창일, ≪사상의학, 몸의 철학 마음의 건강≫, 책세상, 2003, pp.87-95)

27) ≪사상의학, 몸의 철학 마음의 건강≫, pp.31-41.

28) 박석준, <한의학 이론 형성기의 사상적 흐름에 대하여> : 김교빈·박석준 외, ≪동양 철학과 한의학≫, 아카넷, 2005, pp.28-29.

음양과 오행의 이론은 동아시아 사유의 중핵을 이루고 그 응용 또한 상당히 정교하면서도 현실적이었음을 발견할 수 있다. 그러나 다른 한편에서는 한의학 자체가 지닌 자기완결성은 장점과 동시에 단점도 내포하고 있다.[29] 신체가 이겨내지 못할 질병이나 바이러스 등에 대해서는 일단 서양 의학으로 접근해야 해야 할 경우가 왕왕 있기 때문이다. 이에 따라 보다 현대 과학 및 의학과의 소통력을 높이고 부족한 것을 보충하는 섬세화 과정 역시 요구된다 하겠다.

이와 같은 음양과 오행의 유기체에 대한 유비적 관점은 비유기체인 조직에 대해서도 성립이 가능하다. 그 대표적인 것이 시스템 이론이다. 시스템 이론은 근대적 실험의학자인 베르나르의 유기체 '내부 환경설'과 20세기 초 생물학자 캐넌의 '항상성' 이론을 토대로, 1940년대에 생물학자 버틀란피(Ludwig von Bertalanffy)와 수학철학자 위너(Nobert Wiener)의 자기조절적 시스템 이론을 수립하였고, 이것이 바로 사이버네틱스(cybernetics)이다.[30] 여기서 중요한 개념이 피드백(feedback) 이론인데, 조직의 생명 유지 현상은 메시지, 제어, 피드백의 되먹임고리를 통해 자체로서 항상성을 유지하려는 자기조절 기능을 통해서 가능하다고 보았다. 그 중심 개념은 피드백, 즉 '되먹임 고리'(feedback loop)이다. 피드백에는 음적 피드백(negative feedback)과 양적 피드백(positive feedback)이 있는데, 이들은 각각 상극과 상생에 해당된다. 전자는 기존 추세를 억제 회복하고, 후자는 이를 촉진 심화한다.

인체는 대부분 과도할 경우 조절하는 성질, 즉 항상성을 유지하려 하

---

29) 박석준, <한의학에 적용된 음양오행론의 특징> : ≪동양철학과 한의학≫, pp.139-145.
30) 최창현・박찬홍 저, ≪복잡계와 동양사상 : 자기조직화와 조직관리≫, 지샘, 2007, pp.100-108, pp.115-118; 金觀濤・劉青峯 저, 김수중・박동헌・유원준 역, ≪중국문화의 시스템론적 해석≫, 天池, 1994, pp.5-10, pp.248-254.

므로 대부분 자기조절적인 음의 피드백이다.31) 이러한 부와 정의 피드백은 바로 오행의 억제 조절하는 상극 또는 키워주는 상생의 원리에 상응한다. 유기체와 조직은 이러한 작용을 통해 평형과 안정을 유지해나가게 된다. 한의학은 유기체를 하나의 블랙박스로 보고 그것의 입출력 시스템을 조절하려는 총체적 조율 관점을 가지고 있다는 점에서 사이버네틱스와 맥락을 같이한다. 그리고 황제 내경에 의해 상(象) 변수와 장(臟) 변수를 표와 리로 나누어서 보기도 하는데, 이는 블랙박스 이론과 연결되어 있다.32) 이러한 시스템론은 모두 음양론 및 오행론의 생물학적, 과학적, 사회학적 확장과 응용의 예이다.

3. 생활역학

동아시아 사유의 중심 원천의 하나인 주역 음양론의 사유방식은 문화적으로 매우 광범위한 영향을 미쳤다. 이글에서 이를 상세히 다루기는 어렵고, 그 특징적인 양상만을 언급하고자 한다. 역사적으로 주역의 출발은 길흉화복을 묻는 점복이며, 점이란 불확실한 미래에 대한 궁금증과 결단을 위한 징표적 잣대였다. 은상 갑골문이 대표적 예이다. 여기서 주역이 점복에서 시작되었다는 것 자체가 이미 주역이 광범한 의

---

31) 음성 피드백은 시스템의 행위를 제어 목표에서 일탈되지 않게 만드는 안정화 형으로서 '바이메탈'을 예로 들 수 있다. 열팽창도가 다른 두 금속 사이에서 열이 많이 발생하면 어느 하나가 늘어나 휘도록 하여 전기를 단속하게 하여 반대 방향으로 평형을 찾도록 하는 장치이다. 인체에서는 몸이 더워지면 땀을 내어 식힌다든가 하는 것이 그것이다. 또 드물기는 하지만 양성 피드백의 예로는 출산시 진통과 이로 인한 옥시토신의 분비 증가를 들 수 있다. 진통이 커지면 옥시토신이 많이 나오고 이는 분만을 촉진한다.
32) 金觀濤・劉靑峯 저, 김수중 역, 《중국문화의 시스템론적 해석》, pp.224-232.

미에서는 생활역학에 기반하고 있음을 의미한다. 다만 초기에는 사회집단 전체의 관점에서 천명(天命)의 뜻을 규명하는 공동체적 단서로서 인식되다가, 노자를 거쳐 한대에 이르면서 점차 이성에 의지하게 되었고, 이후 주역 자체의 자기 추동력과 함께 개인의 자기성찰적 사변 철학으로 발전했다.

갑골문

갑골문의 예

점(占)은 처음에는 신령하게 인식되던 다년생 장수초인 시초(蓍草)풀로 점을 쳤지만 시초풀이 사라지면서 그 대체재인 대나무로 길흉을 예측하고 대비하였다. '점대'를 의미하는 '서죽(筮竹)'에서 '서(筮)'는 신의 뜻을 묻는 무(巫)의 모습을 형용한 것으로서 서죽은 점복의 도구며, 변화하는 만물과 사건의 추이를 묻는 도구이다.[33] 그러면 이렇게 하여 치러지는 점은 비과학적이며 미신적인가? 현재로서 답은 그렇다고 할 수도

---

33) 서죽점(筮竹占)은 우주 삼라만상을 천지인을 포함하여 전체의 수를 50으로 삼고, 이를 팔괘의 순환에 따른 8개씩으로 나누어 남은 수를 가지고 수리화하여 점대의 象意를 파악하는 행위이다.

있고, 그렇지 않다고 할 수도 있다.

이러한 비서구적 관점은 칼 융이 제기한 '동시성(synchronicity)' 혹은 '공시성'이란 말이다.[34) 융의 동시성은 곧 '비인과적 상관성(an acausal connecting principal)'이다. 두 사건 간에 인과율로 설명되지 않는 상호 공명(resonance) 같은 것이라고 할 수 있다.[35) 이를 통해 외견상 상관없어 보이는 두 사건은 상호 의미를 지니며 연결 해석된다. 즉 현재 던지는 주사위의 결과는 바로 미래 사건의 대응 열쇠인 것이다. 음양 대대의 공시성에 대한 상호 감응의 점으로, 과거 현재, 그리고 미래로 흐르는 자신의 앞날에 대한 총체적 성찰의 계기가 점이라는 것이다.[36)

이러한 논리는 서구 논리학과 기계론적 과학의 기반인 인과율을 깨는 위험스럽기까지 한 논리같이 보이기도 하지만, 나름의 논리체계를 갖추고 있다. 즉 시공간의 변화 속에서 일어나는 사상(事象)에 대한 해석은 해석자의 몫이라는 점이 그것이다. 계사전에서 군자는 스스로 아주 작은 기미를 미리 알아채고 판단하여 사전에 대비한다고 했는데,[37) 그것은 하이데거 해석학적으로 말하자면 현존재가 세계 안에서 존재자와 '관계'하며 바로 그때그때마다 동시에 근원적으로 부단히 일어나는 상황에 대하여 지향적 인식을 통해 전체이며 하나로서 '동시공명'적으

---

34) 융은 무의식적인 마음이라고 부르는 것과 물질이라고 부르는 것 사이의 알려지지 않은 관계, 즉 인과율로 설명되지 않는 외적 사상(事象)과 내적 사상의 '의미 있는' 공유와 일치에 주목한다. 그리고 중국의 철학과 과학은 무엇이 무엇의 원인이라는 점보다는, 무엇과 무엇이 상호 관련되어 함께 일어나는지에 더 관심을 기울인다고 하여, 동서 문명적으로 바라보았다. 이러한 공시성의 원리는 주역에서 가장 잘 드러나 있다고 평가하였다.(Jolande Jacobi 저, 권오석 역, ≪C.G.융 심리학 해설≫, 홍신문화사, 1992, pp.98-100)

35) 문용직, ≪주역의 발견≫, 부키, 2007, pp.37-44, p.228.

36) 김재범, ≪주역사회학≫, 예문서원, 2001, pp.138-144.

37) ≪繫辭·下傳≫(5) "子曰, 知幾其神乎, 君子上交不諂, 下交不瀆, 其知幾乎. … 幾者動之微, 吉之先見者也, 君子見幾而作, 不俟終日. … 君子知微知彰, 知柔知剛, 萬夫之望."

로 인식 대처하는 것으로 설명되기도 한다.38)

'시물(時物)'과 '시중(時中)'으로 표현되는 이것은 '과거-현재-미래'의 인과적 연속이 아니라 찰나마다 변하는 인과의 공시성의 논리이다. 즉 이러한 인식은 동시적, 맥락적, 전체적 인식으로서 노장자적인 동시·총체성의 '양행(兩行)'의 철학을 담고 있다. 주역이 지니는 이 같은 논리는 중국 사유 근저에 폭넓게 자리하고 있다. 비인과적 공시성의 논리, 자기부정과 역설, 그리고 스즈키적으로 말하자면 '즉비(卽非)의 논리'들은 바로 동아시아 사유의 새로운 지평을 보여주는 미완의 문화사유적 특징이기도 하다.39)

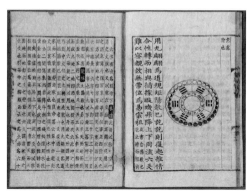

≪주역참동계≫

≪토정비결≫

주역 철학의 비인과적 사유가 동아시아 문화에서 음양과 오행론을 중심으로 폭넓게 적용되어 온 양상은 본장에서 본 문학예술과 한의학

---

38) ≪주역사회학≫, pp.82-93. '동시공명'은 본 연구자가 생성한 말임.
39) 정진배 역시 필자와 유사한 연구사적 사유의 궤적 속에 ≪탈현대와 동양적 사유논리≫ (차이나하우스, 2008)에서 서구와 다른 동아시아 사유의 특징을 기독교, 주역, 노장, 불교를 통해 찾고 그 소통성의 문제를 총체적으로 고민하였다.

보다 본절의 생활역학 분야에서 더 강하게 드러난다. 그 주요한 분야는 연단(煉丹), 명리, 사주, 성명, 풍수 등의 민간 문화 분야이다. 그러면 이에 대해 생각해보자.

도교는 노장이 민간으로 흘러들어가면서 인간의 영속하는 자연을 향한 합일적 노력의 일환으로 발전하며 그 일파는 내단, 금단과 연단에 힘을 기울이게 된다. 주역과 노장은 일정한 거리가 있음에도 결국 주역 음양론을 받아들여 팔괘, 64괘를 이용해 연단을 설명하게 되었으며, 그 대표적 성과는 한대의 위백양(魏伯陽)의 ≪주역참동계(周易參同契)≫이다. 이 책은 음양론에 의한 연단의 도리가 우주 변화의 원리가 같다고 보며, 음양의 두 기운을 머금고 있는 우주의 이치를 잘 활용하여 금단(金丹)을 정제하기 위한 이론을 펼친다. 또 여기서 더 나아가 금속의 연단술을 신체의 연내단(煉內丹)으로도 차감 적용하여 오랜 기간 생명을 보존하는 양생술로 발전시킨다. 이후 송대에는 연단론을 발전시킨 도식들이 다수 나타났는데, 남송대에는 두 마리 물고기 눈모양의 '선천태극도'가 만들어지고, 이를 발전시켜 원명대에 '음양어도(陰陽魚圖)'로 완성되어 도교의 상징이 되었다.40)

음양과 오행을 근간으로 제기된 공시성의 상관적 원리는 사주명리학, 성명학, 나아가 풍수학 등에 두루 응용되었다. 사주명리학은 사람이 출생한 연월일시의 천간과 지지를 종합하여 운명을 논하는 학문이다. 그 중 남송 서공승(徐公升)이 편찬한 ≪연해자평(淵海子評)≫으로 대표되는 사주추명학이 대표적이다. 여기에 편의를 위한 만세력이 더해졌다. 우리나라의 경우 16세기 이지함(李之菡)은 본괘와 변괘의 조합에 의한 토

---

40) 주역의 도교적 영향은 朱伯崑 등저, 김학권 역, ≪주역산책≫, pp.225-234 참조.

정비결을 만들었으며, 개인의 사주 중 태어난 연·월·일 세 가지로 육
십갑자를 이용하여 1년 열두 달의 신수를 4자의 시구로 풀이하고 있다.
사주에서는 태어날 때의 연월일시를 천간지지 두 글자씩을 연월일시로
찾아 네 개의 기둥을 세우는 八字가 중요하고, 이들은 천간 지지와 사
시의 변화인 이십사절기들로 연결되어 있으며,[41] 여기에 가족관계인 육
신(六神)을 연결하여 운명의 길흉을 판단한다. 이러한 사주학 역시 태어
날 당시의 조건, 즉 과학적으로 말하자면 초기 조건의 민감성을 공시적
으로 연결하여 인간 운명의 흐름을 예견하는 동아시아적 문화 장치의
하나이다.

　성명학은 성명(姓名)으로 운명을 알아보는 방식이다.[42] 중국에서 성명
학은 공자가 "이름이 바르지 않으면 말이 순조롭지 못하며, 말이 순조
롭지 못하면 일이 제대로 되지 않는다."고 한 데서 근거를 찾을 수 있
다.[43] 구체적으로는 이름의 형음의를 역학의 상수리에 의거하고 음양과
오행을 종합하여 길흉화복을 따진다. 성명학은 세인의 주목을 받지는
못하고 민간에서만 유포되다가 19세기 일인 학자 유사키 다케오(雄崎健
翁)가 체계화하면서부터 한자문화권 여러 나라로 유포되었다. 성명학
내부에도 다양한 갈래가 있어서 필획수에 의한 수리성명학, 소리의 파
동에 의한 파동성명학, 주역의 역학적 풀이에 의한 주역성명학 등이

---

41) 天干：甲乙丙丁戊己庚辛壬癸. 地支子丑寅卯辰巳午未申酉戌亥. 二十四節氣：立春, 雨水,
　　驚蟄, 春分, 淸明, 穀雨, 立夏, 小滿, 芒種, 夏至, 小暑, 大暑, 立秋, 處暑, 白露, 秋分, 寒
　　露, 霜降, 立冬, 小雪, 大雪, 冬至, 小寒, 大寒. 천간은 교대로 양과 음이 되며, 이십사절
　　기는 생월이 절기로 산입되는 간지에 활용된다.
42) 성명학 이론의 근거로는 이름의 名과 운명의 命의 발음이 같은, 동음을 통한 의미전이
　　로도 해석한다.
43) ≪論語·子路≫, "子曰：名不正, 則言不順, 言不順, 則事不成, 事不成, 則禮樂不興, 禮樂
　　不興, 則刑罰不中, 刑罰不中, 則民無所錯手足. 故君子名之必可言也, 言之必可行也. 君子於
　　其言, 無所苟而已矣."

있다.

풍수학은 인간과 자연지리 환경과 관련된 이론이다. 처음에는 촌락이 나 궁전 등의 터를 잡기 위한 목적에서 시작하여 묘터의 방위, 형세와 관련하여 이론이 세워졌으며, 최근에는 가옥 및 건물 내부 구조까지 다루고 있다. 묘 자리와 관련해서는 조상의 유골은 후손의 삶에 상당한 영향을 미친다고 생각하였는데, 이는 조상과 후손이 유전자가 동일한 만큼 서로 영향을 미친다고 생각한 때문이다. 그래서 조상의 시신을 좋은 곳에 묻으면 후손이 복을 받는다고 본 것이다.[44] 이 역시 유비적 상호 감응으로 보는 맥락적 관념이라고 할 수 있다.

앞서 고찰한 도교적 연단은 예외로 하더라도 그밖에 생활에 깊이 파고 든 점복, 명리, 성명, 풍수학 등이 과학적 검증과 토대 위에 성립된 것인지에 대해서는 현재까지도 불명하지만, 문화 저변에 넓게 전승 발전되어 왔다는 점에서 동아시아 생활 역학이라고 하겠다. 이 이론들은 주역 음양과 오행에 근거하고, 실체인 대상과 방법론적 표상간의 상호 유비에 근거한 같은 속성을 지닌 것들끼리 서로 통한다는 맥락 또는 경락적 관점의 실생활로의 접목적 양상들로서 주역 음양론의 생활문화로의 확장과 변용이다.

본장의 논의를 다시 요약한다. 본장에서 검증적으로 고찰한 시가, 한의학, 그리고 생활 역학에서 본 제반 양상들은 주역 음양론이 동아시아

---

44) 풍수에서는 양택과 음택, 산인 龍, 지기가 뭉친 곳인 穴, 묘소 주위 산수의 형세인 砂, 묘터에서 물이 흘러들어오는 곳인 得水와 나가는 곳인 破口, 主山인 小祖山, 주산을 연결해 온 산이 되는 太祖山, 산줄기를 타고 흐르는 기의 흐름인 脈, 용이 혈로 들어가는 入首와 혈 뒤에 솟은 봉우리인 玄武頂, 산의 형세를 각각 형용한 胎, 息, 孕, 育, 묘터 앞의 낮은 산인 案山, 안산 너머의 조금 높은 祖山, 그리고 혈을 양쪽에서 호위하는 靑龍과 白虎 등을 따진다.

문화 전반에 미친 폭넓은 증거들이며, 그 중심 원리는 음양론의 맥락 관점의 확장 적용, 그 동형구조적 발현, 그리고 두 사상(事象)을 연결해 주는 동시성의 원리로 요약된다.

4. 맺는말

동아시아 사유의 근저를 이루며 폭넓게 활용되어 온 주역은 과학사적 문명사적 전환기를 거치는 오늘날 우리에게 있어서 어떤 의미를 지니는가? 주역은 이제 과학성도 논리성도 결여된 단순한 흥밋거리 점복서로서 문화의 주력을 상실한 흘러가버린 옛 노래인가, 아니면 아직도 우리에게 소통 가능한 무엇을 던져줄 잠룡의 힘을 지닌 그 무엇인가? 서구 중심 사조 속에 살고 있는 필자로서는 동아시아 광범한 근원 사유의 하나인 주역을 통해 동아시아 사유의 현재적 소통성의 문제에 대해 생각해보고 싶었다.

이제까지 살펴본 주역과 관련한 음양론의 내용은 <은유와 유동의 기호학 : 주역 표상체계의 확장적 고찰>이다. 그 내용은 주역 기호학의 음양론적 의미, 괘효의 여정, 은유와 유동의 기호학, 그리고 그 문화적 확장 적용 사례들이다. 문화적 적용에서는 주역 음양론의 문화적 확장 양상을 문학, 예술, 한의학, 생활역학으로 나누어 고찰하고 그 중심을 관통하는 논지를 도출하였다. 그 결과 음양론의 동아시아 문화로의 확장 양상에는 유비를 통한 맥락 관점, 그 동형구조적 발현, 그리고 동시성의 원리가 내재되어 있음을 보았다.

라이프니츠의 이분법 이래 서구에서 기호학, 은환유 이론, 미분철학,

양자 물리학 등에서 증명해온 많은 논점들이, 동아시아 주역의 음양, 효변, 괘상, 그리고 태극이 보여준 역설의 열린 체계와 상당 부분 의미 지향을 같이하고 있음을 알 수 있었다. 즉 전편의 기호학적 연구와 이 글에서 행한 중국 전통의 음양론적 해석학은, 문화적 기반과 시야가 다름에도 불구하고 상호 소통적이며 여전히 힘을 발휘하고 있다는 생각이다. 이러한 소통의 열쇠는 오히려 양자물리학과 포스트모더니즘 시대 등 서구 자연과학 및 인문과학의 성과가 더욱 뒷받침해주고 있다는 점에서 다각적인 재해석의 필요가 있다는 생각이다.

이제까지 고찰한 주역 관련 내용의 핵심을 항목화하면 다음과 같다.

① 언어의 불완전성을 넘어설 대안 기호로서의 음양기호의 설정은 이분법적 세계의 표상이라는 점에서는 세계사적 보편 사유이다. 그러나 "한번 음하고 한번 양하며 앞으로 나아가는(一陰一陽之謂道.)" 동태적인 道 구현의 세계관을 드러내고 있다는 점에서 주역 음양론은 양적·물리적 독법이 아니라 질적·동태적으로 읽혀져야 함을 보여준다는 점에서 독자적이며, 이는 '일즉다 다즉일'의 유기적 동태성의 동아시아 사유의 특징을 잘 드러내고 있다.

② 초효에서 시작하여 상효로 나아가는 괘효 사건의 전개는 시공 분리적이 아닌, 시공 연계적이라는 점에서 동아시아 사유의 특징을 잘 보여준다. 또 계사전에서 효의 변화는 기(幾)와 미(微)로 표현되며, 군자는 기미를 통해 그 길흉을 사전에 판단하여 대비함이 바로 역의 효용이라고 말하고 있는데, 이는 결국 전편에서 미분으로 풀이한 전조와 현상간의 상호 관계에 대한 분석과 같은 의미를 담고 있다.

③ 대태극에서 분화된 소태극들은 대태극과의 동형성을 보여준다. 이러한 태극이 보여주는 프랙털적 동형구조성(isomorphism)은 64괘의 도표인 '복희64괘차서도'를 통해서도 증명 가능하다. 그리고 이와 같은 동형구조성은 음양론의 문학예술적 적용인 율시의 평측률에서 가장 잘 드러난다.

④ 주역의 태극은 노자와 주돈이에 의해 '무'의 개념과 만나게 되면서 새로운 철학사적 돌파를 보여준다. 무는 0이기도 한데, 양자역학에서 0은 '영점 에너지' 상태로서 무한의 개념과 맞닿아 있다는 점에서 '역설(易說)은 곧 역설(逆說)'이란 말이 다시금 와 닿는다. 이러한 주역의 자기 언급적 역설을 통해 동아시아의 무와 무한의 뫼비우스적 맞닿음, 그리고 궁극점으로서의 0을 기점으로 한 방향 변곡의 순환적 해석의 문제들은 자연스럽게 동서 소통적으로 이해 가능하게 된다.

⑤ 주역 음양 및 오행론은 맥락 관점, 동형구조성, 공시성의 원리를 통하여 문예, 한의학, 생활역학 등 문화 제 방면으로 광범하게 확장 적용되어 왔다. 문예에서는 시가, 변려문, 한글, 음악, 수묵화, 서예, 건축 심미에서 허실상보적 동형구조성으로, 한의학에서는 황제내경, 동의수세보원에서 유비적 경락 관점으로, 또 생활 역학에서는 점복, 도교적 연단, 사주명리학, 성명학, 풍수이론에서 유비와 동시성 원리를 통해 널리 응용되어 왔음을 보았다.

동아시아 근원 사유로서 폭넓게 운용되어 온 주역 음양론의 사유는 실체 자체가 아니라 시간과 공간의 사이를 흐르는 '사이의 철학'이다. 주역이 실체(matter)가 아니라 사건(event)에 중점을 두고 있다는 점에서, 이는 물질에서 사건으로 중심을 이동한 현대과학과도 부합하는 관점지향을 보인다.[45] 존재의 의미란 무엇인가? 김춘수 시인의 <꽃>에서 말한 대로 "내가 그의 이름을 불러 주었을 그는 나에게로 다가와서 꽃이 되었다"는 말에 단서가 있다. 무관했던 '그'가 '나의 꽃'이 되는 과정은, 전기 플러그를 꽂아 소통되듯이 내가 너를 부르고 네가 나에 응답하며 둘 사이가 연결될 때 비로소 가능해진다. 이러한 '사이에서 숨쉬기', 즉 실체 자체보다는 동아시아 초기 사유의 특징으로서의 각 존재 간의 연결인 '사이[間]'에 대한 자각, 즉 '사이의 미학'은 실체 중심주의인 서구

45) 오태석, <현대자연과학과 융복합적 중국학 연구> : ≪중국학보≫ 74집, 2015.11.

사유와 다른 동아시아 문화 사유의 특장이다. 그리고 그 근저에는 주역의 음양론이 자리하고 있다.

주역은 '음중양, 양중음'의 속성을 질적으로 내재하며, 음과 양, 허와 실, 동과 정, 평과 측 등의 모든 대척점들 사이에서 부단히 관계하고 작용하는 가운데 '일음일양'으로 '사이에서 숨쉬기'를 통해 열린 세계를 지향한다. 이제까지 보아온 주역 기호학은 서구과학이 지난 수세기 동안 바쁘게 달려온 현대과학과 인문학의 상관관계에 대한 일정한 관통성 또한 보여주고 있다는 점에서, 아직도 우리와 호흡을 같이 할 재해석의 마당이며 문명사적 소통의 가능성을 담고 있다.

II.
초월·해체·
역설의 사유,
노장

<u>05</u> 역설의 즐거움, 노장 존재론

1. 들어가면서

노자와 장자는 모두 세계 존재의 진리를 초월적 관점에서 탐구한 동아시아의 탁월한 철학자이다. 도가 사유의 정전인 ≪노자≫와 ≪장자≫(이하 '노장' 및 '노·장') 텍스트는 인간 세계를 넘어서는 광대한 사유세계와 함께 반전·역설의 글쓰기가 특징이다.[1] 필자는 인학(人學)이며 인학(仁學)인 유가와도 대별되는 노·장 사유의 특징을 한마디로 '초월과 부정의 해석학'이라고 요약하고 싶다. 노·장 텍스트는 초월적 사유와 역설과 부정의 글쓰기 전범을 통해 인간 존재와 세계 진리 문제에 사유의 깊이를 더해주었으며, 그 글쓰기 사유는 중국문화에 광범한 분야에

---

[1] 노자와 장자 텍스트를 '노·장'으로 표기하고, 다시 제목 등에서 '노장'으로 줄인 것은 본 논문에 대한 검색상의 문제점을 해소하기 위해서이다. 따라서 이글에서 '노장'은 '노·장' 즉 노자와 장자 텍스트로 보면 된다. 개별 텍스트는 ≪노자≫, ≪장자≫로 한다.

걸쳐 자양분을 제공해주었다. 대표적으로 ≪노자≫ 제1장의 '도가도비
상도(道可道非常道), 명가명비상명(名可名非常名)'이 지니는 진리와 언어에
대한 깊은 함의, 인도 불교의 중국화 과정에서 나타난 격의화 및 선종
의 토착화, 그리고 위진 현학 이래 중국과 동아시아 회화 및 각종 문화
예술심미에 이르는 광범한 영향이 그것이다.

　　노자와 장자가 눈에 보이는 현상의 세계 너머 잠재적 세계를 함께
총괄하는 총체적 양가성(兩價性, ambivalence)의 사유를 지향한다. 노장이
여타 사상과 크게 다른 점은 세계 내 인간에 대한 인식의 자기초월적
확장이다. 즉 인간은 다른 종과 마찬가지로 우주의 일부로서 타 존재와
비차별적으로 존재한다는 세계관이다. 그리고 세계의 범칭으로서의 자
연이라고 하는 거대한 흐름은 불인(不仁)하여 그 바탕에서 생하고 또 멸
하는 만물은, 마치 제사에 썼다가 용도가 끝나면 버려지는 짚강아지[추
구(芻狗)]처럼, 함께 존재의 춤을 추는 비차별적 존재라고 하는 주장이
특이하다.2) 이는 공문의 인학(人學) 사유와는 다른 물학(物學) 사유로서
중국 고대사유가 보여주는 탁견이다.

　　이글은 필자의 노자와 장자 각각에 대한 연구에 기초하여, ≪노자≫
와 ≪장자≫ 두 텍스트에 대하여, 이들 글쓰기의 핵심이라 할 수 있는
'부정성(否定性)의 논리 추동 방식'의 내외적인 특징과 의미를 존재론적
으로 고찰한다. 구체적 내용은 먼저 노장 텍스트에 보이는 존재론적이
며 해석학적 주안점들에 대해 그 동이점을 살펴본다. 다음으로는 부정
과 역설을 특징으로 하는 노장적 글쓰기의 구체적 내용, 의미, 효과를
형식과 내용 양면으로 나누어 본다. 형식면에서는 먼저 노장 텍스트의

---

2) ≪노자≫ 제5장 : "天地不仁, 以萬物爲芻狗. 聖人不仁, 以百姓爲芻狗."(천지는 어질지 않
　　으니, 만물을 짚 강아지처럼 여긴다. 성인은 어질지 않으니 백성을 짚 강아지처럼 본다.)

외적 구조를 중심으로 고찰하고, 내용면에서는 초월적 사유를 지향한 노장 글쓰기 전략으로서의 부정과 역설의 사유의 특징과 의미를 사례와 함께 고찰한다.

본 연구를 통해 노장 사유가 독자적인 자기류의 담론 체계를 구축해 나간 과정, 그리고 이들 사유의 문화철학적 파급에 대한 해석학적, 수사학적, 문화사유적 토대 이해에 보다 다가가는 기회가 될 것으로 본다. 본 연구의 주된 텍스트는 통행본인 왕필(王弼)본 ≪노자≫와 장자가 직접 지었다고 보는 ≪장자·내편≫을 중심으로 한다. 이외에도 백서(帛書) 갑을본(1973) 및 곽점(郭店) 죽간(竹簡)본(1993) 노자, 그리고 ≪장자≫에서는 <외·잡편>도 필요에 따라 함께 참고한다.

2. 노장 존재론의 주안점

≪노자≫와 ≪장자≫ 두 텍스트는 '인간'과 '세계'에 대해 그 어느 한편에 치우치지 않고 둘을 같은 동일 범주 속에서, 인간 존재를 객관화 했다는 점에서 양자역학으로 대표되는 20세기 과학혁명의 시대를 사는 우리에게 여전히 많은 시사를 안겨주고 있다. 과학과의 소통성이라고 하는 점에서 노장 사유는 인간 사회를 군자와 소인으로 나누고 그 안에서 그들 간의 질서와 가치의 문제를 다룬 유가 등 인학 사유와는 구별되는 물학 사유를 보여준다.

노장 사유는 인간 존재의 근원에 대한 '종-초월'적이며 종교철학적 요소가 깊이 내재되어 있는데,[3] 이는 필자가 노장 텍스트를 존재론적으로 주목하게 된 중요한 이유이기도 하다. '노·장 세계인식의 주안점'이라고 하는 본장에서는 필자의 선행 연구에 힘입어 노장 논지의 핵심적 사항들과 함께 동이점을 비교 고찰하여, 다음 장의 노장 존재론의 부정성의 글쓰기 전략과의 상호 조응성과 연계성 검토를 위한 기초 자료로 삼는다.

필자는 진리 세계를 향한 동아시아적 여정에 대하여 주역, 노자, 그리고 장자가 각기 다른 방식으로 '같은 것'을 지향하는 측면이 있음을 검증적으로 논구해 왔다. 그 '같은 것'이란 Samuel Butler(1835~1902)의 소설명인 *'Erewhon'*(1872)이라고 하는 도화원적 이상향에 대한 동아시아적 지향이다. 그것은 기독교적으로는 "며칠 후 요단강 건너" 당도할 에덴동산이요, 불교적으로는 "아제아제 바라아제 바라승아제 모지사바하"[4]라고 하는 갠지즈강 건너 피안의 해탈과 열반경이다. 또한 주역적으로는 언어의 강 저 너머의 은유와 유동의 기호적 삶의 다양한 스프레드에 대한 시공간적 성찰이고, 노자적으로는 개별적이고 현상계적 '가도 너머 보이지 않는 혼융자재의 무의 현동(玄同)의 세계이며, 장자적으로는 장자와 나비의 물화(物化)적 삶을 함께 아우르는[兩行] 대긍정적 '인시(因是)'의 삶이다.[5]

이번에는 주역·노자·장자를 절대 진리의 세계인 'erewhon', 즉 도화원의 유토피아로 가는 텍스트학의 관점에서 비교해 본다. 그 세 개의

---

3) 인도불교가 중국화하는 과정에서 노장에 기대어 格義佛教화하고, 현학의 발흥에 깊이 관여한 것도 종교철학적 담론성을 보여주는 예이다.
4) <般若心經>, "揭諦揭諦 波羅揭諦 波羅僧揭諦 菩提娑婆訶[[범어]가테 가테 바라가테 바라스가테 보디스바하; [한글]아제아제 바라아제 바라승아제 모지사바하]"
5) 장자는 '현상계와 잠재계' 둘의 관계에 주로 초점을 맞추어 兩行과 因是의 관점으로 논의를 진행했다. 그런데 노자는 세계를 常道와 可道의 두 세계로 나누고, 또 無와 有로 나누면서 상도와 무에 비중을 둔 것은 분명하지만, 그렇다고 해서 상도와 무가 절대 근원이라고 본 것이 아님은 노자 제1장의 "此兩者, 同出而異名, 同謂之玄."이란 말에서 드러난다.

길은 주역에서는 은유·상징의 기호로서의 괘효의 유동을 통해서, 노자에서는 궁극의 세계에 대한 시적 은유의 선언적 명제로, 그리고 작은 시비와 판단을 초월하려는 장자에서는 비유적 우언을 통하여 각기 존재와 궁극의 문제를 풀어나가려 했다고 볼 수 있다.

노자와 장자에서 존재는 마치 호접몽의 나비와 같이 이 세계와 저 세계 사이를 춤을 추며 옮겨 다니는 것이니, 생명과 무생명계를 막론하고 존재를 둘러싼 가시와 불가시의 세계란 바로 물화라고 하는 '존재의 춤'의 마당인 셈이다.[6] 이러한 연유로 노자는 불완전한 두 세계를 하나로 끌어안는[抱一] '원-개념'으로서의 분화 이전의 동봉(同封)적인 '견소포박(見素抱樸)'(19장)을 주장한 것이다. 장자 <응제왕> 편에서의 혼돈의 고사 역시 나누어지기[분봉(分封)] 이전의 미봉(未封)의 시원성을 말한 것이니 양자의 논지가 다르지 않음을 알 수 있다. 특히 이 둘을 같이 긍정해야 한다는 인시(因是)를 주장한 장자의 관점은 인식론적 요소를 많이 띠고 있는데, 이는 색과 공이 상통하며 삼라만상 존재의 본체는 오직 마음이 지어낸 것이라고 하는 불교 원리와도 통하여 중국불교 토착화에 밑거름이 되어주었다.

노자와 장자는 눈에 보이는 것이 전부가 아니라고 했는데, 일상성을 벗어나기 위해서는 그것으로부터의 초월이 필요하다. 장자 내편이 일상의 현실 세계를 떠나 큰 스케일로 비상하는 큰 물고기 곤과 붕새가 장

---

6) 이를 과학적으로 더 확장하면 우주론에 연결된다. 우주의 근원과 생성 및 전개에 대한 연구는 이제 시작 단계에 불과하지만 빅뱅 이래 물질과 반물질, 블랙홀의 암흑물질, 중력에 의한 시공간의 휘어짐, 각종 웜 홀, 그리고 11차원 초공간에서 끊임없이 생성되어 가는 우주론인 다중우주론에 이르기까지 다양한 형태의 요소들이 생성에서 종말로, 그리고 다시 생성으로 서로 주고받으며 생생불식 하고 있다는 점에서, 노장이 말한 현상계와 잠재계간의 상호 소통 구조는 현대물리학과 상호 공명하는 부분이 있다는 생각이다.

자 고사 퍼레이드의 시작이 될 수밖에 없는 이유이다. 그리고 그 초월
적 비상은 관점의 변화를 일으키고, 이는 다시 만물이 다 같다고 하는
제물론으로 이어진다. 그러므로 ≪장자・내편≫의 '소요유'와 '제물론'
은 독립사건이 아니라 종속사건이다.

　이를 노자적으로 말하자면 만물이 드러나는 상태인 현상계와 그것의
감추어진 상태인 잠재계는 상호텍스트적이다. 그리고 그것들의 원형은
아득하고 또 아득한 현(玄)으로서 둘이 차별이 사라진 하나 됨이니 즉
현동(玄同)이다. 여기서 현(玄)자에 주목할 필요가 있다 현(玄)의 자형은
'DNA 구조' 또는 '복희와 여와'가 서로를 꼬며 올라가는 모습이다. 둘
의 서로 기댐이니 곧 상호텍스트적이다. 그리고 그것은 불완전의 온전
함이고, 그 시원은 아득하다. 그래서 저 멀리에 아득하고 거뭇하게 현
(玄)하다. 다음은 필자의 <노자> 연구에 '현(玄)'자와 우로보로스의 뱀
의 형상을 추가한 그림들이다.

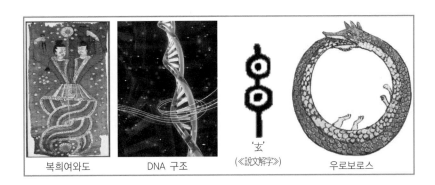

복희여와도　　　DNA 구조　　　'玄'
　　　　　　　　　　　　　（≪說文解字≫）　　　우로보로스

　그림에서 DNA구조와도 같은 모양의 복희와 여와는 서로에 기대고
있으며, 그 둘의 근저는 마치 우로보로스(Ouroboros)의 뱀처럼 머리와 꼬

리, 시작과 끝, 근원과 종말이 하나가 되는 상징이며 양가적 공존 합일이다.7) 그리고 이러한 새끼 꼬기 식의 상호텍스트적 형상은 《설문해자》에서의 '현(玄)'의 자형과도 같다. '서로가 서로에 기대어 나아감', 이것이 노자에서는 유와 무계열의 주고받기로 나타나 있고, 장자에서는 현상계와 잠재계 사이를 오가는 존재의 '물화의 춤'으로 우의되어 있다. 그리고 그것의 문자화는 '현(玄)'을 통해 표상된다. '현(玄)'자에 "검다, 아득하다, 가물다"라는 뜻이 내포된 까닭이다. '서로에 기대어 저 가물하고 아득한 시원을 향해 가는 영원한 여정', 이것이 필자가 해석한 현(玄)의 함의다.

이와 같은 논리는 상호 모순의 공존이라고 하는 양가성(ambivalence)을 띠는데, 노자와 장자에서 양가성은 중요한 개념으로 작용한다. 다음 《노자》 제1장은 노자 세계관의 핵심 내용을 담고 있다.

> [1장] '도'를 '도라고 할 때'[可道] 그것은 이미 '항상 그러한 도'[恒道, 常道]가 아니다. 말로 표명된 이름은 '항상 그러한 이름'[常名]이 아니다. ……그러므로 항상 있는 그대로[無欲]에서 우주만상의 은미함[妙]을 보고, 항상 만물의 (개체적) 자기지향[有欲]으로써 사물의 구체적 현현[徼]을 본다.8) 이 둘은 하나에서 나왔으나 이름을 달리한다. 이 둘을

---

7) 우로보로스(Ouroboros) : 자신의 꼬리를 물어서 원형을 만드는 뱀이나 용. 그리스어에 유래한다. 세계 창조에서 종말이 발단으로 되돌아오는 원 운동, 즉 영겁회귀나 '음과 양과 같은 반대물의 일치' 등을 의미한다. 암수의 한 몸으로 된 'Ouroboros'는 상반된 다른 성이 합성되어 있으며, 兩價가 동시에 동일시되는 상징물이다. 시간, 삶의 연속, 무한, 존재, 완벽, 완전, 순환적인 우주의 본질, 본질에 대한 자기 충족 등 많은 것을 상징한다. (《종교학대사전》, 1998, 한국사전연구사)

8) '徼'는 '순찰, 순행, 구함;'이란 의미를 가지고 있다. 김형효는 《사유하는 도덕경》에서 여길보의 《노자익》의 주해에 의거해 서로 얽혀 있는 '왕래'라고 번역했다. 필자는 妙가 천지의 신묘막측한 숨겨진 은미함이라면, 徼는 개체적 자기지향의 유욕의 현상계에서 만물로 드러난 구체적 발현으로 본다.

일컬어 아득한 거뭇함[玄]이라고 한다.9)

서두의 명제를 직역한 "도를 도라고 할 때 그것은 늘 있는 도가 아니다."라고 정의한 노자의 논법은 서구 형이상학을 부정한다. 이 점에서 노장은 이미 차축시대에 서구와는 다른 동아시아 논리철학의 새로운 지평을 보여주고 있다.10) 노장의 이와 같은 논리 추동 방식은 부정과 역설의 논법으로서, 이글의 함의에 대해서는 본편 제4장 '무의 사유'에서 상세히 분석한다.

윗글에서 노자는 유와 무 두 세계로 나누고 그 둘이 실은 하나에서 나왔다고 했는데, 이 경우 무 역시 유와 같이 보이지 않는 존재의 한 형태라고 할 수 있다.11) 그리고 그 귀결은 시원이 '아득한[玄] 하나[同]'의 세계라는 것이다. 즉 현상과 잠재의 두 세계는 각기 온전한 세계의 불완전한 한 짝일 뿐이다. 그리고 그 온전함은 '아득한 하나'인 현동(玄同)이다. 현동의 세계는 다시 잠재계와 현상계의 근원이며 또한 이 둘로 통하는 그 중간 지대이다. 이는 노자적로는 분할 전의 본래의 통나무 자체[見素抱樸]인 하나인 원형질의 동봉(同封)의 세계이다. 두 개의 세계

---

9) ≪노자≫ 제1장 : "道可道非常道, 名可名非常名. 故常無欲以觀其妙, 常有欲以觀其徼. 此兩者, 同出而異名, 同謂之玄." 이 부분의 구두와 해독에 관한 이설과 판단은 필자의 <노자의 상호텍스트성>(약칭, 2014) 논문 주 32를 참고.

10) 차축시대란 야스퍼스의 개념으로 ≪시대의 정신적 상황≫(1931)이란 책에서 기원전 500년을 전후한 시대에 인류문명이 첫 번째 꽃을 피운 시대를 말한다. 그리고 19세기부터 과학기술문명의 진보가 빨라지면서 제2 차축시대의 도래를 예감한다고 했다.

11) 노자에 있어서 무는 유의 모태만 되는 것은 아니다. ≪노자≫ 제1장과 같이 유와 무가 하나에서 나왔다고 할 때는 유와 무가 상호적이므로 유와 무의 근원은 玄同으로 돌아가는 것이다. 제4, 42, 45장에서는 沖의 개념을 들어 그 유와 무로 들어가는 관문의 중간지대적 성격으로서의 沖을 설정하고 있다. 김형효에 의하면, 노자에서 沖은 음양의 상호적 활동이 가능한 無自性的 본체의 바다인 셈이다. 이 부분에 대해서는 본편 제4장에서 상론한다.(김형효, ≪사유하는 도덕경≫, 소나무, 2004, 제4장, 42장 해설 참고)

로 '나누어지지 않은 온전한 하나'와 관련하여 장자는 <응제왕> 편에서 '혼돈의 죽음'이라는 비유로 '분봉(分封)된 문명'의 불완전성을 지적했다.

장자 역시 노자와 같이 양자 포괄적이며 총체적인 관점을 보이며, 존재를 둘러싼 존재론적 진리의 세계를 추구하고 있다. 길어서 인용하지는 않겠지만 ≪장자·제물론≫ 앞부분의 자연의 소리인 '천뢰(天籟)'론에 이어서, 장자는 인간도 그 어떤 근원이 있어 존재가 생겨나는 것이라고 추정하며 존재론적 질문에 들어간다.12) 다만 그것은 알 길이 아득하다면서, 총체적 인식의 깨침인 '이명(以明)'을 얻어야 한다고 강조한다.

한편 장자는 세계 진리로서의 도의 무소부재한 편재(遍在)성을 말하며, 심지어는 똥이나 오줌에도 있다고 했다.13) 거의 모든 종교에서 보이는 이와 같은 도의 '두루 있음' 즉 '편재성'은 장자 사유의 혜안을 잘 보여주는 부분이다. 장자는 또 노자의 병작(並作)과 같은 개념인 '방생(方生)'과 '양행(兩行)'을 주장했다. 장자는 '있는 그대로를 따르는' 대초월·대긍정의 '인시(因是)'를 주장했고, 노자는 희미한 밝음인 중간지대적 '충(沖)'으로 이해되는 '습명(襲明)' 또는 '숨은 빛'인 '보광(葆光)'의 진리세계적 지대를 말했다.14)

이에 장자는 시비 판단과 생사의 어느 한 편을 보아서는 온전한 이해에 이르지 못한다고 한 것이다. 다음은 생사를 하나로 보는 장자의 입론이다.

---

12) 이 부분의 번역은 안동림 ≪장자≫보다는 김학주 ≪장자≫(연암서가, pp.62-64)가 더 잘 읽힌다.
13) ≪장자·외편·지북유≫, "東郭子問於莊子曰 : 所謂道,惡乎在? 莊子曰 : 無所不在.…曰 : 在屎溺…周遍咸三者, 異名同實, 其指一也."
14) ≪장자·내편·제물론≫("孰知不言之辯, 不道之道? 若有能知, 此之謂天府. 注焉而不滿, 酌焉而不竭, 而不知其所由來, 此之謂葆光.") 및 ≪노자≫ 제14장, 21장 참조.

삶을 죽이는 자는 죽지 않고, 삶을 살리는 자는 죽을 것이다. 사물이 된다는 것은 모든 것을 보내고 또 맞아들이며, 모든 것을 훼손하고 또 이룸을 말한다. 이를 일컬어 '얽힌 편안함[영녕(攖寧)]'이라고 한다. '영녕'이란 서로 얽힌 후에 이루어짐을 말한다.[15]

생사를 초월한 듯이 보이는 거시 관점의 역설적 이글에서 장자 역시 노자와 마찬가지로 생명을 우주자연의 광대무변의 관점에서 바라보고 있다는 것을 볼 수 있다. 이와 같은 생각은 인간주의를 넘어서서 분리 에서 비분리, 그리고 채움에서 비움으로 나아가는 장자 사유의 폭과 깊이를 보여주는 부분이다. 삶과 죽음은 상호 대척적이다. 그러나 시야를 확장하여 무에서 유가 나오고 다시 무로 돌아가는 양가의 관점에서 보면 삶과 죽음은 하나가 될 수 있으니, 이는 곧 노자적 포일(抱一)이다. 결국 노장에 있어서 존재란 유와 무, 삶과 죽음이 서로 얽히고 '나비와 장자'가 돌아가며 존재의 춤을 추는 'in·ex·ist'적인 '내외 병존'의 존재로 해석된다.

인용문에서 '영녕(攖寧)'은 미시적 얽힘이 아니라 거시세계 속의 인드라망적 상호 연계를 말함이니, 실은 상호텍스트적 총체 공명이다. 우주의 운행과정에 자연스레 참여함은 유위의 존재로서의 개체적 자아를 버림으로써 가능해지는데, 이것이 무위이다. 이는 노자의 핵심 사상인 제48장에서의 "학문을 하면 날로 늘어나지만 도를 닦으면 날로 줄어든다. 줄고 줄어서 결국 무위에 이른다."고 한 말과 상통한다.[16] 그래서

---

15) ≪莊子·大宗師≫, "不然, 以聖人之道, 告聖人之才, 亦易矣. 吾猶告而守之, 三日而候能外天下. 已外天下矣, 吾又守之, 七日而後能外物. 已外物矣, 吾又守之, 九日而後能外生. 已外生矣, 而後能朝徹. 朝徹, 而後能見獨. 見獨, 而後能无古今. 無古今, 而後能入於不死不生."
16) ≪노자≫ 제48장, "爲學日益, 爲道日損, 損之又損, 以至於無爲, 無爲而無不爲, 取天下, 常以無事, 及其有事, 不足以取天下."

장자의 이 말은 "죽이는 자는 살고, 살리는 자는 죽는다."는 역설의 논리를 먹고 살며, 현상계과 잠재계 두 세계 간의 존재의 춤은 고등 종교의 일관된 메시지이다.

이렇게 노장 사유의 특징은 비편향적이며 총체적 관점에서 두 편단 어느 하나에 있지 않고 둘을 모두 아우른다[양행]는 의미에서 양가적(ambivalence)이다. 노장이 존재의 세계 구도로 설정한 유무론에는 양가성의 관점이 잘 드러난다. 양가성이란 두 가지 모순되는 것의 비배적, 공존적 동거를 말한다. 모순의 동거를 이루기 위해서는 관점의 초월과 현실의 해체가 필요하다. 그래서 역설이 필요하다. 이것이 노장 사유의 핵심이며, 동시에 노장이 해체(deconstruction)의 시대에 더욱 각광받는 이유이다.[17]

양가성의 사유는 모순의 공존이다. 영어 'ambivalence'란 '둘이 함께 균형을 가지고 있다'는 말이다. 그것은 대립이며 동시에 상통이다. 그래서 노자의 병작, 장자의 양행·병생론에서 보듯이 노장 존재론의 양가적 사유는 내외 병존(in·ex·ist)적이다.[18] 안에도 있고 밖에도 있으니 개별에서는 모순이며 그 개별성을 초월한 총체에서는 상통이다. 결국 양가성은 '개별적 모순'인 동시에 '총체적 상통'인 '내재-초월'의 '모순병존'의 사유이다. 까닭에 노장 사유는 그것 너머의 진실인 역설, 곧

---

17) 사실 양가성의 단초는 주역 음양론에서 찾아볼 수 있다. 음과 양을 함께 품고 있는 태극이나 음양중, 양중음의 음양사유가 그것이다. 그러나 주역의 주안점은 양가성은 아니다.
18) 김상일은 알랭 바디우의 존재의 세 가지 방식을 불교식으로 풀어 무(비존재, over its being, non-exist), 유(beneath itself, exist), 俱존재(유무구, 비-존재적 존재 beyond itself, inexist)로 풀이했다. inexist는 세 번째 경우로서 자기 안에 자기가 들어온 유무 구존의 자기 귀속적이며 재귀적인 멱집합적 존재이다.(김상일, ≪알랭 바디우와 철학의 새로운 시작 : '존재와 사건'과 '도덕경'의 지평 융합을 위한 한 시도≫ 1·2책, 새물결, 2008, pp.542-543)

'para・dox'를 지향한다.

한편 노자에는 두 세계를 함께 아우르는 근원 지대가 장자에 비해 명시적으로 설정되어 있다.[19] 대표적인 것이 현동이나 포일의 개념들이다.[20] 그리고 구체적 실례는 '습명(襲明)'이나 '보광(葆光)', 그리고 '황홀(恍惚)'로 나타난다.[21] 그 대표적인 예가 충(沖)인데 '충(沖)'의 의미는 빔과 참 두 가지 뜻을 양가적으로 지니고 있다.[22] 그러므로 원형의 세계로서의 충(沖)의 세계는 '충만한 빔이요 비어있는 충만함'으로서, 상반되는 두 가지 속성이 동봉(同封)된 양가성의 비자성의 중간 지대이다.[23]

그리고 도의 문을 통해 두 지대를 오가는데, 그것이 노자의 도기(道紀)이며 장자의 도추(道樞)이다.[24] 문을 여닫는 경첩과 같은 도의 관문을 통하여 존재는 이리로 또 저리로 옮겨 다니며 물화의 춤을 추는 것이 아닐까? 이와 같은 노장의 양가성은 또 다른 입론인 '물학 사유'와 함께,[25] 현상계와 잠재계 또는 유와 무라고 하는 상반되는 두 계열을 함

---

19) 이 점에서 노자의 세계인식은 상대적으로 구조적이고, 장자는 인식론적이라는 생각이다.

20) 玄同은 ≪노자≫ 제1장. 抱一은 ≪노자≫ 제10, 22장.

21) 襲明은 ≪노자≫ 제27장, 葆光은 ≪장자・제물론≫, 恍惚은 ≪노자≫ 제14장과 제21장.

22) 이러한 글자들은 각국의 언어에 많다. 중국어의 '극점이라는 뜻과 소진했다'고 하는 두 가지 뜻을 지닌 '窮・極・盡'이 그 예이다. 언어적, 문화발생적 요인에서 비롯되었을 것이다.

23) 自性(svabhava)이란 불교용어로서 自相이라고도 한다. 본래의 고유한 속성을 의미하니, '비자성'이란 고유한 속성이 없음을 말한다. 까닭에 어느 것을 고집하지 않고 둘을 다 아우른다. 노자 7장에는 이와 비슷한 개념인 自生이라는 말이 나온다. ≪노자≫ 제7장 : "천지는 장구하니 천지가 장구한 능히 까닭은 그것이 자기 홀로 자가생성하지 않기 때문에 장생하는 것이다.(天長地久. 天地所以能長且久者, 以其不自生, 故能長生.)"

24) 道紀는 ≪노자≫ 제14장, 道樞는 ≪장자・제물론≫.

25) ≪노자≫ 제5장, "天地不仁, 以萬物爲芻狗. 聖人不仁, 以百姓爲芻狗. 天地之間, 其猶橐籥乎. 虛而不屈, 動而愈出, 多言數窮, 不如守中." ≪노자≫ 제25장, "有物混成, 先天地生. 寂兮寥兮, 獨立不改, 周行而不殆, 可以爲天下母. 吾不知其名, 字之曰道, 强爲之名曰大. 大曰逝, 逝曰遠, 遠曰反. 故道大, 天大, 地大, 王亦大. 域中有四大, 而王居其一焉. 人法地, 地法天, 天法道, 道法自然."

께 아우르는 노장 사유의 핵심적 특징 중의 하나이다.26)

이상 노장 사유의 존재론적 주안점은 기본적으로는 유사하다. 그러나 부분적으로 생각과 주안점의 차이가 존재한다.27) 필자는 노자가 유와 무의 사이에 근원적 중간지대로서 현동의 충(沖)의 지대를 설정한 데 비해, 장자는 유와 무의 양 지대를 중심으로 인식론적으로 접근했다고 생각된다. 노자의 세계관은 시적 운문임에도 불구하고 비교적 체계화하여 구조화하려 했다는 생각이 든다. 반면 장자의 경우는 상상력 풍부한 거시 담론적 우언을 통해 인식론적 각성에 치중했다고 생각된다. 노자에서 찾기 어려운 지인(至人)·성인·신인으로서의 궁극적 주체가 취해야 할 인식으로서의 '무기(無己)·무공(無功)·무명(無名)'을 통한,28) '심재(心齋), 좌망(坐忘), 인시(因是)'의 삶을 주창한 부분이 그 대표적인 예이다.29)

노장 텍스트에는 이러한 생각들이 다양한 용어로 표상되어 있고, 그 범주와 주안점이 완전히 부합하는 것은 아니라고 생각된다. 노자가 유와 무, 그리고 그 둘을 아우르는 원형질의 현동(玄同)의 세계 대한 구조적 측면에 더 관심을 보였다고 한다면, 장자는 노자와 비슷하기는 하나 유와무의 양자적 세계의 상호성을 노자보다 더 인식론적 관점에서 접근한 것으로 보인다. 유무세계에 대해 다기하면서 또 때로는 명료하지 않

---

26) 양가성에 대해서는 필자의 <노자>(2014) 논문에서 상세히 沖의 개념, 그리고 양자역학의 관점으로 설명한 숫자 0의 0과 무한의 이중성을, 노장의 無의 개념과 연결 설명했다.

27) 김형효는 ≪노장 사상의 해체적 독법≫(김형효, 청계, 1999, pp.238-286)에서 노장 사유의 차이점을 다음 세 가지로 들었다. ① 노자가 공자의 仁學에 반대하는 무의 정치학을 제창했다면, 장자는 노자보다도 과장과 허풍을 통해 더 근본적으로 정치 자체를 해체시켰다. ② 노자가 유와 무의 세계를 논리적으로 규명하며 도를 설정하고 있는데 반해, 장자는 道라는 문자를 거의 내세우지 않고 초현실적인 상상을 자신의 사유의 생리로 삼고 있다. ③ 노자가 상도와 가도의 세계를 대조적으로 본 데 반해, 장자는 무를 절대 자유의 세계로서 승격시키며 유희적으로 그려냈다.

28) ≪장자·소요유≫, "故曰, 至人無己, 神人無功, 聖人無名."

29) 心齋는 <인간세>, 坐忘은 <대종사>, 因是는 <제물론> 및 ≪莊子·雜篇·則陽≫.

게 펼쳐진 노·장 사유의 주안점을 정형화해서 비교하기는 어렵다. 그러나 개괄의 필요도 있으므로 범주와 용어를 도표화 하면 다음과 같다.

노자의 주안점[30]

	잠재계[31]	현상계	총체적 진리계
① 유/무	무 무명 → 천지	유 유명 → 만물	유물혼성(有物混成) 충(沖), 습명, 탁약(橐籥), 현빈(玄牝) 곡신불사, 유무상생
② 특징	내장된 은미함[묘(妙)]	발현된 구현[요(徼)]	양가성, 병작, 도기(道紀), 포일(抱一)
③ 작용	무위이무불위, 병작, 화광동진		

장자의 주안점

	잠재계	현상계	총체적 진리계
① 세계	나비	나	물화, 무하유지향(無何有之鄕), 영녕(攖寧)
② 유/무	무계열	유계열	혼돈, 보광(葆光), 황홀
③ 특징	비현재성	현재성	편재성, 병생, 도추(道樞)
④ 작용/주체	분봉(分封)과 미봉(未封), 양행(兩行)(방생(方生), 병작(竝作)) / 심재(心齋), 좌망(坐忘), 오상아(吾喪我) → 인시(因是)		

---

30) 표에서 언급하지는 않았으나, 노자의 상도를 어떻게 볼 것인가에 대한 상세 고찰이 필요하다. 노자의 가도(可道)는 현상계로 보아 문제가 없다. 그리고 상도(常道)는 본래 글자가 '항도(恒道)'인 피휘자인 점에 비추어 항구불변의 본질의 도로 보인다. 하지만 상도를 본질로 볼 때는 '현상 : 잠재'와 이 둘을 아우르는 본질 세 가지의 삼각관계 구도가 유무 문제 및 현동의 처리와 관련하여 불명료한 부분이 생긴다. 이에 대해서는 향후 상세한 분석이 필요하다.

31) 노장 사유와 관련하여 필자는 장자(2013), 노자(2014), 그리고 노장(2015)의 순으로 글을 썼다. 처음에는 서양 철학 전통에서 말하는 것과 같이 두 세계를 '현상계'와 '본질계'로 나누었다. 그러나 노장 텍스트를 더 보면서 플라톤 이래의 서양철학과 달리, '본질'과 '잠재'의 구별이 필요하다는 생각이 들었다. 즉 본질은 잠재와 현상, 두 세계로 나타난다는 점이다. 이를 노장의 용어로 말하자면, 눈에 보이는 개별적 '有로 구현된 현상계'와 '無로 보이는 잠재계'가 있으며, 그 본질은 兩行·竝作적이어야 하고, 결국 '있는 그대로를 따르는' 대수용의 인시(因是)의 눈으로 세상을 보아야 대각에 이른다는 것이다.

3. 노장 글쓰기의 비교

이제까지 노장의 사유를 존재론적 관점에서 그 주안점과 유사 용어들을 중심으로 비교 검토하였다. 노장은 용어와 유무론의 일부 부분에서 주안점을 달리하기도 하지만, 세계인식의 측면에서 크게 보아 공명하는 부분이 많다. 필자는 노·장의 존재론적 사유가 물학 사유와 양가성의 관점을 부정과 역설의 방식으로 추동했다고 생각한다.

본장에서는 노장 텍스트의 언술 형식상의 글쓰기 특징을 분석한다. 가장 큰 특징으로는 노자와 장자의 글쓰기가 모두 존재의 본질과 근원에 대해 풍부한 상상과 함께 역설과 부정의 논법으로 인간과 자연계를 총괄하는 거시 세계에 대해 집중적으로 논하고 있다.

글쓰기 면에서 노자와 장자는 직설적 논리 산문이 아닌 시와 우언의 우회적 형식을 채택하고 있다는 점에서 독특하다. 본장에서는 노장 텍스트의 언술 형식상의 특징을 고찰하고, 제4장에서는 노장 사유의 부정과 역설의 논리 추동에 대해 논한다.

노·장 텍스트의 형식적 특징은 노자가 매우 함축적이며 절제된 시적 운문으로 추동된 데 비해, 장자는 설득력 강한 풍부한 비유로 가득한 우언(寓言)의 글쓰기로 점철되어 있다는 점이다. 먼저 글쓰기 면에서 노자 텍스트는 다음과 같은 특징이 있다. ① 함축적인 시적 담론 및 다양한 유형의 대장(對仗)의 구사, ② 은유적 표상의 연역적 제시, ③ 은환유의 예증을 통한 전개, ④ 부정구 및 반언과 역설의 담론 등이다.

노자의 글쓰기는 상당히 시적이며 동시에 표상적이다. 이는 여타 제자 산문과도 구별되는 점이다. ≪노자≫는 지속적으로 도에 대해 말함으로써 강렬한 주제 의식 속에 구체적 의미는 밖으로 드러나지 않고 함

축적이어서 탄력적으로 해석된다. 또 부정구가 많이 구사되어 있고, 의
미 역시 부정성의 사유를 중심으로 추동되고 있어, 순응적이지 않고 신
선감을 준다. 이 점은 ≪장자≫ 우언 역시 같다. 노자 텍스트의 부정성
의 글쓰기와 리듬감은 읽는 재미와 함께 어렵긴 하지만 매력적이기도
하다. 사실 시는 언어를 빌리되 언어 자체의 한계를 넘어서는 효과적인
방식의 글쓰기이다. 이와 같은 시의 언어 초월성은 진리 탐구를 향한
20세기 이래 수많은 현대문학비평이 여타 장르보다 시를 본령으로 삼
아 언어와 본질의 문제에 대해 천착한 이유이기도 하다.

　≪노자≫는 구문상 거의 대부분이 4자 혹은 3자 위주의 구식(句式)이
며, 초보적이긴 하지만 경우에 따라서는 '혜(兮), 지(之), 재(哉)'자가 반복
적으로 나오고, 각운이 강구되기도 한다. 특별히 운문과 상관되는 특징
은 구조와 의미상의 대장이 매구대 또는 격구대 형식 속에서 다양하게
구사되고 있다는 점이다. 대장은 품사대, 개념대뿐 아니라, 어조사 '이
(而), 지(之), 이(以)' 등의 자리까지 정교하게 대를 이룬 곳이 많다. 이러
한 심미적 글쓰기는 후일 변려문으로 계승되었다. 의미상의 대장 방식
을 유형화하면 대조식(22장, 38장, 43장, 76장), 열거식(12장), 환유식(16, 37
장) 등이 있다. 그 실례는 별도로 논의할 은환유의 예증 외에는 편폭 관
계상 생략한다.

　구문 전개 면에서 ≪노자≫에는 연역적 주제 제시로 시작되는 장이
많다.[32] 그리고 거의 전편이 세계 진리로서의 도와 그 덕에 대한 비유

---

[32] 예를 들면, '道可道, 非常道'(1장), '道沖論'(4장), '上善若水'(8장), '天地不仁, 以萬物爲芻
狗'(5장), '谷神不死, 是謂玄牝'(6장), '天長地久'(7장), '絶聖棄智'(19장), '曲則全, 枉則
直'(22장), '有物混成, 先天地生…人法地, 地法天, 天法道, 道法自然'(25장 : 수미상응),
'道常無名'(32장), '道常無爲而無不爲'(37장), '上德不德, 是以有德'(38장), '道生一, 一生
二, 二生三, 三生萬物, 萬物負陰而抱陽, 沖氣以爲和'(42장), '不出戶, 知天下'(47장), '爲學

를 담은 운문으로 되어 있다. 담론 방식은 대부분 글의 앞에 명제가 선언적으로 제시되고, 은환유적 설명과 예증으로 논지를 이어나간다. 이러한 연역적 글쓰기는 탈일상의 새로운 세계관적 지향을 추구한 노장 사유에서 다른 것에 대한 비교와 주저 없이 대뜸 자기류의 세계관으로 몰입하는 전략적 효과가 있다. 제7장 '천장지구(天長地久)'론을 보자.

> 천지는 장구하다. 천지가 장구할 수 있는 까닭은 스스로 살려고 하지 않아서이다. 그러기에 능히 오래 갈 수 있는 것이다. 성인은 자신을 뒤로 함으로써 그 몸이 앞서고, 그 몸을 벗어남으로써 그 몸을 지킨다. 개인의 삿됨을 없이 한 까닭이 아니겠는가? 그렇기에 능히 그 개체를 지킬 수 있는 것이다.33)

≪노자≫ 제7장의 이글은 존재의 생사장인 천지와 그 위에서 피고 지는 만물에 대한 노자의 성찰을 담고 있다. 논지의 전개는 먼저 서두의 "천지가 장구하다"는 선언적 명제로부터 시작된다. 그리고 이어서 내면 의미가 드러난다. 노자의 '천장지구'론은 제5장의 '추구(芻狗)'론과 맞닿아 있다. 천지에 깃들어 사는 만물은 제사지낼 때 쓰는 짚강아지[芻狗] 여기듯 쓰다가 결국 버려지나, 천지는 바로 그 자신을 비워 만물의 집으로 내어주는 데 있다는 것이다. 버림과 비움의 힘을 역설적으로 보여준다. 그리고 그 역설은 부정구를 중심으로 추동된다. 문중에서 보듯이 부정구는 '불(不), 비(非), 무(無)' 등 부정사 외에 내용적 부정어인 '후

日益, 爲道日損'(48장), '道生之, 德畜之'(51장), '治大國, 若烹小鮮,'(60장), '知, 不知, 上, 不知, 知, 病'(71장), '人之生也柔弱, 其死也堅强,'(76장), '小國寡民,'(80장), '信言不美, 美言不信'(81장) 등이 그 예이다.

33) ≪노자≫ 제7장, "天長地久. 天地所以能長且久者, 以其不自生, 故能長生. 是以聖人後其身而身先, 外其身而身存, 非以其無私邪, 故能成其私."

(後), 외(外)'에 의해 추동되고 있다.

총 81장의 짧은 운문으로 이루어진 노자 텍스트는 기본적으로 사물에 대한 직접 지칭이 아니라 은유상징과 환유적 예증 방식이 대거 나타난다. 이러한 은환유의 논리 전개 중, 은유상징은 노자 텍스트 곳곳에 있으므로 별도로 예증하지 않는다. 다음 제16장은 환유식 서술의 전형적인 예이다.

> 만물의 허정한 궁극에 마음이 이르고 고요한 두터움을 지키면, 만물이 함께 일어남에 나는 그 돌아가는 이치를 보게 된다. 만물의 흥왕이 각기 그 근원으로 돌아가니, 근원으로 돌아감을 고요함[靜]이라 한다. 그 고요함을 일컬어 천명을 회복한다[復命] 하니, 천명을 회복함을 일컬어 항상됨[常]이라 한다. 항상됨을 아는 것을 일컬어 밝음[明]이라 한다. 항상됨[常]을 알지 못하면 망령되이 움직여 흉하다. 항상됨[常]을 알면 사물을 포용하게[容] 되고, 포용하면 공정하게[公] 되고, 공정하면 왕으로 다스리게[王] 되고, 왕으로 다스리게 되면 하늘[天]과 같아지고, 하늘과 같아지면 도[道]에 이르고, 도에 이르면 장구[久]하게 되어 죽도록 위태롭지 않다[不殆].[34]

이글에서 노자는 근원에 대한 마음의 상태를 말했는데, 이는 장자의 좌망(坐忘)과 심재(心齋)에 해당된다. 마음을 비우고 사물을 바라보면 만물의 병작(並作) 즉 장자의 용어로는 병생(방생)과, 다시 그것이 근원으로 돌아가는 이치를 알게 된다는 것이다. 허정한 궁극과 치우치지 않는 중심의 돈독함을 말한 이 부분은 ≪주역≫ 및 ≪중용≫의 논리와도 조응된다. 이어지는 부분부터 우리는 이글에서 두 갈래의 개념의 환유적 고

---

34) ≪노자≫ 제16장, "致虛極, 守靜篤, 萬物並作. 吾以觀復, 夫物芸芸, 各復歸其根, 歸根曰靜, 是謂復命. 復命曰常, 知常曰明. 不知常, 妄作凶. 知常容, 容乃公, 公乃王, 王乃天, 天乃道, 道乃久, 沒身不殆."

리들을 볼 수 있다. 그것은 '정(靜) → 부명(復命) → 상(常) → 명(明)'으로 그리고 다시 '상(常) → 용(容) → 공(公) → 왕(王) → 천(天) → 도(道) → 구(久) → 불태(不殆)'로 이어지는 두 가지 지향적 개념들이다. 마음의 허정에서 시작하여 밝히 깨달음으로 진전되는 인식의 전개와, 항상됨에서 시작하여 장구하며 위태롭지 않음으로 나아가는 개념상의 환유의 여정이다. 이러한 환유적 의미 전이는 제16장 외에도 제25, 28, 37, 38장 역시 마찬가지이다.

이상 노자의 글쓰기의 형식적 특징은 시적 함축과 대장의 활용을 통한 심미적 즐거움, 표상화된 명제의 연역적 제시, 은환유를 통한 의미의 대체와 연접적 전이 방식의 전개, 그리고 수많은 반언과 부정구를 통한 부정성의 논리 추동의 네 가지이다. 이 중 네 번째 사항은 내용성이 더 강하므로 제4장에서 다룬다.

이번에는 ≪장자≫ 글쓰기상의 특징이다. 장자 텍스트의 가장 큰 외적 특징은 내·외·잡편을 막론하고 거의 전편이 우언으로 이루어져 있다는 점이다.[35] 그리고 장자가 직접 지었다는 ≪장자·내편≫을 보면, <소요유>(9편), <제물론>(7종), <양생주>(4종), <인간세>(11종), <덕충부>(7종), <대종사>(10종), <응제왕>(6종)으로 54종의 우언이 수록되어 있다.[36]

장자 사상의 핵심은 만물이 다 같다는 제물론에 집중되어 있는데, 이는 '인의예지'의 인학서인 유가서와 달리 인간도 천지 만물의 하나라고 하는 만물평등의 물학 경향마저 보여준다. 이는 생명과 비생명을 함께

---

35) ≪장자≫에는 내편 54종, 외편 90종, 잡편 64종 등 총 208종의 우언이 실려 있다고 연구되어 있다. 이에 대해서는 劉林, ≪莊子寓言人物形象硏究≫(濟南大學 碩士學位論文, 2010, pp.65-68)을 참조.

36) 제6편 <초월·해체·역설의 글쓰기> 제2장 '우언의 글쓰기'(pp.179-185) 참조.

아우른다는 점에서 과학 사유에도 닿아 있다. 또 장자에 우언의 주인공들은 다양하다. 특히 <인간세>와 <덕충부>에는 장애인, 가상의 등장인물이 많이 나온다. 이름도 '절름발이-꼽추-언청이'인 인기지리무신(闉跂支離無脤), 곱추 옹앙대영, 기괴한 형체의 지리소(支離疏), 그리고 발이 잘린 왕태(王駘), 신도가(申徒嘉), 숙산무지(叔山無趾) 등과 같은 특이한 이름의 장애인이나 접여(接輿)와 같은 광인들이 등장한다. 그 주체는 사람뿐 아니라 동물, 나무, 곤충에 이르기까지 소수자에 많은 부분을 할애하고 있는데, 이는 장자 사유의 특징인 뒤집어보기와 만물평등사상을 의미한다.

가상적이며 과장적인 명명과 외견상 열등하게 보이는 소수자의 등장은 바로 노자 제2장의 현상적 선악, 미추, 유무란 관점을 달리하면 실은 본질과 전혀 무관하다는 것을 뜻한다.[37] 예를 들면 <인간세>에 나오는 지리소의 이야기는 '새옹지마'와 같은 '무용지용'의 역전성을 보여주는데, 인간사의 길흉화복은 외적 양태만으로 전체를 가늠할 수 없다는 존재의 본질에 대한 교훈이다. 비일상적 등장인물, 내용, 그리고 관점의 비현실성으로 인해 ≪장자≫ 우언은 자못 환상적으로 비쳐지기도 한다. 그러면 이러한 과장과 초월의 글쓰기의 지향은 무엇인가? 비현실적으로 보이는 장자의 글은 실은 일반인의 인식을 역전·도치·전복의 전략에서 나왔다. ≪장자≫ 전편의 서문쯤에 해당되는 다음 말은 장자 텍스트의 역전·도치와 환상적 우언의 근거를 보여준다.

---

37) ≪노자≫ 제2장 : "天下皆知美之爲美, 斯惡已. 皆知善之爲善, 斯不善已. 故有無相生, 難易相成, 長短相較[刑], 高下相傾, 音聲相和, 前後相隨. 是以聖人處無爲之事, 行不言之敎. 萬物作焉而不辭, 生而不有, 爲而不恃, 功成而弗居, 夫唯弗居, 是以不去."("천하가 모두 아름다움이 아름다운 줄로만 아나, 그것은 추한 것이다. 또 모두가 선을 선하다고만 여기나, 그것은 선하지 않은 것이다. 그러므로 유와 무가 서로 생겨나며…")

장주는 이 가르침을 듣고 기뻐 종잡을 수 없는 말, 황당한 말, 밑도 끝도 없는 언사로 이를 말했다. 때로는 제멋대로 하면서도 한쪽에 치우치지 않고 일의 한 부분으로 스스로의 견해를 내보이지도 않는다. 천하가 침체하여 혼탁한 까닭에 올바른 말을 할 수 없다고 여겨 응변인 말[치언(巵言)]로 구체적인 것을 설명하고, 고옛 사람의 무거운 말[중언(重言)]로 진실이라 믿게 하며, 우언[우언(寓言)]으로 그 뜻을 확장했다. 홀로 천지의 정신과 왕래하나 만물을 얕보지 않았고, 시비를 따져 꾸짖지도 않으며, 세속과 함께 하였다.38)

《장자》라는 책은 우주자연의 진리인 도에 대한 체득으로서, 그 진리를 깨닫고는 기뻐 세속을 벗어나는 크고 황탄한 말을 지어 세상에 내놓았는데, 그 방식은 세 가지로서 일상 생활 속의 치언(巵言)과, 성현의 말을 빈 중언(重言), 그리고 우의인 우언(寓言)의 스토리텔링으로 《장자》 책을 썼다는 것을 말하고 있다.

장자의 궁극적 목표는 세계의 본질에 대한 주체의 인식 문제이므로, 이러한 과장과 초월 해체의 글쓰기는 당연히 삶의 문제에 그치지 않고 더 나아가 현상계 너머 저 편의 보이지 않는 잠재계로까지 확장된다. 이러한 초월과 거시의 관점은 노자와 맥을 같이 한다. 노자는 먼저 유와 무 두 계열을 설정해놓고, 유의 현실과 무의 비현실을 함께 보아야 한다며 중간자적 충기(沖氣)를 통해 포일(抱一)의 세계를 논했다. 노자가 시적 언명으로 전개해 나갔다면 장자는 구체적 우언으로써 글쓰기를 구사한 점에서 다를 뿐, 세계에 대한 온전한 이해라는 점에서는 같은 지향의식을 보여준다.

---

38) 《莊子・雜篇・天下》, "莊周聞其風而悅之. 以謬悠之說, 荒唐之言, 無端崖之辭, 時恣縱而不儻, 不以觭見之也. 以天下爲沈濁, 不可與莊語, 以巵言爲曼衍, 以重言爲眞, 以寓言爲廣. 獨與天地精神往來, 而不敖倪於萬物, 不譴是非, 以與世俗處."

　그렇다면 장자에 나타난 소수자들의 이야기는 인식의 상대성 너머
저 보이지 않는 세계와 본질에 대한 부정을 통한 역설과 초월의 환기
전략이라고 해야겠다. 다음 <대종사> 편에 나오는 여우(女偊)와 남백자
규(南伯子葵)의 대화는 소극과 부정의 해체적 사유 추동을 잘 보여준다.

　　3일이 지나니 그는 천하에 마음 두지 않았고, 천하를 버리고서 나는
　마음을 더욱 지켰다. 7일이 지나자 만물에 마음 두지 않게 되었으며, 만
　물을 버린 지 9일이 지나자 삶을 잊었다. 이미 삶에 마음을 두지 않으니
　'아침 햇살 같은 영롱한 마음'[조철(朝徹)]을 얻었다. 아침 햇살 같은 영
　롱함을 얻으니 만물의 하나 됨을 보게 되었고[견독(見獨)], 만물의 하나
　됨을 보니 시간을 초월[무고금(無古今)]하였고, 시간을 초월하자 죽음도
　없고 삶도 없는 경지에 들어가게 되었다.[39]

　문중에서 장자는 진리 체득을 향한 득도의 7단계를 제시한다. 그것은
① 천하를 잊고, ② 만물을 놓으며, ③ 삶을 놓고, ④ 아침의 영롱함[朝
徹]에 이르며, ⑤ 절대 하나를 발견하고, ⑥ 시간을 잊고, ⑦ 생도 사도
없는 생사여일의 경지이다. 장자의 이러한 득도의 단계론은 주체가 광
활한 우주와 공명하여 하나가 되는 과정이다. 자기를 버린다는 점에서
노자 제7장의 '천장지구(天長地久)'론이나 제48장의 "학문은 날로 더해
가고 도는 날로 덜어간다"는 '위학일익, 위도일손(爲學日益, 爲道日損)'론
과 흡사하다. 더해가는 것이 아닌 덜어가는 삶을 주장한 노장의 사유
방식은 긍정성이 아닌 부정성의 논리 추동이다.

　초월과 해체의 노장 사유는 공히 부정성의 언술 저작이다. ≪장자≫

39) ≪장자·내편·대종사≫, "三日而後能外天下. 已外天下矣, 吾又守之, 七日而後能外物.
　已外物矣, 吾又守之, 九日而後能外生. 已外生矣, 而後能朝徹. 朝徹, 而後能見獨. 見獨, 而
　後能无古今. 無古今, 而後能入於不死不生."

우언은 역설과 반전을 통해 부정성이 드러난다. 또 시적 구조로 된 ≪노자≫에는 부정구적 표현이 상당히 많다.[40] 필자의 계산상 노자 ≪도덕경≫에 나타난 부정사는 '불(不)' 244회, '비(非)' 10회, 무정대명사 '막(莫)' 20회가 나온다. 또 총 102개의 '무(無)' 중 부정사로 사용된 것은 58회 정도이다. 이는 ≪노자≫ 5천 자를 구당 평균 4.5자로 볼 때, 약 30% 정도가 부정구로 이루어져 있다는 말인데, 일반 문장에 비해서 엄청난 양이다. 그러면 이러한 부정의 글쓰기는 내용면에서도 부정적인가? 부정의 사유는 어떤 근거에서 추동되며, 그 사유 지향의 차원과 목적은 무엇인가? 다음 장에서 노장 사유의 부정성의 논리 추동을 내용면에서 본다.

4. 부정성의 논리 추동

(1) 무(無)의 사유

노자와 장자의 시야는 인학(人學) 중심의 주류 유가와는 다른 총체적이며 초월적으로 인간과 세계 존재의 문제를 고민했다는 점에서 사유의 크기가 느껴진다. 우리는 제2장에서 세계 진리로서의 도의 속성과 작용에 대해 노자와 장자가 세밀하진 않지만 상당 부분 서로 공명하고 있음을 알 수 있었다. 그 대표적 특징이 보이지 않는 무의 세계에 대한 천착, 언어의 한계에 대한 인식, 양가성의 원리, 그리고 포일의 관점들이다. 이러한 관점은 동아시아 주류 사유인 인학을 초월한다는 점에서

---

40) 제8편 <양가적 세계 인식, 노자> 제2장을 참조.

비주류적, 급진적, 해체적이다.

특히 춘추시대 말 이미 과도한 비합리적 인위성이 야기한 혼란을 겪으며 인간 존재의 위상을 우주자연의 범주에서 타자화하여 이해하는 물학 사유로써 돌파하려 한 것은 상대성이론과 양자역학으로 표상되는 오늘날의 관점에서도 놀라운 탁견이다. 이와 같은 노장 사유의 특징을 요약하면 무의 철학 사유, 물학 관점, 양가성의 원리, 그리고 글쓰기 면에서의 역설과 반언의 부정성의 논리 추동이라고 할 수 있다.

노장은 어떻게 하여 그들만의 새로운 패러다임을 구축할 수 있었을까? 그것은 다음 세 단계의 과정 속에서 숙성 가능했을 것이다. ① 세계 구성과 운행의 참 진리인 도의 발견과 설정, ② 언어의 뗏목을 타고 진리의 강 건너기, ③ 세계와의 인식 교감이다. 이를 달리 표현하면 세계 운행의 원리 이해로서의 진리[道] 발견, 그 효과적인 표현방식 찾아내기, 그리고 그것의 공유와 소통이다.

이를 순차적으로 말하자면 첫 번째는 무의 물학 사유와 양가성 원리이다. 두 번째 문제는 그 효과적 표현인데, 여기에는 언어의 문제가 개재되므로 쉬운 일이 아니다. 왜냐하면 노장 모두 언어 자체의 문제점을 잘 인식하고 있었기 때문이다.41) 이미 춘추전국시기에 주역과 노장이 보여준 언어에 대한 불신은 '원-기의를 향한 끝없는 차연의 여정'이라고 하는 20세기 현대 언어학의 결론과 상응되는 관점으로서, 이는 물학

---

41) 비록 帛書 ≪老子≫인 馬王堆본은 그렇지 많지만, 통행본 ≪노자≫의 시작인 제1장과 끝인 제81장이 모두 언어에 대한 불신을 보여주고 있다는 점은 우연의 일치라고 볼 것인지 궁금할 정도이다. ≪장자≫ 역시 "대도는 이름이 없고 大辯은 말을 하지 않는다.(제물론 : 夫大道不稱, 大辯不言)"거나 "뜻을 잡으면 말은 놓아야 한다.(잡편・외물 : 言者所以在意, 得意而忘言)"는 통발의 이야기들을 통해 지속적으로 언어의 한계를 환기시킨다.

사유와 함께 선진시대 동아시아 사유가 보여주는 탁월한 성취이다.

그리고 세 번째는 지식 소통의 문제로서, 이 부분은 본장과 직결된다. 노장의 입론은 기존 관념을 지배하는 주류 담론의 초월과 해체 없이는 새로운 도(道)를 펼칠 수 없었으며, 동시에 도라고 하는 진리의 소통은 언어를 통하지 않고서는 설명할 길이 없었다. 그래서 그들은 언어를 부정하였음에도 불구하고 결국은 언어의 뗏목을 타고 진리의 땅을 향해 강을 건너고자 했으며, 그 구체적 방식은 정언이 아니라 반언, 역설, 전도, 부정성의 글쓰기를 통해서였고, 노자는 시로써, 장자는 우언으로써 그 장벽을 넘고자 했다.

≪노자≫ 제1장에서 보듯이 정언으로 이르기 어려운 진리 담론에 대한 대안으로서 노자는 은유와 역설의 시성 원칙으로, 그리고 장자는 함의 풍부한 비유적 우언으로 돌파하려 했으며, 그 구체적 글쓰기는 부정성의 사유에 의해 추동되고 있다. 노장 사유의 가장 큰 특징은 ① 무의 철학적 세계관이며, ② 그것은 부정성의 논리로 추동되었다. 또 부정성은 구문상의 부정구와 내용상의 부정이라고 하는 두 방식을 통해 전개되었다. 다음 노자 사유 전체를 가늠하는 무의 물학 사유를 제25장과 제1장을 통해 보자.

> 물질이 있어 혼연히 섞여 있으니, 천지보다도 먼저 생겨났다. 적막하고 텅 비어 홀로 서서 그대로이니 주행하여 쉼이 없으니, 가히 천하의 어미라 할 만하다. 나는 그 이름을 알지 못하니 그것을 불러 '道'라 칭한다. 억지로 이름 하여 '크다[大]'고 한다. 크다는 것은 '간다[逝]'는 것이요, 간다 함은 '멀다[遠]'함이며, 멀다함은 '되돌아옴[反]'을 이른다. 그런즉 도는 크고, 하늘도 크며, 땅도 크고, 왕 또한 크다. 세상에 큰 것이 네 가지가 있으니, 왕 또한 그중 하나이다. 인간[人]은 땅[地]에 의지하고,

땅은 하늘[天]에 의지하며, 하늘은 도[道]에 따르며, 도는 '스스로 그러함
[自然]'42)을 따른다.43)

이글은 휘감아 도는 것 같은 물질의 응집에서 우주만물이 생겨나고,
물질의 원초적 혼용은 천지보다 앞서며, 그 주행은 변치 않고 지속되어
천하 만물의 모태가 된다고 하는 글로 시작되고 있다. 이 말은 마치 현
대 우주물리학의 빅뱅이나 블랙홀에 대한 설명과도 같은 느낌이 들 정
도로 물학적이다. 노자는 도란 이러한 혼용된 물체의 운행, 그리고 거
기서 생성 순환되는 질서 정연한 흐름들, 이것을 굳이 말로 하자면 도
라고 할 수 있는데, 이 도는 결국 그렇게 될 수밖에 없는 필연의 원리
라고 말한다.

이는 우주만물이 인간 개인의 호불호와 욕망적 지향과는 무관하다는
거시 담론이다. 그래서 이글은 "천지가 만물을 짚강아지[芻狗]와 같이
여긴다."는 제5장이나,44) "천도는 친한 것이 없으니, 늘 자연의 도를 따
르는 선인과 같이 한다"45)는 제79장과 함께 노자의 물학 사유의 특징
을 보여주는 부분으로 생각된다. 기원전 500년경에 이미 이러한 생각을
한 것은 야스퍼스의 말대로 '차축시대'적 탁견이다. 글쓰기 상으로는
제3장에서 보았듯이 [도(道) → 대(大) → 서(逝) → 원(遠) → 반(反)]과 [인

---

42) 여기서 '自然'은 생명이 깃들어 사는 명사적 장소로서의 자연이란 개념이 아니라, '늘
스스로 그렇게 되는 자연스런 이치'를 뜻한다고 본다. 그런즉 '도'와 거의 유사한 개념
이라 할 수 있다.

43) ≪노자≫ 제25장, "有物混成, 先天地生. 寂兮寥兮, 獨立不改, 周行而不殆, 可以爲天下母.
吾不知其名, 字之曰道. 强爲之名曰大, 大曰逝, 逝曰遠, 遠曰反, 故道大. 天大, 地大, 王亦
大. 域中有四大, 而王居其一焉. 人法地, 地法天, 天法道, 道法自然."

44) ≪노자≫ 제5장, "天地不仁, 以萬物爲芻狗, 聖人不仁, 以百姓爲芻狗. 天地之間, 其猶橐籥
乎, 虛而不屈, 動而愈出. 多言數窮, 不如守中."

45) 제79장에 보이는 "天道無親, 常與善人."에서 '선인'이란 인학 사유로서의 착한 사람이란
뜻보다는 자연의 이치에 순행하는 사람을 말한 것이다.

(人) → 지(地) → 천(天) → 도(道) → 자연(自然)]의 의미 진행은 앞의 노자의 환유적 글쓰기를 보여주고 있다.

다음 노자 제1장은 이와 같은 도의 유무 세계, 특히 눈에 보이지 않는 무의 세계 및 그 둘의 상관성에 대한 거시 관점을 함축적으로 표현한 노자 텍스트의 핵심이다.

> [1장] ① '도를 도라고 할 때'[가도] 그것은 이미 '항상 그러한 도'[항도, 상도]가 아니다. 말로 표명된 이름은 '항상 그러한 이름'[상명]이 아니다. ② '이름 없음'[무명]이 천지의 출발이요, '이름 있음'[유명]이 만물의 어미이다. 그러므로 늘 '자연 그대로'[무욕]에서 우주만상의 은미함[묘]을 보고, 항상 '각 사물의 자기지향'[유욕]에서 사물의 구체적 현현[요]을 본다. ③ 이 둘은 하나에서 나왔으나 이름을 달리한다. 이 둘을 일컬어 거멓다고[현(玄)] 한다. 아득하고 또 깊으니 모든 신묘함의 관문이다.[46]

이글은 많은 함의를 지니고 있어 상세한 이해가 필요하므로, 단락을 나누어 본다. ① 처음에는 도와 명에 대해 보편적 '상(常)'과 개별적 '가(可)'로써 개념을 제시한다. 도를 도라고 할 때[가도] 그것은 상도가 아니다. 이 말은 [가도≠상도]의 식이다. 마찬가지로 [가명≠상명]이다. 가도와 상도 사이는 같지 않음[≠], 즉 부정어인 '비(非)'로 연결되어 있다.[47]

② 다음에는 노자는 유·무의 두 세계를 제시한다. 세계는 무명·무욕과 유명·유욕의 두 세계로 나누어지는데, 천지는 이름 할 수 없는

---

46) 《노자》 제1장 : "道可道非常道, 名可名非常名. 無名天地之始, 有名萬物之母. 故常無欲以觀其妙, 常有欲以觀其徼. 此兩者, 同出而異名, 同謂之玄. 玄之又玄, 衆妙之門."
47) 이경재는 자신의 저서 《비의 시학》(다산글방)에서 '非'로써 노자의 사유를 표상했다.

무명(無名)에서 시작되고, 그 위에 깃들어 생멸하는 존재인 개체로서의 만물은 분화된 도, 즉 구체화되어 이름 붙여진 유명(有名)의 결과물이다. 이 유와 무의 두 계열을 정리하면 이렇게 설명 가능하다. 존재의 세계에서 도와 명은 개별적 차원[가도와 가명]에서는 드러나고, 개별성이 사라진 차원[상도, 상명]에서는 은폐되는 까닭에 문두에서 도와 명을 대비적으로 설명했는데, 개별적인 것은 현상계로, 개별성이 없는 것은 잠재계로 보면 맥락과 흐름이 맞을 것으로 생각한다.

③ 끝으로는 무와 유의 근원, 즉 '세계 본원'과의 관계에 대한 언급이다. 이 둘, 즉 '무명과 유명', 또는 '무욕과 유욕'은 동일한 하나에서 나왔지만 이름을 달리할 뿐이다. 유와 무를 배태하는 세계 본원은 곧 원초적 거뭇함[玄]이다. 여기서 우리는 노자가 가도와 상도를 모두 도의 다른 양태라고 인식하고 있다는 점을 볼 수 있다.

이러한 논리는 가도가 상도에서 나온 것이 아니라, 가도와 상도 모두 존재 방식이 다를 뿐, 모두 도의 한 형태라는 말이 된다. 그러면 가도는 무엇이고, 상도는 무엇인가? 가도란 구체 개체들이 체화하고 덕화해나가는 구체적 발현의 현상태의 시공간이며, 상도는 그것들의 이면에서 운행을 추동하는 원동력의 미발현적 잠재태의 시공간이다. 우주자연만물은 이러한 개별적으로 분별된 분봉의 가도와 그것의 다른 모습인 보이지 않는 거뭇함에서 시원하고, 거기에서 가도와 상도의 두 세계가 상호텍스트적으로 짜여져 왕래한다는 뜻이 되겠다.48)

---

48) 김상일은 《알랭 바디우와 철학의 새로운 시작 : '존재와 사건'과 '도덕경'의 지평 융합을 위한 한 시도》 제2책, p.738에서, "분별적인 것은 진리가 아니고, 진실성이다. 비분별성만이 오직 진리이다."라고 말했다. 이는 바디우의 견해에 힘입은 시사이다. 그러나 이를 노자에 연결시키면, 가도는 진리가 아니고 상도만이 진리라는 논리가 된다. 이는 "도에는 가도와 상도의 두 가지가 있다."는 《노자》 제1장의 언급, 즉 가도와 상도 모

이것이 ≪노자≫ 제1장의 "가도는 상도가 아니다."로 언명되는 노자 세계관의 해석학적 함의이다. 이를 번호별로 다음과 같이 도표로 해석해본다.

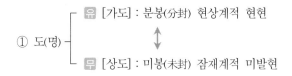

① 도(명) ┬ 유 [가도] : 분봉(分封) 현상계적 현현
         ↕
         └ 무 [상도] : 미봉(未封) 잠재계적 미발현

② [유·무] ┬ 가도 : 유, 유명, 유욕, 요
          ↕
          └ 상도 : 무, 무명, 무욕, 묘

③

현상계	유	가도의 세계
물화(物化)	충(沖)	현동(玄同)
잠재계	무	상도의 세계

* 현(玄) : 沖氣[습명(襲明), 보광(葆光)][49]

위의 표의 함의를 재해석해본다. 도에는 가도와 상도가 있으며, 노자는 가도의 세계보다 상도의 세계, 즉 드러난 유보다 드러나지 않은 무에 더 중점을 두고 있다. 이는 유와 무에 대한 다음 두 종류의 언표에서도 드러난다. 즉 유와 무가 "이 둘이 하나에서 함께 나와 이름을 달리하나 하나로 말하자면 어둑한 검음이다."[제1장 : 此兩者, 同出而異名, 同

두 도라고 하는 노자의 논지와는 어긋나게 되는 까닭에 수용 불가하다.
49) 두 항 중 각각 앞의 襲明은 노자의 용어, 뒤의 葆光은 장자의 용어임.

謂之玄.]라며, 현동(玄同)에서 유무 세계가 나온다고 했지만, 한편으로는 "천하 만물은 유에서 나왔고, 유는 무에서 나왔다."[제40장 : 天下萬物生於 有, 有生於無.]"라고 한 것은 무의 비중에 무를 더 중시하였음을 말한 것 이기도 하며, 동시에 유무관의 이해가 만만치 않은 것임을 보여주는 사 례이기도 하다.50)

한편 제42장에서는 '충(沖)'에 대해 말하며 "도에서 1이 나오고, 1에 서 2가 나오며, 2에서 3이 나오니, 3에서 만물이 생긴다. 만물은 음을 업고 양을 안으며, 충기(沖氣)로 조화한다."고 했다.51) 이는 보통 도를 통해 태극[1], 음양[2]이 나오고, 3으로부터 충기로 만물이 생긴다고 설 명된다. 이렇게 본다면 '충(沖)'의 '현동(玄同)'의 지대는 만물 생성의 시 원의 공간이면서, 다른 한편으로는 음양 이기에 의해 만물로 분봉 확장 되는 현상계적 생성의 완충적 관문으로 해석할 수 있다.

앞서 제40장에서 유가 무로부터 나왔다면, 유는 다시 무로 돌아갈 것 이다. 이 말은 유와 무에 우선순위가 존재한다는 뜻이다. 그러나 이 둘 의 관계는 제1장에서 "유무가 같이 나왔으되 이름을 달리한다."고 한 대로 모두 도의 존재 양태일 뿐 배태의 관계는 아니다.52) 김형효가 강

---

50) 노자가 유무를 똑같이 존재의 두 방식으로 보면서도, 무에 더 비중을 둔 것은 노자를 비롯한 인간 세계의 현상계적 삶 자체가 유의 세계이고, 그 뒤에는 은폐된 무의 세계에 대한 중요성을 환기하기 위한 까닭으로 생각된다.

51) ≪노자≫ 제42장, "道生一, 一生二, 二生三, 三生萬物, 萬物負陰而抱陽, 沖氣以爲和."

52) 그런 의미에서 김형효는 하이데거의 개념을 빌려 "무는 유의 탈근거"라고 했다. 즉 무 가 유의 본체이며, 유는 무의 현상 같은 것이라고 했다. 다만 유와 무를 인과론적이 아 니라 대대법적 상관적 차이에 의한 관계로 보아, 만물의 유를 허공의 무의 生起로, 무 를 근거초탈적인 탈근거로 보았다. 금장태도 비슷한 관점으로서 감산(憨山)의 해석을 들어 감산은 노자의 근본 관점이 "유에서 무를 관조한다."(卽有以觀無)는 데 있다고 소 개하면서, 유와 무는 본체와 작용이 하나인 분리될 수 없는 일체라고 했다.(이상 김형효 의 ≪사유하는 도덕경≫(pp.38-47)과 금장태의 ≪불교의 주역·노장 해석≫(서울대학 교출판문화원, 2007, p.179)을 참조)

조한 하이데거 역시 정의를 내리지는 않은 '탈근거'[Abgrund]란 말은, 그
것에서 나왔지만 그것을 넘어 초월적으로 존재한다는 의미로 생각된다.

여기서 중요한 의미를 지니는 충(沖)과 현(玄, 玄同)에 관해 좀 더 생각
을 이어보자 충은 원래는 비어 있다는 뜻이지만, 노장에서 '빔'과 '참'
은 양가적이다. 따라서 충(沖)의 지대는 '텅 빈 충만함'이면서 동시에
'충만한 빔'이다. 이 충(沖)은 유와 무를 낳는 양자 사이의 중간지대이
다.[53] 그렇다면 충(沖)과 현(玄)은 모두 불일불이의 '묘·요(妙·徼)'와 같
은 이중성이 함유된 지대로서,[54] 무와 유가 함께 토대하는 베이스캠프
인 셈이다. 이러한 현동과 충의 지대에서 "빛과도 같이하고 먼지와도
같이하는" 양자의 화광동진(和光同塵)의 동거가 가능하고,[55] 그 이중적
혼융성이 도를 추동해내는 우주의 본질이라는 것이다.

다음 ≪노자≫ 제14장의 글은 도의 운행의 황홀한 속성 및 노자 사
유의 중심인 무와 도를 부정성의 사유를 통해 설명하고 있다.

> 보아도 보이지 않음을 일컬어 夷(색깔 없음)라고 하고, 들어도 들리지
> 않음을 希(소리 없음)라고 하며, 잡아도 잡히지 않음을 微(모양 없음)라고
> 한다. 이 세 가지는 알 길이 없으니 혼융하여 하나이다. 그 위는 밝지 않

---

53) '근원'과 '중간'을 시간적인 것으로 이해하면 둘이 분리되므로, 시간으로 보지 않아야
한다. 근원과 중간적 충은 실은 하나이며 그것은 유와 무 사이에서 이 둘로 나아가게
하는 관문의 성격을 지닌다. 그런 의미에서 노자의 현동과 충은 '시원' 또는 근원'의 의
미가 없는 것은 아니지만, 이보다는 '사이'의 중간 지대로 읽혀지는 측면이 강하다.
≪노자≫ 제1장에서는 무의 작용은 음미하니 妙하고, 유의 작용은 현현되니 각 부분과
영역을 경험적으로 다니듯이 요(徼)하다고 했다. 유와 무의 관문은 장자에서는 '道樞'이
고 노자에서는 '道紀'를 통하여 양자 사이를 왕래하는 가운데 물화하는 것이 천지만물
의 세계이고 우주라는 것이다.
54) 김형효, ≪사유하는 도덕경≫, 소나무, 2004, p.326.
55) ≪노자≫ 제56장, "知者不言, 言者不知, 塞其兌, 閉其門, 挫其銳, 解其分, '和其光, 同其
塵', 是謂'玄同', 故不可得而親, 不可得而疏, 不可得而利, 不可得而害, 不可得而貴, 不可得
而賤, 故爲天下貴"

고, 그 아래는 어둡지 않으며, 면면이 이어져 무어라 이름 할 수 없다. 어
떠한 물상도 없는 곳[無物]으로 돌아가니, 형상 없는 형상이요, 물상 없
는 형상이라 하니, 이를 일컬어 恍惚하다고 한다. 앞에서 맞아들여 그 머
리가 보이지 않으며, 뒤따르지만 그 끝이 보이지 않는다. 불변하는 고래
의 도를 잡아서 오늘의 현상을 관장하면 태초의 시작을 알 수 있으니 그
것이 道紀라 한다.56)

이글에서 노자는 보이지 않고, 들리지 않으며, 잡히지 않는 그 희미
한 가장 작은 것이 바로 가장 큰 것[夷·稀·微]이라고 하는 역설과 부
정의 논리를 편다. 이와 같은 부정성의 사유는 '무물(無物)'과 '무상지상
(無狀之狀)'에서 역설적 전도를 보여준다.57) 이와 같은 노자의 무물론은
≪장자≫에도 보인다.

보아도 까마득하고, 들어도 소리 나지 않으며, 어두운 가운데서 홀로
밝음을 보고, 소리 없는 가운데서 홀로 조화의 소리를 듣는다. 그런즉 깊
고 깊은 중에 능히 만물을 있게 하고, 신령스럽기 한이 없어 능히 정묘
하다. 그러므로 만물과 접함에 '지극한 무'[至無]에서 구하는 바를 다 공
급해주며, 때에 맞추어 그 돌아갈 바를 맞춘다. 대소, 장단, 원근이 각기
제자리를 갖추는 것이다.58)

이러한 역설의 사유는 장자의 생사관에도 보인다. 천지가 아무 것도

---

56) ≪노자≫ 제14장, "視之不見, 名曰夷, 聽之不聞, 名曰希, 搏之不得, 名曰微. 此三者不可致
詰, 故混而爲一. 其上不皦, 其下不昧, 繩繩不可名, 復歸於無物, 是謂無狀之狀, 無物之狀,
是謂恍惚. 迎之不見其首, 隨之不見其後. 執古之道, 以御今之有, 能知古始, 是謂道紀."
57) "無物로 돌아간다."고 한 말은 현대과학의 암흑물질, 블랙홀을 연상케 한다. 순환하는
우주에서 형상화한 물질계의 다음 단계이며 동시에 이전 단계라고 할 수 있을 것이다.
58) ≪장자·외편·천지≫, "視乎冥冥! 聽乎無聲. 冥冥之中, 獨見曉焉. 無聲之中, 獨聞和焉.
故深之又深, 而能物焉, 神之又神, 而能精焉., 故其與萬物接也, 至無而供其求, 時騁而要其
宿. 大小長短修遠, 各有其具."

없는 듯하나 그중에서 밝히고 또 조화하며, 구하는 것들을 무진장으로 공급하고, 맞춰준다는 것이다. 이것이 바로 노자가 말한 무물지상이요, 궁극으로서의 무물이 아니겠는가? 이러한 생각은 장자의 생사관에도 이어진다.

> 장자의 처가 죽었을 때 혜시(惠施)가 조문을 했다. 장자는 마침 다리를 뻗고 앉아서 항아리 장구를 치며 노래를 부르고 있었다. …… (혜시의 비난에) 장자 답하기를, "그렇지 않소. 사람이 막 죽었을 때는 내 어찌 슬퍼하지 않았겠는가만, 그 처음을 헤아려보니 본래 생명이란 게 없다. 비단 생명이 없을 뿐만 아니라 본래 형체도 없다. 비단 형체가 없을 뿐만 아니라 본래 기도 없다. 혼돈 중에 섞여 있다가 변하여 기가 되고, 기가 변하여 형체가 생기고, 형체가 변하여 생명이 있게 된 것이다. 지금 또다시 변하여 죽음으로 돌아가니 이것은 춘하추동 사시가 운행하는 것과 같다. 사람이 천지라고 하는 큰 집에서 편히 잠들게 되었는데, 내가 통곡을 하며 울어대면 천명에 위배되는 것 같아 우는 걸 그만두었던 것이라."[59]

이글은 생명의 근원이 본래 아무것도 없는 '무물'이라는 것을 우주물리학적으로 설명했다고 해도 전혀 이상할 것이 없을 정도이다. 이글은 노자의 '유물혼성'론(제25장)을 이야기로 풀어 쓴 것이나 다름없으며, 노장 물학 사유의 핵심을 보여준다. 그러면 과연 우주 공간은 비어 있는가 아니면 차 있는가? 우리가 사는 공간은 무수한 빛과 전파와 각종 소리 등의 에너지로 충만하다. 우리의 감관과 인식의 한계로 인해 이를

---

59) 《장자·외편·지락》, "莊子妻死, 惠子弔之, 莊子則方箕踞, 鼓盆而歌. 莊子曰, 不然. 是其始死也, 我獨何能無槪然! 察其始, 而本無生, 非徒無生也, 而本無形, 非徒無形也, 而本無氣. 雜乎芒芴之間, 變而有氣, 氣變而有形, 形變而有生, 今又變而之死, 是相與爲春秋冬夏四時行也. 人且偃然寢於巨室, 而我噭噭然隨而哭之, 自以爲不通乎命, 故止也."

듣고 보고 느낄 수는 없지만, 이를 없다고 할 수는 없다. 실상 우주공간
은 충(沖)의 지대로 가득 차 있다. 보이지 않고 느낄 수 없다고 해서 존
재하지 않는 것이 아니다. 암흑물질도 물질의 한 형태이다.

그렇다면 '무'란 실제로 존재하지만, 보이지는 않는 까닭에 편의상
'무'라고 칭한 것이지, 무 역시 유와 같이 존재의 한 방식이다. 노장의
무를 이렇게 이해하면 무에서 유가 나왔다는 말은, 장자적으로는 나비
가 장자로 물화한 것이며, 필자적으로는 잠재계에서 현상계로의 전이
구현이다.60) 현상과 잠재의 세계는 어느 것이 도이고 어느 것이 도가
아닌 그런 택일의 세계가 아니다. 유와 무 모두 존재의 세계이고, 이에
따라 가도와 상도 역시 도의 존재 양상으로서, 은폐[잠재]와 탈은폐[구
현]라고 하는 존재의 방식만 다를 뿐이다.

이렇게 세계는 보이지 않는 잠재계와 보이는 현상계가 있고, 이 두
세계 사이를 '장자와 나비' 같이 천이물화하며 존재는 춤을 추는 것이
다. 잠재계는 보이지 않으므로 "없다[無]"고 말은 하지만 사실은 없는
것이 아니고 보이지 않는 가운데 있는 것이다. 그러니 이 유와 무 두
세계는 모두 존재의 두 방식으로서, 하이데거 식으로 말하자면 존재의
은과 현, 즉 은폐와 탈은폐이다.

노자는 유와 무의 중간지대를 일컬어 '무상지상(無狀之狀)이요 무물지
상(無物之狀)'의 현동의 충(沖)의 지대로 표상했다. 또 노자를 이를 '싸여
진 밝음[습명(襲明)]'으로, 장자는 '숨겨진 빛[葆光]'으로 표현했는데, 이
지대는 무시무종한 황홀성의 지대로서 황(恍)하기도 하고 홀(惚)하기도

---

60) 그리고 이러한 존재는 어디에 있건 총량 불변의 에너지 장 속에서 물화 순환하지 어디
로 가는 것은 아니라는 말이다. 그리고 하이데거는 현상계적 '현존재(Dasein)'를 '세계-
내-존재(In-der-Welt-Sein)'라고 칭했다.

한 비차별적이며 양자포괄적 동봉의 원형의 세계이다.[61]

이와 같은 만물 변화의 중심 지대인 충기(沖氣)로 가득 찬 현동(玄同)의 세계는 이것과도 관계하고 저것과도 관계하는 도 운행의 중심 기추는 마치 문의 경첩을 잡아 열리기도 하고 닫히기도 하는 것과 같이 양행적으로 작용하니 바로 도의 관문이다. 그래서 ≪노자≫는 이를 '중묘지문(衆妙之門)'(제1장)이라 했고, '도의 기틀'[道紀](제14장)이라고 했으며, ≪장자≫는 '도의 경첩'[道樞]이라 했다. 다음은 ≪장자 · 제물론≫의 도추의 인식론이다.

> 삶이 있으므로 죽음이 있고, 죽음이 있으므로 삶이 있다. 가함이 있으니 불가함이 있으며, 불가함이 있으므로 가함이 있다. 시[옳음]로 인하여 비[그릇됨]가 있고, 비로 인해 시가 있다. 이런 까닭에 성인은 상대에 따르지 않고[不由] 하늘에 비추어[照天], '있는 그대로에 맡긴다[因是]'. (그러면) 이것은 또한 저것이며 저것 역시 이것이 된다. 저것 역시 하나의 시비고 이것 역시 하나의 시비다. 과연 저것과 이것이란 것이 있는 것인가 없는 것인가? 저것과 이것이 대립적 짝을 없앰을 일컬어 도의 경첩[지도리, 道樞]이라 한다. 경첩인 까닭에 비로소 고리의 중심에서 무궁한 변화에 응할 수 있다. 옳은 것도 무궁하며 그릇됨도 무궁하다. 그런 까닭에 '명철함'[以明]만한 것이 없다고 일컫는다.[62]

---

61) 노자 14장과 제21장에 나오는 '황홀'은 모두 형체가 미묘하여 분명치 않은 모습을 말하는데, 내적으로 恍과 惚은 상반적이다. 唐代 노자주석자 李約에 의하면, '恍'은 있는 것 같으면서도 잘 보이지 않는 것으로서 유 계열이고, '惚'은 없는 듯하지만 또한 있는 것으로서 무 계열로도 본다.(김형효, ≪사유하는 도덕경≫ p.207 및 임헌규의 ≪노자 도덕경 해설≫ p.131)

62) ≪장자 · 내편 · 제물론≫, "方生方死, 方死方生., 方可方不可, 方不可方可. 因是因非, 因非因是. 是以聖人不由, 而照之於天, 亦因是也. 是亦彼也, 彼亦是也. 彼亦一是非, 此亦一是非. 果且有彼是乎哉? 果且無彼是乎哉? 彼是莫得其偶, 謂之道樞. 樞始得其環中, 以應无窮. 是亦一无窮, 非亦一無窮也. 故曰莫若以明."

장자는 인식론적 관점에서 생사와 시비 모두 대립적 짝을 통해 일어
나는데, 이러한 대립성을 넘어서는 인식의 대전환이 필요하다. 그래서
이를 둘 다[兩行] '있는 그대로 받아들임'[因是]라고 하며, 이를 깨닫는
'명철함'[以明]이 중요하다고 했다. 그 관건이 바로 '도의 경첩'[道樞]이
며, 노자의 도기(道紀)이다.

'인시(因是)'는 장자 사유의 핵심적 개념인데, 불완전한 관점에 의한
가치 편향을 부정 해체하고 양자를 있는 그대로 보라는 대긍정의 세
계 인식이다. 노자와 장자를 비교하면 노자가 무와 부정의 논법에 치
중하고 있다면, 장자는 부정과 초월을 통한 초월, 그리고 이로부터 대
긍정에 이르는 인식론적 상대성의 극복에 보다 중점을 두었다고 할
수 있다.

(2) 비(非)의 글쓰기

노장 글쓰기의 가장 큰 특징은 역설과 부정으로 추동되는 비(非)의 글
쓰기이다. 노장 철학이 무에 대한 새로운 세계관적 해석의 지평을 열어
놓았다면, 그 구체적 언술 방식은 부정과 역설과 반전의 '비(非)의 글쓰
기'이다. 이를 노자는 시적 언술로, 장자는 우언으로 추동했다. ≪노자≫
가 많은 함의를 담은 시적 함축 명제라고 한다면, ≪장자≫는 ≪노자≫
의 시적 함축에 대한 우언적 예증이다. 화법상 노자가 수많은 부정구를
통해 초월적 메시지를 남기려 했다면, 장자는 역설적 고사로써 현상적
시비 판단을 넘어서는 인식론적 대통일을 강조했다.

이제 노장 텍스트가 보여주는 비(非)의 글쓰기의 구체적 내용과 함의
를 고찰한다.63) 노자의 부정성의 글쓰기는 이미 제3장에서 보았듯이

≪노자≫ 텍스트의 약 30%를 점할 정도로 비중이 크다. 다음 ≪노자≫ 제41장에는 역설과 반언(反言)을 특징으로 하는 노자 글쓰기의 부정성이 잘 드러나 있다.

밝은 도는 어두운듯하고, 나아가는 도는 물러서는듯하며, 평탄한 도는 어그러진듯하다. 상덕은 골짜기 같으며, 크게 결백한 것은 치욕스러운듯하고, 넓은 덕은 부족한듯하며, 건실한 덕은 구차한듯하고, 질박한 진리는 빛바랜듯하다. 아주 큰 네모는 모서리가 없고, 큰 그릇은 천천히 이루어지며, 큰 소리는 소리가 들리지 않으며, 큰 모양은 형체가 없다. 도는 이름 없음[無名]으로 숨으니 오직 도는 아낌없이 베풀어 만물을 이룬다.64)

이글은 감관으로 인식하기 어려운 '참 도'의 불가촉성, 무명성, 은폐성을 거시 시야에서 반언적으로 추동하고 있다. 진정 지상의 것은 보이

---

63) ① 부정성으로서의 '非'와 관련한 연구서로는 이미 이경재목사의 ≪非의 시학≫(다산글방)이 2000년에 출간되었고, 필자는 이를 2014년에 읽어보았다. 하이데거의 사유와 언어철학적 기초 위에서 저자의 주 관심 분야인 기독교 신학의 해석학적 문제를 주로 ≪노자≫ 제1장을 중심으로 신학, 언어철학, 정신분석학적으로 고찰한 책이다. 필자 역시 이 책 제목의 표상성이 좋다고 생각한다. 관심의 주안점이 필자와 동일하지는 않다. ② 노자 관련 해석학적 비평서로는 김형효의 ≪사유하는 도덕경≫이 해체론의 관점에서 하이데거 사상과 연결 독해한 수준 높은 저서이다. ③ 또한 김상일의 ≪알랭 바디우와 철학의 새로운 시작 : '존재와 사건'과 '도덕경'의 지평 융합을 위한 한 시도≫ 1·2 책(새물결, 2008)은 알랭 바디우의 상기 책과 저자의 기존 연구와의 대조 비교를 위한 수학철학적 고찰서로서 난도가 높은 책이나 다양한 시사점이 존재한다. 이상의 세 책은 모두 존재론적 관점에서 서구사상과의 접목을 다양하게 시도하고 있다는 점에서 방향적 유사성이 있다. ④ 그리고 이글의 작성 과정에서 알게 된 박종숙의 ≪노자로 살아가는 맛≫(신아사, 2014)은 170쪽 분량의 소책자지만, 노자 텍스트를 4가지 특징적 주제로 엮어 쉽게 설명한 점이 돋보인다. 그 네 가지 주제는 '(1) 엉뚱한 뒤집기, (2) 통째로 보기, (3) 끊임없이 변화하기, (4) 자연스럽게 살기'이다.

64) ≪노자≫ 제41장, "明道若昧, 進道若退, 夷道若纇[뢰]. 上德若谷, 大白若辱, 廣德若不足, 建德若偸, 質眞若渝. 大方無隅, 大器晚成, 大音希聲, 大象無形, 道隱無名. 夫唯道, 善貸且成."

는 것이 아니어서 알기 어렵다는 것인데, 노장 존재론의 핵심은 모든 존재는 드러남과 감춤 사이에서 존재의 춤을 추며 잠시 있다가 사라지고 다시 나타난다는 것이다. 드러나면 유명의 꽃이요, 숨으면 무명인 것이다. 이것이 ≪노자≫ 제1장 서두에서 도와 명의 문제를 한꺼번에 다룬 까닭이다.65) 존재가 드러나면 이름과 함께 형상화되고, 사라지면 이름에서 벗어나 암흑으로 가므로, '존재와 이름'의 '은현 및 미봉과 분봉'은 같은 맥락에서 읽혀진다.

노장의 이러한 생각은 인식의 총체성 안에서 가능해진다. 총체성의 인식이란 드러난 현상, 가치, 시간 등의 상대성을 넘어 이 둘을 함께 보려는 사유이다. 노장의 부정성은 현상의 부정이며, 현상 너머의 것을 함께 보아 둘 다 아우르는 긍정이니 이를 '부정의 긍정화'라고 할 수 있다. 그렇다면 노장의 부정은 대긍정으로 나아가는 필연적 과정이다. 그래서 노장은 현상적 드러남과 잠재적 감춤 사이에 놓인 도기와 도추의 깨침의 문을 열고 나가는 것이 필요하다고 했다.

다음 글들은 각성된 인식, 즉 장자적으로는 '좌망, 심재, 오상아'의 인식 초월을 위한 역설로서, 부정의 사유 추동인 비의 글쓰기로 전개하고 있다.

① [노자] 크게 이루어짐은 부족한듯하나 그 쓰임은 닳아 없어지지 않는다. 크게 충만한 것은 비어 있는듯하나 그 쓰임은 다함이 없다. 크게 곧은 것은 굴한듯하며, 크게 교묘한 것은 못난듯하고, 훌륭한 달변은 눌변과 같다.66)

---

65) ≪노자≫ 제1장, "道可道非常道, 名可名非常名. 無名天地之始, 有名萬物之母."
66) ≪노자≫ 제45장, "大成若缺, 其用不弊, 大盈若沖, 其用不窮. 大直若屈, 大巧若拙, 大辯若訥."

② [장자] 대도는 이름이 없고, 대변은 말이 없다. 크게 인자함은 어질지 않으며, 큰 청렴은 청렴하지 않고, 큰 용기는 남을 해치지 않는다. 한편 도가 환히 빛나면 도가 아니고, 말로 변론을 하면 실상에 미치지 못하며, 인자함이 경직되면 이룰 수 없다. 스스로 청렴하면 믿을 수 없고, 남을 해치는 용기는 제대로 된 것이 아니다. 이 다섯 가지는 둥근듯하나, 모에 가깝다.[67] 까닭에 지혜는 알지 못하는 궁극에까지 가 멈출줄 아는 것이 최고이다.[68] 그 누가 '말하지 않는 이야기'[不言之辯]와 '도의 모습을 지니지 않은 도'[不道之道]를 알 수 있겠는가! 능히 이를 알 수 있다면 하늘나라[天府]라고 칭한다. 채워도 가득차지 않고 퍼내도 마르지 않으니 그 나오는 곳을 알 수 없다. 이를 일컬어 '숨겨진 빛'[葆光]이라 한다.[69]

①글에서 노자는 현상에서의 부족한 듯함, 빈 듯함, 굽은 듯함, 어수룩한 듯함, 말을 더듬는 듯함은 실상 반대로 크게 성취하고, 충족되며, 곧고, 잘 다듬어지며, 진정한 달변의 모습이라는 것이다. 장자 역시 ② 글에서 유사한 말을 하였다. 대도와 달변, 큰 인자함, 큰 청렴, 용기 등은 오히려 그 상반된 모습 같이 보이기도 하는데, 이는 그 궁극이 너무

---

67) 통용본에는 "五者圓而幾向方矣"로 되어 있어, (a) "둥글지만 모에 가깝다."고 번역해야 하지만, ≪淮南子≫의 "五者無棄, 而幾向方矣"구에 근거하여 "五者無棄, 而幾向方矣"로 교감하기도 한다. 이때는 (b) "이 다섯 가지를 버리지 않으면 거의 도에 가깝게 된다."로 번역할 수 있으며, (b)의 경우 다섯 가지는 '도, 말, 인자함, 청렴, 용기'이다. 한편 (a)와 같은 번역일 때는 다섯 가지는 '도, 말, 인자함, 청렴, 용기'가 겉으로 번지르르하게 드러난 경우가 된다. 시중본은 상기 두 가지 방향의 해석이 있으나, 그 연유에 대한 설명이 부족하다. 필자는 원문을 살리면서 문맥상의 흐름을 유지하기 위해 (a)와 같은 해석을 하였다. 이때의 결점은 '五者圓'이란 원문이 4자가 아닌 3자로서 뒷말과의 조응력이 약하다는 점이다.
68) "故知止其所不知, 至矣."는 본래 ≪禮記≫ 제42편인 ≪大學≫의 "지극한 선에까지 가서 거기서 옮기지 않고 거한다."는 "止於至善"의 '止'와 같은 용법으로 해석한다.
69) ≪장자·내편·제물론≫, "夫大道不稱, 大辯不言, 大仁不仁, 大廉不嗛, 大勇不忮. 道昭而不道, 言辯而不及, 仁常而不周, 廉清而不信, 勇忮而不成. 五者'圓[→ 無棄]'而幾向方矣. 故知止其所不知, 至矣. 孰知不言之辯, 不道之道? 若有能知, 此之謂天府. 注焉而不滿, 酌焉而不竭, 而不知其所由來, 此之謂葆光."

도 커서 알기 어려운 때문이다. 그래서 '불언지변' '부도지도'는 밖으로 말로 표현되는 것이 아니니, 이는 하늘[天府]의 것이며, 그 빛은 말 그대로 마치 풀 더미에 감추어진 듯이 분명치 않은 빛으로서의 희미한 빛이요 숨은 빛인 '보광(葆光)'이라고 표현했다.

모든 진정한 도가 실은 그 반대적 모양을 하고 있다는 위의 반언을 통한 설명은 초월적 역설이다. 즉 진리란 형형하게 빛나는 것이 아니라 오히려 '대교약졸(大巧若拙)'과 같이 어리숙한 듯, 모자란 듯 감추어진 빛으로서 존재한다는 것이며, 장자는 이를 숨은 빛인 '보광(葆光)'이라고 했다. 노장이 현상계에서 귀히 여기는 것은 마치 자신을 잊는 듯한 '오상아(吾喪我)'의 모습 또는 어둡게 '비어 있는 듯한 현동(玄同)과 충(沖)의 양상일 것이다. 모두 반언과 역설이다. 그래서 노자는 제20장에서 "세상 사람들은 모두 똑똑하며 탐닉하는데 반해, 나만 홀로 어리석고 외로우며 천한 듯하니, 홀로 밥 먹여주는 어미를 귀히 여긴다."고 이중적이며 진리를 깨달은 자의 여유로움을 역설적으로 선포한 것이다.[70] 이와 경지가 바로 장자의 '심재(心齋)'와 '좌망(坐忘)'이다.

> ① 안회가 말하기를, "감히 '마음의 맑힘[心齋]에 대해 여쭙겠습니다. 중니가 말했다. 너는 뜻을 하나로 모으며, 귀로 듣지 말고 마음으로 들으라. 또한 마음으로 듣지 말고 氣로써 들으라. 듣는 것은 귀에서 그치고, 마음은 밖에서 온 것에 맞추어 대응하나, 기는 비어 있어 만물을 다 받아들인다. 오직 도라야 그 텅 빈 데에 모인다. 그 빔[虛]이 바로 심재이다.[71]

---

70) 《노자》 제20장, "荒兮其未央哉. 衆人熙熙, 如享太牢, 如春登臺. 我獨泊兮, 其未兆. 如嬰兒之未孩, 乘乘兮若無所歸. 衆人皆有餘, 而我獨若遺, 我愚人之心也哉. 沌沌兮, 俗人昭昭, 我獨若昏, 俗人察察, 我獨悶悶. 澹兮其若海, 飂[료]兮若無止. 衆人皆有以, 而我獨頑似鄙, 我獨異於人, 而貴食母."

② 안회가 말하기를, "제가 얻은 것이 있습니다." 중니가 말했다. "무엇인가?" "저는 인의를 잊었습니다." "좋구나. 그래도 아직은 아니다." 후일 다시 공자를 만나 말하기를, "제가 얻은 것이 있습니다." "무엇인가?" "저는 예악을 잊었습니다." "좋구나. 그래도 아직 멀었다" 다른 날 또 공자를 만나 말하기를, "저는 얻은 것이 있습니다." "무엇인가?" "저는 坐忘을 하게 되었습니다." 중니는 놀라 말했다. "무엇을 좌망이라고 하는가?" 안회가 대답하기를, "손발과 몸을 잊고, 귀와 눈의 작용을 물리치고 형체를 떠나 지식을 버리고, 큰 달통으로 하나 됨을 좌망이라고 합니다." 중니가 말했다. "하나가 되면 좋아하는 것이 사라지고 변화하게 되면 자유롭게 되지. 너는 정말 현자로다. 공구(孔丘) 나도 너의 뒤를 따라야겠다."72)

①글은 ≪장자·인간세≫ 편의 글로서 여기에는 공자와 안회의 대화를 통해 마음을 삼가고 맑히며 비우는 심재에 관한 이야기가 많다. ② 글은 ≪장자·대종사≫ 편의 글이다. 이는 장자가 말한 훌륭한 사람의 말을 통해 담론을 던지는 중언(重言)의 방식으로 되어 있다.73) 안회는 공자가 중요하다고 한 인의도 죽이고, 예악도 죽이며, '멍하니 앉아서 다 잊어버린' 상태인 좌망(坐忘)을 얻게 된다.

위의 두 글에서 안회와 공자는 상호 대화중에 한번은 공자가 한번은 안회가 배우며, 그들의 중심 사상을 내팽개친다. 그리고는 그들이 말한

---

71) ≪장자·내편·인간세≫, "回曰：敢問心齋. 仲尼曰：若一志,無聽之以耳而聽之以心, 無聽之以心而聽之以氣! 耳止於聽,心止於符. 氣也者, 虛而待物者也. 唯道集虛. 虛者, 心齋也."

72) ≪장자·내편·대종사≫, "顔回曰：回益矣. 仲尼曰：何謂也? 曰：回忘仁義矣. 曰：可矣, 猶未也. 他日, 復見,曰：回益矣. 曰：何謂也? 曰：回忘禮樂矣. 曰：可矣, 猶未也. 他日, 復見曰：回益矣. 曰：何謂也? 曰：回坐忘矣. 仲尼蹴然曰：何謂坐忘? 顔回曰：墮肢體, 黜聰明, 離形去知,同於大通, 此謂坐忘. 仲尼曰：同則無好也, 化則無常也. 而果其賢乎! 丘也請從而後也." 필자의 <장자의 꿈>(2013) 주 86에서 전재.

73) ≪장자·잡편·寓言≫에서 장자는 자신의 이야기를 비유적 이야기인 寓言, 옛 사람의 입을 빌려 말한 重言, 일상사에 관한 응변적 이야기인 巵言으로 구분했다. 이에 대한 상세 내용은 이글 주 39 및 필자의 논문 <장자의 꿈>(2013) 주 87 참조.

최고의 경지는 멍청한 듯이 앉아 있는 '좌망'과 자신을 비워 세상과 만나는 '심재'라고 한다. 공자와 안회는 자기 부정을 하고 장자를 따르는 격이다. 장자가 강조하는 심재와 좌망은 채워 얻는 것이 아니라 비우고 덜어내 우주와의 공명을 이루고자 하는, 부정과 역설의 비(非)의 논리 추동이요 인위적 자아의 해체이다.

부정성의 추동으로 개괄되는 무의 사유와 비의 글쓰기는 노자와 장자가 조금 다르다. 그것은 노자는 편폭 짧은 시를 통해 쓴 관계로 '비(非), 불(不), 막(莫)' 등 부정어를 통해 함축성 강한 시어화 할 수 있었으며, 우언 구조를 지닌 장자에 있어서는 일정한 서사 구조를 갖추어야 하므로 내용면에서 추동되었던 것으로 보인다.

5. 역설의 즐거움 : 뫼비우스 접점

노장 사상은 여타 선진 제자백가와는 내용과 글쓰기 양면에서 다르다. 노장 텍스트는 거의 대부분이 반언, 역설, 부정성의 사유로 점철되어 있다. 그 이유는 무엇인가? 이글은 노장에 대한 필자의 대학시절 이래의 오랜 궁금증과 호기심어린 질문에 대한 시간적 숙성과 나름의 독법으로 작성되었다.

노장에 대한 독법은 여러 가지이다. 유가 및 묵가와 함께 제자서로서의 가치가 크며, 정치적으로 보는 견해도 있고, 원류에 대한 다양한 견해와 선학 및 문학 예술적 관점 등 다양하다. 이글에서 필자는 노장 텍스트를 존재론적으로 바라보고 논점을 풀어왔다. 노장 사유를 존재론적으로 개괄하면 다음 네 가지 정도가 될 것이다. ① 보이지 않는 세계에 대한 천착과 도와 무의 명제 제시, ② 생명과 비생명, 생사를 포괄하는 '종-초월'적 물학 사유, ③ 병작, 방생(또는 병생), 양행, 인시의 양가적 총체사유, ④ 초월·해체·역설의 글쓰기로서 무와 비의 논리 추동이다.

노장 사유는 동아시아 고대사유로서는 특이하게도 물학사유이면서, 동시에 양가성과 총체성을 지향한다. 이들은 보이지 않는 무의 세계에 대한 집중적 천착을 구체화하였다. 그리고 글쓰기는 역설과 부정의 논리 추동을 보여준다. 이와 같은 노장의 글은 기존의 제자서나 문화 전통과도 상당히 떨어져 있는데다 유가적인 인학 사유도 아니며 게다가 인간 문화의 불완전성에 대한 인식으로 반문명성을 띠고 있다. 이 때문에 현실 정치에 공명하며 치세를 도모하는 여타 제자서와 결이 다르다.

사실 노장은 인간 세계의 관점을 멀리 초월하여 다른 세계로의 비상을 권하고 있다. 그것은 인간중심주의가 아니라 자연 중심적이며 물학적 세계관을 지닌다. <소요유>에서 보듯 하늘 높이 올라가면 세상은 지상에 있을 때와는 전혀 다르게 보이는데, 일상으로부터의 인식 탈출, 이것이 ≪장자≫가 <소요유>와 <제물론>을 앞에 둔 이유이다. 관점의 비상은 곧 탈일상이고 탈현실이며, 나아가 현상계 너머로 관점 확장이 이루어진다. 노장이 지향하는 것은 탈은폐된 현상계가 아니라 그 이면에 은폐되어 보이지 않는 본질적이기도 한 잠재적 세계이다. 그들은 이 두 세계 사이의 조응을 어떻게 설정할 것인지 고민했으며, 그것은 노자 제1장의 명제로 총괄 가능하다.

노장이 본 세계는 유와 무로 나누어져 있고, 세계 운행의 이치인 도는 잠재적인 상도와 현상적인 가도의 세계이기도 하며, 동시에 이름으로 구획된[分封] 가명(可名)의 세계와, 그 이전[未封]의 세계인 상명(常名)

의 세계이기도 하다. 그런데 이 둘은 본래 하나이니 그것을 굳이 칭하자면 거뭇한 어둠 저편에 있어 알 수 없는 현동(玄同)의 세계라고 할 수 있다. 이 현동의 세계는 비어 있는 듯 또한 차 있는 듯 충기로 가득 차 있으니, 유욕의 의식지향과 무욕의 빈마음의 세계를 매개해주는 혼돈적 근원이요 중간지대이다.

사람이 좌망 · 심재 · 오상아의 빈 마음으로 삼라만상의 본질을 보면, 무계(無界)의 오묘함[妙]과 유계(有界)의 구현된 만상[徼]이 병작 양행함을 총체적으로 밝히 깨달아[以明] 있는 그대로 받아들이니[因是], 그러한 이해의 관문이 도기(道紀)와 도추(道樞)가 된다. 그리하여 천지에 깃든 만물은 장자가 되었다가 다시 나비가 되기도 하지만, 실은 아무것도 없다[無物]. 그 아무것도 없음[無]에서 무엇인가 생겨나니[有] 이것이 유무상통의 세계이고, 색즉시공과 공즉시색의 세계이다. 이것이 노자와 장자의 용어로 풀이해본 세계 구조의 나뉘고 하나됨의 이치이다.

새로운 인식으로의 깨침의 여정, 이를 위하여 노장이 택한 길은 반언과 역설의 부정성의 글쓰기이다. '역설'의 영문 'para · dox'는 '-너머'라고 하는 접두사와 '담론'의 합성어이다. 말 그대로 '이야기 너머'의 것이다. 그래서 노자는 진리의 세계에 있어서 현상적 유의 가도계가 아니라 보이지 않는 무의 상도계에 비중을 더 두었고, 장자는 어디에도 없다고 하는 초월적 소요의 귀착지인 무하유지향(無何有之鄉)을 말했다.

'역설'은 문면의 내용에 머물지 않고, 그 너머 다른 것을 가리킨다. 그래서 역설은 말이 안 되면서 말이 되며, 일상성을 깨고서 초월을 타고 넘어가므로 현실의 해체이다. 이것이 노장 사유가 해체 담론인 까닭이다. 역설은 반대로 말하므로 주의를 환기시키고, 환기[evocation] 중에 도의 세계를 언뜻 보여주므로 '깨침'의 즐거움을 가져다준다. 역설이 가져다주는 즐거움은 바로 기존의 세계인식을 깨고 쳐서 넘어 새로운 세계로 인도하기 때문이다.

현실 돌파를 위한 역설은 부정성을 통해 추동되는데, 이는 깨침의 유용한 수단이다. 노자는 시적 명제로써, 장자는 우언으로써 예화적으로 해설하므로 둘은 상호 보완적이다. 모두 역설에 기대며 참 진리의 세계를 보여주므로 독자는 읽어 즐거움을 느낀다. 이것이 '역설이 가져다주는 즐거움'이다.

노장 사유를 존재의 철학이라고 할 때 노장이 말하는 존재란 무엇인가? 현상계만이 존재의 마당이 아니고, 그 너머에 은폐된 잠재의 세계가 있고, 또 이 둘은 현동(玄同)의 충(沖)의 지대를 통해 서로 주고받는다고 한 노장의 세계관은 흥미롭다. 그러나 반면에 만물이 짚강아지와 같이 쓸모가 사라지면 버려진다며, 인지상정을 넘어간 점에서는 냉정하고 매몰차기도 하다. 그래서 장자는 <제물론>에서 "큰 어짊은 어질지 않다(大仁不仁)"고 역설한 것이다.[74] 나아가 우주자연과 소통하는 최고 깨침의 지인, 신인, 성인의 경지에 들어가려면 결국 심재와 좌망으로 마음을 비워 해체해야 한다고 하므로,[75] 노장적 세계인식의 실천은 여간한 공부가 아니면 이루기 어렵다.

필자는 주역, 노장의 세계인식, 선학 등 동아시아 근원사유의 여러 모습들을 바라보면서 그것이 하나의 뫼비우스의 띠와 같은 속성을 지니고 있는 것은 아닐까 하는 생각이 들었다. 뫼비우스의 띠(Mobius strip)는 평범한 띠에서 면을 한번 비틀어 양끝을 이어붙인 것이다. 비틀어 붙이기 전에는 앞면은 영원히 앞면이고 뒷면은 계속 뒷면으로서, 다른

---

74) ≪장자·내편·제물론≫, "夫大道不稱, 大辯不言, 大仁不仁, 大廉不嗛, 大勇不忮."
75) ≪장자·내편·소요유≫, "故曰, 至人無己, 神人無功, 聖人無名."

면으로 가는 길은 전혀 없다. 그러나 뫼비우스의 띠에서는 앞면의 길을 따라가다 보면 어느새 뒷면으로 가 있음을 알게 된다. 그런데 구분과 경계가 없으므로 어디서부터가 앞이고 또 뒤인지 알 수도 없다. 뫼비우스의 띠에서는 한 면의 길을 가다보니 그 길이 다른 면, 즉 다른 세계인 것이다. 앞면과 뒷면이 구분되지 않고 하나로 연계된 세계, 그것이 뫼비우스의 띠가 상징하는 차원적 소통이며 두 세계의 만남이다.

영화 〈인터스텔라〉의 아버지와 딸

영화 <인터스텔라(Interstella)>에서 주인공 부녀는 같은 서재에 있음에도 불구하고 인지하지 못한다. 위상공간 즉 차원이 다른 때문이다. 가도의 현상계에서 딸이 서 있는 그 자리의 뒷면이 바로 상도의 은폐된 잠재계의 아버지의 자리이다. 서로 다른 차원이 만나는 방법, 뫼비우스의 띠는 그것을 표상한다. 영원히 도달할 수 없을 것 같던 그 자리가,

뫼비우스의 띠에서는 내가 서 있는 바로 그 자리의 이면인 것이다. 그 뫼비우스적 도약은 길을 따라 걸어가는 것이 아닌 인식의 대각성과 반전을 통해 이루어진다.

노장이 상정한 상도(常道)의 잠재계와 가도(可道)의 현상계는 에레혼(erewhon)의 세계 같이 서로 만날 수 없을 것 같지만, 실은 뫼비우스의 띠를 통해 가능해진다. 뫼비우스의 띠에서는 단절된 'no where'의 저 세계가 'now here'의 현재적 특이점의 세계를 통해 보편으로 이어질 수 있게 되는데, 이러한 인식의 도약과 건너뜀이 뫼비우스 시프트(Mobius shift)이다. 그래서 노장은 보이는 것과 보이지 않는 것의 어느 하나만 보지 말고, 둘을 함께 보아낼 것을 요청한다.

그러면 이러한 뫼비우스 시프트는 띠의 어느 곳에서 가능한가? 뫼비우스의 띠에서 다른 세계로 가는 도약적 접점은 어느 특정한 곳이 아니다. 띠의 모든 곳이 실은 도약의 접점이다. 이는 무엇을 말하는가? 그것은 진리 표상으로서의 도의 편재(遍在)성이며, 우리가 시간으로 존(存)하고 공간으로 재(在)하는 현상계의 이 세상의 바로 그 자리가 다른 그곳으로 가는 뫼비우스 접점(Mobius contact point)이 된다는 말이다. 그리고 그 접점은 어느 특정한 점이 아니라 실은 모든 현재적 순간이다. 그렇다면 현재가 곧 영원이며 파랑새의 이상향이다.

그렇다면 유(유명, 유욕)의 세계와 무(무명, 무욕)의 세계는 둘이 아니라 실은 하나이다. 노자는 그 두 세계가 현동(玄同)의 충(沖)의 지대를 통하여 왕래한다고 했다. 또 장자는 '호접몽' 고사에서 내가 혹 나비일지 모른다는 실상과 허상 간의 인식론적 교차를 은유했다. 은폐되어 보이지 않아 보이지 않는 세계, 그것이 바로 무의 세계이다. 그렇다면 유와 무는 현동(玄同)의 충(沖)의 공간을 통하여 주고받기의 개와 폐를 해가면서 존재의 춤을 추는 것은 아닐까? 다시 말하면 은폐와 탈은폐, 명과 암, 황(恍)과 홀(惚) 간의 깜박임과 같은 상호텍스트적 맥동 속에서 벌이는 한바탕의 춤마당, 이것이 노장이 본 존재의 실상과 허상의 세계일 것이다.

이 세계에서 차원이 다른 저 세계로 건너뛰는 뫼비우스 띠의 건너뜀은 특정한 한 점이 아니라 존재가 가도(可道)적으로 경과하는 그 모든 점에서 가능하다. 이러한 특이점의 시간인 카이로스적 대각(大覺)의 의미를 노장적으로 말하자면, 진정한 본질로서의 도란 가도가 상도와 상호 교류·교직하는 내외 병존(in·ex·ist)의 내재·초월의 양행의 세계에 있다. 가도의 현상계를 아무리 달려봐야 현상계의 전모를 알 수 없다. 눈을 돌려 그것이 기대고 있는 잠재된 무의 다른 세계에 대한 새로운 눈뜸을 통하여 두 세계가 둘이 아니라 실은 하나였음을 깨닫게 된다.

이렇게 할 때 'no where'의 역순어인 'erewhon', 장자적 '무하유지향(無何有之鄕)'의 이상세계 또는 본질의 세계란 머나먼 훗날의 별세계가 아니라, 또 한 번의 의미 전도를 거쳐 '지금-여기'의 'now here'임을 알게 된다. '다르게 보이는 둘을 하나로 바라보기.' 이것이 노장 존재론에 숨겨진, 도(道)로 표상되는 세계인식에 관한 뫼비우스 시프트의 건너뜀이요, 그 접점의 무한량을 깨닫는 역설이 가져다주는 즐거움이다.

06 초월·해체·역설의 글쓰기, 장자

1. 들어가면서

대학시절 필자는 비일상적이며 흥미로운 ≪장자≫의 이야기에 빠져
든 적이 있다. '호접몽, 포정해우, 조삼모사, 당랑거철(螳螂拒轍), 무용지
용' 등 비유성 강한 우화의 비일상적 논조, 그리고 유교의 창시자인 공
자와 제자들이 오히려 새로운 각성으로 나아가게 하는 묘한 마력 때문
이었을 것이다. 당시 필자는 장자 사상의 총체가 잘 이해되지 않고 또
당면한 전공 연구로 인해, 나이가 들면 노자와 장자라는 책을 본격적으
로 공부하고 싶다는 생각을 했는데, 현재도 여전히 노장자는 풀기 어려
운 과제이다.[1)]

장자 즉 장주(莊周, BC.369?-BC.286?)의 사유는 치세의 방도를 직접 논

---

1) 위진현학 시기에는 '주역, 노자, 장자'를 심오한 사상이 깃들어 있다는 의미에서 三玄이
라고 칭했다.

한 다른 제자서와는 그 접근 방식이 크게 다르고, 또 당시 아직 중국에 유입되지 않은 불교와도 상당히 유사한 맥락을 보이는데,2) 장자의 절대 진리의 세계를 향한 본질 포착의 힘이 강하다는 점은 현재의 관점에서 보아도 탁월하다. 장자 사상의 핵심은 만물제동인데, 사실 이 문제와 씨름하여 성공한 것은 도가의 후예들이 아니라 인도에서 들어와 격의불교를 통해 중국화한 중국의 선종과 정토교이다. 선과 정토사상은 인도불교에 기원을 두면서 장자 철학에 깊이 영향 받아 중국화한 혼혈 불교라고 할 수 있다.3) 또 중국문화와 관련해 보더라도 장자라는 책은 노자의 시적 서술과는 또 다른 비유성 강한 상상적 글쓰기와 시서화 예술이론 및 근원 사유에 깊게 관여했다. 장자는 노자와 함께 종교, 문화 예술상 동아시아 문화에 유가와는 또 다른 의미의 영향을 주었으며, 금세기 서구 사유에 대한 울림 또한 보여주고 있다는 점에서 동아문화 및 동서문명사의 탁월한 성취자이다.

이글은 장자 사유의 방법적 특징과 글쓰기를 궁극적 진리 체계인 도에 이르기 위한 여정으로 보고, 그 특징이 초월, 해체, 역설의 세 얼개를 중심으로 추동되어 왔음을 밝혀보고자 한다. 제목 중의 '장자의 꿈'은 이를 향해 가는 화두성 강한 표상 중의 하나이다. 이글은 장자의 직접 저술로 공인되고 있는 내편을 중심으로 그의 주장과 사용된 우언의 본질적 함의들을 상호 연결하여 풀어본다. 장자의 생애와 그 저서인 ≪장자≫ 내외잡편의 서지 훈고적인 부분은 이설이 많고 장자 한사람

---

2) 불교의 중국 전래는 서역과의 교통로가 개척된 서한말경이며, 동한대에 비로소 漢譯 불경이 나타났다. 중국 불교와 각종 선의 전개와 특징에 대해서는 졸고 <송대 시학과 禪學>(≪중국문학≫ 61집, 2009.11, pp.95-109)에서 상세히 다루어 놓았다.

3) 모리 미키사부로(森三樹三郎) 저, ≪老莊と佛敎≫, 法藏館, 1986(講談社學術文庫 2003) pp.30-31.(나카지마 다카히로 저, 조영렬 역, ≪장자, 닭이 되어 때를 알려라≫, 글항아리, 2010, p.52에서 재인용)

의 저서라고 논단하기 어려운 여러 문제를 안고 있으며 이글의 주안점
은 아니므로, 이에 관련된 논의는 생략한다. 번역은 필자의 해석에 더
하여, 곽상(郭象, 252-312)과 감산덕청(憨山德淸, 1546-1623), 조선조 박세
당(朴世堂, 1629-1703)의 주를 토대로 한 기존 번역서들을 참고하였다.
역해자로는 안동림, 전현미, 오강남, 김학주, 심재원, 김창환, 정용선, 박
영호 등의 책들을 주체적으로 읽으며 참고했다.[4]

2. 우언의 글쓰기 : 은유와 역설

장자 책의 상당 부분은 중국어로 '우언(寓言)'이라고 부르는 우화로
논지를 이어간다. 노자가 시적 운문이라면, 장자는 산문 우언을 중심으
로 전개된다. 장자 우언 연구에 의하면, 장자에는 총 208종의 수많은
우언이 나오는데, 편별로는 내편 54종, 외편 90종, 잡편 64종이다.[5] 이
중 내편은 총 7편으로 구성되어 있고, 그 세부 내역은 <소요유(逍遙

---

4) ≪장자≫ 번역 및 해설은 문맥잡기가 어려운 까닭에 사람마다 다른 관점이 혼재하는 경
   우가 너무 많다. 원문과 주석에 충실하거나 문맥 전달에 힘쓴 것으로 안동림, 전현미, 오
   강남, 심재원, 박영호, 정용선, 김학주, 김창환, 박종호, 임동석 등의 책이 있으나 문제는
   상존한다. 안동림의 ≪장자≫는 원문과 고증에 충실하여 모든 번역서의 기본 참고가 된
   다. 전현미의 ≪박세당의 장자, 남화경주해산보 내편≫은 郭象, 呂惠卿, 박세당 등 여러
   사람의 주석이 채록되어 있어 원의 파악에 유용하다. 오강남의 ≪장자≫는 전체의 흐름
   을 벗어나지 않은 균형이 돋보인다. 심재원의 ≪장자, 그 禪의 물결≫은 감산덕청의 사
   유적 깊이를 충실히 전달해주고 있으나, 독법의 독자성이 엿보인다. 박영호의 ≪장자≫
   는 다석 류영모의 사상과 접목하여 독자적으로 해석하여 이채롭다. 또 우언을 엮은 정용
   선의 ≪장자, 마음을 열어주는 위대한 우화≫는 완역은 아니나 스승 김형효의 관점을 계
   승하여 해체의 시각에서 보고 있다. 박종호의 ≪장자 철학≫은 철학을 곁들인 해설이 있
   으나 시간이 흘렀다. 이들 책은 뒤의 참고문헌을 참조.
5) 장자 우언의 편목은 다음을 참조할 것. 잡편에는 <우언> 편이 따로 제시되어 있다. 劉
   林, ≪莊子寓言人物形象硏究≫, 濟南大學 碩士學位論文, 2010, pp.65-68.

遊)>(9편), <제물론(齊物論)>(7종), <양생주(養生主)>(4종), <인간세(人間世)>(11종), <덕충부(德充符)>(7종), <대종사(大宗師)>(10종), <응제왕(應帝王)>(6종)까지 총 54가지 우언이 담겨 있다.

호접몽(胡蝶夢)

제물론(齊物論)

장자 우언은 대부분 비현실적이고 황당하기까지 한 내용이 많고, 사회적으로 주류 인물보다는 불구자 등 사회적 약자들에 대한 이야기가 많다. 그러면 서주 이래 기사(紀事)와 입언(立言)이라고 하는 사실 중심의 산문전통이 확립되어가던 중국에서, 다른 제자백가와도 달리 장자에서 유독 상징과 은유의 우언이 이렇게 많이 배치된 이유는 무엇일까? 사실 장자라고 하는 책은 어느 한 관점으로 이해하기에는 어려움이 많다. 이야기 전개 방식이 너무 크고 비일상적이며 다기한 함축의 해법으로 읽혀질 가능성이 크기 때문이다. 이와 관련해서는 먼저 진리와 언어의 관계를 보아야 한다. 이 문제는 <제물론>에서 집중적으로 제시되어 있다.

　　도란 본래 경계가 없고 말이란 애초 고정됨이 없으니, 이러한 까닭에 때문에 차이의 경계가 생기게 되었다. 그 경계를 말하자면, 좌와 우가 생기고, 대강과 상세가 생기며, 분석과 유별이 생기고, 앞다툼과 맞다툼이 생기니, 이를 여덟가지 덕[八德]이라 한다. 그러므로 세상 밖의 것에 대해 성인은 인정[存]은 하고 시비를 가리지는[論] 않는다. 또 우주 안의 것에 대해서는 시비를 가리기는 하나[論] 토의는[議] 하지 않는다. ≪춘

추≫는 세상을 다스리던 선왕의 기록인데, 성인은 토의[議]는 하되 말로
따져 변론하지는[辯] 않는다. 그러므로 나누려 해도 나누지 못하는 것이
있고, 구별하려 해도 구별하지 못하는 것이 있다. 어째서 그런가? 성인은
(진리를) 가슴에 품지만[懷] 보통 사람들은 그것을 말로 따져 변론하여
[辯] 서로 드러내 보이려 하기 때문이다. 그러기에 말로 따져 변론함은
[辯] 제대로 못 본 것이 있게 된다.6)

도란 나누어 파악할 것이 아님에도 말을 통해 이해하려 하니 구분과
편향을 낳고, 결국은 도가 전체로서 이해될 수 없다는 이야기이다. 말
로 따져 변론하는 게 문제라는 것이다. 또 "우주의 참 진리에 대해 성
인은 가슴으로 느껴 품을 뿐 말로 드러내지 않는다"는 말은 의미가 크
다. 언어를 통한 진리 세계의 분별은 반드시 시비 판단을 하게 되고 그
결과 치우침이 생기며, 원융자재한 도에 대한 왜곡을 가져온다는 말이
다. 이쯤 되면 장자의 이 말은 ≪노자≫ 제1장의 "말로 표현하는 도는
참 도가 아니며, 이름붙일 수 있는 이름은 참 이름이 아니다(道可道, 非常
道)"라는 명제와 상통한다.

윗글에 이어지는 다음 인용문에서는 우주자연의 진리체계인 도, 참
진리에 대한 언어의 문제를 논하고 있다.

큰 도는 이름이 없고, 큰 말은 말로 하지 않는다. 참된 어짐은 몰인정
하고, 참된 청렴은 겸양하지 않으며, 참된 용기는 남에게 거슬리지 않는
다. 도가 겉으로 드러나면 참 도가 아니며, 말로 따지면 실상에 이르지

---

6) ≪莊子 · 內篇≫, <齊物論> : "夫道未始有封, 言未始有常, 爲是而有畛也, 請言其畛 : 有左,
有右, 有倫,有義, 有分,有辯, 有競,有爭, 此之謂八德. 六合之外, 聖人存而不論, 六合之內, 聖
人論而不議. 春秋經世先王之志, 聖人議而不辯. 故分也者, 有不分也., 辯也者, 有不辯也.
曰 :「何也? 聖人懷之, 衆人辯之以相示也. 故曰, 辯也者, 有不見也.."(陳鼓應, ≪莊子今註今
譯≫, 中華書局, 香港, 1991)

못하며, 어짊이 습관화하면 이루어지지 않고, 청렴은 결벽만으로는 거짓이 되며, 용기가 넘쳐 거슬리면 용기가 아니다. 이 다섯 가지[道言仁廉勇]는 둥글어 원통자재한 것이지만 자칫 모나게 되기 쉽다. 그러므로 알지 못하는 그곳에서 멈출 줄 아는 것이 훌륭하다. 그 누가 '말하지 않고서 하는 변론'과 '말로써 언명하지 않는 도'를 능히 알 수 있을까? 만약에 이것을 알 수만 있다면 이것이 바로 하늘나라[天府]라 부를 수 있다. 쏟아 부어도 가득차지 않고 퍼내어도 고갈하지 않는 곳. 그러나 그것이 어디서 온 것인지 유래를 알지 못하니 이를 일컬어 숨은 빛[葆光]이라 한다.[7)]

본문 중 "대도는 이름붙일 수가 없으며, 큰 변론은 말로 할 수 없다. 도가 겉으로 드러나면 참 도가 아니며, 말로 따지면 실상에 이를 수 없다."고 했다. 진리는 언어로 언명 가능한 것이 아니라는 것이다. 그러니 "그 누가 '말하지 않고서 하는 변론'과 '말로써 언명하지 않는 도'를 능히 알 수 있을까?"라고 한 것이며, 이 경지가 바로 하늘나라이며, 정토 세계라는 것이다. 그만큼 원초의 궁극적 진리세계는 말로써 도달할 수 없고, 오직 마음의 깨침으로써만 갈 수 있다는 것이다. 이와 같은 진리 세계는 노자적으로는 빛도 머금고 먼지도 머금은 바로 '화광동진(和光同塵)'이요, 희뿌옇게 밝음을 싸는 포일(抱一)적인 '습명(襲明)'이다.[8)] 이것이 장자가 말한 여명 또는 저녁의, 어둠과 빛이 함께 존재하는 숨겨진

---

7) <제물론> : "夫大道不稱, 大辯不言, 大仁不仁, 大廉不嗛, 大勇不忮. 道昭而不道, 言辯而不及, 仁常而不周, 廉淸而不信, 勇忮而不成. 五者圓而幾向方矣. 故知止其所不知, 至矣. 孰知不言之辯, 不道之道? 若有能知, 此之謂天府. 注焉而不滿, 酌焉而不竭, 而不知其所由來, 此之謂葆光."

8) ≪老子≫ 제27장, "善行, 無轍迹, 善言, 無瑕謫, 善數, 不用籌策, 善閉, 無關楗而不可開, 善結, 無繩約而不可解, 是以聖人常善救人, 故無棄人, 常善救物, 故無棄物, 是謂襲明, 故善人者, 不善人之師, 不善人者, 善人之資, 不貴其師, 不愛其資, 雖智大迷, 是謂要妙." '襲明'에 대해서는 여러 갈래의 풀이가 있는데, 여기서는 김형효의 해설을 따라 "밝음을 감싼다"는 뜻으로 풀었다.(김형효, ≪사유하는 도덕경≫, 소나무, 2004, p.238)

빛의 상태인 '보광(葆光)'이다.9)

이러한 '가치초월의 양자 포괄적 진리 세계'는 언어로써 이를 수 없다. 장자 <외물> 편에서는 진리와 언어와의 관계를 이렇게 설명하고 있다.

> 통발은 물고기를 잡는 데 쓰인다. 고기를 잡으면 통발은 잊어야 한다. 덫은 토끼를 잡는 데 쓰인다. 토끼를 잡으면 덫을 잊어야 한다. 말은 뜻을 잡는 수단이다. 뜻이 잡히면 말을 잊어야(놓아야) 한다. 나는 어찌하면 저렇게 말을 잊은(놓은)[忘言] 사람을 만나 그와 함께 이야기를 나눌 수 있을까!10)

장자는 만물에 대한 도의 체득은 말로써 전달하기 어려운 것이므로 말을 얻은 이후에는 말에서 해방되어야 한다고 했는데, 이는 노자와 함께 해체철학자인 데리다, 라캉 등 현대 언어철학이 발견한 언어의 한계에 대한 이해에 못지않은 놀라운 통찰이다.11) 이는 언어의 불완전성 및 유동성에 대한 눈뜸이다.12) 그렇다고 언어를 사용하지 않기는 어려우므로, 장자는 마음으로 얻은 뒤에는 말을 놓아야 말의 질곡에 빠지지 않는다는 통찰을 보여준다. 이는 현대 언어철학으로 말하자면 차연 속에

---

9) 葆는 빛남을 감춤이고, 光은 그 빛남을 드러냄이다. 구조는 술목구조이나 의미상 兩價性을 보여준다.

10) ≪莊子·雜篇≫ <外物> : "筌者所以在魚, 得魚而忘筌, 蹄者所以在兎, 得兎而忘蹄. 言者所以在意, 得意而忘言. 吾安得夫忘言之人而與之言哉!"

11) 데리다(Derrida)의 차연(différance)의 개념과 함께, 라캉(Lacan)은 "언어는 메시지를 위해 만들어졌지만, 그것은 코드가 아니다. 그것은 본질적으로 모호하다. 메시지는 한마디로 의미가 아니라 움직이는 기호이다."라고 했는데, 언어 특히 파롤(parole)이 지니는 모호성을 말하고 있다.(라캉, 세미나 II, pp.322-330 : 임진수, ≪상징계-실재계-상상계≫, 프로이트 라캉학교·파워북, 2012, p.163에서 재인용)

12) 언어와 象의 작용에 대한 중국적 관점은 필자의 <은유와 유동의 기호학-周易>(≪중국어문학지≫ 37집, 2011.12, p.22)을 참고

서 언어 너머의 '원-글'을 보려는 몸짓이다. 장자가 제시한 '망언(忘言)'의 말하기는 바로 노장과 선에서 상용한 역설의 화법이다.

일상을 깨고 거시 관점에서 세계와 삶의 진리를 밝히려는 야심찬 저작인 《장자》는 논지 전개상 직접 소통이 불가능한 직설화법이 아니라 장자 특유의 은유와 역설의 글쓰기 전략을 구사한다. 즉 언어의 길이 끊어진[言語道斷] 곳에서 직설이 아닌 은유상징과 유비함축의 우언의 글쓰기를 채택한 것이다.13) 우언의 '우(寓)'란 "집, 또는 머무르다, 깃들다, 빌리다"라는 뜻이다. 그러므로 우언이란 직접 말하지 않고 다른 것에 기대고 빌려 간접적으로 말한다는 말이다. 또 역설은 정언에 비해 더욱 강력한 말하지 않는 가운데 자기주장을 펴는 여백의 힘이 강하다. 즉 장자는 언어로 다가가기 힘든 것을 은유 역설의 우언을 통해 의미 확장을 기한 것이다. 이러한 은유와 역설을 통한 언어 넘어서기는 노자에서 먼저 보이는데, 노자는 함축성 강한 시로써 넘어서려 했고 장자는 허구적 우언으로 넘어서려 한 점에서 글쓰기 전략이 다르나, 의미 포괄의 확장이란 점은 공히 같다.14)

우언은 사물에 대해 비유를 통해 말하는 간접 화법이다. 어차피 말로 설명 소통하기 어려운 참 도에 대한 유희적 방식의 우언의 화법은 여백의 힘을 더 잘 전달한다. 이런 면에서 장자의 글쓰기는 암시적, 화두적, 환기적(evocative)이다. 직설어법보다 소통력이 더 강하기 때문이다. 종교, 선, 화두, 공안이 이러한 속성을 지니고 있다.15)

---

13) 필자가 장자 우언 사용의 이유를 '은유적 확장성'이라고 한 데 비해, 오강남은 상징들을 통해 스스로 깨닫게 하려는 상징의 喚起性(evocation)에 기댄 것이라고 했다.(오강남, 《장자》, 현암사, 1999, p.37)
14) 노자의 은유적 글쓰기를 분석한 연구서로는 정석도의 《하늘의 길과 사람의 길 : 노자 철학의 은유적 사유문법》(아카넷, 2009)이 있다.
15) 오강남, 《장자》, pp.156-157.

이 때문에 <소요유>에서 시작해 <응제왕>으로 끝나는 장자의 우언의 글쓰기는 이야기의 환기성이 강하다. 따라서 장자는 표현된 글 자체가 아니라 흩뿌려진 시뮬라크르(simulacre)적 파생실재가 본질에 대해 환기하는 은유의 힘이 녹아 있다. 텍스트 행간의 여백을 통해 사람들은 메시지를 자기 체험과 연결하여 독자적이며 개별화하는 방식으로 도를 체감할 수밖에 없다. 개체로서의 존재적 삶은 결국 혼자서 걸어 나아갈 수밖에 없고 그것은 존재와 텍스트의 개체적 만남을 통해서만 이루어지기 때문이다.

결국 말로 전하기 어려운 참 도에 대한 우언 중심의 장자 텍스트는 바로 이와 같은 언어의 한계 너머의 것을 말하기 위한 글쓰기 전략으로서의 보편적 도에 대한 은유 상징의 환기적 스며들기와 그 접근 방식으로서의 역설의 글쓰기가 중심 전략으로 추동되고 있다.16) 언어의 안마당이 아닌 바깥마당에서 직접 말하지 않고 부단히 새로운 의미를 길어내는 은유와 역설로 말하기, 이것이 장자 우언의 글쓰기 전략과 힘이다.17)

3. 장자 사유의 여정

본장에서는 장자의 입론과 우언을 통해 장자 사유의 지향과 그 방법

---

16) 1980년대 이후 서구 철학을 참조한 王又如는 해체적 독해를 계승하면서 장자의 글쓰기가 말과 침묵, 유언과 무언 사이의 유희 같은 것이라고 했는데, 이는 필자의 관점과 유사하다.(≪장자, 닭이 되어 때를 알려라≫ p.138. 왕우여의 원서 : Youru Wang, *Linguistics Strategies in Daoist Zhuangzi and Chan Buddhism : The other way of speaking*, Routledge Curzon, 2003)

17) 우언문학 자체의 문학예술성은 이글에서 논하지 않는다.

론적 특징을 보고자 한다. 그 요점은 주로 기존 질서와 일상의 세계를 뛰어넘는 초월적 세계 인식, 새로운 세계인식의 형성을 위한 현실 가치의 도전적 해체, 부정과 역설을 통한 새로운 도적 세계로의 지향으로 요약할 수 있다. 이들 셋은 개별적 기계적으로 분류된다기보다는 서로 연결되어 있으므로, 장자적 표현으로는 병생(並生)적이다. 즉 장자의 사유와 글쓰기는 초월이면서 해체이고 다시 역설이기도 하다는 점에서 역동적이며 정처없다. 그러나 이글에서는 서술 체계의 편의를 위해 이들을 구분 서술한다.

(1) 초월 : 탈일상의 관점 이동

《장자》의 수편인 <소요유>는 결코 자기충족적일 수 없는 일상의 세계를 떠나 곤(鯤)이라는 수천리나 되는 크기의 엄청나게 큰 물고기가 또 대붕(大鵬)이라고 하는 어마어마하게 큰 새로 변신하여, 구만리를 치고 올라 여섯 달을 비행하여 남쪽의 '하늘 연못'이라고 하는 데에 이르는 비일상적 상상의 세계로부터 시작한다.

> 북쪽 바다에 물고기가 있는데, 이름을 곤이라 한다. 곤의 크기는 몇 천리나 되는지 알 수가 없다. 변신하여 새가 되면 그 이름을 붕(鵬)이라 한다. 붕새의 등은 길이가 몇 천리나 되는지 알 수가 없다. 힘차게 날면 그 날개는 하늘에 드리운 구름 같다. 이 새는 바다를 건너 남쪽 바다로 날아가는데 남쪽 바다란 하늘 못[天池]이다.[18]

---

18) <소요유> : "北冥有魚, 其名爲鯤. 鯤之大, 不知其幾千里也. 化而爲鳥, 其名爲鵬. 鵬之背, 不知其幾千里也., 怒而飛, 其翼若垂天之雲. 是鳥也, 海運則將徙於南冥. 南冥者, 天池也."

이글은 어떻게 보더라도 일상적인 언사는 아니다. 장자라는 책이 이렇듯 하늘을 가르듯이 현실과 동떨어진 황당무계한 내용으로 시작하는 이유는 무엇일까? 초기 세팅의 민감성 때문에도 모든 시작은 의미가 크다. 인간 장자, 그리고 책이 지어진 상황에 대해 잘 알 수 없고, 오늘날 우리가 보는 책으로 되기까지는 한번 이상의 편집이 있었을 것이나,[19] 이글이 맨 앞에 있는 이유는 저자적 원인이건 편집자적 원인이건 간에 모두 의미가 있다고 생각된다.

필자의 말로 소요유를 개괄한다면, 그것은 자유로운 유희적 사유로서 변신과 초월을 중심에 담고 있다.[20] 먼저 변신이란 어느 한 현상이나 상태에서 다른 것으로의 변화요 바뀜이다. 형체적으로는 곤이라는 물고기가 붕이라는 새로 바뀐다. 이 변신은 바다에서 하늘로의 비상을 의미하기도 한다. 즉 이 세상에서 벗어남이다. 그리고 또 다른 변화는 북에서 남으로,[21] 그리고 이야기 전체로는 소소한 일상에서 상상적 거시 세계로의 변화와 이동이다. 곤붕의 이야기를 통해 장자는 기존의 틀을 깨고 나와 보다 광활한 인식 세계로의 깨침을 위한 변신을 제시한다. 즉

---

19) 장자 내편 7편은 외편이나 잡편과 달리 郭象이 편집하기 전부터 묶여 있었다고 보는데, 대체로 장자 자신의 저술이라고 보기 때문이다.(오강남, ≪장자≫, p.19)

20) 이와 같은 변신 초월은 장자에서 적어도 두 번 보인다. 곤에서 붕으로의 변화, 그리고 나비의 꿈에서의 나비의 설정이 그것이다. 진화 초기 상태인 어류에서 새로의 변신 초월과 추한 애벌레에서 아름답게 날아다니는 나비로의 변신과 장자와 나비의 꿈을 통한 존재적 초월 소통은 상호 유사성을 내포한다. 이와 관련하여 꿈은 어류의 원시수면에서 시작되었다고 한다. 그렇다면 꿈을 통하여 애벌레와 곤이라는 물고기는 나비로 또 붕으로 비상하고 있다고 볼 수 있고, 장자는 이 들이 결국 상호 소통이라는 것이다.

21) 이글에서는 남쪽 바다를 하늘 못[天池]이라고 했으나, 이글에 뒤이어 또 유사한 곤붕의 이야기가 나오고, 북쪽 바다를 하늘 못이라고 했다. 하늘 못은 남과 북 모두인 셈이니, 장자 이야기에서는 남과 북의 차이가 중요한 게 아니라, 일상 초월의 거시 스케일에 독법의 비중을 두어야 한다고 본다. 한편 김형효는 원추라는 새는 붕과 반대로 남에서 북으로 난다는 점에서 씨줄과 날줄이 상호 짜깁기하는 상호텍스트성의 의미를 지닌다고 설명하기도 했다.(김형효, ≪노장 사상의 해체적 독법≫, 청계, 1999, p.311)

곤에서 붕으로의 변신은 거시세계의 새로운 열림을 위한 상상적 유희 장치로서 작동한다.

다음은 초월이다. <소요유>에서 장자는 소년(小年)과 대년(大年), 그리고 소지(小知)와 대지(大知)의 대조를 통해 작은 세계를 버리고 큰 세계로의 비상을 요구한다. 하루나 한 철을 사는 아침버섯이나 쓰르라미, 그리고 오백년을 봄 삼는 명령나무와 팔천년을 봄으로 삼는 대춘이라는 나무를 대조시킨다. 그런데도 사람들은 소소한 자기 세계에 갇혀 칠백년 동안 산 팽조를 보고서 아주 오래 산 사람이라고 말한다. 메추라기가 붕새의 비상을 이해할 수 없다는 것이다. 일상의 잣대로 보기를 그치라는 이와 같은 예시들은 결국 대소의 차이를 넘어 존재하는 근원적 세계관에 대한 자기초월적 인식의 대변혁과 각성을 향한 선결 요건으로 작동하고 있다.

작은 고을을 다스리는 사람이 있고, 한 나라를 다스리는 사람이 있다. 이러한 지체 있는 사람도 온 우주를 통째로 아는 자에 비한다면 참으로 보잘 것 없는 존재이다. 그러나 쓰르라미 같은 이들은 이러한 진인들의 대초월적 경지를 이해하지 못하고 비웃기 일쑤이다. 외편인 <추수(秋水)> 편에는 우물 속의 개구리 이야기가 있는데, 우물 안 세상밖에 알지 못하는 개구리에게 대해(大海)를 말할 수는 없다는 것이다.

사실 <소요유>에서 장자가 말한 곤붕의 비상은 단순한 비상에 그치지는 않는다. 장자는 <인간세> 편에서 공자의 입을 빌려 보다 진전되고 역설적인 이야기를 한다. "진정한 비상은 날개로써 나는 것이 아니라 날개 없이 하는 것이며, 참된 앎은 '지식 있음[有知]'으로써가 아니라 '지식 없음[無知]'으로 아는 것"이라고 한다.

(공자가 안회에게 말했다) 세상과 단절하는 것은 쉬우나 땅을 밟지 않고 걷기는 어렵다. 사람이 부릴 때 그를 속이기는 쉬우나 하늘이 부릴 때 하늘을 속이기란 어렵다. '날개 있음'[有翼]으로 난다는 말은 들었지만, '날개 없음'[無翼]으로 난다는 말은 듣지 못했을 것이다. '지식 있음'[有知]으로써 안다는 말은 들었으나, '지식 없음'[無知]으로 안다는 것은 듣지 못했을 것이다. 저 문 닫힌 곳을 보아라. 빈 방[虛室]이 광채를 발하니 吉祥이 머무는 데에 나도 머문다. 그런데도 머물지 않으니 이렇게 한 곳에 머물지 못하는 것을 '앉아서 (대상을 향해) 달림'[坐馳]이라 한다. (밖으로 향한) 귀와 눈을 끊어 안으로 통하게 마음의 지식을 멀리하면 귀신도 와서 머물 것이니, 사람들은 말할 나위도 없다.[22]

　　장자가 곤붕을 말한 것은 새로운 세계로의 진입을 위해 독자의 이해를 돕기 위한 문학적 비유이다. 그리고 그것은 공간적 비상이 아니라 정신과 인식의 초월적 비상이다.[23] 이를 통해 기성의 지식 문화의 토대가 아니라 새로운 방식의 참된 앎의 세계로 나아갈 수 있다고 한 것이다. 이와 함께 장자는 허심을 통해 물적 세계를 향한 정신의 분다함[坐馳]을 끊어야 내면의 정신과 우주가 상호 소통할 수 있다고 했다. 결국 이러한 초월과 인식의 대전환은 장자가 목표하는 '심재(心齋)'와[24] '좌

---

22) <인간세> : "絶迹易, 無行地難. 爲人使易以僞, 爲天使難以僞. 聞以有翼飛者矣, 未聞以無翼飛者也.. 聞以有知知者矣, 未聞以無知知者也. 瞻彼闋者, 虛室生白, 吉祥止止. 夫且不止, 是之謂坐馳. 夫徇耳目內通而外於心知, 鬼神將來舍, 而況人乎!"

23) 강신주는 《장자, 타자와의 소통과 주체의 변형》(태학사, 2003, p.281, pp.298-303)에서 장자의 이와 같은 사유가 들뢰즈의 리좀, 즉 뿌리 이미지와 부합한다고 하며, 도란 장자가 날개 없이 나는 무매개적 소통성을 보인다고 주장했다. 필자가 말한 자기초월적 세계관의 확장이다.

24) <인간세> : "顔回曰 : 吾無以進矣,敢問其方. 仲尼曰 : 齋,吾將語若! 有心而爲之,其易邪? 易之者, 皞天不宜. 顔回曰 : 回之家貧, 唯不飮酒不茹葷者數月矣. 如此, 則可以爲齋乎? 曰 : 時祭祀之齋,非心齋也. 回曰 : 敢問心齋. 仲尼曰 : 若一志, 無聽之以耳而聽之以心, 無聽之以心而聽之以氣! 耳止於聽,心止於符, 氣也者,虛而待物者也. 唯道集虛. 虛者,心齋也." (심재란 제사지내는 형식적 齋戒가 아니라 마음의 재계여야 한다고 했다. 즉 감관을 버리고 비운 상태에서 氣로 체득하는 것이 도이므로, 그 마음이 비어 있는 자기초월적

망(坐忘)'의 '오상아(吾喪我)'를 향한 징검다리이다.

자기초월의 과정 이후 장자는 가장 이상적 인간형을 역설적으로 제
시한다. "지극한 사람[至人]은 자기가 없으며[無己], 신령스러운 사람[神
人]은 공로를 취하지 않고[無功], 성인[聖人]은 명예를 갖지 않는다.[無名]"
고 했다.25) 지혜에 이른 사람이 오히려 세상에서 가치를 두는 그 어느
것도 탐하지 않는다고 한 까닭은 무엇인가? 그가 이미 자신의 소아적
개체성을 넘어섰기 때문이다. 석가와 예수가 이 땅에서 제왕의 자리를
차지하지 않고, 또 다른 구도의 세계를 말한 것처럼 아무 것도 없어 보
이는 이들 '지인, 신인, 성인'은 이미 개체의 집착을 버림으로써 자신과
공로와 명예를 버린 것이다. 이는 자기초월, 자기 비움, 자기부정을 통
해 자기충족적 인간형을 구현하라는 것이다. 장자가 상상적 곤붕의 이
야기를 거시스케일로 말한 이유는, 자신을 둘러싼 인습의 새장을 떠나
바깥세상으로 나아가는 데미안의 아프락사스적 깨침 또는 줄탁동시적
자기변혁이 있어야만 우주적 참 도에 이를 수 있다는 인식에서 비롯된
것이다.

장자는 순수하게 형이상학적인 도만 논한 것은 아니다. 제자백가에
속하는 장자 역시 정치에 대한 나름의 관점을 가지고 있었다. 그런데
그것은 정치적 부정에서 그치지 않고 탈정이며 정치초월성을 띤다. 다
음 <소요유>의 '저 먼 고야산(姑射山)의 신인'이라고 하는 부분을 보자.
문장이 길어 요약을 하고 원문은 주로 돌린다.26)

상태를 심재라고 할 수 있다.)

25) <소요유> : "故曰, 至人無己, 神人無功, 聖人無名." 이글을 류영모·박영호는 이렇게 풀
    었다. "이른 사람은 제나(자아)가 없고, 성령의 사람은 자랑이 없고, 거룩한 사람은 이
    름이 없다"≪장자 : 자유에 이르는 길≫(박영호, 두레, 2011, p.43) 장자가 이들 최고 경
    지의 인물에 대해 부정어인 '無'자를 통해 설명하고 있음에 대해 주의할 필요가 있다.
    이 부분은 제3절 '역설' 부분에서 상론한다.

[요약] 견오는 연숙과의 대화중 접여(接輿)라는 사람이 말 한 터무니없
는 이야기를 전해준다. "멀리 고야산의 피부가 눈처럼 희고 고운 선인은
곡식을 먹지 않고 바람과 이슬을 마시며, 구름을 타고 세상 밖을 노니는
데, 정신을 모으면 병충해를 막으며 곡식을 잘 익게 한다." 이 말을 들은
연숙은 "육체의 장님과 귀머거리만 있는 게 아니라네. 지식의 장님과 귀
머거리도 있지. 신인의 덕은 만물을 합하여 하나가 되게 하네. 세상 사람
들은 그가 세상을 편하게 해주기를 바라지만, 신인이 뭘 하려고 보잘 것
없는 일에 힘을 쓰겠는가? 그이는 외물로 해를 당하지 않으며, 홍수가
나도 물에 빠지지 않고 산에 불이 나도 데지 않으며, 자기 몸의 먼지와
때, 조나 겨를 가지고도 요와 순을 만들 수 있는데, 무엇하러 세상일에
몰두하겠는가?"라고 하였다.[27]

장자의 궁극적인 치세관은 무위하되 하지 않음이 없는 '무위이무불
위'의 경지이다. 이는 앞서 말한 '지인, 신인, 성인론'의 다른 표현일 뿐
이며, 장자가 세상에 나아가지 않는 이유이기도 할 것이다. 즉 장자가
이상으로 삼는 정치적 개입은 개입에 들어가지 않고 그것을 떠나버리
는 것이다. 그것이 최고의 개입이라면 개입일 수도 있겠다. 그러나 기
본적으로 광대무변한 참 도의 세계에서 정치란 쓸 데 없는 것이란 게
장자의 생각이다. 그런 의미에서 장자는 노자와 같이 무를 중시하지만
반정치적인 노자와도 달리 정치 초월적이다.

---

26) 편폭 문제로 이글에서 긴 인용은 요약 정리하여 실으며, 통 번역은 역주서를 참고.
27) <소요유> : "肩吾問於連叔曰：吾聞言於接輿, 大而無當, 往而不返. 吾驚怖其言, 猶河漢而
無極也, 大有逕庭, 不近人情焉. 連叔曰：其言謂何哉? 肩吾問於連叔曰：吾聞言於接輿, 大
而無當, 往而不返. 吾驚怖其言, 猶河漢而無極也, 大有逕庭,不近人情焉. 連叔曰：其言謂何
哉? 曰：藐姑射之山,有 神人居焉, 肌膚若氷雪, 綽約若處子. 不食五穀, 吸風飲露., 乘雲氣,
御飛龍, 而遊乎四海之外. 其神凝, 使物不疵癘而年穀熟. 吾以是狂而不信也. 連叔曰：然! 瞽
者无以與文章之觀, 聾者无以與乎鐘鼓之聲. 豈唯形骸有聾盲哉? 夫知亦有之. 是其言也, 猶
時女也. 之人也,之德也, 將旁礴萬物以爲一, 世蘄乎亂, 孰弊弊焉以天下爲事! 之人也,物莫之
傷, 大浸稽天而不溺, 大旱金石流, 土山焦而不熱. 是其塵垢粃糠, 將猶陶鑄堯舜者也, 孰肯分
分然以物爲事."

소요유 앞의 곤붕의 이야기를 정리하면, 진리를 체득하기 위해서는 기존의 삶을 버리고 변신과 비상을 통한 초월경으로의 자기돌파적 새로운 여정이 필요하고, '삼무(三無)'론에서 보는 대로 자신을 비움으로써 '지인, 신인, 성인'의 경지에 이를 수 있다고 했다. 이글에서 인용하지는 않겠지만, 이글에 뒤이어 장자는 초월적 자기 갱신을 위해서는 당장은 쓸데없어 보이는 것에 신경 쓸 필요가 없다고 말한다. 정신으로 이전과 다른 자신이 됨으로써 외물에 영향 받지 않고 언젠가는 진정한 도에 도달할 수 있기 때문이다. 그러므로 자기와 가치가 다른 동시대 사람들의 무관심에 마음에 두지 말라는 것이니, 이것이 '손 트지 않는 약', '굽은 가죽나무' 고사가 지닌 '무용지용(無用之用)'의 함의이며, 이를 통해 자기보전적이며 시간승리적으로 진정한 대지(大知)에 이른다는 것이다. 이를 위해서는 시야의 확장이 필요하다. 하늘 높이 비상한 붕새는 소요의 하늘에서 본 땅위의 정경을 보며 이렇게 상념에 젖는다.

아지랑이나 먼지는 생물이 숨을 쉬며 서로 불어내는 것들이다. 하늘의 푸른 빛은 본래 그런 색인가? 그것이 멀어 끝이 없어서 그런 것인가? 거기서 아래를 볼 때에도 이와 같이 푸를 뿐이겠지.[28]

저 높은 하늘에 오른 붕새가 날아가며 지상을 보니 세상은 뿌연 먼지와 아지랑이 같이 오물오물 움직인다. 익숙한 일상으로부터 떠날 때에 비로소 사물은 전체로서 인식되고 본질적 질문에 봉착하게 된다. "저 하늘의 푸른빛은 어째서 푸를까?" 하고 묻는다. "하늘의 푸른빛, 그것은 본래의 색인가 아니면 다른 것에 영향 받아서인가?"라며 끝맺는

---

28) <소요유> : "野馬也, 塵埃也, 生物之以息相吹也. 天之蒼蒼, 其正色邪? 其遠而無所至極邪? 其視下也, 亦若是則已矣."

다. 색깔이란 다른 색과 만나 또 다른 색으로 변하듯이 일정성이 없다. 현상의 색은 곧 본질의 공이기 때문일지도 모른다. 이러한 질문은 붕의 비상으로 저 높은 하늘에서 자기가 있던 세상을 타자화하여 보는 사유의 전환이다. 숲에서 나와야 숲이 보이듯이 붕새는 저 높은 하늘로 비상함으로써 세상을 객체화하여 바라볼 수 있게 된다. 수많은 군상과 모락모락 피어나는 아지랑이 같은 숨결들을 바라보며 생각에 젖는다. 창공의 푸르름은 본래 그런 것인가 아니면 다른 것들과의 관련 속에서 푸르게 느껴지는 걸까? 하늘에서 땅을 보면 어떨까? 이러한 소요유적 상념들은 이제까지 주체로서 주체 밖의 것을 상정하지 못했던 일상에 대한 새로운 눈뜸이며 자기 돌파를 향한 출발점이다.

이쯤 되면 소요유가 바다 속 곤에서 변신 초월을 위한 붕으로 변신 비상하여 세상을 조망하고 우주를 새로운 눈으로 바라보는 까닭이 전체로서 드러난다. 즉 '아득히 멀리까지 노님'[소요유]이란 존재의 장과의 거리를 통해 드러나는 주체의 해체를 위한 자기초월적 변신과 비상이다. 그리고 상상 풍부한 글의 흐름은 상당히 유희적이다. 장자 <소요유>가 황당하고 무계한 허풍으로 출발한 것은 알을 깨고 보다 큰 세계로 나아가기 위한 초월 비상 해체의 전략이 있기 때문이라고 할 수 있다. 이러한 유연하고도 새로운 자기돌파적 혹은 시프트키와 같은 초월적 시점 이동을 통해, 세상을 객관화하고 자신마저도 타자로 바라보면서 진정한 해체가 가능해지기 때문이다.

(2) 해체 : 현상계의 해체와 양행의 사유

장자 내편 제물론은 장자 사상의 핵심부이다. 그런데 제물론은 비유는 하되 설명하지 않는 장자답게 제목의 해석부터 이설이 존재한다. '제물론'의 해석에는 역대로 크게 두 갈래의 독법이 존재하는데, '제물/(之)론'과 '제/(於)물론'이 그것이다. 전자는 '제물의 론'으로 보아, 세상 사물의 이치를 하나로 본다는 해석이다. 또 후자는 '물론(物論)을 제(齊)한다'는 뜻으로, 세상 사물에 대한 논의를 하나로 평정한다는 의미이다.29) 본체론적으로 삼라만상을 하나로 연결 이해한다는 뜻에서는 전자의 해석을, 인식론적으로 다양한 여러 설을 하나로 평정한다는 의미에서는 후자를 택할 수 있다고 본다.

필자는 처음부터 전자의 독법으로 보아왔다. 하지만 두 종의 해석 모두 장자가 지닌 사상의 무게를 감당할 만하다. 논쟁적 성향이 강한 장자의 글쓰기로 볼 때는 후자가 수용 가능하다. 하지만 절대 우주의 대도를 상정하고 이 책을 썼다고 생각하는 필자로서는 '만물의 현상과 본질에 관한 이야기'란 뜻으로 전자로 읽는 것이 좋다고 본다.30)

실제로 장자의 핵심부인 제물론은 호접몽으로 끝을 맺는데, 그 중심 논지는 제4장에서 설명할 '물화'라는 점에서 만물의 이치를 논한다는 것이 더 본의에 가깝다고 느낀 때문이다. 한편 한문 구조로 제물론의 해석에 접근한다면, 장자 내편의 제목들은 <응제왕> 편을 제외하면 모두 '~의~' 형식의 수식구조이다.31) 편목들에서 드러나는 통계적 확률

---

29) 동아시아의 논쟁을 그렇다 치고 영미권의 번역을 보면, Robert E. Allison은 ≪장자, 영혼의 변화를 위한 철학 *Chuang-Tzu for spiritual transformation*≫(김경희 역, 그린비, 2004, p.284)에서 <제물론>을 '사물들의 평등성에 대한 논의'로 옮겨 싣고 있다. 이 중 '평등성'이란 역어가 적절한지는 의문이다.

30) 북송까지 대부분의 주석가들은 '제물'론으로 읽었다. 북송 이후에도 주류는 이와 같은 독법을 유지했으며, 북송 왕안석, 명 감산덕청, 청 왕부지 등이 제'물론'으로 읽었다.(이강수, ≪노자와 장자≫, 길, 2009, p.168)

31) 장자 내편명 : <소요유>, <제물론>, <양생주>, <인간세>, <덕충부>, <대종사>, <응제왕>

로는 '제물의 론'이 더 가깝다. 하지만 역대로 수많은 사람의 논의가 있었고 둘 다 일리가 있으므로, 더 이상의 논의는 이쯤에서 생략한다.[32]

하늘 높이 초월 비상한 소요유의 논의는 이제 아득히 밑에 있는 지상을 조망하는 제물의 논의로 들어가며 본격 해체로 접어든다. 땅에서 사람들의 키를 재면 차이가 드러난다. 그러나 하늘로 높이 올라갈수록 지상의 모든 것들은 도토리 키 재기에 불과하고 나중에는 아지랑이나 먼지 같이 보이다가 결국에는 분리된 모든 것들이 한 덩어리로 보일 것이다. 그리고 아주 멀리 가게 되면 우리가 사는 지구 역시 점같이 작아지다가 결국 시야에서 사라질 것이다. 이 점에서 제물론에 나오는 한 덩어리라는 뜻의 '대괴(大塊)'는 많은 뜻을 함유하고 있다.[33] 20세기 후반에 비로소 지구를 벗어나 달에 이르러 여전히 큰 지구를 바라본 현대 과학의 여정을 볼 때, 2,400년 전 이미 시야의 확장을 통한 제물을 말한 장자는 마음속 상상을 통해 훨씬 높고 멀리 갔던 셈이 된다.

제물론의 앞부분은 사람의 소리, 땅의 소리, 하늘의 소리에 대해 말하고 있다.[34] 본문 중에서 "땅덩어리가 뿜어내는 숨결이 바람결에 들려

---

32) 장자의 관점 중 의미 있는 개념으로 '兩行'이란 말이 있다. 대대법적 음과 양의 둘의 어느 하나도 독자적으로 존재하지 않는다는 것으로서 장자는 '竝生'으로(<제물론> : "天下莫大於秋毫之末, 而大山爲小. 莫壽於殤子, 而彭祖爲夭. 天地與我竝生, 而萬物與我爲一."), 노자는 '竝作'이라 했다. 김형효의 해체의 시각으로 말하자면 '탈근거의 근거'쯤 된다. 제물론의 두 종의 해석에 대한 역대의 논쟁에 대해, 양행을 주장한 장자는 어떤 입장을 취할지 궁금하다. 김형효 관련은 ≪사유하는 도덕경≫(소나무, 2003)을 참조.
33) 장자는 구체적으로는 땅덩어리를 대괴라고 하여 지구를 가리켰으나, 논리를 더 밀고 나아가면 온 우주가 대괴일 수 있다. 빅뱅이론은 무 또는 일점에서 시작한 우주의 확장을 말하고 있다. 온 우주의 숨결이다. 그렇다면 이것은 장자가 말하는 궁극의 숨결인 천뢰가 될 수도 있다. 필자는 구체적 말이 중요한 것이 아니라 맥락이 중요하다고 본다. 이상이 대괴의 함의 전부는 아니다. 본문에서 더 설명하도록 한다.
34) <제물론> : 子游曰 : "敢問其方?" 子綦曰 : 夫大塊噫氣, 其名爲風. 是唯無作, 作則萬竅窺怒㕦. 而獨不聞之翏翏乎? 山陵之畏佳, 大木百圍之竅穴, 似鼻, 似口, 似耳, 似枅, 似圈, 似臼, 似洼者, 似汚者, 激者, 謞者, 叱者, 吸者, 叫者, 譹者, 宎者, 咬者. 前者唱于而隨者唱喁.

온다. 그리고 땅의 소리란 결국 땅의 여러 구멍에서 나는 소리들이니, 사람이 내는 소리인 인뢰(人籟)와, 땅의 소리인 지뢰(地籟), 그리고 하늘의 소리인 천뢰(天籟)가 있는데, 그 소리의 주재자는 누구인가?"라고 묻는다. 본체론적 근원사유자로서의 장자의 면모가 보인다.

장자의 전체 문맥을 통해 보았을 때 대괴란 용어에 좀 더 유의할 필요가 있다. 왜냐하면 장자의 많은 부분에서 인체와 사물의 비분리성, 하나로의 통합성에 대해 많은 곳에서 계속 강조하고 있기 때문이다. 즉 모든 것, 아니 다르게 구현되는 세상의 모든 현상들은 이면에서 하나임을 말하고 있다. 그렇기 때문에 만물의 근원 또는 시원으로 다시 올라가야 함을 말한 것이고, 여기서 한 덩어리로서의 대괴는 양적 의미만은 아니다. 하나이면서 모두이고 모두이면서 하나인 질적 의미이다. 이러한 토대 위에서 <제물론>의 출발을 보자.

> 요약 남곽자기라는 이가 멍하니 있는데, 자신을 다 놓아버린[喪] 것 같이 보이기에, 안성자유가 까닭을 물었다. 그랬더니 남곽자기가 말하길, "맞다. 지금 나는 나를 놓아버렸노라.[吾喪我]"고 대답했다. 그 뜻을 알까 모르겠구나. 그대는 사람들의 소리나 땅의 소리를 들었을지 모르나, 하늘의 소리는 못 들어보았을 것이다"고 말했다.[35]

하늘의 소리를 들을 수 있는 남곽자기의 '오상아'의 상태는 무엇을 이름인가? 바로 자아의 해체이다. 우주로의 소요 이후에 바라본 지상의

冷風則小和, 飄風則大和, 厲風濟則衆竅爲虛. 而獨不見之調調之刁刁乎?" 子游曰："地籟則衆竅是已, 人籟則比竹是已. 敢問天籟.." 子綦曰："夫天籟者, 吹萬不同, 而使其自己也, 咸其自取, 怒者其誰邪!"

35) <제물론>："南郭子綦隱机而坐, 仰天而噓, 嗒焉似喪其耦.. 顔成子游立侍乎前, 曰："何居乎? 形固可使如槁木, 而心固可使如死灰乎? 今之隱机者, 非昔之隱机者也." 子綦曰："偃, 不亦善乎? 而問之也! 今者吾喪我, 汝知之乎? 汝聞人籟而未聞地籟., 汝聞地籟而未聞天籟夫!"

작고 작은 현상들에 대한 놓음이며, 종국에 가서는 자기 자신마저 놓고 비움이다 그러면 어떻게 그럴 수 있을까? 바로 하늘의 소리인 천뢰를 알았기 때문이다. 천뢰를 몸으로 직접 들은 자, 즉 필자의 용어로는 '인지보어' '견(見)'을 써 '聽見(tingjian)'하는 자만이 겪는 경지가 바로 오상아의 지극한 경계이다.[36] '앉아서 잊음'[坐忘] 또는 '마음 비움'[心齋]이라고 할 수 있는 '오상아'는 장자 사상의 핵심 개념으로서,[37] 우주적 도의 발견에 대한 자기 존재의 놓음, 비움, 잃음, 무화를 의미한다. 존재의 놓음은 왜 필요한가? 늘 변하는 현상으로서의 삶에서 벗어나 본질계와 공명하는 새로운 자기화를 위한 절대 조건이기 때문이다. 이것이 높은 소요유적 비상 후에 일어날 수 있는 자아의 해체이다.

<제물론>에서 장자는 진정한 주재자인 '진재(眞宰)'(참주인)라는 말을 써서 세상의 변화를 주관하는 참 주인의 미세한 조짐과 흔적을 알 수 없다고 한다. 즉 삶의 본질은 흔적이 없으니, 고정된 마음인 '성심(成心)'에 기댈 수 없다는 것이다.[38] 그러면 이 고정된 마음을 해체하기 위해

---

36) 필자는 '聽見', '看見', '聞見'의 '見'은 중국어 문법에서 말하는 결과보어가 아니라 '인지보어' 또는 '체험보어'로 명명해야 뜻이 명료해진다고 본다. 몸으로 체득하여 자기화하는 것이 진짜 앎이며, '~見'은 바로 이러한 의미를 내포하고 있기 때문이다. 색깔이 잘 드러나지 않은 결과보어보다는 인지보어(認知補語) 또는 체험보어란 말이 더 어울린다고 본다. 도는 바로 이러한 見의 힘을 통해 '우주를 자기 식으로 받아들이는 과정에서 일깨워진다. 체험보어의 철학적 의미에 대해서는 필자의 <중국시의 세계문학적 지형>(≪중국시의 문예심미적 지형≫, 제1편) pp.49-50을 참조.

37) 오강남은 번역서 ≪장자≫(pp.62-63)에서 이렇게 설명한다. 온 우주와 합일되어 함께하는 경지로서 불교로는 조용히 눈이 밝아지는 '定慧'요, 三昧(samādhi)이며 반야(prajña)이다.

38) 成心에 대해서는 하늘이 준 마음 참된 마음으로 보는 이도 있고, 이미 이루어진 굳은 마음으로 보는 이도 있다. 이글은 정용선의 해석을 좇아 이분법적 세계관에 물든 굳은 마음이란 후자로 해석을 한다.(정용선, ≪장자의 해체적 사유≫, pp.46-47) ≪노자≫ 49장에 "성인은 常心이 없어야 하니(마음을 흐름에 맡겨야 하니), 백성의 마음을 자기 마음으로 삼는다.(聖人無常心, 以百姓心爲心)"고 했는데, 成心은 바로 常心과 유사한 개념이다.(<齊物論>, "夫隨其成心而師之, 誰獨且无師乎? 奚必知代而心自取者有之? 愚者與

서는 언어에 의해 가려진 도를 밝히 보는 '밝은 지혜로써'[以明] 접근해
야 한다고 했다.39) 장자는 말, 특히 언어란 의미하는 내용을 정확히 전
달해야 하는데도 불구하고 참 도는 작은 성취에 가려지고 말은 번드레
한 수사에 의해 가려져서 제가마다 시비가 일어나는데, 진정한 것을 알
려면 밝게 보아야 한다고 했다. 그러면 어떻게 하면 '명철한 깨달음[以
明]에 도달할 수 있는가?' 다음 글에서 방법론적 논의과정에서 '방생(方
生)'과 '인시(因是)'와 '도추(道樞)'라는 핵심 개념들을 제기한다.

① 사물은 저것 아닌 것이 없고, 또 이것 아닌 것이 없다. 저쪽에서 보
면 보이지 않지만, 이쪽(자기 쪽)에서 보면 알 수 있다.40) 고로 이르기를
저것은 이것으로 말미암아 생겨나고, 이것은 저것으로 말미암아 생겨난
다고 하니, 저것과 이것이 나란히 생긴다[方生]는 설이다.41)

② 삶이 있으니 죽음이 있고, 죽음이 있으니 삶이 있다. 가함이 있으니
불가함이 있고, 불가함이 있으니 가함이 있다. 시[옳음]로 인하여 비[그
름]가 있고, 비로 인해 시가 있다. 이런 고로 성인은 상대에 연유하지 않
고[不由] 하늘에 비추어[照天], '있는 그대로에 맡긴다[因是]'. (그러면) 이
것이 또한 저것이며 저것 역시 이것이 된다. 저것 역시 하나의 시비이고

有焉. 未成乎心而有是非, 是今日適越而昔至也. 是以無有爲有. 無有爲有, 雖有神禹, 且不能
知, 吾獨且奈何哉!")

39) <제물론>: "夫言非吹也, 言者有言, 其所言者特未定也. 果有言邪? 其未嘗有言邪? 其以爲
異於鷇音, 亦有辯乎, 其無辯乎? 道惡乎隱而有眞僞? 言惡乎隱而有是非? 道惡乎往而不存? 言
惡乎存而不可? 道隱於小成, 言隱於榮華. 故有儒墨之是非, 以是其所非而非其所是. 欲是其
所非而非其所是, 則莫若以明." 용어에서 '以明'인가 '明'인가에 대해서는 정용선의 견해
를 따랐다.(정용선, ≪장자의 해체적 사유≫, 사회평론, pp.170-174)

40) 문맥으로 볼 때 '彼'와 '是'를 상대적으로 논하고 있으며, 변려구에서 앞 구에 '彼'가 나
오는 것으로 보아 自知는 '自是'의 잘못으로 생각된다. 이글과 같이 원문대로 하여도
겨우 독해가 되기는 하나 껄끄럽다. 대부분의 역서는 知를 그대로 쓰고 있고 해석도 분
분하나, 是 즉 이것으로 보아야 할 것이다.

41) <제물론>: "物無非彼, 物無非是. 自彼則不見, 自知(或 : 是)則知之. 故曰彼出於是, 是亦
因彼. 彼是方生之說也."

이것 역시 하나의 시비이다. 과연 저것과 이것이란 게 있는 걸까 없는 걸까? 저것과 이것이 짝하지 않음을 도의 지도리[경첩, 道樞]라 한다.[42]

이 두 글을 함께 보기로 한다. 존재란 이것과 저것은 독립적이거나 선택적인 존재가 아니라 상호 연기되어 일어나는 관계 속의 얽혀진 존재이다. ①글에서 장자는 서로 기대어 일어나는 연기로부터 방생과 병생을 말한다. 장자는 '병생(竝生)'을, 노자는 '병작(竝作)'이라 했다.[43] 여기서 방생은 함께 일어난다는 의미이다. 그 함께 일어남은 무엇인가? 이 점은 ②글을 보면 보다 명료해진다. 성인은 상대에 연유하지 않고[不由] 두 편단 모두를 함께 보아낸다고 말한다. 이것은 서로 기대지 않고 일어나는 '불유(不由)' 즉 '무대(無待)' 혹은 '절대(絶待)'이다. 이렇게 되면 둘은 어느 하나가 다른 하나의 근거가 되지 않고 서로가 서로에게 근거가 되는, 하이데거의 개념을 가져온 김형효의 말대로라면 '탈근거 (Ab-grund)의 근거'가 되는 셈이다.[44] 그렇다면 이 부분은 사유 관점 면에서 불교적 '대대연기'에서 장자적 '절대무대(絶待無待)'로 사유의 차별화를 보여주는 분기적 내용이다. 이러할 때 그것은 '이것이냐 저것이냐' 의 'either-or'의 논리가 아니라, '이것이기도 하고 저것이기도 한' 'both-and'의 논리 즉 인시 양행의 관점으로 읽혀진다.[45]

---

42) <제물론> : "方生方死, 方死方生., 方可方不可, 方不可方可. 因是因非, 因非因是. 是以聖人不由, 而照之於天, 亦因是也. 是亦彼也, 彼亦是也. 彼亦一是非, 此亦一是非. 果且有彼是乎哉? 果且無彼是乎哉? 彼是莫得其偶, 謂之道樞. (樞始得其環中, 以應无窮. 是亦一无窮, 非亦一無窮也. 故曰莫若以明.)"

43) ≪老子≫ 제16장, "致虛極, 守靜篤. 萬物竝作, 吾以觀復. 夫物芸芸, 各復歸其根, 歸根曰靜. 是謂復命. 復命曰常, 知常曰明. 不知常, 妄作凶, 知常容, 容乃公, 公乃王, 王乃天, 天乃道, 道乃久, 沒身不殆."

44) 김형효, ≪사유하는 도덕경≫, 소나무, 2004, pp.322-329.

45) 김형효, ≪노장 사상의 해체적 독법≫, p.316. 한편 오강남은 '이것이냐 저것이냐'의 이분법적 택일을 '냐냐주의'로, '이것도 저것도'의 양행 병작을 '도도주의'로 불렀다.

이렇게 장자는 이분법적 논리를 넘어서는 논지의 지평 확장을 보여
준다. 그러기에 이것과 저것은 모두 어느 한 편단에 서는 견해이며, 그
것은 전체로서의 참모습이 아니다. 그러기에 자잘한 현상에 구애되지
말고 하늘에 비추어 있는 그대로에 맡겨 따르는 것이 중요하다. 이러한
자연의 흐름에 순류하여 맡김이 바로 대긍정의 깨달음으로서의 '인시
(因是)'이다. 다음 구절은 이를 보다 잘 보여준다.

> 그러므로 이를 분명히 하기 위해 작은 풀줄기와 큰 기둥을, 그리고 문
> 둥병자와 아름다운 서시를 예로 들어보자. 이들은 괴상하고 서로 맞지
> 않는 것 같지만 도의 관점으로 보면 하나로 통한다. 그 나눔은 (다른 것
> 의) 이룸이요, 이룸은 (다른 것의) 훼손이다. 만물은 이룸과 훼손이 없으
> 니, 다시금 통하여 하나가 된다. 오직 달통한 사람만이 통하여 '하나 됨'
> 을 알아, 주장하지 않고 보편적 평상성[庸]에 따른다. 평상성[庸]이란 쓸
> 모[用]이다. 쓸모[用]란 통함[通]이고, 통함[通]은 자득[得]이니, 즐거이 자
> 득하므로 도에 가깝다 하겠다. 있는 그대로에 맡길[因是] 뿐이다. 이미
> 그렇게 하여 그 연유를 알 일이 없으므로 도(道)라고 한다.[46]

이러한 인시(因是)는 서로 거부하고 시비우열을 가려 판단하는 택일의
사유가 아니다. 상대에 근거하여 도출되는 상대적인 옳음이 아닌 우주
자연 전체로서의 흘러가는 모습 그대로로부터 도출되는 그러함이며 그
것이 바로 옳음이라는 것이다. '시(是)'는 '이것'으로서 현재 있는 그것
을 그대로 받아들임이다. 이 점에서 '시(是)'는 우주자연의 순리에 따른
흘러감이라는 '존재적 그러함'에서 '대각적 수용'으로 전이된다. 그러나

---

46) <제물론> : "故爲是擧莛與楹, 厲與西施, 恢恑憰怪, 道通爲一. 其分也, 成也., 其成也, 毁
也. 凡物無成與毁, 復通爲一. 唯達者知通爲一, 爲是不用而寓諸庸. 庸也者, 用也. 用也者,
通也. 通也者, 得也. 因是已. 已而不知其然, 謂之道."

그 근거는 흘러감에 맡겨두는 그러한 옳음이므로, '인시(因是)'는 인위적인 어떠한 가치 편향을 보이지 않는 사물의 흐름 그 자체이다.47) 이와 같은 인위적 가치 부정의 관점은 장자 세계관 또는 자연관의 중심적 특징을 이룬다.

그러면 어찌하면 이와 같은 경지에 도달할 수 있는가? 장자는 상대를 기다리는 짝성, 즉 이분법적 세계의 해체와 이로부터 도달하는 둘 다 가기, 즉 양행적 인시를 통해 비로소 가능해진다고 말한다. 양행이란 무엇인가? 이것과 저것 양 극단을 세우지 않는 둘 모두의 '포함'이다. 그러나 양행은 단순한 양적 포괄이 아니다. 두 가지 실체성 모두를 잊음, 즉 양망(兩忘)하고48) 조화함으로써 포함하는 질적 개념이다. 질적 개념이므로 포함(包含)이 아니라 포함(包涵)에 가깝다.

그리고 이러한 경지로 들어가는 도경을 '도추(道樞)', 즉 '도의 지도리(경첩)'이라고 한다. 경첩은 문을 열고 닫는 중심 기제이다. 열기도 하고 닫기도 하니 열고 닫음 모두에 관여한다. 양행의 도추, 그것이 바로 인시(因是)인 것이며, 이는 대대연기를 넘어 상대를 기다리지 않는 '절대(絶待)'의 세계이다. 인시를 통해 비로소 하늘의 고름이요 질적 중용인 '천균(天鈞)'의 조화로움에 도달할 수 있으며,49) 이러한 득도자를 지인, 신

---

47) '상대에 연유하지 말고'[不由]와 '하늘에 비춤'[照天]을 말한 점에서 본 문장은 음양론과 불교의 기반인 '對待法的 緣起'와는 좀 다른 의미 같다. 이러한 대대법적 연기의 세계를 끊는 '絶待'로서의 자연의 흐름인 대긍정의 '因是'를 말한 것으로 보인다. 그렇다면 이는 하이데거식으로는 '탈근거의 근거'쯤 될 것이다. 그러나 궁극적으로 대대법적 연기의 긍정인지 초월인지를 가리는 문제는 정밀한 추적이 필요하다.

48) '兩忘'이란 삶에 존재하는 고정된 시비의 편단 양쪽을 다 잊고 그 흐름에 사는 경지이다. <대종사>에는 "요를 칭송하고 걸왕을 비난하기보다는, 모두 잊고 그 도와 하나가 되는 것이 낫다."고 하였다. <大宗師> : "泉涸, 魚相與處於陸, 相呴以濕, 相濡以沫, 不如相忘於江湖, 與其譽堯而非桀也, 不如'兩忘'而化其道."

49) <제물론> : "勞神明爲一, 而不知其同也, 謂之朝三. 何謂朝三? 狙公賦芧曰 : 朝三而暮四. 衆狙皆怒. 曰 : 然則朝四而暮三.. 衆狙皆悅. 名實未虧而喜怒爲用, 亦因是也. 是以聖人和之

인, 성인이라고 한다. 이렇게 하늘의 저울과 잣대, 즉 자연의 섭리를 깨치게 되면, 가을철 짐승의 털끝보다 더 큰 것도 없고,50) 거꾸로 태산도 지극히 작은 것이며, 어려서 죽은 아이가 오래 산 것이며, 팽조와 같이 오래산 사람이 일찍 죽은 것임을 알게 된다고 장자는 말한다.51) 본질로 본 현상계는 의미 없는 명멸이며, 하나인 잠재와 현상간의 은현에 불과하다는 이야기이다. 이것이 바로 도의 관점으로서 현상계에서 잠재계로의 관점 이동을 뜻한다.

이렇게 시가 비이고 비가 시임을 인식하는 시야의 변화 확장과정은 청원유신(青原惟信)의 산수론을 연상시킨다.52) 이를 장자의 입론과 연결

以是非, 而休乎天鈞, 是之謂兩行."
50) 이러한 관점은 중용의 논지와 흡사하다. 자사가 지었다고 하는 ≪中庸≫ 말미에 "시경에 "나는 밝은 덕을 품으니 큰 소리로 드러내려 하지 않는다"고 했다. 공자 말하길 "소리와 빛깔로 백성을 다스림은 말단이다"라고 했다. 또 시경에 '덕은 가볍기가 털과 같다' 하였다. 털은 그래도 비교라도 되지만 하늘의 큰 덕은 소리도 없고 냄새도 나지 않으니 지극한 것이다."라고 하였다.(詩云, 予懷明德, 不大聲以色. 子曰, 聲色之於以化民, 末也. 詩云, 德輶如毛, 毛猶有倫, 上天之載, 無聲無臭, 至矣.) 미세한 터럭이나 웅장한 산 모두 대자연의 섭리에 의한 표피적 현상이라는 점에서는 동일하니, 그 이치는 미치지 않는 곳이 없고 그런 점에서 아무리 미세한 것도 큰 것이며 현상계의 아무리 큰 것도 본질의 시야에서 보면 작은 현상에 불과하다는 만물제동의 논리이다. ≪중용≫의 결론부인 이글은 ≪장자≫의 논지와 매우 잘 들어맞는다는 점에서 양자는 의미적 연관성이 있다. 이밖에도 <양생주> 편에 보이는 중용을 좇아 양생의 기틀로 삼는다[緣督以爲經, 可以保身]라고 하는 구절도 중용적 사유를 보여준다.
51) <제물론> : "天下莫大於秋毫之末, 而大山爲小., 莫壽於殤子, 而彭祖爲夭. 天地與我並生, 而萬物與我爲一."
52) ≪五燈會元·續燈錄22≫ "노승(青原禪師)은 30년 전 참선을 하지 않을 때에는 산을 보고 산이라 하고 물을 물이라 하였다. 후에 직접 지식을 얻어 들어가는 곳을 알게 된 후에는 산도 산이 아니며 물도 물이 아님을 보게 되었다. 그런데 지금 쉴 곳을 얻게 되니, 여전히 산은 그저 산일 뿐이요 물은 그저 물일 뿐임을 알겠구나. 여러분, 이 세 견해가 같을까. 다를까? 터득한 사람이 있다면, 노승과 함께 해도 좋겠다." 이는 현상계[色界]와 잠재계[空界]에 대한 인식론으로 궁극적으로는 모든 현상은 결국 본질에서 파생되어 나온 것들이니, 현상에서 다르고 본질에서 같다는 불교적 제물의 논리이다. '긍정→부정→대긍정'으로 이어지나 변증법과는 다르다.(긍정과 부정의 논리부분은 이정우의 ≪사건의 철학≫ : 그린비, 2011, p.507 참조)

하여 설명해본다. 산수에 대한 청원이 말하는 인식의 세 단계는 초보적
으로는 현상계적 인식으로서 색계, 즉 산은 산이고 물은 물인 단계에
해당된다. 둘째로는 현상을 넘어 잠재계 즉 불교적으로 말하자면 공계
(空界)에 대한 각성의 단계로서 현상계가 그저 현상계가 아님을 알게 되
는 단계이다. 이때 부정과 해체가 일어나 산이 단순히 산이 아니고 물
도 물이 아님을 깨닫게 된다. 다음 세 번째인 최종 단계에 이르면 다시
현상으로서의 만물이 모두 본질의 토대 위에서 서로 현상적 사물로 옮
겨 다니며[遷移] 잠시 피어났다 지는 천화유전(遷化流轉)에 불과한 것임을
알게 되는데, 장자는 이를 호접몽에서 '물화'라고 했다. 이러한 최상승
의 본질계적 시각으로 산은 다시 산이 되고 물은 다시 물이 된다.

　제물론에서의 '인시'는 바로 이와 같은 대긍정의 제물적 사유를 관통
하고 있다. 이를 통해 양행의 사유가 가능해진다. 물론 궁극적 도의 인
식에서 불교의 깨달음과 장자의 대긍정이 완전히 합치한다고 볼 수는
없겠으나, 장자 역시 독자적 사유체계로 득도의 경지에 도달했다는 점
에서 장자 사유의 깊이를 가늠할 수 있다.

　세계를 구성하는 현상적 사물의 분별 구분에 대한 장자의 문제의식
은 좀 더 이어진다. 그것이 제2장 우언의 글쓰기에서 말한 말로 전할
수 없는 도의 속성 때문이다. 그러기에 "말로 따져 분별하는[辯] 이는
참된 진리를 보지 못한 것"이라고 말했다. 참 도의 전모를 체득하지 못
하는 까닭은 구별하여 나누고 따지기 때문이니, 나누어 부분에 치우치
면 전모를 알 수 없다는 말이다.53) 참 도의 체득을 위해서는 현상계에

---

53) <제물론>, "한번 말해보자, '시작'이 있다는 것은 아직 '시작하기 이전'이 있다는 것이
　　며, 또 '그 아직 시작하기 이전의 이전'도 있을 것이다. '있음[有]'이 있으면 '없음[無]'
　　이 있을 것이며, 또 '그 없음 이전의 것'이 있을 것이며, 또 다시 '그 없음 이전의 것이
　　아직 시작하기 전의 것'도 있을 것이다. 갑자기 있음과 없음이 생기는데, 그 있음과 없

대한 '유분(有分)' 또는 '견분(見分)'의 부분적 바라보기를 그치고 이것과 저것을 동시에 인정하는 양행의 관점이 요구된다. 이것과 저것의 구속을 받지 아니함 이것이 얽매임[攖寧]으로부터의 풀려남인 현해(縣解)[懸解]이다.54) 스스로 물(物)의 굴레를 푸는 것이 바로 해체이다. 그리고 세계 인식이 이에 이르렀을 때 비로소 본질과 현상에 대한 올바른 각성이 이루어진다는 것이다. 이와 관련해서는 장자의 호접몽 이야기가 적절한데, 장자의 꿈이라 할 수 있는 호접몽 이야기는 관련 부분이 적지 않으므로 제4장에서 별도로 논한다.

자기변신을 하여 하늘로 비상한 붕새의 소요의 사유는 하늘에서 본 땅 위의 만물에 애한 제물적 바라보기로 넘어간다. 제물론은 세상과 하늘이 내는 소리 이야기에서 시작하여 장자의 꿈으로 끝맺는다. 본격적으로 대자연의 주재자인 진재(眞宰) 혹은 참 도에 이르기 위해서는 현상계적 존재로서의 자아의 해체가 반드시 필요하다는 것이 제물론의 핵심 논지이다. 그리고 참 도에 이르기 위해서는 사물이 나란히 함께 일어나는 방생(方生)과 병생(並生)의 세계이므로 그 편단에 치우치지 않고 하늘에 비추어[照天] 있는 그대로를 수긍하여 따르는 '인시(因是)'적 대긍정의 관점이 요구된다. 이럴 때 비로소 눈에 보이는 현상적 단계에서

음이 과연 무엇이 유고 무엇이 무인지 알 수가 없다. 이제 내가 무언가를 말했지만, 내가 말한 것이 과연 뭔가 말한 건지 말하지 않은 건지도 알 수가 없다."(請嘗言之. 有始也者, 有未始有始也者, 有未始有夫未始有始也者. 有有也者, 有無也者, 有未始有無也者, 有未始有夫未始有無也者. 俄而有無矣, 而未知有無之果孰有孰無也. 今我則已有謂矣, 而未知吾所謂之其果有謂乎, 其果無謂乎?)

54) <대종사> : "日: 亡, 予何惡? 浸假而化 予之左臂而爲鷄, 予因以求時也. 浸假而化 予之右臂以爲彈, 予因以求鴞炙. 浸假而化予之尻以爲輪, 以神爲馬, 予因以乘之, 豈更駕哉! 且夫得者, 時也, 失者, 順也. 安時而處順, 哀樂不能入也. 此古之所謂縣解也. 而不能自解者, 物有結之. 且夫物不勝天久矣, 吾又何惡焉!" '攖寧'과 '縣解'에 대해서는 다음 절인 '역설'에서 다시 언급한다.

벗어나 대자연과 함께 하나가 되는 대각의 본질계적 깨달음의 세계에 이른다는 것이다.

소요유와 제물론 두 편은 장자의 핵심부로서 현상계로부터의 초월, 그리고 도에 이르기 위한 자아와 세계의 해체의 여정을 다루고 있다. 그리고 제물론을 마무리하는 호접몽 이야기는 현상으로서의 장자와 나비 등 만물의 천화 혹은 유전이라고 하는 '만물제동'을 말한다. 참 도를 체득하려면 현상적 자아의 세계관적 해체의 과정이 필요하고, 이로써 이것과 저것의 구분과 차별을 넘어선 대대법적 상대성을 끊고 '절대'의 참 도에 이를 때 자아는 잊은 듯 놓은 듯 좌망과 심재의 경지에 들어가게 된다.[55] 일상적 유위의 세계, 이분법적 편향의 세계, 그리고 그에 물든 인습속의 자기를 벗어나 양행 인시의 대긍정의 인식으로 나아감 이것이 장자가 말하는 해체의 과정이다.

그러면 이러한 참 도란 무엇이며, 그 참 도를 향한 초월, 해체는 장자에서 구체적으로 어떻게 추구되는가? 그것은 사유와 글쓰기 양면에 걸쳐 나타나는데, 장자에서는 정언이 아니라 역설, 플러스가 아니라 마이너스, 그리고 있음이 아니라 무의 덜어냄의 방식으로 추동된다. 그것이 존재의 본질 인식에 이르는 장자 사유의 세 번째 방법적 여정인 역설의 사유와 글쓰기이다.

---

55) 대소, 미추 등의 비유가 있다고 하여 장자를 상대주의자로 보는 시각에는 동의하기 어렵다. 이러한 비유는 글쓰기 전략일 뿐이다. 장자의 사유는 우주만물의 시원으로서의 본질적인 그 무엇을 향하고 있다.

(3) 역설 : 부정을 통한 본질의 울림

본절의 화두가 되는 '역설'은 내용과 글쓰기 전략 두 가지 모두를 포괄하고 있다. '역설'을 의미하는 그리스어 'paradoxa'는 '저 너머'의 'para'와 '의견'이란 뜻의 'doxa'의 결합어로서, 형식 언어의 너머에서 초월적으로 현현되는 또 다른 의미이다. '소리 없는 아우성'이나 '님은 갔지만 나는 님을 보내지 아니 하였습니다'와 같이 일견 모순되고 말이 되지 않는 것 같지만, 말의 형식 너머에 진실이 내재되어 있다. 즉 역설은 모순적인 언어 표현 너머에서 오히려 더 강렬하게 의미를 드러내는 글쓰기 수법이다.

인위적 유위가 아닌 천연의 무위를 강조하는 노장 사상은 인식의 초월 각성을 위해 역설과 부정의 사유를 지향한다. 역설은 모든 차원에서 논리적으로 맞지 않는 것이 아니다. 정언의 차원에서는 맞지 않지만 다른 한 쪽에서는 오히려 그것 너머에서 나오는 새로운 힘으로 강력한 메시지를 내뿜는다. 역설에 '초월' 혹은 '-너머'를 뜻하는 접두사 'para-'가 붙는 까닭이다. 그렇다면 이글의 표제에서 보듯이 '초월'과 '역설'은 의미상 방향성이 같다. 나아가 해체 역시 긍정이 아니라 부정적 방향성을 지니므로 결국 초월, 해체, 역설은 모두 한 통속의 개념들이다. 장자의 역설은 사유에서 무, 수사에서 부정, 그리고 대상에서 보다 열악한 위치에 있는 소수자를 가리킨다. 이러한 부정과 역설의 글쓰기를 통해 장자의 입론은 정론보다 강렬한 자기만의 색채를 띤다.

앞서 보았듯이 자아와 세계의 초월적 해체를 주장하는 장자는 수많은 고사에서 역설을 사용하여 입론한다. 자기가 없고, 공로가 없으며, 명예가 없는 지인과 신인과 성인, 이름붙일 수 없는 큰 도, 변론으로써

하지 않는 참 말[無言之言], 빛나는 감싸여진 빛인 보광(葆光), 현상과 본질의 올바른 인식 후에 비로소 가능한 "가을철 짐승의 털끝보다 더 큰 것이 없고, 태산은 작은 것이다. 갓 태어나 죽은 아기보다 오래 산 사람이 없으니 팽조도 요절한 사람이다."라고 오상아(吾喪我) 할 때만이 투철 영롱하게 빛나는 자기 자신, 일상의 소리가 아닌 초거시적 소리인 지뢰와 천뢰, 어느 한 편의 부분적 옳고 그름을 넘어선 총체적 관점 속의 '있는 그대로의 그러함'인 양행적 옳음[因是], 그리고 장자도 나비도 아닌 현상계적 물화(物化)의 뒤편에 있는 존재론적 본질에 대한 깨달음, 우리가 보아 온 글 중에서만도 이렇게 많은 역설적 내용들이 오히려 반대의 의미 지향을 강력하게 뿜어내고 있음을 알 수 있다.

그러면 도란 무엇이며, 그 단계는 어떤 것인가에 관한 장자의 역설적 논리를 더 보자. 도란 과연 무엇인가에 대하여, <천하> 편에서는 도의 위대성을 말하지만 그 모습을 잡을 수는 없다고 한다.

> 황홀하고 고요하여 형태가 없고, 변화가 무상하므로, 생과 사, 천지와 함께하며 신명과 함께 움직인다. 아득하니 어디로 가는 것인가? 황홀하니 어디로 가는 것인가? 세상에 만물이 모두 펼쳐져 있음에 도가 돌아갈 곳이 없도다. 옛날의 도술이 이것에 있음이다.[56]

윗글에는 ≪노자≫ 14장과 21장에도 보이는 '황'과 '홀'이 보이는데,[57] 장자는 세계의 변화가 무궁하고 흔적이 없으므로 이를 멈출 방법이 없을 뿐만 아니라 그 돌아갈 곳을 알 수 없다고 보았다. 우주만물의

---

56) 잡편, <天下> : "芴漠無形, 變化無常, 死與生與, 天地並與, 神明往與! 芒乎何之, 忽乎何 適, 萬物畢羅, 莫足以歸, 古之道術有在於是者. (莊周聞其風而悅之.)"(이글은 이글의 주 117로 이어진다.)

57) 제5편 <역설의 즐거움, 노장 존재론>을 참조.

생사, 천지, 만물이 병존함에 무시무종하므로 그침이 없고 돌아갈 곳이 없다고 한 것이다.[58] 그러기에 "사물을 사물로 존재하게 해주는 것은 사물이 아니라"고 하며 사물 너머에 도를 설정하였던 것이다.[59] 그러면 이러한 흔적도 없는 도는 사람이 실제를 파악하고 잡을 수 있는가? 장자는 <대종사>에서 그것의 어려움을 말한다.

　　도는 실재한다고 할 만한 정상과 증거는 있으나 작위도 형체도 없다. 전할 수는 있어도 구체적으로 품을 수는 없다. 또 마음으로 체득할 수는 있어도 볼 수는 없다. 스스로 근본이 되므로 천지가 생기기 전부터 있었다. 귀신과 하느님을 신령스럽게 하고 천지를 낳았다. 태극보다 위에 있으면서도 높지 않으며 육극보다 아래 있어도 깊지 않다. 천지보다 먼저 생겼으나 오래되지 않았고, 상고보다 오래되었으나 늙지 않았다.[60]

이글은 도의 원초성, 절대성 초월성을 말한 것이다. 도란 시공 너머에서 천지보다 먼저 생겨 다른 것에 기대지 않고 그 자체가 근원이 되는 그 무엇이라고 하였다. 그러기에 도는 원초적이며 절대적이다. 크면서 작고 오래되면서 새로우며 느낄 수는 있어도 언표하기란 불가능하다고 하였다. 한마디로 도의 현실에 대한 절대적 초월성이다.

　그러면 도는 어디에 있을까? 동곽자의 물음에 장자는 한마디로 '무소부재'하다고 말한다. 미물인 땅강아지나 개미에도 있고, 기와나 벽돌 같은 무생물에도 도가 관통하여 있으며, 심지어는 똥이나 오줌에도 있다고 한다. 그러므로 도란 어디 있다고 한정해서도 안 되지만 또 사물을

---

58) 徐小躍 저, 김진무·이현주 공역, ≪선과 노장≫, 운주사, 2000, pp.120-122.
59) 외편, <지북유> : "物物者非物."
60) <대종사> : "大道, 有情有信, 無爲無形., 可傳而不可受, 可得而不可見, 自本自根, 未有天地, 自古以固存. 神鬼神帝, 生天生地., 在太極之上而不爲高, 在六極之下而不爲深, 先天地生而不爲久, 長於上古而不爲老."

초월해 있다고 여겨서도 안 된다고 했다. 도의 속성인 '두루[周]', '널리[遍]', '모두[咸]'의 세 가지는 이름은 다르지만 실질은 같으니 그 가리키는 것이 동일하다고 했다. 이 말은 마치 선문답 같지만 우주의 진리인 참 도란 현상을 넘어 본질이 관통하는 모든 현상계, 불교로는 색계에 두루 동일하게 편재한다고 한 것이다.[61] 이것이 대부분의 종교가 말하는 도의 편재성이다. 도는 현상계의 다른 이름들 모두에 존재하므로, 그 본질은 이름 할 수 없는 하나로 대일통하니, 편의상 도라고 한 것이다.

그렇다면 이러한 도는 과연 언명할 수 있는 것인가? <지북유>에서 "도를 터득한 자는 말하지 않으며 말하는 자는 도를 아는 것이 아니다. 그러기에 성인은 말하지 않는 가운데 가르침을 펴는 것이다."라고 하였다.[62] 이러한 논지는 노자 제1장의 '도가도, 비상도'와 같다. 도의 불가언성이다. 그렇다면 도란 '초월성, 편재성, 불가언성'을 특징으로 삼는 우주만물을 운행하는 신령한 이치이다. 이를 다른 말로 하면 신이고 불이며 중국적으로 도인 것이다. 그러기에 장자는 동아시아 종교철학의 성립자라 할 만하며, 실제로 도교가 파생되어 나오고 중국 불교가 격의 불교로 영향 받은 까닭이기도 하다.

다음으로 <대종사>에서는 도의 속성에 대하여, 도란 더해가는 것이 아니라 덜어가는 마이너스 사유를 통해 가능해진다고 한다.

성인의 도는 성인의 자질이 있는 사람에게 가르치는 것이 쉽다. 내가

---

61) 외편, <지북유> : "東郭子問於莊子曰 : 所謂道,惡乎在? 莊子曰 : 無所不在. 東郭子曰 : 期而後可. 莊子曰 : 在螻蟻. 曰 : 何其下邪? 曰 : 在稊稗. 曰 : 何其愈下邪? 曰 : 在瓦甓. 曰 : 何其愈甚邪? 曰 : 在屎溺.……周遍咸三者, 異名同實, 其指一也."
62) 외편, <지북유> : "夫知者不言, 言者不知, 故聖人行不言之敎."

신중히 그를 지켜보았는데 3일이 지나자 그는 천하에 마음 두지 않았다.
천하에 마음 두지 않은지 7일이 지나자 사물에 마음 두지 않게 되었고,
사물을 버린 지 9일이 지나자 삶에 마음 주지 않았다. 삶에 마음 두지 않
게 되자 그는 아침 햇살 같은 깨달음[朝徹]을 얻었다. 아침 햇살 같은 깨
달음을 얻자 그는 만물의 하나 됨을 보게 되었고[見獨], 만물의 하나 됨
을 보자 고금의 시간[無古今]이 사라졌다. 고금이 사라지자 죽음도 없고
생도 없는 경지에 들어갈 수 있었다.63)

여기서 장자가 예시한 득도의 7단계는 '외천하, 외물, 외생, 조철, 견
독, 무고금, 불사불생'의 7단계이다. 세상을 멀리하는 데서 시작한 득도
의 단계는 7단계를 거치면서 생사를 같이 보는 경지에 이른다. 이는 결
국 분리된 개체로서의 자아를 해체하여 큰 본체로 이어지는 깨달음에
이르는 비우고 버림의 역설적 과정이다. 이러한 장자 역설의 논법은 생
사 문제로까지 확장된다. 궁극적으로 장자는 존재의 문제를 해결하고자
하였기 때문이다. 이어지는 글을 보자.

삶을 죽이는 자는 죽지 않고, 삶을 살리는 자는 죽을 것이다. 사물이
된다는 것은 모든 것을 보내고 또 맞아들이며, 모든 것을 훼손하고 또
이룸을 말한다. 이를 일컬어 '얽힌 편안함[攖寧]'이라고 한다. 영녕이란
서로 얽힌 후에 이루어짐을 말한다.64)

이 내용은 성서에도 있듯이 "살고자 하면 죽을 것이요, 죽고자 하면
살 것"이란 말과 같이 세계에 대한 도를 깨치기 전 혹은 각성되기 전의

---

63) <대종사> : "不然, 以聖人之道, 告聖人之才, 亦易矣. 吾猶告而守之, 三日而後能外天下.
已外天下矣, 吾又守之, 七日而後能外物. 已外物矣, 吾又守之, 九日而後能外生. 已外生矣,
而後能朝徹. 朝徹, 而後能見獨. 見獨, 而後能无古今. 无古今, 而後能入於不死不生."
64) <대종사> : "殺生者不死, 生生者不生. 其爲物, 無不將也, 無不迎也. 無不毀也. 無不成也.
其名爲攖寧. 攖寧也者, 攖而後成者也."

인습과 타성의 개체적 삶이 죽어야 우주적 깨달음의 삶과 세계가 열릴 것이라는 역설의 논법이다. 문중의 '영녕(攖寧)'은 재미있는 표현이다. '영(攖)'은 '접근하다'란 뜻 외에도 '구속되다, 매이다, 묶다'라는 뜻이 있으므로 '영(纓)'과 같이 풀면 된다. 모든 존재는 독립해 있지 않고 서로가 서로에게 기대고 얽혀 존재한다. 모든 존재가 서로 얽혀 있음, 이것이 바로 존재계의 원리이다. 그리고 삶과 죽음 역시 서로 얽혀 있다. 존재는 직물(textile)이란 말이 의미하듯이 상호텍스트적으로 교직되어 있다. 그리고 세계는 상반된 두 짝에 의해 서로 동거 영위되므로 이는 김형효의 말로 표현하면 새끼 꼬기와 같은 교차배어법, 즉 '이중성의 동거'이다.[65]

　그러기에 장자는 생도 사도 결국 다른 것이 아니라 그것 이전의 본질적 그 무엇의 다른 양상이라고 말한다. 장자의 생사관을 좀 더 보자. "죽고 사는 것은 운명이다. 저 밤과 아침이 늘 있음이 자연의 이치인 것과 같다. 사람으로서는 어찌할 수 없는 것이니 만물의 본성이다."[66] 라고 한다. 그리고 "자연이 내게 형체를 부여하고, 나에게 생명으로써 힘써 일하게 하며, 늙음으로써 편안케 하며, 죽음으로써 쉬게 한다. 그런 까닭에 나의 삶을 좋아함은 곧 나의 죽음도 좋다고 여김이다."[67]라고 하여 생사 초월의 자세를 보였다. 나아가 장자는 생과 사가 서로 이어져 있다고 하면서, 그 주재자에 대해 종교철학적으로 묻기도 한다. "삶에는 죽음이 뒤따르고, 죽음은 삶의 시작이다. 그 누가 이를 주관하는가?"라고 하였다.[68] 그러므로 죽음은 삶이 끝나 집으로 돌아가는 것

---

65) 김형효, ≪노장 사상의 해체적 독법≫, pp.358-362.
66) <대종사> : "死生, 命也. 其有夜旦之常, 天也. 人之有所不得與, 皆物之情也."
67) <대종사> : "夫大塊載我以形, 勞我以生, 佚我以老, 息我以死. 故善吾生者, 乃所以善吾死也."

같은 본성적 필연이라고 했다.69) 이것이 대종사에서 말하는 초월적 해체인 현해(縣解)이다.70) 또 장자는 생사가 기의 응집과 흩어짐에 따라 결정되므로, 그 흐름에 따른 도는 더없이 귀한 것이라고도 했다.71)

일반인의 눈으로 삶은 좋고 죽음은 꺼린다. 그러나 시야를 확장하여 전우주적 관점으로 보면 생과 사 역시 유전하는 우주의 자연스러운 흐름이다. 그러므로 이 둘을 분별하는 것은 총체로서의 하나는 아니므로, 장자는 장례에 가서 곡을 하지 않았다. 이쯤 되면 인간 존재의 삶을 파고들어가 본질로 연결시키고 이를 다시 현실로 되먹여쳐 초월·해체를 이야기 한 장자의 사유세계는 철학을 넘어 동아시아적 종교철학의 큰 봉우리를 이루었다고 할 수 있다.72)

그러면 참된 도가 실현되는 이상향은 어디에 있는가? 장자에 나타난 그곳은 바로 어디에도 없다는 뜻의 '무하유지향(無何有之鄕)' 또는 '무하유지궁(無何有之宮)'이다.73) 그곳은 세상 어느 특정한 곳이 아니라 바로 우리들의 깨친 마음과 인식 속에 있다. 일상성을 벗어나되 어디에도 없는(no where) '무하유지향'은 인간 세상의 이를 길 없는 바깥자리인 에레

---

68) 외편, <지북유> : "生也死之徒, 死也生之始, 孰知其紀?. 人之生, 氣之聚也., 聚則爲生, 散則爲死. 若死生爲徒, 吾又何患! 故萬物一也, 是其所美者爲神奇, 其所惡者爲臭腐, 臭腐復化爲神奇, 神奇復化爲臭腐. 故曰 : 通天下一氣耳. 聖人故貴一."(徒 : 從也)

69) <제물론>, "萬物盡然, 而以是相蘊. 予惡乎知說生之非惑邪! 予惡乎知惡死之非弱喪而不知歸者邪!"

70) 정용선, ≪장자의 해체적 사유≫, pp.350-351.

71) 외편, <지북유> : "生也死之徒, 死也生之始, 孰知其紀! 人之生, 氣之聚也, 聚則爲生, 散則爲死. 若死生爲徒, 吾又何患! 故萬物一也."; 장자·잡편, <則陽>, "少知曰 : 四方之內, 六合之裏, 萬物之所生惡起? 大公調曰 : 陰陽相照, 相蓋相治., 四時相代, 相生相殺. 欲惡去就, 於是橋起., 雌雄片合, 於是庸有. 安危相易, 禍福相生, 緩急相摩, 聚散以成."

72) 이와 관련하여 박이문은 노장이 하나의 종교라 할 만큼 삶의 지침을 준다고 평가했으며, 유영모나 함석헌 역시 실천 철학으로서의 의미를 부여한 점에서 이들의 관점은 어느 정도 맥을 같이 한다.

73) 무하유지향은 소요유에, 무하유지궁은 지북유 편에 보인다.

혼(erewhon)이다.74) 세상 어디에도 없는 그곳은 '너희 안에 있는 하느님 나라'요, 저 갠지즈강 건너의 정토세계이며 '원-기의'의 땅이다. 그곳은 여기이기도 하고 저기이기도 하며 나도 없고 너도 없으며, 수상행식의 분별도 식도 없는 곳인 무하유지향이며, 뫼비우스적 사유로 말하자면 그 어느 곳도 아닌 바로 '지금-여기(now here)'의 뒷자리일 터이다.75) 이 렇게 안자리에서 바깥자리로, 그리고 거기서 다시 안자리를 들여다봄으로써, 안에서 보지 못하던 것들을 보아내기, 이것이 장자적 역설 초월이다. 그 해법으로 장자는 이것과 저것의 어느 한 쪽도 아니며 단순히 서로에게 기대는 대대연기도 현해적으로 넘어서서, 정반대의 두 곳을 모두 아우르는 대긍정의 양행적 '인시(因是)'인 '있는 그대로 그러한 옳음'을 주장한다.

이번에는 우언에 등장하는 대상과 관련하여 장자 역설의 화법을 보기로 하자. 장자 우언에는 힘없고 지체가 부자유한 소수자들이 많이 등장한다. 그 대표적인 것이 <양생주>, <인간세>, <덕충부>에 나오는 외발 우사, 지리소, 왕태, 신도가, 그리고 이들의 종합체인 인기지리무신(闉跂支離無脤 : 절름발이 꼽추 언청이)와 같은 불구자들의 이야기다. 이들 모두 그들이 신체적 결손에도 불구하고 나름의 덕과 행복을 영위하는 사람들이다. 이들은 인간으로서의 참 가치란 외형과 현상으로 잴 수 없는 것임을 보여준다. 또 접여(接輿)라는 광인이 등장하여 쓸모없음의 쓸모인 '무용지용'의 각성을 노래 부른다. 이쯤 되면 접여가 광인인지 아니면 세상 사람이 광인인지 알 수 없다.76) 또 <인간세>에 소개된 지리

---

74) 'Erewhon'은 19세기 영국 새뮤엘 버틀러의 소설 이름. 어디에도 없다는 'no where'의 역순어이다.

75) 필자의 <중국시의 세계문학적 지형> : ≪중국시의 문예심미적 지형≫, pp.42-46.

76) 노신이 쓴 최초의 현대소설 <광인일기>는 장자에서 보인 接輿등 광인의 필법을 원용

소란 사람은 온 몸의 기관이 제멋대로 붙은 신체의 해체자이다. 그러나 이러한 사람이 오히려 삶을 더 잘 영위한다. 그러니 그 덕을 해체[支離] 한 사람이 얼마나 잘 것인지는 더 말할 나위가 없다고 하여 몸의 해체를 덕의 해체로 연결시켜 지리소적 삶의 온전함을 보여준다.77)

이렇게 장자가 이상적 인물로 제시한 '지인, 신인, 성인'은 세상에서는 오히려 쓸모없는 사람으로 묘사된다. 소유론적 자기도 없고, 공로도 없으며, 명예도 없는 이가 세상에서 가장 중요한 사람들이라고 하는 이야기는 매우 역설적이다. 또 요임금이 허유(許由)에게 천하를 주려 하자 허유는 자신은 약간의 물과 나뭇가지면 충분하지 그 외에는 관여할 필요가 없다며 사양한다. 장자에는 내편 후반과 외·잡편 등 여러 곳에서 세상을 다스리는 일이 의미도 없고 오히려 해가 된다고까지 생각한 장자의 정치 초월적 관점이 드러나 있다.78) 때문에 장자에 등장하는 사람들은 지체가 낮거나 장애가 있는 사람들이 많다. 이들은 자신의 삶을 묵묵히 받아들이고 그것이 무엇인지도 잘 모르는 가운데 현실 속에서 자기류의 달인의 기술을 지닌 사람들이다. 소를 잘 해부하는 포정(庖丁)이라 불리는 요리사 정씨,79) 무용지용을 깨달은 목공 장석(匠石),80) 매미를 잘 잡는 꼽추, 싸움닭을 기르는 기성자(紀渻子), 악기의 명장 재경(梓慶),81) 소를 잘 키우는 백리해(百里奚),82) 허리띠 쇠[帶鉤] 장식을 잘 만

하여 역설과 반전의 글쓰기로 중국사의 문제점을 효과적으로 관통한 것으로 생각된다.
77) 지리소에 대한 해체적 설명은 정진배의 ≪장자, 순간 속의 영원≫(문학동네, 2013, pp.115-117)을 참조.
78) 일례로 장자 외편 <天運> 편에서는 老聃의 말이라 하며 삼황오제의 다스림으로 인해 세상이 심히 어지러워졌는데도 그들은 스스로를 성인이라고 한다고 비판하였다.
79) 庖丁解牛 고사 : <양생주>
80) 무용지용을 깨달은 목공 匠石 : <人間世>
81) 매미를 잘 잡는 꼽추, 싸움닭을 기르는 紀渻子, 악기의 명장 梓慶 : 莊子 外篇, <達生>
82) 소를 잘 키우는 百里奚 : 莊子 外篇, <田子方>

드는 장인83) 등이 그들이다. 성인군자가 아닌 평범한 이들이 깨달은 도
를 부각함으로써, 장자는 인간이 자연과 유리된 채 지배적인 자존적 존
재가 아니라 자연 속의 한 부분이며 동시에 유전천이(流轉遷移)하는 물
화(物化)의 한 과정임을 보여주고자 하였다.84)

　　장자 역설의 사유는 왕왕 글쓰기 측면에서 인의로 세상을 다스리려
한 공자와 그 제자의 가상 대화로도 나타나는데 이것이 중언의 글쓰기
로서, 대부분 공자가 노자 또는 자신의 제자로부터 차원 높은 각성을
유도하며 논지를 효과적으로 전달한다. 이러한 류의 글들은 한편으로는
공자에 대한 과도한 폄하로 때로는 사유력 깊은 장자의 글인가 의심스
럽기도 한 것도 있다. 이런 방식은 당시 제자백가의 중심에 있었던 유
가에 대한 노장의 반론적 방식으로서 노장이 지닌 초월 사유를 부각하
는 유용한 방식이다. 다음 <대종사>의 글은 공자와 관련된 좌망(坐忘)
에 대한 고사이다.

　　　안회가 말하기를, "제가 얻은 것이 있습니다." 仲尼가 말했다. "무엇인
　　가?" "저는 인의를 잊었습니다." "좋구나. 그래도 아직은 아니다." 후일
　　다시 공자를 만나 말하였다. "제가 얻은 것이 있습니다." "무엇인가?"
　　"저는 예악을 잊었습니다." "좋구나. 그래도 아직 멀었다" 다른 날 또 공
　　자를 만났다. "저는 얻은 것이 있습니다." "무엇인가?" "저는 坐忘을 하
　　게 되었습니다." 중니는 놀라 말했다. "무엇을 좌망이라고 하는가?" 안회
　　가 대답했다. "손발과 몸을 잊고, 귀와 눈의 작용을 물리치고 형체를 떠
　　나 지식을 버리고, 큰 달통으로 하나 됨을 좌망이라고 합니다." 중니가
　　말했다. "하나가 되면 좋아하는 것이 사라지고 변화하게 되면 자유롭게
　　되지. 너는 정말 현자로다. 孔丘 나도 너의 뒤를 따라야겠다."85)

83) 허리띠 장식을 잘 만드는 匠人 : 莊子 外篇, <知北遊>
84) 김형효, ≪노장 사상의 해체적 독법≫, pp.368~369.
85) <大宗師> : "顏回曰 : 回益矣. 仲尼曰 : 何謂也? 曰 : 回忘仁義矣. 曰 : 可矣, 猶未也. 他

이는 장자에 상용된 공자를 패러디(parody)한 우언으로서, 장자의 분류로는 이름이 있는 사람을 빌려다가 자기주장을 펴는 중언에 해당된다.86) ≪사기(史記)≫에 비록 공자가 20세나 연상인 노자를 만났다는 기록이 있기는 하나, 이 고사의 진위는 유가사상의 논리적 흐름으로 볼 때 가상적 우언이다. 공자와 그의 수제자 안회의 대화중 안회가 인의를 잊고, 예약을 잊는 것은 사실 유가사상의 포기이다. 하지만 여기서 더 나아가 공자는 수제자 안회가 좌망이라고 하는 보다 차원 높은 경지를 알게 된 데 놀라워하며, "공자(孔子)"가 아닌 "공구(孔丘)"는 제자를 따라나선다. 그렇다면 이들은 모두 유가가 아니라 도가 사상의 선양자들인 셈이다. 좌망이 아무리 큰 깨달음의 경지라고 하더라도, 유가의 태두인 공자가 사회적 자아실현의 근간인 인의예약의 핵심 가치들을 부정하고 도가 사상을 따라나선다는 것은 공자를 들어 장자를 내세우는 또 다른 방식의 역설이다.87)

　도의 추구를 향한 장자는 글쓰기는 역설의 사유가 주를 이룬다. 역설은 이를 길 없는 참 도에 대하여, 정언이 지닌 한계를 벗어나는 유력한

日, 復見,曰：回益矣. 曰：何謂也? 曰：回忘禮樂矣. 曰：可矣, 猶未也. 他日, 復見,曰：回益矣. 曰：何謂也? 曰：回坐忘矣. 仲尼蹴然曰：何謂坐忘? 顔回曰：墮肢體, 黜聰明, 離形去知, 同於大通, 此謂坐忘. 仲尼曰：同則無好也, 化則無常也. 而果其賢乎! 丘也請從而後也."

86) 다음은 寓言, 重言, 卮言과 관련하여 장자 잡편 <寓言> 편의 내용이다. "우언은 열에 아홉쯤 되고, 중언은 열에 일곱, 그리고 치언은 나날이 생겨나니 하늘의 아이들[天倪]과 같이 천진스럽다.("寓言十九, 重言十七, 卮言日出, 和以天倪.") 우언은 다른 것을 빌려 우회적으로 말한 것이고, 중언은 옛 사람의 말을 빌려서 말한 것이며, 卮言은 그때그때 상황에 따라 가볍게 말한 것"이라고 할 수 있다. 다만 重을 무거울 중[zhòng]으로 읽을지, 중복할 중[chóng]으로 읽을지는 이설이 존재한다.(고지영, ≪莊子 內篇의 문학적 글쓰기 연구≫, 동국대학교 석사학위논문, 2010, p.82; 五光明 저, 김용섭 역, ≪장자철학≫, 대구한의대학교출판부, 2009, pp.311-312)

87) 공자에 대한 우언은 내편에서는 일정 정도 존중되지만, 외잡편에서는 희화적으로 패러디하여 논조의 변화가 느껴진다.

방편이기도 한 까닭이다. 역설적 메시지로 사람들은 더욱 강력한 인상을 받는다. 전술했듯이 장자의 역설은 무와 부정과 소수자를 중심으로 추동된다. 역설의 특징인 부정의 글쓰기의 힘이다.[88]

도란 절대 초월, 편재, 불가언을 특징으로 한다고 말한다. 세상 곳곳에 도의 작용 아닌 것이 없으나 정작 도는 잡을 수도 표현할 수도 없다는 것이다. 그리고 그것은 갈수록 더해가는 것이 아니라 덜어가는 것이어야 한다고 했다. 소유론적 관점에서는 절대 이를 수 없는 득도의 단계론이다. 생사문제에 있어서 궁극의 도를 알게 되면 생과 사가 하나임을 알게 되므로 이에 연연해하지 않는다고 하였다. 그리하여 그 도란 어디에 있느냐 하면 이세상 어떤 곳도 아닌 무하유지향이란 곳에 있다고 한다. 유(有)가 아니라 무유(無有)에 있다는 것이다. 극과 극의 소통과 같이 없음의 세계에 역설적으로 진리가 담겨 있다는 것이다.[89] 그곳은 다른 곳이 아닌 바로 우리들의 마음에 있다는 것은 아닐까? 여기까지 이르면 장자란 책은 종교서로 읽힐 수도 있게 될 것이다.

장자에 등장하는 사람들은 종종 신체가 불구이거나 평범한 장인들로서 대부분 당시 소외받던 계층의 사람들이다. 그들에게 오히려 도가 근접해 있다는 것이다. 도란 무하유지향이란 어느 곳에도 없는 그곳에 있으며, 동시에 세상에 널리 편재되어 있다는 것은 역설의 논법이다. 장자의 사유는 정치 초월적이므로 기존의 유교와도 차원을 달리한다. 현실에서 떠나 우주만물의 관점에서 논하기 때문이다. 공자와 그의 주요

---

88) 그가 예로 든 우화나 입론 모두 보태고 더하는 풀러스(+)가 아닌 덜고 빼는 마이너스 (-) 사유의 글쓰기를 보여주는데, 이 점은 노자와도 궤를 같이 하는 부분이나 우언이 많은 장자에서 더 두드러진다. 장자가 이상으로 삼는 그곳은 바로 어디에도 없는 無何有之鄕, 또 득도한 장애인들이 다 그러한 예이다.

89) 극과 극의 소통은 한자어 極, 窮, 盡자의 함의가 다 그렇고, 숫자 0이 무한과 통하는 데서도 볼 수 있다.

제자들이 자주 등장하여 전혀 다른 차원의 깨달음을 느끼게 되는 것은 이러한 초월성 때문이다. 현실에서 떠나 있으므로 장자의 도를 향한 여정은 역설적으로 표현되고 각성을 촉구하는 울림도 그만큼 크다.

장자는 초월, 해체, 역설을 통하여 눈에 보이는 세계가 다가 아니며 심상한 인간의 눈을 넘어 보다 본질적인 것, 노자적으로 말하자면 상도의 세계를 함께 보아내는 양행의 사유를 우언의 비유를 통해 설파한 것이다. 두 세계를 모두 긍정의 눈으로 보아내기 위해서는 인식의 깨침이 필수적으로 요청되는데, 그 비유가 나비의 꿈으로 일컬어지는 '호접몽'이다.

07 장자의 꿈

1. 현상과 잠재의 뫼비우스 시프트 : '물화'와 '인시'

장자의 꿈인 '호접몽'은 본질과 현상에 관한 장자 사유를 관통하는 핵심적 비유이다. 다음 <제물론> 중의 장자가 나비가 된 꿈은 다양한 함의를 우리에게 던져준다.

① 언젠가 장자가 꿈에 나비가 되었다. ② 훨훨 나는 나비가 되어 스스로 즐거워 마음대로 날아다녔는데, ②¹ 그 나비가 장자임은 알지 못했다. ③ 문득 깨어나니 누워있는 것은 장자였다. ④ 장자가 꿈에 나비가 된 것인지, 나비가 꿈에 장자가 된 것인지 알 수가 없다. ⑤ 장자와 나비 사이에는 필히 구분이 있을 것이니, 이를 일컬어 '사물의 천화유전[물화]'이라고 한다.[1]

---

1) <제물론> : "昔者莊周夢爲胡蝶, 栩栩然胡蝶也, 自喩適志與! 不知周也. 俄然覺, 則蘧蘧然周也. 不知周之夢爲胡蝶, 胡蝶之夢爲周與? 周與胡蝶, 則必有分矣. 此之謂物化."

호접몽의 고사는 장자에서 가장 유명한 우언이다. 세밀한 이해를 위해 이야기의 순서대로 정리해보자.

① [입몽] 장자는 나비가 된 꿈을 꾸었다.
② [몽중] 꿈속에서 장자는 나비가 되어 유유자적하게 훨훨 날았다.
②¹ [몽중 상태] 당시 장자는 나비가 장자 자신임은 인식하지 못했다.2)
③ [몽후] 꿈을 깬 후 장자는 자기가 나비가 된 꿈을 꾸었다는 것을 알았다.
④ [반전] 그리고 다시 나비가 장자일지도 모른다는 역전적 사고를 하게 된다.
⑤ [각성] 그 결과 장자일 수도 있고 나비일 수도 있는 현상계적 物化의 세계를 깨닫는다.

입몽, 몽중, 몽후의 사유의 반전, 그리고 이로부터 얻는 새로운 관점, 이것이 본문의 흐름이다.3) 이 이야기와 관련하여 연구자의 시각은 크

---

2) 이 문장은 문맥상 꿈에서 깨기 전의 상황으로서, 장자의 나비꿈 당시의 '나비-장자' 간의 동일성 인식 여부의 문제에 대한 해석이 필요하다. 즉 꿈에 무엇인가로 변신했을 때의 자기 동일성 인식에 대한 정신분석학적 해석이 필요하다. 어류의 원시수면에서 시작되었다고 하는 꿈에 대한 연구에 의하면 황당한 내용을 특징으로 하는 꿈은 대부분 REM 수면대에서 일어난다. 그리고 이것은 인간 존재의 세 형태인 각성, 무몽 수면, 유몽 수면 상태 중 세 번째 상태이다. 꿈의 특징으로는 ① 공간 중추인 하두정엽의 활성화로 80% 이상 공간성과 시각성이 두드러지므로 시공간이 얽혀있으며 황당하다. ② 아세틸콜린의 분비로 강력한 연상과 함께 정서적 현저성이 나타나고, 언어를 사용하지 않으므로 반성적 사고가 결핍되어 있다. ③ 단기 기억보다는 주로 장기 기억과 관련된다. ④ 몸을 보호하기 위해 운동신경과 체감각 및 청각신호가 억제된다고 한다. 꿈에 대한 인식과 관련하여 필자의 경험으로 보면 대상에 대한 주체의 감정이입이 이루어지면서 사건이 전개되므로 어렴풋이 변신[나비]이 자신임을 느끼는 것으로 생각된다. 그렇다면 자신이 장자인줄 몰랐다고 하는 본문의 문구는 어떤 의미인가? 혹은 잘못된 언표인가? 장자가 꿈인 줄 알지 못했다고 하면 이는 '자각몽'은 아니다. 자각몽이 아니라면 장자는 어느 순간 꿈에서 나비가 되어 신나게 날아다녔을 것이다. 그런데 그 중간에 장자는 나비가 자기인 줄 어렴풋이 느꼈을 가능성도 있지만, 그보다는 나비가 된 데에만 집중한 채 꿈이 전개되었을 것으로 본다.(이상 박문호, ≪뇌, 생각의 출현≫, 휴머니스트, 2009, pp.358-375; 데이비드 폰태너 저, 원재길 역, ≪꿈의 비밀≫, 문학동네, 1998, pp.14-19 등을 참조)

게 두 갈래를 띠고 전개된다. 하나는 사물의 '물화'에 중점을 두고 분석하는 경우이고, 다른 하나는 '꿈과 각성'이라고 하는 인식론적 문제에 중점을 두는 경우다. 물론 이 두 가지는 상호 내통하기도 한다. 필자의 관점은 꿈은 각몽과의 비교를 통해 장자의 세계 인식의 전환점으로서의 의미를 지닌다고 보고, 그것이 '잠재계-현상계' 간의 상호 연관으로 보아 물화(物化)라는 용어에 중점을 두어야 한다고 생각한다. 이때 본문 중의 '물화'라는 말의 함의가 중요하다. 필자는 '물화'를 우주만물의 현상과 본질의 현상계적 과정으로서의 만물의 천화유전(遷化流轉)으로 풀이한다.

호접몽 고사가 던져주는 메시지는 무엇인가? 장자의 화법상 우리는 다층적 가능성을 염두에 두지 않을 수 없다. 이글은 두 가지 점에서 은유상징의 암시를 던져주는 것 같다. 하나는 '꿈'이고 다른 하나는 작지만 '나비'이다. 기존 세계를 벗어나 새로운 세계로 가는 과정적 설정이다. 먼저 '나비'에 관해 생각해보자. 나비는 그리스어로 프쉬케(psyche)인데, 프쉬케는 그리스어로 '나비', 그리고 육체에 대비한 '영혼'이라는 두 가지 의미가 있으며, 현대에는 마음을 의미한다.[4] 영혼 불멸의 상징으로서 나비만큼 아름다운 것은 없다. 나비는 느릿느릿 배로 기어 다니는 모충인 애벌레의 고치 생활에서 대변신을 하면서 날개를 달고 허물

---

3) 호접몽을 3장에 걸쳐서 길게 파고든 로버트 앨리슨은 ≪장자, 영혼의 변화를 위한 철학≫ 5-7장에서 <제물론>의 두 가지 꿈 관련 고사, 즉 '나비의 꿈'과 '술 마시는 자와 大聖人의 꿈'의 비유를 논리 구조 속에 넣어 연결하며, 나비의 꿈에 대한 서술이 판본의 취약성으로 잘못 배열되었다고 주장했다. 즉 ①②→④→③→⑤의 순으로 대성인의 꿈 고사와 정합된다는 것이다. 필자는 문장 흐름에 무리가 없는 이글에 대해 앨리슨이 동양인과는 다른 관점 집착에서 과도하게 들어간 측면이 있다고 생각한다. 이밖에 장자의 논지를 '내적 변화'로 읽고자 한 점은 일부 동의한다.

4) 캘빈 S. 홀, 버논 J, 노드비 저, 김형섭 역, ≪융 심리학 입문≫, 문예출판사, p.51.

을 벗고 나온다. 이 자체로서 사건적이다. 변신과 비상, 미와 추가 공존
하고 있기 때문이다.

나비에는 두 가지 잠재적 가능성이 내포되어 있다. 하나는 새로운 존
재로의 변신이고, 또 다른 하나는 은유상징적 초월 비상으로서의 나비
이다. 변신은 '새로운 세계로의 존재의 탈피와 각성'이다. 은유상징으로
서의 나비는 '절대 자유경으로의 비상과 초월'이다. 꿈 이론에서 비행
은 자유와 환희, 잠재적 가능성, 상상적 통찰과 관련된다.5) 이 점에서
장자가 나비가 되어 날아다니는 꿈은 소요유의 붕새의 비상과도 문맥
이 연결된다.6) 나비 자체가 기어 다니던 애벌레로부터 변신하여 날개
를 달고 비행한다는 점에서 현실로부터의 변신과 새로운 세계를 향한
초월, 이 둘을 모두 내포하고 있다. 변신과 초월이라고 하는 점에서 소
요유 서두와 제물론 말미의 '곤-붕'과 '애벌레-나비'의 구조는, 모두
상상적 꿈과 내통하는 가운데 변신하고 또 초월을 지향하며 결국에는
존재적으로 상호 소통한다는 점에서, 의미나 글쓰기 모두 쌍관의로 해
석된다.7)

다음에는 꿈의 분석으로 들어간다. 장자가 훨훨(허허栩栩) 날며 즐거이

---

5) 데이비드 폰태너, ≪꿈의 비밀≫, pp.104-105.
6) 이런 의미에서 장자의 중심편인 소요유와 제물론은 붕새의 비상에서 시작하여 나비의
꿈으로 맺고 있다. 그리고 관건적 핵심은 '物化'인데, 그 이면에는 현해적 초월인식의 因
是의 대긍정이 깔려있다.
7) 변신과 초월은 장자 책에서 적어도 두 차례 내재되어 상호 연결된다. 곤에서 붕으로의
변화, 그리고 나비의 꿈에서의 나비의 설정이 그것이다. 진화 초기 상태인 어류에서 새
로의 변신 초월과 추한 애벌레에서 아름답게 날아다니는 나비로의 변신과 장자와 나비
의 꿈을 통한 존재적 초월 소통은 상호 유사성을 내포한다. 박문호의 ≪뇌, 생각의 출
현≫(pp.369-370)에 의하면 꿈은 (곤과 같은) 어류의 원시수면에서 시작되었다고 한다.
그렇다면 꿈을 통해 애벌레와 곤이라는 물고기는 나비로 또 붕으로 비상하고 있다고 할
수 있고, 장자는 나비와 장자, 즉 꿈 안과 밖이 물화로써 존재 소통적이라고 말하고 있
다는 점에서 이상과 같은 논지가 가능하다고 생각한다.

놀았던 것은 나비의 삶이었다. 그런데 깨어나 보니 장자 자신의 몸은 그대로 뻣뻣하니[거거(蘧蘧)] 누워있는데, 꿈속의 장자는 나비가 되어 별세계를 날아 다녔던 것이다. 장자를 회복한 순간 장자는 다시 이 상황을 되돌아본다. 그것은 혹시 "장자인 내가 혹 나비는 아닐까?"라고 하는 인식론상 역전의 사유를 한다. 이쯤 되면 장자는 보통의 사람은 아니다.

그가 골똘히 생각하고 고민했던 것은 무엇일까? 그것은 우주만물의 근원과 그것을 운행하는 근원적 힘과 도리이다. 그것을 노자와 함께 그들은 도라고 불렀다. 그 도의 와중에서 인간 존재로서의 장자, 그리고 꿈에 날아다녔던 나비 등은 무엇인가 하는 의문이 자신의 존재적 질문으로 덮쳐 내려온 것이다. 아직 윗글에서 설명 없이 결론으로 제시한 '물화'의 문제가 남아 있는데 이 부분은 다음 내용을 보고 다시 생각하기로 한다.

그러면 장자는 '나비의 꿈'에서 무엇을 말하려 했을까? 호접몽과 관련하여 역시 <제물론>에 보이는 다음의 꿈에 대한 장자의 관점은 좀더 물화의 해답에 접근한다.

> 술 마시는 사람은 아침이 되면 흐느껴 또 꿈에 곡을 한 사람이 아침에는 사냥을 나간다. 꿈을 꾸고 있는 동안에는 그것이 꿈인 줄 모르니, 심지어는 꿈을 꾸는 가운데 꿈을 첨쳐 해석하기도 한다. 크게 깨어난[대각] 후에야 그것이 한바탕의 꿈[대몽]임을 알게 된다. 하지만 어리석은 자는 (그 꿈의 상태에서) 자신이 깨어 있다 여기고 뽐내며 아는 체하고, "임금"이니 "목동"이니 하고 부른다. 한심하구나, 공구(孔丘)도 그대[장오자(長梧子)]도 모두 꿈을 꾸고 있구나.[8] 내가 그대에게 꿈을 꾼다고 하는

---

8) 이글은 '牧', '孔丘' 등 부분이 소략하여 해석이 갈린다. 안동림, 憨山德淸, 박세당의 해석

그것마저도 꿈이다. 이러한 말을 '지극한 괴이함[적궤(弔詭)]'라 부른다. 만세후에 큰 성인을 만나게 되면 이 이야기가 조석으로 듣듯이 쉽게 이해될 것이다.9)

≪장자≫에는 '꿈'과 관련해 총 11종의 이야기와 31회의 '몽(夢)'이 나온다.10) 이만큼 장자는 꿈에 대한 의미 부여가 크다는 뜻이다. 이글은 처음에는 꿈과 각성의 두 상황을 평이하게 말하다가, '적궤' 즉 대반전으로 뒤집는다. 장자는 "내가 꿈꾸고 있다고 하는 그러한 현실마저도 하나의 꿈일지 모른다."고 말한다. 인식의 역전 도치이다. 꿈과 현실이 교차 가능한 것이라면 꿈은 이 세계와 저 세계를 이어주는 경첩 같은 관문이다. 꿈은 무의식과 의식의 상호 교직이며, 어떤 것이 현실이고 비현실일지는 모르나, 현실과 비현실의 상호 주고받기이다. 그런 면에서 꿈과 현실은 상호텍스트적으로 작용하며 삶을 이루어 나간다고 할 수 있다.

다음으로 장자는 홀연한 깨달음이 올 때에 생사존멸의 장(場)을 둘러싼 존재의 실체에 대한 눈뜸, 즉 대각이 올 것이라고 여운을 두며 맺는다. 필자는 그 단서가 앞서 호접몽에서 말한 '물화'라는 말에 있다고 본

이 각기 다르나, 안동림의 해석이 문맥상 타당해보여 이에 따랐다.

9) <제물론> : "夢飮酒者, 旦而哭泣. 夢哭泣者, 旦而田獵. 方其夢也, 不知其夢也. 夢之中又占其夢焉, 覺而後知其夢也. 且有大覺而後知此其大夢也. 而愚者自以爲覺, 竊竊然知之. 君乎, 牧乎, 固哉, 丘也與女, 皆夢也. 予謂女夢, 亦夢也. 是其言也, 其名爲弔詭. 萬世之後而一遇大聖, 知其解者, 是旦暮遇之也." 문중 '弔詭'는 [적궤]로 읽으며 弔은 지극하다는 뜻으로서 역설 즉 'paradox'이다.(≪박세당의 장자, 남화경주해산보 내편≫, p.178)

10) ≪장자≫에는 총 31개 '夢'자가 나오고, 내용은 다음과 같다. <제물론>의 호접몽, 醉漢의 꿈, <소요유>의 가죽나무의 꿈, <인간세>의 石匠의 상수리나무의 無用之用론, <大宗師>의 不覺之夢의 인간의 삶, <天運> 편의 사용 후의 芻狗와 꿈, 聖人과 꿈, <至樂> 편의 장자의 두개골 꿈, <田子方>의 꿈의 계시와 무위의 정치론, <外物> 편의 小知를 버리라는 宋元君의 꿈의 교훈, 그리고 <列禦寇>의 인위성 반대의 墨翟 아버지의 꿈으로서, 총 9편 11종의 꿈이 등장한다.

다. 이글에서는 물화란 말을 사용하고 있지는 않지만 실은 그것을 설명하고 있다. 물화란 무엇인가? 우리네 인생 자체가 하나의 큰 꿈이고, 작은 지식을 가진 존재들의 삶은 그 안에서 늘 무상하게 변하고 또 잘난 체 하지만 결국은 부질없는 한바탕 꿈에 불과하다는 것이다. 나아가 이러한 꿈이라고 말하는 현실조차 실은 꿈에 불과하며, 후일 위대한 각성자가 나타날 때에 비로소 사물의 진정한 실상과 본질이 드러나게 될 것이라고 한다. 삶 자체가 모두 허망한 꿈에 불과하다면 우리의 수상행식(受想行識)의 촉각으로 잡히는 것들은 무엇인가?[11] 역시 헛된 환영이라는 것이다.

그러면 삶은 어떻게 해야 하는가? 장자는 삶의 조건이 부여한 그대로 즉 하늘이 부여한 명을 받아 그 물결을 타고 흘러가는 수밖에 없다는 것이다.[12] 그것이 현상으로 드러난 것이 물화 즉 만물의 생사존멸의 천화유전이다. 현상을 통해 현상너머를 바라보기의 중심점에 존재의 현재적 삶에 파생실재(simulacres)적으로 펼쳐진 물화가 있다.

장자와 나비로 말하자면, 장자 따로 나비 따로 독립적 존재인 것 같지만 실은 본질의 표면에 있는 물질의 현상계적 현현과 명멸일 뿐이다. 세상만물은 실제로 잡히고 느껴지는 것 같아도 모두 빛의 조화에 따라 무상하게 변하는 색에 불과하므로 결국은 영속함이 없이 사라지고 다시 피어난다. 마치 꽃과 나비와 같이, 폈다 지고 또 다시 다른 것으로 피어나며, 그 피어남도 나비가 꽃을 옮겨 다니듯이 여기서 저기로 또

---

11) 色受想行識은 五蘊으로서 ≪般若心經≫에 (모든 것이 虛幻하여 空이니) "물질이 공과 다르지 않고 공이 물질과 다르지 않으며, 물질이 곧 공이요 공이 곧 물질이니, 느낌과 생각과 지어감과 의식도 그러하니라.…그러므로 공 가운데에는 물질도 없고 느낌과 생각과 지어감과 의식도 없다."(色不異空, 空不異色. 色卽是空, 空卽是色. 受想行識, 亦復如是. … 是故空中無色 無受想行識.)고 한다.

12) 이 때문에 장자 사유는 때로는 운명론적으로 비치기도 한다.

다른 곳으로 돌며 옮겨 다닐 뿐이다. 이것이 천화유전 하는 만물의 '물화'인 것이다.

표면에 물화가 흐른다면, 물화를 운행하는 이치는 무엇일까? 그 저변에는 보이지 않는 본질이 작용하고 있으며, 노장은 그것이 도, 다시 말하면 길이라고 한 것이다. 길이란 고정된 것이 아니라 존재가 만들어내는 우주적 여정이다.[13] 그런즉 현상계의 만물은 이면의 잠재계가 잠시 피워내는 꽃일 뿐이다. 현상계의 꽃은 피었다가 시들고 또 다시 피듯이 이 사물에서 저 사물로 옮겨가며 피어남, 그것이 물의 천화유전 즉 물화이다.

그러므로 호접몽 고사에서 장자와 나비 사이에 구분이 있다고 한 것은 현상계적 구분일 뿐이다. 그것은 잠재에서 비구분으로 제동하게 된다. 개체적 시야가 아니라 총체적 시야에서 보아, 이것이며 저것이기도한 것, 현상에서는 다르지만 본질에서 같은 것, 그것이 제물의 이치이다. 본질의 세계는 현상계와 동떨어져 존재하지 않는다. 제물의 눈으로보면 현상계의 존재의 자리는 또 다른 의미에서 잠재계의 자리이다. 현상계의 어느 한 자리에 대한 또 다른 독법이 바로 잠재계로 들어가는 도추가 된다. 그것이 인시(因是)이고 잠재계의 외적 실상과 현현이 물화이다.[14] 즉 잠재와 현상은 우주만물의 본질의 두 모습이며, 이 둘을 함

---

13) <제물론>, "道行之而成, 物謂之而然."(길이란 걸어 다니니까 이루어지고, 사물은 이름을 부르니까 그렇게 된다.) 한편 강신주는 이글을 인용해 "주체가 타자와 조우 소통하여 사후적으로 발생하는 것이 도"라고 했다. 그런 면에서 들뢰즈의 리좀, 즉 뿌리 이미지와 부합한다고 하며, 도란 장자가 날개 없이 나는 무매개적 소통성을 보인다고 했다. 이글에서도 인용한 날개 없이 나는 새 이야기는 <인간세>에 있다.

14) 세계 종교에서도 제상의 이면에서 작용되는 본질계와 그것의 외적 구현으로서의 현상계에 대한 은현의 관점들이 다음과 같이 드러나 있다. ≪신약성서≫ <히브리서> 11 : 1-3, "믿음은 바라는 것들의 실상이요, 보지 못하는 것들의 증거니, … 보이는 것들은 나타난 것으로 말미암아 된 것이 아니니라."; ≪般若波羅蜜多心經≫ : "모든 존재를 구

께 바라보며 둘 다 함께 안고가야 한다는 것이다. 그것이 노장 양행(兩行)의 독법이다.

그래서 호접몽에서 "허허(栩栩)"히 훨훨 날며 '유연하게 살아'있던 나비와 "거거(蘧蘧)"히 '뻣뻣하게 죽은 듯이' 누워있는 장자는, 부드러웠던 꿈과 뻣뻣한 현실이 교차하는 과정으로 보았다. 의태어로 보면 삶이 죽은 듯하고 허구가 산듯하다고 말한 셈이다.15) <대종사>에는 어머니가 죽어도 근심하지 않고 눈물도 흘리지 않은 맹손재(孟孫才)에 대한 공자와 안회의 대화를 통해 장자는 꿈과 현실, 삶과 죽음에 대하여 이렇게 설파한다.

중니가 말했다. "저 맹손재는 할 일을 다 했다. … 맹손재는 어떻게 해서 태어나는지도 모르며 어떻게 하여 죽는지도 모르고, 앞의 것을 따라야 할지도 모르며 뒤의 것을 따라야 할지도 모른다. 변화하여 다른 사물이 된다 하여도 알 길 없는 사물의 물화에 기다릴 뿐이다. 또한 막 물화함에 있어서 어찌 그 변화하기 전을 알며, 또 아직 변화하지 않았는데 어떻게 변화한 뒤를 알리요? 나와 너(안회)는 모두 꿈에서 깨어나지 못하고 있다. …

또한 지금 더불어 있는 것을 나라고 여길 뿐이니 어찌 내가 나라고 일컫는 것이 참 나인지 알겠는가? 너는 꿈에 새가 되어 하늘에 이르기도 하고 꿈에 물고기가 되어 깊은 못에 들어가기도 할 것이다. 지금 말하는 것이 깨어 있는 것인지 꿈인지 알 수가 없구나.16)

성하는 다섯 가지 요소가 모두 텅 비어있는 것을 비추어 보고, 온갖 괴로움과 재앙을 건너느니라. 사리자여. 물질이 공과 다르지 않고 공이 물질과 다르지 않으며, 물질이 곧 공이요 공이 곧 물질이니 느낌과 생각과 행동과 의식도 또한 그러하니라."(照見五蘊皆空, 度一切苦厄. 舍利子, 色不異空, 空不異色, 色卽是空, 空卽是色, 受想行識, 亦復如是.)

15) 여기서 의태어 栩栩와 蘧蘧를 써서 가공의 허환인 꿈을 부드러운 것으로, 그리고 살아 있는 현실을 오히려 죽음을 의미하는 뻣뻣한 것으로 표현한 것은 장자 특유의 역설의 글쓰기라고 할 수 있다.

16) <대종사> : "(顔回問仲尼曰 : 孟孫才, 其母死, 哭泣無涕, 中心不戚, 居喪不哀. 無是三者,

　　장자는 공자의 입을 빌려 맹손재가 모친의 죽음에 곡만 하고 울지
않은 것을 두고 예가 아니라고 비난할 것이 아니라 오히려 칭찬받아야
한다고 한다. 그 이유는 생사장 속의 존재로서의 인간은 어디서 와서
어디로 가는 것인지 모르기 때문이다. 그러므로 삶이 삶이 아니고 꿈이
꿈이 아닐 수 있다고 한다. 따라서 생과 사는 함께 맞물려 돌아가는 것
이고 그것이 좋은 것인지 나쁜 것인지도 알 수 없으며 우리는 다만 순
리에 좇을 뿐이다. 이렇게 현실이 꿈이기도 하며, 삶이 또한 죽음이기
도 장자의 생사관은 존재의 본질에 대한 인식론적 확장을 극명하게 보
여준다.

　　<대종사>의 이글은 장자 내편 전체를 이어주는 역할도 하고 있다.
이글은 <소요유>에서의 곤과 붕의 변신 비상과 <제물론> 말미의 호
접몽을 모두 꿈이라고 하는 공통의 매개로 묶어 연결시키고 있다. 꿈과
현실의 어느 하나가 맞고 다른 것이 부정되는 관계가 아니라, 이들 둘
모두에 가능성을 열어두는 인식의 확장이 꿈을 통해 설명되고 있는 것
이다. 즉 장자는 꿈을 통해 '탈-현실이면서 동시에 내-현실'로의 양면
적, 초월적 인식을 그린 것이다. 그렇다면 꿈은 현실과 가상, 물화 속에
펼쳐지는 이 세계와 저 세계 모두를 이어주는 가교이기도 하다.17)

以善處喪蓋魯國. 固有無其實而得其名者乎? 回壹怪之.) 仲尼曰 : 夫孟孫氏盡之矣, 進於知
矣, 唯簡之而不得, 夫已有所簡矣. 孟孫氏不知所以生, 不知所以死, 不知孰先, 不知孰後. 若
化爲物, 以待其所不知之化已乎! 且方將化,惡知不化哉? 方將不化,惡知已化哉? 吾特與汝,
其夢未始覺者邪! (且彼有駭形而無損心, 有旦宅而無耗精. 孟孫氏特覺, 人哭亦哭, 是自其所
以乃.) 且也相與吾之耳矣,庸詎知吾所謂吾之非吾乎? 且汝夢爲鳥而厲乎天,夢爲魚而沒於淵.
不識今之言者, 其覺者乎, 其夢者乎? (造適不及笑, 獻笑不及排, 安排而去化,乃入於廖天
一.)"

17) 이런 의미에서 장자에서 꿈은 현실과 허구, 의식과 무의식의 사이를 자유롭게 횡단하는
　　유희적 도구로서 작동한다. 이와 동시에 존재명멸의 삶이 모두 꿈과 같은 것이므로 大
　　夢에서 깨어나 大覺하여 존재의 본질에 대한 바른 인식을 해야 한다는 지양적 의미로
　　도 사용되고 있다. 즉 꿈은 깨어나야 할 대상 그 자체이기도 하지만, 꿈이라는 용어를

호접몽 바로 앞에서 장자는 다음 그림자 고사를 통해 사물이 의지하여 기대는 현상적 바탕이 실은 아무것도 아닌 환영일 수도 있다고 한다. 이 이야기를 통해 장자는 현상계를 유전하는 물화의 의미를 더욱 분명히 드러낸다.

> 옅은 그림자가 본 그림자에게 물었다. "당신은 아까는 걷더니 지금은 멈추고, 또 아까는 멈추더니 지금은 걸으니, 어째서 그렇게도 절도가 없는 건가? 그림자가 대답했다. 내가 기대는 것이 있다고? 내가 기대는 또 다른 것이 있어서 그런가? 내가 기대는 것이 뱀의 비늘이나 매미의 날개와 같은 (허망한) 것인가? 어찌 그러한 까닭을 알겠으며, 어찌 그렇지 않은 까닭을 알리요?[18]

그림자[영(景), 영(影)]와 또 그것이 만들어내는 옅은 그림자[망량(罔兩)]의 대화는 매우 암시적이다. 옅은 그림자는 그림자를 따를 수밖에 없다. 그런데 그림자는 다시 그것의 주인인 형체를 따르게 된다. 그러면 그 형체[형(形)]는 무엇인가? 그 형체는 독립적인가? 아니면 형체가 기대는 또 다른 주인이 있어서 그것을 따르는가? 장자에서는 형체가 따르는 것이 혹 허물을 벗으면 아무 쓸모가 없는 뱀 비늘이나 혹은 매미 꺼풀 같은 것은 아닐까 하고 질문을 던진다. 이러한 기대고 의지하는 단계를 화살표로 연결하면 '망량 → 영 → 형(形) → ?'의 전개 구조이다. 이 표의 끝에 있는, 형체가 기대는 이름 붙이기 어려운 그 무엇을 장자는 도쯤 된다고 한 셈이다. 즉 우리의 삶은 독자적인 것 같아도 시간 속에서 존(存)하고 공간 속에서 재(在)하는 존재의 근원을 찾아 올라가면, 공간

통하여 두 세계를 허무는 기제로도 작동된 것이다.

18) <제물론> : "罔兩問景曰 : 曩子行, 今子止. 曩子坐, 今子起., 何其無特操與? 景曰 : 吾有待而然者邪? 吾所待又有待而然者邪? 吾待蛇蚹蜩翼邪? 惡識所以然! 惡識所以不然!"

의 우(宇)와 시간의 주(宙) 속의 존재자들이 시간의 세(世)와 공간의 계(界)에서 의지하는 근원적인 무엇이 있을 것이고, 그것이 현상계의 배후에 존재하는 이치인 도라고 본 것이다. 개별적 상들은 모두 이 근원과의 관계 속에서 명멸하고 다른 형체를 입어 피어났다 지고 다시 핀다는 것이다. 이것이 호접몽에서 말한 사물의 천화유전, 즉 '물화'이며, 제물의 핵심 논지다.

그러면 물화의 물이란 무엇이며 어떤 속성을 지니는가? 장자는 모양, 형상, 소리, 빛깔을 지닌 것을 모두 물이라고 했다.[19] 이러한 물은 "길고 짧은 것도 없이 하나같이 평등하니, 한 순간도 그침 없이 말 달리듯 달려 나가고, 움직여 변화하지 않음이 없고, 시시각각 바뀌며 하고 하지 않음의 의지함이 없이 스스로 변화하여 움직인다."고 했다.[20]

또 물은 어디에 근거하는가? 장자 잡편 <즉양(則陽)> 편에서는 이렇게 말한다. "만물은 생겨남이 있으나 그 뿌리는 볼 수 없으며, 나오기는 하지만 그 문은 볼 수 없다"고 하여 만물이 분화되기 이전의 원시 근원을 알 길이 없다고 하였다.[21] 또 외편 <산목(山木)> 편에서는 "그 시와 종을 알 수 없는 만물 운행의 주관자가 누구인지 궁금한" 공자의 말을 통해,[22] 그 말할 수 없고 알지 못하는 그 무엇이 바로 현묘한 도임을 암시하였다.

물은 이것과 저것, 시와 비, 소와 대, 유와 무의 상호 의존성을 가지고 있다. 그렇다면 물의 세계는 현상계의 분봉(分封)과 유대(有待)의 속성

---

19) <達生> : "凡有貌象聲色者, 皆物也."
20) <추수> : "萬物一齊, 孰短孰長 … 物之生也, 若驟若馳, 無動而不變, 無時而不移. 何爲乎, 何不爲乎? 夫固將自化"
21) <즉양> : "萬物有乎生而莫見其根, 有乎出而莫見其門."
22) 장자 외편, <山木> : "仲尼曰 : 化其萬物而不知其禪之者, 焉知其所終? 焉知其所始? 正而待之而已耳."

을 지닌다. 그러면 그 배후의 잠재계까지 모두 포괄하는 참 도의 세계
는 무엇인가? 그것은 이것과 저것, 시와 비등의 이분적 유대를 넘어선
무봉(無封), 무대(無待), 절대(絶待)의 세계이다. 이름 할 수 없는 그것을
노장은 도라고 불렀다.

사물의 상호적 대대연기의 너머에 있는 절대(絶待)의 세계에서는 있는
그대로의 그러함인 '인시'만이 있을 뿐이다. 유대를 넘어 무대(無待)와
절대(絶待)의 관점에서 세계를 보면 그 현상계가 곧 잠재계임을 알게 된
다. "천국은 보이는 것이 아니며, 여기 있다고도 할 수 없고 저기 있다
고도 할 수 없으니, 바로 너희들 마음속에 있다"고 한 것이 아닐까?[23]
이때가 바로 산이 산이 아니었다가 다시 산으로 되는 특이점적 대각의
순간이다. 그토록 찾은 사물의 본질이란 따로 있는 것이 아니라, 눈에
보이는 현상과 보이지 않지만 현상을 만들어내는 잠재의 세계 이 둘이
모두 본질의 두 얼굴이라는 것이다.

그러므로 인식론적 전환을 통하여 현상계는 곧 잠재계이기도 함을
깨닫는 것이 중요하다. 현상의 내가 서 있는 자리의 뒷자리를 함께 보
아내는 것, 이러한 '뫼비우스 시프트(Mobius shift)'적 각성이 필자의 표현
으로는 '뫼비우스 접점'이며 '뫼비우스 포인트(Mobius point)'이다. 그래
서 결국 깨친 자는 잠재건 현상이건 있는 그대로를 받아들이는 그러함
인 '인시(因是)'와 '양행(兩行)'을 수용하게 된다. '是'의 뜻이 '그러함'이기
도 하고, 또 '옳음'이기도 한 까닭이다. 그래서 장자에서 물화에 대한
인시적 대긍정은 바로 도로 들어가는 관문이며 경첩[도추(道樞)]이 된다.

장자 사상의 핵심인 <제물론>의 이야기는 자기를 내려놓고 비워서

---

23) 신약성서 : 누가복음 17 : 20-21.

얻어지는 깨달음인 '오상아(吾喪我)'에서 시작하여 현상계적 '물화'로 동일해지면서 일단락된다. 즉 제물론의 시작과 끝은, 우주적 질서 속의 본질 인식적이며 대각적 주체의 내려놓음, 그리고 자신의 의지와 무관하게 흐르는 현상계적 사물들의 끝없는 변화로서, 수미쌍관적 의미 구조를 보여준다. 그렇다면 그 함의는 무엇일까? 그것은 주체의 자기 존재에 대한 겸손한 내려놓음[오상아]과, 우주 질서 속의 도의 시뮬라크르 (simulacre)인 파생실재로서의 현상계의 사물들이[24] 펼쳐지며 존과 재, 명과 멸을 반복해나가는 도도한 흐름인 만물유전[물화]의 장 속에서의, 주체와 세계간의 상호조응적인 한바탕의 춤에 다름 아니다. 그리고 그 이면에는 명명할 수 없고 또 알기도 어려운 잠재를 포괄하는 조물자의 도의 세계가 자리하고 있는 것이다.

제물론의 구조가 이렇게 현상과 본질의 상호 주고받음의 장 속에서 주체의 자기각성적 편입으로 해석된다면, 이번에는 시야를 장자 내편 전체로 확장하여 혼돈의 죽음을 말한 장자 내편의 말편인 <응제왕>의 결미를 음미해보자.

> 남해의 제왕은 숙(儵)이고, 북해의 제왕은 忽이며, 중앙의 제왕이 혼돈이다. 숙과 홀이 때때로 왕래하면서 혼돈의 땅에서 만났는데, 혼돈은 이들을 아주 잘 대접하였다. 숙과 홀이 혼돈의 덕에 보답할 방도를 상의하였다. "사람들이 모두 일곱 개의 구멍이 있어 보고 듣고 먹고 숨을 쉰다. 그런데 혼돈만 없으니 우리가 한번 뚫어주자"고 하였다. 하루에 하나씩 뚫으니 칠일이 되자 혼돈은 죽었다.[25]

---

24) 시뮬라크르는 '道可道, 非常道'를 말한 노자적으로는 부분적 현상으로서의 '可道'에 해당될 것이다.

25) <응제왕> : "南海之帝爲儵, 北海之帝爲忽, 中央之帝爲混沌. 儵與忽時相與遇於混沌之地, 混沌待之甚善. 儵與忽謀報混沌之德, 曰 : 人皆有七竅以視聽食息, 此獨無有, 嘗試鑿之. 日

이것은 '혼돈의 죽음'으로 잘 알려진 신화적 이야기이다. 중앙 혼돈의 후의에 대하여 남과 북의 제왕 숙과 홀은 자신들의 덕으로써 은혜를 갚기는 갚았는데, 오히려 혼돈이 죽어버렸다는 이야기이다. 재미있는 것은 중앙의 혼돈의 남과 북의 양 극단에 위치한 제왕의 이름이 모두 숙과 홀로서 공히 '빠르다'는 뜻이다. 남이나 북은 모두 이미 구분되어 치우친 곳이다. 그리고 그 주관자가 모두 빠르고 속절없다는 이름을 가진 것은 장자에 나타나는 등장인물이 지닌 명칭의 의도성에 비추어 유의미하다. 이 고사의 의미는 구역이 나누어지지 않은 중앙에 위치한 분화 이전 즉 미봉의 '원-존재'였던 혼돈이 결국 이름이 말해주듯이 잠시 분봉된 숙과 홀에 의해 본래성이 상실되었다는 점이다. 즉 혼돈의 죽음은 구분에 의한 원시 미봉의 소멸이며, 원전의 은폐이다.

이제 장자 내편의 구조를 들여다보자. 소요유에서 곤에서 붕으로 대각(大覺)을 이루기 위한 변신과 초월비상으로 시작한 내편의 전개는 시원인 혼돈의 죽음으로 끝난다. 이와 같은 구조 설정은 바로 인위적 시비판단으로의 분봉과 분별의 나뉨 속에서 온전한 도의 원전 드러내기의 그침과 은폐를 암시한다. 인위적 문명의 전개에 따른 하나로서의 원전의 죽음은 도의 은폐와 비현현을 의미하며, 성서적으로는 상상계적 에덴동산으로부터의 추방인 실낙원이다.

인간 장자는 이러한 구도를 통해 인위적이며 개체적 분별은 오히려 총체로서의 우주 또는 존재의 원전을 가리고 있다고 말한다. 때문에 장자 책 여러 곳에는 하늘이 명한 길[천명]에 대한 개체가 지닌 운명론적 수용, 절대자에 대한 다가가기 어려운 불가지적 아쉬움들이 묻어남을

鑿一竅, 七日而混沌死."

볼 수 있다. 개체로서의 각 존재는 결국 겉으로 드러나는 물화의 세계에 순응하여 밀려오는 파도를 있는 그대로 타며 '하늘의 어린아이'[천예(天倪)]와 같이 두 극단을 모두 받아들이며[화광동진] 함께 살아나갈 수밖에 없음을 말한 것이다. 여기서 장자는 해법으로서 대몽에서 깨어나지 못한 인간의 자의적 판단의 한계를 극복하기 위해 일상성을 탈피하고 자신을 해체하며 우주의 본래적 총체성에 대한 인식적 각성을 요구했으며, 이렇게 할 때 인간의 기준이 아닌 하늘의 기준에서 자연 그대로의 바라보기인 인시와 양행의 세계인식이 가능하다고 말한 것이다.

이글에서는 장자의 중심적 함의들을 '초월, 해체, 역설', 그리고 꿈을 모티프로 재구성하여 엮어보았다. 그리고 이상과 같은 이글의 독법을 통하여 우리는 장자가 말한 많은 키워드들, 즉 '천뢰, 오상아, 좌망, 심재, 분봉(分封), 대몽, 대각, 물화, 인시, 도추, 병생, 양행, 현해(縣解), 천예(天倪)' 등의 용어를 상호 연관 속에 해석할 수 있게 된다. 그러나 한편 인식의 상대성을 통해 보다 차원 높고 언명 불가능한 절대 진리에 도달하고자 한 장자의 도전적 사유와 글쓰기에 대한 이글에서의 고찰은, 장자가 자신의 삶과 말 또한 모두 한바탕의 꿈일지도 모른다고 한 그 이상으로 여전히 미완이다. 그 미완의 논거는 혹 "이루는 것은 하늘의 도이며, 이루고자 하는 것은 사람의 도"라고 한 ≪중용≫의 과정철학으로서의 인간 존재가 숙명적으로 지닌 한계 때문일지도 모른다.26)

---

26) ≪中庸≫ : "誠者天之道也, 誠之者人之道也, 誠者不勉而中, 不思而得, 從容中道聖人也, 誠之者擇善而固執之者也."

2. 장자 세계인식의 함의

이제까지 세계를 운행하는 근본 이치를 규명하고자 한 장자의 사유와 글쓰기 특징에 대하여, 장자의 꿈을 매개 삼아 초월, 해체 역설의 세 얼개를 통해 엮어 해설해 보았다. 흐름을 요약하면 장자가 우언을 상용한 까닭, 대각의 깨우침을 위한 현실로부터의 초월 비상, 자아의 해체, 그리고 방법론적 여정으로서의 역설의 글쓰기 등을 논하였다. 그리고 장자의 꿈의 분석을 통하여 존재의 표면을 흐르는 사물의 천화유전인 '물화(物化)'를 대긍정의 인시(因是)의 눈으로 볼 때 만물의 실상을 파악하는 일이 가능해지며, 이때 전면과 배면을 함께 바라보는 인시·양행의 바라보기가 곧 '뫼비우스 시프트'(Mobius shift)적 각성이라는 것을 논했다.

장자의 글쓰기는 상당히 특이하다. 착상과 흐름이 일상적이지 않고 황당하며, 밑도 끝도 없는 끊어 쓰기와 우언을 통한 비유로 점철되어 있다. 따라서 장자가 말하려는 속뜻이 잘 드러나지 않아 그의 사유를 체계적으로 종잡기가 쉽지 않다. 장자 잡편의 말편인 <천하> 편에 있는 장자 자신의 글인지 의심되는 다음 글이 그 한 예이다.

> 장주는 이 가르침을 듣고 기뻐 종잡을 수 없는 큰소리와 황당한 말과 밑도 끝도 없는 언사로 이를 말했다. 때로는 제멋대로 하면서도 한쪽에 치우치지 않고 일의 한 부분으로 스스로의 견해를 내보이지도 않는다. 천하가 침체하여 혼탁하므로 올바른 말을 할 수 없다고 여겨 응변적인 말[치언(卮言)]로써 변화에 순응하고, 옛사람의 무거운 말[중언(重言)]을 써 진실이라 믿게 했으며, 기탁하는 말[우언(寓言)]을 써서 의미를 확장하였다. 홀로 천지의 정신과 왕래하여 만물을 얕보지 않았고, 시비를 가

려 비판하지 않으며, 세속과 함께 하였다. … 이 책은 위로는 조물자와 노닐고 아래로는 사생을 잊고 시종을 없이하는 자와 벗한다. 장주는 근본에 대해서는 넓게 열어 깊고 크게 펼쳤으며, 도의 종지에 대해서는 만물과 조화하여 대도에 이르렀다.[27)]

이글은 장자가 책을 쓰게 된 과정과 방식을 말하고 있다. 말로 전달하기 어려운 황홀·적막한 진정한 도에 대한 깨침에 기쁜 장자는 이를 정언으로 표현하기 어려운 까닭에 밑도 끝도 없이 황당하고 궤변적인 말을 하며, 수법상 비유적 우언, 성인들의 중언, 임시변통의 치언의 세 가지 방식으로 글을 썼다는 것이다. 장자의 글쓰기적 특징과 전략이 드러나는 부분이다.

이상의 내용을 요약하면 다음과 같다. 먼저 장자 글쓰기가 우언의 글쓰기로 나아간 이유를 생각해보았다. 이에는 우주자연의 궁극적 이치 규명과 언어의 문제가 개입되어 있다. 주역 이래 동아시아 고대 사유에는 언어가 실체를 다 담지 못한다는 회의적 시각이 존재했다. 특히 노자와 장자는 언어의 본질을 더 잘 꿰뚫어보고 있었기에 참된 도는 언어로 전달하는 게 불가능하다고 했다. 그렇다고 해서 언어를 버리고 소통할 수는 없으므로 언어의 불명료성과 왜곡의 한계를 깨닫고 간접적 여백의 글쓰기 방식을 사용했다. 이는 바로 노자가 함축성 강한 시로, 장자가 비유성 강한 우언으로 이야기를 풀어나간 까닭이다. 특히 장자는

---

27) ≪莊子·雜篇≫, <天下>, "(芴漠無形, 變化無常, 死與生與, 天地並與, 神明往與! 芒乎何之, 忽乎何適, 萬物畢羅, 莫足以歸, 古之道術有在於是者.) 莊周聞其風而悅之. 以謬悠之説, 荒唐之言, 無端崖之辭, 時恣縱而不儻, 不以觭見之也. 以天下爲沈濁, 不可與莊語, 以卮言爲曼衍, 以重言爲眞, 以寓言爲廣. 獨與天地精神往來而不敖倪於萬物, 不譴是非, 以與世俗處. 其書(雖瑰瑋而連抃無傷也. 其辭雖參差而諔詭可觀. 彼其充實不可以已,) 上與造物者遊, 而下與外死生無終始者爲友. 其於本也, 弘大而辟, 深閎而肆, 其於宗也, 可謂稠適而上遂矣."

자신이 '지극한 괴이함[弔詭적궤]'이라고 평가할 정도로 허구적 우언으로 논지 전개를 비틀어가며 특이한 상상의 여정을 보여주었는데, 이 점이 장자 글쓰기의 독자성이다.

　장자가 역설의 글쓰기를 선호한 것은 장자 사유의 탈일상적 초월지향성과 관계가 깊다. 일상에서 하늘로 비상하여 세상을 조망하면 존재계의 큰 마당이 전체로서 들어오게 되고, 그럴 때 비로소 나누고 구별하는 분화적 세계의 본질 은폐성이 드러나는데, 이 점을 극복해야 '원-세계'가 훼손 없이 '큰 하나'로 보이게 된다는 것이다.[28] 또 장자는 꿈에 대한 몇몇 고사를 통해 우리의 삶 자체가 한바탕의 꿈이고, 조각으로 분리된 작은 세계의 큰 복원을 위해서는 성심(成心)으로 굳어진 자아와 세계의 인식론적 해체인 현해(縣解)가 필요하다고 하며, 이러한 물적 현상계에 대한 초월적 시야를 통해 사물을 있는 그대로 보는 인시(因是)가 가능해진다고 했다.[29]

　장자는 인식의 각성을 위해서는 마음의 자유여행인 탈일상의 초월 비상이 필요하며, 이로부터 물아일체적인 주체의 해체가 가능하다고 말했다. 그것이 오상아(吾喪我)와 좌망(坐忘) 및 심재(心齋)이다. 이러한 자신의 놓음으로부터 대대법적 연기의 이분법적 세계인식 너머에서 아무

---

28) <제물론> : "故爲是擧莛與楹, 厲與西施, 恢恑憰怪, 道通爲一. 其分也, 成也., 其成也, 毁也. 凡物無成與毁, 復通爲一."
29) 초월과 관련하여 강신주는 김진석의 匍越론을 받아들여 현실에서 수직적으로 올라가 소외를 일으키는 초월이 아니라 수평적으로 가로질러 疎內에서 함께 안고 가는 포월을 주장하였다. 이러한 포월론은 하이데거 식의 '세계-내-존재'로서의 의미 함축력은 있으나, 초월의 의미를 협의화하고 주체의 무게가 장자의 의도와 달리 무겁게 느껴진다. 한편 필자는 장자가 초월 비상과 해체적 깨달음을 통해 주체와 사물의 芻狗적 無情性 속에서의 因是 兩行이 가능함을 말하였고, 이같은 뫼비우스 포인트와 같은 인식의 대각성을 통하여 주체와 물화 즉 본질과 현상계간의 메타적 소통 융합이 가능하게 될 것이라고 보았다. 김진석의 포월론은 ≪초월에서 포월로≫(솔, 1994, 제7장), 강신주의 포월론은 ≪장자, 차이를 횡단하는 즐거운 모험≫(그린비, 2007, 제8장).

것에도 기대지 않음인 무대(無待) 또는 절대(絶待)에 이를 수 있게 된다고
했는데, 이러한 절연의 논리는 물질계적 논리변증법이나 정신계적 불교
연기설과도 다른 장자 특유의 세계인식이다.

　　장자는 최고의 도를 깨친 지인, 신인, 성인의 경지에 들게 되면, 자기
를 완전히 내려놓고[오상아] 나중에는 생과 사도 잊고 '지상의 소리'[지
뢰]가 아닌 '하늘의 소리'[천뢰]를 들을 수 있다고 하였다. 만물이 다 저
마다의 소리를 내지만 그 궁극은 오케스트라처럼 전체가 어울려 내는
소리이기도 하다. 이렇게 총체로서 보게 되면 이것과 저것 등 만상의
차이가 본질적으로는 하나인, 총체와 비편향의 물화의 세계임을 알게
되는데, 이것이 인시의 대긍정이다. 다시 말하면 현상과 본질이라고 하
는 별개의 두 세계는 실은 둘이 아니라 하나이고, 이 둘은 도(道)로 들
어가는 관문인 '물화(物化)'에 대한 '인시적 깨달음'으로 연결된다. 즉
장자에 있어서 별개인 양극단의 세계는 이분의 나누기를 그치고 인시
의 눈으로 '물화'를 볼 때, 본질적 같은 것의 다른 상인 천화유전의 병
생·양행으로 읽혀지면서 만물이 제동하게 된다. 이것이 제물(齊物)의
뜻이며 나를 잊고 만물의 변화를 인시로 보므로 도의 관문으로 들어가
는 지도리 즉 도추(道樞)가 되는 것이다.

　　장자 사유의 핵심은 다음 글인 호접몽에 드러난 물화론에 잘 나타난
다. 그것은 삶의 표면에 흐르는 수많은 현상들은 결국 잠재계의 현상적
구현인 외피적 사물의 변화유전에 다름 아니라는 것이다. 그리고 이를
인식하는 사람 또한 꿈과 같은 현상계적 주관 인식에서 깨어나, 눈에
보이지 않는 또 다른 세계에 대한 시야를 열어야 한다고 주장한다. 우
주적인 관점에서 볼 때, 현상은 단순한 현상에 그치지 않고 바로 잠재
된 또 다른 세계의 현상적 구현이기 때문이다. 그러면 외양상 같지 않

은 사물들은 현상과 잠재의 다름이 아니라, 본질에서의 같음으로 읽혀질 수 있고 이때 제물, 즉 만물의 제동이 가능해진다.

현상계를 흐르는 각종 물상은 대각적 긍정인 인시(因是)의 눈으로 보면 그것이 잠재계에 다름 아니다. 이러한 장자의 논리는 다음과 같이 해석 가능하다. 만물제동의 인식론적 대각성인 인시의 독법으로 읽을 때 현상계적 존재가 자리한 바로 그 뒷자리가 다름 아닌 본질계의 자리이며 이때 인식론적 각성은 도로 들어가는 관문으로서, 이는 바로 두 세계에 연결되는 뫼비우스 포인트(Mobius point)이다. 이러한 뫼비우스 접점을 통하여 진리를 향한 시프트가 가능해지면서, 현상계가 곧 잠재계로 읽혀지고, 이는 청원선사(靑原禪師)의 '산수론'으로 말하자면 눈에 보이는 현상의 산수(山水)가 부정되었다가, 다시 장자적 물화에 대한 대긍정을 통해 산수로 귀결되는 논리와 같다.

우주자연의 물화와 그 긍정적 각성인 인시를 좀 더 다른 각도에서 생각해보자. 현대물리학에서 세계는 물질(matter)과 사건(event)으로 이루어져 있다. 서구에서 20세기 초 상대성이론 이전까지는 물질 따로 사건 따로인 절대 시공간의 뉴턴적 기계론이 지배했다. 그러나 아이슈타인 이후 물질과 사건과 세계는 $E=mc^2$이라고 하는 하나의 함수로 묶이게 되었다. 상대성이론은 우주에 존재하는 유일한 것은 물질이 아니라 사건이며, 물질은 4차원 시공에서의 사건의 명멸로 보고 있다.[30]

이것으로 중국의 사유를 다시 보자. 중국에서 괘의 효사가 시간과 함께 일어나는 주역은 사건의 철학이다. 그렇다면 장자에서 말하고 있는 명멸하는 물화는 무엇인가? 이는 주역에서는 중시되지 않았던 물질의

---

30) 박문호, ≪뇌, 생각의 출현≫, p.46.

사건으로의 편입이라고 할 수 있을 것이다. 그런 의미에서 주역 이래 노장이 보여주는 사유의 깊이는 현대 과학의 진전과 함께 얼마든지 새롭게 읽혀질 가능성을 충분히 보여주고 있다.

이제까지 도의 의미와 '현상-본질'의 상호 소통성에 대하여 '장자의 꿈'을 모티프로 삼아 고찰하였다. 장자는 사물은 본질과 동떨어진 별개의 사물들이 아니며, 그것들이 천류물화하는 이면에는 현상계를 관통하는 본질적 원리가 있다고 생각했다. 그리고 이 둘은 물화에 대한 현해(懸解)적 대긍정 즉 초월 해체를 통한 대각성의 우주적 관점에서 보면, 그것이 둘이 아니라 하나임을 알 수 있다는 것이다. 이것이 '장자의 꿈'이 내장한 세계관적 비밀이다.

장자는 당대인의 사회문화적 인식에서 벗어나 존재의 근원을 향해 지속적인 질문과 답을 찾아 체계적이고 수준 높은 사유체계를 구축한 탁월한 철학자이다. 장자의 세계 근원에 대한 탐구의 폭과 깊이는 도가의 창시자 노자와 함께 상당히 심오하다. 장자의 우주만물과 생사의 근원적 문제에 대한 깊은 성찰과 창의적 상상으로 가득 찬 우언들은 2,400년이 지난 오늘에도 여전히 놀라운 영감과 깨달음을 우리에게 안겨준다. 이런 의미에서 장자는 노자와 함께 경세론적이며 효용론적인 여타 제자백가의 담론을 넘어, 종교철학의 근원사유를 탐색 확장하고, 도교와 신선술, 불교, 그리고 현학은 물론 각종 문화예술 심미에 광범한 영향을 미친 세계사적 사상가이자 종교철학자로 손색이 없다.

08 양가적 세계인식, 노자

1. 노자 글쓰기와 사유 지향

시공간의 복합어인 세계(世·界)와 우주(宇·宙)는 다양한 가치가 혼류하는 존재(存·在)의 생멸의 장이다. 그 장위에 잠시 존재하는 우리는 그것이 어디에서 와서 어디로 가는지 알지 못하는 중에 역시 흘러갈 뿐이다. 고대 중국의 노자와 장자는 서로 유사한 방식으로 세상을 바라보고, 그 혼류 속에서 영속하는 진리 체계를 설명하고자 노력한 도가 계열의 사람들이다. 이 중 노자에 관한 시각은 여러 가지가 존재하지만 크게 보아 세계 구성의 이치를 규명한 도론과 그것의 현실 적용인 현실적 제안인 덕론의 두 가지 편제로 되어 있다.

이들 중 필자는 먼저 세계 구성의 원리 규명이 자리한 후에 현실 효용의 덕론이 설 수 있다고 생각에서, 이글은 도론과 덕론을 모두 다루지만, 접근 관점은 정치 관점보다는 본체론적이며 존재론적인 부분에

논점을 맞추어 고찰할 것이다.[1] 특히 먼저 작성한 장자의 세계관 이해에 이어, 이글은 노자 도덕경 속의 상반된 의미를 지닌 기호적 개념들이 어떻게 이분법적 구조를 넘어 진리 추구를 향한 새로운 지평을 열어가는지에 대한 글쓰기 전략 고찰 및 노자 사유의 구성방식과 세계관의 특징을 분석하고자 한다.[2]

노자

이글은 노자 텍스트에 보이는 이항 대립적인 기호 표상의 세계 설정과 언술방식, 그리고 그것을 넘어서고자 한 노자 특유의 사유 체계와 특징에 대해 주로 해체(deconstruction) 관점을 중심으로 고찰할 것이다. 그 토대에는 하이데거와 한국 전통 사유를 연결한 김형효 교수가 자신의 저서 ≪사유하는 도덕경≫을 직설한 2011년 인사동 수도약국 4층의 '노자독회'가 도움이 되었다. 위의 세 가지 주안점을 지닌 본 연구를 통하여 노자 사유의 핵심 개념들이 어떤 방식으로 해석 가능한 것인지를 사변적 종교철학적으로 재해석해본다. 이글을 통해 동아시아 근원사유로 자리매김하고 불교와 동아시아 문예사

---

1) 馬王堆의 帛書 노자는 왕필 통행본과 달리 德經부터 시작한다. 또 郭店 초간과 帛書 노자, 그리고 통행본인 왕필본 노자를 비교 고찰한 김충렬에 의하면 곽점초간 노자에는 통행본과 같은 정치성과 현학적 내용이 덜하다고 비교하였다. 필자는 통행본에 의거하되 정치론보다는 주로 존재론적 관점에서 이글을 구성하였다.

2) 필자의 노장에 관한 작성 순서는 장자, 노자, 그리고 노장의 순으로 작성하였다. 장자 편에서는 장자의 중심 사유와 글쓰기를 '본질-현상'의 이원적 세계의 통합이라고 하는 관점에서 장자의 꿈, 즉 호접몽을 매개로 분석했다. 향후로는 위진현학과 문학예술 심미사유에 대해서도 연계 고찰하고자 한다. 이러한 과정은 중국 사유의 큰 축을 이루는 도가 사유의 이해는 물론, 진리에 대한 동아시아적 접근 방식의 이해, 나아가 회화심미에 큰 영향을 준 동아시아 문화예술심미 이해를 위한 토대적 시야의 확보를 위한 초석이기도 하다.

유에 큰 영향을 미친 노장 사상의 존재론적 세계관 이해에 다가가기를
기대한다.

노자 관련 주해서는 이제까지 동서양을 막론하고 수백 종이 나왔다.
더욱이 근년에 새로운 형태의 노자 텍스트인 백서본(1973)과 죽간본
(1993)이 발견됨으로써, 완정한 연구를 위해서는 이들에 대한 주밀한 고
찰이 필요한 실정이다. 그러나 이글은 편폭과 주안점 상의 문제로 해
석상의 예민한 경우가 아니면, 비록 왕필의 견해에 모두 동의하는 것은
아니나, 일단 통행본인 왕필본을 중심으로 노자 사유의 기본형 분석에
임하고자 한다. 따라서 노자의 인물3)과 판본4) 문제는 그 유의미함에도
불구하고 직접적으로 거론하지는 않는다.5) 노자 관련 서적은 우리나라

---

3) ≪史記・韓非列傳≫에 의하면 노자는 초나라 苦縣 사람으로서, 이름이 李耳이고, 자가
　聃(담)이다. 주나라 도서관을 지키던 관리였으며, 공자는 주나라에 가서 노자에게 예를
　물었다고 한다. 그러나 이에 대한 의문이 많아 노자의 생애는 여전히 불분명하다.

4) ≪노자≫의 판본은 상당히 다양하나, 동한 시기의 河上公本과 위진 시기 王弼의 왕필본
　이 주요 통행본이다. 통행본 노자에서 제1장에서 제37장까지는 道經, 그리고 제38장부터
　제81장까지는 德經에 해당된다. 그런데 1973년 중국 호남성 長沙 馬王堆 漢墓에서 帛書
　갑본과 을본 두 종류의 ≪老子≫가 발굴되었는데, 이들은 B.C. 200년 전후에 각각 篆書
　와 隷書로 지어졌으며 앞의 두 본 보다 오래되었고, 기존의 ≪도덕경≫과 달리 덕경이
　도경보다 먼저 나오는 점에서 학계에 충격을 주었다. 또한 1993년 호북성 荊門市의 郭店
　1호 楚나라 묘에서 통행본 노자의 5분의 2 정도인 2천여 자의 竹簡 ≪노자≫가 출토되
　었는데, 이 역시 전국시대의 판본으로서 역사가 기존보다 앞서며 편차와 내용도 차이가
　있어 향후 노자 연구에 중요한 영향을 미칠 것이다. 김충렬 교수는 초간 노자와 백서 노
　자, 그리고 통행본 왕필의 노자에 대해 깊이 있는 비교 분석 자료를 보고하였다.(≪김충
　열 교수의 노자강의≫ : 예문서원, 2011) 우리나라에서도 朴世堂(1629-1703)의 ≪도덕경
　주해≫와 ≪男華經註解≫를 필두로 徐命膺(1716-1787)의 ≪道德指歸≫, 李匡呂(1720-
　1783)의 ≪談老後序≫, 洪奭周(1774-1816)의 ≪訂老≫ 등이 성리학적 관점에서 본 노자
　연구서이다. 서구에서의 노자 연구는 매우 뜨거워 약 60종이 번역 출간되었다. 그 열기
　는 아마도 동서문명사적 참조의 필요 때문이 아닌가 싶다(노자의 판본과 주석 개요는
　≪노자≫(김홍경, 들녘, 2003, pp.10-65), ≪노자역주≫(김경수 역주, 도서출판문사철,
　2010, pp.6-7), ≪왕필의 노자주≫(임채우 역, 한길사, 2005, pp.23-26) 참조.

5) 우리나라에서 나온 판본 비교 해독서로는 임헌규의 ≪노자 도덕경 해설-왕필본, 백서본,
　죽간본의 비교 분석≫(철학과 현실사, 2005)이 백서본 영역도 수록하며 성실하게 제공하
　였다. 임헌규 책의 영역 참고는 R.C. Henricks, Lao-Tzu Te-Tao Ching, Rider, 1989. 한

에서도 조선조 이래 상당한 책이 출간되었는데, 주석을 통해 50여 종의
책을 소개하여 향후 연구의 자료로 제시한다.6)

편 오강남의 ≪도덕경≫은 동서양 주석을 두루 참고하여 상식적이고 간명하게 해석하여
대중성이 있으며, 책 뒤에 자신의 영어 해석을 달았다.

6) 한국의 노자 관련 서적은 주해서, 해설서, 그리고 다양한 관점의 이론서와 번역서로 구
분할 수 있으며, 이글에서는 관련서 51종을 자료로 소개한다. ≪노자 도덕경 해설-왕필
본, 백서본, 죽간본의 비교 분석≫(임헌규 저, 철학과 현실사, 2005), ≪사유하는 도덕경≫
(김형효 저, 소나무, 2011), ≪老莊사상의 해체적 독법≫(김형효 저, 청계, 1999), ≪왕필
의 노자주≫(王弼 저, 임채우 역, 한길사, 2012), ≪도덕경≫(오강남, 현암사, 1995), ≪주
역으로 보는 도덕경≫(김석진·신성수공 저, 대학서림, 2011), ≪非의 시학 : 노자와 서
양사상≫(이경재, 다산글방, 2000), ≪알랭바디우와 철학의 새로운 시작 : 존재와 사건과
도덕경의 지평융합을 위한 한 시도≫ 1,2, 김상일, 새물결, 2008), ≪김충열 교수의 노자
강의≫(김충열 저, 예문서원, 2011), ≪진고응이 풀이한 노자≫(陳鼓應 저, 최재목·박종
연 역, 영남대학교출판부, 2008.6), ≪노자강의≫(기세춘 저, 바이북스, 2013.3), ≪감산
의 老子 풀이≫(憨山 저, 오진탁 역, 서광사, 2011.7), ≪모종삼 교수의 노자철학 강의≫
(毛宗三 저, 임수무 역, 서광사, 2011), ≪임계유의 노자≫(任繼愈 저, 금장태·안유경 역,
제이앤씨, 2009), ≪노자에서 데리다까지≫(한국도가철학회 엮음, 예문서원, 2001), ≪노
자≫(김홍경, 들녘, 2003 : 帛書 甲本 저본), ≪노자 생명사상의 현대적 담론≫(김경수,
문사철, 2010), ≪불교의 주역·노장 해석 : 지욱의 주역선해와 감산의 노장선해≫(금장
태, 서울대학교출판문화원, 2007), ≪노자와 다석-다석사상으로 다시 읽는 도덕경≫(류
영모 번역, 박영호 풀이, 교양인, 2013), ≪현대중국의 도가연구 현황과 전망≫(김갑수
저, 문사철, 2010), ≪이강수 읽기를 통해 본 노장철학연구의 현주소≫(이광세 외 저, 예
문서원, 2005), ≪노자와 도가사상≫(김학주 저, 明文堂, 2007), ≪박세당의 노자≫(박
세당 저, 김학목 역, 예문서원, 1999), ≪도덕지귀≫(조선 서명응 저, 조민환·장원목·
김경수 역, 예문서원, 2003.5), ≪초원담노≫(조선 이충익 저, 김윤경 역, 예문서원,
2013.4), ≪중국고대사상의 세계≫(벤자민 슈워츠 저, 나성 역, 살림, 2009.10), ≪노자를
이렇게 읽었다≫(송항룡 저, 사람의무늬, 2012), ≪하늘의 길과 사람의 길≫(정석도 저,
아카넷, 2009.5), ≪노자와 性≫(蕭兵 저, 노승현 역, 문학동네, 2000), ≪노자≫(박은희 역
해, 고려원, 1994), ≪노자론≫(신동준 저, 인간사랑, 2007.2), ≪노장철학과 니체의 니힐
리즘≫(양승권, 문사철, 2013), ≪노자와 들뢰즈의 노마돌로지≫(장시기, 당대, 2005),
≪현, 노장의 커뮤니케이션≫(김정탁 저, 커뮤니케이션북스, 2010.5), ≪노자·장자≫(장
기근·이석호 역, 三省出版社, 1986.5), ≪진리는 말하여질 수 없다≫(차경남 저, 글라이
더, 2012.12), ≪노자철학≫(劉笑敢 저, 청계, 2000.11), ≪노자≫(이기동 역, 동인서원,
2007.3), ≪생성의 도와 선≫(심재원 저, 정우서적, 2012.11), ≪도덕경과 선≫(김가원
저, 운주사, 2013.8), ≪노자와 융≫(이부영 저, 한길사, 2012.8), ≪노자와 장자≫(이강수
저, 도서출판 길, 2009.8), ≪노자역주≫(김경수 역, 문사철, 2010.9), ≪노자강의≫(야오
간밍姚淦銘 저, 손성하 역, 김영사, 2010.7), ≪한국유학의 『노자』 이해≫(금장태 저, 서
울대학교출판문화원, 2013.7), ≪노자와 신화≫(葉舒憲 저, 노승현 역, 문학동네, 2003),

　그러면 ≪노자≫ 또는 ≪도덕경≫ 혹은 ≪덕도경≫이라고도 불리는 이 책은 무엇에 대해 언급하기에 이렇듯 동서양을 막론하고 중국 정통이라 할 수 있는 유가서보다 더 많은 관심을 받는가? 노자 텍스트는 한 마디로 세상을 구성하는 혹은 추동하는 도와 덕에 대한 언어적 해설서라고 할 수 있다.[7] 좀 더 풀자면 세상을 운행하는 이치와 그 기능에 관한 책인 셈이다.

　여기서 도란 무엇인가? 그것은 현대의 말로 하자면 진리, 또는 세계를 구성하는 이치라고 할 수 있다. 그렇다면 노자 도덕경이란 책은 한 마디로 동서고금의 각종 종교와 철학이 추구한 궁극적인 그 무엇에 관한 해설서이다. 그러면 노자는 궁극의 그 무엇을 어떻게 바라보고 어떻게 설명하고자 했는가? 그 무엇은 과연 명료하게 설명되며 느껴질 수 있는 것인가? 이것이 바로 필자가 이글에서 시도하려는 일이다.

　그런데 앞에서와 같이 노자 텍스트가 '도와 덕에 관한 언어적 해설'이라고 한다면, 이러한 규정 자체가 이미 노자로서는 '어불성설'이다. 왜냐하면 앞으로 보겠지만 노자는 제1장에서 말로 표현한 것은 항구하지 않다고 했는데, 그 이유는 진리란 항구성을 지닌 그 무엇이라고 생각되는데, 언어가 이를 제한하기 때문이다. 그러나 언어 이외에 달리 무엇으로 표현할 것인가? 그래서 노자의 담론은 중국 고대 사유에서 종

　≪不二사상으로 읽는 노자≫(이찬훈 저, 예문서원, 2006.2), ≪노자≫(김원중 역, 글항아리, 2013.8), ≪노자-생명의 철학≫(王邦雄 저, 천병돈 역, 작은이야기, 2007.2), ≪노자와 황로학≫(이석명 저, 소와당, 2010.5). 이밖에 왕필의 노자해석을 필요에 따라 주석과 함께 설명한 번역서로서 ≪위진현학사≫상하(許抗生, 李中華, 陳戰國, 那薇 저, 김백희 역, 세창출판사, 2013)가 번역되었다.

7)　여기서 필자가 '언어적'이란 군더더기 말을 쓴 이유는, 언어에 대한 불신을 보여준 노자 역시 도와 덕 등에 대하여 진리 도경을 향한 방법론적 차선인 언어로써 설명할 수밖에 없었다는 의미를 지닌다.

종 운위되듯이 '언어를 빌리되 언어를 넘어서야 하는'[8) 자기모순이 내재되어 있다. 이 점이 바로 노자 텍스트의 언술방식을 규정하는 나침반이며, 동시에 노자 텍스트가 난독인 이유이기도 하다.

그러면 그 해법은 무엇인가? 모순은 모순으로 넘어야 한다. 때문에 노자는 순리적 정언을 선호하지 않는다. 언어 자체가 지닌 실체 지시성의 난점으로 인해, 그것만으로는 지향점에 도달할 수 없기 때문이다. 그래서 다른 방식을 사용하는데, 그것이 "반언(反言)"이다.[9) 노자 78장에서는 "바른 말은 반대로 말하는 듯하다[정언약반(正言若反)]"고 했는데, 여기서 반언(反言)은 역설과 같은 것이다. 직설적 정언으로써는 이를 데 없는 그 무엇을 향한, 노자 담론이 지향할 수밖에 없었던 반언과 역설의 존재 이유이다. 이는 바로 노자 글쓰기 방식의 전형적 표상이기도 한데, 이글에서는 그 과정과 의미를 고찰한다.

노자 글쓰기와 세계관 이해의 방식 및 그 토대에 대해 고찰한 이글의 핵심적 내용은 다음 세 가지로 구성된다. 첫째[제2장]는 언어로는 규정할 수 없는 진리 세계에 대한 글쓰기 방식의 특징에 대해서이다. 여기에는 은유의 시적 담론, 부정성의 사유를 통한 역설의 글쓰기, 그리고 이분법적 기호 체계와 그 초월 지향성을 논한다. 둘째[제3장]는 노자

---

8) ≪老子≫ 56장 : "知者不言, 言者不知.", ≪莊子·雜篇≫ <外物> : "筌者所以在魚, 得魚而忘筌, 蹄者所以在兎, 得兎而忘蹄. 言者所以在意, 得意而忘言. 吾安得夫忘言之人而與之言哉!"

9) ≪노자≫에서는 우주자연의 자기 추동성을 거스르는 작위적 설정들이 결국 삶의 존재적 본질을 해치는 것이라며 경계하였다. 언어, 학문, 지혜, 영예, 인의 등이 모두 그러한 것들이라고 보았다. 81장 : "信言不美, 美言不信, 善者不辯, 辯者不善.", 38장 : "上德不德, 是以有德, 下德不失德, 是以無德, 上德無爲而無以爲, 下德爲之而有以爲.", 18장 : "大道廢, 有仁義. 慧智出, 有大僞. 六親不和, 有孝慈. 國家昏亂, 有忠臣." 39장 : "故致數輿無輿, 不欲琭琭如玉, 珞珞如石."(그러므로 영예를 자주 추구함은 오히려 영예를 없이 하는 일이 된다. 옥처럼 영롱할 것이 아니라 돌처럼 질박하라.) 22장 : "曲則全, 枉則直.", 48장 : "爲學日益, 爲道日損, 損之又損, 以至於無爲, 無爲而無不爲."

기호체계의 상호텍스트성과 그것과 관련된 세계에 대한 양가적 독법론
이다. 이에는 도의 본질과 언어표상의 문제, 유무 기호 계열의 상호성,
그리고 내재이면서 초월적인 양가적 모순 공존의 사유를 고찰한다. 그
리고 셋째[제4장]는 이들의 사유 토대로서의 인학을 넘어서는 물학적 세
계인식이다. 장자 제물론으로 이어지는 노자의 물학 사유는 만유의 존
재적 비차별성에 기초해서 유가와는 다른 동아시아 자연사유의 또 다
른 큰 축을 이루어냈다는 점에서 훌륭하다. 그리고 제4장 끝 부분에서
는 노자 사유에 대한 융복합적 이해의 일환으로서 필자의 지적 지향을
살려 노자사유의 핵심인 무를, 숫자 영(0)이 지닌 0과 무한의 양자역학
의 양가적 관점과 연결 설명했다.

이와 함께 이글에서는 노자와 함께 필자의 직전 선행 연구인 장자
사유와의 상호 비교적 연결도 간간이 언급할 것이다. 노자 사유에 대하
여 이분법을 넘어서는 기호 체계의 '상호텍스트성, 양가성, 비차별적 물
학 사유'를 중심에 놓고 존재론적으로 고찰할 본 연구를 통하여 진리
세계에 대한 독자적 세계관 구축을 해나간 노장 사유의 특징과 그 동서
문명사적 의미를 현대적으로 새롭게 길어보는 기회가 되길 희망한다.

2. 부정, 역설, 초월의 글쓰기

본장에서는 노자 텍스트가 지니는 글쓰기 또는 언술방식 상의 특징
을 고찰한다. 노자 글쓰기의 특징은 다음과 같다. 그것은 ① 은유의 시
적 담론, ② '정언약반'의 부정과 역설의 글쓰기, ③ 이분법적 기호표상
과 그 초월지향성, ④ 사이의 철학을 통한 '내재-초월'의 양가(兩價) 포

일의 세계관이다. 본장에서는 노자에 보이는 형식적이며 수사학적 특징인 이 세 가지를 중심으로 생각해본다. 네 번째 사항은 노자 사유방식의 핵심 내용이므로 다음 장에서 상론한다.

(1) 은유의 시적 담론

서구 언어학은 데리다와 라캉 등 해체주의자들을 통해 언어 자체가 지닌 불명료성과 의미의 차연성으로 언어는 사물의 본질을 다 드러내지 못한다는 결론에 이르렀다. 그런데 중국에서는 이미 ≪주역·계사전≫에서 "글은 말을 다 드러낼 수 없고, 말은 생각을 다 표현할 수 없다. …성인은 象을 세워 뜻을 다 표현해 낸다."라며 '입상이진의(立象而盡意)'를 표방하며 언어의 불완전성과 기호의 필요성을 말했고,10) 장자역시 '득어망전(得魚忘筌), 득의망언(得意忘言)'을 내세워 말이란 뜻을 전달하면 놓아야 한다며 의미에 대한 언어의 과정적·도구적 속성을 주장했다.11) 장자는 또 "언어로 논할 수 있는 것은 사물의 거친 것이요, 마음으로 알 수 있는 것은 사물의 정밀함이다. 말로 논할 수 없고 뜻으로도 이를 수 없는 것은 정밀하거나 거칠다고 하는 대소의 비교를 넘어서 있다."고 하여,12) 진리의 세계는 언어 밖의 그 무엇이라는 의미를

---

10) "(공자는) 글은 말을 다할 수 없고, 말은 뜻을 다할 수 없다. …성인은 象을 세워 뜻을 다 표현해 낸다." ≪周易·繫辭上≫ : 子曰, "書不盡言, 言不盡意." 然則聖人之意, 其不可見乎? 子曰, "聖人立象以盡意, 設卦以盡情僞, 繫辭焉以盡其言, 變而通之以盡利, 鼓之舞之以盡神."

11) ≪莊子·外物≫ : "통발은 물고기를 잡는데 쓰인다. 고기를 잡으면 통발을 잊어야 한다. 올무는 토끼를 잡는데 쓰인다. 토끼를 얻었으면 덫을 잊어야 한다. 말의 의의는 뜻을 전달하는 데 있다. 뜻을 얻었으면 말을 잊어야 한다."("筌者所以在魚, 得魚而忘筌, 蹄者所以在兎, 得兎而忘蹄, 言者所以在意, 得意而忘言. 吾安得夫忘言之人而與之言哉!")

12) ≪莊子·秋水≫, "夫精粗者, 期於有形者也,. 无形者, 數之所不能分也,. 不可圍者, 數之所不

드러낸다. 이러한 생각은 인도에서 건너와 중국에서 뿌리를 내린 선학역시 같으므로, 결국 언어에 대한 불신은 동아시아 언어관의 한 전형이라 하겠다.[13)

이글에서 다룰 노자의 경우는 어떠한가? 노자 사상의 중심이 담긴 도덕경 제1장에서는 "도를 도라고 할 때[가도(可道)] 그것은 이미 '항상 그러한 도'[항도(恒道), 상도(常道)]가 아니다."라고 하여, '현재화 된 도' 또는 '언어가 개재된 도'는,[14) 이미 항구 보편의 도가 아니며 특수성의영역으로 자리바꿈하게 됨을 말하고 있다.[15) 그러면 서양에서 수천 년에 걸쳐 얻은 연구 결과를 중국에서는 어떻게 하여 이렇듯 일찍이 얻어낼 수 있었을까? 필자는 이러한 특징은 그리고 중국 특유의 언어적 환경과도 관련이 있다고 생각한다. 그리고 그 중심에는 사물에 대한 시각표상을 특징으로 하는 표의문자인 한자가 놓여 있다. 이 부분은 곧 재론한다.

고대 중국에서 직설 언어의 불완전성을 넘어서기 위한 노력이 주역

能窮也..可以言論者，物之粗也,.可以意致者，物之精也,.言之所不能論，意之所不能致者，不期精粗焉.

13) 주역, 노자, 장자 등 고대 중국사유에 보이는 언어관은 필자의 ≪중국시의 문예심미적 지형≫(글누림, 2014) : <중국시의 세계문학적 지형> 중 '언어의 뗏목으로 강 건너 기'(pp.46-50)를 참고.

14) 전자인 '현재화 된 도'는 필자의 해석이며, 후자인 '언어가 개재된 도'는 일반적 해석이다. 이에 대해서는 제3장에서 다시 상론한다.

15) 노자 제1장의 구문과 내용에 대한 분석은 노자 도덕경 전체에서 지니는 의미가 매우 큰 관계로 뒤에 별도로 논한다. 백서본에서는 '恒'으로 되어 있는데, 이것이 뒤에 왕필본에서 '常'으로 모두 바뀌었다. 이는 한 문제 劉恒의 이름을 피휘한 까닭이다. 그러므로 常이 恒의 避諱字라면 노자에서의 본의는 恒으로 생각하고 해석해야 할 것이다. 노자에 나타난 '常'의 해석은 제16장(復命日常, 知常日明), 28장(常德), 32장(道常), 33장(知, 常), 46장(常足), 51장(夫莫之命而常自然), 55장(知和日常, 知常日明)에 나타나는데, 대체로 '비차별적 우주자연의 도의 늘 그러함 또는 불변성'을 뜻한다.(관련 내용 : 임헌규, ≪노자 도덕경 해설-왕필본, 백서본, 죽간본의 비교 분석≫, p.24)

에서는 음양의 기호로, 그리고 장자에서는 환유적인 우언고사로 나타났다. 그러면 노자에서는 어떠한 방식을 택했는가? 글쓰기 면에서 노자가 선택한 방식은 은유의 시적 언술 방식이다. 필자가 본 노자 도덕경의 시적 형식으로는 다음 세 가지가 돋보인다. ① 노자 전편이 4자구와 3자구를 중심으로 운용되고 있다. ② 각운의 상용된다. ③ 구문과 의미 양면에서 대우가 강구되어 있다. 이러한 특징들은 시적 글쓰기라고 하는 작자의 의식적 노력을 의미하는 증표들이다.

그러면 노자 텍스트는 왜 시를 통해 자신의 철학적 메시지를 구현하고 있는가? 노자는 언어로 담아내기 어려운 진실의 담론을 은유와 함축의 문학적 장치인 시를 통해 언어의 벽을 넘으려 한 것으로 생각된다. 이는 언어 자체로는 건너기 어려운 강을 건너는 효과적 방편이다. 그렇다면 노자는 은유의 시를 통해 언어의 강을 건너고자 했고, 장자는 인접성의 원칙에 의한 은환유의 우언을 통해 언어의 강을 건너고자 했다고 할 수 있다.

실상 시는 산문이 가지 않은 길을 가는 힘, 즉 언어를 넘어서는 힘이 있다. 은유의 시어들은 고도로 응축된 구조 속에서 세밀하게 흔들리며 의미의 긴장을 자아낸다. 따라서 시적 언어는 텍스트의 단일하고 통합된 의미를 거부하고 내적 의미에 탄력성을 부여하며 텍스트를 재생산한다. 20세기 현대 언어철학이 발견한 '언어 자체의 진리 왜곡과 한계성'을 간파했던 동아시아 고대 사상가 노자는 시적 담론으로 넘고자 했던 것이다. 이에 더하여 표의문자인 한자가 지니는 강한 의미탄력성은 시를 통할 때 더욱 강력한 무기가 될 수 있었던 점도 노자 운문이 지니는 탄력성일 것이다. 이에 관해서는 이미 ≪중국시의 문예심미적 지형≫ 중의 <중국시의 외국문학적 지형>과 이 책 11편 <중국시와 의경미

학>에서 논했으므로 줄인다.16)

(2) 부정과 역설의 글쓰기 : '정언약반(正言若反)'

주제를 드러내는 방법은 정언(正言)과 반언(反言)의 두 가지가 가능한데, 대부분의 경우 전자를 사용한다. 그런데 노자는 이항대립적인 상반 가치와 명제에서 정언이 아니라 부정적 언표인 반언(反言)의 화법을 많이 사용한다. 노자에 있어서 개념과 가치는 겉에 드러난 문면만으로 읽혀지지 않는다. 그러면 노자 텍스트에서 부정문의 빈도는 어느 정도일까? 노자 81장 5천자 중에 부정사인 '불(不)'자가 244회, '비(非)'자는 10회, 무정대명사 '막(莫)'이 20회, 그리고 '무(無)'는 102회 중 부정사로 사용된 것이 58회 정도이다.17) 이를 합산하면 노자 5천자 중 부정사로 사용된 경우가 332회가 되며, 이는 전체의 7%이다. 여기에 '무'자 중의 개념어까지 포함하면 전체 글자 중 부정어가 차지하는 비율이 총 7.5%가 된다.

하지만 이러한 수치는 중국어의 구, 즉 문장 단위가 아닌 자 단위의 분석이므로 실제 상황과 부합하지 않는다. 의미면에서 문장 내 부정구

---

16) "한자의 특징은 먼저 표의문자가 지니는 의미 표상의 총체성, 다의성, 모호성이 있다는 점, 둘째로 단음절성에 의한 시공간적 일정 규격화라고 하는 심미적 즐거움 및 동음과 유사음에 의한 환유적 연상력의 심화를 야기한다는 점, 셋째로는 고립어적 속성으로 인한 시어간의 의미 간극의 확장으로 각 어휘 요소들이 구문 중에서 독자적으로 의미를 생성 가능케 한다는 점 등으로 인해 중국시는 여운 있고 탄력적인 의미체계를 만들어 냄으로써 시의 해석학적 지평을 확장해 주었다."(오태석, <중국시의 외국문학적 지형> 제1장 '한자와 중국시' : ≪중국시의 문예심미적 지형≫, 글누림, 2014, pp.13-25)

17) 不, 非, 莫과는 달리 102회의 無자 중에는 有無, 無欲, 無名, 無物, 無極, 無事 등 노자 특유의 개념어들이 있는데, 어디까지를 개념으로 볼 것인가에 따라 부정사로서의 無의 출현 횟수 산정에 출입이 있겠으나, 일반적 부정사로서의 無를 58회로 계상했다.

가 얼마나 되는지를 보아야 실정에 부합한다. 노자 텍스트의 한 문장은 보통 1구 3자에서 6자 사이에서 형성되므로 그 평균값을 4.5자로 하면, 노자 5천자의 총 구수는 약 1,111개가 된다. 한 문장 중 부정사는 보통 한번 사용되므로, 결국 노자는 1천100여 구 중 부정사가 들어간 구문은 332구가 되는 셈이다. 그렇다면 전체의 29.8% 약 30%의 구문이 부정문이라는 이야기이다. 이는 일반 코퍼스(corpus) 구문에 비해 엄청난 양의 부정구이다. 그렇다면 노자 텍스트는 부정과 역설의 어법으로 점철된 매우 독특한 책으로서, 부정의 글쓰기는 노자 글쓰기의 현저한 특징이다.18)

노자가 이렇듯 자신의 주장을 수많은 부정문을 사용하여 구사하는 이유는 무엇인가? 그것은 역설의 글쓰기를 위해서이다. 노자에서 정언이 아니라 상식을 깨는 부정과 반언의 어법은 역설로 이어진다. 부정과 역설을 통하여 화자는 언어의 일상적 화용의 세계를 벗어나 언어 표현의 저 너머로 넘어가고자 한다. 도가인 노자와 장자는 모두 역설을 주요 글쓰기 전략으로 삼았다. 역설은 기성의 때 묻은 언어를 새롭게 환기시키며 실체적 본질에 다가가게 한다.19) 본질의 세계로 가는 언어의

---

18) 역설은 곧 '저 너머의 의미'이란 뜻을 지닌 'para-doxa'에서 나왔다.(이에 관해서는 필자의 논문 <장자의 꿈> p.55를 참조) 역설은 "소리 없는 아우성" 같이 문면 자체만으로는 본의가 드러나지 않는다. 즉 외적 모순 저 너머에서 오히려 더 강한 본의를 구현하는 방식이다. 한편 반어는 irony인데, "빨리도 왔네!"와 같이 논리적으로는 말이 되지만 화자의 진의는 그 상반적일 수도 있는 화법이다. 노자 78장에 보이는 '正言若反'의 反言은 反語가 아니라 부정과 역설의 의미로 해석해야 한다.

19) 헤겔의 ≪논리학≫에 의하면 "본질은 어떠한 규정적 존재도 가지고 있지 않다(非). 본질은 세계 내의 어떠한 사물도 아니고(非), 그렇다고 세계를 초월하는 어떤 것도 아니며(非), 본질은 오히려 모든 존재의 부정이다. 그렇다고 '아무것도 아닌 無'도 아니면서 모든 규정적 존재를 넘어서는 '존재의 무한한 운동'이다. 따라서 본질은 부분에 귀속될 수 없으면서 부분을 존재케 하는 '전체성'이다."(이경재, ≪非의 시학≫, 다산글방, 2000, p.131 재인용)

길이 끊어진[언어도단] 곳에서, 노자는 함축적 은유의 시로써, 그리고 장자는 유비적 환유의 우언의 이야기로써 자신의 담론을 관철하고자 했다.[20]

도경의 말편인 38장의 다음 구절은 노자 도덕경 곳곳에서 보이는 노자 특유의 화법이다.

> [38장] 상덕은 스스로 덕이 없다 여기는 까닭에 결과적으로 덕이 있다. 하덕은 스스로 덕을 잃지 않았다 여기는 까닭에 덕이 없다. 상덕은 인위적인 것을 하지 않음[무위]으로 작위가 없고, 하덕은 인위적으로 함으로써 작위가 있다.[21]

이 내용은 원문에 나오는 상·하와 정·불 또는 유·무의 대치 관계를 보면 시각적으로 더 빠르게 글쓰기의 반언과 역설적 속성이 이해될 것이다. 덕이 없다고 여기면 덕이 있게 되며, 반대로 덕이 있다고 여기면 없다는 것이다. 노자가 상용하는 교차배어법이다. 또 훌륭한 덕이란 '베푸는' 것이 아니라 일반적 의미와 달리 흐름과 순리를 그대로 내버려두어 흘러가게끔 '인위적인 것을 하지 않으면'[무위] 된다고 한 것이니, 본 인용은 구문과 내용 양면에서 반어와 역설을 보여주고 있는 셈이다. 김형효는 노자 글쓰기가 차연의 교차배어법(chiasmus)을 사용한다고 하였다.[22]

---

20) 장자의 언어 초월적 글쓰기 전략에 대해서는 필자의 <장자의 꿈 : 초월·해체·역설의 글쓰기>, ≪중국어문학지≫ 제45집, 중국어문학회, 2013. 12, pp.35-37을 참조.

21) ≪노자≫ 38장 : "上德不德, 是以有德. 下德不失德, 是以無德. 上德無爲而無以爲, 下德爲之而有以爲."

22) 김형효, ≪사유하는 도덕경≫, 소나무, 2004, pp.55-57, pp.312-321. 교차배어법(chiasmus)은 교차대구법(交叉對句法)이라고도 한다. "우리는 먹기 위해 사는가? 살기 위해 먹는가?"와 같이 전후 x자 형식의 크로스식 배어로 구문을 이룬다. 언어 배치의 상호텍스트

이렇게 부정의 화법은 명제와 반명제 사이에서 전개된다. 사실 명제와 반명제가 서로 대립되며 새로운 종합명제를 향해 나아가는 사유 방식은 19세기 초 헤겔의 변증법적 논리 추동 방식으로 구축되었다.[23] 그런데 헤겔과 달리 노자는 명제와 반명제의 어느 한편을 취하거나 버리지 않는다. 반명제를 들어 올리는 순간 대립 명제를 버리지 않고, 다시금 이 둘을 감싸는 그 무엇을 향해 나아간다. 명제와 반명제는 서로 다른 것이 아니라 실은 그 둘을 하나로 껴안으며 둘 각자의 속성도 유지시키는 독특한 방식이다. 이를 안에 있으면서 밖으로 나갔다고 하는 의미에서 '내재-초월'적이라고 할 수 있다.[24] '일즉다 다즉일'의 노장선역(老莊禪易)의 동아시아 사유가 그러하다. 그리고 이는 특히 노장 사유에서 물적 세계관 속에 동태적 맥락화되며 추동된다.[25]

이상과 같은 점에서 헤겔(1770-1831)보다 약 2,300년 앞서 살았던 노자(기원전 570?-479?)는 헤겔류의 사유방식을 이미 추동하고 있었으며, 더 나아가 대립항들을 '질적'이며 '동태적' 함께 안아가는 병작·포일의 관점을 지향한 점에서,[26] 세계 추동의 중심에 정신을 위치시킨 헤겔

성으로 볼 수 있다. 김형효는 이를 차연(différance)의 수사학으로 보았다.

23) 헤겔은 사유가 대립과 오류들 속에서 스스로를 완성하며, 오류들이 조금씩 더 현명해지면서 그 이전의 오류들을 대체한다고 보았다. 이 점은 부분적으로 토마스 쿤의 '패러다임'론과도 유사하다. 헤겔에 의하면 사유는 삼각형 속에서 진보해가며, 하나의 명제가 자라나면 반명제가 그 명제를 무력화시킨다. 그러나 그 명제가 완전히 사라지는 것은 아니다. 그것은 더 높은 관점에서 새롭게 자리를 잡는다. 즉 명제와 반명제로부터 종합명제가 탄생한다는 것이다.

24) '내재-초월'성의 모순 공존적 함의에 대해서는 논고의 뒷부분에서 상론한다.

25) 필자는 앞의 '장자의 꿈' 논문에서 장자 사유의 핵심이 만물제동의 인식론적 因是와 호접몽에서와 같은 장자와 나비 간의 사물의 자유로운 주고받음인 '物化'로 귀결된다고 요약했다. 주체가 우주자연의 거대한 흐름에 제대로 공명하기 위해서는 자신을 잊고[坐忘] 만물의 세계와 하나가 되어 '장자와 호접몽'이라는 '물화의 세계에서 존재의 춤'을 출 때 가능할 것이다.

26) 並作·抱一로 압축 가능한 세계관 형성과 관련한 노자 사유의 방법론적 구체는 제3장

류의 서구 사유와 구별될 뿐만 아니라 오히려 더 발전적인 모습도 지니고 있다고 생각된다.

이렇게 노자는 언어의 껍데기를 넘어 의미의 저층부에서 사물과 사건의 심층적 이해를 통해, 기존에 사용되어 온 '낡은' 어휘들을 새롭게 직조(textile)하여 자기만의 언어로써 텍스트(text)화해 나간다. 이러한 과정은 기존 질서와 세계관에 대한 근본 시야에 대한 깨침이 아니고서는 어려운 일이다. 즉 일상성을 벗어난 언술인 역설과 반어로써 사물의 실체적 본질에 대한 인식의 새로운 각성을 요구하며 노자 도덕경 텍스트의 의미 생산을 자기확장적으로 강화해나갔다. 그러면 노자는 어떻게 텍스트의 부단한 자기지속을 강화해 나갔을까? 그것은 기호적 글쓰기, 그리고 그것들의 넘어섬을 향한 사유 지향에 있다.

(3) 초월지향성

노자 여러 곳에는 선과 악, 미와 추, 복과 화, 유와 무 등 상반적 가치를 지닌 기호적 개념들이 나열된다. 이항대립적인 현실계의 분봉(分封)적 기호 표상이다. 서구를 포함한 대부분의 사상은 양자택일적이다. 중국의 주류 사유인 유가 역시 그러하다. 그러나 노장자의 경우는 그 방식이 다르다. 노자는 지혜, 인의, 예와 효 등 인간 사회에 설정된 문명성에 대해 경계의 시선을 보내며 일단 부정성을 보인다. 상식을 벗어나는 언술로 인하여 노자의 담론은 만만하지 않고 또 알려지지 않은 노자의 삶만큼이나 다양한 해석과 오독을 낳기도 한다. 노자는 이들 현상

에서 논한다.

적 대치에 대하여, 일단은 동태적인 바라보기를 통한 부정을, 그리고
궁극적으로는 여기서 더 나아가 양자의 대립 너머에 그것들을 하나로
안는 병작포일의 관점을 드러낸다. 다음 노자 도덕경 제2장을 보자.

> [2장] "천하가 모두 아름다움이 아름다운 줄로만 아나, 그것은 추한 것
> 이다.27) 또 모두가 선을 선하다고만 여기나, 그것은 선하지 않은 것이다.
> 그러므로 유와 무가 서로 생겨나며[유무상생], 어려움과 쉬움이 서로 이
> 루어지고, 길고 짧음이 서로를 이루며, 위와 아래가 서로 의지하고, 음과
> 성이 서로 조화하며, 앞과 뒤가 서로 따른다. 이런 까닭에 성인은 무위의
> 일에 처하며 말없는 가르침을 행한다. 만물은 함께 일어나되[병작] 사양
> 치 않고, 생겨나도 소유치 않으며, 일을 해도 그것에 의지하지 않고, 공
> 을 이루되 거기 머물지 않으며, 머물지 않는 까닭에 떠남도 없다.28)

현실의 세계는 수많은 기호의 세계로서, 허다한 기호를 통하여 개념
과 가치가 인간의 삶과 조우하며 세계가 추동된다. 위에서 열거된 선악,
미추, 유무, 난이, 장단, 고저, 음성, 전후 등의 이분법적 기호들은 나누
어진 분봉의 세계 표상이기도 하다. 선이 선만이 아님을 말한 노자의
사유는 두 종의 세계간의 관점의 이동이면서 시간적으로는 동태적 총
체성의 사유방식이다. 노자는 분열된 세계를 극복하기 위해 부정과 역
설의 어법으로 반성적 사유를 향해 텍스트를 추동한다. 본문은 이분법

---

27) ≪설문해자≫에서는 잘못이 있는 것이 惡이라고 했다. 그래서 미워함이라고 풀이했다.
    그런 면에서 추함과도 어느 정도 통한다(≪설문해자≫ "過也. 從心. 亞聲烏各切. 段玉裁
    注：過也. 人有過日惡. 有過而人憎之亦日惡. 本無去入之別. 後人强分之. 從心. 亞聲. 烏各
    切. 五部."). 또 강희자전에서는 惡을 추하고 못난 것이라 했다(≪康熙字典≫：<通論>,
    "有心而惡謂之惡，無心而惡謂之過，又醜陋也.")

28) ≪노자≫ 제2장："天下皆知美之爲美, 斯惡已. 皆知善之爲善, 斯不善已. 故有無相生, 難易
    相成, 長短相較[刑], 高下相傾, 音聲相和, 前後相隨. 是以聖人處無爲之事, 行不言之教. 萬
    物作焉而不辭, 生而不有, 爲而不恃, 功成而弗居, 夫唯弗居, 是以不去." 원문 중 글자 옆의
    較[刑]은 백서본 글자이다. 形으로 푼다. 生, 成, 刑은 소단락의 韻字이다.

의 비분리와 비독립의 '상반성의 상관적 읽기', 즉 연생(緣生)의 세계관적 이해로 나아간다. 이 또한 의미의 교차배어성이다.

노자는 여기서 더 나아가 분리된 두 기호를 하나로 끌어안기 위하여 현세적 혹은 현재적 가치 판단이 아니라, 원래부터 있었던 본원적 관점에서 그 현상들을 편면적 개입 없이 '본질의 눈'으로 보아야 한다고 주장한다. 그렇다고 해서 본질이 절대적이라는 것은 아닌 것 같다. 그렇기 때문에 본질은 또한 현상의 눈으로 보아야 하는 것이기도 하다. 이것이 장자적으로 말하자면 현상과 본질을 함께 고려하는 관점에서의 긍정인 '인시'이다.[29] 왜냐하면 그 이면과 본질에서 그것은 둘이 아니라 혼융원일의 하나이기 때문이다. 쪼개지면서 불완전해진 것을 완전한 하나로 보자는 것이다.

그 결과 노자 도덕경의 기호적 세계 인식은 세계를 구성하는 이항대립적인 다양한 상반적 가치들이 어느 지점인가에서 만나며, 서로 적대적이 아니라 상호텍스트적이며 동태와 연기의 독법으로 하나가 된다. 그러면 이 대립자들은 어떻게 하여 서로 통하는가? 그것은 두 개의 층차로 나눌 수 있다. ① 하나는 현상계 내에서의 사건의 동태적 소통으로서 이는 시간적 바라보기이다. ② 다른 하나는 현상계와 잠재계 간의 장자의 호접몽과 같은 인시, 물화의 상호 소통성의 독법으로서 이는 두 측면을 근저에서 바라봄으로써 결국 하나로 바라보는 총체 전일의 관점이다. 동시에 이는 개체적이 아니라 field라고 하는 장(場)적 바라보기이다. 필자는 도덕경을 바라보는 독법에는 위의 두 가지 읽기가 함께 요구된다고 본다.

---

29) 이는 비유하자면 《五燈會元》 중의 青原惟新禪師 '산수론'의 제3단계에 해당된다고 할 수 있다.

전자의 경우는 오늘의 복이 내일의 화가 될 수도 있다는 시간적 관점으로서 사건에 대한 시간적이며 동태적 바라보기이다. 도덕경을 문면으로만 보게 되면 이러한 결론에 이른다. 후자의 경우는 전자보다는 보다 거시 관점의 독법이다. 사물의 본질적 원리와 존재 이유의 추구라고 하는 관점에서 본다면, 이들 대립적 상반 요소들은 구현 이전의 내적 잠재계와 그 구현인 현상계의 이중주라고 볼 수 있다. 그리고 이 둘을 함께 안을 때 그것이 만물의 본질이라고 할 수 있다. 이렇게 장자의 세계인식은 호접몽을 통해 암시된 것같이, 현상계와 잠재계를 나비의 꿈같이 넘나드는 존재자들 간의 왕래인 '물화'라고 하는 존재의 춤을 그대로를 받아들이라는 '인시'로 표상되는 양면적 세계에 대한 인식의 대통일을 기도한다.

이 점은 노자에 있어서도 크게 다르지 않다. 앞의 시간적 파악이든 뒤의 장(場)적 파악이든 총체적으로 노자는 오늘의 이것이 내일의 저것이라고 하는 동태적으로 변하는 삶의 다른 국면으로서, 마치 주역에서 음과 양이 실은 한 언덕의 두 경사면의 양상인 것과 같이, 시간적 혹은 장적 양상을 막론하고 상반된 그 둘이 둘이 아니라 실은 둘의 하나이며 하나의 둘임을 내장한다. 이러한 양면적·양가적 관점은 중국을 중심으로 배태된 동아시아 근원사유의 가장 핵심적인 특징이다.

노자 사유의 특징은 장자적 의미의 '분봉(分封)'된, 그리고 노자적 의미의 '가도'와 '가명'의 세계에서 양자의 가치를 초월한 양가성의 내재-초월적 세계인식이다. 그것은 둘이 하나이면서 하나가 둘인 세계 구동의 본 모습이다. 이렇게 본다면 이들 상반성은 둘이 아니라 실은 하나의 서로 다른 현상이며, 상호 병작과 연생의 관계를 통하여 '동태적으로' 전개된다고 할 수 있다. 다음 글은 이러한 관점에서 볼 때 보다 쉽게 다가온다.

> [22장] 휘면 온전할 수 있고, 굽으면 펼 수 있다. 움푹 패이면 가득 차고, 낡으면 새로워진다. 줄이면 얻게 되며, 많이 가지려 하면 미혹된다. 고로 성인은 본래의 하나를 안고[포일(抱一)] 천하의 본보기가 된다. 스스로 드러내지 않은 까닭에 밝게 빛나고, 스스로 옳다 하지 않아 돋보인다. 스스로 자랑하지 않아 공로가 있으며, 스스로 뽐내지 않아 오래 간다. 남과 다투지 않으니 세상이 그와 다투지 못한다. 옛말에 휘면 온전하다 한 것이 어찌 빈말일까? 정말 온전하여 돌아갈 것이다.[30]

번역 중 여러 이항대립 개념을 필자가 명사로 해석하지 않고 동사로 해석한 것에 주의하자. 노자의 독법은 주역에서와 같은 맥락으로서, 따로 떨어진 정태적 개념이 아니라 상호 연계된 동태적 개념으로 읽어야 한다. 그렇게 되면 이항대립 요소들은 개념 자체의 상반이 아니라, 주체의 존재과정 중의 조우로 읽혀진다. 이와 같이 삶 속에서 휨과 펼쳐짐, 낡음과 새로움, 겸손과 드러남 등 대립 쌍들은 연생(緣生)의 독법으로 읽을 때 더욱 의미가 부각된다. 사물은 현상계적 분리의 시각으로 보면 분리지만, 본질계적 연결의 시각으로 보면 실은 사물의 양면과 같이 하나이다. 노자 도덕경 중의 이항대립 내용들은 이와 같이 상호 다른 관점의 독법 속에서 텍스트를 직조해 나간다. 이와 같은 노자의 관점을 확장해 필자의 말로 바꾸자면 이 대립되는 잠재계와 현상계를 하나의 장으로 보는 양자 병생의 춤이요, 서로 다른 두 세계를 이어주는 뫼비우스의 띠와 같은 소통이다.

---

30) ≪노자≫ 제22장 : "曲則全, 枉則直, 窪則盈, 敝則新. 少則得, 多則惑, 是以聖人抱一, 爲天下式. 不自見, 故明. 不自是, 故彰. 不自伐, 故有功, 不自矜, 故長. 夫唯不爭, 故天下莫能與之爭, 古之所謂曲則全者, 豈虛言哉, 誠全而歸之."

본장의 내용을 요약한다. 노자 글쓰기의 특징은 시적 은유의 담론, 부정과 역설의 글쓰기, 이항대립적 기호의 초월 지향으로 요약된다. 형식면에서 노자 도덕경은 글자 수, 각운의 상용, 구조와 의미 양면에서의 정밀한 대장(對仗)의 구사 등 문학작품이 아님에도 불구하고 선진 입언문으로서는 상당한 정도의 시적 형식을 취하고 있다. 모호한 함의를 특징으로 삼는 시의 특성상 텍스트는 고정되지 않고, 메시지는 은유와 함축과 탄력을 발산하며 자신을 지속적으로 텍스트화하며 현재화한다. 이렇듯 노자의 언술 방식은 언어의 한계를 벗어나려는 시적 담론을 통해 표의문자인 한자를 매개로 하는 중국시 특유의 의미 탄력성과 함께 텍스트를 추동하며 일상성을 벗어난 심층 의미를 생산해낸다.

두 번째 글쓰기 상의 특징은 노자 텍스트의 전체 구문 중 30%나 되는 부정문의 대폭적인 사용이다. 노자는 '不, 無, 莫, 非' 등의 부정사를 상용하며 기존 언어에 물든 타성적 의미에서 벗어나려 한다. 이러한 부정의 어법은 역설의 논법인데, 이를 통해 노자 텍스트는 현상 너머 원초적인 진리를 향한 강력한 글쓰기적 추동력을 보여준다.

세 번째 노자 글쓰기의 지향적 특징은 이항대립적 기호의 상호텍스트성을 통한 양가 포괄의 내외 병존(in・ex・ist)적 성격의 '내재-초월'적 지향성이다. 노자 도덕경의 많은 곳에서 먼저 현상 세계를 구성하는 이분적 기호의 대립적 세계가 제시된다. 이어서 이들 이항대립이 실은 상호 연기적으로 얽혀 있으며 그것은 하나의 실체 혹은 사건의 서로 다른 두 가지 양상임을 일깨운다. 이러한 논지전개는 서구 변증법과 같으면서 다른 '일즉다 다즉일' '불일불이'의 뫼비우스 시프트(Mobius shift)적인 질적 포괄 방식인데, 주역과 함께 세계에 대한 동태적이며 상호 연기적 추동이다.

노자의 세계인식을 장자의 용어로 말하자면 세계는 분봉(分封)적이며 대립적인 이분법적 기호의 세계가 아니다. 그것은 이항대립적 기호의 현상계 너머에 존재하는 잠재계를 포괄하는 만물 혼성의 병작포일의 '내재-초월'의 세계이다. 그 구체적 내용은 다음 장에서 논할 것이다. 이렇게 시적 은유, 그리고 부정과 역설의 언술로 특징되는 노자 특유의 글쓰기는 단순 대립을 넘어선 병작포일의 하나됨의 사유를 지향하면서 동아시아 사유의 이정표를 구축해 놓았다는 점에서 의미가 크다.

3. 노자의 양가적 사유

(1) 도와 언어 표상

앞 장에서의 양가적 기호 세계를 중심으로 한 노자 글쓰기의 특징을 고찰하였다. 본장에서는 노자 사유의 중심적 논제들을 통하여 노자 사유에 보이는 기호 체계의 상호텍스트성, 양가성 등의 주안점을 보도록 한다. 그 구체적 내용은 (1) 도와 언어 표상, (2) 유·무 기호의 상호텍스트성, (3) '내재-초월'의 양가 사유이다.

노자 도덕경 제1장은 노자 사상 전체를 꿰뚫는 중요한 내용들을 망라하고 있다. 그것은 다음 세 가지로 구분할 수 있다. 그것은 ① 도의 본질, 그리고 이와 관련한 언어적 규정의 문제이다. ② 유와 무 두 계열의 상호 얽힘의 독법이다. ③ 다시 유와 무 계열의 두 세계의 본원적 출처로서의 현동(玄同)적 세계 인식이다. 그리고 이들 세 가지는 본장의 (1)-(3) 각 절을 표상한다.

[1장] '도를 도라고 할 때'[가도] 그것은 이미 '항상 그러한 도'[항도, 상도]가 아니다. 말로 표명된 이름은 '항상 그러한 이름'[常名]이 아니다. '이름 할 수 없는 그 무엇'[무명]이 천지의 시작이요, '이름 지어진 것들'[유명]이 만물의 어미이다. 그러므로 항상 있는 그대로[무욕]에서 우주만상의 은미함[妙]을 보고, 항상 만물들의 자기지향성[유욕]에서 사물의 경계적 구현[徼]을 본다. 이 둘은 하나에서 나왔으나 이름을 달리한다. 이 둘을 일컬어 거멓다고[玄] 한다. 어둡고 또 깊으니 모든 신묘함의 관문이다.31)

이상 노자 제1장의 번역은 노자가 우주만물의 유래와 그 구체적 형상화에 관한 본체론적 존재론을 설파했다고 생각한 필자 방식의 해석이다. 내용은 크게 세계 진리로서의 도의 본질과 그 현현의 문제를 말하는데, 이와 관련해서는 언어적 규정의 문제'도' 개재되어 있다.32) 다음으로는 도와 관련된 두 가지 존재 방식인 유·무의 문제를 은유적 기호 표상 방식으로 말하며, 그것의 근원을 이름 하기 어려운 '현(玄)'이란

---

31) ≪노자≫ 제1장 : "道可道非常道, 名可名非常名. 無名天地之始, 有名萬物之母. 故常無欲以觀其妙, 常有欲以觀其徼. 此兩者, 同出而異名, 同謂之玄. 玄之又玄, 衆妙之門." 문중 '無欲'과 '有欲'은 '常無', '常有'로 끊어 보는 경우도 있다. 하지만 잠재계와 현상계로 나누어 보는 필자의 관점으로는 무욕과 유욕으로 끊어야 옳다고 본다. '常有'란 개념이 정합하지 않기 때문이다. 또 "此兩者同, 出而異名"으로 구두하기도 하는데 이는 문맥상 큰 차이는 없다.

32) 필자가 이렇게 언어적 규정의 문제'도'라고 표현한 이유는 '道可道, 非常道'의 문제는 '名可名非常名' 부분과 달리, 일반적으로 말하듯이 본질적으로 언어 표상의 문제와 직결되는 것만은 아니란 생각에서이다. 필자가 이글에서 강조한 중심 요지인 아직 드러나지 않은 잠재적 세계와 그 현현태인 현상계의 2종의 존재론적 독법으로 노자 도덕경을 읽게 되면, '道可道, 非常道'는 언어적 차원이 전혀 배제된 것은 아니지만 도의 현현성의 문제에 더 직결되어 있다고 보기 때문이다. 현현성 문제 이후에 자연스레 그 표상화 과정에서 언어적 명명과 특정화 문제로 연결되기 때문이다. 즉 '道可道非常道, 名可名非常名.'은 동어반복이 아니다. 전자는 구체적 현현의 문제이고, 후자는 그것의 命名의 문제로 읽어야 가장 적실하다는 것이 필자의 생각이다. 그럼에도 불구하고 '가도'와 '가명'의 문제는 표상성의 문제 때문에 언어와 연결될 수밖에 없다.

말로 표상한다. 그리고 유무, 정반 등 이항 대립적 기호의 세계에 대해
서는 제2장에서 보다 구체적으로 이어진다.

먼저 '도의 본질과 언어 표상'의 문제를 생각해본다. 도란 우주자연
을 관통하는 운행의 원리로서의 진리이다. 노자는 이를 도라 하였는데,
그러면 도는 어떻게 설명되는가? 노자에 있어서 이는 '가도(可道)'와 '상
도(常道)', 그리고 '가명(可名)'과 '상명(常名)'의 두 계열로 구분된다. 앞에
서 밝혔듯이 상(常)은 실은 항(恒)의 피휘(避諱)자로서 항구불변의 진리적
세계이니, 신이나 불이라고 할 수 있다. 그것이 노자에서는 도로 표현
되었다고 할 수 있다.

그런데 노자는 항구한 진리 세계란 실은 이름을 붙여 특정할 수 있
는 것은 아니라고 보았다. 무어라 이름 붙일 수 없는 원초 본질의 세계
에서 벗어나 현상적 가도의 세계로 나와 분봉되고 특정화하는 순간 그
것은 이미 혼융한 전체성을 잃고 분화된 개별성의 세계를 표상한다. 그
것이 가도이다.

가도의 세계는 서로 다른 이름으로 나누어진[유명] 분봉의 현상계적
구현의 세계이다. 또 쪼개지고 흩어진 분봉의 세계에서는 각자 자기지
향성을 가지고 개체적 생명을 발현하므로 이는 곧 유욕의 세계이다. 그
래서 자연의 이법인 무욕으로써는 만물의 돌아가는 오묘한 이치를 파
악할 수 있고, 의지와 지향인 유욕으로써는 각 개체의 현상계의 경계적
발현[요(徼)]을 볼 수 있다고 했다.[33]

---

33) 徼에 대한 해석은 크게 다양하다. 徼자는 '발현, 나타남, 순찰, 경계, 변경, 왕래' 등의
  뜻을 지닌다. 유욕은 개체의 지향성이니, 그것은 개별적으로 펼쳐내는 다양한 '현상계
  적 구현'이다. 이는 본질에서 보면 곧 사물의 끝자락에서의 피어남이 된다. 경계는 이
  곳과 저곳 사이의 관문이며, 사이[間]의 중간지대이고 근원적 玄同의 공간이라고 할 수
  있다. 필자는 제3장 3절에서 沖의 혼성적 개념과 연결했다.

이러한 상도와 가도, 무명과 유명, 그리고 무욕과 유욕의 이분법적 기호의 세계를 언어철학적으로 생각해본다. 모든 사물의 혼융, 즉 잠재와 현상을 모두 포괄하는 상도의 세계에 대하여 현상계적 이발(已發)의 관점만으로 제한하여 이름 붙일 수는 없다.[34] 이것이기도 하고 저것이기도 한 때문이다.

이는 마치 성서에 "나는 곧 나다(I am who I am.)"라고 하는[35] 멱집합적 자기 언급이다.[36] 절대자 자신을 무어라 객체화하지 않고 그저 '나' 또는 '스스로 있는 자'라고만 하였다. 데리다 등 포스트구조주의 언어철학에서는 언어 자체의 한계로 인해 기표 Sr.와 '원-기의' Sd.는 차이를 가진 채 연기되는 차연(différance)의 은폐과정 속에서, 자신을 은현적으로 존재시킨다.[37] 우리가 원-기의에 영원히 도달할 수 없다는 점에서 보면 이는 마치 도의 존현 방식과 같다고도 할 수 있다. 즉 진리세계는 에레혼(erewhon)의 여정과도 같이 모든 것을 포괄하는 도는 특화되

---

34) 천체물리학에서 우주의 거의 대부분은 암흑물질과 암흑에너지로 존재한다. 그렇다면 보이지 않는 잠재계는 현상화 되기 이전의, 그리고 현상이 끝나고 다시 돌아갈 보이지 않으나 실재하는 세계이다. 노자는 사물의 본질을 잠재와 현상 둘로 나누어 설명했다. 그리고 이러한 상호 주고받음의 세계는 장자에서 物化로, 그리고 이 둘을 함께 바라보라는 양행(兩行)과 인시(因是) 귀결된다. 그런 의미에서 필자가 잠재와 현상의 다른 양상 모두가 실은 본질이라는 의미이다.

35) 출애굽기 3 : 14 [새번역] "하나님이 모세에게 대답하셨다. "나는 곧 나다. 너는 이스라엘 자손에게 이르기를, '나'라고 하는 분이 너를 그들에게 보냈다고 하여라." [개역개정] "하나님이 모세에게 이르시되 나는 '스스로 있는 자'이니라. 또 이르시되 너는 이스라엘 자손에게 이같이 이르기를 스스로 있는 자가 나를 너희에게 보내셨다 하라." [NIV] "God said to Moses, "I am who I am. This is what you are to say to the Israelites : 'I' am has sent me to you.""

36) 누승집합이란 뜻의 冪集合(power set)은 어떤 특정한 집합의 모든 부분집합을 모은 집합으로서, P라는 기호로 나타낸다. 예를 들면 A={a, b}일 때 A의 멱집합 P(A)의 원소들은 P(A)={ϕ, {a}, {b}, {a, b}}로서, 이것을 원소로 하는 집합이 A의 멱집합이다. 멱집합을 공식으로 나타내면 P(A)={X|X⊂A}라고 나타낼 수 있다. 자연수 n에 대하여 집합A의 원소의 개수가 n이면 A의 멱집합의 개수는 2^n개이다.

37) 差異를 가진 채 延期되며 다른 것으로 전이되어 가므로 差延은 곧 '差移'이다.

는 순간 그것이 아니게 된다.38) 절대의 도는 영원히 자신을 드러내거나 특정하지 않는 가운데 언뜻언뜻 또는 저 멀리에 아득히[玄] 있고, 다만 그 흔적을 흩뿌리며[散種, dissipation] 존현할 뿐이다.

그래서 노자는 언어로 표상되는 '가도'의 순간에, '상도' 즉 '항도(恒道)'(이하 상도로 표기함)는 잠재의 영역으로부터 현상계로 바뀌며, 특화된 위상공간에서만 적용되는 가도(可道)의 세계로 내려온다고 본 것이다. 이는 언어의 절대-도에 대한 은폐이다. 이는 사물에 대한 이름에 있어서도 마찬가지이다. 우리가 김춘수 시인의 <꽃>이란 시를 들지 않더라도 이름 붙여지는 '가명(可名)'의 순간, 실체는 특정한 이름으로 행세하게 된다. 그렇다고 해서 가도가 도가 아니라는 얘기는 아니다. 가도는 특화된 위상공간상의 도일 뿐이고, 보편으로서의 상도는 아니라는 것이다. 그러기에 본질적 이름이란 결국 노자적 어법으로 명명하자면 '무명지명'이다. 그것이 노자가 말한 상명(常名)이다.

언어로 진리를 드러낼 수 없으므로 노자는 "아는 사람은 말하지 않고 말하는 사람은 알지 못한다. 외부로 향하는 통로를 막고 그 문을 닫으면 예리함을 꺾고 얽힌 것을 풀어낼 수 있으니, 빛과도 조화하며 먼지와도 같이 한다.[화광동진] 이를 일러 '깊고 오묘한 근원적 동일성[현동(玄同)]'이라고 한다."면서,39) 진리세계에 대한 언어 자체가 지닌 분봉(分封)과 왜곡의 속성을 경계한다.40)

---

38) 에레혼(erewhon)은 'no where'의 조어이며, 들뢰즈는 이를 'now here'로 읽을 것을 주문한다. 영원히 도달할 길 없는 진리 세계를 향한 언어의 에레혼적 여정에 대해서는 필자의 ≪중국시의 문예심미적 지형≫ 중 <중국시의 세계문학적 지형>의 제4장 '시, 언어의 뗏목으로 떠나는 에레혼의 여정'을 참조.(pp.37-50)

39) ≪노자≫ 제56장 : "知者不言, 言者不知, 塞其兌, 閉其門, 挫其銳, 解其分, 和其光, 同其塵, 是謂玄同, 故不可得而親, 不可得而疏, 不可得而利, 不可得而害, 不可得而貴, 不可得而賤, 故爲天下貴."

(2) 유무 기호의 상호텍스트성

우리는 노자 제2장에서 노자가 이항대립적 상반가치를 지닌 기호들이 동태적으로 상호 작용의 방식으로 추동 가능한 것임을 보았다. 그리고 노자 제1장을 통해서는 그 세계관이 유와 무의 두 세계로 이원화되어 있음을 보았다. 이들 두 세계는 상호 어떤 관계인가? 필자는 그 한 생각으로서 유는 현상계에 무는 잠재계에 각기 속한 것으로 해석한다. 이러한 생각은 장자에도 나타나 있는데, 필자는 그것을 장자의 호접몽에 나타난 장자와 나비, 즉 이것과 저것 두 세계간의 물화적 순환을 보았다. 그리고 이러한 상호 넘나들기인 '물화'는 이 둘을 다 긍정하는 양행(兩行), 그리고 그렇기 때문에 그것들을 있는 그대로 바라볼 줄 아는 인시(因是)'로 귀결됨을 보았다.41)

그러면 이 두 계열의 세계는 어떤 것인가? 필자는 노자의 세계 인식이 기본적으로는 잠재계와 현상계로 이분되겠지만, 경우에 따라서는 다층적 상반 요소들의 상호텍스트성 속에서도 읽혀질 수 있을 것으로 생각된다. 본절에서는 노자 사상의 핵심을 이루는 유무론 및 세계 구성의 중요 개념들을 상호텍스트성의 관점으로 고찰해본다. 다음은 도(道)에

---

40) '分封'이란 장자의 표현으로서 아직 나누어지지 않은 '未封'의 혼연한 '混沌'의 하나로부터 각각의 개별자로 쪼개진 현상계적 양태이다. 장자는 노자와 마찬가지로 이를 경계한다.

41) 앞의 <장자의 꿈>에서 "현상으로 드러난 것이 물화 즉 만물의 생사존멸의 천화유전이다. 현상을 통해 현상너머를 바라보기의 중심점에 존재의 현재적 삶을 펼쳐가는 시뮬라크르적으로 스프레드 된 물화가 있다. 장자와 나비로 말하자면, 장자 따로 나비 따로 독립적 존재인 것 같지만 실은 본질의 표면에 있는 물질의 현상계적 顯現과 명멸일 뿐이다. 세상만물은 실제로 잡히고 느껴지는 것 같아도 모두 빛의 조화에 따라 현란하게 常變하는 色에 불과하므로 결국은 영속함이 없이 사라지고 다시 피어난다. 마치 꽃과 나비와 같이, 폈다 지고 또 다시 다른 것으로 피어나며, 그 피어남도 나비가 꽃을 옮겨 다니듯이 여기서 저기로 또 다른 곳으로 돌며 옮겨 다닐 뿐이다. 이것이 遷化流轉하는 만물의 '物化'인 것이다."

관한 설명이다.

> [41장] 밝은 도는 어두운 듯하고, 나아가는 길은 물러서는 듯하며, 평평한 도는 굽어진 것 같고, 상덕은 골짜기 같다. 크게 순결한 것은 욕을 보는 듯하며, 넓은 덕은 부족한 듯하다. 건실한 덕은 약한 듯하고, 질박한 덕은 빛바랜 듯하다. 큰 모남은 모서리가 없는 듯하고, 크게 빈 그릇은 늦게 채워진다. 큰 소리는 들리지 않는 듯하고, 큰 형상은 형체가 없는 듯하다. 도는 무명에 숨으니, 오직 도만이 잘 베풀어주어 만물을 이룬다.[42]

극과 극의 상통이라 할 수도 있는 노자 41장은 노자 2장과 마찬가지로 이항 대립적 기호들의 상호텍스트적 역설 속에서 의미를 추동해나가고 있다. 이 역시 이항 기호의 상호텍스트적 글쓰기인 교차배어법(chiasmus)이다. 다음으로 생각할 부분은 "큰 소리는 들리지 않으며, 그 형상은 형체가 없다."고 한 역설적 표현이다. "도는 무명 속에 숨겨져 있다.(道隱無名)"고 한 도의 은폐성은 노자 32장의 "도는 늘 이름이 없다.(道常無名)"고 한 것과 상응한다.[43] 모두 제1장에서의 상도의 '이름붙일 수 없음'[不可名性]에 화답한다.

유무론을 보면, 노자는 유와 무 두 계열을 열거하면서 무의 상대적 우월성에 대해 보다 초점을 맞추어, 상도는 무계열에, 그리고 가도는 유계열에 귀속시킨다. 즉 도는 무명하여 보이지 않는 세계로부터 추동

---

42) ≪노자≫ 제41장: "明道若昧, 進道若退, 夷道若纇, 上德若谷, 大白若辱, 廣德若不足, 建德若偸, 質眞(德)若渝, 大方無隅, 大器晚成, 大音希聲, 大象無形, 道隱無名, 夫唯道, 善貸且成."
43) ≪노자≫ 제32장: "道常無名. 樸, 雖小, 天下莫能臣也. 侯王若能守之, 萬物將自賓, 天地相合, 以降甘露, 民莫之令而自均. 始制有名, 名亦旣有, 夫亦將知止, 知止, 可以不殆. 譬道之在天下, 猶川谷之於江海."

되어 나와 유가 생성된다고 하는 관점이다. '유무상생'(2장)이면서 '무생유'(40장)의 무 우월적 사유이다.44) 이것이 무의 세계이고 그 작용이다. 그러면 이들 둘은 어떤 관계인가? 다음은 유무간의 상호 기댐을 보여준다.

> [11장] 서른 개의 바퀴살이 하나의 바퀴통에 박히는데, 바퀴통의 빈 곳으로 수레의 쓸모가 있게 된다. 진흙을 빚어 그릇을 만드는데, 그릇의 빔으로 인해 그릇의 쓸모가 있는 것이다. 문과 창을 뚫어 방을 만드는데, 방의 빈 곳으로 인하여 방의 쓰임이 있게 된다. 그러므로 있음[유]이 이롭게 됨은, 없음[무]으로 그 쓸모를 만든 덕분이다.45)
> [2장] 그러므로 유와 무가 서로 생겨나며[유무상생], 어려움과 쉬움이 서로 이루어지고, 길고 짧음이 서로를 이루며, 위와 아래가 서로 의지하고…46)

위의 글은 무의 작용을 적절하게 보여준다. 컵의 컵 됨은 컵의 빈 곳의 힘이다. 그 빔이 실제적 유용성을 가져오는 까닭이다. 이것이 유가 무에 기대는 형국이다. 그러면 무는 절대 근원인가? 노자는 그렇게 보고 있지 않는 것 같다. 무 역시 유에 기대고 있다. 왜냐하면 컵의 빔은 바로 컵의 질료와 구조 덕이니, 이는 무가 유에 기댐이다. 이것이 유·무 기호 간의 상호텍스트성으로서, 이렇게 읽을 때 비로소 다음에 나온 "유무가 서로를 만든다."는 말이 제대로 이해될 수 있다.

이렇게 볼 때 노자 1장의 '유욕'과 '무욕' 또는 무와 유 계열을 다시

---

44) 《노자》 제2장 : "天下皆知美之爲美, 斯惡已. 皆知善之爲善, 斯不善已. 故有無相生, 難易相成, 長短相較."; 제40장 : "天下萬物生於有, 有生於無."

45) 《노자》 제11장 : "三十輻共一轂, 當其無, 有車之用. 埏埴以爲器, 當其無, 有器之用. 鑿戶牖以爲室, 當其無, 有室之用. 故有之以爲利, 無之以爲用."

46) 《노자》 제2장 : "故有無相生, 難易相成. 長短相較[刑], 高下相傾."

보면, 나누어지지 않은 무의 본래성과 나누어진 유의 구현성이 서로 얽히며 세계가 직조되는데(textile), 이 둘은 본래 하나이며 그것을 굳이 이름 붙인다면 아득한 거뭄[현(玄)]이라고 할 수 있다는 것이다. 이 원초적 아득한 거뭄의 세계가 문이 닫히면 둘로 나누어지고, 열리면 하나로 이어지는 것이니, 이 아득한 현(玄)이 중묘(衆妙)의 관문이라는 말이다.[47] 이것이 이분법적 세계의 상호텍스트적 소통과 그것을 가능케 한 근거로서의 현이다. 이번에는 그 운행의 기추로서 '병작(竝作)'이란 개념을 보자.

> [16장] 마음 비우기[허심]를 다하고, 고요함을 지키기[守靜]를 두텁게 하면 '만물이 함께 일어나는데,[병작] 나는 만물이 근본으로 돌아감을 본다. 만물은 무성히 자라나고 각기 그 근원으로 돌아가니, 근원으로 돌아감을 일컬어 고요함[정]이라 하고, 이 고요함을 명(命)에 따라 돌아감[復命]이라 한다. 자연의 명에 따름을 '항상 그러하다'[常=恒]고 한다. 항구함을 아는 것을 밝다고 한다. 항구함을 모르면 망령되이 흉함을 지어낸다. 항구함을 알게 되면 순조롭고 순조로우면 공평하게 된다. 공평하면 잘 다스릴 수 있고, 잘 다스리면 하늘이 되며, 하늘이 되면 곧 도를 아는 것이니 도를 알면 오래간다. 몸이 다하도록 위태롭지 않다.[48]

병작은 만물이 함께 일어나 세계를 구성하는 과정이다. 그러나 그것들은 다시 원래의 상태, 즉 수면하의 고요함으로 돌아간다. 사물의 현상으로 드러남과 본래의 상태로 잠복하여 돌아감의 과정을 말하고 있다. 이는 만물 생멸의 도리요 흐름이다. 이 과정에서 노자는 만물의 생

---

47) 김형효, ≪老莊思想의 해체적 독법≫, 청계, 1999, pp.48-63.
48) ≪노자≫ 제16장: "致虛極, 守靜篤, 萬物竝作, 吾以觀復. 夫物芸芸, 各復歸其根. 歸根曰靜, 是謂復命. 復命曰常, 知常曰明. 不知常, 妄作凶. 知常容, 容乃公, 公乃王, 王乃天, 天乃道. 道乃久, 沒身不殆."

장하는 과정을 병작으로 표현했는데, 백서본과 죽간본에서는 '방작(方作)'이라고 했다. 이는 장자 <제물론>에서는 방생 또는 병생으로 표현된다.[49]

이러한 노장의 병작, 병생, 방생, 양행의 개념들은 무심하고 어질지 않은 자연의 세계에서 본질계와 현상계간에 상호텍스트적으로 일어나는 상호 연기의 이치면서, 관점적으로는 사물의 어느 한 쪽을 보지 말고 전체인 하나로 보아야 한다는 총체적 전일성의 사유의 표현이다.[50] 이러한 전일성의 사유는 ≪노자≫를 계승 발전시킨 ≪장자≫에 보다 상세히 나타나 있다. '방생(方生)'을 말하면서 사물의 편단을 보지 말고 전체를 보라고 주문했다. 그래서 우언의 장자는 시적 노자의 훌륭한 학습서라 할 수 있다.

장자는 "사물은 저것 아닌 것이 없고, 또 이것 아닌 것이 없다. 저쪽에서 보면 보이지 않지만, 이쪽에서 보면 알 수 있다. 그러므로 저것은 이것으로 말미암아 생겨나고, 이것은 저것으로 말미암아 생겨난다고 하니, 저것과 이것이 나란히 생긴다[방생]는 설이다."라고 하였다.[51] 이로부터 대긍정의 '인시'가 나온다는 것이다.

이항 기호의 상호텍스트성과 관련해서는 노자 1장의 '현(玄)'이라는 자형을 보면 시사가 크다. 표의문자인 한자 '현(玄)'은 자형 자체가 두

---

49) ≪莊子 · 齊物論≫ : "천하에 털끝보다 큰 것이 없다. 큰 산이 오히려 작고, 殤子보다 더 오래 산 이가 없으며 彭咸은 일찍 죽었다. 천지는 나와 함께 생겨나고, 만물은 나와 하나가 된다."("天下莫大於秋毫之末, 而大山爲小., 莫壽於殤子, 而彭祖爲夭. 天地與我'竝生', 而萬物與我爲一.")

50) 장자의 竝生과 方生에 대한 해석은 필자의 <장자의 꿈> 제3장 '장자 사유의 방법적 여정' 중 제(2)절 '해체 : 현상계 해체와 兩行의 사유' pp.49-51 부분을 참조.

51) ≪장자 · 제물론≫ : "物無非彼, 物無非是. 自彼則不見, 自知[혹본은是]則知之. 故曰彼出於是, 是亦因彼. 彼是方生之說也, 雖然方生方死, 方死方生, 方可方不可. 因是因非, 因非因是. 是以聖人不由, 而照之於天, 亦因是也."

줄을 새끼 꼬듯이 서로 얽혀있는 모양을 형용하고 있다. 두 개의 줄이 서로 꼬여가며 상호텍스트적으로 직조(textile) 해나가는 모양이다. 이러한 상호텍스트적 소통과 창출의 모형은 신화와 과학에도 의미 있는 모형으로 나타난다. 그림에서 보이는 창세신 '복희여와도'가 그러하고 생명을 만들어내는 정보조직체인 DNA 또한 새끼꼬기의 모양으로 생성을 결과한다.

노자의 둘과 하나의 관계는 분리된 둘을 넘어서, 그것의 '내재-초월'적 병작포일의 하나의 관계이다.[52] 전체로서 또한 동태로서 본다는 것, 이는 주역 음양론의 토대이기도 하다. 또한 그것은 그것 아님에서 일어난다[기(起)]는 상관적, 역설적, 병작포일의 '내재-초월' 사유이다. 이에 관해 다음 절에서 생각해본다.

(3) '내재-초월'의 양가 사유

이제까지 표면상 상반적인 기호들이 상호텍스트적 주고받기를 통해 세계가 추동된다고 하였다. 제1장에서 "무명은 만물의 시작이요[無名天地之始], 유명은 만물의 어미이다[有名萬物之母]"라고 했다. 전자는 본질계이고 후자는 현상계로 읽을 수 있다고 했다. 그러면 이 두 장(場) 사이에 어떤 매개적 역할이 있어 천지불인의 무심무사한 생생불식의 소통

---

52) 현상적 둘과 하나됨의 내재-초월적 사유에 대해 생각해 본다. 현상적 둘은 겉으로는 다르고 대립적으로 보인다. 하지만 이 둘의 너머에 하나가 있다고 하는 노자적 관점은 현상을 넘어 본질적 전체로서 취하는 관점이다. 노자 제42장에서는 세계의 형성 과정을 설명하며 '萬物負陰而抱陽'(42장)이라고 했는데, 이 중 음과 양은 字意상으로도 하나의 산이 시간과 상황에 따라 보여주는 해가 드는 양지와 그 이면의 음지라고 하는 두 가지 현상에 다름 아니라고 하는 관점에서 보면 구현태에서 음양은 하나의 둘의 분화요, 동시에 잠재태에서 둘의 하나로의 복귀이다. 그것이 음양[兩儀]과 태극이다.

이 이루어지는가? 현-존재와 본-존재를 이어주는 세계는 어떻게 구동되며, 그 함의들은 무엇인지 생각해본다. 먼저 노자에는 상반 요소들의 매개에 대한 언급이 있다. 충기(沖氣)가 그것이다.

> [4장] 도는 텅 비어 있어 그것을 아무리 사용해도 가득 차지 않는다. 큰 연못이여 만물의 으뜸 같구나! 예리함을 꺾고 뒤얽힘을 풀고 그 빛을 누그러뜨리고, 먼지와도 같이한다. 그윽하구나, 마치 존재하는 듯하다. 나는 도라는 것이 누구의 아들인지 모르겠다. 아마 하느님보다도 높은 듯하구나.53)

무시무종하게 작용하는 도의 기능을 말하고 있다. '충(沖)'은 뜻이 "비다, 가운데, 깊다"는 뜻인데, 노자 도덕경을 하이데거의 사상과 연결하여 해체(deconstruction) 관점으로 풀고 있는 김형효는 이 충(沖)자를 음양의 양면성을 띤 것으로 해석했다. 그것은 아마도 텅 빈 충만의 공간일 것이다. 그렇다면 충(沖)은 음이기도 하고 양이기도 한, 둘을 하나로 묶어주는 차연의 이중성의 동거지대이다.54)

필자는 여기서 노자와 선학의 영향을 받은 것으로 보이는 하이데거 (1889-1976)의 관점에 힘입어 '사이[間]'에 주목한다.55) 시공합성어인 존

---

53) ≪노자≫ 제4장 : "道沖而用之, 或不盈. 淵兮, 似萬物之宗. 挫其銳, 解其紛, 和其光, 同其塵, 湛兮, 似或存, 吾不知誰之子, 象帝之先."
54) 김형효, ≪사유하는 도덕경≫, 소나무, 2011, pp.90-95. p.342. 김형효는 이를 경계적 공간으로 보았다. 그리고 제1장의 '徼.' 역시 이와 유사한 개념으로 보아 경계로 풀었다. 김형효는 "二가 음양의 二氣이듯이, 三도 沖氣라고 노자는 뒤의 구절에서 암시하고 있다"며 충기를 음과 양 이후의 경계공간으로 보았다. 필자는 음양 분화 이전 혹은 그것들 사이에서 작용해주는 혼융의 공간으로 보아야 할 것으로 생각된다. 이렇게 읽어서 문장의 해석에 문제가 되지 않으며, 의미가 더 풍부해지지 않나 생각된다. 이 점에서는 약간 뉘앙스가 다른 이경재의 沖의 사이 이론이 좀 더 와 닿는다. 그는 충은 음양의 교섭적 間이며, 그 간은 노자의 말처럼 사이 없는 사이[無間之間]이고, 매우 역동적인 장이라고 설명했다.(이경재, ≪非의 시학≫, p.117)

재(存在)는 실체 그 자체로서 존재하지 않는다. 오히려 사람과 사람, 나와 너, 음과 양, 본질계와 현상계를 이어주는 사이가 중요하다. 이 사이를 통하여 시간적 세(世)와 주(宙), 그리고 공간적 계(界)와 우(宇) 사이에서 시간적으로 존(存)하고 공간적으로 재(在)한다. 노자 42장에서는 '충기(沖氣)'라는 용어가 나온다. "도가 1을 낳고, 일이 2를 낳으며, 2가 3을 낳고, 3이 만물을 낳는다. 만물은 음을 업고 양을 안으며, 충기로 화합한다."고 말한다.[56] 이 충기로 인해 우주의 생성작용은 더욱 원활하고 조화롭게 작동된다.[57]

노자 5장에서 "천지의 사이[간]는 마치 풀무와 같아서, 텅 비어[무] 그침이 없고, 움직일수록 더 생성되어 나온다."고 하면서 '사이 간(間)' 자를 써서 천과 지의 '사이'에서 만물이 생성됨을 말한 것이다. 또 무는 틈새가 없는 곳으로도 들어가 작용한다[無有入無間]고 했다.[58] 그만큼 무의 작용이 미치지 않음이 없다는 뜻이다.

하이데거는 사물이 다양한 모습으로 현상화하는 것은 바로 그 무의 '텅 빈 충만함'의 작용이라고 했는데,[59] '충(沖)'자가 '비었다(empty)'고 하는 의미와 그 반대인 '충만하다(fluent)'는 양가적 뜻을 함께 지니고 있다고 할 수 있다.[60] 그렇다면 결국 충은 '가득찬 빔이요 동시에 빈 가득 참'이다. 이런 면에서 사이로서의 '충기'의 공간은 '도의 놀이터'

---

55) 김동규, 《하이데거의 사이-예술론》, 그린비, 2009, p.322 주 7. 하이데거는 1946과 1947년에 도덕경을 번역하기 시작했다.
56) 《노자》 제42장 : "道生一, 一生二, 二生三, 三生萬物, 萬物負陰而抱陽, 沖氣以爲和."
57) 《노자》 제5장 : "天地之間, 其猶橐籥乎. 虛而不屈, 動而愈出."
58) 《노자》 제43장 : "天下之至柔, 馳騁天下之至堅, 無有入無間. 吾是以知無爲之有益, 不言之敎, 無爲之益, 天下希及之."
59) 《하이데거의 사이-예술론》, p.142.
60) 이러한 해석은 이글의 뒤에서 행할 무의 zero[0]적 성격과 무한대[∞]적 성격의 양가적 해석과도 통한다.

이다.

그러면 이러한 충(沖)의 공간이 왜 중요한가? 음양 상관의 충의 경계 지대를 통하여 도는 훨씬 자유자재하게 작용하기 때문이다. 그 생생불 식의 작용은 현상계 내에서뿐만 아니라, 잠재계와 현상계 사이를 망라 해 추동된다. 이는 마치 호접몽에서의 장자와 나비의 '존재의 춤'과 같 다. 그래서 경계지대 충(沖)은 제1장에서의 "무욕으로써 그 오묘함을 보 며, 유욕으로써 그 끝의 경계를 보게 된다[常無欲以觀其妙, 常有欲以觀其徼]. 고 한 요(徼)와 같은 것이 아닐까 싶다. 여기서 요(徼)는 현상계의 사물이 펼쳐지고 돌아다니는 지엽이요 다른 곳으로 나가는 관문라고 할 수 있 다. 이와 관련해 노자에는 '도기(道紀)'라는 개념이 보인다.

> [14장] 보아도 보이지 않으니 이(夷)라 하고, 들어도 들리지 않으니 희 (希)라 하며, 만져도 잡히지 않으니 미(微)라 한다. 이 세 가지는 따져 물 을 길이 없으니 '혼연한 하나'[一]일 뿐이다. 그것의 위는 밝지 않으며 아래도 어둡지 않다. 면면히 이어지는데 무어라 이름붙일 길 없고, 아무 사물도 없는 본래의 없음[무물]으로 돌아간다. 이를 일컬어 모양 없는 모 양[무상지상(無狀之狀)]이요, 어떤 사물도 없는 형상[무물지상(無物之狀)] 이라 한다. 이를 일컬어 홀황이라 부른다. 맞이하려 해도 그 앞머리가 안 보이고, 따르려하나 그 뒤가 안 보인다. 불변의 오래된 상도(常道)를 잡아 오늘의 유를 부리면 옛날 우주의 시원을 알 수 있다. 이것이 도의 관건 [도기(道紀)]이다.[61]

노자는 우주만물의 근원을 혼연한 하나[一]로 표현하며, 그것은 이름 붙일 길이 없는 무물의 상태이며 언뜻 빛났다 사라지는 황(恍)과 홀(惚)

---

61) ≪노자≫ 제14장 : "視之不見, 名曰夷, 聽之不聞, 名曰希, 搏之不得, 名曰微. 此三者, 不可 致詰, 故混而爲一. 其上不皦, 其下不昧. 繩繩不可名, 復歸於無物. 是謂無狀之狀, 無物之狀, 是謂恍惚. 迎之不見其首, 隨之不見其後. 執古之道, 以御今之有, 能知古始, 是謂道紀."

의 경지라고 한다. 태고부터 오랫동안 변하지 않는 무의 옛 도를 잡아
현상의 유(有)를 비춰보아 도리를 깨닫는다면 그것이 바로 도의 기틀이
요 관문이라고 말한다. 사실 노자의 언어는 시적 함축과 반언과 역설이
많아 읽기가 어렵다. 까닭에 유사한 내용을 이야기로 풀어 쓴 장자와
연결하여 읽을 때 보다 효과적이다.62) 장자는 <제물론>에서 둘을 다
포용하는 양행, 그리하여 그대로 보아주는 인시, 그리고 양편 모두의
관문인 도추를 주장한다.

> [장자 : 제물론] 是로 인해 非가 있고, 비로 인해 시가 있다. 이런 까닭
> 에 성인은 상대에 근거하지 않고 하늘에 비추어, '있는 그대로를 따른다
> [인시]'. 그러면 이것이 저것이며 저것 또한 이것이 된다. 저것 역시 하나
> 의 시비이며 이것 또한 하나의 시비이다. 과연 저것과 이것이란 것이 있
> 는 건가 없는 건가? 저것과 이것이 서로 짝하지 않음을 도의 경첩[도추
> (道樞)]이라 한다. 경첩의 중심축은 돌림쇠 가운데서 작용하기 시작하며,
> 그 응변이 무궁하다. 시(是)도 무궁하고, 비(非) 역시 무궁하니 천리의 밝
> 음으로 비추어본다는 말이 있는 것이다.63)

장자는 현상적 만물이 실은 모두 같은 것이라고 하는 <제물론>에서
어느 방향이든 응하지 없음이 없는 경첩을 예로 들어, 시비 혹은 이것

---

62) 노장은 같은 도가 계열의 사상가이므로 서로 유사하다. 이에 대해서는 서로 비교 검토
   할 필요도 있으나, 이글에서는 편폭과 주제상의 거리로 인해 생략한다. 유사한 범주의
   개념들을 개략적으로 언급하면 다음과 같은데 장자에서 더욱 세분된 감이 있다.(노자와
   장자의 구별은 '와'로 연결) 有無論, 吾喪我, 坐忘, 心齋의 인식론, 竝作과 竝作, 竝生, 方
   生, 兩行, 物化와 因是, 沖氣, 襲明, 微明과 葆光, 道紀와 道樞, 玄, 玄同과 混沌, 未封, 分
   封 등이다.
63) ≪莊子·齊物論≫ : "方生方死, 方死方生., 方可方不可, 方不可方可. 因是因非, 因非因是.
   是以聖人不由, 而照之於天, 亦因是也. 是亦彼也, 彼亦是也. 彼亦一是非, 此亦一是非. 果且
   有彼是乎哉? 果且無彼是乎哉? 彼是莫得其偶, 謂之道樞. 樞始得其環中, 以應无窮. 是亦一
   无窮, 非亦一無窮也. 故曰莫若以明."

과 저것 역시 다른 시야에서 보면 상대적임을 말하고 있다. 편단적 시비를 지양하고 있는 시와 비, 이것과 저것 그대로를 인정하는 대긍정의 양행적 인시가 필요하다고 한 것이다.[64] 도의 관문으로 들어가는 열쇠를 장자에서는 도추로 노자에서는 도기로 표현된 것이다. 도기(道紀)와 도추(道樞)는 공히 양자의 그 어느 것이 아닌 양자를 아우르는 사이의 중간지대이며, 도로 들어가는 개합의 관건이다. 만물은 장자에서 나비로, 그리고 다시 장자로 옮겨가며 꽃을 피운다. 그 사이사이 암흑의 현동(玄同)을 다녀오는 가운데 말이다. 그러니 세상은 현상은 달라도 결국 하나이다. 이로부터 대긍정의 인시(因是)가 도출된다.

　이와 같은 관문을 통해 세상사가 어느 편단이 아닌 양자 모두 그러함을 인정하게 되는 비분별적 대긍정의 인시의 경지에 이를 수 있게 된다고 할 수 있다.[65] 대긍정의 제물과 인시의 경지에 도달하기 위해서는, 사물을 시비 분별의 관점으로 보는 것을 그치는 인식의 대전환이 필요하다. 그 초월적 비분별의 경지는 만물에 대한 본원적이며 총체적 시야에서 도달 가능하다. 시비 분별의 이전의 혼융된 하나[一]에 시선을 집중시키면 이러한 분별과 분봉의 다툼이 생겨나질 않는다. 이러한 관점 하에서 비로소 미는 곧 추함이요, 행은 곧 불행이고, 유는 무와 같이

---

64) 이글에서는 '是'와 '非', 그리고 '彼'자가 많이 나온다. 고한어 어법을 보면 전국시대까지 상고한어에서 '是'는 가까이 있는 이것[此]이고, '非'는 멀리 있는 저것[彼]을 지칭한다. 그리고 '是', '此', '斯'는 모두 첩운으로 통용되었으며, 彼와 非는 쌍성 통가자이다. 원문에서 '彼'에 대응하는 글자가 '此'가 아니라 '是'로 쓰인 것은 이런 까닭이다. ≪장자≫에서 '是'는 명사로 사용된 예가 많다. 그리고 '非'는 일찍부터 계사로 사용되었으나, '是'가 계사로 사용된 것은 육조 이후이다.(이상 尙杰, ≪中西：語言與思想制度≫, 北京大學出版社, 2010, pp.266-277, p.279 참조)
65) 시비를 구별하지 않는 인시를 통하여, 비로소 하늘의 고름이요 질적 중용인 '天鈞'의 조화로움에 이를 수 있으니, 이것이 兩行이다.(<제물론> : "名實未虧而喜怒爲用, 亦因是也. 是以聖人和之以是非, 而休乎天鈞, 是之謂兩行.")

생겨난다고 한 것이다. 그래서 작은 것에서도 도를 바라볼 수 있게 되는 것이다. 이것이 '견소포박(見素抱樸)'이다. 또한 큰 나라 다스리기를 작은 생선을 굽듯이 할 수 있게 되는 것이다.[66] 작은 곳에도 도는 여지없이 흐르기 때문이다. 이것이 병작과 포일의 양가적 사유이다.

그러면 이러한 잠재와 현상을 아우르는 양행포일의 사유는 어디서 연유하는가? 그것은 사물의 표면을 구성하는 이질적인 것들이 실은 내적으로 연관되어 있다고 하는 양가성(兩價性)의 관점에서 비롯한다. 양가성의 관점은 음과 양이 산언덕의 양면인 것에서 유비 가능하다. 양가성의 세계에서는 가도는 곧 상도의 세계의 다른 양상일 뿐이다. 현상에서 배타적인 것들이 상호 관계하며 생기(生起)하기 때문이다. 그렇기 때문에 노자에 수많이 나타나는 유와 무계열의 이중적 세계는 상호텍스트적이다. 이렇게 본다면 가도(可道)의 세계에서 드러나는 다양한 구체들은 실은 본질의 현재적 구현인 셈이다. 그렇다면 이는 가도와 상도의 이중성의 동거이며 병작이기도 하다.

이러한 현상적 양면성과 종국적인 양가성의 세계에서 진실은 어느 한 쪽이 아니라, 이것이기도 하고 저것이기도 하다. 노자가 이항대립적 분별 어느 한편에 서기를 반대하고 그 둘을 함께 아우르는 장자적 양행의 각성된 시야를 요청한 것은 바로 사물에 대한 인식의 총체성, 즉 사물의 양면성을 바라볼 것을 주장한 데 있다. 이러한 우주만물이 지닌 동태적 상호텍스트성과 그것들이 지닌 양가성(ambivalence)은 바로 유와 무, 음과 양, 나아가서는 현상과 본질이 모두가 한 통속으로 돌아가는 우주자연의 기본 속성이다. 그래서 "천지의 사이[間]에 실체란 없이[無]

---

66) ≪노자≫ 60장 : "治大國, 若烹小鮮, 以道莅天下, 其鬼不神, 非其鬼不神, 其神不傷人, 非其神不傷人, 聖人亦不傷人, 夫兩不相傷, 故德交歸焉."

풀무와 같아서, 텅 비어 그치질 않으니 움직일수록 더욱 생성되어 나온다."고 한 것이다.

이상 노자의 사유 특징은 서로 다른 기호체계의 어느 한쪽으로 치우침이 아니라, 둘을 같이 추동하는 병작·포일의 사유이다. 즉 서로 다른 둘이 대대연기적이며 상호텍스트적으로 작용해 현상적 둘을 하나로 바라봄의 사유이다. 이는 양자택일적 편단을 넘어선다는 점에서 초월적이고, 그 둘이 안에 여전히 있다는 점에서 내재적이므로 '내재-초월'적이다. 그런데 의미상 '초월'이란 그것을 벗어나 있음을 뜻하는데 반해, '내재'란 그것 안에 있음이기 때문에, '내재-초월'의 사유는 곧 '내외 병존(in·ex·ist)'적이며 모순 공존의 사유이다. 다른 두 세계가 동거함, 이는 두 세계의 동봉(同封)의 독법이니,[67] 현상과 잠재, 두 세계를 이어주는 뫼비우스의 띠(Mobius strip)요, 화엄경에서 말하는 이사무애법계적인 거칠 것 없는 소통이다.

그렇다면 둘 사이의 상호 관계적인 사이[間]의 철학은 존재 A와 존재 B를 독립적으로 보는 것이 아니라, '와(and)'로 연결 하는 사유이다. A가 B와 연결될 때 이 사이를 통하여 왕래가 일어난다. 빈 허공에서 풀무질이 일어나 생기로 가득 차듯이, 노자적 충기로 매개되는 '사이'를 통해 벌어지는 존재의 마당에는, 한바탕 장자적 천화(遷化)[물화]와 생장 소멸의 장판이 벌어진다. 즉 유와 무, 현상과 본질이 서로 존재의 춤을 추는 놀이터가 바로 '내재-초월'의 존재의 마당이다.

---

67) 김형효는 이를 장자의 '未封'과 유사 개념으로서 둘이 상관한다는 뜻의 同封으로 표현했다. ≪사유하는 도덕경≫ p.230 및 p.295.

4. 유물혼성과 천지불인의 물학 사유

(1) 천지불인(天地不仁)의 제물 사유

세상 사람들이 선악, 미추, 강유 등 이분법적 기호로 세상을 읽는 것이 잘못되었다고 비판한 노자 세계관의 독법은 유무상생적이며 병작(竝作)적인 상호텍스트적 읽기에서 찾을 수 있다. 그리고 그 본체적 실상은 유물혼성으로서의 물학적이며 비편향적인 양가포일의 세계이다. 노자의 본체론을 보자.

> 그 무엇이 있어 서로 섞이니, 천지보다도 앞서 생겨난다. 고요하고 비어 우뚝 서서 변치 않으며 두루 운행하여 멈추지 않으니, 천하의 어미라할만하다. 나는 그 이름을 알지 못하니 글자를 붙여 도라 부르고, 억지로이름을 지어 크다고[대(大)] 한다. …… 사람은 땅을 본받고 땅은 하늘을본받고, 하늘은 도를 본받으며, 도는 자연을 본받는다.[68]

본 25장의 글은 본원적인 시원에 관한 언급으로 보이며, 중심은 인간이 아니라 알 수 없는 그 무엇인 물(物)이다. 노자의 우주론적 시원은물(物)의 존재론이다. 태초의 사물은 혼돈 중에 이루어지고, 그로부터 오히려 천지가 만들어졌다고 말한다. 이러한 논지는 빅뱅의 현대물리학과매우 닮았다. 천지자연 생성의 이치는 부단히 지속되는데, 시원으로서의 그 무엇을 무어라 이름 할 길 없고 다만 '도(道)' 또는 '대(大)'라 부르고자 한다는 것이다.[69] 노자의 사유는 물학에 토대하고 있으며, 이는

---

68) 《노자》 제25장 : "有物混成, 先天地生. 寂兮廖兮, 獨立不改, 周行而不殆, 可以爲天下母. 吾不知其名, 字之曰道, 强爲之名曰大. 大曰逝, 逝曰遠, 遠曰反, 故道大, 天大, 地大, 王亦大, 域中有四大, 而王居其一焉. 人法地, 地法天, 天法道, 道法自然."

69) 《노자》를 《도덕경》이라고도 부르니, 이는 세계추동의 원리인 道와 운용인 德에 관

또한 ≪장자≫의 중심장 <제물론>의 물학(物學)이기도 하다. 노자의 유물혼성(有物混成)론은 인학(人學)이며 인학(仁學)인 유학, 그리고 심물(心物)여일의 불학과도 다른 물학적 관점을 명백히 하고 있다.

글의 뒷부분은 사람과 땅과 하늘과 도가 모두 스스로 그러한 자연을 본받는다고 했다. 추종의 순서에 따라가면 '인→ 지→ 천→ 도→ 자연'이 되고, 발생론적으로는 '자연→ 도→ 천→ 지→ 인'이 된다. 노자가 제1장부터 중심에 놓은 도가 결국은 순조로운 자연의 이치를 따른다고 말한 것은 자연의 이법이 인간의 가치보다 우선한다고 하는 점에서 물학 또는 물론 사유의 특징을 보여준다.[70]

그러면 노자가 추구한 도, 즉 진리의 세계란 어떤 것일까? 노자는 다음과 같이 다소 놀라운 언표를 한다.

> 천지는 어질지 않으니, 만물을 짚 강아지처럼 여긴다. 성인은 어질지 않으니 백성을 짚 강아지처럼 본다. 천지 사이는 풀무와 같아서, 비어 있으나 굴함이 없고, 움직일수록 더 나온다. 사람은 말이 많으면 곤경에 빠지니 빈 중심을 간직함이 좋다.[71]

천지가 어질지 않다고 한 노자의 언표는, 인학인 유가와 상반된다. '추구(芻狗)'란 제사에 쓰는 짚으로 만든 강아지이다. 제사를 지낼 때는 공경하는 마음으로 지내다가도 제사가 끝나면 쓸모가 다하였으므로 불태워버리는 것이니, 이러한 이치는 만물이 다 그러하고, 백성 또한 마

한 책이기 때문이다. 德의 자훈이 "크다"는 뜻이므로 그것은 바로 곧 大와 통한다.

70) '自然'을 실체적 자연으로 볼 것인가, 순리적 자연으로 볼 것인가는 철학적 논쟁점인데, 사실 둘은 '실체적 우주자연의 그러함'이라고 하는 점에서 서로 통하는 데가 있다. 노자 세계관을 物學으로 본 이글에서 이 문제를 상론하지는 않는다.

71) ≪노자≫ 제5장: "天地不仁, 以萬物爲芻狗. 聖人不仁, 以百姓爲芻狗. 天地之間, 其猶橐籥[탁약] 乎, 虛而不屈, 動而愈出. 多言數窮, 不如守中."

찬가지라는 것이다. 백성도 인간 세상에서나 중요하지 그 경계를 벗어나 천지만물의 세계로 시야를 확장하면 결국 일시적으로 있다 사라지는 시공간적 존재인 까닭이다. 이는 생명 존재의 덧없음을 말하기도 한 것이나, 다르게 보면 우주자연의 제법이 자연과 인간이 서로 분리된 것이 아님[제법불이]을 말한 것이기도 하다. 사람으로서는 아쉬운 일이지만 그것이 우주자연의 이치이다. 노자는 바로 이 점을 설파하고 편향적인 집착을 버릴 것을 주문한 것이다.

이렇게 '유물혼성'하고 '천지불인'한 자연의 이·사법의 세계에서 인간이 어떤 자세를 취해야 하는가에 대해 노자 텍스트 여러 곳에서 말하고 있다. 그것은 한마디로 인간을 따르지 말고 자연을 따라야 한다는 것이다. 이는 다른 말로는 소유가 아닌 존재에 중심을 두어야 한다는 말인데, 이와 같은 존재적 삶은 본질계와 현상계를 함께 아우르는 관점의 확립 이후에 비로소 가능해진다. 그래서 어느 한 편단에 서지 말고 양쪽을 두루 보아냄, 즉 장자적 양행의 사유가 중요한 것이다. 노자는 원초의 하나인 재단되고 분할되지 않은 통나무[박(樸)]를 강조한다.

> 도는 항상 아무 일도 하지 않지만[무위], 또한 하지 않음이 없다[무불위]. 만일 군주가 능히 이러한 도리를 지킨다면 만물은 스스로 변화해나갈 것이다. 그 변화의 과정에서 유욕이 일어나면, (나는) 이름 붙일 길 없는 무名의 통나무[박]로 그것을 누를 것이다. 무명의 통나무는 또한 욕망하지 않을 수 있으니, 욕심내지 않음으로 마음이 고요해지고, 천하가 절로 자기 자리를 잡게 된다.[72]

---

72) 《노자》 제37장 : "道常無爲, 而無不爲, 侯王若能守之, 萬物將自化. 化而欲作, (吾)將鎭之以無名之樸, 無名之樸, 夫亦將無欲, 不欲以靜, 天下將自定."

여기서 무명의 통나무인 박(樸)이란 분봉되지 않은 무명의 일(一), 즉 시원으로서의 포일(抱一)의 상태이다. 잠시 문두에서 '도가 아무 일도 하지 않지만[無爲], 또한 하지 않음이 없다[무불위](道常無爲, 而無不爲)'라고 말한 주체에 대해 생각해보자. 이 문장의 대주어는 모두 도이다. 다만 그것은 바라보는 관찰자는 다르다. 먼저 첫 번째 나타나는 도는 본질계의 이치이다. 그리고 '무위'를 바라보는 주체는 현상계적 관점에서는 아무것도 하지 않는 듯이 보인다. 세 번째의 '무불위'는 그럼에도 불구하도 생생불식한 것이 우주자연의 섭리이니 그것은 본질 대각의 관점에서 본 것이다. 그러나 이 둘을 넘어서서 하지 않는 듯하지만 함[위(爲)]이요, 하는 듯하지만 또한 하지 않음[무위(無爲)]이니, 결국 이 둘은 즉비(卽非)의 논리로 이해해야 하니, 함이 곧 하지 않음이다. 노자 도덕경에 나타나는 수많은 이항대립 요소들은 이렇게 양자 사이를 관점 이동하면서 '초월적 포괄' 속에서 텍스트가 직조되어 간다.

여기서 필자가 본질의 상도의 세계를 현상계와 잠재계로 나누어 말한 이유는 상반된 두 어휘가 각기 다른 분봉의 관점을 보여주고 있으며, 이것들은 상호텍스트적으로 작용함을 의미한다. 실상 우주자연이란 현상계의 눈으로는 아무 것도 하지 않는 것[무위] 같아도 실상 잠재의 관점으로 보면 부단히 쉬지 않고 운행[무불위]하고 있다. 상도의 본질의 세계는 위(爲)와 불위(不爲)의 상호 춤의 마당이다. 노자 텍스트는 이와 같은 관점에서 읽어나갈 때 반언과 연설이 정언으로 돌아온다.

다시 박(樸)에 관한 논의를 보자. 문중에서 시원의 박(樸)은 모태로서의 암컷성으로 연결되는 노자 28장을 보자.

知其雄, 守其雌, 爲天下谿, 爲天下谿, 常德不離, 復歸於嬰兒.

知其白, 守其黑, 爲天下式, 爲天下式, 常德不忒, 復歸於無極.

知其榮, 守其辱, 爲天下谷, 爲天下谷, 常德乃足, 復歸於樸.

樸散則爲器, 聖人用之, 則爲官長, 故大制不割.

수컷을 알고 암컷을 지키면 천하의 계곡이 되고, 천하의 계곡이 되면 항상 된 덕[常德]이 떠나지 않아 어린 아이[嬰兒]로 돌아갈 수 있다.

흰 것을 알고 검은 것을 지키면 천하의 법도가 되고 천하의 법도가 되면 상덕(常德)이 변치 않아 무극으로 복귀한다.

영화를 알고 욕됨을 견디면 천하의 계곡이 되고 천하의 계곡이 되면 상덕이 넉넉해져서 질박한 통나무로 돌아간다.

통나무가 쪼개져 그릇이 되매, 성인이 이를 쓰니 수장이 된다. 그러므로 큰 마름[大制]은 곧 자르지 않음[不割]이다.73)

이글의 원문을 본문에 서술한 이유는 고대 운문에 보이는 시각적 특징을 고려해서이다. 내용뿐 아니라, 형식면에서 자수와 입성자 각운까지 포함하여 노자 글쓰기의 시적 특징을 매우 잘 드러내고 있다. 내용상으로도 이글은 은유적 함유가 풍부하다. 먼저 천지 생성의 암컷중심주의 속성을 강조한다. 까닭에 노자 제28장은 제6장의 '곡신불사(谷神不死)'와도 맥락을 같이 한다. 그리고 그 시원성은 어린아이[嬰兒]와 같은 원초적 회복, 즉 상도적 운행인 상덕(常德)의 극치인 무극으로 이어진다.

끝 부분에서는 현실적 통치론을 역설적 비유로 말한다. 성인은 통나무에서 분할된 수많은 그릇들을 자연의 이법인 무위의 큰 마름으로써 즉 재단 없는 재단이요 무위의 유위이며 무용의 용으로 다스려야 한다고 했다. 즉 재의 세계는 만물을 생성하는 곡신과 계곡과 같고, 그것은

73) ≪노자≫ 제28장 : "知其雄, 守其雌, 爲天下谿, 爲天下谿, 常德不離, 復歸於嬰兒, 知其白, 守其黑, 爲天下式, 爲天下式, 常德不忒, 復歸於無極, 知其榮, 守其辱, 爲天下谷, 爲天下谷, 常德乃足, 復歸於樸, 樸散則爲器. 聖人用之, 則爲官長, 故大制不割."

어린아이와도 같이 순진무구한 원형질의 세계이며 그것이 곧 박(樸)의
세계이다. 그리고 여기에서 수많은 그릇의 세계인 현상계가 파생된다.
현상계를 살지만 그것의 바탕을 함께 보아내는 본질 직관의 대각을 노
자는 주문한다. 세상의 허다한 종교가 이면의 것에 대한 깨달음을 말하
고 있는 점에서 노자와 장자의 사유는 종교적이다.

이러한 바탕 위에서 노자는 '바탕을 보아 그 원형인 통나무를 잡고,
인간적인 욕망을 제어하라'는 의미의 '견소포박(見素抱樸), 소사과욕(少私
寡欲)'을 주장했다.74) 본장의 내용을 노자의 말로 정리하면 상도와 그
운용인 상덕, 곡신과 영아와 박(樸), 그리고 무극으로의 회복인 셈이다.

이러한 토대 위에서 장자는 물적 자연계와의 공명 소통을 주장했으
니, 그것이 심재(心齋)와 좌망(坐忘)이다. 장자는 제물적 양행의 세계에서
시와 비를 함께 보아낼 것을 주문하였다.75) 그것이 도의 본질이기 때문
이다.76) 그리고 도의 본질을 체득하기 위해서는 마음을 가다듬고 자신
을 놓아야 한다고 한 것이다. 이것이 바로 장자의 심재와 좌망이다. 장
자는 그 결과로서 두 가지로 나아감인 '양행'과 대긍정의 있는 그대로
의 긍정인 '인시'의 대각성이 가능할 것이라고 했다. 노자적으로는 무
불위이기도 한 '무위'와 '무사(無事)'의 우주적 추동이다.

---

74) ≪노자≫ 제19장 : "絕聖棄智, 民利百倍, 絕仁棄義, 民復孝慈, 絕巧棄利, 盜賊無有. 此三
者, 以爲文不足, 故令有所屬, 見素抱樸, 少私寡欲.

75) 필자의 <장자의 꿈> "참 도의 체득을 위해서는 현상계에 대한 '有分' 또는 '見分'의
부분적 바라보기를 그치고 이것과 저것을 동시에 인정하는 양행의 관점이 요구된다. 이
것과 저것의 구속을 받지 아니함 이것이 얽매임[攖寧]으로부터의 풀려남인 縣解[懸解]
이다. 스스로 物의 굴레를 푸는 것이 바로 해체이다."

76) 도란 본래 경계가 없고 말이란 애초 고정됨이 없으니, 이러한 까닭에 때문에 차이의 경
계가 생기게 되었다. 그 경계를 말하자면, 좌와 우가 생기고, 대강과 상세가 생기며, 분
석과 유별이 생기고, 앞다툼과 맞다툼이 생기니, 이를 여덟 가지 덕[八德]이라 한다. 그
러므로 세상 밖의 것에 대해 성인은 인정[存]은 하고 시비를 가리지는[論] 않는다.(≪莊
子·齊物論≫)

학문을 행함은 날로 더하나, 도를 행함은 날로 줄어간다. 줄고 또 줄어 무위에 이르게 되니, 무위하며 동시에 무불위함이다[無爲而無不爲]. 그런 고로 천하를 취함은 늘 무사(無事)로써 행해야 한다. 작위의 유사(有事)로 하면 천하를 취할 수 없다.[77]

‘작위하지 않는 가운데 하지 않음이 없는’[무위이무불위(無爲而無不爲)] 경계, 이것이 노자의 자연이법의 사회적 적용으로서의 노자적 통치론이다. 인간계 역시 외물 세계의 한 부분이므로 자연의 순리를 따라야 마땅하다. 그것이 바로 앞 노자 28장에서 말한 통나무가 쪼개져 그릇이 되니 ‘상선약수(上善若水)’와 같은 암컷중심주의적 물과 같은 낮음의 정치요 ‘마름이 없는 마름’이란 무위의 이상적 정치의 구현이다.

(2) 영(0)과 무한의 수학철학으로 본 노자 사유의 양가성

노자가 핵심적으로 강조한 ‘무’와 ‘무위’의 철학은 수학에서 발견한 숫자 0과 매우 닮아 있다. 본절에서는 필자가 좋아하는 노자 사유의 수학철학적 해석학을 생각해본다. 노자는 0인 무의 공간에서 화려한 생기의 춤이 벌어질 수 있다고 했다. 무의 공간에서 어떻게 유의 생기의 춤판이 벌어지는가? 그것은 노자가 언명한 무가 단순히 없음의 무가 아닌 까닭이다.

무는 없음이 아니라 존재의 한 형태로서의 무이다. 집합기호로 말하자면 아무 것도 없는 ϕ [파이]가 아니라, 무의 존재성을 현시하는 집합 $\{\phi\}$인 셈이다. 즉 존재의 한 형태인 본질계적 집합 $\{$무$\}$는 현상계적

---

77) ≪노자≫ 제48장 : "爲學日益, 爲道日損. 損之又損, 以至於無爲, 無爲而無不爲. 取天下, 常以無事, 及其有事, 不足以取天下."

집합 {유}와 상관하며 세상사에 참여하게 된다. 그런 의미에서 충기론
에서 보았듯이 무는 충만한 비움의 공간이자, 유를 생산해내는 있음의
공간이다. 이러한 모순의 공존이 무의 철학사유의 핵심이다.

무와 무한의 빅뱅 우주

이제 0에 대하여 살펴보자. 현대 수학과 과학이 이루어낸 성과는 숫
자 0(zero)의 양가성(ambivalence)이다.78) 양자역학의 세계에서 숫자 0은
zero이면서 무한대이다. 빅뱅이론은 우주가 138억년 전 영점 무에서 대
폭발하여 찰나에 흩어져 지금도 확장되고 있다고 말한다. 이를 송대 주

---

78) 다음은 수학과 과학에서 본 0이다. 네 번째 글에서 0을 도로 옮겨 읽어본다. 노자의 도
론과 흡사하지 않은가?(출처 : ≪무의 수학, 무한의 수학≫, 찰스 세이프 저, 고중숙
역, 시스테마, 2011) ① 0과 무한대는 불가분이며 수학에서 불가결하다는 점은 확실해
졌다. …그리고 양자역학에서 0은 무한하고 어디에나 있으며 심지어 가장 깊은 진공에
도 존재하는 기이한 에너지의 원천이며, 무에 의하여 발휘되는 유령과 같은 힘의 근원
이기도 하다.(pp.183-184); ② 양자역학에서의 0은 진공을 포함하는 온 우주에 충만한
무한대의 에너지, 곧 영점에너지를 뜻한다.(p.192); ③ 양자역학의 0은 진공에게 무한의
에너지를 준다. 반면 현대의 또 다른 이론인 상대성이론의 0은 또 다른 역설, 곧 블랙
홀이라는 무한의 무를 낳는다.(p.204); ④ 사상의 지평을 넘어 여행하는 것은 우주라는
차에서 내리는 것과 같다.(pp.214-215)

돈이(周敦頤) 이래의 주역 해석으로 말하자면 무극에서 태극으로, 그리고 양의, 사상, 팔괘, 육십사괘로 분화되는 이치이고, 필자가 해석한 노자적으로 말하면 영점 무의 잠재태에서 현상계의 삼라만상의 무한 분열[분봉(分封)]되는 이치이다. 이러한 까닭에 무는 0이면서 또한 무한대[∞]이다.[79)]

양자수학에서 이렇게 말한다. "0과 무한은 동전의 양면과 같다. 0과 무한대는 모든 수를 서로 삼켜버리려는 투쟁 속에서 서로 얽혀 있다. 동등하지만 반대이고, 음과 양이며, 수의 영역 양극단에 있는 강력한 맞수이다."[80)] 이 문장에서 0과 무한을, 각각 잠재계와 현상계로 바꾸고, 모든 수를 존재로 바꾸어 보면 이렇게 해석될 것이다.

> 잠재계와 그 발현인 현상계는 동전의 양면과 같다. 잠재계와 현상계는 모든 '존재'를 서로 삼켜버리려는 투쟁 속에서 서로 얽혀있다.

이번에는 큰 흥행을 한 최근 영화 <인터스텔라(Interstellar)>에 나오는 시공간적 변이의 전환점인 중력 특이점(singularity)과 관련해, '0'에 관한 수학적 정의를, 노자의 '도'로 옮겨 패러디해본다.

> [수학] 블랙홀을 찾아낼 수는 있지만 그 중심에 있는 '특이점으로서의 0'은 사상(事象)의 지평에 의해 가려져 있어 결코 찾아낼 수 없다.

---

79) 이러한 兩價性(ambivalence)은 각국의 언어에도 무수하게 나타난다. 한 예를 들면 영어의 'sacred'는 신성하다는 뜻이다. 그러나 같은 어원에서 나온 'sacrifice'는 소를 공물로 바쳐 죽이는 犧牲이다. 내재된 하나의 사상이 두 극단으로 분봉되며 현재화한 흔적이다.

80) "아인슈타인의 상대성이론에서 0은 별들을 통째로 집어 삼키는 괴물 같은 블랙홀이 되었다. 양자역학에서 0은 무한하고 어디에나 있으며 심지어 가장 깊은 진공에도 존재하는 기이한 에너지의 원천이며, 무에 의해 발휘되는 유령 같은 힘의 근원이기도 하다."(≪무의 수학, 무한의 수학≫, p.154, p.169, p.184)

　　[노자] '현동(玄同)'의 세계를 찾아낼 수는 있지만 그 본질적 '상도'의
세계는 '언어'의 지평에 의해 가려져 있어 결코 표현할 수 없다.

　　"정말 중요한 것은 눈에 보이지 않아. 마음으로 봐야 해." 생택쥐페
리(Saint Exupery)의 <어린 왕자>에 나오는 말이다. 또 신약성서의 창조
론에서는 "보이는 것은 나타난 것으로 말미암아 된 것이 아니니라."라
고 했다.81) 이들은 다 무한히 분열하여 가시적 세계에서 꽃을 피운 분
봉의 현상계 너머 노자가 말한 본체론적 0의 무, 즉 상도에 관한 언급
이리라.

　　양가성의 관점으로 볼 때 보이는 현상계와 보이지 않는 잠재계를 이
어주는 경첩[道樞]과도 같은 도의 문[道紀]은 자유자재로 존재의 흐름에
따라 열리고 이동되어, 충기(沖氣)로 가득 찬 혼성의 이중적 지대는 마
치 황(恍)하기도 하고 홀(惚)하기도 한 것 같다.82) 이러한 습명(襲明)83)과
미명(微明)84)의 희미한 빛의 지대는 '현지우현(玄之又玄)'85)의 분봉되지
않은 모든 것이 나누어지기 전의 미봉(未封)의 현동(玄同)86)의 세계로서,

---

81) [히11 : 3] "믿음으로 모든 세계가 하나님의 말씀으로 지어진 줄을 우리가 아나니 보이
　　는 것은 나타난 것으로 말미암아 된 것이 아니니라."([NIV] By faith we understand
　　that the universe was formed at God's command, so that what is seen was not made
　　out of what was visible.)
82) 恍과 惚은 아득하고 미묘하여 알 수 없는 상태를 형용한다. 김형효는 문장으로 미루어
　　황과 홀 역시 상호 텍스트적으로 쓰여 있다고 한다.(≪노자≫ 제21장 : "孔德之容 惟道
　　是從. 道之爲物, 惟恍惟惚. 惚兮恍兮, 其中有象. 恍兮惚兮, 其中有物. 窈兮冥兮, 其中有精,
　　其中有信. 自古及今, 其名不去, 以閱衆甫. 吾何以知衆甫之狀哉, 以此")
83) ≪노자≫ 제27장 : "善行, 無轍迹, 善言, 無瑕讁, 善數, 不用籌策, 善閉, 無關楗而不可開,
　　善結, 無繩約而不可解, 是以聖人常善救人, 故無棄人, 常善救物, 故無棄物, 是謂襲明, 故善
　　人者, 不善人之師, 不善人者, 善人之資, 不貴其師, 不愛其資, 雖智大迷, 是謂要妙."
84) ≪노자≫ 제36장 : "將欲歙之, 必固張之, 將欲弱之, 必固强之, 將欲廢之, 必固興之, 將欲
　　奪之, 必固與之, 是謂微明, 柔弱勝剛强, 魚不可脫於淵, 國之利器, 不可以示人."
85) ≪노자≫ 제1장 : "道可道非常道, 名可名非常名. 無名天地之始, 有名萬物之母. 故常無欲
　　以觀其妙, 常有欲以觀其徼. 此兩者同出, 而異名, 同謂之玄. 玄之又玄, 衆妙之門."

그 검고 검은 아득한 저 지평 너머로 모든 것은 의미를 잃고 하나로 함
몰되었다가 언젠가 다시 생겨날 또 하나의 상호텍스트적 세계일지도
모른다. 그리고 그 원초적 현동(玄同)의 erewhon은 다다를 길 없는 도화
원적 'no where'이 아닌 '지금-여기'의 'now here'이 아닐까?

5. 동아시아적 진리탐색의 이정표

노자 도덕경은 난독의 경전이다. 축약적인 텍스트 자체도 어렵고,
1973년 및 1993년에 각각 발견된 백서(帛書)와 초간본(楚簡本)이 보여주
는 판본 이질성 역시 향후 풀어내야 할 만만치 않은 과제이다. 이글은
왕필본을 중심으로 고찰하였다. 노자 도덕경은 시적 모호성, 부정의 어
법, 역설과 반언(反言)으로 점철되고 직설적이지 않아 어렵다. 진리를 말
로는 풀 수 없다고 한 노자 제1장의 언명에 따라, 자기모순 속에 풀어
내야 했기 때문이라고 생각된다.

이러한 함축으로 인하여 노자를 보는 시각 역시 상당히 다양하다. 필
자 역시 2011년 인사동 동문선출판사 사무실에서 8개월여에 걸쳐 열린
김형효 교수의 ≪사유하는 도덕경≫ 직강 모임에 참여하였고, 이후 다
시 1년간 ≪노자≫를 이리저리 읽고 생각해봐도 여전히 만만치 않은
매력으로 끌어당긴다. 함석헌 등 많은 사람들이 끝까지 노자를 곁에 두
고 있었던 까닭을 알 것 같다. 또한 어느 순간 알 것 같다가도 통일적
맥락 이해에 의문이 생겨나기도 한다. 이글에서는 잠재계와 현상계 및

---

86) ≪노자≫ 제56장 : "知者不言, 言者不知, 塞其兌, 閉其門, 挫其銳, 解其分, 和其光, 同其
塵, 是謂玄同."

이 둘을 아우르는 본질로서의 상도와 현동의 문제와 관련하여 의문이 완전히 해소되지는 않았다. 필자의 부족일 가능성이 크지만, 어쩌면 노자의 설명이 체계화되지 못했을 수도 있다.[87) 이 부분은 향후 심화 연구의 필요가 있거나 또는 노자 텍스트의 다른 판본 연구로 보완되기를 바란다.

이글은 제2장에서 노자 글쓰기의 특징을 중심적으로 논했다. 말로는 전달할 수 없는 진실, 즉 도에 대하여 노자 도덕경에서 은유·함축의 시, 30%나 되는 정언약반(正言若反)'의 부정문과, 역설과 유비의 여운을 남기며 메시지를 남겼다. 그리고 세상에 현현된 이분법적 가치들이 실은 독립적으로 홀로 있는 것이 아니라 상호 연계되어 있다고 보았다. 노자와 장자 텍스트에 나타난 초월의 독법은 바로 둘을 넘어서려는 전략적 필요가 낳은 산물이다.

이글의 중심인 제3장에서는 노자 사유의 특징을 언어로 밝힐 수 없는 도의 특성에 대해 논하고, 다음으로는 유무 기호의 상호텍스트성, 그리고 도의 내재-초월성에 대해 논했다. 먼저 논할 부분이 유무론이다. 노자는 시시로 변하는 현실의 장에서 만유의 본 모습을 찾으려 했다. 그리고 그 본 모습은 유(有) 자체만은 아니라고 보았다. 또 그렇다고 무가 전부라고 본 것만도 아닌 것 같다. 무는 유를 낳기도 하지만 유와 함께 하는 대대연기의 파트너이기도 하다. 노자는 장자와 함께 유와 무

---

87) 노자는 거뭇한 하나인 '玄同'에서 유와 무의 둘이 배태되어 나온다고 한 노자 제1장의 내용, 즉 '同出而異名'이라고 한 것으로 보아 현동을 태초의 것을 간직한 미봉의 본질로, 그리고 그것이 불가시적 잠재의 무와 가시적 현상의 유라고 본 것으로 보인다. 필자는 잠재와 현상, 둘이 모두 본질의 양면적 양태라는 관점을 취하고 있다. 그러나 노자 텍스트는 때로 잠재와 본질이 명료하게 구분되고 있지 않은 듯이 보이는데, 이에 따라 상도의 해석 문제가 달라질 수 있다. 노자 개념의 명료성 문제에 관해서는 별도의 상세 고찰이 필요할 것이다.

그 어느 한쪽에 치우쳐서는 참된 진리를 알 수 없다고 보았다. 그렇다면 무는 유와 함께 상호텍스트적으로 읽어야 한다.

유무론으로 보자면 유나 무 어느 한 계열에 얽매여서는 '참-도'를 잡아내기 어렵게 된다. 노자 텍스트에서 무는 단순한 무가 아니라 유와 상관해 서로를 만들어내는 뮈[유무상생]이기도 하면서,[88] 동시에 만물을 생성해내는[有生於無] 근원의 지대이다.[89] 그런 면에서 노자에 있어서 무는 유무상생의 한 원인이면서, 동시에 충(沖)과 같이 '텅 빈 충만'의 현동의 공간이 될 것이다. 두 세계를 왕래하며 둘을 함께 보아내는 그 중간적 충기의 현동적 자리가 우주 본연의 자리라고 생각한 것 같다. 그렇다면 존재란 장자의 나비와 같이 유와 무의 영역을 왔다 갔다 하는 타자와 상호적으로 춤을 추는 과정적 존재인 셈이다.[90]

필자가 본 노자의 세계 이해는 서로 다른 이원적인 요소들의 상호텍스트적 바라보기이다. 그리고 그 상호텍스트성은 헤겔류의 요소 분리적인 변증법적 체계가 아니다. 그것은 대대연기적 작용과 그것 너머로의 '내외 병존(in·ex·ist)', 즉 '내재이면서 동시에 초월'인 '내재 초월'의 모순 공존의 독법하에서 접근 가능해진다. 다시 말하면 음과 양, 시와 비, 현상과 본질 그 어느 편단이 아니다. 세계는 서로가 서로에 기대는 유무상생의 병작 양행과 동봉의 법으로 은현하고 왕래하는 존재의 춤의 마당이다.

그렇다면 그 귀결은 음양 분봉(分封)이 아닌 음양 상생의 상호텍스트성 속에서의 생장소멸이며, 동봉적 화광동진의 혼융포일의 세계이다.

---

88) ≪노자≫ 제2장 : "故有無相生, 難易相成, 長短相較[刑], 高下相傾, 音聲相和, 前後相隨."
89) ≪노자≫ 제40장 : "反者, 道之動, 弱者, 道之用, 天下萬物生於有, 有生於無."
90) 그런 의미에서 '存在'가 시간의 存과 공간의 在로 얽혀 있음에 주목할 필요가 있다.

이러한 자유롭고도 온전한 양자 소통의 세계는 내재와 초월을 동시에 이루어내는 '내외 병존(in·ex·ist)'과 모순 공존의 독법에서 이해된다. 이 같은 동봉적 상호텍스트성의 세계는, 노자의 용어로 말하자면 상도와 가도의 세계의 주고받음의 도기(道紀)요, 장자적으로는 인시와 양행의 도추이고, 화엄적으로는 이사무애법계이며, 필자적으로는 서로 다른 세계를 이어주는 뫼비우스의 띠(Mobius strip)의 원융자재의 '초월적 전이와 건너뜀'[trans-shift]의 세계이다. 이를 통해 이들 두 세계는 다시 근원으로서의 현동과 혼돈의 본원적 세계로 포일적 통일을 이룰 것이다.

제4장에서 천지자연이 인(仁)하지 않고 만물은 제사에서 제물로 쓰는 짚 강아지[芻狗]와 같다고 한 노자의 관점은,[91] 인간 중심주의를 벗어나는 시야의 확장이면서 유가와도 구별되는 비차별적 제물의 물학 사유이다. 노자의 유물혼성론이나 장자의 혼돈론은 같은 맥락이다. 또 보이지 않는 무의 의미에 천착해 들어가 즉비와 모순의 논리철학을 이루어낸 점은 오늘의 관점에서 보아도 놀라운 논리적 탁견이다.

끝으로 노자 사유의 큰 특징인 무를, 현대 양자역학의 0과 무한의 독법으로 재해석해보았다. 이는 바로 무의 양가성에 대한 과학철학적 증명이기도 하다. 또 제3장에서 말했듯이 유와 무를 사이[間]의 독법으로 읽어 상호 연기적 세계 구성을 설명한 관계적 사유는 서구와 대별되는 동아시아 사유의 특징이며, 이후 인도불교의 동아시아 회화심미 및 문학예술의 심미지평 확장에도 영향이 컸다. 또한 현상계에 대한 부정성을 통한 진리 세계를 향한 '내재-초월'의 모순 공존적 담론은 서구 철학과 다른 동아시아 문명사유의 독자성과 깊이를 함께 보여주고 있다.

---

91) ≪노자≫ 제5장 : "天地不仁, 以萬物爲芻狗. 聖人不仁, 以百姓爲芻狗. 天地之間, 其猶橐籥乎. 虛而不屈, 動而愈出, 多言數窮, 不如守中."

Ⅲ.
중국선과
이선심미

09 중국선의 전개

1. 들어가면서

문학 연구자의 입장에서 선학과 관련된 부분은 불교 사상의 다양성과 깊이로 인해 접근이 쉽지 않다. 그렇다고 해서 이를 방기한다면 중국문학연구의 전면성을 확보하기 어렵다. 구마라지바에 의해 불경의 중국어 번역이 본격화되고 혜능에서 중국 선종이 꽃 피운 후, 민간과 사대부 계층에 불교문화가 수용되면서 중국의 문화예술과 철학사유에 미친 영향이 심대한 까닭이다. 이러한 배경에서 이글은 인도에서 전래된 불교의 핵심 수행인 선의 종류와 특징을 시간 순으로 추적할 것이다.

이를 토대로 다음 편에서는 선학이 중국 본연의 문화와 만나면서 문학예술을 꽃 피운 송대 시학의 심미적 특징을 현대적 관점에서 거시 고찰할 것이다. 이를 통해 중국문학 특히 시에 미친 영향 관계의 심화 이해와 함께, 20세기 이후 현상학, 해석학, 수용이론, 구조주의, 포스트 구조주의, 그리고 정신분석학에 이르기까지 서구문예비평에서 집중 토의 되었음에도 불구하고 아직까지 난관을 돌파하지 못하고 있는 현대비평 사유에 대한 대안적 참조도 가능할 것이다.

2. 중국선의 형성 : 전래에서 혜능까지

본장에서는 먼저 인도에서 중국으로 전래와 달마를 거쳐 혜능에 이르기까지 중국화의 과정을 고찰하고, 다음으로는 불교 전래초기의 여래 선을 필두로 주로 혜능(683-723) 이후 주류를 이룬 남종선에서 분파한 각종 선의 심미사유적 특징과 언어에 대한 대처 방식을 살펴보도록 한다. 이는 향후 고찰할 송대 시학으로의 심미 사유적 차감과 영향을 이해하는 토대 자료가 될 것이다.

중국 불교는 크게 다음 세 단계를 거치며 흥성하게 되었다. 첫째는 불교 전래 이후 양진(兩晉) 시기까지의 초기 단계로서, 그 파급은 제한 적이었지만 중국화의 토대를 형성한 시기이다. 둘째는 남북조부터 수당 오대까지의 중국 불교의 독자 발전과 정립 단계로서, 중국불교화의 본격 발전기이다. 전기인 남북조시대에는 불경의 번역과 함께 여러 학파 와 사원이 크게 일어났다.[1] 이어 수당대에는 각종 종파가 일어났는데, 이 중에서 선종은 불교 중국화의 최종적 정착이다. 그리고 세 번째 단계는 북송에서 근대까지의 중국 불교의 발전과 성쇠에 이르는 단계로서, 송명 이학이 불교의 성분을 융화 흡수하면서 중국 사조의 전면에서

---

1) 楊衒之의 ≪洛陽伽藍記≫에는 불교가 흥성했던 북위의 많은 석굴과 함께 洛陽에는 사원 만 1376개소가 있었다고 전한다.

주도권을 유지한 반면, 불교는 중국의 토착 문화와 착종되면서 그 명맥을 이어나가는 국면에 처한다.[2]

이제 '중국선의 전개'이라고 하는 이글에서는 불교의 중국 전래와 선종의 유래, 그리고 기존 사상과의 교감 및 중국화의 과정을 개관한다. 인도 불교가 중국에 전래된 것은 서역 교통로가 개척된 후인 서한말이며, 동한대에는 한역 불경이 나타났다. 한대의 역경 사업으로는 먼저 안세고(安世高)를 들 수 있다. 그는 동한 환제(桓制, 147-167) 때 사람으로 본래 안식국(安息國)[3]의 태자였지만 출가를 결심하고 수도승이 되었다. 그는 148년 낙양에 들어와 30여 부의 불경을 번역하여 개인 수양 위주의 소승선을 전파하였다. 한 왕조 이래 삼국까지의 초기 불교는 당시 유행하던 신선, 방술, 황로에 가까운 소승적 형태로서 왕공 귀족들에 국한되었을 뿐 민간에 전파되지는 않았다.

이렇게 제한된 영역에 머물던 불교는 370년간의 장기 혼란기인 위진 남북조 시대(221-589)에 이르면서 본격 확장 국면에 접어든다. 선비족 국가인 북위(386-535)의 불교 흥성은 그 대표적 예이다. 남북조 시대 불교의 특징은 불경의 대량 번역, 낙양, 장안, 여산 등을 중심으로 한 불교 활동의 증가, 사원의 건립, 서역으로의 입축승(入竺僧)의 증가, 소극적 고통의 해탈에서 미륵정토 신앙 지평의 확장으로 요약할 수 있다.[4]

불경의 번역과 전파 상황을 보면, 삼국시대에는 지겸(支謙)이 불경을 번역하며 대승선학이 유행했다. 위진 시기에는 현학의 유행과 함께 대승반야학이 성행하여 이전의 심신 수양과 형식성을 벗어나 사변적 성

---

2) 洪修平, ≪中國佛教與儒道思想≫, <佛教的中國化與僧肇的哲學思想>, 宗教文化出版社, 北京, 2004, pp.45-46.
3) 안식국은 BC.250-AD.220경까지 현재의 이란에 있었던 파르티아 제국임.
4) 程裕禎, ≪中國文化要略≫, 外語教學與研究出版社, 北京, 2003, pp.98-100.

찰과 깨달음이 중시된다. 동진시기 도안(道安, 314-385)은 전진의 왕 부견(苻堅)의 후대로 장안에서 대승반야학과 소승선학을 융회 집대성하고, 지둔(支遁, 支道林, 314-366) 또한 25세에 출가하여 '색즉시공'을 주장하며 색이 색인 것은 마음의 작용이 있기 때문이라는 논지를 펴서, 집착에서 벗어나 '심(心)'을 무화(無化)함으로써 비로소 해탈에 이를 수 있다고 하였는데, 이 역시 대승선을 향한 진일보이다.[5]

그러나 진정한 대승선으로의 전환은 불교 경전을 한문으로 번역한 4대 역경가 가운데 한 사람인 구마라지바(Kumarajiva, 鳩摩羅什, 344-413) 이후에 가능해진다. 그는 승조(僧肇), 승엄(僧嚴) 등과 함께 ≪중론(中論)≫, ≪백론(百論)≫, ≪십이문론≫, ≪금강경≫, ≪반야경≫, ≪묘법연화경≫ 등 35부 348권에 이르는 경전을 번역하여 중국 불교 발전에 크게 기여했다.[6] 그는 이렇게 많은 불경을 번역하기는 했지만, 선법보다는 반야삼론 사상에 더 관심을 두었다. 구마라집의 중국 선학에 대한 영향은 중관반야학 및 반야공관을 통해 선과 반야학을 연결시키고, 그때까지 개별적이었던 본체론적 인식을 심화하며 대소승 선학의 사상과 방법을 융회관통하여 대승선으로의 전환을 가능하게 한 데 있다.[7]

그리고 이는 그의 제자 축도생(竺道生, 약 355-434)에서 방법론적으로 진일보하여 '열반불성설(涅槃佛性說)'과 '돈오성불설(頓悟成佛說)'을 낳는

---

5) 洪修平, ≪中國禪學思想史≫, pp.40-42.
6) 구마라집의 부친 구마염은 서역인으로서 재상의 자리를 사양하고 파미르 고원을 넘어 新疆 지역의 쿠차왕국(龜玆國)의 國師가 된 뒤, 왕의 누이동생과 결혼하여 구마라집을 낳았다. 구마라집은 7세에 어머니와 함께 출가하여 매일 천 게(偈)를 외웠다. 小乘, 大乘, 中觀學, 위타함다(圍陀含 : 베단다)와 베다학 등을 두루 공부하여 막힘이 없었으며, 後秦代에 401년에는 장안으로 영입되어 반야사상을 전파하고, 성장하며 익힌 중국어로 제설의 취지와 핵심을 취하여 舊譯를 바로잡고, 경전을 번역하였다.
7) 洪修平, ≪中國禪學思想史≫, 中國人民大學出版社, 2007, pp.21-29, pp.42-45.

다. 즉 불성은 항상불변하여 인간의 실체적 본유이며 자연인데, 어느 순간 이를 총체로서 깨달아 받아들이게 되면 곧 그것이 불성돈오이며, 이를 통해 돈오성불한다는 것이다. 이는 중국 기존의 '천인합일' 관념의 종교철학적 승화이기도 하다. 이와 관련하여 다음 축도생의 언설 방식은 시사점이 크다.

> 상(象)은 뜻을 드러내는 데 있으니 뜻을 얻으면 상을 잊어야 한다. 말은 이치를 풀어내는 데 있으니 이치에 들어가면 말을 놓아야 한다. 불경이 동쪽으로 전해진 이래 번역자들이 누차 어려움을 겪어 대부분 문리에 갇혀 원만한 의미를 갖춘 번역을 찾아보기 어렵다. 이는 마치 통발을 잊고서 물고기를 취할 때만이, 비로소 도를 논할 수 있는 것과 같은 이치가 아닐까!8)

축도생은 일단 진리를 체득하게 되면 그 과정으로서의 수단은 놓아야 한다며, 언어 문자의 도구적 속성과 함께 이를 통해 선의 기본 원리를 설명하고 있다. 문중에서 ≪주역≫과 ≪장자≫에 기반한 '의·상'론이나 '언·의'론, 그리고 '물고기와 통발'론은 현학가인 왕필(王弼)과 하안(何晏)이 현학에서 활용한 이론들로서 축도생의 논지와 흡사하다. 이는 동진시대에 이미 불교의 현학과의 교감 및 중국화가 진행되었음을 보여주는 예이다.

중국 선종이 인도 불교의 모방에서 시작하여 자기창출의 모습을 띠게 된 것은 서역 28조인 보리달마(菩提達摩, Bodhidharma : ?-536?, -528?) 부터이다. 그에 대한 정확한 기록은 알기 어려우나, ≪낙양가람기(洛陽伽

---

8) 梁 僧祐, ≪出三藏記集≫ 卷15, <道生傳>, 梁 慧皎, ≪梁高僧傳≫ 卷17, ≪歷代高僧傳≫ p.367.(高令印, ≪中國禪宗通史≫, pp.214-223), "夫象以盡言, 得意而忘象. 言以詮理, 入理則言息.. 自經典東流, 譯人重阻, 多守滯文, 鮮見圓義, 若忘筌取魚, 始可與言道."

藍記》, 《오등회원(五燈會元)》, 《벽암록》, 《속고승전》 등 여러 문헌을 종합할 때, 달마는 남인도 사람으로서 송, 북위, 양 등을 거치는 가운데 수도는 등한시한 채 구복의 풍토를 교정하고자 소림사에서 9년 간 면벽 수행하였으며, 150년의 수를 누리다가 정림사(定林寺)에 묻혔다고 한다. 그의 선사상은 다음 세 가지 특징을 지닌다. ① "경전의 가르침에 기대 종지의 깨달음을 얻는다[藉敎悟宗]"고 했는데, 이는 실은 교리[敎]에 대한 종지[宗]의 우월적 지위를 의미하며, '득의망언(得意忘言)' 및 '교외별전, 불립문자'와 맥을 같이 한다. ② 심성청정(心性淸淨)론과 반야의 제상 소멸의 관점을 결합하여, 무아의 청정심을 추구하는 선법의 이론적 기초를 세웠다. ③ 적막무위하여 우주의 실상과 만남을 선 수양의 최고 경계로 삼았다는 점이다.9)

달마사상의 흥기는 중국의 초기 경전불교에 대한 혁신이다.10) 당시 중국 불교계는 가르침을 중시하고 수행을 경시하는 경향이 있었다. 달마는 이러한 경향이 마치 달을 가리키는데 손가락만 쳐다보는 난관에 봉착할 수 있다는 점에서, 이심전심, 불립문자를 강조하며 단도직입할 것을 요청한다. 그 심미사적 특징과 의의는 전달 매체인 언어보다는 단도직입적 오(悟)를 강조한 점이다.11) 중국선 초조인 달마의 사상은 제자 혜가(慧可)에게 계승되었고, 이후 제6대조 혜능에 이르러 완전히 토착화한다.12)

---

9) 洪修平, 《中國禪學思想史》, pp.75-79.

10) 龔雋, 《禪史鉤沉》, 三聯書店, 2006, p.191.

11) 중국 불교 초기에는 '선종'이라는 명칭을 찾기 어렵다. 초기에는 역경 사업과 格義佛敎가 주류를 이루었는데, 달마가 중국에 온 이후 그의 문하에서 '楞伽宗'이라는 이름이 보이기 시작한다.

12) 中國 禪宗의 初期 系譜는 다음과 같다.

達摩(520-526在中) — 彗可 — 僧燦 — 道信 — 弘忍 ┌ 神秀(607-706) : 北宗禪(前唐)
└ 彗能(638-713) : 南宗禪(後唐)

혜능(638-713)은 광동 신주(新州, 지금의 新興)에서 출생하였다. 글을 못 읽던 그는 당 고종 때인 662년 5대조인 홍인(弘忍, 605-675)의 문하에 들어가 방아를 찧는 일부터 수도 생활을 시작하였다. 그러나 곧 깨달음을 얻어 인정을 받고 중국 선종 6대조가 되었다. 그는 기존의 반야중관 사상을 보다 구체화하는 한편 수양 방식도 대중이 쉽게 접근할 수 있도록 사상 체계를 토착화하였다. 반야(Prajña) 사상은 세상의 모든 것이 실체가 없는 공(空)임을 철저하게 터득함으로써 분별심 없는 반야[지혜]를 얻어 결국에는 직관 정각에 이를 수 있다는 것인데, 혜능은 인도 용수(龍樹, Nagarjuña)의 반야사상을 심화 계승하여 중도관(中道觀)을 정립하였다. 그의 반야중도 또는 중관반야 사상은 "모든 사물은 상호 연기적이기 때문에 그 자체의 고유한 자성(自性)이 없으므로 궁극적으로 공(空)이다. 그러므로 올바른 깨달음은 사물의 두 극단(또는 흑백적 분별)을 모두 떠나 자기 초월적 부정으로서의 공성(空性)을 지향한다"는 것이다. 혜능이 주장한 '불착일변(不着一邊)' '출어진쌍(出語盡雙)'의 중도관은 대상이나 관념이 존재하는 모순과 이율배반을 드러낸다는 점에서 변증법적이다.

혜능은 축도생의 불성돈오, 돈오성불론을 이어 "마음이 곧 성[심즉성]이며 성은 곧 불이므로 자성(自性)이 곧 자불(自佛)이며 자각"이라고 하였다. 즉 사람마다 모두 깨달음의 본성 즉 불성이 있어서 차별이 없다는 것으로서 '견성성불'의 요체이다. 그는 본성을 정각하는 성불을 하려면 반드시 '단박에 깨달음'[돈오]을 거쳐야 한다고 주장했다.13) 또 달

---

13) 이 頓悟成佛論은 쯔(道生)이 먼저 제기한 것으로서, 혜능이 취하였다. 혜능의 후전 제자인 慧海는 "'頓'이란 단번에 妄念을 깨뜨려 없앰이요[頓除妄念], '悟'란 얻을 바가 없음을 깨닫는 것이다[悟無所得]"라고 정의하였다.

마의 '자교오종'론에 근거하여, 염불과 좌선이 없이도 마음을 자정(自淨)
함으로써 선정에 이를 수 있다고 했는데,[14) 이러한 비구속적 성불론은
선학의 중국화에 크게 기여하였다.

혜능은 중국불교사에서 초기의 선학적 단계를 종교로서의 선종으로
본격 전환시킨 승려이다. 혜능 이후 당대 중국 선종은 여러 갈래로 나
뉘며 일대 흥성기를 맞게 되었다. 혜능 이후의 중국 선종 계보는 크게
임제종, 운문종, 조동종, 위앙종, 법안종의 5개 종파로 나뉘는데, 이들은
혜능의 두 제자인 남악회양(南岳懷讓)과 청원행사(靑原行思)에서 시작된다.
전자로부터는 마조(馬祖)와 관련된 위앙종과 임제종이, 청원으로부터는
운문, 법안, 조동종이 나와 당대 불교의 고조기를 구가했다.[15)

이상을 요약하면 인도에서 전래된 중국선학은 동한말 안세고에서 시
작하여, 구마라집의 본격 역경과 축도생의 심화과정을 거쳐 중국화의
언어문화적 토대를 마련하였다. 즉 중국선은 구마라지바(344-413)에서
중국어로 본격 착근되었고, 축도생(약 355-434)에서 중국선의 출현을 맛
보았으며, 달마(?-536?; ?-528?)에서 반인반중(半印半中)의 중간적 성격을
지니다가, 혜능에 이르러 비로소 중국 불교로 토착화하였다고 할 수 있
다.[16) 외적 체제 면에서도 위진대에는 이미 선법이 유행하였고 남북조
시대에는 북방 선학이 흥성하며 승려들이 배출되기 시작하였다. 이 시
기에 중국 불교는 점차 세속을 모방하여 법을 전하고 종파를 만들어 사
법을 전수하기 시작하였다. 후에 양나라와 북위 때 달마의 도래와 함께
중국 선종의 초조가 되었고, 당초 고종 연간 혜능에 이르러서는 토착

---

14) 이는 서방정토사상에 대한 비판적 관점으로서 제기된 것이다.(周裕鍇, 《禪宗語言》, 浙
    江人民出版社, 제1장 如來禪 pp.23-25 참조)
15) 高令印, 《中國禪宗通史》, 宗教文化出版社, 2004, p.511, 부록2 <閩中禪門五宗源流表>.
16) 《중국선종통사》, 제1장-제5장(pp.19-261) 요약.

종교화하여 흥성기를 맞게 된 것이다. 이상 중국선의 발전사적 개관에 기반해, 다음 절에서는 선학의 중국시학으로의 차감과 상호 교융이라는 문맥 속에서 시대에 따른 중국선의 특징과 주안점을 본다.

3. 중국선의 전개

본장에서는 중국문학 심미 자원의 보고로서, 중국선의 수행 방식을 중심으로 종류와 특징을 개관한다. 그 주안점은 중국선의 역사적 족적 속에 선학의 중심 사유의 언어에 대한 대응 과정이 될 것이다. 선학에서 중점을 둔 '언어-사유'간의 상호 침투성이라고 하는 부분은 20세기 이래 현대문예비평의 핵심적 사항이며, 이는 불교와 도가에서도 이미 그 중요성이 부각된 중심 논제의 하나이기 때문이다. 특히 중국문학 연구의 경우 중국시의 본질, 중국시사의 발전, 그리고 중국문학비평 연구에서 이 부분을 건너뛰고는 심화 이해가 어렵다.

이와 같은 까닭에 필자의 일천한 불학 소양에도 불구하고 이 부분을 초보적으로나마 다루고자 하였다. 본 서술에는 여러 불교 관련 자료와 함께 주유개(周裕鍇)의 ≪선종어언(禪宗語言)≫의 도움을 적지 않게 받았다.17) 이 책은 필자의 중국 현지 조사를 통해 중국의 중국문학 연구자들 사이에서 선학 선종 관련의 토대 연구 서적으로서는 신뢰도 높은 책의 하나임을 알 수 있었다.

선은 불교 수행 방식의 하나로서,18) 기원전 3천년경 시작된 인도 요

---

17) 周裕鍇, ≪禪宗語言≫, 浙江人民出版社, 1999.
18) 불교에서 선은 수행 방법이고, 선종은 그 종파적 개념이며, 선학은 학문적 소양적 개념

가(Yoga, 瑜伽術)에서 기원한다. 선의 언어적 기원은 범어 'Dhyāna'의 음역 또는 형성(形聲)어인 '선나(禪那)'의 약칭으로 보며, 원의는 '고요한 생각[정려(靜慮)]'이란 뜻이다.19) 선은 교조적인 텍스트 중심주의를 타파하고 탄력적으로 주관화를 기함으로써 자신의 해탈은 물론 일반 대중으로의 전파에도 폭넓은 흡입력을 갖게 되었다. 중국 선 사상의 기본 토대는 '일체개공'이라고 하는 인도 대승불교의 반야공관과, 모든 것이 내 마음에서 비롯된다고 하는 유심론적 사유, 그리고 부처와 마하가섭 사이의 '염화시중의 미소'에서 발원한 '불립문자, 교외별전' 및 주역, 노장과 현학 등 언어에 대한 중국적 회의론이 가세하여 각종 선 방법의 발흥과 함께 다양하게 전개된다.

본절에서는 중국시에 영향을 준 중국의 선 수양 방식과 심미사유적 주안점을 살펴, 다음 장에서 행할 시선교융 또는 중국선의 시적 차용의 토대 자료로 삼고자 한다. 고찰할 구체적 내용은 여래선(如來禪), 조사선(祖師禪), 분등선(分燈禪), 공안선(公案禪), 문자선(文字禪), 묵조선(默照禪), 간화선(看話禪) 등으로서 대체적으로는 시대에 조응하나, 이들 간에는 내용과 시대 모두 경계가 모호한 부분도 있다.

(1) 여래선

여래선이란 '여래청정선(如來淸淨禪)'의 줄임말인데, 석가모니가 전한

이다. 중국불교사에서는 대개 중국불교가 선학 시대를 거쳐 혜능 이후로 선종이라고 하는 종교 교리의 단계로 나아간 것으로 보고 있다. 그러나 한편 송대에는 일반 신유가 지식인들도 선을 종교가 아닌 지식인의 교양으로서 추구한 측면이 강하므로, 문인들의 시학과의 관련성을 논하는 이글에서는 '선학'이라는 개념에 더 비중을 두고 사용했다.
19) 舊譯에서는 '棄惡', '思惟修', '功德叢林' 등으로 번역하기도 했다.

설법에 기초한 선으로서 '반야바라밀'이다.[20] 여래가 얻은 선, 즉 여래 지에 들어가는 선을 말한다. 부처님의 경전인 교(敎)에 의지하여 증득함을 말하므로, 여래선은 여래가 설한 각종 선법에 다 통한다고 하기도 한다. ≪능가경(楞伽經)≫에 나오는 이 말에 대하여 당 화엄종의 종밀(宗密)은 부처의 경지에 머물며 중생을 위해 묘법의 일을 행하는 것이므로, 교선일치를 주장하며, 달마가 전한 최상승선이라고 하였다.[21] 그러나 한편에서는 여래선이 최상의 경지가 아니고 혜능 이래 조사들의 선이 달마의 심법을 이은 정통이라고 하여 조사선만이 교외별전이라는 주장도 있는가 하면, 여래선과 조사선을 대동소이하게 보는 관점도 있다. 대체로 달마에서 육조 혜능까지의 기간, 즉 양, 진, 수, 초당에는 기본적으로 여래선 시기라고 볼 수 있는데, 이 시기는 기본적으로는 경전을 중시하는 인도 불교의 관점이 주도하던 시기이다.

(2) 조사선

조사선이란 달마조사가 전한 "교외의 별전으로 문자를 세우지 않고, 마음으로 바로 가리켜, 본성을 보아 불성에 도달한다."고 한 달마의 선법을 말한다.[22] 여래선 시기는 비록 경전에 치중하고는 있었지만, 한편

---

20) '반야바라밀'을 漢譯으로 옮기면, '波若'은 般若이고 '지혜'라는 뜻의 음역이며, '波羅蜜'은 '피안의 세계로 건너다'라는 뜻의 음역이다. 즉 '지혜의 세계로 건너가다'는 뜻이다. (≪중국선종통사≫, p.20)

21) 如來禪은 ≪능가경≫ 卷3에 나오는 4종 禪의 하나로서, 그 네 가지는 다음과 같다. ① 愚夫所行禪 : 우부가 행하는 선으로 二乘, 外道가 人無我를 알고 苦, 無常, 不淨을 觀하여 無想滅定에 이르는 선, ② 觀察義禪 : 이치를 관조하는 선으로 人無我, 法無我와 모든 법의 無性을 관조하는 선, ③ 攀緣眞如禪 : 眞如를 붙들어 나아가는 선으로 인무아, 법무아는 허망한 생각이니 이러한 생각이 일어나지 않는 선, ④ 諸如來禪 : 모든 여래의 선은 佛地에 들어가 法樂을 받으며 모든 중생을 위하여 불가사의한 작용을 하는 선.

으로는 능가경, 금강경 등의 사상과 위진 현학 언의론 등의 영향으로
언어문자의 기능에 의문을 품고 '불립문자(不立文字)'의 점차 언어관을
형성해나가고 있었다. 이러한 토대 위에서 조사선은 점수를 내세우지
않고 즉각적인 돈오를 중시하여, 언어를 떠나 '스스로 증득하고 스스로
깨닫는(自證自悟)', 곧 본연의 자성을 문득 깨달음의 경지를 추구한다.23)
혜능의 '마음으로 깨달아 마음을 분별하여 견성하는'(自心自悟, 識心見性),
'자성돈오'의 주장이 그것이다. 한편 이들은 달마가 전한 심법을 내세
워 '달마대사가 서쪽에서 온 뜻'을 따져 구하며 점차 부처는 소홀히 하
고 조사들의 말만을 최상으로 여겨, 여래선보다 조사선을 더 중시하는
풍조를 낳았다. 실제로 조사선을 발아시킨 이는 혜능이며, 확고히 다진
자는 혜능의 제자인 하택신회(荷澤神會)이고, 완성자는 역시 혜능의 제자
인 남악회양(南岳懷讓)을 이은 마조(馬祖)로 보며, 후대 공안, 문자, 간화
선 등의 기초를 형성하였다. 조사선은 실질적 의미의 중국선의 출발점
이며 이후 전개될 각종 선의 모태적 역할을 담당한다.

(3) 분등선

분등선은 여러 선이 가지 쳐서 분파되어 나갔다고 하는 의미이므로,
선의 방식 자체를 말하는 것은 아니어서 선의 분류로 보기 어려운 면은
있으나, 중국선의 전개와 이해에는 그 상황의 이해가 필요하므로 이글

---

22) 宋善卿(睦庵), ≪祖庭事苑≫ 卷5, "教外別傳, 不立文字, 直指人心, 見性成佛."
23) 祖師禪이란 용어가 나온 것은 晩唐의 禪宗五家 시대로서 후에 나왔다. ≪五燈會元≫ 卷
   9 <香嚴智閑禪師>에 있다. "仰山慧寂이 悟道한 香嚴智閑의 偈頌을 듣고는 '여래선은
   향엄지한 사제가 깨달았지만, 조사선은 꿈에도 보지 못했다.'고 평하였다. 이에 香嚴智
   閑이 다시 게송을 올리니, '기쁘구나! 향엄지한 사제가 조사선을 깨달았다'고 했다."는
   데서 처음 등장한다.(≪중국선종통사≫, pp.67-68)

의 논지에는 이를 포함하여 서술한다. 분등선은 크게 혜능의 직계 제자
인 청원행사(靑原行思)와 남악회양의 문하에서 파생한 오가가 만당오대
에 활동한 선종 전성기의 다섯 종파를 일컫는다. 전자로부터는 위앙종,
임제종이, 후자에서는 조동종, 운문종, 법안종이 나왔다.[24] 이를 다시
보면 ① 혜능의 제자인 남악회양과 마조를 거쳐, 위산영우(潙山靈祐)를
통해 나온 위앙종, ② 역시 마조 이후 황벽희운(黃蘗希運)으로 분파되어
나온 임제종,[25] ③ 혜능의 제자인 청원행사(靑原行思)에서 약산유엄(藥山
惟儼)을 거쳐 나온 조동종, ④ 청원행사에서 용담숭신(龍潭崇信)과 운문문
언(雲門文偃)을 통해 나온 운문종, 그리고 ⑤ 청원행사에서 용담숭신, 현
사사비(玄沙師備)를 통해 나온 법안종이 그것이다.[26]

　주유개(周裕鍇)는 ≪선종언어(禪宗語言)≫에서 이들 남종선 오가의 선
수행 방식으로서 다음 6종의 소통 방식을 주로 사용했다고 하였다. 그
것은 ① 방할(棒喝), ② 기봉(機鋒), ③ 지결(旨訣), ④ 원상(圓相), ⑤ 작세
(作勢), ⑥ 게송으로서, 광의의 선종 언어인 셈이다. 이들을 간략히 설명
하면, ① 방할, ④ 원상, ⑤ 작세는 비언어적 소통이며, ② 기봉, ③ 지
결, ⑥ 게송은 언어적 소통이다. 방할은 홍주선에서 상용하는 막대기로
침으로써 언어의 일상성을 넘고자 한다. 선기(禪機)라고도 부르는 기봉
은 기상천외의 돌발적이며 비논리적인 문답 형식을 통해 언어의 구속
을 넘어 깨달음에 이르려는 대화 방식이다. 지결은 깨우침의 도리를 언
어화한 것이다. 원상은 손짓이나 그림으로 뜻을 표현하는 것으로서

---

24) 이 중 임제종은 黃龍과 楊岐의 두 파로 나뉘게 되었고, 이들을 통틀어서 五家七宗이라
　고 한다.
25) 황벽희운의 ≪전심법요≫ 중 "我此禪宗, 從上相承已來, 不曾敎人求智求解."에 '禪宗'이
　라는 말이 처음으로 나오는데, 대체로 중국에서 선종이 자리를 잡은 것은 9세기경으로
　보인다.
26) 閩中禪門의 五宗源流表는 ≪중국선종통사≫ p.511을 참조.

≪주역≫의 '상을 세워 뜻을 궁구한다'는 '입상진의(立象盡意)'의 불교적
표현인 셈이다. 또 작세는 신체의 몸짓으로 상징적으로 무엇인가를 표
현하는 것이다.

끝으로 시와 유사한 형식을 보이는 게송에 대해서는 상술할 필요가
있다. 게송은 본래 인도 불교 경전중의 일종의 문체로서,27) 범어로는
'가타(伽陀, Gatha)'라고 하는 옛날 인도의 시가이다. 이 불가의 찬송이
중국으로 넘어와서 중국시의 형식을 빌려 한화하며 초당부터 유행하기
시작하여 만당오대에는 매우 성행하게 되었다. 게송은 성률, 사조, 대
우, 의상, 그리고 형식면에서는 고체와 근체 오언과 칠언, 율시와 절구
에 이르기까지 여러 면에서 시가와 똑같다.28) 그러기에 가송 또는 시게
(詩偈)라는 이름으로도 불렸다. 즉 가타(伽陀)의 내용과 중국시의 형식이
상호 융합하여 중국의 문화에 게송이라는 새로운 장르를 내보인 것으
로서, '시선교융'의 한 양상이다.

그런데 불립문자를 표방하며 정통 언어 구조를 구사하지 않는 농선
위주의 선사들의 언어는 대부분 생략, 도치, 반전, 역설과 함께 그 당시
까지 문화의 전면에서 구사된 문언이 아니라 백화를 사용하였으며, 그
영향은 만당오대 게송의 시화에도 영향을 미쳐 백화 성분의 증대로 이
어졌는데,29) 이는 송시에도 영향을 미치게 되었다. 시와 선의 상호 교
융이라고 하는 사조적 흐름을 아와 속이라고 하는 논제를 놓고 거시적
으로 조망 평가해본다면, 먼저 아의 측면에서 볼 때 초월성, 사변성, 평
담성을 주조로 하는 송시의 특징을 형성하는 한 동인으로 작용하였다

---

27) '伽陀'는 석가에 관련된 시 또는 산문의 문답, 요약, 교리, 전설적 내용인 九分教 또는
   十二分教 중의 하나였다.
28) 周裕鍇, ≪禪宗語言≫, 浙江人民出版社, 1999, pp.94-96.
29) ≪禪宗語言≫, pp.98-103.

고 할 수 있다. 다음으로 속의 측면에서는 사대부 중심의 아문학의 전당인 전통 시가 언어에 구어와 백화는 물론 속어의 성분까지 들어감으로써 결국 다가올 아와 속의 이중 변주를 보인 송대 문화의 총체적 과정과도 맥을 같이하는 시대 공조의 의미를 지닌다고 할 수 있다. 이상은 선종 구도 방식으로서의 게송의 중국화 과정에서 일어난 문학사적 시가사적 영향과 의미의 대강으로서, 향후 별도의 섬세한 고찰이 필요한 부분이라 생각된다.

그런데 선종 자체의 발전이라고 하는 측면에서 보면 이와는 좀 다른 관점에서 이야기할 수 있다. 이상과 같이 다양한 방식으로 문자언어를 넘어선 진리체계를 구현하려 했던 선의 방식은 이미 지결(旨訣)이나 게송에 이르러서는 불립문자라는 선종 초기 정신에서 후퇴하여, 형식화하며 언어에 기대는 모습을 보이며 새로운 돌파를 이루어내지 못하는 한계도 드러내고 있는 것이다.

(4) 공안선

공안선은 참선자가 궁구할 문제인 '공안[화두]'을 들고 수행하는 선을 말한다.[30] 공안이란 '공부안독(公府案牘)'의 약칭으로서, 선종에서는 수많은 선사들의 어구와 문답이 마치 공안의 명판결 같이 정리 보존되어 왔으며, 선의 문답 중에 드러나는 깨달음을 검증하는 수단이었다.

공안은 대문을 두드리는 기왓장처럼 진리의 문을 두드리는 도구이다. 공안의 특징은 역시 언어가 닿지 못하는 당처(當處)를 지향하므로, 언어

---

30) 선종에서는 '公案', '古則' 등의 한 구절을 가리켜 '화두'라고 하는데, 이와 같은 화두는 대부분 한 글자 또는 한마디 말로 되어 있다.

를 사용하되 언어를 넘어야 하는 이율배반성을 지니고 있으므로, 논리
로써 이치를 추구하거나 일반적인 상식을 가지고는 해석하기 어렵다.
그런데 한편 송대의 선사들은 지식인들과 교류하며 선학을 널리 보급
한다는 목적으로 문자 지식으로 이해시키려고 한 까닭에, 오히려 선종
본연의 불립문자의 속성을 훼손하여 불교 쇠락의 길을 걷게 된 점은 역
사의 아이러니이다.

　오도(悟道) 판별의 교과서적 전범으로 기능해 온 공안의 언술 텍스트
는 어록과 등록(燈錄)이 있다. 이들은 중당 이후 출현하여 오대말 북송
초에 널리 퍼졌으며, 북송대에는 이미 불경을 대체하여 새로운 경전으
로 승격하게 된다. 공안서로는 분양선소(汾陽善昭)의 ≪송고백칙(頌古百則)≫,
설두중현(雪竇重顯)의 송고백칙(頌古百則)을 환오극근(圜悟克勤)이 평창(評唱)
한 ≪벽암록(碧巖錄)≫,31) 투자의청(投子義靑)의 송고백칙(頌古百則)을 임청
종윤(林泉從倫)이 평창한 ≪공곡집(空谷集)≫, 단설자순(丹霞子淳)의 송고
100칙을 임천종윤(林泉從倫)이 평창한 ≪허당집(虛堂集)≫, 굉지정각(宏智
正覺)의 송고 100칙을 만송행수(萬松行秀)가 평창한 ≪종용록(從容錄)≫,
대혜종고(大慧宗杲)의 661칙 공안집인 ≪정법안장(正法眼藏)≫, 그리고 북
송 경덕(景德) 연간(1004-1007) 도원(道原)의 ≪경덕전등록(景德傳燈錄)≫,
무문혜개(無門慧開)의 ≪무문관(無門關)≫, 회암지소(晦岩智沼)의 ≪인천안
목(人天眼目)≫ 등은 모두 공안선(公案禪), 문자선(文字禪), 간화선(看話禪)의
중요한 교재이다.32)

---

31) '評唱'은 선종 특유의 강해 형식의 하나로서, 대선사들의 언행이나 宗旨를 전달하거나
　　설명한 기록이다. 만당오대, 북송에 걸쳐서 문자선의 영향으로 어록이 대량으로 출현하
　　고, 또한 이른바 '공안'에 대하여 拈古, 頌古, 評唱, 代別 등의 주석이 대거 나타나면서,
　　선의 수행은 일종의 점차 주석학으로 빠져들게 된다.
32) 공안선, 문자선, 간화선의 異同에 대해서는 간화선에서 설명.

공안선의 총수는 1700여 종에 이르는데, 언어는 주로 당대 선사들의 백화와 속어를 송인들이 자주 인신 활용하는 가운데 점차 전범화, 경전화의 과정을 거치면서, '아화한 속어'라는 독특한 언어 형식을 만들어내게 되었다.[33] 이러한 불가 언어 구사의 특성은 북송시대에 광범하게 진행된 사회문화적 통속화 및 인쇄술의 발달 등과 맞물리며, 송대 문학 장르와 언어의 속성 변화, 나아가 문예이론의 변화에 이르기까지 광범한 영향을 미친 것으로 보인다. 일례로 송시의 대표적 특징으로서 황정견(黃庭堅) 시론의 '이속위아, 이고위신'의 창작론 역시 그 배후에는 선종 공안과 문자선 등의 영향이 작용하였음을 어렵지 않게 추정된다.

(5) 문자선

문자선이란 말은 황정견(黃庭堅)의 시와 이를 참고한 것으로 보이는 혜홍(惠洪)에게서 처음으로 보이는데,[34] 그 함의가 연구자마다 모호하여 확정하기 힘들다. 이에 관해 상세히 고찰한 주유개에 의하면, 문자선은 광의와 협의로 나누어 설명할 수 있을 것이라고 했다. 광의의 문자선은 문자를 매개로 한 참선 및 학불 활동이며,[35] 협의의 문자선은 선승 혹

---

33) 《禪宗語言》, pp.104-105.

34) 惠洪의 용례보다 약 30년 앞선 黃庭堅의 시 <題伯時畵松下淵明>(권9, 1088년작) 중 "遠公香火社, 遺民文字禪"이란 구절이 있는데, 이 시의 해석은 암유적 전고를 내포하고 있어 확정하기 어려우나, 다만 일차적으로는 '東晉 팽성 사람 劉遺民이 고승 慧遠의 무량수전 건립 불사에 문자로 서원한 내용'을 말하고 있다. 다음으로 惠洪의 《冷齋夜話》 및 《石門文字禪》 중에도 본시와 시제 등 총 여덟 곳에서 '문자선'이란 말이 나온다. (周裕鍇, 《文字禪與宋代詩學》, 高等教育出版社, 1999, pp.25-29)

35) 周裕鍇는 이는 다시 ① 불경 문장의 풀이, ② 燈錄과 어록의 편찬, ③ 公案에 대한 운문 해설인 頌古와 산문 해설인 拈古, ④ 세속 시문의 吟誦의 네 가지 내용을 담고 있다고 했다.

황정견(1045-1105)

은 사대부가 지은 불리 관련 시 또는 시를 범칭한다고 하였다.[36]

이상을 참고할 때 불가에서 정립된 문자선은 공안선에서 더 진전된 형태로서 송대에 들어와 더욱 강화된 사대부선이라고 할 수 있다. 북송 사대부들은 당과 다른 문화적 분위기에서 이미 지식인 사회로까지 침투한 선을 배우려는 열풍이 광범하게 불었고, 선학은 그들이 이루어낸 송대 이학에도 상당한 영향을 미쳤다.[37] 선사들은 사대부들에게 선종을 전파하려는 의도에서 그들과 적극 교류했으며, 이 과정에서 문자를 통해 선의를 설명하고 이해시키면서 자연히 일어난 것이 문자선이다. 이는 공안에 대한 운문으로 된 해설과 설명을 가한 송고문학(頌古文學)을 만들어내었고, 선을 대중화시키는 데에도 크게 기여하였다.

그러나 문자선이 일어나면서 불교와 선은 점점 세속화되어 쇠락의 길로 들어서게 한 것도 부인할 수 없다. 원래 선은 불립문자를 기간으로 하는 정신 사상이었으나, 초기의 정신이 퇴색하며 문인사대부 사회로 확장하는 가운데 자신의 본래 속성 또한 변화하여 '문자를 세우지 않는다'는 불립문자(不立文字)'에서 '문자를 떠나지 않는다'는 '불리문자

---

36) 이상 문자선의 정의에 관한 상세 내용은 周裕鍇의 ≪文字禪與宋代詩學≫(pp.25-42) 참조

37) 송대 문화와 문인 및 이학 관련 부분의 복합성에 대해서는 별도의 논문에서 고찰한다.

(不離文字)'로 중심이 바뀌어 갔다. 결국 언어 너머의 것을 언어로 설명해야 하는 이율배반의 역설의 유혹에 빠져버린 결과이다.

한편 문학 방면에서 볼 때 송대의 선종이 문자선의 방향을 향해 나아간 것은 송대 사대부가 불경을 자국 문화의 중요한 표지로 삼았다는 의미이기도 하다.[38] 문자선을 통해 다양한 불전 문자 중의 사유, 논리 전개, 어휘, 수사, 구법 등이 중국의 문화와 문학의 토양에 스며드는 중요한 계기가 되었으며, 장기간에 걸쳐 폭넓은 영향을 미치게 되었다.

선이 문자에 다가가는 문화적 배경 하에서 송대 선학과 시는 선의 사변성과 시의 예술성이 만나 상호 차용 및 교융을 하며, 철학의 시화, 시의 철학화라고 하는 새로운 경지를 향해 나아갔다. 송시의 사변적 심미사유적 초월과 성취들은 바로 이와 같은 새로운 선종의 수혈을 통해 가능했는데, 그 상세한 내용과 문예심미적 의미에 대해서는 제10편에서 고찰한다.

(6) 묵조선

선종이 언어문자에 지나치게 의존하며 본래의 정신을 훼손당하면서, 조동종의 굉지정각(宏智正覺, 1091-1157)이 달마 선종을 회복하기 위해 창도된 것이 묵조선이다. 묵조선은 문자선을 반대하고 묵묵히 좌선을 통해 지혜에 도달할 수 있다고 주장한다. 이는 조사선과, 마조가 주장하는 "마음이 곧 부처이다(卽心是佛)"라는 선사상에 입각한 좌선 수행으로서, 묵조선에서 '묵(默)'은 언어문자를 여읜 경지이고, '조(照)'는 정식

---

38) ≪禪宗語言≫, p.167.

(情識)을 놓은 청정심의 지혜 작용으로서, 앞의 말의 관조로 시공간 이전의 절대 근원의 경지에 도달하고자 한다. 굉지(宏智)는 <묵조명(默照銘)>에서 "묵묵히 언어를 잊고 좌선하면 깨달음이 밝게 눈앞에 드러난다(默默忘言, 昭昭現前)"고 하며 선 본래의 면목 회복을 강조했다. 간화선이 간화의 수행 체계라면, 묵조선은 관조적인 지혜 작용을 중요시한다.

묵조선은 문자선의 언어 의존의 과도함을 인식하고 선가 본래의 언어 부정론을 추구한 점에서 송대 주류 선학의 하나로 인식되기도 했으나, 한편으로는 아무런 자각도 없이 묵묵히 앉아 있다고 깨우침에 이르는 것은 아니라는 점에서 임제종 간화선의 개창자 대혜종고(大慧宗杲)는 "묵조사선(默照邪禪)"이라고 비판하기도 했다.

(7) 간화선

간화선은 대혜종고(大慧宗杲, 1089-1163)가 문자선과 묵조선을 비판하고, 선사의 어록이나 선문답을 통해서 참구하고 실천하여 정법의 안목을 체득하려는 화두선이다. 대혜종고는 기존의 환오극근(圜悟克勤)의 공안선, 혜홍(惠洪)으로 대표된 문자선, 굉지정각의 묵조선을 모두 사선(邪禪)이라며 비판하고, 이를 개혁하기 위해 간화선을 내놓았다. '간(看)'이란 내화하여 참구하는 것이며, '화두'는 참구의 제목으로 삼은 공안 중의 선사의 전형적인 한마디 핵심어이다.

공안선은 공안 전체를 교본화 하여 본의를 놓치기 쉽고, 문자선은 설명과 주석적 전달에 중점을 두다보니 오히려 본질이 수단인 문자에 끌려가 '달은 보지 못하고 손가락만을 바라보는' 폐단을 낳아 결국 개인의 해탈에 이르지 못하였고, 묵조선은 눈을 감고 죽은 듯이 있으면서도 도를 닦았다고 하는 폐단이 있다는 것이다, 그러므로 언어의 작용을 최소화하여 하나의 어구를 잡고 반복적으로 참구하는 가운데 삶의 근원적 세계로 들어가 이해하고자 함이 간화선의 요지이다.[39] 따라서 간화의 화두는 죽은 어구가 아니라 살아 작동하는 '활구'여야 한다는 것인데, 이러한 불교 용어와 관점들은 송대 시학 형성에 있어서 풍부한 물꼬를 대주었다.[40]

간화선의 특징은 참선자가 인생 본원의 문제를 추구하며, 그 참선의 대상은 화두로서 공안 문답 중의 관건어이며, 일상생활 중 시시로 화두를 잡고 놓아버리지 않는다. 또 참구할 때에는 삶의 문제와 관련하여 부단히 의문점을 풀어나가야 하며, 방법적으로 일체의 문자나 묵조와 같은 방계 수단에 의지하지 않고 전심하여 화두를 붙잡아야 하며, 그 목적인 '오입(悟入)'과 '의혹의 깨뜨림'을 통해 철저한 해탈에 이르러야 함을 특징으로 요약하였다.[41] 결국 간화선의 요체는 따로 떨어진 별도의 공간이 아니라 일상생활에서 진리를 체득하되, 그 방법적 도경은 언어의 작용을 무화할 수는 없지만 최소화하여 오입(悟入)함으로써 언어의 장벽을 넘자는 것이다.

이상에서 살펴본 7종 선 방식은 모두 선정을 통해 오도의 경지에 이르려는 다양한 과정들로서, 기존 선 방식에 대한 보완적 지향을 보이며 분파 전개되어 갔음을 알 수 있다. 그리고 그 중심에는 언어와 어떠한 거리를 두고 접근해 나갈 것인가 하는 문제가 놓여 있다. 초기 여래선

---

39) 高令印, 《中國禪宗通史》, pp.390-392; 周裕鍇, 《禪宗語言》, pp.199-201; 洪修平, 《中國禪學思想史》, pp.276-278.
40) 이러한 活句, 活法, 그리고 句中有眼 등의 용어는 황정견과 강서시파의 시론으로 채택되어 송대 시단을 풍미하였다.
41) 周裕鍇, 《禪宗語言》, p.203.

은 교의를 학습하는 만큼 언어에 밀착하였고, 조사선에서 점차 경전에서 떨어져 상상적 나래를 펼쳐나가며 거리를 두기 시작했다.

　이후 당대 선종의 흥성이라는 분등선에서 몸짓과 도형화에서 시가에 이르기까지 다양성을 보인 중국 선종은 공안선에서 이번에는 경전을 대신한 조사들의 언어에 대한 교조성을 보이고, 문자선에서는 세속화 논리화의 길을 걸어 언어에 매우 밀착하게 되었다. 이에 묵조선의 반발이 나타나지만, 소통 매체로서의 언어를 건너뛰기 어려운 한계를 인식하되 대신 언어의 역할을 최소화하려는 간화선에서 보다 활발한 언어로부터의 비상을 시도함으로써 중국 선학은 인도불교와는 다른 토착화에 성공하며 정점에 달하게 된 것이다.

<u>10</u> 시선교융의 송대 시학

1. 들어가면서

앞에서는 불교 정신 수행의 주요한 자원인 선의 종류를, 여래선부터 간화선까지의 각종 선의 역사적 전개와 주안점, 그리고 언어 접근의 다양한 양상들을 보았다. 이제는 그 토대 위에서 중국선이 송대 시학에 미친 사유, 언어, 심미 등 제 방면에 미친 영향과 상호 교융 양상을 거시에서 미시로 좁혀 들어가며 고찰해보기로 한다.

북송 시대는 '안사의 난' 이후 장기간에 걸쳐 전개된 신분 구조의 변화, 신유학의 성립, 전 시대에 비해 획기적으로 달라진 서민 경제의 발전, 백화의 문학 언어로의 부상과 함께 진행된 통속 장르의 대두 등의 요인으로 인해 중국 고전문학사상 일대 전환기를 맞이한 시기이다. 그리고 그 이면에는 송대의 이학과 선학이라고 하는 양대 사유가 크게 자리하고 있다. 이글은 중국시사의 대전환기인 송시의 다양한 부외적 배경 중, 주로 중국 불교화한 선학과의 관계에 초점을 맞추어 송시의 선학에 대한 문예심미사적 차감, 교융과 의미를 논해보고자 한다. 송대 시학과 북송 이학과의 상관성은 별도로 논한다.

필자는 중국 선학이 송대 시학에 어떻게 작용하여 결과적으로 창작 방향과 문학 세계에 영향을 주었는지에 대한 분석에 있어서, 창작론, 비평론, 감상론 등으로 나누는 기성의 소재주의적이며 분절적 고찰보다는, 주제 중심적이며 유기적 분석이 의미 있다고 생각한다. 이에 송시와 선의 상호 교융 및 송시의 선학 차감을 함께 고려하며 몇 가지 내용상의 주안점을 설정하고, 그 중심 논제 하에서 시선교융의 양상과 문예 심미상의 의미 그리고 당시와 다른 송시화의 특징을 고찰한다. 이와 같은 작업이 제대로 이루어진다면, 불교와의 관련을 빼고는 그 전모를 제대로 복원하기 어려운 송대시학 연구의 지평확장에 도움을 줄 수 있을 것이다.

구체적 내용은 다음과 같다. 먼저 송대 선학사유의 심미적 전이 기제에 대하여 도입부에 대신하여 개괄한다. 그리고 세부 내용으로서 ① 자기초월의 내성사변, ② 속중탈속의 반상합도(反常合道), ③ 정감심미에서 이선심미로, ④ 문자선과 불리문자(不離文字)의 시학적 전이 순으로 고찰한다. 이들 인접한 내용들은 개별적이지 않고, 주제와 논리 전개면에서 상호 과정적으로 연계 관계를 지닌다.

송대 사회를 전반적으로 조망하면, 이학 사조의 영향 하에 있던 송대 지식인들은 도학가에서 고문가에 이르기까지 그들간의 노선 차이를 불문하고 대부분 "문장은 도(道)의 지엽"이라는 생각을 가지고 있었음을 알 수 있다.[1] 즉 송대의 이학 또는 선학적 소양을 지닌 지식인이 만들어내는 각종 문학예술 활동들은 실상 한 뿌리에서 나온 서로 다른 지엽들인 셈이다.2) 이런 의미에서 지식인 사회로까지 파급된 선종과 선학의 영향이 자연스레 문학으로 흘렀으며, 그 대표적인 이론이 '시·화·선의 교융'이다.

"시를 논하는 것은 선을 논하는 것과 같다"거나, "선도는 오직 묘오(妙悟)에 있으며 시도 역시 묘오에 있다"고 한 엄우(嚴羽)의 ≪창랑시화(滄浪詩話)≫ 중의 평어는 이를 잘 설명해주고 있다.3) 또 오가(吳可)는 각기 '시 짓기를 참선하듯이 하다'는 '작시여참선(作詩如參禪)'론으로 시작하는 <학시시(學詩詩)> 3수를 지어 "시 짓기는 참선과 같으니, 반드시 깨달음의 문이 있어야만 한다."고 설파하였다.4) 대복고(戴復古) 역시 <논시십절>에서 "시의 규율을 알고자 한다면 참선을 하듯 해야 하니, 묘한 지취는 문자로 전달되지 않는다. 그중에 하나씩 찾아가면 깨달음이 생겨, 시구로 나타내 자연히 빼어나리라!"고 말했다.5) 시·선 사유의 동질성을 주장한 사람은 이에 그치지 않는데, 이들은 시에 능통하기 위한 과정으로서 참선을 하듯이 고요한 가운데 마음에 깨달아 들어감

---

1) 송대 각종 이학가의 문장관에 대해서는 필자의 ≪황정견시 연구≫(1990, 경북대학교출판부) pp.68-76 참조.

2) 이는 마치 1920년대 후반 혁명문학 논쟁 시기에 많은 창조사와 태양사 문인들이 魯迅을 공격했을 때, 루쉰은 혁명문학이란 것은 외적 구호로 결정되는 것이 아니니, 작가의 혁명가 정신에서 분출되어 나오면 그것이 곧 혁명문학이라고 설파한 것에 비길 수 있다. 載道적으로는 작가의 사상이 문학을 결정한다는 관점이다.

3) ≪滄浪詩話·詩辯≫, "大抵禪道惟在妙悟, 詩道亦在妙悟. 且孟襄陽學力下韓退之遠甚, 而其詩獨出退之上者, 一味妙悟故也. 惟悟乃爲當行, 乃爲本色. 然悟有淺深, 有分限之悟, 有透徹之悟, 有但得一知半解之悟."

4) 吳可의 ≪藏海詩話≫(≪續歷代詩話≫上) : "凡作詩如參禪, 須有悟門."; ≪詩人玉屑≫ <吳思道學詩>條, : "吳可思道: '學詩渾似學參禪, 竹榻蒲團不計年. 直待自家都了得, 等閒拈出便超然.'; '學詩渾似學參禪, 頭上安頭不足傳. 跳出少陵窠臼外, 丈夫志氣本衝天.'; '學詩渾似學參禪, 自古圓成有幾聯. 春草池塘一句子, 驚天動地至今傳.'" 이렇듯 '學詩如參禪'론은 蘇軾 黃庭堅 등 송대에 폭넓게 인지된 시학 관념이다.

5) <論詩十絶> 其7, "欲參詩律似參禪, 妙趣不由文字傳. 箇裏稍關心有悟, 發爲言句自超然."

이 있을 때, 즉 '오입(悟入)'시에 그것을 시어화 하는 것이라고 주장한
다.6) 이와 같은 시·선의 내적 기제 일체화는 송대 문인들의 보편적
주장으로 되었는데, 이러한 선학사유의 심미적 전이는 송대시학의 중
요한 특징이며 핵심적 화두이다.7) 이로부터 송대 시인들의 사유방식,
생활 지향, 이상적 경계, 언어에 대한 관점과 창작 방식, 그리고 시어
의 차감에 이르기까지 광범하고 다양한 양상이 양송 시학을 관철하였
던 것이다.

2. 자기초월의 내성사변

불교의 핵심적인 개념은 공관(空觀)과 연기설(緣起說)이라고 할 수 있
다. '공(空)'이란 세상의 존재가 다 허환하고, 또 그것은 마음의 작용에
달려 있다는 것이며, '연기설'은 세상의 모든 것이 서로 얽혀 시간과 사
건의 인과 관계 속에 존재한다는 것이다.8) 그리고 불교의 '공(空)'관과

---

6) ≪詩人玉屑≫ 一書에서만도 '趙章泉學詩', '吳思道學詩', '龔聖任學詩', '學詩如學仙', '語
意高妙'條에서 '學詩渾似學參禪'론을 다수 소개하고 있다.

7) 그러나 총체적으로 보자면 이는 송대 문자선의 세속으로의 접근 과정, 즉 선의 시화의
측면에서도 바라볼 필요가 있다. 송대는 '선의 시화'와 '시의 선화'가 함께 진행되었던
것이다. 송시가 선학의 영향을 깊이 받은 것은 분명하지만 다른 면에서는 선학이 시의
영향을 받기도 하였으므로, 송대는 시와 선 양자의 상호 다가감의 시대였던 것이다. 이
상은 본장의 제목을 '송시의 선학 借鑒'보다는 '시선교융의 송대 시학'으로 잡은 내적
이유이기도 하다.

8) 松本史郎은 '緣起'란 개별적 관계만이 아니라 무한 수량의 물적 상호 의존이라고 풀이했
는데, 거시 물리학의 관점에서는 일리가 있다고 생각된다. 그는 한편 진리의 세계에는
시간이 존재하지 않으므로 시간 개념이 없다고 주장하였는데 이는 우리가 상용하는 일
상적 시간의 개념을 뛰어넘는 話用論的 비약이다. 따라서 필자는 전자에는 동의하나 후
자에는 동의하기 어렵다.(≪緣起與空-如來藏思想批判≫, p.29)

연기설이란 두 개의 관점이 만나 하나의 세계, 하나의 우주, 그리고 하나의 존재를 이룬다는 설명이 가능하다.9) 이렇게 되면 서양에서 각기 별개의 것이었던 시간과 공간은 범어와 중국어의 세계를 통해 하나의 함수로 연결된다.

필자는 근년의 한 논문에서 20세기 자연과학의 성과를 원용하여 현재까지 발견한 물질의 최소 형태인 쿼크(quark)의 구조는 내부가 채워져 있는 것이 아니라 중심이 비어[空] 있는 가운데, 상호 의존적으로 시공간상에 '존재'한다는 양자역학의 관점을 화두삼아, 도달하기 어려운 언어의 한계 상황에 대한 뫼비우스적 돌파의 필요성을 논한 적이 있다.10) 이 중 모든 존재는 시공간 속에서 유동하며 중심이 비어 있고 부단히 다른 것들과의 관계 속에 존재한다는 부분에서 우리는 어렵지 않게 불교의 토대가 되는 반야공관과 연기설을 떠올릴 수 있을 것이다. 반야경에서는 일체의 사물과 행위 및 응보가 실상 모두 공이며, 나아가 윤회와 열반도 한가지이므로, 사람들은 이러한 업보의 법칙을 초월해야 한다고 말한다.11) 약 3천년 전 고대 인도에서 이렇게 우리가 사는 세계의 근원이 공(空)이라고 본 것은 획기적이며 탁월한 논리이다.

물론 중국 전통 사상 중에도 이와 비슷한 관점이 있다. 노장의 무와 물화가 그렇고 현학의 관점도 그러하다. 노자의 무는 없는 것이 아니라 유를 생산하는 존재의 한 형태로서의 무이다. 또 장자 호접몽의 물화는

---

9) '世界'와 '存在'의 字義는 시·공간의, '宇宙'는 공·시간의 합성어이다. 시간과 함수 관계인 공간, 공간과 함수 관계에 있는 시간이란 뜻이다. '세계, 존재, 우주'의 시공간의 상호연계성에 대해서는 필자의 <중서 비교를 통한 중국문학적 사유체계론>(≪중국문학의 인식과 지평≫, 역락, 2001, pp.118-119)을 참조.

10) <존재, 관계, 기호의 해석학>

11) ≪緣起與空 : 如來藏思想批判≫, 松本史郎 著, 楊金萍 譯, 中國人民大學出版社, <空論>, 2006, p.222.

자연의 실재적 존재에 대한 전면 부정에 이르지는 않았으나 자연과 인간이 서로 연계된 하나임을 말하고 있다. 그리고 유도교융의 위진 현학은 사유와 언어 철학 면에서 노장의 관점을 계승 발전시켜 나가 중국인의 사유 영역을 심화하였다. 이와 같은 중국 전통 사상들은 적멸의 불교 사유와는 완전히 같지만은 않지만 세계 중심의 자연 연계성과 공과 무의 사유를 말하고 있다는 점에서 현대에도 매우 시사적이다.

황정견의 서체

불교의 적멸의 공관(空觀) 사유는 기존 중국 전통 사상의 일상성의 영역을 깨고 새로운 초월을 향한 새 힘을 불어넣어 주었다. 그리하여 당대 선종의 분파 과정을 거쳐, 송대에는 지식인 사회 전반에도 폭넓은 영향을 미쳤다. 북송 4대 서예가이기도 한 황정견(黃庭堅)은 초서 작품 <제상좌첩(諸上座帖)>에서 "모든 것이 불성이며 불색이다[一切聲是佛聲, 一切色是佛色]"라고 하는 글을 남기기도 했다.[12] 이러한 시선교융의 태도는 송대 선학의 광범한 영향을 보여주는 일례이며, 송시에서 지니는 황

---

12) ≪禪學與藝境≫, 劉墨, 河北教育出版社, 2002, 上卷 p.105.

정견의 위치로 미루어 상당한 의미가 있다. 시학 방면에서의 영향을 말하자면 초월적 세계관과 사유의 심각화이다. 다음 청원유신(靑原惟信)의 일화는 불교사유의 깊이를 보여준다.

> 노승(청원선사)은 30년 전 참선을 하지 않을 때에는 산을 보고 산이라 하고 물을 물이라 하였다. 후에 직접 지식을 얻어 들어가는 곳을 얻게 된 후에는 산이 산이 아니며 물이 물이 아님을 보게 되었다. 그런데 지금 쉴 곳을 얻게 되니, 여전히 산은 그저 산일 뿐이요 물은 그저 물일 뿐임을 알겠더라.13)

청원선사는 자연 혹은 대상을 바라보는 깨달음을 향한 세 단계를 변증법적 비유로 설명하고 있다. 첫 번째 단계는 눈으로 보는 현상계[색계]를 색 그 자체에 몰두한 미각(未覺)의 상태로서 현상을 구성하는 본질계[공계]에 대해 눈뜨지 못한 상태이다. 다음 두 번째 단계는 노력과 지식의 힘으로 색을 깨고 공(空)을 바라보기는 하나 아직은 집착 속의 각(覺)으로서 전면적 오(悟)에 이르지 못한 과도적 단계이다. 세 번째 단계는 이러한 인위적 노력을 초월하여 편히 쉴 곳을 찾은 평정심의 상태로서, 본질의 진제(眞諦)를 체득하여 크게 깨달은 단계이다. 이때의 대상은 단순한 현상의 산을 지나 그 너머 본체론적 원형의 발현으로서의 산이요 수로 인식하게 된다. 즉 산은 산이기도 하고 또 산이 아니기도 한, 현상 너머 본질이 색계로 발현된 현상적 구현태인 산이요 물일 뿐인 것이다. 이런 의미에서 색은 단순한 색이 아니며 공이기도 한 색이 된다. 즉 색은 곧 황정견이 말한 불색이 되는 것이다.

---

13) ≪五燈會元≫, 卷17 <惟信>, "老僧三十年前未參禪時, 見山是山, 見水是水. 及至后來, 親見知識, 有個入處, 見山不是山, 見水不是水. 而今得個休歇處, 依前見山只是山, 見水只是水."

본문 중의 ‘지(只)’는 이러한 ‘본질[空]-현상[色]’ 간의 상호 연기의 함의를 담고 있다. 이러한 깨달음의 삼단 논법의 과정을 통해 인식은 보다 본질적인 오의 세계에 이르게 되는데,14) 중국에서 이러한 색공론은 기존의 장자와 현학의 세계를 또 한 단계 뛰어넘은 사유의 도약이다.

이렇게 유불도 통합의 신유학의 송대 지식인 문화는 선학의 새로운 흡수로 보다 강력한 사변 관조의 색채를 띠며 사유의 깊이를 더하며 본체론적 이학을 만들어 나갔다.15) 그리고 이러한 관념들은 그들의 시에도 그대로 나타나, 송시는 전과 다른 성숙을 보이며 시공간에 갇힌 존재의 벽을 넘어 우주와 인간에 대한 본질적 탐구를 강화시켜나갈 수 있었으며, 그 결과 외적 활동성은 약화되었으나 대신 내적으로 자기초월의 정신 경계를 구현하게 되었다. 송시가 청년의 활달한 기상을 보인 당시와 달리 내성적 사변성과 노경(老境)한 색채를 보인 것은 이와 같은 까닭이다.

결과적으로 선학을 필두로 한 유불도를 흡수 수용한 이학사조 하의 송대 시인들은 먼저 불교 공관의 흡수로 한대 <고시십구수>류의 ‘비애감’ 속에 갇혀 있던 시공의 제약을 극복하는 힘을 얻었다. 이들은 내성외왕(內聖外王)의 이학적 대처방식으로 세계에 대한 보다 근본적인 성찰을 하게 되었으며, 그 결과 인간 존재적 숙명감에 대한 담담한 수용, 외물에 대한 내공 깊은 관조, 그리고 간화선의 영향으로 평범한 일상성 속의 초탈 지향 등을 보여주게 되었다. 이를 한마디로 요약하면 자기

---

14) 이러한 ‘正-否-新正’의 논리는 ‘宗-因-喩’로 전개되는 3단 혹은 5단의 인도 因明論理學의 응용으로 보인다. 인명논리학의 개념 설명은 ≪空境-佛學與中國文化≫(張立文主編, 人民出版社, 2005) pp.119-140을 참조.

15) 송대 지식인 문화의 추적에 대한 논술은 송대 사회의 통속성과 문인 심태등을 포괄하는 별도의 공간을 필요로 하므로 다음을 기약한다.

초월의 내성관조라고 할 수 있는데, 그 중심에는 선학의 영향이 크게 작용하였다. 그러면 이와 같은 자기 초월의 송대 시인들은 그들의 삶을 어떤 방식으로 바라보고 대처하였는가? 여기에서 입세의 유와 출세의 도불을 함께 가져간 송대 지식인 문화의 착종성이 잘 드러난다.

3. 속중탈속의 반상합도(反常合道)

양면성을 보이는 본절의 제목부터 설명해보도록 한다. '속중탈속(俗中脫俗)'이란 세속 중의 탈속성으로서 문인사대부 삶의 이중성이다. '반상합도(反常合道)'란 예술 수법과도 관련된 용어인데 '정상이 아닌[反常]의 독특한 방식을 통하여 오히려 나름의 길을 추구하고자 한 송대 문인 사대부들의 지향의식을 뜻한다. 이를 필자는 송대 문인사대부들이 세속중에 살면서 동시에 탈속을 지향하여, 도리에 어긋나는 것 같지만 결국은 종국적인 조화를 이루려 한다는 의미로 사용하고자 한다. 그리고 이는 이학과 선학 양면에 모두 적용되며 송문화의 특징을 요약적으로 보여준다.

송대 이학 문화의 기치하에 사람들은 전면에서는 유가를 주장하지만, 이면에서는 이미 이학과 내적 소통이 이루어진 도와 불을 애호하였다. 특히 선의 포교방식으로 문자를 적극 활용하는 문자선이 성행하면서 많은 승려와 문인들은 서로 시를 주고받으며 교제하였고, 그들의 시에는 선가에서 상용하는 속어와 백화의 사용도 꺼리지 않았다. 이를 문인 사대부 의식의 '입출 병행'이라 할 수 있겠다. 동시에 송대 사회는 전면적 과거제의 실시로 일반 서민 대중에서 관료를 선발하는 비율이 높아지면서 나타난 또 하나의 현상이 나타난다. 즉 과거에 의해 선발된 문인 관료들은 공식적으로는 아화를 지향하지만, 그들 생활의 기층에는 서민 대중의 통속성이 함께 자리하고 있으므로, 그들의 삶의 행위 가운데서 자연 아와 속의 양면 속성이 함께 표출된다. 이것을 생활 문화의 '아속 겸용'이라 할 수 있을 것이다. 즉 송대 문인의 아속착종과 입출겸전은 송대 지식인 문화 특유의 속성이라 할 수 있다.

그러나 아와 속, 그리고 입과 출 사이에는 서로 다른 방향의 힘이 작용한다. 송인들은 이 두 가지 모순을 어떻게 조응시키며 삶을 유지해 나갔을까? 이는 불교 선의 발전 과정을 보면 참고가 많은 시사를 받을 수 있다. 전술한 중국선의 전개에서 송대에 선가와 시가는 양쪽의 계산이 맞아 떨어진 문자선이 흥성하였는데, 이는 불립문자를 표방하는 선이 언어문자에 기대는 형국으로서 최선의 방책이 아닌 피할 수 없는 차선이었으므로 당초부터 모순을 내재하고 있었다.

문자선의 주석주의적 한계로 이번에는 언어를 부정하는 묵조선이 부상하나, 언어 없이 깨달음의 도를 인간 사회에서 소통할 수는 없는 노릇이므로, 다시 언어에 기대기는 하되 그 작용을 최소화하려는 간화선이 힘을 얻는 등 다양한 선가의 언어 스펙트럼을 보여주었다.[16] 특히 최소 언어로서의 화두 하나를 붙잡고 참구하는 가운데 깨우침에 이르도록 하는 간화선은 오도 과정의 유연성, 탄력성을 보장한다는 점에서 언어에 매몰되기 쉬운 문자선이나 그 반대인 묵조선과 다른 매력을 지니고 있다. 그러나 이를 거꾸로 보자면 양 극단의 어느 것도 버리지 못

---

16) 그러나 이들을 부정적으로만 볼 것은 아니다. 중국문화의 거시 관점에서 볼 때 송대에 대체로 문자선, 간화선의 주조 속에 선학의 광범한 보급이 이루어진 점은 전통문화의 답보성에 대한 의미 있는 수혈이었다.

하는 단점을 노정하고 있다고 볼 수도 있는 것이다. 이렇듯 각종 선의 장단점을 생각해보는 동안에 우리는 자연 두 가지 모순성을 함께 아우르는 일의 어려움과 문제점을 가늠할 수 있게 되었는데, 이는 바로 입출겸비, 아속겸용의 이중 속성을 지닌 송 문화에 대한 유비이기도 하다.

이렇게 버릴 수도 담을 수도 없는 어중간한 상황 속에서 송인들이 찾은 전형적 인물이 바로 도연명이다. 실은 도연명은 당대에는 문학사의 주목을 거의 받지 못한 인물이었다. 모두가 산으로 은일한 죽림칠현의 위진 현학의 시대에 사람들의 마을로 내려와 은거한다고 하는 어중간한 자세에 대한 이해의 토대가 마련되지 않은 때문이다. 그러나 입출(入出) 이중 구조 속의 송인들의 입장에서 볼 때는 세속에 거하면서 세속을 떠나는 모순적 양자의 합일이라는 화광동진(和光同塵)의 경계를 추구한 도연명이야말로 속중탈속의 시은(市隱)이며 거사불의 전형으로서의 가능성을 열어 보여준 인물로 비춰진 것이다.

이와 같은 심리적 요청은 이학과 선학 모두에서 진행되었다. 먼저 이학에서는 송대 과거를 통해 신분상승을 한 문인 사대부들의 이 중 심태에서 필요했으며, 선학에서는 문자선과 간화선이 필요로 하는 언어의 차용과 초월의 심태에서 요구되었다. 실상 간화선은 경직된 교리선, 주석적 문자선, 묵언의 묵조선의 그 어느 것도 아닌 생활선과 농선(農禪)을 지향하며, 언어를 사용하되 언어의 영활성에 기대어 언어의 초월을 추구한다. 즉 송대 이학가와 선학가들은 모두 생활에서 출발하되 현실 생활을 초극하기를 바라는 양면성을 보인다는 점에서 시대적 요청에 맞았으며, 역사에서 실제 인물 전형으로서 도연명이 부각된 것이다. 요약하면 도연명은 송대 이학 지식인들, 그리고 동시에 송대 문자선과 간화선이 지닌 한계이자 모순을 조화롭게 해결하여 일상성 속의 초월 지향이라고 하는 반상합도의 인물 전형이었다.

이러한 토대 위에 선 송시의 세계는 대부분 생활에서 출발하기는 하지만, 동시에 눈에 보이는 생활을 떠나 높이 관념의 초월을 지향한다. 그것은 참으로서의 우주와 세계에 대한 내적 추구요, 자신에 대한 초월이며, 일상이되 일상이 아닌 형이상학적 관념계로의 전이요 비상이다. 요시카와 코지로(吉川幸次郞)가 ≪송시개설≫에서 말했듯이 송시에서는 형이하의 생활의 모든 대상들이 시의 소재이다. 그러나 그것은 단순히 기계론적 소재에 머물지 않는다. 수면을 바라보기는 하되 물에 비친 달을 찾아 나서는 인식의 지향이 있으며, 언어이되 언어의 바깥을 향해 나아가는 부단한 반성적 사색과 진제(眞諦)에의 의지가 함께 한다. 그러므로 송시는 언어에 의지하되 언어를 초극하려는 의지로써 시어에 생명을 불어넣으려는 정신적 지향이 강렬하다. 단순한 언어적 기술은 하급이요, 사변에 기초하여 형상 너머의 것을 은근히 드러내야만 상승(上乘)으로 친다. 이러한 초월 지향의 정신은 송시가 당시와 다른 내면의 깊이요 힘이다.

이와 함께 송대에 교유, 화답, 차운시, 그리고 각종 유기(遊記) 및 기념의 성격을 띤 생활적이며 수필적 의의를 지닌 제시(題詩)가 대폭 늘어난 점도 송인들이 생활에 밀착하여 시작 활동을 한 증거가 된다. 친분을 강조하는 교유의 형식을 취하다보니 자연 상대의 운을 맞추어 화답하게 되었고, 이야기를 풀어나가자니 율시보다는 고시가 대폭 늘어났다. 소재 역시 아름다운 대상뿐 아니라 일상의 생활 소재 모두로 확대되었다. 이를테면 거미나 기어 다니는 벌레인 이에 이르기까지 그들의 눈에 비친 소재는 거의 모두 시의 재료가 되었다. 이러한 생활에 밀착된 소재의 활용은 단순히 표피를 표피에 그치게 하지 않는다. 작가만의

사유를 거친 후에 이루어지는 대상에 대한 통찰과 삶에 지혜가 자연스
레 드러나므로 사변의 색채가 강하다. 일례로 황정견이 지은 <연아(演
雅)>라는 시는 7언 40구나 되는 장시로서 농촌적 생활 중 각종 동물, 곤
충, 새들의 특징들을 날카롭게 포착하여 인성에 연결시켜 지루하지 않
게 교훈적으로 풀어내고 있다. 내적 공부와 수양이 없었더라면 그저 밋
밋한 사전적 나열에 불과했을 농촌의 사물과 정경을 철학적 교훈과 여
유로운 해학을 섞어 예술적으로 승화한 것은 송시가 지닌 내공이다.17)

4. 정감심미에서 이선심미(理禪審美)로

이제까지 우리는 송시의 특징으로서 먼저 진지한 내성사변의 색채를
띠고 있다는 점, 그리고 평범한 일상의 삶과 언어 문자에 의지하지만
그 출발점으로서의 현상계를 초월하려는 의지가 있음을 보았다. 그리고
이는 바로 송대 선학과 이학의 양면성이 야기한 필연적 결과임도 보았
다. 그러면 이러한 지향성을 지닌 송시는 어떤 문예심미상 어떠한 특색
을 지니는가? 당시와 다른 송시의 특징에 대해서는 이미 무월(繆鉞)이나

---

17) ≪爾雅≫와 같이 사전적으로 풀어쓴다는 함축을 지닌 <연아> 시의 시작, 중간, 그리고
끝부분의 12구는 다음과 같다. "누에는 고치 자아 스스로 묶이고, 거미는 줄을 쳐 망보
기에 여념 없다. 제비는 거처 없이 집짓기에 바쁘고 나비는 경치 좋아 먹이를 잡지 못
하네, …… 갠날 날개 떨치는 저 즐거운 하루살이, 구멍 속의 남의 새끼 커가는데 기뻐
하는 나나니벌. 쇠똥구리 똥 굴리며 조합나무 깔보고, 나는 나방 불로 달려가 기꺼이
데어 죽으려 한다. …… 봄개구리, 여름 매미 갈수록 시끄럽고, 지렁이, 벽좀벌레 얼마
나 쏠아대는가. 강남의 물길은 하늘보다 파랗고, 그중의 갈매기는 한가롭기가 나와 같
구나."(雙蠶作繭自纏裹, 蛛蝥結網工遮邏. 燕無居舍經始忙, 蝶爲風光勾引破……晴天振羽樂
蜉蝣, 空穴祝兒成蝶螺. 蜣蜋轉丸賤蘇合, 飛蛾赴燭甘死禍. ……春蛙夏蝒更嘈雜, 土蚓壁蟫
何碎瑣. 江南野水碧於天, 中有白鷗閑似我.)

요시카와 코지로(吉川幸次郎) 등 많은 선행 연구를 통해 어느 정도 문학
사적 상식이 되었으므로, 이글에서는 송시와 선학과의 관련을 중심으로
그 심미적 특징을 생각해 보도록 한다.

앞서 '반야 공관'을 계승 발전시킨 선학 세계관의 중심에는 개공(皆
空)의 사유가 관통하고 있음을 보았다. 이 세상의 모든 현상적인 출렁거
림이 종국적으로 본초의 공(空)으로 귀결되는 것이라면, 시인의 삶과 그
시적 여정 역시 지나친 감정적 흔들림과 소모는 원하는 바가 아닐 것이
다. 즉 현상이라고 하는 수면에 바람이 불어 잔파도가 일지라도 이학이
든 선학이든 수도의 일환으로서 시작을 일삼았던 송대 문인사대부 시
에서는 결국 이러한 외부적인 것들의 배제가 요구되었고, 그것은 '정감
의 탈색'으로 나타났다.

세상에 있되 벗어나 관조하는 자세로 삶을 바라보므로 송시는 당시
에 비해 본체론적 사색의 숙성을 거친 여유로움과 담백함이 느껴진다.
선리와 철리를 말한 시가 많은 것도 한 이유이다. 이러한 것은 시적 이
미지 또는 풍격의 상이함에서도 드러난다. 당시의 미가 시어의 이미지
를 중시하는 의상미를 지향한다면, 송시는 작품 전체로 단위를 옮겨 보
다 숙성된다. 의경으로서의 노경미(老境美)가 나타난다. 왜 그런가? 당인
들의 시가 감각과 정감에 많은 비중을 두었다면, 송인들은 주안처를 사
변과 철리로 무게중심을 옮겨갔다. 그리고 철학은 한마디 이성적 결론
의 도출로 끝나지 않고 이에 상응하여 언어의 활용 방식도 변화시켰다.
송시는 이성화와 철리화를 통해 시의 서술화와 산문화의 길을 걸어갔
고, 시어가 아닌 시 전체의 언어적 구도를 통해 드러나는 의미의 전달
과 경계의 창출에 힘을 기울였다.

당시가 정감과 의상(意象)의 표현에 치중했다면, 송시는 정신과 의경

(意境)의 표현을 중시한다. 의상이란 무엇인가? 생각의 모습, 즉 말로 하기 어려운 내재된 의미의 또 다른 형상 표현이다.[18] 이는 언어보다 더 형상화, 기호화한 의사소통 양식이기도 하다.[19] 그러나 송대에는 이에서 더 나아가 시 전체의 경계로 섭렵 범위를 확장시키는데, 이것이 의경으로 나타난다.[20] '의경(意境)'이란 본래 불가 용어이다. 불가에서 '의'는 마음속에서 진행되는 주관적 사유 활동이며, '경'은 마음이 의지하는 바깥 사물을 가리킨다.[21] 마음의 움직임이 밖으로 드러나는 경계라고 할 수 있을 것이다. 그런데 중국문학 비평용어로 들어오면 그 해석은 조금 다기해지는데, 대체로 작가 또는 작품에 드러나는 직관적 종합 감각심미라고 요약할 수 있다.[22]

이상의 지식 위에서 의상과 의경을 놓고 당송시를 본다면, 당시가 시

---

18) ≪周易・繫辭上≫에서, "공자는 '글은 말을 다 드러낼 수 없고, 말은 생각을 다 드러내지 못한다.'고 말했다. 그런즉 성인의 뜻을 다 헤아리지 못하겠는가? 공자는 '성인은 象을 세워 뜻을 드러내고, 卦를 만들어 진정과 거짓을 모두 담는다. 수사로써 그 말을 극대화하고, 변통하여 그 이로움을 다하며, 북돋아 그 신묘함을 다 드러낸다.'고 했다."(子曰, "書不盡言, 言不盡意." 然則聖人之意, 其不可見乎? 子曰, "聖人立象以盡意, 設卦以盡情僞, 繫辭焉以盡其言, 變而通之以盡利, 鼓之舞之以盡神.") 이글에 대하여 ≪周易≫注에서는 "言으로 전하는 것은 얕고, 象으로 전하는 것은 깊기에 성인은 象으로 드러내 보인다"라고 풀이하였다.
19) 언어의 한계성과 기호의 포괄적 의미에 대해서는 필자의 <존재, 관계, 기호의 해석학>(2006)을 참조.
20) 필자는 당송시의 전개 과정을 의상에서 의경으로 나아가는 과정으로 보고 있는데 반해, 張伯偉는 ≪禪與詩學≫(1992, 2008, 人民文學出版社, pp.144-165)에서 선과 시학의 관계를 설정에서 비록 필자와의 주안점은 서로 다르지만, '意象批評'이란 용어를 전면에 내세워 논지를 전개할 뿐이고 意境에 대해서는 언급이 없다.
21) '意境'과 흡사한 용어로 '境界'가 있는데, 이 역시 불가의 말이다. 불교에서 경계란 구체적으로 '눈, 귀, 코, 혀, 몸, 생각의 六根이 이들 여섯 지체를 통해 인식되는 과정인 六識의 과정을 거쳐 감지되는 색, 소리, 향기, 맛, 감촉, 法의 감각의 세계'를 의미한다. 즉 몸을 통해 총체적으로 느끼는 감각의 세계이다.
22) 意境에 대한 용어의 연원, 의미, 특징 등에 대해서는 필자의 <중국시와 意境美學>(≪중국어문학≫, 44집, 2004)을 참고.

각과 청각 등 감각 이미지 중심의 '의상심미'에 중점을 두었다면, 송시는 시 전체의 시인의 마음이라고 하는 내성사변의 형이상학적 형상화라는 '의경심미'에 더 치중하였다고 생각된다.[23] 그리고 그 바탕에는 이학과 선학의 심미적 작용, 즉 '이선심미'가 놓여 있다. 선학 방면에서는 이미 각종선의 주안점에서 본 바와 같이 선적 사유와 불가의 용어 양면의 영향이 모두 작용하였다. 특히 '일체개공'의 선학 심미, 즉 '감정의 덜어냄과 비워냄을 통한 울림', 즉 '탈색과 여운의 심미'가 작용하고 있다.

시어와 시구의 단련 측면에서 보자면 당인의 시가 감각의 형상화에 힘을 쏟았다면, 송인의 시는 탈색된 사변의 여운에 주력했다고 할 수 있다. 송시의 이론화와 구현에 결정적 영향을 미친 소식(蘇軾)의 다음 '중변론(中邊論)'은 이를 잘 말해준다.

> 이백과 두보는 절세에 빼어난 아름다운 모습으로서 백대를 초월하고 고금의 시인을 모두 능가하나, 위진 이래의 탈속적 격조는 조금 쇠미해졌다. 이백과 두보 이후로는 비록 간간이 심원한 운미가 없지는 않았으나, 문학적 재능이 그들의 생각을 뒷받침해주지 못했다. 유독 위응물과 유종원이 '간약한 고풍 중에 섬세함과 풍요함을 드러내고, 담박한 가운데 지극한 여운을 담고 있다.' 이는 다른 사람들이 따라할 수 없는 부분이다.[24]

---

23) 의상과 의경의 구분에 대해서는 의견이 분분한 것이 사실이나, 필자는 의상은 시어의 이미지와 상징에 가깝고 의경은 이보다 범주가 넓어, 句 또는 시 전체의 총체적 지향이자 풍격에 가깝다고 본다. 이런 점에서 吳戰壘는 의상이 先行性, 平面性, 斷片性을 지녔다면, 의경은 의미의 後行性, 多層性, 超克性을 지녔다고 말한다.(이상 <중국시와 意境美學> 및 吳戰壘 저, 유병례 역 ≪중국시학의 이해≫(태학사, 2003, p.134) 참고)

24) ≪蘇軾文集≫ 卷67, <書黃子思詩集後>, "(至於詩亦然. 蘇李之天成, 曹劉之自得, 陶謝之超然, 蓋亦至矣.) 而李太白杜子美以英瑋絕世之姿, 凌跨百代, 古今詩人盡廢. 然魏晋以來高風絕塵, 亦少衰矣. 李杜之後, 詩人繼作, 雖間有遠韻, 而才不逮意. 獨韋應物柳宗元, 發纖穠

이백(701-762)

두보(712-770)

소식(1037-1101)

이글의 원문에서 소식은 시에서 천성(天成), 자득(自得), 초연(超然)이 중요하며, 이두는 빼어나지만 위진의 탈속의 격조에는 미치지 못한다고 하였다. 그리고 위응물, 유종원의 경우 '표현은 메마른 듯 간결하고 맑은 가운데 안으로 풍부한 함의를 머금어 훌륭하'고 평가했다. 소식의 관점으로 미루어 송인의 시의식이 담백하게 탈색된 시어의 지평 너머, 표현 밖의 사색적 울림을 추구하고 있음을 볼 수 있다. 이 역시 당과는 다르지만 시의 본질인 함축에 이르는 송대 특유의 의경을 중시하는 이 선심미적 여정이다.

이상 당송시간의 심미 주안상의 차이에 기초하여 필자의 그간의 연구를 더해 중국 고전시 전체로 확대 개괄하면 다음과 같다.25) 중국시는 초기의 시경과 악부고시 및 고시십구수 류의 소박한 민간 정서의 거침없는 질박한 '민간심미'에서, 육조 혼란기 현학과 문인화 과정을 거치

於簡古, 寄至味於澹泊, 非餘者所及也."
25) ≪중국문학의 인식과 지평≫ 중의 <육조, 당, 송 문인시의 문예심미>, 그리고 ≪중국시의 문예심미적 지형≫ 중의 <위진남북조 문예사조론>을 참조.

며 조탁된 자연 추구형의 '문인심미'로 나아갔다.26) 그리고 당 제국에
이르러서는 활발한 청년 기상을 격률화한 '정감심미'로 발전하고, 송대
이학과 선학의 자기 숙성의 노경한 맛의 이선심미를 향해 나아갔다고
할 수 있다. 즉 중국 고전시는 초기의 민간시에서 출발한 후 문인화를
거치며 자연의 문학화를 기하고, 다시 보다 정치한 음률과 회화미 등의
정감미를 추구한 후, 선학과 이학의 영향으로 내성사변의 원숙한 의경
미를 강구하는 방향으로 전개된 것이다.

5. 문자선과 불리문자(不離文字)의 시학

속중탈속의 시은(市隱)이요 거사불이며 동시에 이학적 구도자인 송대
문인사대부가 주도한 송시는 자연 당시와 다른 이선심미 속에 노경한
색채를 띠게 되었다. 이렇게 이선심미 하의 의경미를 중시하는 방향으
로 나아간 송시는 새로운 한계와 저항에 부딪치게 되는데, 그것은 전술
했듯이 송시가 내적 자기초월과 그 철학적 탐구로 사유의 깊이를 주며
산문성, 철리성을 강화한 것은 사실이나, 대신 당시와 같은 경쾌한 감
각이 줄어들어 시문학의 생명인 정감과 흥취에 부정적으로 작용한 까
닭이다. 그리고 그 이면에는 언어 문자와의 관계 설정 문제가 자리하고
있다.

---

26) 육조인의 심미 의식을 요약해본다. 장기 동란중의 유동하는 삶 속에서 영속적인 가치를
    자연에서 찾았고, 소승적 귀족문학의 개화와 함께 그들은 문학 작품 내에서 자연의 조
    화로운 규율을 구현하고자 했으며, 그 정화가 沈約의 사성팔병설이다. 이러한 문예심미
    는 제1자연인 진자연의 제2자연인 문학작품으로의 '심미구조적 전이'인 셈이다.(≪중국
    문학의 인식과 지평≫ 중 <중국문학비평 사유론> p.86 참조)

실상 선종이 한창 성행하였던 당대에 중국시는 논리적인 문자보다는 직관적 감각을 중시했다. 당시에 보이는 활발한 정감과 역동적 이미지는 비록 당시가 시어의 논리적 언술 구조에 매달리지 않고 감각에 단도 직입으로 쏘아댄 까닭에 가능했다. 그러나 송시는 그 반대로 내성사변의 탈색적 경계를 중시하는데, 이는 선학의 영향이 크다. 중국 선종사는 당대 전성기를 지나면 송대로 접어들며 주류 문화인 사대부 문화와 소통하기 위해 언어에 의존하는 세속화의 길을 걸어나갔다. 문자언어로 선리를 설명하려는 문자선이 대표적 예이며, 간화선 역시 그 절충적 변용이다. 그리고 이는 그들이 운용한 시에 직접적으로 영향을 준다.

시학 방면에서 보자면 황정견의 시법을 추종하는 강서시파는 무리하게 학시의 전범을 이론화하지만, 영감과 형상이 요구되는 실제 창작에서는 높은 수준을 보여주지 못했다. 이에 남송 엄우는 송시의 문제점을 질타하며 이선유시(以禪喩詩)의 선어로 성당기상을 높이 형상화한다.

> 시는 정감의 표현이다. 성당의 시인들은 흥취만을 추구하였으니, 이는 어린 양이 나무에 뿔을 걸고 공중에서 잠을 자 흔적을 찾을 수 없는 것과 같다. 그러므로 그 묘처는 투명하게 맑고 옥소리 같이 영롱하여 한 군데서 멈추어 있지 않으니, 하늘에서 울려나는 소리요, 모양 중의 빛깔이며, 물에 비친 달이요, 거울 속의 형상과 같다. 말은 다해도 뜻은 무궁하다.27)

엄우는 문자선의 영향으로 보이는 '지나친 문자 의존적인 시, 시적 영감이 결여된 재능 위주의 시, 철리 위주의 논리적 산문시' 등 송시가

---

27) ≪滄浪詩話·詩辨≫, "詩者, 吟咏情性也, 盛唐諸人惟在興趣, 羚羊掛角, 無迹可求, 故其妙處, 透徹玲瓏, 不可湊泊, 如空中之音, 相中之色, 水中之月, 鏡中之象, 言有盡而意無窮."

극복하지 못한 제반 경향을 지적하며 당시의 흥상을 회복해야 한다고 주장한다.[28] 이는 송대 문자선과 간화선이 결국 이론적 이상을 창작으로 담보해내지 못한 데 대한, 시 본연의 자세로 돌아갈 것에 대한 요청인 것이다.

이제 당송문화의 언어문자적 의존도를 따져보도록 하자. 한마디로 선종이 성행했던 당대의 선학은 선학의 언어 문자에 대한 불신을 의미하는 선종의 기본 관점인 불립문자론을 고수했다. 역사적으로 이러한 관점은 중국 전통문화의 흐름 속에서 조망해볼 필요가 있다. 중국문화는 크게 두 갈래의 방향성을 보인다. 하나는 주류인 유가 노선이고, 다른 하나는 주류와 비주류를 아우르는 ≪주역≫에서 나왔지만[29] 결국 비주류인 중국 전통의 도가, 현학과 불가까지 합세한 흐름이다. 사관문화를 중심으로 한 전자가 언어 문자에 의존했다면 후자는 그 반대였는데, 특히 위진현학의 가세로 그 불신은 더욱 증폭되었다.

이런 관점에서 보면 당시가 보여준 문자 불신의 여정은 사관 문화 중심의 거시 중국사에서 볼 때는 예외적인 시기라고 할 수 있다.[30] 당대에 이러한 것이 가능했던 이유를 든다면 육조 문학의 자연스런 발전

---

28) ≪滄浪詩話·詩辯≫, "近代諸公, 乃作奇特解會, 遂以文字爲詩, 以才學爲詩, 以議論爲詩, 夫豈不工, 終古人之詩也. 蓋於一唱三歎之音, 有所歉焉. …… 至東坡山谷, 始自出己意以爲詩, 唐人風變矣."

29) ≪周易·繫辭上≫에 공자가 "글은 말을 다 드러낼 수 없고, 말은 생각을 다 드러내지 못한다."고 말했다. 그런즉 성인의 뜻을 다 헤아리지 못 하겠는가? 공자는 "성인은 象을 세워 뜻을 밝히고, 卦를 설정하여 진정과 거짓을 다 포괄한다. 수사로써 그 말을 극대화하고, 변통하여 그 이로움을 다하며, 북돋아 그 신묘함을 다 드러낸다."고 했다.

30) 이 이야기는 ≪禪宗美學≫을 쓴 浙江大學 張節末 교수와 필자와의 2009년 대화 중 내용인데 시사점이 많다. 또한 같은 대학 孫敏强 교수 역시 ≪律動與輝光≫(浙江大學出版社, 2008) <引言>에서 유가와 史官 중심의 史官文化는 經史, 中原, 儒學, 廟堂을 중심으로 하여 그 반대편의 노장과 힘을 겨루는 가운데 중국문화의 주류로 성장해 왔다고 주장했다.

과정, 그리고 현학이 문학에 미친 영향, 특히 불립문자(不立文字)를 표방한 중국 선종의 흥성을 들 수 있다. 즉 당시의 직각적 감각 지향성은 시 자체의 속성에 기인하기도 했지만, 한편으로는 불교의 흥성과 이로 말미암은 '불립문자 중심주의'의 영향으로 볼 수 있다. 그러면 이와 같은 비주류 쪽의 언어에 대한 중국적 여정을 좀 더 개관해 본다.

앞서 주역에 이어 노자는 ≪노자≫ 제1장에서 "도를 말로 표현한다면 그것은 항구불변의 도가 아니며, 이름[名]을 특정한다면 그것은 항구불변의 이름은 아니게 된다."라고 해, 언어의 의미 작용과 그 지시성의 항속성에서의 탈피와 개별적 진리로의 전이를 말했다.31) 이는 도라고 불리는 명멸하며 보편적 항존적 진리의 '언어도단(言語道斷)', 즉 언어의 길이 끊어진 곳에 있다고 하는 노자적 성찰이다. 장자 역시 "언어로 말할 수 있는 것은 사물의 거친 것이요, 마음으로 알 수 있는 것은 사물의 정밀함이다."라고 하며 언어의 한계성을 설파했으며,32) 통발과 덫의 비유를 통해 언어는 의사 전달을 위한 과정적 수단에 불과하다고 했다.

> 통발의 효용은 물고기를 잡는 데 있으니, 물고기를 잡으면 통발은 잊는다. 덫의 효용은 토끼를 잡는 데 있으니, 토끼를 잡으면 덫은 잊는다. 말은 뜻을 전달하는 데 의의가 있으므로, 뜻을 얻었으면 말은 잊는 법이다. 내 어디서 이같이 말을 잊은 사람을 만나 더불어 말을 하랴!33)

앞서 언급한 ≪주역·계사전≫에 대해 위진현학을 창도한 왕필(王弼)은 그 주석에서 "말이란 다만 상(象)을 밝히는 것일 뿐이니, 상을 얻으

---

31) ≪老子≫, "道可道非常道, 名可名非常名." 이 부분은 본서의 제2부를 참고.
32) ≪莊子·秋水≫, "可以言論者, 物之粗也. 可以意致者, 物之精也."
33) ≪莊子·外物≫, "筌者所以在魚, 得魚而忘筌. 蹄者所以在兔, 得兔而忘蹄,. 言者所以在意, 得意而忘言. 吾安得夫忘言之人而與之言哉!"

면 말은 잊혀진다. 상이란 뜻을 담는 것이니, 뜻을 얻으면 상은 잊혀진다."고 했다.34) 왕필은 '언'과 '상'과 '의'의 삼자 관계에서 이 삼자는 상승적 관계 속에 존재하며, 말과 상은 결국 저자의 생각을 담기 위한 과정적 수단이라고 밝혀 주역과 노장의 관점을 심화 정리하였음을 볼 수 있다.35) 이미 제2장에서 인용한 불성돈오설을 주장한 육조 축도생 등의 '의(意)-상(象)' '언(言)-리(理)'론 등 현학 불교의 논지는 굳이 재론할 필요가 없을 것이다. 이후 이와 같은 관점은 당송대 교연(皎然), 사공도(司空圖), 엄우(嚴羽)를 거치며 심화 재론되었는데, 이들은 대부분 불가였다는 점은 문예심미와 선학이 상호 긴밀하게 연관되어 있음을 보여주는 좋은 예이다.

이들을 현대의 관점으로 말하자면 데리다나 라캉 등 포스트 구조주의에서 언어의 본원적 불확정성에 대한 내적 직관 혹은 시적 기호 장치들을 통한 중국적 돌파의 추구라고 하는 점에서 시기적으로나 의미적으로 모두 선구적 의의를 찾을 수 있을 것이다.

이제 거시적 의미들을 요약하면, 당시의 세계는 언어에 대한 불신과 함께 감각과 이미지에 의존하는 의상 중심성을 띠고 있다. 그리고 이는 사관문화(史官文化)가 이끌어 온 중국문화에서는 언어문자 비중의 축소 내지는 최소화라는 점에서 차라리 예외적이었다. 그러나 불교가 당대에 대외적 확장을 이룬 후 송대에 들어서면서 지식인 사회와의 교감과정을 통해 점차 언어문자에 의존하는 문자선을 채택하면서 시 역시 군더

---

34) "言者所以明象, 得象而忘言, 象者所以存意, 得意而忘象."
35) 저자의 생각의 우월성은 인정한 이와 같은 관점은 唯實論的 관점인데, 20세기 이래 진행된 현상학, 해석학, 수용미학 이래 포스트 구조주의에 이르기까지의 전개 과정에서 다양한 갈래와 관점 속에 설명된다. 위진남북조 玄學의 언어심미적 특징에 대해서는 필자의 <위진남북조 문예사조론>(≪중국문학≫ 38집, 2001)을 참조.

더기적인 설명과 사변과 이론화 등 학문적 성향을 보인다. 이에 따라 시를 짓는 방식의 강구인 학시 경향이 일어나고 시사(詩社)가 활발하게 운용된다. 강서시파는 그 실체적 운동성에 의심의 여지가 없지 않음에도 불구하고 각종 시사(詩社)의 흥성을 보여주는 대표적인 예가 된다. 또한 단순히 시를 창작하는 데에서 더 나아가 시를 논하고 따지는 시비평, 즉 시화가 만들어지기 시작하는 것도 불교의 문자선과 같은 언어적 설명화, 사변의 학문화, 논리화의 과정과 같은 방향성을 지니는 현상들이다. 나아가 산문 방면에서 송대 고문운동의 부흥도, 비록 이학의 요소가 선학에 비해 가중치를 지니기는 하지만, 역시 같은 맥락에서 이해가 가능하다.

이렇듯 시 쓰기의 체계화와 학문화가 진행되면서 송시는 그들이 추구한 이론과는 달리 당시적 흥상(興象)과 풍치(風致)가 줄어들고, 굳어진 교조가 주류로 자리잡으며 시는 점차 쇠락해갔다. 이런 상황에서 언어 작용의 최소화를 주장한 ≪창랑시화≫의 주장은 시의적절한 것이었다. 이러한 양송시의 심미적 지향은 마치 선종이 지나친 설명 위주의 문자선에서 언어의 간섭을 최소화한 화두 중심의 간화선으로 나아간 맥락과도 일정 부분 닿는다. 그리고 이상 당송시의 여정을 선학사의 거시 관점에서 본다면 당대까지의 문자를 세우지 않는 '불립문자'에서 송대의 문자를 떠나지 않는, 즉 문자와 적절한 공생 관계를 맺는 가운데 타협하고 기대는 '불리문자'로 나아간 문학적 여파이다.

그렇다면 송대 문화가 보여주는 불리문자의 송시적 구현과 의미, 그리고 심미적 토대는 어떤 것인가에 대해 생각해본다. 송시가 이미 언어 문자로부터 떠나지 않아도 되는 문화사유적 타당성을 확보했다고 한다면, 이는 시 창작에서의 언어 장치와 기교의 공식화를 의미한다. 그리

하여 제기된 것이 각종 심미적이며 수사학적 제안들이다. 다만 이들 주
장은 문자선 또는 간화선의 주장과 마찬가지로 언어 없이 사유하고 전
달할 수 없기 때문에 부득이 사용은 하지만, 그 최고의 경계는 역시 언
어 초월적인 무엇에 있었다. 이렇게 놓고 보면 송시의 각종 수사학적
지향과 선학의 각종선의 지향은 매우 흡사한 양상과 궤적을 보임을 알
수 있다. 다만 그 성취와 실제적 구현이 이론이 요구하는 수준에는 미
치지 못하였고, 결국 엄우류의 반론에 직면하게 되었던 것이다. 이러한
괴리는 송대 문인사대부의 심태, 문화 전반, 선학, 문학예술과 시 등 거
의 모든 면에 걸쳐 광범하고 유사하게 전개되었다. 그리고 그 토대에는
송대 문화사회의 광범한 이중성 내지 모순성이 개재되어 있었다.36)

이와 같은 광각 시야 속에서 송대 시학의 이론 지향들을 살펴본다.
송대는 당시와 같이 단순히 정감적 창작 위주의 시대가 아니라, 이미
신유학으로 무장한 문인사대부들이 세계관의 구현 과정으로서 시를 운
용하였을 뿐 아니라 이에 더하여 시를 짓는 과정 역시 독서와 학문의
기반 위에 궁구하고 따지는 '학시의 시대'였다. 따라서 창작에도 다양
한 이론과 기법들이 체계를 갖춰가고 있었는데, 이들 이론은 이론상 두
보 류의 천의무봉을 지향하고 자연스런 경지를 최고의 것으로 친다. 그
러나 기왕 이론의 길, 즉 엄우가 말한 '이치의 길'[理路]에 들어선 이상
감성은 자유로움을 구속당할 수밖에 없게 된다.37) 즉 시학에서 논리적
체계와 틀을 갖추게 된 대신 그 너머의 직관적 정감을 잃어버리게 된

---

36) 송대 사회문화의 특징적 개괄과 총체 해석, 그리고 시학상의 주안점에 대해서는 ≪송시
사・머리말≫(송용준・오태석・이치수 공저, 역락, 2004)을 참조.

37) ≪滄浪詩話・詩辯≫, "夫詩有別材, 非關書也. 詩有別趣, 非關理也. 而古人未嘗不讀書, 不
窮理.所謂不涉理路, 不落言筌者, 上也. 詩者, 吟詠情性也. 盛唐詩人惟在興趣, 羚羊掛角, 無
跡可求, 故其妙處瑩徹玲瓏, 不可湊泊, 如空中之音, 相中之色, 水中之月, 鏡中之象, 言有盡
而意無窮."

것이다. 이것이 송시가 지닌 한계이다.

그러면 송인들이 추구했던 시학상의 이론들은 어떤 것들인가? 엄우의 송시의 불량한 경향에 대한 날카로운 비판과도 무관하게 실은 송인들은 대부분 정신적 고양감 속에서 이치의 길을 넘어서는 무궁한 함의의 길을 갈구했는데, 그것은 오입(悟入)과 운미(韻味)의 지향이었다. 이를 위해 시에는 무엇인가 살아 있는 활구, 활법, 구중유안(句中有眼)이 있어야 하고, 작가는 사물을 마음에 품고[흉중성죽(胸中成竹)], 그것을 경우에 따라 제대로 형상화할 수 있어야 한다고 했다[수물부형(隨物賦形)]. 이러한 시의 표현은 겉으로는 고요하나 그 가운데 깊고 풍성한 내면의 뜻이 깃들어 있어야 했다[중변론(中邊論)]. 이러한 표현은 인위적으로 깎고 다듬은 흔적이 드러나서는 안되며[무부착흔(無斧鑿痕)], 시어의 사용은 전인들이 이미 사용한 시어와 시의들도 새롭고[이고위신(以故爲新)], 정채롭게 점화하고 번안하여 사용할 수 있으며[점철성금(點鐵成金), 환골탈태(換骨奪胎)], 나아가서는 세속에서 사용하는 속어와 속자도 아스럽게 사용할 수 있다는 논리들이었다[이속위아(以俗爲雅)].

이러한 시론 주장들은 송시의 최고봉이라 할 수 있는 소식과 황정견 등 그의 문인 학사들에서 시작되어 남송 강서시파를 거쳐 남송 후기까지 널리 확산되었다. 하지만 이와 같은 송시의 지향은 결국 순조로운 시 창작으로 이어지지는 못하였다. 그리고 그것은 이상과 달리 감성 영역의 축소와 함께 점철성금으로 운위되는 문자 언어의 기교 중심주의를 향해 나아가고 말았다. 즉 송시는 말과 논리의 길에서 헤어나지 못하고 그 안에 갇힌 셈인데, 선학과의 관련에 중점을 둔 짧은 편폭의 이 글에서 이들 시학과 성취와 한계의 구체적 면모들을 일일이 논하지는 않을 생각이다.

결국 이와 같은 한계로 인해 송시는 결국 엄우나 왕약허(王若虛) 등에 의해 호된 비판을 받기에 이르렀는데, 송시가 보여준 이러한 경향들은 당송 선학의 주안점과 상당한 관련 하에 형성되었으며, 이는 송대 문인 사회에 유행한 시화선 일체의 사조가 만들어낸 결과이고, 구체적으로는 문자선과 간화선의 문예로의 심미적 전이의 중심적 양상이었다는 점이다. 이렇게 하여 송시는 당시에 비해 생활 속의 사변적 성숙이라고 하는 숙성된 모습은 보여주기는 했으나, 그들이 본래 지향했던 이론과 실제 창작상의 상호 연계된 내부 모순과 실천적 괴리를 함께 보여주며, 당시가 보여준 불립문자의 정감중심주의에서 송대 문자선이 주도한 불리문자의 이선심미로 나아갔고, 이는 시의 본질적 속성을 감소시키면서 때마침 진행된 백화 중심의 통속 장르의 부상과 함께 장르의 중심 이동을 가속화하며 시 장르의 전반적 쇠퇴를 야기하였다.

6. 시선교융의 송대 시학

선학과의 관련에서 송대 시학을 볼 때 주목할 점은 다음 세 가지로 생각된다. 즉 중국화한 선학과 중국문화 토양과의 관계, 선학과 송대 시학의 상호 소통과 시학적 의미, 그리고 이들에서 야기된 '언어–사유' 간의 문제와 관련한 온고지신적 성찰의 부분이다.

먼저 선학의 중국화 과정 및 송대 시학의 상호 교섭에 관해 중국의 문화 사유 풍토와 동전한 불교의 의미를 보자. 인도에서 발원한 반야공관과 연기의 불교는 전파한 달마와 혜능을 통해 중국 토착화에 성공하였고, 당송을 거치며 분파하는 가운데 관점의 다양성과 함께 선학의 꽃을 피워나갔다. 제2장에서 설명한 여래선, 조사선, 분등선, 공안선, 문자선, 묵조선, 간화선 등 각종선의 발흥이 그것이다. 이러한 전래와 수용 과정은 중국에서 기존의 유가 위주의 사회구성체 중심의 사관문화(史官 文化)에 대한 새로운 충격과 수혈이었다. 공과 무를 주장하는 불교 선학의 도래로 중국인의 언어 문자에 대한 기존의 의구심은 주역과 노장의 수준을 넘어서며 증폭 심화되었다. 중국의 사유는 이러한 수혈을 통해 보다 세계 존재의 유와 무를 아우르는 본질적 자각과 함께 내화하며 성숙해나갈 수 있었고 신유학은 그 사상적 결실이었다.

둘째로 송대 시학의 선학으로부터의 차감 혹은 시선의 상호 교융에 대해 생각해본다. 양파 껍질같이 층층이 달라지는 선학의 연기(緣起)적인 부정과 비(非)의 사유는 사상뿐 아니라 시와 그림 등 문학예술 심미에도 상당한 영향을 미쳤다. 이글에서는 송대 시학의 이와 같은 특징을 ① 자기초월의 내성사변, ② 속중탈속의 반상합도, ③ 정감심미에서 의경 위주의 이선심미로, ④ 문자선과 불리문자의 시학적 전이로 요약하였다. 공과 무의 내성사변, 화광동진의 거사불적 지향 의식, 정감이 아닌 이선적 글쓰기, 그리고 문자선의 영향인 각종 수사 장치의 시법화가 이들의 실제적 구현 양상이다.

실상 송대의 시학은 보다 높은 형이상학적 진실성을 지향하였다. 그것은 표면보다 이면의 정신을 중시함으로써 눈에 보이는 현상 너머의 것에 대한 본원적 직입과 오도의 표현경 같은 것이다. 오입과 운미와 묘오의 시학이 그러하고, 소식 이래 문인 화가의 내적 수양을 통과한 형사(形似)에 대한 신사(神似) 강조와 그 시학적 차감이 그러하다. 이렇게 선학 또는 이학과의 교감을 통해 송대 시학은 세계에 대한 내적 성찰을 더하였으며, 주류 작가인 문인사대부의 시는 가을 에세이와 같이 사색의 깊이와 품격을 지니게 되었다. 그러나 한편에서 창작의 정점기를 지나 이론비평이 뒤따르는 문학예술의 일반적 전개 과정을 생각할 때, 이론 면에서 직입의 형상성을 지향한 송대 시학은 창작 방면에서는 오히려 이론화와 시법화로 치달아 시의 맛을 훼손하고 영감과 감동을 손상시켜 결과적으로 이론과 실제 간의 괴리를 낳고 말았다.

이제 진리 탐구의 도경이며 현대 문예비평의 중심 화두이기도 한 '언어-사유'의 관점에서 송시를 성찰적으로 조망해본다. 정감 위주의 당시와 달리 송시는 이성화된 사유에 기반하여 의상(意象)이 아닌 의경(意境)을 전달하려 했다. 육조와 당대 세습귀족이 사라진 자리를 메운 송대 문인관료 중심의 사회문화와 종교사상적으로 이선심미가 만들어낸 나름의 색깔이자 특색이다. 또한 이는 당대 선종의 흥성 이후 송대에 들어와 일기 시작한 '문인-승려' 동행 풍조에서 일어나 문자선과, 문자선의 문제점을 각성하여 화두를 들고 나와 문자선의 일부 오류를 교정하고자 했으나 여전히 언어 문자에 기댄 간화선이 공히 시학방면에서 야기한 현상이기도 한데, 시와 선 양자 모두 불립문자에서 불리문자로 지향한 결과이다.

그렇다고 송대의 시인들이 노골적으로 시의 본원 속성인 영감 작용과 직각적 전달을 부정한 것은 아니다. 그들은 오히려 이러한 직각관조를 시에서 구현해 낼 것을 최종 목표로 삼기는 했다. 그리고 그 완성적 도경으로서 운미, 오입, 활법, 구중유안, 점철성금, 환골탈태, 이속위아, 이고위신 등 오도(悟道)를 향한 수양과 문학적 점화(點化)의 다양한 시학 이론들을 제시하였다.38) 하지만 송시는 고양된 목표에 도달하기 전에

---

38) 구체적 내용은 필자의 ≪황정견시 연구≫(경북대출판부, 1991)를 참조.

강서시파에서 보듯이 시법의 강구를 공개적으로 추구하며 언어의 질곡에 빠져들고 말았다.

결국 송시는 담담한 생활 사변이라고 하는 시대적 성숙을 이룬 긍정적 측면이 있다. 하지만 한편에서는 정감과 언어의 초월을 지향함에도 불구하고 실제로는 엄우의 말과 같이 이치와 언어의 외피를 극복하지 못함으로써 시의 본질에 다가가지 못했던 한계를 보여주기도 하였다. 이는 문자선이 사대부들과의 교류과정 속에서 오히려 선의 본래 의미를 훼손한 것에 비길 수 있다. 이로써 중국 고전시는 엄우(嚴羽)에 의해 당시적 정감으로의 회귀를 불러왔으며, 송시 이후 중국 고전시는 새로운 대안을 찾지 못한 채 백화로 운용되는 민간 문예에 자리를 내어주게 되었다.

끝으로 송대 시학의 중심 관건인 '언어-사유'의 진리접근성 문제에 대한 동서 간의 방식 차이를 생각해본다. 이제까지 본 바와 같이 송대 시학과 선학은 공히 언어가 지닐 수밖에 없는 본질적인 '의미 불확정성'에 대하여, 기호학적 완정성 또는 '마음과 마음' 간의 전심(傳心) 방식을 통한 돌파를 추구하고 있다. 만약 데리다 등 현대 포스트구조주의 학자들이 인정하듯이 '언어-사유' 간에 원초적 부정합이라는 차연(差延)의 강이 흐르고 있는 것이라면, 그것을 연결·돌파하는 길은 언어의 최소화를 통해 의미 전달의 고리와 단서를 잡아내는 것이다. 그리고 그 수단과 과정적인 것을 다 배제하고 그것이 주역 음양론의 기호학적 표상인 괘상(卦象)이든, 선적 전심(傳心)에 의한 묘합이든, 결국은 마음의 작용에 맡겨 본질로 단도직입해 들어가는 수밖에 없을 것이다.

그렇다면 이는 결국 도달하고자 하지만 도달할 길 없는 '에레혼(erewhon)', 즉 'no where'에 대한 중국 나름의 기호학적 돌파와 시도였다고 볼 수 있다.[39] 이 점에서 송대 시학의 돌파의 토대는 현대 서구와 비록 다르기는 하지만, 시기적으로 매우 선진적인 의의를 지니고 있다고 할 것이다. 하지만 송시를 가지고 말하자면 이론의 지향과 실천상의 괴리로 그 합일의 경지에 이르지는 못하였고, 천년 후 오늘날 새삼 추구되고 있는 서구의 언어철학 역시 송대 시학과 마찬가지로 구름 속 빛줄기 속에 언뜻언뜻 드러나는 시뮬라크르의 환영들을 만지작거리며 삶과 사유와 언어와 기호들의 주변을 서성거리고 있는 것이 아닐까 싶다.

이렇게 보면 현대 언어철학과 중국의 선학과 시학은 공히 '모호성'을 진실 포착의 방법론적 중심 화두로 삼고 있다고 할 수 있다. 다만 분석 철학적 접근 방식을 보이는 현대 언어철학과 달리, 중국의 선학과 시는 과정으로서의 블랙박스에 대한 구체가 생략되어 있다는 점에서 서구보다 더욱 용이하지 않아 보인다. 그렇다면 이는 방법적 여정과 주안점에 따라, '언어-사유' 간의 간극 사이에서 진리의 실체들을 길어 올리는 마르지 않는 샘이 되기도 하고, 혹은 여전히 소통의 어려움을 극복하지 못하는 미완의 영역으로 남겨질 수도 있을 것이라는 생각이다.

---

39) <에레혼(Erewhon)>은 Samuel Butler가 1872년 발표한 소설로서, 'Nowhere'의 철자를 역배열한 신조어이다. 즉 '아무데도 없다'는 뜻이니 상상적 유토피아란 의미이다. 필자는 유력한 사유 수단인 언어를 통해서는 '도달하기 어려운 진리 세계'에 대한 비유로 썼다.

11 중국시와 의경미학

1. 들어가면서

운율과 은유적 함축을 중시하는 시는 언어로 구성되어 있으나, 동시에 언어가 지니는 표면적 의미 지평을 넘어 시인이 느꼈던 미묘한 정감을 전달한다. 이는 짧은 표현 중에 영감 어린 감성의 세계를 구현하기 때문에, 이성적 논리성과 고사성이 강하며 문장 호흡이 긴 산문, 소설, 희곡과는 구별된다. 그렇다면 이러한 시의 장르 속성 외에 중국에서 시는 또 어떠한 특색을 띠며 전개되어 왔는가? 중국시 역시 여타 문화권의 시와 기본적 속성 면에서는 공유 요소를 지니지만, 서구와는 다른 문자와 문화적 특성을 드러낸다. 사실 시를 포함한 중국문학의 세계는 함축성, 포괄성, 모호성, 개괄성, 전체성을 지니고 있다는 점에서 서구문학과 출발점이 같지 않다. 특히 중국 고전시는 감성에 호소하는 형상미와 함축적 지시성을 중심으로 운용되어 왔다는 점에서 그 함의가 개인에서 사회적 의미까지로 지평을 확장해가며 풍부하게 해석되어 왔다.

중국시가 서구와 다른 이유에 대하여 필자는 다음 세 가지를 들고 싶다. 첫째는 뜻글자인 한자를 중심으로 의미의 함축적 형상성이 고도로 구사되었다는 점이다. 이에 대해서는 제1장에서 상세하게 언급할 것이다. 둘째는 서구 문화권에 비해 친자연적인 순기능적 자연관이 시인의 중심부에 자리하고 있다는 점이다. 전통적으로 산수·자연시가 전통시의 주류를 형성했을 뿐 아니라, 개인 및 사회적 자아를 드러내는 내용 역시 왕왕 자연 경물을 통한 은유적 기탁으로 나타나곤 했다. 셋째는 비평과 창작 양면에서 형상적 개괄형의 심미 세계를 추구하였다는 점이다. 이 부분은 약간의 설명이 필요한데, 역대로 작가이자 비평가였던 중국 시인들은 함의가 풍부한 응축적인 시어와 시구를 통해 총체로서의 의(意), 상(象), 의경(意境) 등 단순한 묘사와 표현이라는 시어의 제1의적 단계를 넘어서고자 하였다. 또한 비평 분야에서는 인물 품평에서 비롯된 풍격이라는 개념을 응용하여 짧은 한마디 말로써 작품의 특징과 우열을 총괄하고 있는데, 이 역시 개괄 지향적인 중국적 특징을 보여주는 부분이다. 물론 동서를 막론하고 시는 은유를 핵심으로 삼으므로 서구의 시에 이것이 없을 리는 없다. 하지만 중국시의 경우 부분적 표현의 심화만이 아니라 그것을 다시 하나로 묶어내는 형상화·개괄화·총체화를 이루었다는 점에서 차이가 드러난다.

이러한 심미적 속성을 한마디로 표현하면 '의경미'라는 말로 요약 가능할 것이다. 의경론의 시원은 주역에서부터 출발하고, 위진 현학을 거쳐, 뒤에 가서는 선학과 서화 등의 문예 사유에서 발견되는데, 이 부분은 한자의 특성과도 내적 관련성을 지닌다. 이상과 같이 서양의 시와 다른 중국시가 지니는 특징은 한자 특유의 언어적 속성, 자연과의 친연

성, 그리고 의경미로 불리는 형상적 총체 심미와 관련되는 것임을 알
수 있다.

이상과 같은 토대 위에서 이글은 중국시에서 의경 미학이 발전하게
된 언어문학적 토대, 사조사적 배경, 그리고 중국문학비평사에 제기된
의경론의 구체적 갈래와 의미들을 고찰하고자 한다. 연구는 다음과 같
은 순서로 진행하고자 한다. 먼저 제2장에서는 중국시의 언어적 토대가
되는 한자가 지니는 표의성, 단음절성, 고립어성과 관련하여, 율격과 함
께 함축성, 포괄성, 모호성, 개괄성, 총체성을 지닌 중국시와 한자의 상
호 친연 관계를 규명한다. 제3장에서는 중국의 주류 사상인 역, 유가,
도가, 현학, 선학, 화론에서 제기된 언어의 의미 전달 기능에 대한 입론
과 관점들을 통해, 상(象), 의경, 경계(境界) 등 유사 개념들의 중국적 기
원과 갈래를 언어철학적 관점에서 사조적으로 조망한다. 이는 의경 미
학이 중국의 문화적 풍토 위에서 지속적으로 추구된 사상사적 토대와
심미화 과정의 이해이다. 이 과정에서 중국 전통 관념과 현대 포스트구
조주의 등 유사한 서구의 언어철학적 담론과도 상호 조응한다. 제4장에
서는 중국문학 비평사에서 제기된 각종 다양한 의경론의 개념 정립의
문제, 그 갈래와 체계 및 문학비평적 특징에 대해 논한다.

한자의 특성에 관한 언어학적 이해에서 출발하여 시의 중국적 특색
을 도출하고, 중국 전통 사유의 추론을 통해 중국시의 중심 개념인 의
경론의 중국적 의미와 형성 과정을 추적하고, 비평사적 조망을 통해 해
석학적 난제 중의 하나인 의경론의 현대적 설명과 체계화를 추구하는
이글의 작업을 통해 중국의 언어와 철학사조의 중심적 주안점에 대한
이해 및 고전문학비평 영역에서 현대화하기 어려웠던 부분이며 중국시
학의 핵심 영역인 의경미학의 현대적 이해와 소통에 작은 도움이 되기

를 희망한다.

2. 한자와 중국시의 친연성

인간 세계의 본원적 진리를 밝히고자 출발한 서구 철학은 오랜 기간의 노력에도 불구하고 문제의 주변에서 맴돌 뿐 근본적 해결을 보지 못하였다. 이에 따라 이번에는 그 탐색의 도구였던 언어 자체에 대해 탐색하였고, 그 결과 소쉬르를 거쳐 데리다에 이르기까지 현대 언어철학에서는 언어 자체의 의미 지시성에 복잡한 문제가 개재되어 있음을 알게 되었다. 이렇게 철학적 문제의 해결을 위해 언어에 눈을 돌리면서 나름의 소득을 얻은 것과 유사하게, 의경미를 중심으로 한 중국시의 심미적 특징과 관련하여 우리는 시 자체만이 아니라, 그 언어적 도구였던 한자(字)의 언어문학적 기능에 대해 생각해 보는 것도 일정한 의미가 있다는 생각이다. 이에 본장에서는 의경 미학의 언어적 도구인 한자와 중국시와의 상호 친연성의 문제를 한자의 속성과 관련하여 생각해보도록 한다.

한자의 초기 형태로서는 사물에 대한 묘사성 부호인 산동지역의 대문구문화(大汶口文化) 말기(B.C. 2800-B.C.2500)의 을류부호가 있으며, 원시 한자의 생성에 일정한 영향을 주었다. 이렇게 시작한 한자는 주나라 태사 주(籒)의 대전(大篆)을 거쳐 진대 소전(小篆)에서 문자체를 통일하고 이후 해서에서 완성되었으며, 20세기 중반 한자간화방안의 제정까지 2천년간 지속되었다. 한 문자가 기본 꼴이 변치 않고 이처럼 오랜 소통성을 지닌 경우는 세계적으로도 유례가 없는데, 강력한 문화 중심력,

상층 문인 관료 중심의 문언 문화 전통의 장기 지속도 그 원인의 하나
이다.

그러면 한자는 어떠한 특징을 가지고서 중국인들의 심미사유에 어떤
영향을 미쳤을까? 이 문제는 한자의 언어학적 특징과 직결된다. 한자는
문자 창제 방면에서 표의문자, 어음학적으로는 단음절어, 구문상 고립
어이다. 이들을 하나씩 생각해 본다.

(1) 표의성

표음문자인 거의 모든 언어와 달리 중국의 한자는 사건을 의미적으
로 묘사한 표의문자이다. 이는 한자의 구성 원리이기도 한데, 글자 원
리상 한자는 상형(象形), 지사(指事)의 '문(文)'과, 이러한 문의 합성자인
회의(會意), 형성(形聲)의 '자(字)', 그리고 운용 면에서 전주(轉注), 가차(假
借)라고 하는 '육서(六書)'로 구성된다. 이 중 현대 한자의 80% 이상이
형성자로 구성된 것은 후대로 갈수록 많은 한자가 손쉽게 만들어져 이
를 초기의 문(文)의 조자(造字) 방식으로는 해결하기 어려웠다는 뜻이며,
동시에 새로운 글자 창제의 편의성을 도모하는 가운데 문자의 의미와
성음 갈래의 근거인 부수의 활용이 증대되고 있다는 증거이다.

초기에 간단했던 한자의 기록과 수는 인지의 발달과 함께 점차 복잡
다단한 일들을 기록하면서 점차 다른 언어에 비해 의미 확장력이 보다
강화되었다.[1] 이러한 의미 확장의 강화는 한자의 다의화를 촉진했는데,
이 부분은 문자의 안과 밖 양면에서 진행되었다. 한 문자의 바깥 범주

---

1) 처음에는 사건에 대한 구체적 묘사 상징의 단계로부터 시간과 함께 추상 상징의 단계로
   나아갔다.

에서는 지속적으로 새로운 글자가 만들어지고, 문자 내부적으로는 많은 내용들이 한 글자 중에 함께 함유되었다.

밖에서는 '문'이 아닌 '자'의 파생이 진행되면서 기존 문자와 유사한 뜻을 가진 새 글자들이 생겨났고, 이렇게 해서 한자에는 유사 의미를 지닌 글자들이 많아지게 되었다. 한편 내포적 다의화로부터도 한 글자가 지니는 의미가 많아지면서, 한문 학습 과정에서 일반적으로 경험하듯이, 한자의 글자 뜻은 모호성과 애매성이 증대되었다.[2] 이는 아무래도 자의의 귀속에 어려움을 야기한다. 하지만 함축을 중시하는 시에서는 언어의 지시성을 초월·확장한다는 점에서 장점으로 작용했다.[3]

한자의 표의성은 이상과 같은 한 문자의 안과 밖에서 문자 내의 의미 확장 및 새로운 글자의 생성을 야기했으며, 어의와 어휘의 다양성을 낳았다. 장르적으로는 명증성이 강한 산문에서는 한계적으로 작용한 반면, 은유의 우회적 수사체계를 지닌 시에서는 일차적 지시성을 벗어나 의미 지평의 확장을 가져왔다. 즉 한자의 표의성이 가져온 의미의 다의적 포괄성은 분석적이고 명증적인 서구 사유방식과 다른 중국적 특색이며, 시에서는 형상화를, 시학에서는 중국 특유의 의경론 또는 풍격론을 흥성시켰다고 볼 수 있다.

---

2) 모호성이란 개별 사건의 의미 범주의 불명료성을, 애매성이란 두 가지 사건 사이의 의미 귀속의 불명료함을 말한다. 예를 들면 모호함은 의미 범주의 주변에 불명료한 달무리가 진 것이며, 애매함은 이것인지 저것인지 분명치 않다는 뜻이다. 이러한 개념들은 서구 문화의 영향으로 논리적이거나 명증적이지 못하고 비분석적이라는 점에서 부정적으로 인식되어 왔다. 그러나 단점은 달리 보면 장점이 된다. 이를테면 간접적 방식의 정감 소통을 기하는 시에서는 오히려 장점으로 작용 가능하며, 한자의 특징과 맞물려 중국에서 시가 발달한 원인이 된다.
3) 언어 자체의 지시성의 제약과 한계 또는 기표(Sr.)와 기의(Sd.)간의 불일치의 문제에 대해서는 제3장에서 다루도록 한다.

(2) 단음절성과 성조어

한자가 단음절어인지에 대해서는 이론이 없지 않으나, 소수의 예외를 빼고는 대부분의 경우에 단음절어이므로 거의 타당하다. 표음문자와 달리 각 문자가 기본적으로 하나의 음절에 대응된다는 것은 시각적, 청각적으로 심미적 효과를 높이는 작용을 하고, 이는 운율과 함께 형식우선주의적인 중국 운문 장르에 잘 부합하도록 한다.[4]

단음절성은 각종 운문에서 1구의 글자수가 일정한 율시와 같은 제언체(齊言體) 시의 성립을 가능하게 해주었으며, 시경, 초사 이래 부와 변려문, 그리고 율시와 사(詞)에 이르기까지 운문의 흥성에 결정적 영향을 주었다. 특히 중국에서 율시와 같은 운문은 내용적 가치와는 별도로, 형식미를 강력하게 추구하는 양상을 보여주었는데, 이에는 성조어로서의 한자의 특징이 크게 작용했다. 한 구가 일정한 시공간적 일정성과 규격을 지닌 시는 성조에 근거한 평측, 압운, 구법의 음성적 효과를 높여주어, 시는 당송 시대 지식인의 대표 장르로 부상하였다. 이와 같은 형식우선성은 다른 나라의 문학과는 구별되는 점이며, 이에는 중국어의 음성적 특징인 단음절성과 성조가 결정적인 작용을 했다.

한편 한자의 단음절성은 소리로 낼 수 있는 음운 표현의 다양성을 제약했다. 한자는 허용된 어음의 범위가 상당히 좁다. 여기서 성조는 그나마 어음 범위의 제약을 완화시키는 중요한 수단이었다. 실제 어음 표현의 범위가 협소한 까닭에, 후대로 갈수록 급격히 증대된 외래어 가차의 경우 글자의 적절한 선택을 통한 의미상의 효과는 크지만, 뜻글자

---

4) '형식우선주의'는 율시와 같이 이미 형성된 기성 양식에다 字句를 채워 넣는 전시(塡詩)적 속성에서 잘 드러나며, 중국 시사의 장르적 특성이다. 詞에서는 사보에 의거하여 일정한 성운자를 채워 넣는 依聲塡詞를 말한다.

인 까닭에 실제 음과는 적지 않은 거리가 생기는 단점도 드러났다.

한자의 단음절성과 고립어적 속성은 신자 파생과 다의화와 함께 자 간 또는 자내에서 자의의 모호성과 애매성을 강화하는 방향으로 작용했다. 한어의 음운은 우리말과 달라서 성모와 운모가 모두 결합되지 않고 제한적으로 결합되어 현대 한어의 경우 21개 성모와 39개 운모를 통해 결합 운용되는 발음은 400여 종에 불과하다. 성조를 고려하지 않는다면 강희자전의 4만7천여 한자(漢字)로 계산하더라도 하나의 [tai] 혹은 [xi]라고 하는 발음당 약 120개 글자가 배속되어, 음운에 따른 의미 간섭이 심해 의미전달 상 비효율성이 컸다. 이를 다시 평상거입 4개 성조로 나누어도 하나의 성조-발음 당 30여 개 글자가 들어 있는 셈이다. 중국어가 성조어일 수밖에 없는 까닭은 여기서도 찾을 수 있다.

그 결과 한어는 '동음 중첩' 및 '유사음[類音]'으로 인한 의미 간섭에 봉착할 수밖에 없다. 중국 TV에서 한자 자막을 함께 내보내고 있는데, 그 이유는 다양한 방언적 요인 외에 이상에서 본 음운의 간섭 현상에서 찾을 수 있다. 이러한 동음어 또는 유음어의 증대는 필연적으로 모호성을 증대시킨다. 하지만 문학에서는 오히려 '어음→어의'로의 상상과 연상 작용을 불러일으켜, 문학적 상상력의 확장에 도움을 주었다. 유사음을 활용하여 의미를 전이하는 방식을 유음중첩법(paronomasia)이라고 한다. 이는 연상 작용에 기반하며 광고에서는 오히려 더 강렬한 효과를 낼 수 있다.5) 한자에서 유음의 연상효과를 활용하여 중국에서는 전통적으로 떠나가는 님에게 버들가지를 꺾어 깊은 송별의 뜻을 표하는 풍습이 있었는데, 이는 버들가지[柳絲]가 '그리운 님 머물러 달라.'는 '류

---

5) 1952년 미국의 제34대 대통령 선거에서 아이젠하워(Eisenhower)는 그의 애칭인 IKE를 사용하여 "I like Ike."라는 슬로건을 만들어 그의 대통령 당선에 기여했다.

사(留思)'와 음이 같다는 데서 기인한다고 한다. 이렇게 동음과 유음에 의한 연상 작용의 증대를 가져오기도 하는 한자 단음절어의 속성은 일정한 규격의 시안에 전사(塡詞)를 가능케 하여 시공간적 규격심미를 가져오는 등 격률미, 정제미, 형식미를 가져왔으며, 중국 운문 발달에 상당한 기여를 하였다.

(3) 고립어성

굴절어인 영어는 구문의 성, 수, 격, 시제에 따라 단어의 형태가 변형되고, 교착어인 한국어는 어미가 변해서 자유롭게 뒷말에 이어주며 중심어가 뒤에 놓인다. 반면에 고립어인 한어 또는 한문은 말과 말을 이어주는 보조 성분이 발달하지 않고 거의 독립적으로 항상 일정한 모습으로 문장 중에 존재한다. 이러한 특징은 문장의 세세한 내용을 이리저리 변하게 하는 교착어나, 세부적인 논리 분석이 가능한 굴절어와는 다른 특징을 지닌다.

고립어는 말 그대로 각 단어와 구중의 역할이 비교적 고립적이며 독자적이다. 따라서 각 어휘 간의 의미 간극이 넓고 그만큼 해석의 틈도 커지는데, 한편으로 보면 이는 상상력을 자극하여 문학적 감성과 이미지성을 강화한다. 고립어가 갖는 또 하나의 특징은 각 글자가 독립적 역할과 의미를 지니고 있으므로, 이들 낱글자의 연결이 이루어내는 뜻의 파생력, 즉 조어력이 뛰어나다는 점이다. 즉 한자의 결합은 새로운 의미 창출 면에서 매우 탄력적이다. 그러므로 처음에 배우기는 어렵지만 일단 익혀 놓으면 글자간의 연상 작용이 강하여 의미 확장을 통한 문학적 상상력을 제고시켜 준다. 이 점은 중국시의 발전에 긍정적 작용을 하였다. 시 중에서 독립적으로 존재하는 각 어휘는 순서를 바꾸거나 새롭게 조어할 수 있어서 시의는 더욱 탄력적으로 전개 가능하다. 그리하여 한자의 고립어적 성격은 앞서 말한 자의의 모호성 및 함의성과 함께 시어의 독립성과 어의 파생에 탄력을 부여해 주었던 것이다.

이상 한자가 지니는 표의성, 성조어 및 단음절성, 고립어성의 세 가지 언어학적 특징은 경우에 따라 종합적으로 작용하기도 한다. 뜻글자인 한자는 단어적 역할을 하는 매 글자마다 풍부한 함의가 내포되어 있어서 포괄적 연상성이 뛰어나다. 또한 단음절성으로 각 글자마다 일정한 음과 성조를 지녀 청각적 즐거움을 느낄 수 있고, 고립어적 속성으로 각 어휘 요소들이 구문 중에서 독자적으로 작동케 하여 시에서 새로운 의경을 창출해내거나 해석의 의미 간극을 넓히도록 해주었다. 총체적으로 이와 같은 의미 포괄력의 증대는 시적 형상성의 제고로 이어졌다. 요약하면 한자의 표의성, 성조어와 단음절성, 고립어성은 자의, 음운, 구문 면에서 시문학의 생명인 은유적 유추와 연상력 강화에 다른 여러 개별적 요인들과 함께 중국 고전시의 홍성에 날개를 달아주었다.[6]

끝으로 중국시 방면에서 시 장르의 발전에 영향을 준 세부 요인들을 관찰함으로써 본장의 논의를 맺도록 한다. 중국의 농경문화에서 생성된 하늘의 뜻에 따르는 친자연성, 유가의 사회교육적 시교론, 한자의 언어

---

6) 중국어의 특성에 관한 다음 몇 학자들의 견해를 소개한다. 그라네(Marcel Granet : 프랑스) : "중국어는 결코 개념의 표시, 사상의 분석, 또한 이념의 광범한 표현에 맞도록 조직된 것 같지 않다." 듀이벤다크(Duyvendak : 네덜란드) : "중국어는 모든 사물을 요약하지 않으며, 분석하는 것이 아니라 끊임없는 다양성을 통해서 따로 모든 것을 보여준다. … 하나의 글자는 계속해서 그 글자에 많은 연상의 여지를 남긴다." 아킬레스 팡(Achilles Fang : 미국) : "애매성, 학문성, 광범성, 암시가 중국어 문체의 특성이었다."(《중국인은 무엇을 생각하고 어떻게 살아왔는가》 pp.39-41) 한편 불교의 전래 역시 어음과 의미 양면에서 한어의 세계를 확장시켜 주었다. 이와 관련한 구마라지바(鳩摩羅什 : Kumarajiva 344-413)의 이야기는 제3장에서 서술한다.

학적 특징인 모호성, 총체성, 유음성, 제언성, 독자성, 의미 탄력성 등의
요인은 비분석적 불명료성이라는 단점에도 불구하고, 중국시에서는 오
히려 강력한 발전의 촉매 작용을 해주었다. 특히 시에서 한자의 특성들
은 언어의 일차적 전달을 넘어서서 은유의 세계를 향해 나아가도록 하
여, 시가 오랜 기간 중국문학 정종의 자리에 있도록 해주었다. 결국 문
인 위주의 중국 고대문화 토양에서 한자와 중국시는 강력한 친연성을
지니며 시의 발전을 강화해 주었다.

3. 언어철학으로 본 의경론

앞서 우리는 중국시의 도구어인 한자의 표의성으로부터 창작과 비평
을 막론하고 작품의 심미 평가가 형상적 언어를 수반한 총체적 개괄형
의 사유를 지향하고 있음을 보았다. 이는 때로는 짧은 몇 마디에 함축
적인 의미를 넣는 미언대의(微言大義)의 방식으로 진행되었으며, 언, 의,
상(象), 의상(意象), 의경, 나아가 풍격에 이르기까지 표현과 의미를 약간
씩 달리하며 불려졌다. 필자는 이러한 의미 범주의 용어들을 하나로 묶
기 위하여, 정확한 표현은 아니지만 일단 가장 후대까지 사용된 의경이
란 용어로 포괄하고자 한다.

그러면 '의경'이란 말의 함의는 무엇인가? 이 문제는 그리 간단하지
만은 않다. 해석상의 의미 관계가 '의(意)와 경(境)'의 연결인지 아니면
'의(意)의 경(境)'인지도 가려야 하기 때문이다. 일단 필자는 '의경'의 의
미를 시어, 시구, 한 편의 시가 지니는 상징, 은유 함축, 나아가 풍격의
함의까지 지닌 총체적 의미로 사용하며 논의에 들어가기로 한다.[7]

이글에서는 '의경'으로 대표되는 의경 미학의 이글에서의 의미를 간략히 정의하고, 이러한 의경 심미가 중국에서 어떻게 작동하게 되었는지에 대해 중서 언어 철학의 관점에서 전개한다. 이러한 의경미학의 사조적 차감(借鑒) 과정에서 작품의 의미, 현대 문예비평의 언어 철학적 관점들, 그리고 주역, 유가와 도가의 관점들, 현학, 선학, 화론 등 중국적 심미 사유의 참조 체계들도 살펴볼 것이다.

동서를 막론하고 전통적으로 작가는 문학 작품을 통해 자신의 세계를 드러내고, 독자는 또한 작품을 통해 작가의 세계를 파악하고자 한다고 인식되어 왔다. 맹자의 이의역지(以意逆志)론이나 에이브러햄즈의 거울이론 등이 그것이다. 그런데 현상학 이래 현대 언어 철학에서는 언어에 개재된 기표(Sr.)와 기의(Sd.) 간의 영원히 만나지지 못하는 괴리[차연(差延)]로 인하여 작가는 자신의 생각을 정확한 언어로 표현해 낼 수 없을 뿐만 아니라, 독자 역시 작품을 통해 온전히 작가 정신을 복원할 수 없다고 하고 있다.[8] 나아가 작가는 자신이 표현하고자 하는 것이 무엇인지 알지 못한다는 극단적인 논리까지 나오고 있는 실정이다.

이러한 논의의 근저에는 작가와 작품, 독자 사이에서 언어와 개념의 문제가 게재되고 여기서 많은 고려 요소가 놓여 불일치의 차이[gap]를

---

7) '의경'이란 개념은 왕국유에서 주로 경계란 용어와 등가 개념으로 사용되며 비평용어적 위상이 보다 강화되었다. 그런데 왕국유의 의경론은 의(意)와 경(境)을 정(情)과 경(景)에 거의 등치되는 개념으로 사용하면서, 또 다른 한편으로는 의경을 종합어로 사용하기도 하였다. 이밖에도 그는 조경(造境), 사경(寫境), 대경(大境), 소경(小境) 등 다층적인 여러 의미를 부여하여 혼재된 양상을 드러낸다. 결국 이와 같은 왕국유의 경계 또는 의경론은 하나의 참조 사항은 될 수 있으나 오늘날의 관점에서 제대로 정돈되었다고 보기는 어렵다. 이글에서는 논의의 수월성을 위해 '의경'을 일단 포괄적으로 보고 개괄적 형상 사유와 관련된 유사 어휘를 두루 포괄하는 보다 광범한 의미로 사용한다.
8) 이에 관한 일반적 내용들은 ≪문학이론입문≫(테리 이글턴 저, 김현수 역, 인간과사랑, 2006) 및 ≪현대문예비평과 신학≫(이경재 저, 호산, 1996) 전서에 걸쳐 소개되어 있다.

야기하고 있다는 인식이 자리하고 있다. 이들 요소들 간에는 어쩌면 애초부터 복원 불가능한 해석학적 강물이 양자의 완전한 소통을 가로막고 있는지도 모른다. 그리고 이러한 류의 언어철학 이론 중의 대표적인 이론이 데리다(Derrida) 차연(差延, différance)의 해체주의(deconstruction)이며,9) 이와 관련된 포스트구조주의나 라캉적 정신분석학은 모두 '의미-기호' 간에 불확정성을 인정하는 언어관에서 출발하고 있다.

서구에서 오랜 시간 끝에 도달한 이와 같은 발견은 직관적 종합 지향의 중국에서는 어쩌면 처음부터 일정 부분 체득되었는지도 모른다. 전통적으로 동서를 막론하고 언어는 뜻을 담는 그릇으로 인식되어 오긴 했으나, 중국에서는 또 다른 한편으로 '기호-상징-은유'의 전달 체계에 대한 관심 역시 함께 숙성되어 왔다. 그 대표적인 것이 음양 상반 요소간의 대립과 보완의 기호학인 역의 세계로서, 이면에는 강한 상징성이 내포되어 있다.

옛날 포희씨(庖犧氏)가 천하를 다스릴 때 고개를 들어 하늘에서 상(象)을 살피고, 머리 숙여 땅에서 법을 살피며, 조수의 모양과 땅의 형세를 관찰했다. 가까이로는 몸에서 본뜨고 멀게는 사물에서 본떠 비로소 팔괘를 만들어 신명의 덕에 소통하고 만물의 속성에 짝지었다.

이글은 '물상→의상' 간의 관계 설정과 기호로서의 괘가 어떻게 만

---

9) 이러한 기호학적 이론은 소쉬르(Saussure)에서 시작된 개념으로서, 기표(Signifiant, Signifier : Sr.)와 데리다, 라캉 등에 의해 성숙되었다. 기의(Signifié, Signified : Sd.)간의 상호 차이에 의해, 기호와 의미 또는 무의식과 의식의 관계는 Sd.1, Sr.1에서 다시 Sd.2, Sr.2의 관계를 낳고, 다시 Sr.3, Sd.3의 관계로 차이를 가진 채 무한히 연기되며 최종 또는 최초의 의미에 도달하지 못한다는 것이다. 이것이 차연이다. 즉 개념, 의미 또는 Sd.는 결코 고정되지 않고 언제나 다른 Sr.에 의하여 대치, 전이되는 무한한 Sr.의 고리를 만들게 된다는 것이다.

들어지는지에 관한 과정을 설명해 주고 있다. 부연하면 주역은 인간 생활 주변의 가까운 사물에서 유비적 속성을 취하여 그것을 주체의 정신 속에서 상징화해 나가는 과정적 논리라고 할 수 있다. 이를 통해 상상계는 상징계로 전화되며, 새로운 상징적 의미인 Sd가 탄생되면서 Sr로 표상화 되어가는 것이다.[10]

필자가 보기에 역의 사유는 의미 전달에 있어서 언어의 한계를 극복하려는 중국적 돌파요, 상징 종합과 은유적 개괄의 기호학적 세계로의 나아감이다. 그들은 '역(易)'의 글자 뜻에 대해서도 간이[簡易, simple]와 변역[變易, change]의 양자를 겸한 뜻으로 풀며, 음양을 기본 요소로 하는 표상적 기호를 통해 사건을 설명하고자 했다. 먼저 ≪주역·계사상≫의 다음 논의를 보자.

> 공자가 "글은 말을 다 드러낼 수 없고, 말은 생각을 다 드러내지 못한다."고 말했다. 그런즉 성인의 뜻을 다 헤아리지 못하겠는가?[11] 공자는 "성인은 象을 세워 뜻을 밝히고, 卦를 만들어 진정과 거짓을 다 포괄한다. 수사로써 그 말을 극대화하고, 변통하여 그 이로움을 다하며, 북돋아 그 신묘함을 다 드러낸다."고 했다.[12]

이글은 상의 언어[말과 글]에 대한 우위성을 언명한 것으로서, 중국 고대인의 언어관을 볼 수 있다. 성인의 뜻은 결국 그 함의가 얕은 말이나 글로써가 아니라 이보다 한 차원 높은 의미 전달 체계인 상으로써

---

10) 이러한 Sr.은 새로운 Sd.를 낳으며 본원적 해석은 차이 속에 계속 뒤로 미루어지는 한편, 부단히 재해석된다.
11) 주역 주에서는 "말로 전하는 것은 얕고, 상(象)으로 전하는 것은 깊기" 때문에 주역의 상을 통해서 성인의 뜻을 파악할 수 있다고 한 것이다.
12) ≪주역·계사상≫, "서부진언(書不盡言), 언부진의(言不盡意)."

가능하다는 것이 주역의 관점이다. 즉 기호적 표상화만이 언어적 한계를 넘어서고 효용을 극대화하며 변화에 능통하게 하는 소통력을 지닌다는 것이다. 이렇게 사물에서 상을 취하여 사태의 변화를 예측하는 주역의 괘의 논리는 비유적이며 형상적으로 전개되므로 시대의 구속을 받지 않고 매번 새롭게 해석 가능하게 되며, 이는 문학예술과 상호 소통적으로 작용할 수 있게 된다. 즉 주역은 이후 중국의 의학, 문학, 예술, 종교 등 다방면에서 발양된 개괄적 형상 사유의 토대 구축이었던 셈이다.

한편 이러한 형상화는 유가와 도가에서 모습을 달리하며 진행되었다. 공자가 해설했다고 전해지는 주역 이래 유가는 사물과 인간 사이의 류적 조응론을 펼쳐왔다. 순자에서 유비의 관점이 보이고,13) 굴원의 <이소>에서 상용된 향초의 비유 역시 그것이다. 그리고 이같은 유비의 극적 편향은 동중서(董仲舒)의 천인감응설에서 최고조에 달한다. 주역의 유비적 연상은 주역의 큰 특징 중 하나로서, 후에 비흥(比興), 흥상(興象), 의상, 의경론으로의 발전 토대가 되었다.

한편 주역의 언어 운용 시스템은 유비 외에 이면적, 반면적 논리 체계를 지니고 있어, 유가보다는 역설적 비유의 도가 사유에 더 잘 부합된다. "바른 말은 반대되는 듯하다."거나 "아름다운 말은 믿기 어렵다."고 한 노자의 관점을 생각하면 알기 쉽다.14) 유가와 다른 도가 철학의 특징은 존재론에서 가장 극명하다. 유가가 현실에 기초한 유의 존재 철학에 서 있다면, 도가는 유의 가시적 지평을 넘어서서 무도 있음의 한 형태라는 생각을 가지고서, 근원으로서의 무의 존재철학을 말하고 있

---

13) ≪순자・비상(非相)≫
14) ≪노자≫ 제81장, "信言不美, 美言不信, 善者不辯, 辯者不善, 知者不博, 博者不知."

다. 무는 원-존재로서 일즉다의 전체이며 완벽함이고 빅뱅적 혹은 블랙홀적 출발점이라고 해석할 수 있다.

　이러한 도가의 언어 철학을 보자. 언어로써 진리를 추구하기 어렵다는 도가의 언어관은 ≪노자≫ 제1장부터 강조된다. "언어로 정의내릴 수 있는 것은 진정한 도가 아니며, 이름할 수 있는 것은 진정한 이름[명]이 아니다."거나, "도는 이름이 없다."며,15) 언어의 기능이 제한적이며 언어로는 진리에 도달하기 어려움을 설파했다. 장자는 보다 체계적으로 언어와 의미의 문제를 따졌다.

　　언어로 논할 수 있는 것은 사물의 거친 것이요, 마음으로 알 수 있는 것은 사물의 정밀함이다. 말로 논할 수 없고 뜻으로도 이를 수 없는 것은 정밀하거나 거칠다고 하는 대소의 비교를 넘어서 있다.16)

　이글의 주안점은 진정으로 크고도 참된 진리란, 정밀함 혹은 거침이라고 하는 대소의 비교 관계를 떠나서 존재한다는 내용이다. 그러나 그중에 언어와 뜻의 우열 관계에 있어서 언어는 사물의 거친 것을 잡아낼 뿐이며, 정밀한 것은 마음으로 잡아낸다고 하여 양자의 우열이 있음을 말했다. 다음 장자(莊子)의 글은 언어 문제에 대해 진일보한 견해를 보여준다.

　　통발의 효용은 물고기를 잡는 데 있으니, 물고기를 잡으면 통발은 잊어야 한다. 덫의 효용은 토끼를 잡는 데 있으니, 토끼를 잡으면 덫은 잊

---

15) ≪노자≫, 제1장 : "道可道非常道, 名可名非常名. 無名天地之始, 有名萬物之母.故常無欲以觀其妙, 常有欲以觀其徼.此兩者同出, 而異名, 同謂之玄.玄之又玄, 衆妙之門."; 제32장 : "道常無名."
16) ≪장자·추수≫

어야 한다. 말은 뜻을 전달하는 데 의의가 있으므로, 뜻을 얻었으면 말은 잊어야 한다. 내 어디에서 이와 같이 말을 잊은 사람을 만나 그와 더불어 이야기 할 수 있을까![17]

장자는 물고기 잡는 통발과 토끼 잡는 올무의 유비를 통해 진리 탐색에 있어서 '언-의' 관계에 있어서 언어의 기능과 한계를 설득력 있게 보여주고 있다. 도구로서의 언어에 집착하지 말고, 목적인 의미의 파악에 힘을 기울여야 한다는 도가의 언어관은, 후에 위진 현학에서 말은 뜻을 다 전달할 수 없다는 '언부진의(言不盡意)'론, 또는 말은 다하였으나 뜻은 다함이 없다는 의미의 함축 상징을 보여주는 '언진이의부진(言盡而意不盡)'론과, 시·서·화·음악 등에서의 형상 심미론으로 보다 구체화되었으며,[18] 후에 남송 엄우(嚴羽)에서 다시 선학과 만나며 묘오(妙悟)론으로 제시되었다.

이는 모두 언어의 불완전성에 대한 자각이기는 하지만, 그렇다고 해서 언어를 빼고서 소통할 수는 없는 노릇이다. 그렇다면 결국 언어이면서 언어를 넘어야 하는데, 그 돌파구는 무엇인가? 그 가능성은 은유와 상징의 장르인 시에서 찾을 수 있으며, 이것이 중국에서 시가 으뜸으로 대접받아온 또 하나의 이유가 된다는 생각이다. 여기서 간접적 말하기인 시에서 의경론은 당연히 핵심적 관심사였고, 특히 시비평으로서의 시화(詩話)가 탄생한 송대 이후의 시학에서 더욱 그러했다. 송대 시학은 선학과 화론 등 예술론의 시학으로의 차감 과정을 통해 시학적 형상화

---

17) ≪장자·외물≫, "筌者所以在魚, 得魚而忘筌,.蹄者所以在兎, 得兎而忘蹄,.言者所以在意, 得意而忘言. 吾安得夫忘言之人而與之言哉!"
18) 현학을 비롯한 위진남북조 문예사조에 대해서는 필자의 ≪중국시의 문예심미적 지형≫ (글누림, 2014) 중 <위진남북조 문예사조론>을 참조.

라는 또 하나의 의미 전달 체계는 더욱 심화될 수 있었다.

한편 불교가 인도에서 전파되면서 중국의 언어 지평은 이전에 비해 대폭 확장되었다. 기원 무렵 실크로드를 거쳐 중국으로 전래된 불교는 수백 년의 잠복기를 거쳐 위진남북조 시대에 불경의 번역과 함께 본격화하기 시작했다. 금강경, 반야경 등 허다한 불경을 중국어로 번역한 구마라지바(鳩摩羅什)는 "범어 불경을 중국어로 번역한다면 그것이 갖는 우아함을 상실해 버린다. 누군가 총체적으로 사상을 이해한다 해도 그는 그것이 가지는 맛을 완전히 상실할 것이다. 이는 쌀을 씹어 다른 사람에게 주는 것처럼 무미건조하게 될 것"이라며 중국어 세계의 협소와 투박을 탄식했다. 그만큼 불경의 전래와 번역이 중국어의 사유 지평의 심화 확장에 도움이 되었다는 말이다.

이글의 중심 논제인 '의경'은 실은 불교에서 비롯하는데 문학비평용어로 정착한 것은 당대부터이며, 송 이후 널리 쓰이기 시작했다. 불가에서 의란 마음속에서 펼쳐지는 주관적 사유 활동이며, 경은 마음이 의지하는 마당을 가리킨다. 또한 의경과 거의 유사한 용어인 경계가 있는데, 이 역시 불가 용어이다. 불교의 경계란 의미에 대해 좀 더 알아본다. 경계란 구체적으로 '눈, 귀, 코, 혀, 몸, 생각의 육근(六根)이 이들 여섯 지체를 통해 인식되는 과정인 육식(六識)의 과정을 거쳐 감지되는 색, 소리, 향기, 맛, 감촉, 법의 감각의 세계'를 의미한다.[19] 즉 불경에서 말하는 경계는 감각적 경험이다. 그리고 이것이 승화되어 내면의 의식이 도달해 오른 불가의 깨달음의 경지로 나아갔다고 할 수 있다.

종병(宗炳)은 ≪명불론(明佛論)≫에서 "불경에서 말하기를 '일체의 제

---

19) 류창교, ≪왕국유문예비평연구≫, 서울대학교 박사논문, 1996, p.167.

법은 뜻을 좇아 형체를 낳는다.'고 했으며, 또 말하기를 '마음은 법의 근본'이라 했으니, 마음이 천당과 지옥을 만든다는 생각은 바로 여기서 나온 것이다. 그런즉 맑은 마음과 청정한 감정을 가지면 필시 꽃같이 아름다운 경지에서 살 것이며, 탁하고 더러운 행실을 하면 심도(三途 : 지옥도, 아귀도, 축생도)에서 영원히 헤맬 것이다."[20]라고 했는데, 이 역시 경계론의 근거가 된다. 이렇듯 동진 및 남조 문인들은 경계란 말을 자주 사용했는데, 이러한 용어들은 현학과 불교의 종합적인 영향의 결과였다.[21]

한편 불교는 선종을 통해 중국화하며 교의를 벗어나 훨씬 자유롭게 형상화한다. 그것의 문학이론으로의 전이는 선학을 차감한 승려 교연과 사공도, 엄우, 왕사정으로 이어지며 성숙되어갔다. 유도불의 삼가 융합적 성리학이 중심 사조로 대두한 송대에 선학은 지식인의교양이 되었다. 시인들은 선의 정취를 귀하게 여기고 오입(悟入)과 운미(韻味)를 중시하였으며, '시 배우기를 참선하듯 하라(學詩如參禪).'는 이론을 내세웠다. 하지만 북송시가 감성미를 떨어뜨리며 시법에 매달리며 기교주의적 폐단을 보이자, 남송의 엄우는 다시금 이선유시(以禪喩詩)를 주장하며 형상성 부족한 북송시를 비판하였는데, 이러한 흐름들은 북송시든 엄우의 주장이든 아이러니하게도 모두 선학의 유행과 관련된 것이다. 선리(禪理)의 차감은 비단 시에 국한되지 않고 서화에도 영향을 끼치는 등 문예이론 전반에 걸쳐 광범하게 나타난 현상으로서, 중국 문예 지평의 확

---

20) 劉偉林 저, 심규호 역, ≪중국문예심리학사≫, 동문선, 1999, p.273.
21) ≪세설신어·배조(排調)≫에서 고개지는 사탕수수의 밑둥을 먹으면서 "점점 아름다운 경계에 들어간다.(漸至佳境)"고 말했으며, ≪법서요록(法書要錄)·왕승건논서(王僧虔論書)≫에서 왕승건은 서예를 논하면서, "또한 능히 경계에 들어섰다(亦能入境)."고 평했다.(임종욱, ≪동양문학비평용어사전≫, 범우사, 1997, '의경'조 참조)

장에 큰 힘이 되어주었다.

송시와 차감 작용을 한 화론은 일찍이 육조시대에 대두하였다. 고개지(顧愷之), 종병(宗炳), 사혁(謝赫) 등은 육(肉)보다 근간이 되는 골(骨)을 중시하고 모양을 본따는 형사(形似)보다 신사(神似)을 중시하는 송대적 문인화의 형상적 화론의 선성이다. 남제 사혁은 ≪고화품록(古畵品錄)≫에서 '육법(六法)'이라는 화가의 품평 기준을 제시하고,22) 이 중 인물의 기(氣)를 중심으로 그 영감적 상태와 성격적 특징을 생동감 있게 반영하는 것을 최고의 예술 경지로 삼는 '기운생동(氣韻生動)'론을 강조했다.23) 그리고 고개지는 그림을 그릴 때 가장 중요한 것은 형체가 아닌 영감을 체득하여 비추어낸다는 '전신사조(傳神寫照)'론을 주장했는데, 이는 시에서 시안(詩眼)론으로 전화되기도 했다. 형체로써 보는 것이 아니라 마음으로 대상을 파악하여 그려낸다는 의미이니, 결국 직관 정서에 의지하여 마음의 경계를 소통하자는 의경론의 회화적 표현인 셈이다. 육조 회화의 이러한 견해는 모두 현학적 심미에서 발원하고 있으며, 나아가 풍격론의 선성을 이룬 ≪세설신어≫의 인물 품평론 역시 현학에 기초하고 있다는 점에서 중국 문예심미의 구축에 있어서 현학의 공헌은 지대하며,24) 후일 선학과 교감되며 묘오설 및 신운설 등으로 발전해 나갔다.

이상 시학의 핵심적 관심사인 의경론의 사조사적 조망을 요약하면, 의경론의 역사적 과정은 중국문화의 원류라고 할 수 있는 주역에서 시

---

22) 육법은 '기운생동(氣韻生動), 골법용필(骨法用筆), 응물상형(應物象形), 수류부채(隨類賦彩), 경영위치(經營位置), 전이모사(傳移模寫)'이며, 그 핵심은 기운생동이다.
23) 이 용어에는 기운생동, 기운과 생동, 그리고 기·운·생·동의 3종 독법이 있다.
24) 현학의 회화, 서예, 음악에 대한 예술적 형상화는 필자의 <위진남북조 문예사조론> 제3장 참조.

작하였으며, 그것은 특히 도가에서 언어적 한계에 대한 확고한 입장과 함께 역설의 사유를 통해 깊이를 더해갔다. 그리고 후에 위진 현학에서 다양한 미술, 문학, 음악에 걸친 다양한 예술 심미로 온양되고, 선학을 통해 사유 지평을 넓혀 예술적 형상화의 심화과정을 거쳤다. 현학과 선학의 문예심미적 영향은 후대에도 이어져 화론과 시론으로 본격적으로 차감 응용되어 의경미학 발전의 토대가 되었다.

4. 의경론의 개념과 전개

이제까지의 내용을 요약하면, 제2장에서는 중국시 심미 영역의 핵심적 영역에 위치한 의경론이 의경심미의 생성과정에서 한자라는 우호적인 언어 환경을 지니고 있음을 보았다. 이어 제3장에서는 주역에서 발원하여 유도선 및 현학과 회화 등을 통해 중국적 추상심미가 자리잡아 갔음을 알 수 있었다. 본장에서는 시화서를 중심으로 의경론의 개념적 함의, 의상 등 유사 개념과의 변별, 의경론의 맥락과 전승 관계 등을 고찰하여 중국시학에서 지니는 의경론의 문예미학적 의미를 생각한다.

(1) 의경론의 개념 고찰

본절에서는 먼저 중심 용어인 '의경'이란 용어의 역사적 함의에 대해 고찰한다. 의경은 세분하면 세 가지 방향에서 해석되고 있는데, '의의 경', '의와 경', 그리고 비평적 묶음 단위로서의 '의경'이다. 앞서 선학 관련 부분에서도 보았듯이 육조와 당대에 이르러 의경은 의미상 '뜻이 지향하는 경계'라는 수식구조로, 또는 '주관적 내면 의식과 객관적 외물 경계'라는 병렬적으로 해석되기도 하였다.25) 이 부분은 '의경' 개념의 역사적 개념 정립과도 관계되므로 역대 시화를 중심으로 이와 관련된 논의들을 고찰한다. 문학 방면에서 의경론은 왕창령의 ≪시격(詩格)≫에서 처음으로 언급되었다.26)

> 시에는 삼경이 있으니, 하나가 물경이다. 산수시를 짓고자 하면 … 마음에서 그러한 경지를 바라보면 확연히 장중에 들어오게 된다. 연후에 생각을 부리면 경물의 형상이 분명히 잡히게 되어 형사(形似)가 이루어진다. 둘은 정경(情境)이다. 즐거움과 근심이 모두 생각에서 펼쳐져 몸으로 귀속하게 된 연후에 생각을 전개하면 그 정을 깊이 얻을 수 있다. 셋은 의경으로서, 의지에서 펼쳐져 마음으로 헤아리면 그 진실을 얻을 수 있다.27)

물경은 자연 경물로부터 마음으로 들어오는 마음의 경계이며, 정경은 정감의 지향에 따라 생겨나는 경계이다. 의경은 뜻[志]에서 펼쳐 마음[心]으로 숙고하면 그 진수를 얻게 되는 것으로 파악하였는데, 여기서 정경과 의경은 둘 다 마음의 작용이기는 하지만, 정과 지로 양자를 구분하고 있다. 결국 왕창령의 의경론은 사물과 정감과, 의지의 세 가지 경계 중 하나로 보고 있는 것이지 '의와 경'의 이항 병렬적 의미로 사용한 것은 아니다. 그의 경계론은 비교적 초보적 수준에서 언급하고 있

---

25) 불교의 의경 개념은 의를 마음속에서 진행되는 주관적 사유 활동으로, 경을 마음이 의지하는 바깥 사물 경계로 본다.

26) ≪시격≫이 실제로 왕창령의 저작인지는 의심받고 있다.

27) 왕창령, ≪시격≫, "詩有三境, 一曰物境, 欲爲山水詩, 則張泉石雲峰之境, 極麗極秀者, 神之於心, 處身於境, 視境於心, 瑩然掌中, 然後用思, 了然境象, 故得形似, 二曰情境, 娛樂愁心, 皆張於意而處於身, 然後用思, 深得其情, 三曰意境, 亦張之於意而思之於心, 則得其眞矣."

으며, 의경의 의미 역시 후대에 비해 좁게 보고 있음을 알 수 있다.

본격적으로 의경을 연구한 사람은 근대의 왕국유(王國維)이다. 그는 ≪인간사화≫의 상당 부분을 경계에 대해 할애하였고, ≪인간사을고서(人間詞乙稿序)≫에서는 주로 의경을 논했는데, 경계와 의경은 실상 거의 같은 개념으로 보아도 좋을 만큼 혼용되고 있다. 굳이 나누자면 경계는 종교와 철학 등 분야에서 종합적으로 사용되지만, 의경은 주로 예술적 경계를 가리킨다고 할 수 있다. 그는 총 110조로 된 ≪인간사화≫의 제1조에서부터 "사(詞)는 경계를 최상으로 삼는다. 경계가 있으면 저절로 높은 격조를 지니게 되며 명구가 나온다."고 하여 경계를 시사 등 운문의 최고 심미 규범으로 보았다. 이어 그는 의경의 범주와 그 미적 상태에 대해 이렇게 논했다.

문학의 일로서 안으로 자신을 사로잡고 밖으로 남을 감동시킬 수 있는 것은 의와 경 두 가지 외에 없다. 가장 좋은 것은 의와 경이 서로 혼용되는 것이고, 그 다음은 경이 우세하든지 혹은 의가 우세하든지 하는 것이다. 이들 중 하나라도 결여된다면 문학이라 말할 수 없다. 본래 문학에 의경이 있음은,[28] 그것으로써 능히 살필 수 있기 때문이다. 자신을 바라보게 되면 의가 경보다 많아지고, 사물을 바라보게 되면 경이 의보다 많게 된다. 그러나 사물이 아니고서 자신을 바라볼 수 없으며, 자신을 바라볼 때에도 또한 자아의 존재가 있게 되는 것이다. 까닭에 이 두 가지는 늘 서로 작용하니, 혹 편중은 있을지라도, 어느 하나가 없는 경우란 있을

[28] 문맥상 이 부분은 '의와 경'으로 해석하는 것이 타당할 듯하지만, 의경이란 묶음 단위로 해석할 수도 있다. 앞 구절과 같이 '의와 경'이라고 하지 않고 '의경'으로 표현한 점도 이러한 생각을 뒷받침 해준다. 이렇게 왕국유의 의경론은 후인들의 논쟁을 야기한 것과 같이, 논리성과 어휘 사용면에서 명료하지 않은 부분이 적지 않다. 유아지경과 무아지경론도 그 한 예이며, 경계의 함의를 시인의 경계와 일반인의 경계로까지 나누며 지나치게 확대한 부분 역시 그러하다. 함의의 모호성을 야기한 구체적 내용은 劉偉林의 ≪중국문예심리학사≫ pp.633-635를 참조.

수 없다.29)

왕국유는 문학의 중요한 심미 표준은 의와 경이라고 하였다. 그리고 의경의 작용은 바라봄으로부터 나오며, 자신의 내면과 외물 어느 쪽을 바라보느냐에 따라 의 혹은 경의 어느 한 쪽에 치우칠 수는 있겠으나, 최고의 문학적 경지는 의와 경이 서로 혼연일체가 된 경지라고 하였다. 문중에서 왕국유는 기본적으로는 의와 경을 문학 예술의 두 가지 심미적 준거로 구분하여 설명하고 있다는 것을 알 수 있다. 의는 주관적 자아의 내면 요소이고, 경은 자아의 밖에 있는 객관적 상황 요소로서 인식이다. 하지만 그의 다른 글에서는 이글과 달리 의경을 한 단어로 사용한 예도 있어 의경이란 개념을 상당히 포괄적으로 사용했다는 것을 알 수 있다. 다시 의경의 두 요소에 대해 좀 더 살펴보자.

문학에는 두 가지 바탕이 있는데, 하나는 경(景)이고 다른 하나는 정(情)이다. 전자는 자연과 인생의 사실을 묘사함을 위주로 하며, 후자는 우리들의 이러한 사실에 대한 정신적 태도를 뜻한다. 전자는 객관적이며, 후자는 주관적이다. 전자는 지식에 관련되고 후자는 감정에 관련된다.30)

왕국유는 이번에는 (경이 아닌) 경과 정을 문학의 두 가지 원질로 보고 있는데, 사실 중국에서는 늘상 시인의 외면의 자연을 경으로 보고, 내면을 정으로 보아, 이 둘의 상호 혼융, 즉 정경교융을 최고의 예술심미적 경지로 보아왔다. 그런데 왕국유의 이론 체계를 총체적으로 보면 결국 정과 경은 각기 의와 경에 일대일 조응되고 있다. 그럼으로써 의

---

29) ≪人間詞乙稿≫序
30) ≪人間詞話≫

미 전달에 문제를 야기하고 있다. 정과 의를 연결한 것은 그런대로 이해가 가지만, 경과 경을 조응시킨 것은 조금 복잡한 결과를 낳는다. 왕국유가 이와 같은 방향으로 논지를 전개하였던 역사적 이유가 없지는 않다. 그것은 앞 장에서 보았듯이 경의 문화사적 함의가 감성의 촉발로 빚어지는 경지뿐만 아니라 대상으로서 존재하는 외부 여건을 모두 포괄하고 있기 때문이다. 하지만 경과 경을 그대로 조응시킨 것은 음운상 혼란을 줄뿐 아니라 의미적 다층화를 야기하여 개념의 명료성을 떨어뜨리는 결과를 낳는다.

한편 왕국유가 의경의 함의를 '(시)의가 지향하는 경지'로 풀거나, 동시에 정경론을 가지고서 의와 경의 이분법을 포괄할 수 있음에도 불구하고 하지 않은 점과, 의경론에서 의와 경이라고 하는 두 가지 속성의 분리 관점을 더 선호하며 전체적으로 혼선의 여지를 보인 것은 필자가 보기에 엄우, 왕사정, 왕부지 등의 고전 시학의 성과 위에 다시 서구문학이론까지 융화시키려는 과정에서 나타난 의미 부여의 과부화가 아닐까 생각된다.

이상에서 의경이란 용어의 독법과 함의가 지니는 문제점들을 짚어보았는데, '의경'이란 개념은 의미상 여러 가지 분기를 지닌다. 첫째로 독법 면에서 의경은 (1)[1]의와 경으로 나누어 읽거나, 아니면 (1)[2]의경 자체를 한 단위로 읽을 수 있다. 둘째로 의미 면에서 보면 '의경'은 이 용어를 처음 사용한 ≪시식≫에서와 같이 (2)[1]물경·정경·의경 중의 의경으로 보거나, (2)[2]단순하게 시 또는 시인의 의가 지향하는 경지로 볼 수도 있다. 비평사적 토대를 지닌 견해로는 (2)[3]각자의 영역을 지니며 상호 작용을 하는 개별 단위로서의 의와 경으로 보거나, (2)[4]예술 형상에 있어서 작가와 작품 양면에 가능한 직관 종합의 직관적 심미영역으로서의 묶음 단위인 '의경'으로 볼 수 있다.

이상과 같이 의경의 개념상 다층적 함의를 지니고 있는 셈이다. 역사적 관점에서 최초 사용자를 존중한다면 $(2)^1$에 가깝다. 그리고 의경론에 있어서 대표성을 띤 왕국유의 견해를 존중한다면 대체로 $(2)^3$ 또는 $(2)^4$가 될 것이며, 시의 풍격과 의미 지향을 나타내는 일반적 관점에서 보면 $(2)^2$가 가능하다

단점의 측면에서 보자면 $(2)^1$은 너무 협의로 사용되는 측면이 있으며, $(2)^2$는 용어 자체로는 초기의 '경'자를 살리는 단순 소박성을 띠고 있어 수용할 만하나,[31] 중국의 시비평이 심화 분화되면서 점차 언급하고 있지 않다는 점이 단점이다. $(2)^3$은 혼선을 빚는 측면이 없지 않으나, 현재 중국시 비평가들의 논지에 가장 근접한 설명이 될 것이다. 그리고 $(2)^4$는 의상과 상호 조응 비교되는 예술 경계로서의 종합적 심미 비평 용어이다. 현재로서는 초기에 설정된 $(2)^1$과 이론가들의 주의를 끌지 못하는 $(2)^2$가 배제되고,[32] $(2)^3$의 분리 독법적 의미와 함께 개괄적 비평 용어로서의 $(2)^4$가 주로 채택되고 있는 셈이다. 이상의 논의를 도표화하면 다음 표와 같다.

---

31) 당 천보년간 은번(殷璠)이 편찬한 ≪하악영령집(河岳英靈集)≫에는 왕유의 시에 대해 "일구 일자가 모두 평범한 경계를 넘어섰다(一句一字皆出常境)."고 하여 경(境)의 초기적 의미인 경지란 뜻을 많이 간직하고 있다.

32) 그렇다고 해서 이러한 해석의 여지가 없는 것 또한 아니다. 왕국유는 ≪인간사화≫에서 "(경계에는) 조경(造境)이 있고, 사경(寫境)이 있다."고 하였는데, 경계 또는 의경의 두 가지 갈래를 경을 중심으로 설정하고 있다. 즉 왕국유의 이론은 세 가지로 다 읽을 수 있게 된다. ① 의와 경을 분리한 후, 다시 여기에 정과 경을 조응시키기도 했으며, ② 경을 중심으로 해석을 하기도 하고, ③ 의경을 하나의 단위로 보기도 했던 것이다.

'의경'의 개념과 갈래

갈래	내 용	참 고
(1) 독법	(1)¹ 의와 경으로 구분 가능 : 의의 경$(2)^2$, 의와 경$(2)^3$	
	(1)² 의경은 한 묶음 단위 : $(2)^1$, $(2)^4$	
(2) 의미	$(2)^1$ 물경·정경·의경 중의 의경	왕창령, 최초 주장
	$(2)^2$ 시 또는 시인의 의가 지향하는 경지	문자적 해석
	$(2)^3$ 각자의 영역을 지닌 채 상호 작용을 하는 개별 단위로 서의 의와 경	왕국유, 의와 정, 경와 경의 조응
	$(2)^4$ 직관 종합의 직관적 심미영역으로서의 '의경'	비평 용어

(2) 의경미학의 중국적 전개

다음으로 생각해 볼 문제는 의경으로 대표되는 유사 개념 간의 상관 관계를 따지고 그 역사적 함의들을 비평사적 맥락 속에 고찰하는 일이 다. 의경과 유사하면서 의경의 선성을 이룬 핵심 용어는 의상이므로, 본절에서는 주로 의상과의 비교 문제에 대해 논하겠다. 의상은 주역의 상에서 나온 것이다. 객관적인 사물의 형상을 물상이라고 할 때, 문학 예술 작품 중의 형상을 의상이라고 할 수 있다. 문학 방면에서의 사용 은 《문심조룡》에 처음으로 보인다.33) 물상이 의상으로 나아가는 과 정에 대하여 장소강은 '물상→ 역상(易象)→ 의상'의 순서로 설명하는 데, 인문 정신의 진화 과정을 생각할 때 타당하다.34) 이러한 과정을 서 구 언어철학의 관점으로 재해석하자면, 유비·상징을 통한 주체와의 만 남이요 의미의 상징적 재탄생이며, Sr.을 통한 Sd.의 재해석의 상승적

---

33) 《문심조룡·신사(神思)》, "然後使玄解之宰, 尋聲律而定墨, 獨照之匠, 闚意象而運斤.此 蓋馭文之首術, 謀篇之大端."
34) 장소강 저, 이홍진 역, 《중국고전문학 창작론》, 법인문화사, p.83.

순환 구조로의 전개 과정이라고 할 수 있다.

전반적으로 볼 때 의상은 이미지와 상징에 가깝고 의경은 이보다 의미 범주가 넓어, 구와 작품에 관한 총체적 인상이요 풍격에 가깝다는 점에서 양자를 변별할 수 있을 것이다. 이런 의미에서 의상이 비교적 선행성, 평면성, 단편성을 지녔다면, 의경은 의미의 후행성, 다층성, 초극성을 지녔다.35) 다음 유우석의 글은 이를 뒷받침 해주는 면이 있다.

시는 문장의 함축인가? 뜻을 얻고 말을 잃어버려야 하기에 미묘하고 잘 짓기가 어렵다. 경(境)은 상(象) 밖에서 생겨나므로 정밀하고 조화하기가 어렵다.36)

유우석은 "경이 상 밖에서 생겨난다"고 하여 의경을 구체적인 의상의 밖에서 구현되는 보다 광범하고 추상적 심미영역이라고 본 것이다.

이와 같이 경이 '상외의 상'이라고 하는 견해는 이미 육조시대 사혁에 의해 현학의 영향 하에 화론으로 적용되었고, 이후 당대에는 교연(皎然)의 이론에서 보인다. 남조의 사혁은 "본질을 상 밖에서 취해낸다"고 했으며, 시승 교연은 "외물의 형상 밖에서 기이함을 따다가, 공중을 날아 움직이는 홍취를 본뜨고, 진실하고 오묘한 생각을 그려내야 한다." 고 말한 것이다.37) 또한 교연은 한걸음 더 나아가 "경을 따라 끝없이 솟아나는 것을 정이라고 한다."거나, "시정은 경을 좇아 표출된다"고 하여 경과 정을 같은 맥락에서 드러나는 인과 관계로 파악하기도 했다.38)

---

35) 오전루(吳戰壘) 저, 유병례 역, ≪중국 시학의 이해≫, 태학사, 2003, p.134.
36) ⟨董氏武陵集記⟩, "詩者, 文章之蘊耶? 義得而言喪, 故微而難能, 境生於象外, 故精而寡和."
37) 謝赫, ≪古畵品錄≫, "取之象外"; 皎然, ≪詩評≫, "採奇於象外, 狀飛動之趣, 寫眞奧之思.."

이렇듯 의경론의 문학적 심화는 교연을 거쳐, 사공도(司空圖)와 엄우(嚴羽)에서 본격화한다. 당말 사공도는 '상외지상', '경외지경', '운외지운', '미외지미' 등의 형상미를 강조하며 의경론의 문학적 심화를 가져왔다.

> 대숙륜(戴叔倫)은 "시인들이 말하는 경치란 이를테면 남전산(藍田山)이 날로 따뜻하여 좋은 옥에 안개가 오르는 것같이, 멀리서 바라볼 수는 있으나, 눈앞에 갖다 놓을 수는 없는 것과 같은 이치"라고 말하였다. 형상 밖의 형상과 경물 밖의 경치를 어찌 쉽게 말로 논할 수 있겠는가!

사공도는 시 창작 또는 감상의 핵심은 사물의 형상을 넘어선 그 무엇을 포착해내는 데 있다고 한 것이다. 이글에서 앞서의 상과 경은 구체적 물상이며, 뒤의 상과 경은 예술의 안목으로 포착해낸 예술 형상으로 해석된다. 이는 그가 ≪이십사시품≫에서 말한 "형을 떠나 유사함을 얻는다(離形知得似)"와 같은 논지이다.[39] 사공도의 형사심미론은 다소 공허하기는 하지만 후에 엄우의 시론과 왕사정의 신운설의 형성에 직접적 영향을 미쳤다.

엄우는 ≪창랑시화≫에서 송시의 산문화, 논리화를 강하게 비판하며, 서정성이 강한 당시적 세계의 회복을 주창하며, 선리로써 시를 바라볼 것을 요청했다. 사실 선학의 시학으로의 차감과 전이는 송대 시학의 특색이기도 하지만, 시를 학습에 의해 달성 가능한 것으로 보는 강서시파

---

38) 皎然, ≪詩式≫, "緣境不盡曰情"; <秋日遙和盧使君游何山寺宿敭上人房論涅槃經義>, "詩情緣境發."

39) 이와 같은 논지는 위진현학과, 그 화론 방면의 계승자인 고개지, 사혁, 종병 등의 화론과, 송대 문인심미에서 대거 채택되었다. 전신사조론이나, 소식의 형사·신사론이 그 대표적 예다. 위진 문예론의 구체는 필자의 <위진남북조 문예사조론>(2001)을 참조.

와 엄우의 시론은 서로 상반된다. 엄우는 "(시는) 이치의 길을 밟지 않
고 말의 통발에 떨어지지 않아야 좋다."라고 하여,40) 시는 이치를 따져
서는 안 될 뿐만 아니라, 언어의 유희에서도 벗어나 그윽한 맛을 풍겨
야 한다고 했다.

> 시는 감정을 읊조리는 것이다. 성당대의 시인들은 오로지 흥취에만 마
> 음을 두어서, 이는 어린 영양이 뿔을 나무에 걸고 공중에 떠 잠을 자 흔
> 적을 찾을 수 없는 것과 같다. 그러므로 그 묘처는 투철영롱하여 한데
> 머물러 있지 않음 같으니, 공중의 소리요, 사물의 빛깔이며, 수중에 비친
> 달이요, 거울 속의 모습과 같다. 말은 다하였는데, 뜻은 무궁하게 여운을
> 남기는 것이다.41)

아름다운 비유와 함께 설득력 있게 쓰여진 이글에서 엄우는 시에는
형상미의 구현이 주요하며, 이를 위해서는 묘오와 흥취로써 창작에 임
해야 한다고 했다. 시인은 논리의 길에서 탈피하여 시어를 구사하되,
동시에 시어의 껍데기를 버리고 한 차원 높은 경계로 나아가야 시적 감
동을 줄 수 있다고 설파한 것이다. 이와 같은 이선유시(以禪喩詩)의 시법
에 힘입어 중국시학의 경지는 더욱 심화 가능하게 되었으며, 그 높은
경지는 정경교융(情景交融)의 경지라고 할 수 있다. 이와 같은 고차적 형
상 심미론은 이후 청대 왕부지의 교융설, 왕사정의 신운설, 섭섭(葉燮)의
시론으로 이어졌고 왕국유에서 이론적 집대성을 보게 되었다.42)

---

40) ≪창랑시화·시변(詩辨)≫, "所謂不涉理路, 不落言筌者, 上也."
41) 엄우의 ≪창랑시화·시변≫
42) 곽외잠(郭外岑)은 ≪의상문예론≫(돈황문예출판사, 1997, pp.28-40)에서 중국의 문예
    발전은 량한 이전의 유상문예(喩象文藝)에서[제1기], 륙조의 의상문예(意象文藝)와 당송
    의 의경문예(意境文藝)를 거쳐[제2기], 송원 이후 통속문학 위주로 사회적 반영을 하였
    다는 의미의 재현문예기(再現文藝期)[제3기]로 나아갔다고 설명했는데, 전면적 타당성
    은 차치하더라도 의경이 의상에 대해 우월적 범주에 있다는 점은 공감된다.

왕부지는 정과 경의 문제에 대해 이전의 시론에서 진일보하여 체계적으로 깊게 파고들었으며, 후일 왕국유 경계론의 선구가 되었다. 특히 그는 '정과 경'의 문제에 대해 많은 시를 예로 들며 이 둘간에는 다양한 관계와 표현 방식이 존재함을 밝혀내어, 의경론의 사례 분석의 좋은 전형을 제공해주었다. 그는 정과 경은 둘이지만 실은 나눌 수 없다. 시에 신묘한 이는 절묘하게 합하여 그 분기의 경계가 없다. 교묘한 자는 정 중에 경이, 경 중에 정이 있다"고 하여,[43] 정과 경은 시의 두 축이지만, 어느 하나로서는 온전해지지 못하는 상보적 관계에 있으며, 좋은 시는 양자를 정묘하게 융합하여 하나로 만들어 낸다고 한 것이다. 또한 왕부지는 '현량(現量)'이라는 불가어를 빌려서, "경계(境界)가 생각하고 따지는 이성적 작용에 의하지 않고, 시인이 눈앞의 실제적 경물에 느낀 바 있어 시인에게 와 닿자마자 발하는 영감적 작용"임을 강조하였는데, 이는 문학 본질에 부합되는 설명이다.[44]

사공도와 엄우 및 왕부지의 영향을 받은 왕사정은 당시의 묘처가 신운에 있다고 강조하며, "옛 사람은 흥취의 만남[흥회(興會)]과 정신의 다다름[신도(神到)]만을 추구했으니, 만약에 배에다 자국을 새겨 잃어버린 칼을 찾거나, 나무에 올라 물고기를 구하고자 한다면, 본래의 지취를 놓칠 것"이라고 하였다.[45] 이는 시란 실제 사실과의 부합 여부보다는 영감적 감성의 발현이 핵심적 관건임을 강조한 것이다. 왕사정의 신운설은 전대의 많은 시 감상의 예화를 통해 제기되었으나, 의미가 다층적이며 지나치게 추상적인 점이 한계로 지적된다.

---

43) 왕부지의 ≪강재시화(薑齋詩話)・석당영일서론내편(石堂永日緒論內編)≫
44) '現量'의 개념은 조성천의 ≪왕부지 시학의 연구≫(고려대학교 박사학위논문, 2003) pp.197-201 참조.
45) 왕사정의 ≪지북우담(池北偶談)≫

한편 원매(袁枚)의 성령설은 명말 공안파의 "독자적으로 성령을 드러내, 격식에 얽매이지 않아야 한다[독서성령(獨抒性靈), 불구격투(不拘格套)]"는 주장의 계승 발전이며, 이는 명대 이래 양명학적이며 주기적인 개성의 발현이라는 시대정신 속에서 배태된 것으로서, 형이상학적이며 선의 색채 짙은 신운설과는 같지 않다.

이후 전통심미비평을 근대 서학과 접목하며 집대성한 이는 왕국유(王國維, 1877-1927)이다. 그의 이론의 요체는 경계론이다.46) ≪인간사화≫에는 376쪽의 인용문 '수중지월(水中之月)'론에 이어, 왕국유는 평어를 달아 "내 생각에 북송 이전의 사 역시 이와 같았다고 했다. 그러나 엄우가 말한 흥취와 왕사정이 말한 신운은, 다만 그 겉모양을 말한 것에 불과하며 내가 경계라는 두 글자를 집어내어 근본을 찾아낸 것만 못하다."고 자부했는데,47) 결국 왕국유의 경계론은 이와 같은 맥락에서 개진된 것임을 밝힌 것이다. 그의 경계론은 또한 정경론과 연결되어, "최고의 경지는 의와 경이 혼연하여 하나가 된 것이며, 그 다음은 경으로써 훌륭하거나, 혹은 의로써 빼어난 것이다."라고 말했다.48) 즉 경과 정이 혼연일체가 된 정경교융의 시경은 곧 외물과 내면 의식의 통일이요, 객체와 주체의 하나됨이라는 것이다. 이와 유사한 논리로 무아지경의 이론을 들 수 있다.

---

46) "詞以境界爲最上, 有境界則自成高格."(제1조) 이 구절에 대해 장소강(張少康)은 모든 사가 경계가 있어야만 하는 것이 아니라, 사중에서도 경계가 있는 사가 가장 좋다는 의미라고 풀었다. 나아가 정과 경이 상호 융합된 형상을 지닌다 하더라도 반드시 모두 의경이 있는 것은 아니라고 함으로써, 정경과 의경이 반드시 등치되는 것이 아님을 밝혔는데, 이 또한 연구자마다 의경에 대한 관점이 다르다는 것을 보여준다.(≪중국고전문학창작론≫, p.138)

47) 왕국유의 ≪인간사화≫

48) ≪인간사화≫ "기질을 말하고 신운을 말하지만 경계가 근본이다. 기질과 신운은 지엽이다. 경계가 있고, 이 두 가지가 뒤따른다."

유아지경이 있고 무아지경이 있다. (구양수 또는 풍연사(馮延巳)의) "눈 물어린 눈으로 꽃에게 물어보니, 꽃은 대답이 없어라. 어지러이 꽃잎만 이 그네위로 날아갈 뿐."과 (진관(秦觀)의) "어찌 견디리! 외로운 여관, 꽃 샘추위에 갇혔어라. 두견새 울음 속에 석양은 지누나."와 가은 것은 有我 之境이다. (도연명의) "동쪽 울타리 밑에서 국화꽃을 따는데, 한가로운 중 남산이 눈에 든다."와 (원호문의) "차가운 물결은 살랑살랑 일렁이고, 백 조는 유유히 내려오네."와 같은 것은 무아지경이다.49) 유아지경은 자아 로써 사물을 바라보기 때문에 사물이 모두 자아의 색채를 띠게 된다. 무 아지경은 사물로써 사물을 바라보므로 어느 것이 자아이고 어느 것이 사 물인지 모른다. 옛 사람이 지은 사(詞)에는 유아지경을 그린 것이 많다. 그렇지만 처음부터 무아지경을 그려낼 수 없었던 것은 아니다. 뛰어난 문사라면 능히 독자적으로 그려낼 수 있었던 것이다.

유아지경의 예로 든 두 작품은 모두 외부 세계에 대한 주체의 의지 와 욕망이 나타나 있다. 즉 자아의 감정이 투영되어 나타난다. 그러나 심미주체의 지력에 의해 다시 평정을 회복하여 현실을 수용하며 순수 무욕의 고요로 나아간다. 이것을 왕국유는 유아지경이라고 한다. 또한 무아지경의 예로 든 도연명과 원호문의 시구에는 경치만이 보이는 듯 하나, 실은 경 중에 정이 숨어 있어 자연스레 흘러나오고 있다. 왕국유 는 이를 물로써 물을 살피기 때문에 어느 것이 물이고 또 어느 것이 나 인지를 모르는 무아지경이라고 한 것이다. 즉 무아지경은 내가 없는 것 이 아니라 물아가 하나가 된 경지로서, 물 속에 내가 숨어 있어 물을 나로 여긴 혼연일체의 경지이다.50) 이렇게 그는 당시 유행하던 칸트와

---

49) 왕국유, ≪인간사화≫, "有有我之境, 有無我之境. '淚眼問花花不語, 亂紅飛過鞦韆去' '可 堪孤館閉春寒, 杜鵑聲裏斜陽暮' 有我之境也. '采菊東籬下, 悠然見南山' '寒派澹澹起, 白鳥 悠悠下' 無我之境也. 有我之境, 以我觀物, 故物皆著我之色彩. 無我之境, 以物觀物, 故不知 何者爲我, 何者爲物. 古人爲詞, 寫有我之境者爲多, 然未始不能寫無我之境, 此在豪傑之士 能自樹立耳."

쇼펜하우어 철학의 영향으로, 유아지경과 무아지경을 설명하려 했다.[51] 유아지경은 욕망의 물적 체현을 통해 결국 자아가 외물과 통일을 이루는 숭고미와 관계된다고 했다. 또한 무아지경은 주체와 객체의 간극이 없는 불격(不隔)의 경지로서 어느 것이 나이고 어느 것이 사물인지 구별하지 않는 상태인데, 이는 우미(優美)와 관계된다고 연결하였다.

이렇게 왕국유는 기존의 의경론을 집대성하면서 서구 미학사상을 접목하여 숭고미와 우미로 연결시켜 고전 시학이론의 현대적 접목을 꾀하고자 했는데, 오늘날의 관점에서 보면 어딘가 어색하고 초보적인 느낌이 드는 것이 사실이다. 또한 그의 의경론은 개념 설정 구조의 방만함으로 인한 해석의 다층성에 문제가 있다. 앞서 표에서 보았듯이 의경 개념의 다양한 해석 문제는 그 대표적인 예이다.[52] 하지만 그가 중국 고전 시학의 의경론을 총괄적으로 정리하고, 또 문학의 본질적 문제인 자아와 세계의 관계 양상에 대해 포괄적 시야로 미학적 규명을 추구했다는 점에서는, 쉽지 않은 중국고전 시학이론의 현대화라는 오늘날의 요구에 비춰볼 때에도 시대적 선진성과 역사적 공헌이 인정된다.

총체적 직관을 중시하는 중국시에 있어서 추상심미의 구현 이론인 의경미학은 창작과 감상 양면에서 핵심적 관심 사항이었다. 이글에서는 의경론 형성의 언어·문화적 토양을 고찰하고, 그 개념과 전개 양상에 대하여, 구체적 상황들을 문예비평사적 맥락 속에서 추적하여 의미와 득실을 따져보았다. 연구의 구체적 수행 방식은 언어 도구인 한자, 사조, 비평의 세 가지 측면에서 접근 분석하였다.

---

50) 장소강 저, 이홍진 역, 《중국고전문학창작론》, p.358.
51) 왕국유 저, 류창교 역주, 《세상의 노래비평(인간사화)·해제》, 소명출판, 2004, pp.243
    -246,
52) 왕국유의 의경에 대한 해석은 주 32에서 보았듯이 세 가지 경우 다 가능하게 된다.

먼저 표의성, 단음절성, 고립어성을 지니는 한자의 언어학적 특성을 각각 분석하여, 중국시와 의경 미학 발전에 우호적이며 친연적인 언어 환경이 조성되어 있음을 밝혔다. 이어 의경론이 형성되어 나간 문화적 토양을 이해하기 위하여 중국의 사상적 조류를 맥락적으로 고찰하였다. 그 결과 역, 노장사상, 현학, 선학 중의 유관 사항과, 예술 심미로서 화론으로부터 직각 관조의 형상미를 중시하는 문예사유적 환경 속에서 의경 심미가 시학 방면으로 지속적으로 차감 운용되었음을 밝혔다.

다음으로는 의경론의 중심 개념인 '의경'의 함의를 역대의 해석을 중심으로 비평사적 맥락에서 분석하여, 용어 사용의 다층성이 존재하며, 완전히 정착되지 못한 채 평자마다 조금씩 다르게 운용되었음을 보았다. 이어 유사 용어인 '의상(意象)'과의 상호 관계 규명을 통해, 의상에 대한 의경의 포괄적이며 우월적 지위를 확인하였다.

끝으로 중국 역대 의경론의 전개상을 중심 비평가들을 통해 문예미학적 맥락 속에서 비교 고찰하였는데, 왕창령에서 시작된 초보적 의경론은 교연과 사공도, 엄우를 거치며 불교적 차감과정 속에서 심화되었으며, 시의 본질을 회복하려는 움직임도 함께 보여주고 있다. 이후 청대 왕부지, 왕사정을 통해 더욱 강화되었는데, 특히 왕부지의 이론은 의경론을 정경의 문제와 연결하며 정밀한 시적 검증과 함께 체계화시켰으며, 후일 왕국유가 제시한 경계설의 토대가 되었다.

왕국유의 경계설은 역대 의경론의 집대성이며 의경론의 심화 확장을 도모했다는 점에서 중국시가비평의 본질을 제대로 짚은 것이다. 다만 그는 의경론에 관한 역사적 다양성을 포괄하고 더하여 당시 칸트와 쇼펜하우어 등 서구미학의 관점까지 함께 수용하고자, 격(隔)과 불격(不隔), 그리고 다소 불명료한 유아지경과 무아지경의 구분, 우미와 숭고미 등으로 과도한 이분법적 굴레에 들어간 측면이 없지 않다. 결국 왕국유 의경론은 동서고금의 융회관통이라는 장점과 함께, 개념에 대한 경직성 과 미숙성으로 이론의 명료성을 훼손한 점도 없지 않다. 하지만 전통사 회에서 근대로 넘어가는 과도적 상황을 고려할 때 전통과 서학을 잇는 그의 위상은 선도적이었다고 해야 할 것이다.

12 북송 문화의 혼종성

1. 들어가면서

이 글은 고대 귀족국가적 성격이 당 안사(安史)의 난(755-763) 이후 오대십국을 거쳐 북송까지 사회문화적 변화를 겪으면서 신흥 가치가 전통적 가치들을 대체해가는 초기설정 과정에 대한 왕조사적 변화, 지식인 사회의 이중적 속성, 사조와 사유의 혼종적 성격, 그리고 그 문예심미적 양상에 대한 고찰이다. 달리 표현하면 중당 이후 북송에 이르기까지의 문화적 시공간을 기존 질서의 해체와 새로운 가치의 부상 속에 어쩔 수 없이 혼재하는 모순되는 것들의 충돌과 조화 생성이라고 하는 관점에서의 문화사적 거시 조망이다.

필자는 이러한 변혁이 8세기 중엽 '안사의 난'을 기점으로 달라진 신분 질서의 변화에서 출발하며, 북송 건국 이후 진행된 문인 사회의 이학 사유에 영향을 미쳤고, 궁극적으로는 이선심미적 문예로 표출되게 되었다고 본다. 그리고 이와 같은 중당 이후 북송 신분 사회의 재편과 문인 사대부 의식, 주류 사유인 이학 사유의 내적 구조, 그리고 그 문예 심미적 표출들이 상당 정도 프랙털적 동형구조(同型構造, isomorphism)적으로 유사성을 띤다는 점을 강조하고 싶다.[1]

글의 전개는 다음과 같다. 먼저 송대 사회를 이해하기 위한 총체적 시각 확보를 위해 분열과 통합이 반복된 중국사 왕조 전개의 과정을 모형화하고, 이를 통해 송대의 의미를 되새겨본다. 이 과정에서 안사의 난이 지닌 역사적 대분기성에 주목하여 북송 사회에 이르는 과정과 의미를 천착한다. 둘째로 송대 사회의 주도 세력으로 부상케 한 중심 동인인 과거제와 문인 사대부와의 상관성을 고찰하고, 이들 서민에서 출발한 문인 사대부가 지니는 이중적 심태에 대해 아와 속의 문제를 중심으로 파헤쳐 북송 주류 문화의 혼종적 양상을 이해해본다.

셋째로 그 송대 주류 사유인 이학의 기본 지향과 구조를 도불 요소의 유입과 연결해 융합사유의 관점에서 살펴보고, 문학에서 송대적 전형으로 설정된 도연명의 은일이 지닌 의미를 함께 검토한다. 그리고 문예심미 방면의 장르간 상호교감과 내적 혼종성을 이상의 총체적 시야를 통해 고찰하고자 한다.

이상 북송 문인과 문예사유의 혼종성과 관련된 고찰을 통해 작게는 아와 속 상호간의 문제, 이학 내부에 깊게 침투한 선학 사유와의 교감, 그리고 문예 장르간의 상호 교섭과 차감(借鑒) 현상의 의미를 이해하도록 한다. 그리고 보다 크게는 북송 사회가 전통 문벌세족사회의 붕괴와

---

1) 同型構造 : 類質同像. 다르게 보이는 사물 간에 내재된 같은 패턴의 존재 방식이다. 언어학에서는 구조동일성을 의미한다. 우주와 원자, 나무와 나뭇잎, 프랙털 도형 등은 모두 이에 해당된다.

새로 등장한 서민사회의 구축이라고 하는 사회 경제 문화적인 거대 변혁의 와중에서, 송대의 사회문화 그리고 문학예술 역시 혼종성 속의 질적 전환기였다는 점을 확인하고자 한다.

구체적 논의에 들어가기 전에 먼저 제목 중에 보이는 '혼종성'과 '이학'이란 두 용어를 설명하도록 한다. 혼종성이란 서로 다른 요소들이 함께 섞여 기존의 것과 달리 표출되는 속성 내지 현상이라 할 수 있다. 영어로 'hybridity'로 번역되는 이 말은 '이종 결합을 통해 새로운 특성이나 부가가치를 산출'한다는 의미로 사용된다. 이에 의거해 이글에서는 '혼종성'을 계층적, 사유적 착종이라는 의미로 보고자 한다. 그리고 다음 핵심어인 '이학'은 크게 보아 송대 신유학 또는 성리학의 다른 표현이다.[2] 사조상 이학은 외적으로는 선학을 반대하나, 내부적으로는 선학 사유를 일부 수용하는 착종성을 지닌다. 그리고 이는 송대 지식인 사회와 사유에 그대로 연결된다.

이글은 '송대 시학과 선학'의 연장선에서 이학과 관련된 부분이다. 당초 이 부분은 송대 신유학의 성립과정에서 본서 제9편인 선학 부분을 언급하는 과정적 역할이었다. 그러나 송대 신유학의 주체인 문인 사대부의 의식이 기본적으로는 이학에 있다는 점에서 별도의 서술을 생각하였고, 나아가 검토 과정에서는 북송 사회의 질적 변화가 단순한 독립 사건이 아니라 거대한 역사의 흐름 속에서 이해되어야 한다는 점에서 작성하게 되었다. 그 요인을 다시 요약하자면 역사 전개의 시야 중의 북송시대에 대한 새로운 인식, 문인 사대부 사회의 이중 속성, 그리

---

2) 도학, 의리학, 성리학, 송학, 주자학, 그리고 후세에는 신유학 등으로 다양하게 불린다. 이학은 이미 만연된 佛老의 영향을 배제하며 주도권을 유지하기 위한 것이지만, 내적으로는 오히려 기존 유가에 더하여 佛老의 성분을 融化하였다.

고 당연한 말이지만 그 결과로서 그들이 운용한 이학 사유와 문예심미 표출로의 양상의 의미 등이 이글의 주안점이다.

2. 중국사의 전개와 북송 사회

(1) '장기분열–단기통일–장기번영'의 역사전개 모형

필자는 춘추전국 이래 이합과 집산, 통일과정을 검토하면서 중국 왕조사의 흐름이 적어도 송대까지는 일정한 패턴을 지니고 있다는 점을 발견하게 되었다. 고대국가적 성격에서 벗어나 거시적으로 새로운 시대를 지향하는 송대 이후 현재 중화인민공화국에 이르기까지는 이민족의 지배와 한족 통치라고 하는 새로운 변형 모형을 보여주는 것으로 이해하였다.

이에 대해 구체적으로 들여다보자. 먼저 상(商)을 멸하고 인문제국을 이룩한 통일 왕조 서주(西周, 기원전 11C-771) 왕실은 상과 다른 인문 왕조로서의 안정된 시기를 거친후 동주(東周)시대(기원전 770-256)로 접어드는데, 이는 다시 춘추(기원전 770-481(403))와 전국시대(기원전 403-221)라고 하는 장기분열의 500년간 백가쟁명의 에너지 생성기를 거치며 기원전 221년 진시황에 의한 통일을 이룬다. 그리고 천하 대통일의 역사적 책무를 이룬 진(기원전 221-206)은 15년만에 역사의 뒤편으로 사라지고, 한(기원전 206-기원후 220)이 들어서며 분열기 동안 숙성된 다양한 양분을 흡수하며 번영의 꽃을 피운다. 이 시기까지는 모두 양자강 이북이 그들의 활동 무대였다.[3]

그후 동한부터 쇠락하여 결국 위촉오 삼국 이래 위진남북조(220~589) 370년의 장기분열을 겪는데, 이 기간 남방 한족과 북방 이민족의 호한 혼합구도 속에서 다양한 문화 요소의 섞임을 통해 새로운 에너지를 비축하게 된다. 수(581~618)가 결국 중국을 다시 통일했으나 진과 마찬가지로 30여 년만에 끝났다. 이후 당(618~907)은 분열기 동안 새롭게 유입된 이민족의 에너지를 마음껏 사용하며 무력에 기초한 대제국으로 성장하였다. 그러나 중국 역사를 새로운 국면으로 전환시킨 대분기점인 '안사(安史)의 난(755~763)' 이후 쇠미해진 당 왕조가 망하고 이후 수십 년의 오대십국(907~960)의 분열을 거쳐 송(960~1270)에 의해 다시 통일되어 문화 제국을 일궈낸다.

이렇게 볼 때 중국사는 ① 주로 이민족의 침입에 의한 장기분열을 통한 자유로운 에너지의 온양기, ② 통일 왕조에 의한 단기 수렴기, 그리고 ③ 통일 왕조에 의한 장기번영기라고 하는 왕조 성쇠의 삼박자 모형을 보여준다. 이러한 '분열, 통일, 번영'의 유사 주기적인 삼박자 모형을 이완과 긴장의 생체적 흐름으로 보는 견해도 있다.[4]

한편 송 이후의 역사 전개에 대해서는, 몽고족의 원에 이은 명의 문화 발산, 그리고 만주족 청과 아편전쟁 이후 백여 년의 제국주의적 혼

---

3) 연표는 책마다 약간씩 차이가 있는데, 이 경우 주로 *China*(Patricia Buckley Ebrey, Cambridge University Press, 1996)를 참고하였다.

4) ≪사물의 성향 : 중국인의 사유방식≫(프랑수와 줄리앙 저, 박희영 역, 한울, 2009, p.245)에서 저자는 "질서 또는 무질서, 통일 또는 분열 상태는 서로 대립되는 가운데 역사의 흐름을 역동적으로 만드는 대립적 요인들이다. 추세(성향)란 진정 그것을 통해서 역사가 혁신적이게끔 하는 긴장에 다름 아니다."(필자 번역, A tendency is truly a tension through which history is innovative.)라고 했다. '勢(불propension : 영propensity)'에 대해 쓴 이 책(영역본 : *The propensity of things toward a history of efficacy in China* : Francois Jullien, Tr. by Janet Lloyd, Zone Books, New York, 1995)에서 저자는 지속적으로 사물의 흐름은 긴장과 이완의 어떤 주도적 성향, 흐름에 의해 결정된다는 논리를 중국의 정치, 문화, 사유의 다양한 층면을 통해 설명하고자 했다.

란에 이은 중화인민공화국으로의 회복이란 새로운 양상을 보인다. 이민족의 정복을 분열에 의한 수혈과정으로 본다면 다음 한족 왕조의 홍성에 주목할 때, 어느 정도 기본 모형과 유사한 변형 국면들로 이해할 수 있을 것이다.5)

그러면 역사 중에 있었던 장기분열기는 단순히 혼란스런 분열기일 뿐인가? 필자는 이러한 분열기가 이미 에너지를 소진한 기존 시스템을 대체할 새 에너지를 생성하고 숙성시키는 에너지 생성기라는 생각이다. 그리고 그 분열은 강력한 무력에 의해 통일된 후, 다시 시스템 유지 모드로 들어가 분열기 동안 만들어낸 다양한 에너지원을 극대화하는 개화기를 맞이한 것으로 본다. 결국 이러한 중국 왕조사 전개론은 '장기분열 → 단기통일 → 장기번영'을 하나의 국면으로 삼는 삼박자 패턴을 지니고 있으며, 이 중 본격 번영기는 전기의 상승과 후기의 하강으로 세분 가능하다. 이를 에너지 관점에서 해석하면 '온양 → 수렴 → 발산'의 과정이라고 생각된다. 그 에너지는 기존의 것들의 해체와 재구성, 그리고 역설적으로 중화사상으로 깔보았던 오랑캐 이민족의 문화적 자양에 의해 가능했던 셈이라고 할 수 있다.6) 이상 중국사의 역사전개 모형을 도표화하면 다음과 같다.

---

5) 존 킹 페어뱅크는 ≪신중국사≫에서 "중국의 문화적 성취가 궁극적으로 비한족이 중국을 지배하게 된 것과 관련이 있는 것일까? 단순한 것은 아니지만 이것은 대단히 중대한 질문이다."라고 했다. 페어뱅크는 송대와 같은 번영기에 이민족의 침입이 있었던 부분에 초점을 맞추고 있어서, 필자의 견해와 같지는 않다. 그러나 거시 역사의 조망에서 중국 왕조사의 홍성을 이민족과의 상호 교섭에 관심을 기울인 점은 주목된다.(≪신중국사≫, 존 킹 페어뱅크 저, 중국사연구회 번역, 까치, 1994, p.108)

6) 이에 대해 중화적인 한족중심주의나 또는 반대쪽의 이민족 역할 긍정론으로 상반되는 입장을 취할 수도 있겠으나, 필자는 역사는 주체와 타자간의 상호 소통과 소화 과정이며, 중국사에서도 이러한 작용이 존재해 왔다는 점을 말하고 싶다.

왕조	하	은	주		진	한		魏晉·남북조	수	당	오대십국	송	
			서주	춘추·전국		서한	동한					북송	남송
양상				분열	통일	번영		분열	통일	번영 (*대분기: 安史의 난)	분열	통일, 문화 번영, 쇠락	
국면			국면1					국면2		변형국면 (안사의 난→)			

그렇다면 이글의 주안점이기도 한 송대, 그리고 그 이후는 어떻게 해석해야 하는가? 북송(960-1127) 문화의 특징을 다룰 이글에서 필자는 바로 이상의 관점의 적용이 역시 가능하다고 본다. 역사학계에서도 인정하듯이 8세기 중엽 일어난 '안사의 난'(755-763)은 문벌 귀족 사회가 막을 내리고 중소지주 계층의 문인 사대부가 역사의 전면에 부상하게 된 역사 전개의 '거대 분기점'(great divergence)이다.[7) 실상 중당 문화운동의 선두에 섰던 한유(768-824), 백거이(772-846), 원진(779-831) 등은 안사의 난 이후에 태어나 과거에 급제하여 관료를 지낸 사람들이다.

필자는 안사의 난 이후 오대십국(907-960)을 거쳐 조광윤(趙匡胤)의 북송을 개국하기까지의 200여 년 역시 혼란기라 칭할 수 있다고 본다. 이러한 불안정성을 통해 북송은 새로운 왕조에 부합하는 새로운 하드웨어와 소프트웨어적 역량을 마련할 수 있었고, 그것은 이전과 같은 무력 국가가 아닌 문인 관료 중심의 문화제국으로의 초기 설정으로 귀결되

---

7) 안사의 난을 역사적 大分岐로 보는 입장은 이미 역사학에서 일반화되었으므로 상세한 언급을 생략한다. 당 제국의 등록 호구 수는 난이 일어나던 755년 900만 호에서 760년 200만 호로 격감하였고, 난이 끝나던 763년 均田制는 무너졌으며, 이때부터 티벳 군대는 20년간 추수철마다 장안으로 쳐들어와 약탈을 자행하였다. 안사의 난을 계기로 황제의 중앙 정부는 직접적인 국가 경제 운용에서 물러나 급속히 위축되었으며, 대신 절도사등 지방 세력들이 부상하였는데, 이는 중국 역사상 중요한 전환점이 되었다.(≪열린 제국 : 중국, 고대-1600≫, 발레리 한센 저, 신성곤 역, 까치, 2005, pp.266-295)

었다.8) 그리고 그 이후는 몽고족의 원과 만주족의 청 등 이민족 지배와 한족 회복의 교차적 양상을 보이는 가운데, 21세기엔 중화인민공화국의 G2로의 진입으로까지 이어지고 있다.

(2) 북송의 사회와 문화

존 킹 페어뱅크는 ≪신중국사≫에서 "중국의 송대 300년은 기묘한 비정상의 시대라는 느낌을 준다."는 말로 송을 시작한다. 이 말은 송 사회가 지닌 번영과 외침이라는 두 가지 상반된 역사적 사실에 대한 그의 평가이다. 필자는 그 원인을 야기한 송대 사회의 양면성과 관련해 그 내부에서, 그리고 이전의 안사의 난부터 시작된 사회적 요동과 당송 변혁기의 각종 변혁과 착종, 그리고 그 역사적 전개에 주목해야 이 문제의 해결에 접근할 수 있을 것으로 본다.

북송 사회의 가장 큰 특징은 문인 사대부가 이끄는 국가 운영 그룹의 계층적 변화, 사회경제적 번영, 그리고 선학이 녹아든 이학 사조를 꼽을 수 있다. 그리고 이들 세 가지 특징의 이면에는 경제적 풍요 속의 상하 계층 간에 그리고 유와 도불 간에 내부적 혼종과 착종 요인들이 내재되어 있다.9) 본 소절에서는 다음 장에서 펼칠 북송 사회 내부 문제 인식에 이르기 위한 전단계로서 이 세 방면의 실상을 개관해본다.

---

8) 이러한 에너지 개념은 수많은 별들이 블랙홀로 빨려들어 에너지가 저장되는 것에 비길 수 있다. 개념이 아직은 정론은 아니지만 어떤 특이점(안사의 난)에서 웜홀(오대십국)을 지나게 되고 결국 화이트홀(송조의 건국)로의 에너지 이동으로 볼 수 있다.

9) Petre K. Bol의 ≪*This Culture of Ours : Intellectual Yransitions in T'ang and Sung China*≫ (Stanford University Press, 1992)에 대한 평문을 겸한 周晋의 ≪道學與佛敎≫(北京大學出版社, 1999) 중 <唐宋學術轉折與道學文化的興起>에서 당송변혁기에 거대한 역사 변화가 일어났고, 이는 개인의 우주를 보는 방식에 영향을 미쳤으며, 이학과 불교가 상관하며 당시의 지성계를 추동해나갔다고 요약했다.

북송 사회를 향한 실질적 여정은 안사의 난부터 이미 시작되었다.[10] 변화의 가장 확실한 징표는 중앙 정권의 사회경제적 권한의 약화와 지방 세력의 강화이고, 다음으로 이전까지의 문벌 귀족을 대신하여 서민 계층의 문인들이 과거를 통해 당당히 중앙 정치 무대에 진입한 점이다. 이 같은 사회변동으로 결국 880년 황소(黃巢)의 난으로 수도 장안은 다시 점령되고, 907년에는 강력한 절도사 주온(朱溫)이 당의 어린 황제를 살해하고 후량을 건국하며 당은 멸망한다.

그후 50여 년간의 오대십국의 분열을 평정한 조광윤은 960년 송을 개국했다. 송은 시간적으로 다시 하남성 동경(지금의 開封)에 도읍한 북송(960-1126)과 남방의 임안(臨安, 항주)으로 천도한 남송(1127-1279)으로 나뉘는데, 이글에서는 이학 형성기에 해당되는 북송시대를 주로 고찰한다. 왕조로서의 당·송간의 가장 큰 차이점은 무력국가에서 재정국가로, 그리고 사회의 중심이 문벌 귀족사회에서 서족 사대부 사회로 바뀌었다는 점이다.[11] 이러한 사회적 추동은 ① 신흥 문인관료제의 확립, ② 경제사회적 발전, ③ 송대 이학의 성립이라고 하는 사회적 토대 위에서 이루어졌다. 이들 세 가지 사항을 개괄한다.

먼저 제도와 권력의 측면에서 송조는 지방 군벌의 발호로 고초를 겪은 당과 오대십국의 경험을 반면 거울로 삼아 강력한 중앙집권적 황제

---

10) 이와 같은 사유는 주역 건괘에 대한 문언전에서 시사받은 프랑수와 줄리앙의 다음 말을 참고할 필요가 있다. "사건이 아무리 갑작스럽고 괄목할 만하다 할지라도 사건은 그 발생단계에서는 거의 모든 경우 눈에도 띄지 않는 경향의 논리적 결과일 뿐이다."(≪사물의 성향≫, p.240)

11) 이 부분에 대해서는 설명이 필요하다. 북송 이후로는 사회변동으로 세족 문벌이 사라지고, 대신 서민 출신 지식인들이 과거를 거쳐 관료가 되었다. 그렇기 때문에 이미 세족이 사라진 송대 사회에서는 서족이 더 이상 존재하지 않는다고도 한다. 그러나 기존 세족 문벌 사회에 대한 상대적 관점에서 볼 때 이들은 세족 문벌이 아니라, 일반 서민들에서 부상한 신흥 사대부들이므로 서족이란 개념이 가능할 것이다.

독재체제를 이룩했다. 황제는 모병제를 실시하여 직접 병권을 장악하고, 과거제를 새롭게 정비하여 황제의 직접 관할 하에 관료를 뽑고, 그들 문인 관료 중심의 황제독재 체제를 굳건히 다졌다. 그러나 이러한 문인 사회로의 지향은 내적 성숙에는 도움이 되었으나, 결국 국방력의 열세로 요, 서하, 금, 원 등 이민족의 침략을 받아 송은 끊임없이 외침에 시달리다가 결국 멸망하게 된다.

송대에는 신분 지위에 관계없이 과거를 통하여 관료가 되는 길이 폭넓게 열려 있었으며, 이에 따른 계층 이동이 광범하게 퍼져 있었다.[12] 이렇게 대거 임용된 문인사대부들은 황제와의 일대일의 은혜 관계 속에서 국가를 위한 사명감과 함께 점차 당 문화와는 다른 송대만의 문화적 토대를 형성해나갔다.[13] 태조는 유지로써 사대부의 언로를 막지 말것을 당부했고, 특히 인종은 문치주의를 적극 확장시켜나갔다. 내성관조의 송대 이학은 이러한 토대 위에서 꽃피울 수 있었다. 송대 문인 사대부의 속성에 대한 내부 검토는 제3장에서 보기로 한다.

한말 이후 세습 문벌 귀족들의 독무대이던 고대 중국의 정권은 북송 때부터 엄격한 과거제를 통해 관료와 중소지주의 이익을 대변하는 서족 사대부 사회로 일대 변신하였고, 신분제도의 변화는 강남의 부상과 맞물리며 강력한 사회경제적 신호음을 내게 되었다. 경제적으로 송대

---

12) 송대 전체의 과거 응시생수를 개괄적으로 보면, 11세기 초의 응시자수가 이삼만명에서, 12세기 초 8만명으로, 그리고 남송대에는 40만명에 이르렀다고 한다.(≪강좌중국사 Ⅲ : 사대부사회와 몽고제국≫ 중 <송대 사대부론>, 하원수, 서울대학교동양사학연구실편, 지식산업사, 1989, pp.78-79)

13) 王水照의 조사에 의하면 북송시대 과거는 총 69회 개최되었으며, 진사 19,281명 등 총 61,000명을 선발, 연평균 약 360명을 뽑은 셈이다. 이는 당대의 매회 이삼십명에 비해 엄청난 숫자일 뿐 아니라, 이후의 원명청 시대와 비교해도 많았다고 한다.(王水照主編, ≪宋代文學通論・緖論≫, 河南大學出版社, 1996, p.6)

사회는 농지 개간, 신품종 도입, 영농기술 발전 등 적극적인 농업장려
와 전호제의 실시로 전반적인 농업 생산력이 증대되었다. 이에 따라 양
자강 하류 지역은 중국 전체의 경제 거점으로 부상하고 인구는 급속히
늘어났다.[14] 농업 생산물이 상품화되면서 상인의 역할이 증대되었으며,
이들은 장거리 교역의 필요에 따라 1023년 중앙 정부는 세계 최초로
지폐를 발행하는 등 당시의 경제적 활력은 가히 상업혁명이라 부르기
에 충분했다.[15]

　교통, 상업조직, 화폐제도가 발달하고, 차와 도자기의 수요 증가, 항
구를 통한 국제 무역 등으로 송대의 도시는 상업, 수공업, 교통, 화폐
금융 등 모두 비약적인 발전이 있었다. 이같은 경제적 활력의 영향으로
일반 서민들 생활 수준은 한결 윤택해졌으며, 서민들의 문화적 향유 욕
구는 대폭 증대되었다. 북송 민간 사회의 활력은 《동경몽화록(東京夢華
錄)》, 《몽량록(夢粱錄)》, 《도성기승(都城紀勝)》의 책에 다방면에 걸쳐
상세히 서술되어 있다. 와사(瓦肆)나 구란(勾欄)에서는 강창과 공연이 열
리고, 주점은 밤새 불이 꺼지지 않았다. 원소절에는 온갖 기예와 밤놀
이가 벌어져 십리 밖에서도 번화한 소리가 들릴 정도였다고 한다.[16] 더
욱이 550명이나 되는 서민들의 생활을 적나라하게 그린 장택단(張擇端)
의 장편 도화 <청명상하도(淸明上河圖)>를 통해 도시 전체가 활기찬 개

---

14) 742년 화북과 강남의 인구 비율은 60 : 40으로 화북이 많았으나, 북송 건국초기인 980
　　년에는 38 : 62로 역전되었고, 강남 중심의 추세는 오늘날까지 지속되고 있다.(《열린
　　제국 : 중국》, p.316)
15) 페어뱅크는 북송 150년이 중국에서 가장 차조적인 시기로서, 어떤 의미에서는 200년
　　후에 유럽에서 시작된 르네상스와 비슷한 시기였다고 하였다.(《신중국사》, 제4장
　　<중국의 전성기 : 북송과 남송>, p.108)
16) 북송의 중심지인 開封의 크기는 장안의 80%였으나, 1021년 당시 인구는 성내에만 50
　　만이고, 교외까지 합하면 거의 100만에 달했다. 1100년의 호구는 총 105만이고, 군대
　　를 합하면 140만이었다.

〈청명상하도(淸明上河圖)〉 부분

봉의 모습을 감상할 수 있다.17) 이러한 통속적 서민 문화의 만개 현상
은 과거제 정비를 통한 사대부 계층의 확대, 수많은 관학과 서원을 통
한 교육 기회의 증대, 경제적 번영에 힘입은 문화 향유 계층의 확대와

---

17) 베이징 고궁박물원에 소장된 〈청명상하도〉는 臨按(항주)으로 남천한 이후 북송 개봉의
화려한 시절을 회상한 5.25m 길이의 두루마리 그림으로서, 제화로 볼 때 적어도 1186
년 이전에 그렸다. 그림은 3단으로 구성되는데, 시외곽, 강가의 모습, 그리고 성안 풍경
이다. 성안의 거리에는 찻집, 주점, 푸줏간 등 각종 상점과, 절, 포목점, 향료가게, 의원,
마차 수리점, 이발소 등 없는 것 없이 활기차게 이리저리 다니는 백성과 말 탄 이들의
삶이 사실적으로 묘사되어 있다.

맞물리며 진행되었다. 문학사적으로 이러한 문화 수요의 확대로 문예는 범주는 기존 상층 문인들 위주의 문언문학을 벗어나 백화 중심의 통속 문예가 대두하여, 드디어 백화의 시대가 열리게 되었다.

　송 사회의 정신문화적 특징은 송대의 주류 사조로서 신유학이라고도 불리는 내성적 사변관조를 특징으로 하는 출세(出世)간의 사상인 도불의 성분을 끌어들인 신유학 이학의 대두이다. 이 부분은 하나이므로 다음 장에서 상세히 논하기로 한다.

　이상 세 가지 특징을 지닌 송 사회는 외적으로는 당대의 이민족과의 교섭을 통한 국제화와는 다른 한족 중심의 유가 정통적 순혈주의를 내걸기는 했으나, 이미 그 내부에서는 귀족 사회의 종말과 함께 대두된 신흥 문인 관료의 과거와 현재 가치의 충돌로 야기된 정체성 확립 문제, 그리고 경제적 번영에 따른 통속화의 급속 진행과 전통 가치들과의 충돌 문제, 그리고 사조 상 선학과 도가를 흡수한 이학 내부의 자기 충돌성의 문제들이 착종되어 단순화, 일원화된 방향으로 나아갈 상황이 아니었다. 이어 다음에는 송대 신흥 주역으로 대두한 문인사대부의 대두를 과거제와 함께 고찰하고, 그들 심태의 혼종적 양상을 계층성의 문제, 아속의 문제와 연결시켜 생각해보도록 한다.

3. 북송 사대부 문화의 혼종성

(1) 북송의 과거 문화

본장에서는 북송 문인 사대부 사회의 혼종적 속성을 계층성 및 아속의 문제와 연결하여 고찰한다. 먼저 '사대부'란 용어의 이해가 필요하다. 사대부란 주대의 '경, 대부, 사'에서 신분질서가 달라지면서 사와 대부를 병칭한 개념으로 전국시대부터 보이기 시작하여, 이후 ≪예기≫, ≪사기≫, ≪한서≫, ≪당서≫, ≪오대사≫에 이르기까지 광범하게 사용되었다. 전통적 의미는 정치적 지배계급으로서의 문무 관료 또는 그 집단을 일컫는 말이었다.18) 그런데 문치주의 시대인 북송에 들어서면서 약간의 개념상 변화가 생겼다. 그것은 사대부에서 무인관료를 제외하는 대신 과거와 관련된 광범한 독서인층을 포함시키기 시작한 점이다. 즉 관직이 없는 독서인과 문신 관료를 함께 포괄하게 된 것이다. 이에 따라 송대 사대부는 상층의 저완(正官)과, 중층의 과거 선발된 선인(選人), 그리고 하층의 일반 독서인의 3층 구조를 모두 포괄한다.19) 이렇게 볼 때 사대부란 과거를 염두에 두고 과거에 합격했거나 아직은 아니지만 국가사회에 대한 실제적, 이념적 통치를 지향하는 독서인으로 해석할 수 있다. 그렇다면 과거는 그 합격 여부와 무관하게 송대 사대부 사회 이해의 핵심 관건이 되는 셈이다.

이제 송대 과거제의 구체적 실태를 본다. 송 태조는 무인의 집권을 우려하여 문인 중심의 황제 독재체제를 구축하였고, 그 방책의 하나로 과거제를 전면적으로 공정하게 운영토록 하였다. 북송 과거제도는 미봉(彌封), 등록(謄錄), 쇄원(鎖院), 별두시(別頭試) 등의 법규를 두어 권세가와의 결탁, 청탁 및 뇌물 수수, 고시관의 주관적 판단 등 전시대의 폐단을 상당 부분 제거하여 공정하게 운용하였다. 과거에서 가문이나 뇌물 등 사적인 관계가 단절되고 오로지 시험 성적으로 결정되면서 왕우칭(王禹

---

18) '사대부' 개념은 양종국의 ≪송대 사대부사회 연구≫(삼지원, 1996, pp.49-56)를 참조.
19) ≪송대 사대부사회 연구≫, pp.82-95.

俑), 구준(寇準), 범중엄(范仲淹) 등 한미한 출신의 사람들도 실력만으로 고관에 오른 경우가 많아졌다.[20] 이렇게 신분 상승의 문호가 개방되면서 송대는 세족과 서족의 구분이나 사농공상의 계층 구분도 명확하게 되지 않았다. 이는 과거제의 완비와 함께 생산력의 증대, 인쇄 서적의 출판, 교육의 보급, 문화 향유층의 확대가 가져온 결과이다.

송초의 과거는 진사과와 제과(諸科 : 經義科)로 대별되는데, 진사과 시험에서는 '시부, 논(論), 경의'의 순으로 3단계 테스트를 했으며, 제과에서는 경서, 예서, 사서 등의 상세 내용을 채워 넣는 첩서(帖書)와 묵의(墨意)를 보았다. 송대 과거에서 대체로 남방인은 문을 좋아해 진사과에서, 북방인은 질을 좋아해 제과에서 우위를 점했는데, 양과의 지역 편중이 심하여 문제가 되기도 하였다.

송대 과거제와 연결시켜 고찰할 부분은 과거의 송대 문학에 미친 장르적 영향으로서, 북송 고문의 부흥, 송시의 의론화와 산문화 경향, 그리고 염정사의 성행이 그것이다. 이같은 거대 변화의 중심에는 구양수의 과거 시험에 대한 변혁적 조치와 그가 주도한 고문운동이 자리하고 있다. 구양수는 십대에 이웃집에서 얻어 보게 된 ≪한창려선생문집≫을 애송하여 깊은 감명을 받은 터였다. 그는 과거시험 문체의 전통이 되어버린 변려체로는 달라진 시대사상을 담기에 부적합하다고 느꼈다. 그는 과거 과목의 시험 순서를 바꿔 책과 론을 앞에 두어 평이한 고체

---

20) ≪宋史≫에 傳이 있는 북송 166년간의 인물 1,533명 중 한미한 서민 출신이 55.12%이고, 초기에 53.67%에서 북송말에는 64.44%로 높아지고 있다고 하였다. 또 한 가족에서 3대에 걸쳐 과거에 합격한 사람의 수가 현격히 감소했다는 점은 과거제의 공정한 관리를 의미한다.(王水照 主編, ≪宋代文學通論·緒論≫, 河南大學出版社, 1996, p.6) 또 다른 통계에서는 북송 科擧入仕에서 서민 출신이 48.1%→68.9%→77%로 늘었다고 했다.(오금성, <중국 과거제와 그 정치 사회적 기능> : ≪송대 사대부사회 연구≫ p.155)

산문 능력을 테스트하는 대신, 원래 가장 제일 먼저 시험 보았던 시부를 뒤로 돌렸다. 통상 첫 번째 시험에서 합격자를 정하고, 세 과목의 합산으로 석차를 정했으므로, 이제는 시부 대신 책과 론으로 당락을 결정하게 된 것이다. 이때부터 미문의 변려문은 쇠퇴하고 고문이 흥성하였고, 송대 이학은 기초를 다져지기 시작하였다.

책과 론이 중시되자 그 영향으로 전통적인 문인 사대부의 장르인 시에서도 풍격의 변화가 나타났다. 남송 엄우가 비판했듯이 시의 산문화와 의론화 경향이 두드러지게 나타났다. 이전의 풍부한 당시적 서정성은 홀시되고 도학자적 설리와 사변이 부각되었다. 이렇게 되자 이번에는 개인적 정감을 토로할 다른 문학 양식이 필요해졌고, 결국 남녀의 사랑 또는 기녀의 자태를 그린 염정사가 흥성하게 된 것이다. 즉 시는 전아하게 짓고, 사는 통속적으로 지었다는 것이니, 문인 내부에 있는 서로 다른 것들의 다른 방식으로의 분열적 표출인 셈이다.

송인들은 시에서는 도학자적 엄숙주의 속에 철학 사변을 평담하게 표현했으며, 반면에 사에서는 오락과 풍류의 여성적 정감을 완약풍으로 써내곤 하였다. 그 도시 남녀의 질펀한 이야기를 써낸 유영까지 들지 않더라도 안수, 구양수를 비롯한 송대의 도학자를 자처하는 사대부들이 동일 작가이면서도 그들의 필요에 따라 아속간에 차별을 보이며 시와 사를 창작한 것은 그들 심태의 양면성을 보여주는 대목이다. 결국 송대 문화운동의 기수였던 구양수가 주도한 송대 과거문의 변려문에서 고문으로의 문체 변혁은 송시의 산문화와 의론화는 물론, 사(詞)의 흥성으로까지 거시문학 지형의 틀까지 바꾸는 엄청난 결과를 가져왔다.21)

---

21) 이상 구양수를 중심으로 한 북송 과거제의 실태와 시의 의론화, 산문화 과정의 자세한 내용은 오태석의 ≪황정견시 연구≫(경북대학교출판부, 1991, pp.22-27)와 ≪중국과거

(2) 문인 사대부의 이중 심태

이제 이글의 핵심 관건이 되는 송대 과거제 사회 중의 문인 사대부의 내적 착종성의 문제를 생각해본다. 위진남북조 장기간의 호한 공존 구도의 결과 수·당은 개방적이며 진취적 기상으로 새로운 융합을 향해갔다. 그러나 송대는 중당 이래 변방의 우환을 경계하여 민족적 측면에서는 혼종적이 아니라 한족순혈주의를 취했다.

하지만 계층적으로는 이미 무너진 기존 문벌 세족의 빈자리를 신흥 서족이 채워가면서 시대적 이월가치의 여파로 계층 간의 착종이 드러났고, 더하여 사상면에서는 도와 불의 신유학으로의 유입으로 이미 순수 유학을 유지할 방도가 없었다. 그리고 이러한 일들은 상호 연계적으로 일어났다.

계층적으로 볼 때 안사의 난 이후 시작된 대변혁 과정에서 송대에 완비된 과거를 통해 관료로 임용된 서족 지주계층의 사대부들은 이전의 문벌 귀족의 빈자리를 대체해나갔다.[22] 이를 통해 신흥 사대부들은 황제가 보호한 언론의 자유와 함께 유가적 통치 이데올로기의 담당자로서 국가 행정에 자유롭게 참여할 수 있었다는 점에서 북송 시대를 서구의 문예부흥기라 일컬을 만하다.

문화사≫(진정 저, 김효민 역, 동아시아, 2003, pp.191-203)를 참조.

[22] 송대에 사대부를 보면 과거에 붙었다고 모든 관료로 임용된 것은 아니다. 송 과거 급제 후 임용 실태를 보면, 관직은 '官, 職, 差遣'의 3종으로 나뉜다. 예를 들면 왕안석의 경우 영종때 관은 이부상서, 직은 觀文殿 대학사, 차견은 江寧 知府였는데, 앞의 둘은 명목이고, 차견이 실무였다. 관은 있으나 직이 없거나, 또는 차견이 없이 봉록만 받거나, 아예 장기간 발령 대기자도 많아서, 원우년간 소식은 "자리 하나가 나면 칠팔명이 자리 쟁탈전을 벌이기도 한다"고 상주문을 올렸다. 북송말에는 미등용으로 인한 경제적 어려움 때문에 소설에도 보이듯이 임용된 후 탐관으로 변하는 경우도 종종 있었다.(≪중국 과거문화사≫, pp.216-218)

북송 사대부의 속성 이해의 핵심 중 하나는 계층과 사유 의식상의 혼종성 문제이다. 계층 이동의 시차 속에서 송대 문인 사대부는 서로 다른 두 세계를 공유한다. 먼저는 그들이 과거에 응시하기 전의 기층적, 세속적 환경이며, 다음은 과거급제 후 관료형 인간으로서의 국가 이데올로기 창출의 집단 통치적 환경이다. 귀족시대에서 서족시대로의 가치 이월이 안정화되지 못한 송대 사대부에 있어서 서로 다른 두 배경들은 분열적이거나 혹은 모호하게 드러나곤 했다. 이것이 송대 문인이 처한 계층적, 사유적 외부 조건으로서, 사회문화 변혁 과정 중에 노정되는 역사 전개상의 피할 수 없는 과정적 혼종성이다.23)

다시 말하자면 송대의 문화는 '안사의 난'이라는 역사적 대분기 이후 서족사회로의 거시 역사의 초기 이행기에 상하, 아속, 내외의 상반적 두 가치를 함께 안은 다소 어정쩡한 방식으로 나타났다. 이렇게 볼 때 문인사대부가 보여준 특유의 혼종적 문화 지형은 그들 자신도 온전히 의식하지 못한 가운데 진행되어나간 측면이 있었다고 생각된다.

이번에는 사회 계층의 양면 속성의 관점에서 아속 착종의 문제를 생각해본다. 문화의 통속화는 상하 계층 모두에서 각기 상반된 양상을 띠면서 전개되었다. 먼저 과거를 통해 관료가 된 북송 사대부들은 천하의 일을 자신의 책무로 여겨, "천하 사람들의 근심보다 앞서 근심하고, 천하 사람들의 즐거움보다 나중에 즐기는" 도학자적 자세를 보이고자 했다.24) 이는 국가 통치의 사회적 책무가 사대부에게 있다는 강력한 유가 의식의 발현이다. 그들의 장중하고 전아한 다짐은 그들이 과거에 붙기

---

23) '피할 수 없다'는 말은 그것이 역사적 대분기 사건인 안사의 난 이후 진행된 귀족 사회의 쇠퇴와 함께 평민 사회로의 확장 진행이라고 하는 거시 역사 전개의 초기 단계에서 그들이 봉착할 수밖에 없었던 불가피성을 의미한다.

24) 范仲淹(989-1052), <岳陽樓記>, "先天下之憂而憂 後天下之樂而樂."

전까지의 출신 배경이자 북송 사회 전체의 민간 서족 사회의 통속적 모습과는 상당히 다른 것인데, 그들은 이러한 의식을 시와 문으로 표출하고 상호간에 교감하며 집단 의식을 형성해나갔다. 이를 요약하여 문인 사대부 사회의 아화(雅化)라고 할 수 있을 것이다.

이러한 아화와 동시에 송대 문인 사대부들은 속화의 모습도 보여준다. 찻집과 술집의 번성, 기예와 오락, 기녀와의 교류 등이 도시 경제와 민간 문화의 폭발적 흥성에 힘입어 북송 사회에 만연하였다. 문예로는 전술했듯이 인간 본연의 가감 없는 욕정은 이미 아화한 시로는 적합지 않아 사(詞)로 표출하거나, 혹은 대중성 강한 백화 연창문예로 나타나 아속(雅俗)이 함께 공상(共賞)했다. 소설 역시 백화 화본소설 등 흥미로운 통속적 내용이 번성했다.

이와 같은 통속화 현상은 시학에도 반영되어, 소식이나 황정견 같은 주류 시인들이 '이속위아(以俗爲雅)'를 외치며 일반 속어까지 시에 담는 방안을 강구하기에 이르렀다. 이는 속의 아화(雅化)이지만 실은 밑에서부터 올라오는 속문화의 수용으로서 아속을 겸용하는 방식이다. 자기 구속적인 황정견마저도 시에다 속자 속어를 피하지 않고 썼을 정도인이니, 문인들은 아 가운데서 속을 찾고[아의 속화], 서민은 속중에서 아를 찾는[속의 아화] 계층적 교감과 융화인 셈이다. 비록 송대 이학의 엄숙주의에 갇혀 만개하지 못하였지만, 양명학 사조와 함께 꽃피운 공안파(公安派) 등 명대 문예사조의 통속화 경향은 비록 맹아 단계이긴 하지만 사회경제적 유사성을 보인 송대에 이미 발아했다고 할 수 있을 것이다.

이와 같이 과거를 통해 승관한 문인 사대부들은 유가로서의 시대사회적 책무와 함께, 그 근저에서는 출신 토대로서의 기층 문화의 통속성이 혼종적으로 작용하고 있었던 것으로 생각된다. 결국 농촌에까지 파급된 도시 경제문화의 확산 구조 속에서 전통 귀족 출신이 아닌 서족 문인 사대부들은 아와 속의 서로 다른 두 부분에 대해 편향 혹은 겸병하는 모습을 보여주었다. 이와 같은 현실적 간극과 그로 말미암은 문인 사대부의 이중적 심태는 바로 그들 내부에 깔려있는 가치들의 과도적이며 이월(移越)된 모습으로 나타난, 계층과 의식의 혼종·착종이었다. 나아가 그들을 둘러싼 과거제도의 변혁과 이에 순응한 그들의 운용은 고문과 시사 모두에 영향을 미쳐 문예장르의 경향과 흐름을 바꾸어 놓고, 시가 창작이론에도 영향을 미쳤다.

4. 개괄

이제까지 중당 이후 북송에 이르기까지의 문화적 시공간을 기존 질서의 해체와 새로운 가치의 부상 속에 비동일적 가치들이 충돌 돌파해 나가는 사회문화적 양상과, 제반 층차의 구체적 관계와 의미를 거시 조망했다. 북송 사회의 주류인 문인 사대부를 중심으로 '계층, 이념, 심태'의 세 방면에서 나타난 문화 혼종적 양상과 의미를 문화사적 관점에서 생각해 보았다. 그 결과 안사의 난 이후 시작해 북송대에 형성된 삼가 융합의 문화적 기운과 심태는 혼종성으로 요약 가능하다.

먼저 필자는 중국사를 분열과 통일 왕조의 성쇠라는 관점에서 거시 조망하고, 때, '장기분열 → 단기통일 → 장기번영'의 3단계 과정을 하나로 삼는 역사전개의 삼박자 모형의 유사 반복 현상을 보이는 패턴을 발견하였다. 본문에서 이를 도표로 정리하였다. 장기분열과 짧은 통일과 다시 장기번영의 삼박자 모형의 유사 반복이 그것이다. 그 중심은 한과 당의 정점적 번영이 돋보인다. 이민족과의 혼합 과정인 장기분열은 후에 통일 왕조에 에너지원이 되어 번영의 힘을 제공해주었다는 해석이 가능한 부분이다. 역사에서 수구제일이 아니라 과감한 새 피의 수혈이 지니는 긍정적 의미를 담고 있다.

이후 당부터 현대에 이르기까지는 역사적 대분기가 되는 8세기 중엽 안사의 난 이후 오대십국을 거쳐 북송 시대까지 문화 번영이란 변형된 한 국면을 보인다. 남송 이후로는 몽고족과 만주족 등 이민족의 지배 왕조시기가 이전 장기분열기의 에너지원 제공과 같은 역할을 해주며 근대를 향해 나아갔다고 해석할 수 있다. 이런 관점에서 볼 때 특히 북송 시대는 천년의 문벌귀족 사회가 해체되면서 새로운 가치들이 자리를 잡아가는 그 시발점에 있었다고 할 수 있으며, 북송은 기존의 이월 가치와 신흥 가치들의 교차점에 있었던 만큼 그 사회문화적 성격을 혼종성의 관점에서 파악할 필요가 있다.

중국에서는 8세기 중엽 안사의 난부터 시작하여 주로 북송대에 계층, 사유, 문예상으로 다음과 같은 굵직한 변화들이 일어났다. 그것은 과거를 통해 사회의 중심으로 등장한 서족 출신 문인 사대부의 대두, 그리고 이들이 겪었던 과거시험 전후의 계층 의식상의 혼종성과 이로 말미암은 전아와 통속간의 가치 충돌, 유도석 삼가융합의 이학이 태생적으로 내포한 도불 요소와의 내적 착종, 그리고 아와 속, 입세와 출세, 이질 장르 간의 상호 교섭과 참조로 요약되는 문예심미적 상호텍스트성이다. 이같은 현상들은 결국 타자적인 신흥 담론의 기존의 담론에 대한 도전의 결과이다.

안사의 난 이후 송대의 사회문화를 혼종성의 관점에서 분석하면 이와 같다. ① 계층적으로 전아한 기성 문벌 귀족 사회와 통속 기반의 신흥 서족 사대부 사회와의 가치 혼재, ② 이념적으로 현실 참여적 외왕(外王)에 비중을 둔 입세간의 기성 유학과 인격 도야의 내성(內聖)에 무게가 실린 출세간의 신흥 도불사유 사이의 양면성, ③ 문예심미적으로 정체성에 문제를 일으키지 않았던 전통적인 당시적 정감심미와 새로운 사조 속에서 배태한 자기수양적 이선(理禪) 심미간의 심미적 이중성과 양가성, 통속적 가치와 어휘의 시로의 유입 및 문화예술 장르간의 광범한 상호 텍스트적 교섭 참조들이다. 이것이 바로 안사의 난 이후 이전 시대에 대한 반성적 성찰과 함께 장기분열 중에 배태된 에너지가 서로 소용돌이를 치며 새로운 가치와 심미를 향해 나간 과정과 양상들이다.

북송 시대는 단순히 한족 중심의 유가적 순혈주의로 요약되기보다는, 자기동일적 기존가치와 신흥가치들의 흐름의 혼종적 접점지대였으며, 그중에 일어난 와류 속에 혼종적 가치와 심미가 상호 내파(內破)하며 새로운 질서를 형성해 나아간 시대였다. 그리고 이같은 역사 진행은 모두 문벌귀족사회의 해체라고 하는 고전시기 중화세계의 재편성 과정에서 주변적인 것들의 중심으로의 대두와 함께 야기된 이종 가치의 혼종적 충돌과 중국적 방식의 교섭·타협·돌파가, 사대부 계층, 사유 체계, 문학예술의 각 부문으로 표출된 유사 패턴의 동형구조적 발현이었다.

이와 같은 고찰을 통해 중국사의 분기가 되는 안사의 난 이후 송대 사회의 문화적 성격이 단순히 한족 중심의 유가 순일주의가 아니라 내면에서 전통 세족 세력에 대한 서족의 등장, 유가에 대한 도·불 등 주변적 가치들이 부상하며 이전까지의 중심 가지들과 뒤섞여 새로운 세계 질서를 향해 나아간 문화혼종의 시대였던 것이다. 또 그 여파로서 문예심미 방면에서도 이와 같은 혼종 양상이 재현되었다. 이러한 사회,

문인, 문학예술 세 방면의 유사한 문화적 현상들은 자연과학의 프랙털 (fractal) 또는 동형구조(isomorphism)적 침투와 확장이었다고 할 수 있다. 이상 중국사 전개모형론과 송대 문화에 대한 혼종관점의 해석은 중당 안사의 난 이후 전개된 문화사 새로운 국면이며 역사적 분기였다.

13 사대부 문화와 이선심미

1. 송대 지식인 문화와 문예심미

이 글은 송대 사대부 문화와 심미 형성의 내적 동인과 특징을 거시 관점에서 고찰한다. 제12편 <북송 문화의 혼종성> 중 '중국사 전개의 삼박자 모형'에서도 보듯이, 송은 정치적으로는 한족 순혈주의를 지향했지만 실은 당에서 진행되어 온 다양한 문화의 수용으로 인한 계층적, 문화적으로 혼종의 꽃이 무르익은 시대이다.

또한 과거제의 정비로 이전보다 낮은 계층인 중소지주계층의 독서인이 중앙 정치무대에 진출하게 되면서 당과는 다른 송 특유의 문화적 성격을 드러내기 시작했다. 황제의 은전에 의해 관리가 된 문인 사대부는 유가 이념에 의해 현실 정치에 임하기는 했으나, 그 정신적 지주는 위진남북조에 확산되어 이미 사회 전반에 깊게 뿌리내린 도와 불의 세계관을 이면에서 수용하며 표방한 새로운 융합 사유인 신유가 이데올로

기였다. 이렇듯 송은 유가 제일주의를 표방하기는 했으나, 이미 원시유가의 단계로는 돌아갈 수 없어, 실은 유불도 사상의 내적 수용으로 인한 융합적 유학의 시대로 접어들고 있었다. 또한 이들 사대부는 중간계층 출신의 문인 정서와 만나면서 사회 전반의 세속화도 함께 수용하는 방향으로 나아갔다.

그리고 이러한 계층적, 사상적 혼융의 흐름은 자연스럽게 문화예술 각 방면에 침투되었다. 이글은 이와 같은 송대 문인 사대부 사회의 문인 심태와 그것이 야기한 문학예술심미적 전이 및 특징을 거시 시야에서 바라보려 한다.

내용은 크게 북송 이학구도와 전범적 문인, 그리고 문예심미를 고찰한다. 앞부분은 성리학, 신유학, 도학으로도 불리는 송대 이학의 사유구도, 이면에 스며든 선학의 영향, 그리고 이전 시대의 유력한 모델로서 발굴된 도연명의 은일심태를 본다. 그리고 후반에는 유불도가 섞인 삼가 융합의 내성관조적 송대 특유의 문예심미를 '이선(理禪) 심미'라는 제하에서 바라보도록 한다.

(1) 이학과 내성외왕 구도

먼저 중당 이후 송대 이학에 이르기까지 사조적 흐름을 개관하면 경학은 주소보다는 경의를 중시하고, 사학은 복고와 의론을 위주로 했으며, 사상은 공식적으로는 불로를 배척하고 유가 도통을 강조했으나, 안으로는 많은 영향을 받았다. 그리고 문학에서는 변려풍을 버리고 고문을 숭상했다고 할 수 있다.[1] 이 중 이학과 관련된 부분을 본다.

신유학, 성리학, 도학, 그리고 이학이라고도 불리는 송대 이학은 중당

한유와 이고(李翺, 772-841) 등에서 발아하였고,[2] 11세기 중반 인종 때 주돈이(周敦頤, 1017-1073)가 창도했으며, 정호(程顥)·정이(程頤)의 이정자(二程子)가 이끌어 11세기 후반에는 독자적 사조를 형성했고 남송 주희에 이르러 집대성되었다. 유불도 삼교합일에 현학까지 포함한 대융합의 사변철학인 이학은 명맥만 유지하던 한당의 사장과 주석의 관점에서 벗어나 인간 존재에 대한 본질적 탐구와 함께 도불과의 융합을 모색하여 자기 수양의 내성적 색채를 띠게 되었다.[3] 송대 이학은 다시 '도학가, 경세가, 고문가, 심학가'로 나뉜다.[4] 사상적으로는 도학가가, 문학적으로는 고문가가, 그리고 정치적으로는 경세가가 대표적이며, 심학가는 명대 양명학의 모태가 되었다.

송대 이학은 '사람이 하늘의 섭리를 내 안에서 스스로 보존하여, 몸의 욕망을 끊어 도를 이루어낸다.'는 의미인,[5] "천리를 보전하고, 인욕을 없앤다(存天理, 滅人慾)"로 요약된다. 그리고 이 천리는 바로 하늘이

---

1) 張淸泉, ≪北宋契嵩的儒釋融會思想≫, 臺灣 文津出版社, 1998, pp.8-11.

2) 한유의 조카사위이기도 한 李翺는 <復性書>를 써서 늘 '格物致知'하고 '愼獨'함으로써 인간 본연의 性을 회복해야 한다고 주장했는데, 이러한 주장은 송인의 전폭적인 지지를 받았다.

3) ≪주자학과 양명학≫(島田虔次 著, 김석근·이근우 역, 까치, 1986, pp.5-19)에서는 도불의 영향으로서, ① 불교의 체용의 논리와 범신론적 사유체계, ② 도가적 세계관인 우주적 원리에 공감하고자 하는 인간의 자세 등이 이학의 성립에 수용되었다고 하였다.

4) ① 도학가 : 원리를 중시하는 입장으로서, <태극도설>의 주돈이, 邵雍(1011-1077), 程顥(1032-1085), 程頤(1033-1107), 張載(1020-1077), 그리고 朱熹(1130-1200)이다. ② 경세가 : 정치에의 응용을 추구하는 범중엄(989-1052), ≪資治通鑑≫으로 제왕의 역사의식을 고취한 구법당의 영수 司馬光(1019-1086), 熙寧 신법을 추진한 왕안석(1021-1086)이다. ③ 고문가 : 문학의 필요성도 인정하는 입장으로서, 구양수(1007-1072), 曾鞏(1019-1083), 소식(1037-1101) 등이다. ④ 심학가 : 理보다는 심하에 가까운 입장으로서, 이들은 도학가인 정호에서 발아했으니, 주희의 이학에 반기를 들며 '심즉리'를 주장한 陸九淵(1139-1192)이다.(오태석, ≪황정견시 연구≫, 경북대학교출판부, 1991, pp.68-73)

5) 이 해석은 ≪다석 마지막 강의≫(류영모 강의, 박영호 풀이, 교양인, 2010)에 나오는 사서삼경에 대한 류영모의 해설들을 참조하여 필자 나름으로 풀이해 본 것이다.

인간에게 부여한 본성이니, 바로 '성즉리'가 되고, 때문에 이름을 성리학이라 부르기도 한다.[6]

이학은 인간 존재의 본체론적인 사유 체계로서 형이상학적 내용이 많아 추상적이다. 사실 북송 이학은 원시 유가로는 달라진 사회에 대처할 수 없어 이미 지식인 사회에 침투한 도와 불의 요소를 흡수 수용하고 새로운 유학의 이름으로 내놓은 사상이다. 때문에 본래 원시 유가에는 없었던 도통이란 개념이 있는가 하면 주역 음양론과 노장은 물론 육조 현학의 심미적 요소도 다분히 포함되어 있어, 내성관조의 도학 성향을 보인다.

이학의 창도자인 주돈이의 <태극도설>은 우주 본체의 음양론적 규명을 통해 인간의 도로 연결되는 총체적 근원 사유를 지향한다.[7] 이러한 주돈이의 우주론은 ≪역≫에 근거하면서 동시에 도와 불의 영향을 함께 받은 것이다.[8] 주돈이 철학의 요체는 우주를 움직이는 기본적인 원리의 철학적 규명인데, 그것은 만물에 내재하는 법칙으로서의 '리'라는 개념이다. 그의 이학사상은 도교사상과 전통 유가사상을 혼용한 위에 불교적 성분까지 더하였고,[9] 정호, 정이, 장재, 주희 등을 통해 심화되어 송대 이학의 정통이 되었다. 이들은 본체론적 탐색에만 그치지 않

---

6) 크게 보아 한 덩어리를 이루는 송명 이학은 다시 북송, 남송, 그리고 명대의 3단계로 나뉜다. 북송 이학은 중용, 易傳, 맹자를 거쳐 대학의 격물 궁리를 궁구하였다. 남송 이학은 주희의 理・情 이원론과 육구연의 심 일원론으로 나뉜다. 그리고 명대에는 시대사회에 맞추어 왕양명이 심학을 받아 양명학으로 변화 발전시킨다.(蔡仁厚, ≪新儒家的精神方向≫, 臺灣學生書局, 1989, pp.147-148)

7) <太極圖說>, "無極而太極. 太極動而生陽, 動極而靜, 靜而生陰. 靜極復動. 一動一靜, 互爲其根; 分陰分陽, 兩儀立焉. 陽變陰合, 而生水火木金土. 五氣順布, 四時行焉. 五行, 一陰陽也; 陰陽, 一太極也; 太極, 本無極也. 五行之生也, 各一其性. …… 故曰: '立天之道, 曰陰與陽; 立地之道, 曰柔與剛; 立人之道, 曰仁與義.' 又曰: '原始反終, 故知死生之說.'"

8) 狩野直喜 저, 오이환 역, ≪中國哲學史≫, 을유문화사, 1986, pp.362-370.

9) 侯外廬 邱漢生 張豈之主編, ≪北宋理學史≫上, 人民出版社, 1984, p.83.

고 인간 사회 내의 실천 윤리로 연결함은 물론 문화와 문학에도 일정한 영향을 주었다. 문학 방면에서 볼 때 도학가 문학론의 선봉은 유개(柳介, 947-1000), 목수(穆修, 979-1032), 손복(孫復, 992-1057), 석개(石介, 1005-1045), 그리고 이정자(二程子)인데, 이들은 문장은 도의 한 가지일 뿐이라고 하여 도 일원론적 입장을 보였고, 문학 방면에서는 구양수(1107-1072), 소식(1037-1101), 황정견(1045-1105) 등 고문가들이 포진하고 있다.10) 이들은 모두 공식적 배척에도 불구하고 선학의 영향을 깊이 받았다.

이제 송대 문인 사대부의 시대사회적 역할과 의미를 생각해본다. 송대 문인 사대부는 당과 다른 점은 '관료, 학자, 문인'이란 세 가지 기능의 삼위일체적 복합형 인간형을 추구한다는 점이다. 이들은 국가 사회를 다스리는 정치가이자 관료이면서 자신과 세계를 구성하는 조건과 방향에 대해 고민하는 학자이고, 또 그러한 생각과 삶의 감정들을 문필로 나타냈던 다방면적 인간이다. 정치사상적으로 이들은 황제에 대한 충성과 사회에 대한 책무감을 동시에 가지고 있었기 때문에 '천하의 일을 자신의 책무로 삼는(以天下爲己任)' 막중한 소명감과 함께 '명분'을 중시하는 자세로 정무에 임하였다.11) 이러한 문인 관료를 중심으로 숙성된 사상이 바로 송대 이학이다.

북송 사대부는 인간 존재의 근본 문제인 우주와 인간의 생성, 상호관계, 성(性)과 정(情)의 처리 등 형이상학적이며 본체론적 사변철학의

---

10) 송대 문학에서 구양수를 비롯하여 소식, 황정견 등 대부분의 문인들 역시 크게 보아 북송 이학의 동조자들이다. 수양과 학문에 근거한 이론을 주장한 것도 그들이 크게 보아 이학가의 범주에 들기 때문이다.

11) 송대 관료들의 이러한 명분 중시의 사고는 전통 유가의 영향이며, 이들에 의해 주도되었던 이학은 관념론, 본체론의 깊은 사변주의 철학을 지향한다. 한편 외적으로는 거란(遼), 여진(金), 몽골(몽골제국, 元), 당항족(西夏) 등 뚜렷한 민족의식을 지닌 주변 국가들과의 관계에서 힘의 관계가 아닌 중화적 명분론에 매여 쇠망을 초래했다.

성격을 지니며, 인격도야, 독서학문, 나아가 세상을 다스려야 할 최고의
준칙이 필요했다. 그들은 장자를 거쳐 유가에 의해 수용된 '내성외왕(內
聖外王)'의 도를 새롭게 부각시켜 재음미하기 시작했다. 본래 내성외왕
이란 용어는 ≪장자 · 천하≫ 편에 나온다.

> 신령스런 덕은 어디서 내려왔으며 밝은 왕도는 어디서 나온 것인가?
> 신령스런 덕은 생겨나는 것이며, 밝은 왕도는 이루어지는 것인데, 둘은
> 본래 하나(의 도)이다. …… (천하의 대란 이후) 안으로 성덕을 갖추고 밖
> 으로 왕도를 실행하는 도[內聖外王之道]는 어두워 밝지 않고 막혀 일어
> 나지 않는다. 천하 사람들이 자기가 좋아하는 것을 좇아 스스로 비책이
> 라고 생각한다. 슬프구나! 백가의 사람들이 자기 길만 고집할 뿐, 돌아올
> 줄 모른다.12)

이글에서 (장자는) 사람마다 타고난 하늘의 대도를 내 안에서 닦아
밝히고, 나아가 그것으로 세상을 양육하는 것이 실은 동일한 도인데,
세상이 어그러지면서 안으로 성인됨을 세워, 그것을 통해 밖으로 세상
을 다스리는 내성외왕의 도가 전체로서의 도가 아닌 편향적인 방술로
주장되고 있다고 개탄한 것이다.13)

앞서 보듯이 내성외왕론은 안으로 천도를 체득하여, 밖으로 그것을
펼쳐낸다는 서로 다른 두 층차의 덕목을 상호 연계시키고 있다. 이 주
장은 비록 장자가 선창하기는 했으나, 통치 관점에서 필요했던 유가가

---

12) ≪莊子 · 天下≫, "神何由降? 明何由出?, 聖有所生, 王有所成, 皆原於一. 不離於宗, 謂之天
人. 不離於精, 謂之神人. 不離於眞, 謂之至人, 以天爲宗, 以德爲本, 以道爲門, 兆於變化,
謂之聖人. 以仁爲恩, 以義爲理, 以禮爲行, 以樂爲和, 薰然慈仁, 謂之君子. …… 天下大亂,
賢聖不明, 道德不一, 天下多得一察焉以自好. … 是故內聖外王之道, 闇而不明, 鬱而不發,
天下之人, 各爲其所欲焉以自爲方. 悲夫, 百家往而不反, 必不合矣!"
13) 外王[wàiwàng]은 밖으로 왕의 덕목을 가지고 다스린다는 뜻으로 보아야 할 것이다.

일찍부터 끌어다 썼다.14) 장자의 내성(內聖)은 도가의 허정무위의 천도를 내 안에서 이룬다 함이니, 결국 유가의 '독선기신(獨善其身)'이며, 외왕(外王)은 그 내덕을 밖으로 끌어내어 이루어 냄이니 유가의 '겸선천하(兼善天下)'로 연결된다.

두 가지 덕목 중 한·당대에는 내성보다 외왕을 더 중시했으나, 사회 전반의 성격이 달라진 안사의 난 이후 11세기 중반 북송 신종 희녕(熙寧)년간에 주돈이, 소옹, 장재, 이정자가 심성의리를 강조하면서부터 내성이 주목받기 시작했다.15) 《송사(宋史)·소옹전(邵雍傳)》에는 정호가 소옹을 만나 장시간 논의한 후 이학을 개창한 소옹의 학문이 '내성외왕의 학문'이라고 잘라 말하기도 했다는 기록도 있다. 송대의 내성외왕의 학은 자신의 내면에서 하늘이 부여한 도와 덕을 존양하여, 밖으로 세상에 펼친다는 것이므로, 순서와 구도 양면에서 나름의 자기 완정성을 지닌 논리였다. 하지만 둘 사이에는 간극과 긴장과 충돌이 개재되어 있다.

송대에 성립된 사서는 기존의 논어와 맹자 외에 중용과 대학을 예기에서 독립시켜 편성한 것이다. 이 중 맹자는 성(性)을 중시했으며,16) 중용도 성(誠)의 작용을 중시하여 "성실한 것은 하늘의 도이고, 성실하고자 하는 것은 인간의 도이다."라고 하며 자기 수양을 통한 인격의 완성을 주장했다.17) 또 대학의 8조목인 '격물(格物), 치지(致知), 성의(誠意), 정

---

14) 程潮의 <乳痂內聖外王的源流及內涵新探>(嘉應大學學報 : 社會科學, 1997年 第2期)에서는 내성외왕론의 흐름과 다양한 함의를 소개하였다.

15) 李靜, <論"外王"之學在宋代向"內聖"之學的轉化>, 重慶師院學報(哲社版), 1999年第1期, p.40.

16) 《孟子·盡心(上)》, "盡其心者, 知其性也. 知其性, 則知天矣. 存其心, 養其性, 所以事天也."

17) 《中庸》, "誠者天之道也, 誠之者人之道也. 誠者不勉而中, 不思而得, 從容中道, 聖人也. 誠之者, 擇善而固執之者也."

심(正心), 수신(修身), 제가(齊家), 치국(治國), 평천하(平天下)' 중 수신까지의 앞의 다섯은 내성에 관한 것이며, 뒤의 셋은 외왕에 해당된다. 이 중 내성의 수신이 본질이자 목적이고, 외왕은 그것의 드러난 현상이니 말단이라고 하였다. 즉 내성으로부터 외왕의 업을 이룸을 근간으로 한다. 이렇게 송대 사대부들은 내성과 외왕 중 '스스로 돌아보아 수양하는' 내면의 가치를 더 중시하였는데, 내성을 중시하는 관점은 ≪중용≫과 ≪대학≫이 송대에 사서에 편입·부각된 이유 중 하나이다.

한당 유학과 달리 송대 이학이 내성으로 중심을 옮겨간 가장 큰 이유는 내향형 사유인 선학과 도가 사유의 영향이다. 송유들은 의식적으로 불로를 누르고자 했고, 이 과정에서 스스로 깊이 있는 공부를 중시함과 동시에 사회 보편가치로 이미 부상한 도불의 관점을 수용할 수밖에 없었다. 또 승려들과의 교유도 활발했는데, 이는 선학 방면에서 보아도 말과 글로 선을 설명하려는 문자선의 성행이 이를 증명해준다. 이렇게 실질적으로는 도불과 섞여버린 새로운 유학인 이학은 사변화, 추상화의 길로 나아가게 되었다. 그러나 세상으로 들어가 적극적 사회 개입을 해야 하는 입세간의 유학이 세상에서 벗어나는 출세간의 도불과 함께 한다는 것은 기본적으로 모순이자 역설이었다. 결국 송대 이학은 자기 생존을 위해 이면에서 도불을 받아들였고, 내성으로의 침잠은 도불의 지분이 반영된 결과라고 할 수 있는 것이다.

백거이가 <여원구서(與元九書)>에서도 인용한 ≪맹자·진심(상)≫의 "세상에서 궁색해지면 홀로 그 몸을 잘 보존하고, 세상과 달통하면 두루 세상을 다스린다."는 말은 오랫동안 중국 전통 지식인의 동전의 양면같은 행동 지침이 되어 왔다고 할 수 있다. 그런데 송대 사회에서는 한 지식인이 동시성의 시공간에서 출과 입을 함께 겪게 된 것이다. 이는 입세와 출세간의 철학인 유와 도불이 공존하게 된 혼종적 결과로서, 이는 경우에 따라서는 매우 어지러운 모습으로 나타날 수도 있는 것이다. 예를 들면 아침에 출근해서는 유가 관리가 되지만, 퇴청한 후에는 선학적 인간형으로 자신을 변모시키는 것이다. 이것은 육조 이래 오랜 기간 서로 다른 방향성을 보이는 두 종류의 사상이 사회변혁과 함께 송대에 교차할 수밖에 없었던 필연적 결과이기도 하다. 그리고 송대 지식인들은 이 둘을 융합하여 나름의 모순의 공존 질서를 재편해 나갔다고 할 수 있다.

결국 자기 완성적 구도를 지닌 내성과 외왕의 송대 신흥 사대부 사회문화와 정치철학의 사유체계는 송 이전의 외왕으로부터 내성으로 중심 이동을 하면서 사변화, 내향화, 관념화의 길을 지향하게 되었다.[18] 그리고 그 혼종의 와류에서 이질적 두 요소인 도불의 가치들이 함께 수용되며 보다 혼종적 사상 체계로 자리 잡은 것이 송대 이학이다.

(2) 선학

본서 제9편 <중국선의 전개>에서 보았듯이 당송선의 개략적 흐름을 보면, 당대 혜능(慧能)에서 토착화하여 다양한 분파와 함께 만개한 중국 선종은 송대에 와서 문인 사대부의 지식인 사회와 깊게 교감하게 되었다. 송대에는 문자선과 간화선이 유행했는데, 문자선은 사대부와의 교감이 큰 사대부선이라고 할 수 있다. 승려들은 사대부들에게 선종을 전

---

18) 余英時에 의하면 부국강병을 주장한 왕안석 신법의 실패는 외왕주의의 실패이기도 했다.(余英時, ≪士與中國文化≫, 上海人民出版社, 2003, p.522) 송에 대한 북방 민족의 잦은 외침은 균형 잃은 내성주의의 결과로 해석 가능하다.

파하려는 의도에서 문자를 통해 선의 이치를 설명하면서 자연스럽게 세속화의 길을 갔다. 또 공안(公案)에 대한 운문으로 된 해설과 설명을 가한 송고문학 역시 선의 대중화에 기여했다. 문자선을 통한 다양한 불교 문서의 사유, 논지, 어휘, 수사 등은 중국의 문화와 문학에 폭넓은 영향을 미치게 되었다.[19] 문자선에 반발한 묵조선은 언어를 배제함으로써 힘을 쓰지 못했고, 이어 진리에 이르는 도경으로서의 화두를 잡고 사변하는 간화선이 생활속에서 화두와 오입(悟入)을 통해 언어를 돌파한다는 점에서 성행하였는데, 이는 송대 이학과 소통하면서 자연스럽게 유학과 선학의 융합인 '이선(理禪) 심미'로 정착되었다.

송대의 사대부들은 지식인의 교양으로서 선을 배우려는 열의가 높았으므로, 선학의 이학에 대한 영향은 생각보다 컸다. 북송 문인들은 거의 모두 선학의 영향에서 자유롭지 않았으며, 이 점은 핵심 이학가도 마찬가지였다.[20] 북송 이학가 중 '주돈이, 소옹, 장재, 정호, 정이'를 북송 '이학 5대가'라 칭하는데, 이들은 공식적으로 이단인 불로를 배척하는 입장을 취했다. 하지만 이는 불로에 대한 강렬한 경계였을 뿐이다. 이미 이들 사상의 역사적 침투에 대해서는 어쩔 도리가 없었을 뿐 아니라 오히려 학습한 흔적이 남아 있다. 본절에서는 이들 이학가들에 대한 선학의 영향을 고찰한다. 선학 자체의 발전과 북송 시대의 문화적 함의에 대해서는 앞글에서 다루었으므로 줄인다.

주돈이는 도학가인 목수(穆修)를 계승했으며, ≪석씨통감(釋氏通鑑)≫,

---

19) 본서 제9편 <중국선의 전개> 중 '문자선' 부분을 참조
20) 이와 같은 유불 사상의 융합국면은 크게 세 가지로 요약할 수 있다. ① 불교 大師와 유가 사대부들 간에 긴밀한 교류가 있었다. ② 선종의 대세화와 함께 불교 각 종파 간에 점차 융합이 진행되어 사대부의 불교를 학습이 용이해졌다. ③ 儒와 禪간의 상호 융회 소통이 활발해졌다.(姚瀛艇, ≪宋代文化史≫, 河南大學出版社, 1992, pp.125-128)

≪운와기담(雲臥紀談)≫, ≪거사분등록(居士分燈錄)≫ 등의 불교 전적에는 그가 불인요원(佛印了元), 회당조심(晦堂祖心), 동림상총(動林常總) 등 승려와 교류하며 게송을 주고받은 기록이 남아있다. 그는 ≪법화경≫에 정통하며, <애련설(愛蓮說)>로도 유명하다. 소옹은 이학가로서는 드물게 종신 은거하였는데, 그의 ≪격양집(擊壤集)≫ 중 <학불음(學佛吟)> 시에는 노년에 석가를 가까이 하고 있다고 했으며, 좌선 수양에도 조예가 깊었다고 한다. 장재는 이들 중 제일 강하게 불로를 배척했으나, 역시 불교 교리를 잘 알고 있었으며, 정호, 정이 형제는 선가의 사유 방식을 긍정했으며, 특히 화엄에 대한 공부가 깊었다.[21] 나아가 송대 이학의 집대성자인 주희 역시 초년부터 불학을 공부하였다.[22] 심학의 개창자인 육구연의 '심즉리'는 선종의 돈오설과 흡사한 까닭에 주희는 육구연의 심학이 선학에 가깝다며 비판했다. 이상으로도 송대 이학의 주도 그룹 문인들은 겉으로는 비록 유가를 표방했으나, 실제로는 모두 당시 교양화된 선학에 대해 잘 알고 있음을 알 수 있다.

송대 주요 문인의 불학 소양은 이학가에 그치지 않고 고문가와 경세가에 이르기까지 광범하다. 왕안석은 처음에는 불학을 반대했으나 만년에는 적극 수용하여 ≪금강경≫과 ≪능엄경≫의 주석을 달기도 했다. 소식의 집안이 불교와 가까워 승려들과 막역한 왕래를 한 기록이 많이 남아 있다. 또 강서시파의 영수인 황정견 역시 많은 교류를 했는데, 그의 고향인 강서 홍주(洪州) 분녕현(分寧縣)은 중국 불교의 중추 지역으로서 임제종의 황룡파가 여기서 나왔다. ≪오등회원(五燈會元)≫에서는 황

21) 쓰치다 겐지로 저, 성현창 역, ≪북송도학사≫, 예문서원, 2006, p.372.
22) 북송 이학에 대한 선학의 침투와 영향은 張文利의 ≪理禪融會與宋詩研究≫(中國社會科學出版社, 2004, pp.58-67)를 참조.

정견을 황룡파에 분류하고 있다.23)

　선학은 이미 북송 사대부 사회에 깊이 침투하여 교양화하였으며, 이학의 주요 인물들이 불교와 직간접으로 관계하거나 또는 선학의 소양을 쌓으며 많은 선리시를 지었다. 이렇듯 송대 이학은 겉으로는 유학을 표방하였으나, 실제로는 유불도의 융합 속에 다양한 성분들이 녹아 그들이 영위한 각종 문화예술 분야에서 새로운 지평을 여는 데 크게 기여하여 중국문화의 흐름에 자양분을 공급해주었다. 하지만 정통 이학의 입장에서 보면 이러한 이질적 혼종성은 송대 문인 사대부들의 유가 정통성에 대한 의문의 여지를 남겼다.

　이제부터는 입세와 출세, 아와 속에 관한 모순의 해결과 돌파라는 송대 지성의 내부 문제와 관련하여 불교의 이학에 대한 영향을 구체적으로 들여다 본다. 필자의 불교 공부에 대한 천학과 편폭의 제한으로 두루 다루지는 못하나 불교 핵심 경전의 하나인 ≪화엄경≫의 '사종법계'론은 송대 지성의 문제를 바라보는 데 있어서 도움이 크다. 정호 역시 화엄의 사종법계를 의식하여 '불교가 모든 것을 다 망라하고 있으니, 만 가지 이치가 다 한 이치로 귀결됨'에 다름 아님을 인정하여,24) '이(理)' 사상을 정립하였다. 주희도 이를 우주론까지 확장하였다.25)

　깨달음에 의해 열리는 '법계연기'에 의하면 연기 현전하는 세상 만유의 조화의 세계가 법계(dharma-dhātu : 다르마 다투)이다. 법계는 이(理)와 사(事)로 설명하는데, ① 현상적 차별계인 '사법계(事法界)', ② 본체적 평등

23) ≪理禪融會與宋詩硏究≫, pp.43-50.
24) ≪程氏遺書≫18, 62, "問, 某嘗讀 華嚴經, 第一眞空絶相觀, 第二理事無碍觀, 第三事事無碍觀, 譬如鏡燈之類, 包含萬象, 無有窮盡, 此理如何. 曰, 只爲釋氏要周遮, 一言以蔽之, 不過萬理歸於一理也."
25) ≪북송도학사≫, pp.372-377.

의 '이법계(理法界)', ③ '수파불리(水波不離)'와 같이 현상과 본체가 분리된 것이 아니라 상호 연결되어 있다고 하는 이사무애법계(理事無礙法界), 그리 하여 ④ 개체와 개체가 자유로이 섭리하여 현상계 자체가 본질임을 알게 되는 사사무애법계(事事無礙法界)의 '사종법계'가 있다고 한다.26)

화엄경은 반야경이 강조한 집착에서 벗어남의 문제보다는 우주 내 존재의 만물제동의 평등성에 더 중점을 둔다. 화엄경 <십주(十住)>에서 말하는 '일즉다, 다즉일', 즉 '하나는 전체이고 전체는 하나'가 지향하 는 세계는 상호 연기(緣起)의 '인드라망(Indra's Net)'의 세계이다.27) 이러 한 '상호의존 중의 동일성'의 화엄적 지향은 송대 지식인들의 초월적 돌파구로 작용하였을 것으로 생각된다. 이를 송대적 은일 문제에 적용 하자면, 속(俗)과 불속(不俗)의 문제는 겉으로 드러나는 현상의 문제가 아 니라 인식의 문제라고 볼 수 있게 된다. 속과 불속은 현상적으로는 다 르지만 본질로는 하나가 될 수 있다. 이러한 관점의 변화는 송대 지성 의 현상적, 시대적, 역사적 이월가치들간의 혼재 상황에 대한 사유적 돌파에 불교 이론이 상당한 영향을 주었을 것이란 추정을 가능케 하며, 나아가 다음 절에서 볼 송대적 전형으로 부각된 입출 겸전의 도연명의 송대적 부각에 대한 해결의 단서가 될 것이다.

---

26) 海住스님, 《화엄의 세계》, 민족사, 1998, pp.175-181. 이 네 가지는 《임제록》의 '四料揀'설과 연결 해석하기도 하는데, 理를 사람에 事는 경계에 견준다. 그 네 가지는 순서대로 奪人不奪境, 奪境不奪人, 人境俱奪, 人境俱不奪이다. 이를테면 유명한 '산은 산 이고 물은 물이다'론을 이에 대응해보면, ① 현상의 산과 물이 다른 사법계, ② '산이 산이 아니고 물이 물이 아닌' 산과 물의 본질적 동질성의 이법계, ③ '산이 물이고 물 이 산이라'는 현상과 본질이 서로 걸림없는 心一境性의 삼매경, ④ '다시 산은 산이고 물은 물'이라는 서로 걸리지 않는 평등 조화의 사사무애법계로 해석된다는 것이다.

27) '인드라(Indra)'라는 그물은 한없이 넓으며, 그물망의 이음새마다 구슬이 있는데, 이 구 슬들은 하나의 구슬 속에 여러 구슬이 비쳐 보인다. 즉 서로를 거울처럼 비춰주면서, 서로 그물망(web)으로 연결되어 있다. 세계는 이런 그물과 같이 부분과 전체가 상호 緣 起(pratītyasamutpāda : 프라티티야삼우트파다)로 얽혀있는 세계라는 것이다.

(3) 도연명 : 송대적 전형

도연명(365-427)

도연명은 당대까지는 왕유, 맹호연 등의 일부 애호는 있었으나 광범한 의미 부각은 없었다. 그러나 북송 신흥 문화의 모색기를 맞아 많은 문인들이 그를 애호했으며, 시학적 전범이 되기에 이른다.28) 소식은 정치적 박해를 받고 폄적을 당하던 만년에 도연명의 대부분의 시에 화답하는 화도시(和陶詩) 109수를 지었다. 이는 소식의 외왕(外王)에서 내성(內聖)으로의 전환이자 인생 감개에 대한 달관과 공명이다.29) 또 황정견은 두보와 함께 도연명의 과도한 조탁 없이도 전체적으로 자연스러운 표현경과 은근히 배어나오는 여운을 극찬하기도 했다.30) 이학가인 남송 주희 역시

---

28) 송인의 도연명에 대한 주목에 대해서는 오태석의 ≪황정견시 연구≫(1991) p.48, p.92, p.168, p.176을 참조.

29) 孫敏强, ≪律動與輝光-中國古代文學結構生成背景與個案研究≫, 浙江大學出版社, 2008, pp.5-7.

30) 황정견은 혼연천성(渾然天成)의 꾸밈없는 도연명의 시적 경지를 두보와 함께 최고의 경지로 평가했다.(≪황정견시 연구≫, pp.176-178) <次韻高子勉四首>, "拾遺句中有眼, 彭澤意在無絃. 顧我今六十老, 付公以二百年."; <大雅堂記>, "子美詩妙處, 乃在無意於文. 夫無意而意已至, 非廣之以國風雅頌, 深之以離騷九歌, 安能咀嚼其意味, 闖然入其門耶."; <題

도시를 애호하였다. 이후 도연명 시에 대한 애호는 금원명청은 물론 오늘에 이르기까지 변함이 없다.[31]

본절에서는 이와 관련해 도연명의 삶과 의식, 그리고 이와 관계되는 송인들의 생각을 연결하여 보도록 한다. 도연명(365-427)은 동진 중기부터 남조의 송(宋) 교체기를 살았다. 육조시대는 여러 왕조가 어지럽게 부침한 시대였다. 그의 시대는 허다한 봉기와 난, 정복과 폐위, 왕조의 교체가 장기간 일어나던 위진남북조(220-589) 시대의 초반에 해당된다.[32] 그는 동진에서 낮은 벼슬을 하다가 송으로 대세가 넘어가자 405년 팽택령을 끝으로 45세에 은퇴하고 자연으로 돌아가 직접 밭을 일구며 성찰과 자족의 시절을 보냈다. 이는 자신의 힘으로 교정 불가능한 사회에 대한 싫증, 현학적 은일 기풍과 무관하지 않으나,[33] 기본적으로는 도연명의 절개와 자기 분수를 지키려는 수졸(守拙)의 철학이다.

도연명의 삶은 인격과 시 양면에서 송대 사대부의 한 전범이 되었을 것으로 생각된다. 송대의 사대부는 관리로서의 만만치 않은 사회적 책무감과, 인간 개인의 정신적 고양을 지향하는 도불적인 청정 생활 사이에 있었고, 도연명은 바로 청정 은일을 택한 인물이었다. 그리고 그 은일은 죽림칠현 같은 세상과 절연된 은일이 아니라,[34] 사람들이 사는 세

意可詩後>, "至於淵明, 則所謂不煩繩削而自合者. 雖然巧於斧斤者多疑其拙 窘於檢括者輒病其放. 孔子曰, '寧武子其智可及也, 其愚不可及也.' 淵明之拙與放, 豈可爲不知者道哉?"

31) 송용준, 《도연명 시선》, 지식을만드는지식, 2010, p.30.

32) 당시의 사건 연표는 김창환의 《도연명의 사상과 문학》(을유문화사, 2009) pp.20-22 을 참조.

33) 김창환은 《도연명의 사상과 문학》에서 현학이 주류였던 도연명 시대의 사조를 청담, 유선시, 음주 풍조, 자유로운 기풍, 고답 취미의 숭상으로 요약했는데, 혼란기 지식인의 자유를 향한 차선의 처방이다.

34) 실은 이들의 은일은 許由와 같은 세상과의 완전하고도 자발적인 절연은 아니다. 《世說新語》에 보이는 허다한 인물 품평적 淸談이 이를 말해준다. 즉 세상에 들어가는 入世를 설정한 차선적 나감의 은일이라고 할 수 있다. 이런 점에서 중국의 은일은 표리가

상중의 은일 즉 시은(市隱)이었다는 점에서 일반 은일과는 다르다.

그러면 송대 문인의 상황으로부터 내적 은일 심태를 보도록 하자. 앞서 보았듯이 문인들이 결과적으로는 아속을 병행함으로써 모순 심태를 드러냈던 것과 유사하게, 그들은 은일 문제에 대해서도 이중성을 드러낸다. 전술했듯이 그들의 이학은 세상으로 들어가는 유학을 표방하면서도 동시에 세상에서 벗어나려는 도불을 함께 수용함으로써 내재적 모순을 지니고 있다. 이는 '두루 세상을 다스린다'는 '겸제천하(兼濟天下)'를 추구하는 입세주의와, '홀로 자기 몸을 수양한다.'는 '독선기신(獨善其身)'을 추구하는 출세주의 간의 괴리인 셈이다.[35] 유와 도불의 융합시대를 산 송대 문인 사대부는 이러한 모순의 겸비를 선택했기 때문에, 결국 '몸은 세속에 있으면서도 정신은 초탈하는' 동전의 양면 같은 모순 양상을 보일 수밖에 없었다.

이번에는 선학 방면을 돌아본다. 송대에 유행한 간화선은 생활선, 농선을 주장했는데, 이는 이전의 경직된 원리적 교리와 언어를 배격하는 묵조선 두 극단을 모두 극복하려는 입장이라는 점에서 발전적이다. 하지만 간화선이 생활을 중시한다고 하여 단순히 생활에 머무른다면 그것은 이미 종교가 아니므로, 결국 '생활중의 초월'이 필요하다. 사정이 그렇다면 결국 송대 이학가와 선학가 모두 현실 생활에서 출발하지만 현실을 초극해야 하는 당위 명제를 지녔던 것이다.

같지 않다. 진정한 절연은 불교 禪師에서 보인다.

35) "古之人, 得志, 澤加於民, 不得志, 修身見於世. 窮則獨善其身, 達則兼善天下." 이는 《孟子·盡心(상)》에서 비롯된 이 말은 白居易의 <與元九書>(兼濟天下)와 한유의 <爭臣論>(兼濟天下)에도 보이는데, 중국 전형의 정치적 지식인상이다. 이 어구는 유가에서 이미 원용하고 있던 원칙이기는 하나, 기본 지향을 놓고 볼 때는 입세주의와 출세주의 간의 괴리이다.

〈죽림칠현〉

　도연명은 이러한 이중 지향의 모순을 해결해줄 전형 인물로서 바로
시대적 요청에 부합하는 사람이었다.36) 송인들이 필요로 한 인간형은
세상에 있으면서 동시에 세속을 초월한 인간형이었다. 이러한 모순의
공존적 지향은 모순적 생존장의 자기 정당성 확보를 위한 시대적 당위
였다. 그리고 이러한 양극 현상을 통일하기 위해서는, 서로 다른 현상
의 근본을 바라보아 총체 세계의 상호 연기적 혹은 인드라망적 원융계
로 바라보는 불교사유의 영향 또는 이와 같은 불교사유의 지원이 필요
했을 것이다. 그리고 송대의 이학가들은 불교 교리에 대해 잘 알고 있
었으므로 이러한 차감이 가능했다. 그것이 앞 절 '선학의 영향' 중 화엄
사종법계설에서 본 모순 대립되는 세계들의 상즉·상입을 통한 조화

36) 이 책 제10편 〈시선교융의 송대 시학〉 제3장 '속중탈속의 반상합도'

통일적 평등 사유이다. 고양된 정신 경계의 달성을 통해 입세와 출세간의 장벽이 사라지면서, 정신적 해탈이라고 하는 본질 포착 앞에서 세상과의 입과 출은 큰 의미를 갖지 못하게 된다.

도연명은 세상과 단절하는 선인은 물론 아니고, 죽림의 은거자였던 육조 은일자의 모습도 아니다. 왜냐하면 육조 현학은 도가와 유가에 기반하여 세상이 안정된 후 자신의 뜻을 펼치고자 기대했기 때문이다. 그러나 선종의 인물들은 세상 밖으로 나감을 제일의로 삼되, 그들의 도의 확장적 실현을 위하거나 또는 선종 세속화의 일환으로 입세중의 출세를 지향하는 입장이다. 다시 말해 현학적 은일이 궁극적으로는 '입세를 위한 출세(出世)'를 지향한다면, 선학적 은일은 '출세를 위한 입세', 나아가 입출을 따지지 않는 경계를 지향한다.37)

여기서 송인들이 주목한 인물이 도연명이었던 것이다. 구차한 말단 관리 생활에 자신의 지조를 파는 것이 싫어 은거를 택한 도연명은 실상 입세를 꿈꾸며 은일한 육조 현학적 인물 유형은 아니다. 도연명의 은일 공간은 위진 시기 죽림 현학의 자기 현시적 공간이 아니었다. 그런 면에서 죽림은 공간으로서는 세상과 격리된 것 같지만 정신상으로는 세상에 연결되기를 바라는 중간적, 예비적 지대였다. 반면 도연명의 경우는 몸은 현실 생활 속에 있지만 정신의 은일을 꿈꾼 사람이라는 점에서

---

37) 이와 관련하여 洪修平은 ≪中國佛教與儒道思想≫(宗教文化出版社, 2004) 중 제10편 <略論玄學與禪學的相異互補與相通相攝>(pp.156-178)에서 현학과 선종의 인물 유형을 비교하며 흥미로운 견해를 제시했는데, 이 점은 기존의 도연명이 市隱으로서 송대에 주목받은 것에 대한 필자의 논거에서 한 단계 더 나아간 것으로서 유용한 도움을 받았다. 그는 출세와 입세의 개념을 써서 은일을 두 가지 형태로 구분했는데, 죽림칠현형의 '현학적 인간형'과 불교적인 '선학적 인간형'이 그것이다. 이 둘은 유사한 듯이 하지만 방향성이 다르다는 것이다. 상기 洪修平의 관점에 근거하여 도연명의 은일을 적용해보면, 그는 현학적 은일이라기보다는 선학적 은일에 가깝다. 도연명이 당대에는 빛을 보지 못하다가 유불도 융합의 송명이학에 들어오며 부각된 것에 대한 이론적 지원인 셈이다.

은일의 혁명적 돌파자이다. 이런 의미에서 도연명의 은일은 현학적 은일보다는 선학적 은일에 가까운 인물이다.

육조 현학 이래의 은일이 몸의 은일을 추구했다면, 송대에는 정신의 은일에 중점을 두었다고 볼 수 있다.[38] 이러한 까닭에 입출(入出) 이중구조 속에서 '일상 중에서 일상의 초월'을 추구한 송대 문인 사대부들로서는 순수한 빛과도 같이하고 세상의 티끌과도 같이하는 화광동진(和光同塵)의 경지를 추구한 도연명을 일상 속의 은일인 '속중탈속'의 시은이자 거사불의 전범으로 삼았던 것으로 생각된다.

결과적으로 역사적 대 변혁기에 위치한 북송은 과거제 정비를 통한 문인 사대부의 계층적 양면성, 정신사적으로 도불과 유학의 상호 충돌 및 조화 속에 탄생한 이학, 그리고 이렇게 이월된 가치들의 충돌이 내재된 시대였다. 송대 사회의 주류인 문인 사대부들은 역사 전개의 새로운 형성기에 아속, 입출, 내외의 상반 요소들이 함께 소용돌이 친 공간에서 이에 맞는 삶의 방식을 만들어내야 했다.

송대 이학은 치세라는 유가의 공식 입장에도 불구하고 그 내부에 강력히 개재된 토착화한 선학 사유의 문화전반적 영향을 받지 않을 수 없었고, 그 결과 송대 지성의 돌파와 성숙에 적지 않은 영향을 미쳤다. 다양한 가치들의 혼재와 모순, 그리고 제약과 구속으로 구조화된 송의 문인 사대부들은 문제 해결의 실마리를 현실공간이 아닌 정신 공간으로 인식함으로써 벽을 넘어 조화와 통일을 이루어내려 한 것으로 생각된다. 그리고 그 연장선상에서 생활 속에서 생활을 넘어선 도연명에서 그

---

38) 張玉璞의 <宋代文人"居士"情結的社會文化闡釋>(山東社會科學, 2002年 第3期)에서는 '몸의 은일'이란 전통 은일관이 송대에 생활 불교 및 선학의 내성 수행의 영향으로 '內轉'하여 정신화하게 되었다고 했다.

들 삶의 전범을 발견하고 동조와 공감을 얻은 것이다.

2. 송대 이선심미의 형성

(1) 문예사조의 변화

이제까지 북송 문인 사대부를 중심으로 송대 사회 문화의 혼종적 양상을 안사의 난 이후 송까지 진행된 과거제의 변화를 필두로 야기된 아속의 계층적 착종성, 삼가합일의 이학 사조 내면에 개재된 내성외왕의 송대적 여건과, 선학이 개재된 전형 모색 등의 문제에 관해 고찰해 보았다. 본장에서는 이상의 배경과 토대가 요인들이 문예심미 사조에 미친 영향에 관해 생각해본다.

실상 송대 문학 운용의 주류인 문인 사대부가 시대 주류사상으로 설정한 이학 관련 문예상의 내용들을 모두 다룰 수는 없다. 이글에서는 그 영향과 특징을 다음 세 부분으로 나누어 사조상의 변화와 관련된 요점만을 언급하고자 한다. 그 세 가지는 ① 과거제의 개혁과 아속간의 상호 교감이 야기한 문학예술 심미사조의 변화, ② 이학이 주도한 내성 관조의 형상 사변, ③ 문예 장르 간 상호 교섭과 예술심미의 차감·교융이다.

먼저 첫 번째 사항인 문예심미사조와 장르적 변화를 보자. 이에 대해서는 과거제 부분에서 부분적으로 언급하였는데, 북송대 강력한 문화 창도자인 구양수의 과거제 개혁 이후 달라진 문단 풍토가 그것이다. 과거 과목 중 시부 중심 전통을 개혁하여 책과 론으로 당락을 결정하면

서, 고시생들은 모두 변문(駢文)적 수식이 배제된 순후한 고문의 의론문
학습에 몰두하였고, 이는 고문운동의 부흥을 가져왔다. 그 영향은 산문
에만 그치지 않고 시에서도 농후한 의론성 및 산문적 창작이 유행하였
다. 엄우가 지적한 '이문위시'가 그것이다. 그러나 인간은 이성으로만
살지는 않으므로 한편에서 그들의 정감적 욕구를 대체해줄 문학 장르
가 필요했고, 완약한 염정사와 만사(慢詞)의 유행이 그것이다. 즉 이들
상이한 문학 장르의 작가는 결국 동일한 문인 사대부였다는 점이다. 근
엄한 유가적 치세를 논하는가 하면, 시에서는 자연의 섭리에 따르려는
도불적인 평담 초월을 추구하고, 또 사에서는 여인의 자태를 아름답게
표현하곤 한 것이다 이 점은 송대 문인 사대부가 지닌 '관료, 학자, 문
인'의 옴니버스적 역할이 문학에서도 구현되었다는 것인데, 송대적 특
성이 잘 드러나는 부분이다.

당송 변혁기에 야기된 아와 속의 문제는 문학사의 시야에서 볼 때
문언과 백화의 승강, 그리고 서정과 서사 문학의 성쇠에도 큰 영향을
미쳤다. 안사의 난 이후 북송시대는 서족 사대부 사회의 도래로 계층구
조, 가치 관념, 경제 여건, 사조의 변화까지 장기에 걸쳐 총체적 연쇄
반응이 장기에 걸쳐 진행된 시기였다. 그리고 그 말미에서 문학의 변화
가 일어났다. 크게 보면 문언 중심의 전통 시문은 퇴조하기 시작했으며,
운문이라 하더라도 고답적인 시 대신 민간 정서를 노래한 사가 부상하
였다. 또 서사장르에서는 서민 계층의 향유가 가능한 백화 중심의 화본
소설과 강창, 희문 잡희 등 공연 장르가 실제로 공연되었으니, 중국문
학사에서 진한 이후 천년의 변화가 일어나던 시기였다.

(2) 내성관조의 이선심미

북송 문예는 과거제의 정비와 이학과 선학의 영향으로 이성 사변에 의한 내성관조의 형상미를 중시하였다. 송대 문인 사대부의 사유 방향은 외향이 아닌 내향 사유로서 이는 이학과 선학에 모두 부합되고, 특히 선오(禪悟)를 중시하는 선학의 사대부 사회로의 유입은 이를 더욱 강화하였다. 북송 문인은 기본적으로 "문장은 도의 지엽"이라는 생각을 가지고 있었다.[39] 이는 도학자적 세계관이 우선이고, 그 위에서 일반 시문을 짓는다는 생각이다. 고문가이면서 송시의 대표인 황정견마저 이런 생각을 했으니, 정감 풍부한 당시와는 분명 거리가 있다. 여기에 도불의 사유가 더해지면서 의론과 철리사변이 넘쳐나고, 형식 역시 정감에 호소하는 율시가 아닌 산문 고시가 많았다. 그리고 용도면에서는 사대부 사회의 교류용 화답·차운시와 역시 기록성을 지닌 제시(題詩)가 유행했다. 산문은 고문의 완성으로 변문을 타파하고 질박한 고체 산문으로 논리를 펼친 작품이 주류를 이루게 되었다. 이와 같은 경향은 독서와 학문, 그리고 형이상학적 이학 사유로 무장한 사대부 문화의 반영이다.

시의 창작과 이론 두 방면에서 관련 양상을 살펴본다. 송대의 시문은 이학의 정서와 도학자적 책임감으로 내성관조의 철리적 성향을 보인다. 시 창작 면에서 구양수와 매요신(梅堯臣)이 시의 평담경을 강조한 이후 인격 수양과 세계에 대한 통찰적 이해를 토대로 한 평담풍의 시경이 중시된 것도 고양된 인격을 지향하는 이학의 영향이다. 고문가의 관점은 이보다는 탄력적이어서 문학 자체의 심미성을 즐기기는 했으나, 당시의

---

39) ≪黃山谷詩集注≫ 內集 卷12, <次韻楊明叔序>, "文章者, 道之器也. 言者, 行之枝葉也."

정감과 흥취는 이성적 사변으로 흐름이 바뀌었다. 특히 당시의 청년적 기상과는 다른 완숙 노경(老境)한 송시의 풍격은 인간의 숙명을 수용하고, 이에 더해 정신적 자기해탈을 추구한 송대 지성의 반영이다.

이에 따라 전통 문학인 시에서 문인 사대부들은 속된 것을 지양하고 내적 전아함을 지향했으나, 한편으론 속어를 산입시키는 모순된 이중성도 보였으며, 그 결과 '이속위아(以俗爲雅)'의 시론이 나왔다. 황정견이 "차라리 격률이 안 맞더라도 시구가 약해서는 안 되며, 시어가 훌륭하지 않을지언정 말이 속되면 안 된다. 이는 유신(庾信)의 장점이다."라고 한 말은 송대 문인의 일반적 생각이다.[40] 그들은 사대부의 기본 교양으로 독서와 학문을 중시했고, 그 결과 사색에 기초한 삶에 대한 성찰적 의론시가 대량으로 지어졌다.[41] 형식상으로는 율시가 아닌 고시와 산문시가 많아졌는데, 이는 고문의 흥성과도 연결된다.

송시가 당시적 정감과는 다른 고품격의 인격심미를 추구하며 철리사변을 지향하면서 시학이론도 이에 맞추어갔다. 이학과 선학이 지닌 사변적 요소는 인간 삶의 본질에 대한 학문적 성찰로 이어졌다. 이들 이론의 공과는 차치하더라도 대표적인 시학 이론인 이속위아, 이고위신, 점철성금, 환골탈태 등 황정견의 대표 시론으로 운위되는 번안론들은 모두 이전 시인들의 학습을 전제로 한 창작 수법들이다. 각종 시학 이론 및 창작에 후행하는 시학 비평인 '시화(詩話)'라는 장르가 구양수의 〈육일시화〉로 탄생된 것도 모두 학시의 분위기를 말해준다. 이로써

---

40) 《豫章黃先生文集》 卷26, 〈題意可詩後〉, "寧律不諧, 不使句弱. 寧用字不工, 不使語俗, 此庾開府之所長也."

41) 《蘇軾詩集》 卷3, 〈和子由澠池懷舊〉, "人生到處知何似, 應似飛鴻踏雪泥. 泥上偶然留指爪, 鴻飛那復計東西. 老僧已死成新塔, 壞壁無由見舊題. 往日崎嶇還記否, 路長人困蹇驢嘶."; 《黃山谷詩集注》 內集 卷16, 〈蟻蝶圖〉 "蝴蝶雙飛得意, 偶然畢命網羅. 群蟻爭收墜翼, 策勳歸去南柯."

중국 시학은 창작의 단계에서 비평과 평론의 단계로 넘어가게 되었고, 그 결과 청대에는 수준 높은 시학 이론들이 나올 수 있었다.

사실 이속위아론 등 여러 시학이론은 대문호인 소식과 그의 동료인 황정견에서 나온 것이 많다. 소식이 강조한 '중변론(中邊論)'은 도학자적인 외적 겸허와 내적 충일 정신의 조화라고 하는 시대의 흐름을 제대로 반영한 시학이론으로서, 선학의 요소를 내포하고 있다.42) 그리고 회화와도 관련 있는 '흉중성죽'론은 대상에 대한 문인 사대부의 총체적 장악을 지향한다.43) 또 전신(傳神)론44) 및 형사(形似)와 신사(神似)론45)이나, 이백시(李伯時) 등 송대 화가의 영향을 받아 살이 아닌 골을 그려야 한다는 황정견의 이론 등은 모두 깊은 내성사변을 통해 이룬 정신 경계이다.46) 이밖에 대상에 대한 직관적 관찰과 그의 표현으로서 오입(悟入)과 운미(韻味)가 중요하다고 했는데,47) 이는 바로 차원 높은 형상사변의 표

---

42) ≪蘇軾文集≫ 卷67, <評韓柳詩>, "枯澹을 귀히 여김은 그것이 겉은 메마르면서도 속이 기름지고, 담박한 듯이 보이지만 실은 아름답기 때문인데, 도연명과 유종원이 그렇다. 만약 속과 겉이 모두 메마르다면 말할 가치나 있겠는가?"("所貴乎枯澹者, 謂其外枯而中膏, 似澹而實美, 淵明子厚之流是也. 若中邊皆枯澹, 亦何足道?")

43) ≪송시사≫(송용준·오태석·이치수 공저, 역락, 2004, p.488) 소식의 시론 부분에서는 그의 시론의 요체를 '흉중성죽과 隨物賦形'으로 보고서, 이를 다시 세분하여, (1) 시화일률 및 형사·신사론, (2) 내성관조에 의한 본질의 조응인 常理와 傳神, (3) 자아의 대상에 대한 내적 구현으로서의 심득론인 흉중성죽, (4) 대상·자아·표현의 동태적 응변론인 심수상응과 수물부형, (5) 작품화로의 풍격 심미적 구현론인 중변론과 평담미의 지향으로 설명했다.

44) ≪蘇軾文集≫ 卷12, <傳神記>, "傳神之難在目, 顧虎頭(顧愷之)云, '傳形寫影, 都在阿睹中' …… 傳神與相一道, 欲得其人之天, 法當於衆中陰察之."

45) ≪蘇軾詩集≫ 卷29, <書鄢陵王主簿所畵折枝二首>(第1首), "論畵以形似, 見與兒童隣. 賦詩必此詩, 定非知詩人, 詩畵本一律, 天工與淸新."

46) ≪黃山谷詩集注≫ 內集 卷9, <和子瞻戱書伯時畵好頭赤>, "李侯畵骨不畵肉, 筆下馬生如破竹."

47) 呂本中, ≪童蒙詩訓≫, "作文必要悟入處, 悟入必自工夫中來, 非僥倖可得也. 如老蘇之於文, 魯直之於詩, 蓋盡此理也."; ≪艇齋詩話≫, "後山論詩說換骨, 東湖論詩說中的, 東萊論詩說活法, 子蒼論詩說飽參. 入處雖不同, 然其實皆一關捩, 要知非悟入不可."

현경이다. 이들은 모두 매요신 이래 송대인이 추구했던 고차원의 정신 경계인 '평담, 담박, 고담(枯淡)' 등 신유학적 표현의 경계들이며, 이는 이학과 선학의 심미가 함께 작용한 혼종적 이선심미의 문학적 양상들 이다.[48]

(3) 장르 간 상호 교섭

송대 문예 장르와 관련된 심미사유 특징은 한마디로 각 문예 장르 간의 상호 넘나들기이다. 이러한 경향은 사회의 혼종성에서 그 원인을 찾을 수 있다. 아와 속의 상호 작용, 이학 중의 도불의 성분의 유입 중 특히 선학의 요소, 그리고 시와 그림, 시와 문장, 시와 사등 등 문예 장르간 교섭 양상들이 그것이다. 물론 이러한 장르 교섭이 송대에 처음 시도된 것은 아니었다. 특히 이전 시대에도 있었던 변문(變文), 화본, 장회소설, 잡극, 전기 등 통속 연창문예 장르 중에 보이는 시들은 이미 장르간 교섭 양상들이다. 그러나 북송 시대만큼 대대적인 혼종 양상을 보이지는 않았다. 이는 안사의 난 이후 송대 사회가 맞이한 역사적 과도성이라고 하는 역사 흐름의 특수성에서 기인한 것으로 생각된다.

북송 시대에 이미 많은 문인들이 말한 '시 배우기를 선 하듯이 하라'는 '학시여참선(學詩如參禪)'에서 볼 수 있듯이,[49] 시와 선의 차감은 광범

---

48) 시론에서 悟入, 韻味를 강조하고, 평담경을 추구한 것은 수사적으로 꾸밈의 흔적이 없는 자연스러움이기도 하지만, 정신적으로는 송대 전형으로서의 도연명적 평담경의 추구이기도 하다. '理禪審美'의 개념은 이학과 선학의 융합을 연구한 張文利의 ≪理禪融會與宋詩研究≫(中國社會科學出版社, 2004)를 읽으며 시사 받았다.

49) (北宋) 吳可, <學詩詩> 3수, "學詩渾似學參禪, 竹榻蒲團不計年. 直待自家都了得, 等閒拈出便超然."; "學詩渾似學參禪, 頭上安頭不足傳. 跳出少陵窠臼外, 丈夫志氣本衝天."; "學詩渾似學參禪, 自古圓成1)有幾聯? 春草池塘一句子, 驚天動地至今傳."(≪詩人玉屑≫)

하게 퍼졌다. 이는 문자선의 유행으로 승려와 지식인간의 왕성한 교류로 선종 문화가 문화예술 영역에 파급된 결과이다. 그리고 그 주도자는 '호방한 가운데 신묘한 이치를 구사[寄妙理於豪放之外]'한 천재 문인 소식이었다.50) 이러한 혼종은 시와 그림 사이에도 일어났다. 소식은 사대부의 인격과 미의식이 격조 있게 그림에 투영되어야 한다는 문인화를 창시했다. 이로써 중국의 회화는 기술적 화공의 단계에서 인격이 담긴 예술로 승격하기에 이른다. 그리고 이러한 인격심미는 시와 소통하며 시학 이론에도 영향을 주었다. 전술했듯이 표현 대상이 이미 작가의 마음속에 세워져 있어 '사물에 따라 형상을 펼쳐내야 한다'는 흉중성죽론이나,51) 작가의 인격을 통해 '사물에 따라 흘러가듯 형상을 펼쳐내야 한다'는 '수물부형'론,52) 그리고 이백시(李伯時) 같이 직관의 눈으로 대상의 핵심을 포착해 강조해야 한다는 골육론 등이 대부분 소식 또는 황정견으로부터 무르익어 나온 것이다. 즉 시·선, 시·화 사이의 교섭과 차감이 이루어진 것이다.

장르간 차감은 문학 내부에서도 일어나 고문의 부흥으로 시는 산문화했고[이문위시], 사는 소식에 의해 시화[이시위사(以詩爲詞)] 했다. 더 세부적으로는 시에서는 아와 속의 교감인 '이속위아(以俗爲雅)'와, 옛 것을

---

50) 《蘇軾文集》 卷71, <書吳道子畫後>, "詩至於杜子美, 文至於韓退之, 書至於顔魯公, 畫至於吳道子, 天下之能事畢矣. 道子畫人物, 如以燈取影, 逆來順往, 旁見側出, 橫斜平直, 各相乘除, 得自然之數, 不差毫末, 出新意於法度之中, 寄妙理於豪放之外, 所謂遊刃餘地, 運斤成風, 蓋古今一人而已."

51) 《蘇軾文集》 卷11, <文與可畵篔簹谷偃竹記>, "今畫者乃節節而爲之, 葉葉而累之, 豈復有竹乎! 故畵竹必先得成竹于胸中, 執筆熟視, 乃見其所欲畫者, 急起從之, 振筆直遂, 以追其所見, 如冤起鶻落, 少縱則逝矣."

52) 《蘇軾文集》 卷16, <自評文>, "吾文如萬斛泉源, 不擇地皆可出, 在平地滔滔汩汩, 雖一日千里無難. 及其與山石曲折, 隨物賦形, 而不可知也. 所可知者, 常行於所當行, 常止於不可不止, 如是而已矣. 其他雖吾亦不能知也."

재구성하는 '이고위신(以故爲新)'의 시학 이론을 낳았으며, 이는 크게 보아 학문과 독서에 기초한 문인 사대부 문화의 당시(唐詩)에 대한 돌파요 세속과의 교감이었다. 이렇게 문예 장르간의 상호 교섭과 차감 소통은 북송 문예의 큰 온상이었다. 문화의 주역인 문인 사대부, 특히 구양수와 그의 문하에서 발탁된 소식과 동시대의 문인들을 중심으로 확산된 시와 그림, 문인화와 선, 시와 산문, 시와 사 사이의 혼종적 운용을 통해 송 특유의 사변관조적 인격심미가 형성되었다. 그 주된 정조는 사대부적 도학정신과 고도의 철리성이 결합된, 평정한 내성관조의 '이선심미(理禪審美)'로 요약할 수 있다.

3. 개괄

안사의 난 이후 북송에 이르기까지 변화의 첫 단추는 과거제의 점진적 정비로 인한 신분 계층의 이동과 변화이다. 그 움직임은 북송 문인 사대부 사회로 접어들면서 더욱 빨라졌다. 구양수의 과거제 개혁을 필두로 한 고문의 부흥, 시의 고시화, 산문화, 의론화, 염정사의 흥성 등은 모두 상관적 현상들이다. 이 시기 문인 사대부 고찰의 관건은 문인 사대부 사회의 이념적 전아 지향과 기층적인 통속성이라는 아속간의 계층적 혼종성, 그리고 지식인 사회에 만연한 도불의 영향과 이학가가 주장한 내성외왕의 송대적 양상과 이면적 착종성의 문제들이다.

북송 사회의 이러한 혼종적인 여건은 문인사대부가 의식했건 못했건 역사의 도저한 흐름이었으며, 그들은 몇 가지 다른 범주 속의 혼종적 여건 속에서 존재적 해결을 모색했으며, 그것은 송 문화의 특징으로 이어진다. 그리고 이 같은 내외 착종의 상황에서, 송대적 은일의 새로운 전형으로서 시은(市隱) 또는 거사불적인 도연명이 사유와 문학 양면에서 긍정적으로 재해석되며 부상했는데, 이는 북송 사대부 심리 이해의 중요한 부분이다.

이상 북송 사회 문화의 혼종성이 문예심미사조에 미친 영향은 한마디로 장르간 상호 소통과 차용이다. 이는 계층적으로는 전아함과 통속성의 상호 교감이며, 이학 사유에서도 외왕(外王)보다는 내성(內聖)을 강조하는 방향으로 나아갔으며, 그것은 이학 내부에 개재된 선학의 영향이었다. 나아가 문예방면에서 이러한 교감은 사대부 문학인 시를 중심으로 나타났다. 시와 그림 간의 시화일률론, 시와 산문 간의 영향인 이문위시(以文爲詩), 시와 사간의 이시위사(以詩爲詞)의 작법이 그것이다. 학문적 풍토 위에서 시화(詩話)라는 새로운 비평 장르가 탄생한 것도 한 특징이다. 또한 시 내부에서는 이고위신, 이속위아, 점철성금 등의 번안의 작법이 대두하며 남송 강서시파의 유행을 가져오기도 했다. 내용과 표현을 아우르는 풍격 면에서는 이학과 선학의 영향으로 평담한 경계를 추구했으니 이는 사조의 반영이었다.

이상을 거시적으로 요약하면 8세기 중엽 일어난 안사의 난(755-763) 이후 기존 질서의 해체와 함께 진행된 신분질서의 변혁과정, 그리고 송의 건립 후 전면적인 과거를 통해 사회의 중심으로 부상한 문인사대부의 계층 의식상의 혼종성, 유불도 삼가융합의 이학이 지닌 내면적 착종, 그리고 문예심미상의 상호 교섭과 차감은 문벌귀족사회의 해체라고 하는 중고대 중화세계의 재편성 과정에서 사대부 계층, 사유 체계, 문학 예술의 각 층면에 나타난 유사한 패턴의 동형적 구현과 발산이라고 해야 할 것이다.

14 존재, 관계, 기호의 해석학

1. 들어가면서

20세기 들어 물리학, 화학, 생명공학 등 현대 자연과학은 획기적 발전을 거듭해 왔다. 이에 따라 인문학에서도 철학적 사유 역시 언어학, 정신분석학과 맞물리며 이전과 다른 반성적 모색과 성찰을 필요로 하고 있다. 필자는 이러한 흐름이 중국의 전통사유와 맥을 같이 하는 부분이 있으며, 그것은 현대문명이 봉착한 난제들에 대한 온고지신의 단서가 될 수도 있다고 본다.

'존재, 관계, 기호에 관한 해석학적 고찰'과 그로부터 비롯되는 포괄적 양상을 개관하는 이글은 미래지향적 인문학 연구의 기초 작업에 해당된다. 따라서 자연과학과 인문학의 여러 분야를 포괄적으로 바라보고, 또 대안 모색을 위해 학제간 관점에서 생각해본다.[1] 이글의 말미에서 제기한 가설적이며 은유적인 해법과 그중국적 접근 방식의 구체적 의미에 대해서는 중국시와 관련한 다음 글인 <한시의 뫼비우스적 소통성>에서 집중적으로 다룬다.

이글의 탐색은 크게 두 가지로 나누어 전개된다. 하나는 20세기 이래 자연과학의 획기적 성과에서 비롯된 우주 내 존재와 진리 세계에 대한 새로운 성찰이고, 둘은 이와 관련하여 인문사회과학이 걸어온 고민과 모색의 여정 및 그 언어철학적 의미에 대한 생각이다. 앞에서는 개체의 존재방식은 중심이 차 있지 않고 오히려 비어 있는 색즉시공의 역설적 상황 중에 있고, 존재는 고정적 실체라기보다는 유동하는 흔들림 속에서 타자와의 관계를 통해 부단히 생생불식하며, 유동적으로 소통하는 그 무엇임을 밝히고자 한다.[2] 그리고 뒤에서는 세계 진리 또는 진실은 그것의 파생실재들로 나타날 뿐, 요동과 흔들림 가운데서 드러나지 않고 부단히 유보된다는 점을 말할 것이다.

끝으로 이 같은 시뮬라크르 이미지들이 흩뿌려지는 파생 실재의 시뮬라시옹적 시공간에서 존재와 세계에 대한 보다 나은 이해를 위해서는 이제까지 행해왔던 안과 밖, 음과 양의 이분법적 구분과 평면성을 넘어서는 이율배반의 대립과 모순을 원융회통하는 의미로서의 뫼비우스적 독법이 필요하다고 제안하였다. 그리고 이러한 관점은 중국 전통 사유와 일정 부분 맥을 같이하고 있다고 본다.

---

1) 온고지신(溫故知新)이란 일반인이 오독하듯이 자신의 외부적 대상 중에서 옛 것을 알고 더하여 새 것을 익히는 것이 아니라, 주희의 해석에 따르자면 옛 것을 익힌 후 자신의 내부에서 그 옛것의 현재적 의미를 재해석하여 오늘에 적용시키는 것을 말한다. 이에 대해서는 필자의 <중국문학과 온고지신>(≪중국시의 문예심미적 지형≫)을 참조.

2) '存在'란 단순히 공간적 구조내의 있음이 아니라, 시간적 '存'과 공간적 '在'라고 하는 시공간적 위상의 개념이다.

2. 실체인가, 관계인가? 자연과학적 추적

모든 생명체는 자신의 내부 및 외부 세계와 상호 소통하는 가운데 생을 영위한다. 음식을 섭취, 소화, 배설하며 호흡하고 순환 교환하는 기본적인 생체 기능부터 외부 사건에 대하여 느끼고 반응하는 것들이 모두 소통 행위이다. 만약 생명체에 소통 현상이 일어나지 않는다면, 그것은 생명체의 휴지이고 퇴조이다.

그러면 이러한 생명 유지의 핵심 기제인 소통성은 정말 생물학적 대상에만 적용 가능한가? 만약 광물과 같은 자연 중의 비생명체에도 해당된다면 그것은 과연 어떠한 소통일까? 여기서 더 나아가 자연계 및 인문사회의 구체적 및 추상적 현상에도 적용 가능한가? 관련된 여러 질문이 꼬리를 문다. 여기서 이러한 질문은 세상을 보는 얼개를 어떻게 짜느냐에 따라 사람마다 해답이 달라질 것이다.

결론적으로 필자는 소통은 생명체에만 국한되는 것이 아니라 비생명체, 나아가 범우주적 현상이라고 본다. 이러한 사유의 추적을 위해 먼저 현대과학 및 인문사회과학의 학제적 성과를 통해 존재 본질과 주체성의 문제에 대하여 기존과 다른 각도에서 재검토하여, 생명과 비생명을 아우르는 광역 소통의 문제에 대해 생각해본다.[3]

중국의 유·도·묵과 서구의 플라톤 등 진리와 근원을 추구해 온 동서 인문학은 그 검증 과정에서 자연과학과 상호 영향을 미치며 발전해 왔다. 중국의 자연과학 수준은 생각보다 놀라워 15세기까지는 오히려 서구를 선도하는 형국이었다. 그러나 이후 실험 축적에 힘입어 서구의

---

3) 이글의 서술이 즉자 위주의 형이상학적 동일률($A=A$), 모순율($A \neq non\ A$), 배중률($A=A$ or $\neq non\ A$) 방식이 아니라, A가 자기 외의 B,C,D… 등과 함께 관계하며 '자기 동일성'을 찾아나간다는 점에서 '소통적'이라고 하였다.

자연과학은 급속한 발전을 하였고, 데카르트의 이분법적 사유와 뉴턴 기계론이 상정하고 있는 절대공간 개념은 근대과학과 철학의 이론적 토대가 되었다. 하지만 20세기 들어 서구 과학은 아인슈타인(Einstein)의 상대성이론과 하이젠베르크(Heisenberg)의 양자역학 등 현대과학의 획기적 진전과 함께, 인문학 역시 재검토가 필요한 상황이다.

아인슈타인은 기계론적 뉴턴 물리학에서 독립적이며 절대적인 것으로 보아왔던 질량과 에너지가 시공간과 관련된 하나의 등가법칙으로 정의됨을 밝혔다. $E=mc^2$의 공식은 정지해 있는 물체라 하더라도 질량 속에 에너지가 '잠재'되어 있으며 이것은 주어진 위상공간 속에서 언제고 다른 형태의 에너지 혹은 물질로 변환이 가능하다는 뜻이다.[4]

이는 서구 고대철학부터 정립해 온 물질 개념의 근본적 수정을 요구한다. 즉 입자란 이제까지와 같은 단순한 물질에 그치는 것이 아니라 에너지의 묶음으로서, 시공간의 4차원 세계 내에서 역동성을 지닌 유동적 그 무엇이라는 말이다. 일반상대성이론을 통해 시공간은 물질의 영역과 똑같이 상호 영향 관계 속에서 역동적으로 가변한다. 이는 공통의 지시물을 대상으로 하여 차원이 다른 사물들이 등가적이며 은유적 관계화한다고 해석할 수 있으며, 이러한 은유적 결합을 통해 지식은 새로운 세계를 향해 파생적으로 창발된다.

자연과학의 새로운 패러다임은 1925년 하이젠베르크(1901-1976), 닐스 보어(Niels Bohr, 1885-1962), 아인슈타인(1879-1955), 슈뢰딩거(Schrödinger, 1887-1961) 등이 발견한 불확정성 원리로 대표되는 양자역학에서 그 꽃

---

4) $E=mc^2$은 에너지와 질량의 등가식이며, 이들이 시간과 공간의 상호관계 속에서 함수적으로 놓여있다는 뜻이다. 철학적으로 이 수식은 생명은 물질, 공간, 시간의 삼자 역동성의 장(field)에서 추동된다고 할 수 있다. 그렇다면 이는 역의 표상방식과도 관련이 있을 수 있다.

을 피우며 사물에 대한 인식 전환의 획기적 전기를 맞이한다. 1920년대에 이들은 원자보다 더 작은 단위인 소립자인 전자나 광양자 같은 양자의 세계가 매우 불안정하고 중첩적이며 설명 불가능한 양상들이 나타나는 것으로 알게 되면서, 그들이 이전까지 보았던 물리법칙이 맞지 않는다는 점에 크게 당혹해했다. 양자의 입자-파동 이중성, 이중슬릿 실험, 슈뢰딩거의 고양이 사고실험, 나아가 양자도약(quantum leap)이나 양자얽힘(quantum entanglement) 등이 그 예이다.

더욱이 1960년대에 머리 겔만(Murray Gellmann, 1929~)는 쿼크(quark)를 발견했는데, 쿼크는 관찰자의 영향을 받으며 부단히 변화하는 확률적 순간의 포착일 뿐, 지속적이며 고정적 실체로서의 모습을 가지고 있지 않다는 사실에 학자 스스로 당혹해 한다.[5] 쿼크의 발견은 하나의 사물은 절대성, 독립성, 객관성을 지닌 실체적 존재라기보다는, 관찰자와 함께 그것을 둘러싼 관계적 연결망 속에서 요동하며 춤추는 '관계적 존재'라는 인식을 요청한다.[6]

하이젠베르크는 "이제 자연과학이란 자연을 단순히 기술하고 설명하는 것이 아니라, 자연과 우리 자신의 사이에 일어나는 상호 작용의 일부이다. 우리가 관찰하는 것은 자연 그 자체가 아니라, 우리의 질문 방식에 따라 도출된 자연"이라고 주장하기에 이르렀다.[7] 거시세계에서의

---

5) 현재까지 밝혀진 quark의 종류는 6종으로서 Up, Down, Cham, Top, Bottom, Strange이다. 사실 쿼크로는 거시와 미시 우주의 현상들을 통일적으로 설명할 수 없다. 이에 따라 1980년대에는 초끈 이론이 제기되었는데, 우주를 구성하는 최소 단위를 끊임없이 진동하는 아주 가느다란 끈으로 보는 가설적 이론이다. 우주의 최소 단위가 마치 소립자나 쿼크처럼 보이면서도 이보다 훨씬 작고 가는 끈으로 이루어져 있어, 1차원적인 끈의 지속적인 진동에 의해 우주만물이 만들어진다고 가정한다.

6) 프리초프카프라 저, 이성범 역, ≪새로운 과학과 문명의 전환≫, 범양사, 1985, pp.4-5, pp.58-64.

7) Werner Heisenberg, '*Physics and Philosophy*', Allen & Unwin, London, 1963, p.57.

아인슈타인의 상대성이론과 함께 미시세계에서의 양자역학의 새로운 발견은 인문학에도 영향을 미쳤다. 그것은 이전까지의 절대성의 세계로부터 상호 영향 관계의 상대성의 세계로의 인식론적 전환이었으며, 그 파급은 오늘에도 진행되고 있다.[8]

사물의 '실체-관계'의 예는 정반물질쌍에서도 나타난다. 현대물리학에서 물질(matter)은 반물질(antimatter)이라는 쌍을 가지고 있다는 것이 드러났는데, 예를 들면 음전자는 그 질량과 모든 속성이 다 같으나 반대의 전하를 가진 양전자와 한 쌍을 이룬다. 그런데 이 정반물질쌍은 서로 만나면 소멸한다. 양전자와 음전자가 만나면 질량이 없고, 따라서 물질이 아니라 에너지의 다발인 광자를 내고 곧 소멸한다. 또 역으로 광자는 어떤 경우에는 소멸하면서 한 쌍의 음전자와 양전자를 발생한다. 이와 같은 정반물질쌍의 존재는 전자뿐만 아니라 핵자들을 포함한 모든 입자에 있어서도 마찬가지이다. 이들은 모두 물질이 불멸의 것이 아니라, 부단히 모습을 달리하며 생멸하는 에너지의 한 형태라는 것을 보여주는데, 과학적으로 '질량-에너지' 관계의 한 예이면서, 철학적으로는 '실체-관계'의 시사이다.[9]

현재까지 발견한 물질의 최소 단위로서의 쿼크의 최소의 존재 방식은 단단한 그 무엇이 아니라, 오히려 중심이 비어 있는 가운데 다른 것들과의 관계 속에서 시시각각 변모하는 유동적 존재로 자신을 드러내고 있는 것이다.[10] 이는 전역사적으로 동서 철학의 최대의 관심사라고

---

8) 20세기 상대성이론 및 양자역학의 현대물리학의 인문학적, 과학철학적 파급에 대한 보다 상세한 개관은 오태석의 <현대 자연과학과 융복합적 중국학연구>(≪중국학보≫ 74집, 2015.11.)를 참조.
9) ≪새로운 과학과 문명의 전환≫, pp.3-4.
10) 가운데가 비어 있는 Donut은 라캉(Lacan)의 원환체와 같은 것이다. 그 중심은 자신의 외부인 가운데의 빈 공간에 위치해 있다. 중력 중심이 물체 밖에 있으므로, 즉 중심이

할 수 있는 물질 존재의 궁극에 대한 인식 면에서 실체적 본질에서 관계적 본질로의 전환이기도 하다. '물질-에너지'의 상호 연결성과 실체의 궁극적 비어 있음을 의미하는 현대 물리학의 도달점에서, 우리는 무에서 태극을 잉태하고, 음양의 상호 작용을 통해 만물이 운행되는 것이라는 중국의 역, 노자, 혹은 '색즉시공, 공즉시색'의 불교의 세계관을 어렵지 않게 연상할 수 있다.

그러면 전체를 구성하는 부분에 대하여 그 실체적 정체성(identity)의 입장에서 인식해왔던 근대 물리학의 동요, 즉 '본질의 사라짐' 또는 '본질의 부재'를 겪으면서 우리는 존재의 자기 정체성의 문제를 생각하지 않을 수 없다. 진정한 나란 무엇인가? 이와 같은 사물의 자기 정체성에 대한 관계적 실체로의 패러다임적 전환은 자연과학의 다른 부분인 천체물리학, 생태학, 생물학, 면역학 등에서도 유사하게 진행되었다.

이번에는 생물학과 면역학 방면의 성과로부터 야기되는 존재의 정체성에 대해 생각해본다. 박테리아는 전지구적 네트워킹 속에서 매우 빠른 분화와 적응을 통해 다른 개체에 유전적 특성을 전달하며 숙주(宿主)에 기대어 생존할 수 있다. 약품에 대한 신속한 저항성은 그 효과적 소통의 한 예이다. 실은 이들은 숙주의 유전적 특성을 공유하며 나와 너가 공생하고 있는 것이다. 그리고 이러한 장기간의 공생이 생물 형태를 만들었고, 또 변종시킨다는 것이다. 이것이 린 마굴리스(Lynn Margulis, 1938-2011)의 '공생기원설(symbiogenesis)'이다.[11]

면역학에서 면역이란 논리적으로는 생체 내부에서 '자기(self)'와 '비

자신 안에 부재하므로 도넛의 주체는 늘 탈중심적이며 불안정하며 유동적이다. 그런 의미에서 도불을 비롯한 각종 종교의 비움의 심미사유는 본질 관통적이다.

11) 린 마굴리스 · 도리언 세이건 저, 김영 역, 《생명이란 무엇인가》, 리수, 2016, pp.170-183.

자기(non-self)' 사이에 일어나는 반응 관계로서 자기를 보호하려는 일종의 방어 기제라고 정의할 수 있다. 여기서 방어라는 것이 자기 동일성의 전제 위에서 가능하다는 점에서 면역은 자아와 타자를 구분하는 행위이기도 하다. 하지만 항체는 항원뿐만 아니라 자신을 포함한 여러 종류의 세포들과도 결합한다는 사실이 밝혀졌는데, 그렇다면 이는 다르게 해석해야 할 것이다.12) "만약 항체가 자신과 결합하는 모든 것을 파괴시키는 것이라면, 어떻게 생물이 자신을 유지할 수 있는가?"라고 하는 문제는 아직 명확히 규명되지 않았다. 실제로 질병을 유발하는 인자로부터 자유롭게 된 동물들도 충분한 면역시스템을 발동하고 있음을 알게 되었는데, 이러한 난제들을 해결하기 위해서는 항체가 자신과 타자를 함께 조절하는 총체적 자기조절력을 행사한다는 가정을 할 때 의문이 풀린다.13)

이상 생물학 및 면역학에서 드러나는 유기체적 메커니즘이나 자기 정체성의 문제는 아직 완전한 해결을 보고 있지는 못한 상태지만, 이로부터 우리는 얼마간의 시사를 받을 수 있을 것 같다. 첫째는 생체는 전체로서의 자신에 대하여 총체적으로 일정한 유기체적 안정 구조화를 지향하고 있다는 점이며, 둘째는 면역 시스템과 신체가 벌이는 상호 관계의 춤은 신체가 평생 동안 변화하는 유연한 정체성, 복수의 정체성을 가질 수 있도록 해주는 것 아닌가 하는 점이며, 셋째는 면역학의 이상 반응 및 박테리아의 공생 등이 상징하는 바, 생물학적으로 다양한 생체의 집적과 총화로 이루어진 생명체의 진정한 자아란 무엇이고 나는 누

---

12) 이를테면 류마티스성 관절염은 자신의 세포를 적으로 오인하여 공격함으로써 생겨나는 염증으로서, 세포의 정체성 혼란에서 야기되는 자가면역질환이다.
13) 프리초프카프라 저, 김용정 역, ≪생명의 그물≫, 범양사, 1998, pp.299-370.

구인가라는 철학적 질문이다.14) 이러한 생각들은 실체론이 아니라 관계론적 독법으로 읽을 때에 보다 수긍되는 모습으로 다가온다.15)

과연 그렇다면 이렇게 자연계의 존재는 불안정하고 흔들리기만 하는 것일까? 그 해답은 "그렇다, 그렇지 않다, 그리고 그렇다"이다. 존재는 신의 주사위놀이에 의해 확률적으로 변하고 흔들리지만, 동시에 또한 웬만한 변화에 대하여 자신을 지켜내는 안정성 지니고 있기도 하다.16) 그리고 그것은 다시 때로는 이러한 예측 가능한 안정의 궤도에서 벗어나 전혀 새로운 길을 항해하도록 한다. 생물학에서의 돌연변이나 유기체적 진화는 양자역학적 불확정성의 결과인 것이다. 이를 통해 존재는 세계와 춤을 추며 운명론적이며 결정론의 길에서 벗어나 자신의 손으로 길을 헤쳐 나가게 하고 있다.

존재의 자기조직화적 자율조절성은 화학 방면에서도 성과를 보았다. 카오스이론으로 1977년 노벨화학상을 받은 일리야 프리고진(Ilya Prigogine, 1917-2003)은 생물/비생물계의 특징을 이루는 조직 패턴은 자기조직성 (principle of self-organization)이라는 역동적 원리로 요약 가능하다고 말했

---

14) 철학사에서 실체론적 정체성은 본질과 현상을 구분하여 본질의 실체성을 강조하는데, 그 본질은 현상에 앞서 있다. 관계론적 정체성은 본질과 현상이 하나의 존재를 구성하며 현상과 본질을 일체화시킨다. 그런 점에서 이상의 생물학적 이야기들 역시 관계론적 정체성의 관점에서 읽힐 수 있다.

15) 강신익, <의학 속 사상/(20) 끝나지 않은 면역 논쟁 : '작은 포식자' 사냥 인문학아, 같이 가자>(2006.3.3), 한겨레신문 : "현대 면역학은 우리에게 무척 귀중한 유산을 물려주었는데, 그것은 '나'가 '나'일 수만은 없다는 사실을 자각하게 된 것이다. 현대 면역학은, 나의 정체성은 수많은 '너'와의 관계 속에서 만들어지는 역동적 '과정'일 뿐 절대로 고정된 '실체'가 아니라는 생물학적 증거를 제시해 주었다. 이러한 증거들은 다양한 인문학적 상상력을 자극하는 것이기도 하다."

16) '안정성'이란 개념은 똑같은 성질을 지닌 것이 거듭하여 되풀이되며 생겨남을 의미한다. 이를테면 외부에서 아무리 변형시키려고 작용을 가해도 철의 원자가 철 원자로 남는 것과 같은 것이다.

다. 열린 체계는 환경에 의해서가 아니라 체계 스스로의 끊임없는 상호
작용에 의한 자율성에 의해 유도되며, 이러한 자기조직성을 통해 '열린
체계'는 안정을 유지하고 나아가 진화하기도 한다는 것이다.[17] 이것이
소산구조(dissipative structure)로서 무생물의 세계 또는 자연과학의 현상
속에서도 유기체적 패턴이 나타난다는 의미 있는 성과이다. 물리학, 화
학 외의 생태학의 공존적 관계성, 총체적 조절성에 대해서는 최근 생태
학에 대한 사회적 관심과 함께 우리나라 학계에서도 꽤 논의된 상태이
므로 이글에서는 생략한다.

　상술한 과학철학의 논의를 요약하면, 사물은 가운데가 뚫린 도넛처럼
중심이 비어 있는 가운데 그 부재의 의미를 통하여 그것을 지배하고 있
다. 그리고 실체는 타자와의 부단한 교감 속에서 자기 동일성을 확인해
가는 과정 속에서 유동적으로 존재한다는 것이다. 이렇게 볼 때 사물의
존재 방식은 복잡하게 얽힌 상호 그물망에 의한 관계성 중의 소통 행위
이며, 주체의 주변과 상호 네트워킹 과정을 통해 자기 정체성을 확인해
나가는 과정이기도 하다. 이제부터는 그 인문사회적 현상과 그 해석에
대하여 생각해보기로 한다.

3. '정답(定答)'은 있는가? 인문학적 추적

　앞에서 우리는 자연과학의 관점에서 사물의 존재 방식은 실체적이
아니라 중심의 불확정성 및 관계적 맥락이라는 점과, 중심의 부재 속에

---

17) 프리초프 카프라 저, 홍동선 역, ≪탁월한 지혜≫, 범양사, 1995, p.99.

서 열린 체계는 개체간의 관계망을 통해 '자기조직화'를 향하고 있음을 보았다. 이제까지 자연과학에서 보인 논리를 인문사회학 쪽에서 생각해 보기로 한다. 이 규율성은 우리네 삶 속에서, 나아가 문학이나 문학사의 세계에서도 적용 가능한가? 이같은 생각은 물리학적으로 말하자면 통일장적 사유이다. 어찌 보면 터무니없기도 한 이 같은 질문은 한편으로는 또 다른 흥미를 유발한다. 필자가 이러한 유비적 생각을 한 것은 자연계의 각종 현상들이 실은 프랙털적 동형구조(유질동상, isomorphism)를 보여주고 있다는 데 힘입고 있다. 나무와 나뭇잎, 우주와 원자, 달과 지구와 태양과 은하와 우주, 산과 바위, 해안과 모래사장 등이 그 예이다.

어디 그뿐인가? 개미들의 표본 조사를 해보니 전체 개미의 20%만 열심히 일하고 나머지는 그렇지 않았는데, 흥미로운 점은 이 중 일하지 않는 80%, 혹은 일하는 20%를 표본 추출할 경우에도 역시 20%만 일을 한다는 것이다. 이는 비생명의 자연계와는 좀 다른, 움직이는 생명체 집단 내에서 일어나는 프랙털(fractal)적 동형구조로서, 결국 개체의 문제가 아니라 총체성과 확률에 의한 자기조직성을 보여주는 예가 될 것이다. 미시와 거시의 동형성은 자연의 미시적 혼란 중의 거시적 질서를 보여주는 자연의 힘이기도 하다. 그렇다면 자연은 이를 통해 새로운 환유 또는 은유의 세계로 우리를 안내해주는 것이 아닐까!

사회의 일상적 현상들을 보자. 도시의 길을 이리저리 걸어가는 군중들, 자유 의지에 의해 주식시장에 참여하는 수많은 사람들, 생산과 소비를 영위하는 무수한 경제 주체와 그 욕망의 발현들, 이들의 움직임은 한 사람 한 사람 또는 하루하루로 볼 때는 꽤나 혼란스럽게 발현된다. 그러나 시간과 공간의 축적 속에서는 아담스미스가 보이지 않는 손이라 부르기도 했던 나름의 일정한 질서와 흐름을 보이는데, 사회적 현상에서도 일정한 질서를 향한 자기조직성이 작동되고 있다고 할 수 있다. 결국 프리고진의 복잡성으로부터 질서로의 자기조직성의 소산구조론은 사회 현상에도 적용되는 초생태적 규율이라고 볼 수 있다.[18]

그러면 여기서 더 나아가 이와 같은 거시 흐름을 우리의 관심사인 문학적 현상에 적용할 수는 없는가 하는 생각이 든다. 작품의 창작과 감상을 둘러싼 수많은 크고 작은 내외적 사건들, 그것들의 추출, 제거, 인식, 구성, 평가 과정, 또 긴 시간 속에서의 경향성, 그 흐름의 속성과 형성 과정, 문학사를 관통하는 힘과 그 요인들, 현상을 바라보는 우리의 착안점 등 일거에 해결할 수 없는 많은 질문들이 주변을 맴돈다.

이러한 문제들을 보다 총체적으로 인식하기 위해서는 문학의 이면을 둘러싼 보다 폭넓은 인문학적 검토가 선행되어야 좋을 것으로 본다. 그 유효한 검증자로서의 본질 규명의 논리학적 과정, 언어와 의미에 대한 현대 문예 비평의 관점, 중심이 은폐 전도(顚倒)되는 이미지의 시뮬라시옹적 작용에 관한 고찰들이다. 이 과정을 통해 문학을 둘러싼 본질적 문제들을 인식하게 되고, 또 그것을 헤쳐 나가야 할 대안의 모색 속에서 중국의 그것과도 만나게 될 것이다.

먼저 논리와 관점의 측면에서 '존재'가 의미하는 내부적 의미들을 생각해보도록 한다. 자기 정체성은 모든 존재의 최우선적 명제이다. 잠시 존재를 드러내는 방식과 관련된 기존 논리학의 관점을 고찰한다.

---

18) 물론 이러한 소산구조는 나름의 조건이 허여된 상태에서 불안정성의 안정화를 위한 시스템적 피드백 작용에 의해 작동되는데, 프리고진은 그 여건이 열역학적으로는 열린 비평형계라고 했다. 또 다른 촉발력이 강하게 작용할 때는 당연히 다른 방향으로 전개될 것이다.

자기동일성에 이르는 길로서의 Large-A를 바라보는 방식

형이상학적 관점	변증법적 관점
A=A (동일률),	A≠B,C,D...
A≠non A (모순율),	(A=A)∩(A≠A)[19]
A=A or non A (배중률)	→A≒a

이전의 형식 논리학에서는 A는 A의 내부적 속성 이해를 통해 A임을 규정하였다. 즉 동일률, 모순율, 그리고 'A는 동시에 대립하는 두 사물의 부분이 될 수 없는, 즉 A이거나, 그것이 아니라면 A가 아니어야 한다'는 배중률의 속성을 지닌다.[20] 이러한 논리는 빈틈없어 보인다. 그러나 현실에서 A를 인식하는 과정은 실제로는 A가 아닌 다른 것들과의 비교 또는 관계 설정을 통해 인식할 수밖에 없다는 점에서, 형식논리학은 현실 경험을 뒷받침하지 못한다는 약점이 있다. 결국 현실 체험에서는 A가 A자체로서 규정받기 어려우므로, A가 아닌 것에 의존하여 자기동일성을 규정받게 된다. 그런데 A의 비교의 대상들인 B, C, D… 등도 A를 포함한 다른 것에 기대어 자신의 존재를 규정할 수밖에 없게 된다. 이러한 과정 속에서 '실체, 실재, 본질, 근원, 궁극, 중심, 진실, 진리, 원전, 텍스트'는 자신의 모습을 은폐하며, 개별의 시공간 속에서 각기 다른 모습으로 언뜻 언뜻 현현할 뿐이다.[21]

경험주의의 변증법적 관점에서 A가 A가 아닌 a로 귀착되는 것은 바

---

19) 'A≠A'라는 식은 A를 완전하고도 최종적이며 고정적 실체로 파악하는 것이 아니라 유동적 변화체로 파악한다는 의미에서, 시간의 개념이 들어가 있다고 할 수 있다.

20) 배중률은 동일률과 상반되는 두 개의 존재가 동시에 함께 있을 수 없다는 논리로서, 모든 사물은 두 개의 상호 배타적 사물 가운데 하나이며, 또 하나이어야만 한다는 것이다.

21) 자연과학적 담론에서도 보았듯이, 이글에서 이들 용어는 거의 동일한 의미로 사용하였다.

람직한 귀결은 아니다. 시공간적 제약을 지닌 인식과 경험의 세계에서 가능한 차선이다. 존재는 결국 끝없이 순환적으로 서로에 의존하며 흔들리는 전체가 되어 또 일부로서 존재할 뿐이다. 그리고 그 존재들은 그 결핍을 돌려받기 위해 서로를 필요로 하는 순환적 차이의 결핍의 세계 속에 처한다. 어쩌면 이글에서 행하는 중국문학의 소통성을 논하며 다른 요소들에 기대는 것도 이와 같은 소통적 자기 확인의 과정일 것이다.

수천 년간 철학과 신학을 통해 세계를 지탱하는 본질적 진리와 존재의 궁극적 실체 규명에 매달리면서도 시원한 답을 얻지 못한 서구 철학자들은 점차 그 사유의 매개자인 언어에 대해 의심의 눈길을 보내기 시작한다. 그리고 20세기 들어 현상학, 해석학, 수용미학, 그리고 구조주의를 거치며 점차 언어가 지니는 불명료성에 대해 깊이 인식하게 되었다. 특히 소쉬르(Saussure)는 기호로서의 언어의 구조에 대해 기초를 다졌다.[22] 그는 말로 표현되지 않은 생각은 비분별적, 비형태적인 혼돈 덩어리이며, 언어로 표현될 때에 비로소 질서와 형태를 부여받게 된다고 하며, 기호로서의 언어를 물리적 소리(image acoustique)와 심리적 형상(concept)으로 나누었다. 그리고 지시체인 전자를 기표(Signifiant, Signifier, Sr.), 피지시체인 후자를 기의Signifié(Signified, Sd.)로 구분하며 현상의 기반을 이루는 구조를 발견하고자 했다.[23] 언어학을 비롯한 문학, 인류학,

---

22) Saussure가 창시한 기호학은 언어를 전체적이며 공시적인 구조성에서 독립적으로 연구하는 과학이며, 언어학도 기호학이라는 일반 과학의 일부일 뿐이라고 하였다. 그는 기호학의 본령은 '기호 구성의 요소와 법칙'을 밝히는 것이라고 하였다. 실제로 기호학은 구조주의와 포스트구조주의로 발전하였으며, 인류학, 철학, 사회과학, 정신분석학, 영화, 문예비평 등 매우 폭넓게 확장되었다.

23) 소두섭, ≪기호학≫, 인간사랑, 1996, p.39; 이경재, ≪현대문예비평과 신학≫, 호산, 75, p.219.

문화학 등 제 방면에서 구조주의자들의 근원을 향한 탐사는 계속되었으나 성과는 만족스럽지 못했다.

뒤이은 포스트구조주의(Post structuralism)는 구조주의가 구조에 안주하며 탈역사성, 탈문맥성을 지니는 것에 반기를 들며 제기되었다. 특히 데리다(Jacque Derrida)는 구조를 해체(deconstruction) 혹은 탈구축함으로써 해결책을 찾으려 했다. 그는 소쉬르의 기표와 기의의 양자 관계가 단순한 것이 아니라, 그 안에는 기표와 기의들 간의 차이가 해소되지 못하는 가운데 시간적으로 무한히 연기되는 차연(défférance)의 강이 흐른다는 것을 밝혔다.[24] 이를테면 이런 것이다. 만약에 한 단어의 의미를 알고 싶다면 사전을 찾아보면 된다. 그러나 거기서 발견하는 것은 또 다른 기표들뿐이어서, 그것들의 기의를 다시 사전에서 찾아야 하는데, 이는 이론적으로 무한 순환의 과정이다.

이러한 과정은 한자 최초의 발음표기 방식인 반절(反切)법이 순환 반복의 쳇바퀴에 갇혀 원음에 대해 영원히 논리적으로 도달하지 못하는 것과 같은 이치이다.[25] 즉 기표가 아닌 근원으로서의 기의(text)에는 영원히 도달할 수 없다는 것인데, 다른 말로 하자면 의미는 기호 안에 '직접적으로' 존재하지 않는다는 말이다. 그런 의미에서 기호는 환유이면서 은유이다.

---

24) défférance는 differ(차이)와 defer(연기)가 조합된 말이다. 차연의 놀이는 형이상학의 동일률과 모순율의 대칭 논리에서 벗어나, 경계의 모호성을 지니는 가운데 행간의 상호텍스트성 사이에서 유목적으로 배회하는 분산과 파생과 대리의 해석학이다.

25) 反切法에서 '東'의 발음은 "德紅切"로 설명되는데, 이러한 방식에서는 '德'과 '紅'의 무한히 파생되는 反切音들을 알지 못하고서는 영원히 東의 발음에 이르지 못하게 된다. 결국 각 글자들은 상호 기대어 증명되어야 하는 순환 반복의 오류에 갇혀 있으며, 상호 존재의 원인이다. Agatha Christie의 <오리엔트특급 살인사건>에서 그들 모두가 범인인 열차 내 모든 승객들에게는 알리바이가 있었으며, 그들은 전혀 상관없는 제3자 두 명 이상이 다자간적으로 증언함으로써 그들이 무죄한 존재임을 보여주고자 한다.

기호의 의미가 그 기호가 아닌 것들에 의해 규정되고 있으므로, 기호의 의미는 기호에 존재(不在)하고 있는 셈이다. 언뜻 손만 뻗치면 닿을 것 같던 의미는 고정되지 않고 수많은 시니피앙의 파생실재들 사이에 흩뿌려져 있다. 존재는 고정된 실체로서가 아니라 부재와 함께 명멸하며 존재의 춤을 추고 있는 것이다. 결과적으로 앞서 물리학, 면역학, 논리학에서 예시한 중심의 부재는 언어와 인식의 세계에서도 똑같은 패턴으로 나타나고 있음을 볼 수 있다.

문학 면에서 구조주의에서 포스트구조주의로의 의미는, 작품에서 텍스트로의 이동이다. 전자는 작품을 일정한 의미가 들어 있는 완결체로 보고 중심의 고정된 이미를 찾고자 노력해왔지만, 후자에서는 작품이란 본질이나 의미에 고정시킬 수 없는, 즉 환원 불가능하며 다원적인 끝없이 전이된 파생실재들의 활동으로 보는 입장이다. 포스트구조주의자 롤랑 바르트(Roland Barthes)는 ≪S/Z≫에서 19세기 초 발자크의 소설에 대하여, 시험적으로 서술적 약호, 해석학적 약호, 문화적 약호, 런 위계질서도 가지지 않을 뿐만 아니라, 5종 이상 무한대의 약호 중의 일부에 불과함을 말했다. 바르트에 있어서 비평은 결국 텍스트를 '재현'하는 것이 아니라, '창조'하는 것임을 의미한다.[26] 텍스트는 구조라기보다 구조화의 끝임없는 과정이다. 아리스토텔레스적 자연 재현으로서의 예술 함의적 약호, 그리고 상징적 약호의 5종으로 나누어 분석하였는데, 실상 이들 5종 약호들은 아무심미는, 20세기 롤랑 바르트에 이르러 상호텍스트성(intertextuality) 속에서의 재창조의 미학으로 탈바꿈한 셈이다. 여기서 대상에 대한 사실적 재현(repression)을 꿈꾸는 서양화와, 눈에 보

---

26) 테리 이글턴 저, 김명환 등역, ≪문학이론입문≫, 창작과비평사, 2000, pp.158-159, pp.170-172.

이는 실상으로서의 경물을 넘어 화가의 심중에서 다시 태동되는 동양의 표현(expression)의 미학, 양자 간 차이에 대해 생각이 미치는 것은 무리한 연상인가?

데리다의 언어학적 관점을 프로이드(Sigmund Freud) 정신분석학과 접목시켜 인간 의식 지평의 본질적 문제들을 천착한 사람은 라캉(Jacques Lacan)이다. 마르크스가 인간 사회의 노동의 필요성이 야기한 결과에 대해서, 그것을 야기한 사회관계, 계급, 정치형태 등의 방식으로 접근했다면, 프로이드는 개인의 억압, 쾌락, 승화 등의 현상을 심리적 측면에서 이드, 자아, 초자아의 세 개 층위를 지닌 위상학적 방식으로 다루었는데, 라캉은 프로이드와 현대 언어학을 결합하여 인간의 정신에 연결시켰다.

프로이드의 계승자인 라캉은 오이디푸스 콤플렉스에 관한 프로이드의 설명을 언어의 관점에서 재해석했다. 라캉에 있어서 무의식은 언어처럼 구조화된 것으로 생각한다. 무의식은 비유와 환유를 통해 나타날 뿐 아니라 안정된 의미가 아닌 시니피앙으로 구성되어 있다고 생각한다. 라캉은 아이의 성장 단계에서 오이디푸스 콤플렉스 이전과 이후를 각각 상상계와 상징계로 나누었다. 그리고 먼저 거울 앞에서 자신을 바라보는 아이를 의미 부여의 능동적 주체라는 점에서 시니피앙(기표)이라 하고, 거울에 비친 자신의 이미지를 수동적 측면에서 시니피에(기의)라 설정했다. 처음으로 거울을 통해본 아이는 허구적 자아를 대해서 비록 자신의 실제는 아니지만 만족스런 일체감을 느낀다. 이러한 행복한 거울적 세계가 상상계이다. 그러나 아버지의 출현으로 아이는 어머니와의 결별과 거세의 불안을 느낀다. 아버지의 존재는 아이에게 성적인 차이, 어머니에 대한 배제, 그리고 어머니와의 유대의 부재를 학습하며, 가족이라는 규정 속에서 존재해야 함을 배우며 상징계로 옮겨간다.

그런데 아이가 오이디푸스 콤플렉스 단계를 잘 통과했다고 하더라도 여전히 문제는 남는다. 상징계로 들어온 주체는 비록 허구였으나 어머니와 일체감을 느꼈던 상상계의 완벽함을 잃은 분열된 주체이며, 충족되지 않는 결핍을 채우기 위해 시니피앙에서 다른 시니피앙 사이를 무한히 돌 뿐이다. 이렇게 하여 거울이라는 은유의 세계는, 언어라는27) 환유의 세계에 의해 밀려나며,28) 그리하여 결핍과 욕망의 끝없는 유목의 여정 속에서 A가 아닌 a로 보충대리 되며 전전할 뿐 주체는 채워지지 않는다.

요약하면, 무의식은 여러 시니피앙(기표)의 부단한 활동이며 이것들에 의해 시니피에(기의)는 대체로 억압되어 있다. 무의식이란 시니피에가 시니피앙 아래로 미끄러져 내려간 것으로서 의미가 끊임없이 희미해지거나 은폐되어 드러나지 않는 것이다.29) 결국 사람들의 말이란 본질이 아니라 근사치이며 이런 의미에서 언어는 본질을 다 보여주지 못하는 보충대리적 은유인 셈이다. 그리고 간혹 프로이드가 말하는 무의식의 말실수가 삐져나와 구름 속의 해와 같이 언뜻언뜻 본질의 일면을 보여

---

27) 언어를 배울 때 아이는 하나의 기호는 다른 것과의 차이에 의해 의미를 지니게 됨과, 언어가 대상을 직접 포착하지 않고 단지 은유적으로 대리할 뿐임을 알게 된다. 즉 언어는 대상의 부재를 전제한다.

28) 은유는 하나의 기표를 다른 기표로 대체하는 것이며, 같은 하나가 달라짐이다. 환유는 단 하나의 의미화 연쇄에서 기표들이 연결되는 것으로서, 다른 것들이 인접하여 같아짐이다. 라캉은 그것을 처음 사용한 야콥슨(Jakopson)과 달리 개념화한다. 라캉에 있어서 은유는 압축, 대체, 공시성과 연결되며, 환유는 전치(轉置), 결합, 통시성과 연결된다.(아니카 르메르 저, 이미선 역, ≪자크 라캉≫, 문예출판사, 1996, pp.275-295; 딜런 에반스 저, 김종주 역, ≪라캉 정신분석 사전≫, 인간사랑, 2004, p.440)

29) $S_1 \rightarrow S_2 \rightarrow S_3 \rightarrow S_4 \cdots$의 불완전한 상징계에서 라캉은 서로 다른 기표간의 차이들을 고정하는 고정점을 설정함으로써, 이를테면 Sm=Sn으로 보는 다름의 같음을 유도함으로써 불완전한 상징계는 자신의 내부적 결핍을 체현하고 은폐하여 조화를 구성한다고 했다.

줄 뿐이다.

이렇게 본질, 실체, 근원, 중심이 모습을 드러내지 않는 상황에 대하여 보드리야르(Jean Baudrillard, 1929~2007)는 "시뮬라크르는 결코 진실을 감추는 것이 아니고, 진실이야말로 아무것도 존재하지 않는다는 사실을 숨긴다."고 우의적으로 말하였다.[30] 즉 원본 없는 이미지인 시뮬라크르는 현실을 대체하고 현실은 이미지의 지배를 받으므로, 결국 시뮬라크르(simulacres)는 현실보다 더욱 현실적이 된다는 것이다.[31]

그러면 이미지(image)란 무엇이며 어떤 작용을 하는가? 보드리야르는 이미지의 위상 변화는 다음과 같은 단계를 거치며 진행된다고 하였다. ① 이미지는 깊은 사실성의 반영이다. → ② 이미지는 깊은 사실성을 감추고 변질시킨다. → ③ 이미지는 같은 사실성의 부재를 은폐한다. → ④ 이미지는 그것이 무엇이든 어떠한 사실성과도 무관하다. 즉 이미지는 자신의 순수한 시뮬라크르(simulacre)이다. 이상 이미지의 연속적 단계를 작동되는 의의 면에서 정리하면 신성의 단계에서, 저주의 단계로, 다시 마법의 단계로, 최종적으로 시뮬라시옹의 단계로 나아간다는 것이다. 이와 관련한 보드리야르의 도표는 다음과 같다.

이미지의 전개 과정

1	이미지는 깊은 사실성의 반영이다.	신성의 단계
2	이미지는 깊은 사실성을 감추고 변질시킨다.	저주의 단계
3	이미지는 깊은 사실성의 부재를 감춘다.	마법의 단계
4	이미지는 그것이 무엇이든 어떠한 사실성과도 무관하다. 즉 이미지는 자신의 순수한 시뮬라크르이다.	시뮬라시옹

30) 시뮬라크르(Simulacres)는 실제로는 존재하지 않는 대상을 존재하는 것처럼 만들어놓은 인공물을 지칭한다.

31) 장 보드리야르 저, 하태환 역, ≪시뮬라시옹*Simulacres et Simulation*≫, 민음사, 2005, p.5.

재현으로서의 1단계를 벗어나 2단계로 가면서 시뮬라크르와 시뮬라시옹의 시대가 열리는데, 실재가 복원되기를 그치고 더 이상 의미를 가지지 못하면서, 주체에 있어서 과거에 대한 향수는 더욱 그 힘을 발하며, 파생된 실재인 시뮬라크르의 시대를 강화해 나간다. 그리하여 결국 배의 일부였던 배꼽이 배를 먹어버리는,[32] 시뮬라시옹의 시대가 도래한다.[33] 닭은 알을 낳지만, 알은 닭의 모든 정보와 자료를 가지고 나와 다시 닭을 낳는 것이다.[34] 시뮬라시옹의 세계에서는 시작과 끝이 우로보로스(Ouroboros)의 뱀처럼 맞물려 있다. 그 서로 다른 층위의 세계를 이어주는 것이 바로 뫼비우스의 띠(Mobius strip)이다. 이에 대해서는 뒤에 다시 논의하도록 한다.

이러한 순환의 논리에서 근원은 존재하지 않는다. 1,2,3...의 순서적 발생에서 첫 번째가 있고, 그 근원으로부터 발생한 두 번째가 있다. 그러나 그 첫 번째는 두 번째가 있기 때문에 첫 번째가 되는 것이다. 그러므로 의미상 첫 번째는 세 번째가 된다. 그렇게 되면 순서의 의미는 허구가 되어버린다. 어떤 하나는 그 내부에 자신을 부정하는 반대명제를 가지고 있다는 의미이기도 하다.[35] 결국 순환론에서는 서로가 서로에게 물고물리는 상호작용 속에서 무한히 또 다른 실재들이 파생된다.

---

32) 실상 배꼽을 통해 양분을 공급받았으니 배꼽이 배를 낳았다고 할 수도 있을 것이다. 그러므로 배꼽은 배를 먹을 수 있게 된다.

33) 재현 세계에서의 이미지는 충실히 실체를 반영한다고 여겨진다. 그렇다면 가장 충실한 이미지란 원본 자체가 된다. 그러나 원본은 의미를 잃는다. 그리하여 원본의 파생실재인 시뮬라크르가 원본과 동일시되어 하나가 되는 단계가 시뮬라시옹의 단계이다.(≪시뮬라시옹≫, pp.15-16)

34) <알 속 DNA야말로 닭의 주인> : 중앙일보 2006.4.14; 최재천, ≪알이 닭을 낳는다≫, 서울 도요새, 2006.

35) 절대 근원 역시 그 내부에 같은 방식의 모순성이 개재되어 있다. 절대성은 후속자의 변화를 허락하지 않는데, 그것은 결국 즉자가 근원이 아니게 하는 논리로 작용되는 것이다.

그리고 그 파생실재들은 또 서로에게 영향을 미치며 역사는 흩어지고 모이며 어디론가 흘러간다.

이러한 과정을 노장적으로 말하자면 결국 시뮬라크르의 분봉된 파생실재들 속에서 우리는 '가도(可道)'라고 하는 개별자적 해답만을 찾을 것이다. 그러면 우리는 결국 역사의 일관성을 찾을 수 없는 것인가? 우리는 이제 본절의 질문에 다시 당혹스럽게 만나게 되었다.[36) 주체가 은폐되는 관계적 흔들림 속에서 세상을 움직이는 패턴(pattern)은 보이지만, 그것은 너무 복잡하고 또 그것이 야기하는 방향도 알지 못한다. 끝없는 기표와 기의간의 미끄러짐(slip) 중에 소통은 있지만 중심은 보이지 않고 가야 할 길은 불확실하다. 역사는 있되,[37) 방향은 불확실하다. 이것이 "정해진 답, 즉 '정답(定答)'은 있는가?"라는 물음에 대한 우리의 여정이다. 그러면 우리의 존재는 무엇인가? 또 중국문학은? 이제 이와 관련된 중국적인 세계로 이야기를 옮긴다.

4. 뫼비우스의 띠(Mobius strip)

이상 서구 자연과학의 각종 발견들과 인문학의 고민들을 하나로 묶

---

36) 아인슈타인, 하이젠베르크는 모두 자신의 발견 앞에서 당혹해 했다. "물리학의 이론적 기반을 이 새로운 지식에 적용시키려는 나의 모든 노력은 완전히 실패하였다. 이것은 마치 땅이 꺼져나간 것 같았고 새로 세울 확고한 기반은 아무 데도 보이지 않는 것 같았다."(아인슈타인), "이 물리학적 기반의 흔들림은 과학의 근거를 없앨 것이라는 것을 깨달아야 한다. … 이들 원자 실험에서 보이는 것처럼 자연은 그렇게도 불합리한 것일 수 있는가!"(하이젠베르크)(《새로운 과학과 문명의 전환》 pp.72-73)

37) 역사를 구성하는 방식과 패턴 자체는 가능할 수 있지만, 그 전개의 향방은 알 수 없다는 의미로 표현한 것이며, 문학의 역사도 마찬가지로 생각된다.

어 해결하기 위해서는 대립과 차별의 단선적 분화주의를 극복하고 전혀 다른 듯이 보이는 두 개의 세계를 하나 속에서 통일장으로 읽어갈 독법이 필요하다. 그리고 그 단서는 중국의 주역과 노장, 그리고 '색즉시공, 공즉시색'의 불교 사유와도 맥을 같이 하는 부분이 있다. 그 이유는 중국적 사유 공간이 지니는 강력한 특성이 바로 외형상의 모순과 대립적 양태들을 현상으로 보기를 거부하고, 내외를 총체적으로 읽는 독법을 깔고 있기 때문이며, 그것은 '뫼비우스의 띠(Mobius strip)'의 함의로 표상 가능하다.

뫼비우스의 띠는 테이프를 한번 비틀어 두 끝을 이어 놓고 출발점에서부터 선을 따라가면 일상적인 상태에서는 도달할 수 없는 출발점의 뒷면에 도달하게 된다. 그리고 여기서 또 한 바퀴 더 가게 되면 다시 자신의 자리로 되돌아오게 된다.[38] 뫼비우스의 띠를 통하여 우리는 양립 불가능하여 결코 도달할 수 없다고 여겨졌던 다른 차원의 세계에 이를 수 있게 된다. 그리고 그곳은 먼 곳이 아니라, 바로 자신이 서 있었던 바로 그 세계의 뒷자리인 것이다.

'뫼비우스의 띠'의 독법을 통하여 바라보면, 광대한 우주에 점같이 떠 있는 저 별은 홀로 있는 것이 아니라 무변의 전체 시공간 속에서 어우러진 한 부분이며 전체가 된다. 마찬가지로 원자와 전자, 쿼크의 중심과 주변들은 총체적 하나로서 상관적으로 존재하는 것이다. 또 동아시아 노장 사유에서 노자의 무는 단순한 무가 아니라 유를 만들어가는 응집된 보이지 않는 유가 되며, 음은 단순한 음이 아니라 양을 배태한

---

38) 한 번이 아니라 두 번 비틀어 이어 놓는다면 한 바퀴를 도는 동안 그것은 다시 자신의 길만을 향해 갈 것이다. 그러나 그 궤적 역시 비틀지 않고 이어놓았을 때의 정상공간과는 본질적 속성이 다른 휘어진 공간이다.

음이요, 양은 음을 싹 트게 하는 양이 된다. 생물학으로는 항체와 항원, 숙주와 박테리아는 상호 소통하는 가운데 적이면서 또 하나가 되어 생을 영위해나간다. 언어학에서 기호와 의미, 언어와 대상은 서로 기대며 상호 소통적으로 또 하나의 다른 세계를 향하여 자신의 세계를 만들어나간다. 원본과 이미지는 상호 텍스트적으로 주고 받으며 새로운 의미를 파생적으로 뿌려나가는 것이다.

뫼비우스의 띠는 단순한 기계론적 평면 사고의 부정이며 세상을 바라보는 방식의 새로운 역전적 전도이다. 또한 모순적인 것들의 공존의 장소이며, 서로 다른 두 세계를 하나로 이어주는 차원 통합의 마법적 파랑새이다. 이는 비구분, 역전, 도치, 그리고 은유의 표상으로서, 그 공간은 서구의 이분법적 대립과 양적 쪼개기라는 직선적 관념으로 닿기 어려운 곳에서 진리의 빛을 내장하고 있다.

뫼비우스의 띠는 불교적으로는 색이 곧 공이고 공이 곧 색인, 그리하여 너희를 자유롭게 하는 기독교적 진리의 땅의 한 표상이다. 한편 노장적 존재론으로는 보이는 세계와 보이지 않는 두 세계가 모두 다르지 않음이니 이러한 양행(兩行)·병작(並作)의 세계에 대한 대긍정의 인시(因是)를 통해 대각에 들것을 요청하는 은밀한 표상이다. 이는 분리가 아닌 연속이며, 정반 또는 음양 이분법으로부터의 탈피이자, 평면에서 입체로의 차원의 전환이며. 안과 밖이 서로 원융소통이고, 모순의 공존적 질서로의 신기원적 구현이며, 아직 현실로 오지 않은 파랑새의 낙토(樂土)에 이르기 위한 초월적 독법의 하나이다. 이와 같은 뫼비우스의 독법은 전혀 새로운 것이라기보다는 우리의 문화 안에 이미 지니고 있었던 생각들에 대한 새로운 눈뜸이며 각성일 수도 있다. 이것이 우리의 문화 근원인 동아시아 사유에 대한 온고지신의 새로운 독법이 요청되는 까닭이기도 할 것이다.

상술한 존재에 대한 해석학적 고찰을 요약하면, 먼저 생명과 비생명을 막론한 모든 존재 방식에 대한 다각적인 사례를 통해 미시와 거시를 아우르는 개별 존재는 단순히 존재로서 정지하여 있는 것이 아니라, 그것을 이루거나 또는 그것의 내외부에 얽혀 있는 수많은 요소들과의 관계 속에 부단히 흔들리고 요동치는 그 무엇이라는 것이다.

다음으로는 이와 관련한 인문학적 고민과 성찰에 대해 논했다.그것은 주로 존재적 진실의 탐색, 언어와 의미 간에 얽힌 문제와 관점들, 그리고 근원이 은폐 전도되는 이미지의 시뮬라시옹적 관점들에 관한 생각이다. 존재의 양상은 실체로서보다는 관계적 양상으로 흔들리는 요동 속에서 구현되며, 이러한 요동은 타자와의 소통을 통해 추동되고, 그것을 드러내는 방식은 논리적 직설의 언어가 아니라, 오히려 기호와 이미지라는 파생실재적 은유로써 각인된다.

이 과정을 통해 존재는 상황에 따라 흔들리는 가운데 중심은 자신의 부재를 드러내고 진실은 불명료해지며 다른 것으로 전이되어 간다. 이러한 존재와 존재 간에, 그리고 존재 내부에 개재되어 있는 분열, 모순, 갈등, 대립을 넘어설 대안으로서, 뫼비우스의 띠가 지니는 의미를 제시하고 그것이 지니는 은유적 의미를 풀어보았다.

이글은 동아시아 사유공간의 기본 특징을 이해하기 위한 전 단계적 작업으로서, 세계 내 존재에 대한 의미와 이해를 학제적 관점에서 다각도로 생각해보았다. 왜냐하면 20세기 들어 다양한 스프레드 속에서 급속히 전개된 현대자연과학과 인문학의 여정은 오랜 시간을 흘러온 중국의 사유와도 일정 부분 맥을 같이하고 있다고 생각되기 때문이다. 현대과학과 인문학의 고민들을 오래된 중국의 과거에서 미래적으로 찾아

보려는 이후의 여정은, 중국 사유와 문화의 공간을 '자연, 한자, 역, 문예심미' 등의 범주 속에서 그 중국적 의미와 보편성을 함께 길어내는 작업이 될 것이다.

이러한 일련의 과정은 서구와 다른 중국문화가 생성 배태된 문화적 지형의 핵심 요소들에 대한 총체적 성찰이며, 현대 학문이 도달한 성과와의 문명사적 상호 소통이기도 하다. 이를 통해 우리는 사물의 존재 방식과 실체적 진실에 대한 인식의 지평을 넓힘과 동시에, 중국인의 중심적 사유 공간이 부단히 변화하는 세계 중의 유기적·동태적 관계론 속에서 세계 표상의 내밀한 의미를 함유하고 있는 것을 발견하게 될 수도 있을 것이다. 이와 같은 숙성적 고찰은 서구중심주의의 현대사회에서 문명적·학제적 분화와 대립을 넘어 새로운 융합과 지평 학장으로 향할 중국적 혹은 동아시아 사유공간의 의미를 새롭게 재인식하는 밑거름이 될 것이다.

[그림 1] 도넛   [그림 2] 뫼비우스의 띠   [그림 3] 우로보로스의 뱀

[그림 1] ① quark의 구조, ② 중심의 不在 또는 밖에 있음, 존재의 유동적 흔들림, ③ 비어있음 : 도가의 음의 세계관, 은현의 심미.
[그림 2] 이분법으로부터의 탈피, 대립모순의 분리가 아닌 연속·통합, 내외의 소통.
[그림 3] 우로보로스의 뱀 머리와 꼬리가 맞물리며 양가성을 띤다. 또한 정본과 복사본이 새로운 의미와 이미지를 상호텍스트적으로 파생시켜 나간다.

15 한시의 뫼비우스적 소통성

앞글에서 존재에서 관계로의 추적에 이어 다시 기호로 나아가는 과정 추적에 이어, 이글에서는 중국시[한시]의 본질적 속성을 문학예술과 언어철학적 측면에서 고찰한다.[1] 그리고 논지의 출발은 '세계내존재'의 세계와의 소통에 두고 있다. 이야기는 중국 고전시의 외부 상황과 내부 상황의 두 가지로 구분 가능한데, 1장부터 4장까지의 외부 상황론에서는 유비쿼터스 시대의 문학 소위 말하는 "문학의 종언" 시대의 중국 시

---

1) 이글은 <존재, 관계, 기호의 해석학>에 이어지는 부분이다. 앞글에서는 20세기 자연과학에서의 양자역학과 인문학에서 포스트모더니즘에 이르기까지의 흐름을 '존재론적 주체'의 관점에서 고찰하면서, 사조의 중심이 '존재'에서 '관계'로 이동하고 있음을 설명했다. 앞글에서는 '존재에서 관계로' 이후의 전개가 '기호'로 나아가고 있으며, 향후 종교철학이 아니라 문학예술에 주목할 필요가 있다고 말했다. 이글은 한시의 현대적 소통에 맞추어 논한다.

문학의 자리, 역사의 반복성과 중국의 한시, 온고지신과 줄탁동시(啐啄同時)의 깨침, 현대인과 중국시의 카이로스(Kairos)적 소통 등이 될 것이다. 제5장부터는 중국시 내부 관점으로서 음양 생성의 흐름의 미학, '뫼비우스 시프트(Mobius shift)'의 기호학이라는 이름으로 관련된 사항들을 세부적으로 생각함으로써 중국 한시의 현대적 소통의 문제에 접근해보고자 한다. 이와 관련하여 '한자와 중국시의 친연성'은 앞의 <중국시와 의경미학>을 참고 바란다.

1. 유비쿼터스 시대의 문학의 자리

오늘날 우리는 첨단 정보통신 혁명의 유비쿼터스(ubiquitous) 시대를 살고 있다. 유비쿼터스는 라틴어의 "모든 시간(anytime)과 장소(anywhere)에 늘 존(存)하고 두루 재(在)한다"는 의미를 함축하고 있다. 이것은 인류역사상 공간의 4대 혁명 중 제3단계인 정보혁명의 뒤를 이은 혁명으로서,2) 정보의 시공간적 편재성을 특성으로 한다. 즉 개별자로서의 '존재'와 이들 간의 '관계'라고 하는 두 가지 속성을 결합 구현한 점에서

---

2) 유비쿼터스는 '유비쿼터스 컴퓨팅(ubiquitous Computing)'의 줄임말로, 제록스사의 마크 와이저(Mark Wiser)가 1988년 제시한 개념이다. 인류 역사의 4대 공간혁명을 꼽는다면 도시혁명, 산업혁명, 정보혁명, 그리고 유비쿼터스(Ubiquitous) 혁명이다. 먼저 도시혁명은 인류의 활동공간인 물리공간을 원시적 평면에서 도시공간으로 창조한 1차적 공간혁명이고, 산업혁명은 도시공간을 중심으로 물리공간의 생산성을 이전과 비교할 수 없을 만큼 고도로 대량 집적화한 2차적 공간혁명이라 할 수 있다. 정보혁명은 인류의 활동 기반으로 물리공간이 아닌 인터넷과 같은 완전히 새롭고 보이지도 않는 전자공간을 창조한 3차적 공간혁명이다. 그리고 4차적 공간혁명으로서 유비쿼터스 혁명은 기능 통합적 네트워킹을 통해 언제 어디서나 정보에 접할 수 있게 되는 정보의 시공간적 遍在性을 특징으로 한다.

다소간 종교철학적 개념이다.3)

　이러한 급속한 정보통신혁명의 시대를 사는 우리에게 문학은 아직도 의미 있는 무엇인가? 대부분의 사람들은 이러한 질문에 대하여 회의적일 수밖에 없을 것이다. 우선 우리는 얼마나 책을 읽는가에 대한 통계부터 읽어보자. 한국의 가구별 순수 서적 구입비는 5년째 계속 책 한 권 정도 값에 머물러 있다. 도서의 종류를 약 10종으로 분류한다고 할 때, 2006년 기준 문학도서의 구입은 대략 가구당 연간 1만원이니 책 1권 값에 불과하다. 문학작품보다 재미있고 짜릿한 디지털 게임과 영화가 대량으로 생산 소비되고 인터넷으로 실시간 올라가는 수많은 이야기꺼리가 넘쳐나는데, 고즈넉한 종이활자 이야기에 매달리는 사람들이 과연 얼마나 많겠는가?

　상황이 이러할진대 오늘 필자가 생각해보려고 하는 시, 그것도 중국의 한시에 주목할 독자는 그야말로 극소수일 것이라고 확신한다.4) 그런 의미에서 이번 학회의 주제인 '중국어문학의 고위금용(古爲今用)'은 자칫 대중으로부터 분리된 '메이저'였던 사람들 간의 '마이너 리그'일 가능성도 있다는 생각이 든다.

　이와 관련한 현대적 독서 현상의 분석으로서 일본의 비평가이며 철학자인 가라타니 고진(柄谷行人, 1941-)은 ≪근대문학의 종언≫에서 서명 그대로 소설로 대표되어온 근대문학은 이제 끝났다고 선언하기에 이르렀다.5) 고진은 문학이 중요하다고 여기는 사람이 현저히 줄어든 오늘

---

3) 유비쿼터스의 개념 토대가 '존재성'과 '관계성'의 두 가지 속성을 연결시키고 있다는 점은 필자가 생각하는 "존재에서 관계로, 그리고 다시 기호로 나아가는 문화 발전" 가설의 제시와 유사성을 지닌다는 점에서 흥미롭다고 생각한다.

4) 실상 1990년대 이후로 중국어문학 분야의 전공 선택에서 고전문학 자체도 그렇지만 시를 전공으로 삼고자 하는 사람들은 거의 박물관급이 아닐까 싶을 정도로 줄어든 것이 사실이다.

날의 문화적 여건을 평가하면서, 세계적인 산업화 과정에서 그 향도인 미국에서는 텔레비전을 중심으로 한 대중문화의 발전으로 소설을 중심으로 한 근대문학이 이미 1950년대부터 쇠퇴하기 시작하였으며, 작가는 직접적 체험 세계의 대유인 밑바닥의 유곽등을 거치지 않고, 대신 고답적으로 대학의 문예창작과에 들어가 교수들로부터 창작 기량을 연마하게 되었다는 것이다.[6] 그리고 이러한 경향은 일본에서 1970년와 80년대를 거치면서 나타나게 되었다고 했다. 고진으로서는 한국에서도 1990년대 후반에 유력한 많은 문인들이 문학에서 떠나버린 것을 발견하게 되면서 더욱 확신이 들었다고 술회한다.

사르트르(Jean-Paul Sartre, 1905-1980)는 "문학이란 영구혁명중에 있는 사회의 주관성이다"라고 했는데, 이는 역사적으로 문학이 단순한 오락적 기능에서 사회적 문제 현상을 타파하려는 자기 목소리를 갖게 되면서 문학의 사회적 역사적 의의가 부여되었다는 의미로 해석 가능하다. 한국의 경우를 보면 1980년대까지 문학은 군사독재정권에 맞서는 지식인들의 몇 안되는 항변이었다는 점에서 사회적 문제에 대한 각성제 역할을 담당했다.

그러나 1987년 이후의 민주화 과정, 1991년의 소련의 해체, 한국 사회의 디지털 시대로의 진입, 그리고 파생상품이 판을 치는 세계 금융경제 대열에 급속히 편입되면서, 문학은 자신의 이데올로기적 이정을 놓쳐버린 채 주춤거리기 시작하였고, 많은 문학가들은 그들이 본래 있

---

5) 가라타니 고진 저, 조영일 역, ≪근대문학의 종언≫, 도서출판b, 2006.
6) 대학에서 창작 수법과 기능만을 배운다면 인간 삶에 대한 실체적 탐구가 방기될 가능성이 높아진다는 점에서 타당하다. 중국의 문학사에서 유사한 진행으로는 남송 강서시파는 황정견의 시어 정련법의 하나인 점철성금과 환골탈태론에 대하여 정신은 버리고 기능적으로만 접근하여 시의 참맛을 떨어뜨리고 말았다.

던 자리를 뜨기 시작했다. 실제로 2000년대에 들어서면서부터 전국의 대학에는 문예창작과가 생겨나기 시작하였고, 혼미한 상황 속에 전투성을 잃어버린 비평가들은 일부 기성 체제에 들어가기도 했는데, 이 역시 미·일과 유사한 전철이 아닐까 생각된다.

대학 쪽을 보아도 상황은 마찬가지이다. 실용주의 학문에 앞자리를 내어주고 구조조정의 존폐를 걱정하는 "대학의 꽃" 인문대학은 낙엽이 흩날리는 벤치에서 쓸쓸히 옛날의 영화를 반추하는 처지가 되고 말았다. 최근 십여 년간 자주 논의된 이야기지만 어문학 중에서도 어학과 현대문학에 비해 고전문학은 그야말로 고전을 면치 못하는 신세가 된 것은 이미 새로운 이야기가 아니다.

상황이 이럴진대 핍진한 이야기 구조도 없고, 그저 내재된 상징과 은유의 미로를 인내와 함께 파헤쳐 나가야만 도달하게 되는 시에 다가가려는 사람이 과연 얼마나 되겠는가는 불문가지이다. 이쯤 되면 군이 근대문학이 끝났다고 하는 고진과 시비를 따질 것도 없는 지경이 아닌가 한다. 그러나 그럼에도 불구하고 우리가 시와 문학이라고 하는 과거의 것들을 오늘 다시 되돌아보고자 하는 것은 역사의 '차이어린 반복'이라고 하는 형이상학적 믿음 위에서 무엇인가를 다시 길어 소통하고 싶은 희망의 몸짓이 아닐까 싶다.

2. 해 아래 새 것이 없으니

구약성서 <전도서>에서 권력과 부귀, 향락과 회한을 모두 맛본 솔로몬왕은 이렇게 탄식하고 있다. "헛되고 헛되며 헛되고 헛되니 모든 것이 헛되도다. 사람이 해 아래서 수고하는 모든 수고가 자기에게 무엇이 유익한고. 한 세대는 가고 한 세대는 오되 땅은 영원히 있도다. 해는 떴다가 지며 그 떴던 곳으로 빨리 돌아가고 …… 이미 있던 것이 후에 다시 있겠고, 이미 한 일을 후에 다시 할지라. 해 아래는 새 것이 없나니, 무엇을 가리켜 이르기를, 보라 이것이 새 것이라 할 것이 있으랴, 우리 오래 전 세대에도 이미 있었느니라. 이전 세대를 기억함이 없으니, 장래 세대도 그 후 세대가 기억함이 없으리라." 전도서 전체의 맥락에서 '해 아래 새 것이 없다'는 말은 순환 반복하는 대자연과 세상사의 섭리에서 보자면, 유한 존재인 인간이 자신의 이득을 구하려 애쓰는 수고들이 모두 이슬같이 헛된 것이므로, 사라질 것들을 추구하지 말고 겸손한 자세로 조물주 앞에 나아가야 한다는 의미로 해석된다.

日窘亦知夫水与月乎逝者如斯而未嘗往也盈虛者如彼而卒莫消長也盖將自其變者而觀之則天地曾不能以一瞬自其不變者而觀之則物与我皆無盡也而又何羨乎且夫天地之間物各有主苟非吾之所有雖一毫而莫取惟江上之清風与山間之明月耳得之而為聲目遇

소식의 〈적벽부〉

마치 인생의 공허감으로 가득찬 한대(漢代) <고시십구수>를 보는듯한 솔로몬의 구절들로부터 우리는 중국문학과 연결되는 몇 가지 생각의 단초를 끌어낼 수 있을 것 같다. 먼저 인간 존재의 물질적 토대로서의 '자연에 대한 성찰적 응시'이다. 자연에 대한 외경은 동서양 공히 드러나는 인간의 존재 기반으로서의 원초적 감정인데, 특히 동양에서 그 순응성이 강하다. 소식은 <적벽부>에서 인생의 무상함을 아쉬워하는 객에게 "강 위의 맑은 바람과 산 위의 밝은 달은 조물주가 우리에게 준 무진장의 선물이니, 우리는 그것을 마음껏 즐겨 다함이 없다"며 자연에 대한 자기 초월적 성찰과 감사의 마음을 표했는데,7) 이와 같은 친자연성은 한시의 중요 특징의 하나이다.

다음은 자연과 세상사의 무수한 '반복성'에 대한 유한 존재로서의 세대들의 깨닫지 못함과 솔로몬적 깨달음에 관해서이다. 실상 세상의 모든 존재와 일은 처음에는 새롭고 빛나지만, 시간이 경과하면서 그 빛이 바래고 기운은 스러져간다. 그러기에 전도서에서도 각 세대의 세계 인식은 자기 세대에서 벗어나기 어렵고, 후일에도 이와 유사한 상황이 반복된다고 한 것이다. 그러면 이러한 반복 순환은 매양 같은 것인가? 만일 늘 같은 것이라면 그것은 생장쇠멸하는 살아있는 우주가 아니며, 당연히 생명적 의미도 찾을 수 없게 된다. 그렇다면 다음에 일어나는 반복은 동일한 반복이 아니라 앞의 것과 똑같지는 않은 차이를 지닌 반복일 것이다. 즉 같되 같지 않은 반복이다.8)

---

7) 이에 소식은 (도사 양세창에게) 이렇게 말했다. "그대는 물과 달에 대해서 아는가? 가는 것이 이와 같으나 가는 것만이 아니오. 또 차고 이지러짐이 저와 같으나 결국 없어지거나 자라는 것이 아니오. 사물을 변화의 관점에서 보면 천지는 일순간이라도 쉼이 없고, 또 사물을 불변의 관점에서 보면 사물과 나 모두 다함이 없으니, 무엇을 부러워하겠는가? ……강 위의 맑은 바람과 산간의 명월은 귀로 들어 소리가 되고, 눈으로 보아 형태를 이루니, 그것을 취함에 금할 이 없고, 마음껏 써도 다함이 없소. 이것이 바로 조물주의 무진장이니, 내 그대와 함께 실컷 즐기는 바이다.(<赤壁賦>)

8) 초월적 경험론자이며 포스트구조주의자인 들뢰즈(Gilles Deuleuze)는 박사학위논문인 ≪차이와 반복≫(1968)에서 차이와 반복에 대해 공상과학 소설 방식으로 파편적이며 시뮬라크르(simulacre)적으로 기술하고 있다. 특히 그는 '개념의 동일성, 판단의 유비, 술어들의 대립, 지각된 것들의 유사성'이란 네 가지 굴레에 갇혀있는 '재현'의 문제에 대하여

차이는 반복의 통합적 일부이자 구성적 일부이다. 차이는 어떤 깊이를 지니게 되고, 그 깊이가 없다면 표면에서는 아무것도 반복할 수 없다.[9] 그래서 모든 것은 파동적으로 반복하면서 변해간다. 아침저녁으로 떠오르는 해와 달, 계절의 순환과 추이, 우리의 인생살이, 세상사, 그리고 우주의 생장과 소멸이 다 그렇다. 여기에서 우리는 '흐름'의 개념을 떠올릴 수 있게 되는데, 이는 세계를 움직이는 두 요소적 힘으로서의 음양론에 기초하고, 그 상호 생성과 파동의 흐름이라고 하는 주역 태극의 관점으로도 이해 가능할 것이다.

3. 온고지신과 줄탁동시(啐啄同時)

세상의 일들이 반복하는 것이라면, 그리고 그 반복들 사이에는 모종의 차이들이 개재되어 있다면, '옛 것을 오늘에 되살린다.'는 고전의 현대적 소통은 가능한가? 그것이 가능하다면 어떤 모습이어야 할까? 여기서 '중국문학과 고전시의 고위금용'이라고 하는 논제를 놓고 그 소통성 확장 문제를 생각해보자. 서두에서도 말했듯이 "급속한 정보혁명 시대에 옛 것이 과연 얼마만한 도움이 되겠는가?" 하는 문제에 대답은 여전히 쉽지 않다. 그러나 한편에서 "역사는 반복된다."고 한다면 아니 적어도 역사로부터 우리가 얻어야 할 교훈이 있다면, 과거의 것을 방기할 수만은 없지 않은가 하는 반론은 가능하다.

논했는데, 만일 어떤 것이 반복한다면 그것은 언제나 자신이 아닌 것에 의존하는 반복이며, 자신이 갖지 못한 것에 기대는 반복임을 말하였다.(<차이 그 자체> 중에서)
9) 들뢰즈 저, 김상환 역, ≪차이와 반복≫, 민음사, 2004, p.599.

이쯤에서 잠시 공자의 말을 생각해 보자. ≪논어·위정≫ 편에서 공자는 "온고지신할 수 있다면, 가히 스승이라 할 만하다."(溫故而知新, 可以爲師矣.)"라고 했다. 모범이 될 스승으로서의 중요한 태도로서 '온고지신'을 주장한 것이다. 또 공자의 손자 자사(子思)가 지은 ≪중용≫에 따르면 이 말은 다시 '온고'와 '지신'의 두 단계로 나뉜다.10) 이것은 흔히 오해하듯이 "옛 것을 익히고 또 새 것을 익히면 가히 스승이 될 만하다."고 해석하는 것은 썩 좋지 않다. 온고지신의 보다 심화된 뜻은 성리학의 대가인 주희의 풀이에서 구현된다.

> 온(溫)이란 생각하여 풀어내는 것이다. 고(故)란 예전에 들은 것이다. 신(新)이란 지금 터득해 얻게 되는 것이다. 이 말은 학문에서 '예전에 들은 것을 자주 익혀 그때마다 매번 새로 얻어지는 것이 있으면', 배운 것이 내게 있어서 그 응용이 무궁한 까닭에, 사람들의 스승이 될 수 있다고 한 것이다. 암기하여 물음에나 답하는 기문(記問)과 같은 배움은 마음에 깨달아 얻는 것이 없어 그 앎에 한계가 있기에 ≪예기·학기≫ 편에서 '남의 스승이 될 수 없다'고 한 것이다. 바로 이글의 뜻과 서로 연결되어 있다.11)

이로 미루어 '온고'와 '지신'의 의미구조는 연합구조가 아니라 편정구조로 볼 때 더욱 깊은 뜻을 길어올 수 있게 됨을 알 수 있다. 이렇게 되면 온고지신은 "옛 것을 가슴에 담아 자주 헤아려 익혀, 새로운 의미를 터득한다면, 가히 스승이 될 만하다."고 풀이되는 것이다.12) 여기서

---

10) ≪中庸≫ 제27장. "君子尊德性而道問學, 致廣大而盡精微, 極高明而道中庸. 溫故而知新, 敦厚以崇禮."
11) 朱熹 ≪論語集注≫, "溫, 尋繹也. 故者, 舊所聞. 新者, 今所得. 言學能時習舊聞, 而每有新得, 則所學在我, 而其應不窮, 故可以爲人師. 若夫記問之學, 則無得於心, 而所知有限, 故學記譏其'不足以爲人師', 正與此意互相發也."
12) 이상 '온고지신'의 해설은 필자의 <중국문학과 온고지신>(≪중국시의 문예심미적 지형≫,

'고(故)'는 과거의 지식으로서 들뢰즈 식으로 말하자면 오늘에는 이미 정지된(was) 지식이다. 주체는 정태적이었던 과거의 지식을 온양시켜, 오늘과의 만남 과정을 통해 '새로운 앎[新]'으로 동태화(becoming)시킨다.13) 이것이 온고와 지신이다. 즉 현재와 소통되지 않았던 과거의 지식으로부터 새로운 '깨달음[깨뜨려 앎]'으로의 진전이 된다.

동아시아 고전시대 인격적 완성체로서의 군자 또는 스승으로 나아가는 이러한 '온고이지신'의 지적 전이는, 해석학 내지 수용이론으로 말하자면 선현 또는 원저자와 그것을 읽어내는 독자와의 기대 지평의 맞춤이라는 지평의 융합을 통해 결과되는 새로운 읽기와 터득이며, 데리다적으로는 '원-글(Archi-écriture)'을 향한 끝없는 '구조화' 중의 차연의 놀이 과정이기도 하다.14)

이와 같은 이전 세계로부터 새 세계를 향한 인식의 깨우침은 헤르만 헤세의 소설에서는 '아프락사스'로 표상된다.15) <데미안>에서 데미안은 싱클레어에게 "새는 알에서 나오려고 바둥거린다. 알은 곧 세계이다. 새로 태어나려는 자는 하나의 세계를 깨뜨리지 않으면 안 된다. 새는 신에게로 날아간다. 신의 이름은 아프락사스이다."라며 새로운 세계로 나가기 위해서는 자신의 세계였던 그 알을 깨는 자기 부정이 요구된다고 했다.

2014)을 참조

13) 들뢰즈적 정지와 운동에 대해서는 ≪노자와 들뢰즈의 노마돌로지≫(장시기, 당대, 2005) p.24를 참조.

14) ≪현대 문예비평과 신학≫, 이경재, 호산, 1996, pp.143-148.

15) 아프락사스(Abraxas)는 고대 그리스의 신으로 선과 악, 신과 악마 등 양극성을 하나로 포괄하는 상징적 신성이다. 융의 영향을 받은 헤세는 <데미안> 중의 '새가 알에서 나오려고 싸운다'에서 알은 곧 세계이며, 새로 태어나려는 자는 이전 세계를 깨고 나와 아프락사스의 신을 향해 날아가야 한다고 말한다.

이상 온고지신론과 데미안의 이야기는 과거의 것 그대로를 가지고서는 오늘 또는 내일과 소통하기 어렵다는 의미이다. 하지만 그 소통의 구체적 방법은 찾기가 쉽지만은 않다. 온고지신에는 주체의 모습이 주로 부각될 뿐, 외부적 상황의 주동성이 덜 드러나기 때문이다.

김지하 시인은 한 강연에서 '줄탁동시(啐啄同時)'의 힘을 주장했다.16) 그에 의하면 '줄(啐)'은 후천 개벽인 병아리가 알의 안에서 밖을 향해 깨고 나가려는 움직임이며, '탁(啄)'은 선천 개벽인 어미닭이 사랑의 마음으로 밖에서 쪼아 새끼가 어서 깨고 나오도록 도와줌이다. 즉 안으로부터의 깨침과 밖으로부터의 쪼아냄이 동시에 이루어질 때 비로소 진정한 개벽이 이루어진다는 것이다. 그렇다면 알을 깨고 나오는 아프락사스의 내적 자기 혁파에 더하여, 밖에서 어미 새가 사랑으로 열심히 쪼아내는, '내외 상응의 마주 침'이 함께 일어날 때, 우리가 희망하는 새로운 세계는 이전과 또 다른 모습으로 재현될 것이 아니겠는가?

4. 한시와의 카이로스적 소통

내가 그의 이름을 불러 주기 전에는 / 그는 다만 / 하나의 몸짓에 지나지 않았다.
내가 그의 이름을 불러 주었을 때 / 그는 나에게로 와서 / 꽃이 되었다.
내가 그의 이름을 불러 준 것처럼 / 나의 이 빛깔과 향기에 알맞은
누가 나의 이름을 불러 다오 / 그에게로 가서 나도 / 그의 꽃이 되고

---

16) 김지하, <줄탁동시와 촛불을 생각한다> : 동국대학교 생태환경연구센터 제8기 에코포럼. 啐은 '쭉쭉 빨다' 또는 '시끄럽게 떠들다'는 뜻을 갖고 있는데, 병아리가 안에서 껍질을 깨고 나오려는 몸짓이다.

싶다.

우리들은 모두 / 무엇이 되고 싶다 / 너는 나에게 나는 너에게 / 잊혀
지지 않는 하나의 눈짓이 되고 싶다.[17]

다시 문학적 물음으로 돌아온다. 과거의 문학이 오늘에 소통되고자
함은 온당한가? 당나라 때 화려한 오색 날개를 펼쳐 보이며 꽃을 피웠
던 한시는 오늘날 그와 같지는 못할지라도 다시 부활하여 새롭게 읽힐
만한가? 가능하다면 내용과 방식은 어떠한 것일까? 이것이 오늘날 당송
시를 그대로 살리자는 말은 물론 아니다. 이러한 질문의 개인적 동기가
있다면 동아시아 문화에서 역사적으로 큰 스트림을 가졌던 장르들이
제대로 된 건더기 하나 없이 그대로 사장되는 것에 대한 일말의 아쉬움
에서일지도 모른다.

당연하지만 필자가 시대의 흐름과 관련된 이와 같은 문제와 전망에
대해 충분한 해답을 가지고 있을 리는 없다. 우선 소통이란 어느 일방
의 노력과 변화만으로는 불가능하기 때문에도 그렇다. 현대적 의미로
재현되지 못한 모든 과거성이 사라져야 한다면, 한시 역시 그러할 수밖
에 없다. 그러나 옛날의 우물을 오늘에 길어내어 그것이 다시 오늘의
물로 새로워지는 것이 가능하다면, 그것은 이미 과거의 물이 아니요,
오늘의 물이다. 한시의 오늘을 생각해보는 이유도 여기에 있을 것이다.

실상 앞에서 언급한 온고지신은 주체의 내면적 노력이다. 시대와의
소통에 있어서 주체로서 온고지신의 내적 깨어짐의 노력은 당연한 것
이지만, 그것만으로 필요충분조건이 될 수는 없다. 온고지신에 더하여
줄탁동시의 내외 상응이 가해질 때 비로소 소통의 잠재적 가능성은 높

---

17) 김춘수 <꽃>

아질 것이다. 즉 과거의 자신에 안주하지 않음은 물론이고, 그 과거를 다가올 미래를 잠재한 오늘에 맞추려는 노력이 더해질 때, 오늘이라고 하는 상황은 그것을 품어 새롭게 탄생시킬 것이다.

그렇다면 '한시'와 '오늘'의 만남은, 한시가 자신의 미래적 소통을 안에서 찾아내 밖으로 길어내는 일이 될 것이고, 오늘은 그 길어냄들이 시대의 흐름에 맞는 것인지를 보아 품어주는 가운데서 가능하게 될 것이다. 그 만남은 시간과 관계되는 듯이 보이지만, 실은 시간과 관계되지 않을 수도 있다. 그것이 소통의 보편성이며 특수성이다. 보편성은 구체적 상황과 무관하게 적용되는 통시대적 만남이다. 그리고 특수성은 과거와 오늘이 시간을 뛰어넘는 개별적이며 구체적 만남이다. 그러므로 이러한 만남은 크로노스(chronos)적이 아니라, 카이로스(kairos)적이다.18) 카이로스적 만남은 특이점(singularity)의 시간과 만나면서 시간을 초월하여 새로운 재현을 꿈꾼다.

텍스트의 해석학적 의미는 변천하는 기대 지평에 의하여 언제나 새로운 이해와 해석이 가능한 '열린' 지평이다. 결국 텍스트에 대한 보편적이고 궁극적인 의미란 존재하지 않는다. 시대적, 개인적 지향을 추구하는 독자의 변천하는 기대와 지평에 의한 '이해의 에'만 존재할 뿐이다. 즉 텍스트에는 시간을 초월하여 모든 독자에게 동일한 의미를 주는 절대적 의미가 존재할 수 없다는 것이다. 그렇다면 이제 우리는 한시에 잠재된 카이로스성을 찾아내어, 오늘 그리고 내일과 만나도록 준비해야 하는 것은 아닐까?

---

18) 시간에는 흘러가는 시간과 의미 있는 시간으로 나뉜다. 연대기적으로 흘러가는 시간을 헬라어로 '크로노스(chronos)'라 하고, 비록 흘러가는 것이지만 특별한 의미가 부여될 때 그 의미 있는 시간을 '카이로스(kairos)'라 부른다. 즉 카이로스 시간은 의미를 통해 재구성되어 만나고 소통되는 특이점적 시간이다.

한시의 줄탁동시는 바로 옛 것을 오늘 다시 안고서 애지중지하자는 것이 아니다. 중국의 당시는 당나라의 그 시대의 현실과 살아있는 소통력을 뿜어낼 수 있었기에 꽃을 피울 수 있었던 것이다. 오늘날 중국의 한시가 현재와의 화려한 만남을 기약하지 못한다면 그것은 죽은 꽃이요 조화이며 빛바랜 사진일 뿐이다. 그 만남이 진정한 소통성을 지니려면, 숙성과 발효의 과정을 통해 줄탁동시의 내외상응을 이뤄내야 한다. 그러할 때 그 만남은 일방적 짝사랑의 조우가 아니라, 의미 있는 카이로스적 양자 소통의 장을 만들어내는 하나의 '눈짓'으로 다가와 의미 있는 생명의 '꽃'을 피워낼 것이다.

5. 뫼비우스 시프트의 감성기호학

(1) 에레혼(Erewhon)을 향한 여정

'에레혼(Erewhon)'이란 말은 새뮤엘 버틀러의 소설 제목이다.[19] 에레혼은 'nowhere'의 철자를 역순화한 신조어이다. 즉 '아무데도 없다'는 뜻으로서 상상적 유토피아를 가리킨다.[20] 현실 속의 사람들은 결핍의

---

19) 영국의 소설가 Samuel Butler가 산업사회 이후 영국의 기계문명을 비판적으로 풍자하여 1872년 발표한 소설이다. 산너머 미지의 나라 에레혼에 도달한 양치기 유목 청년은, 반기계파의 승리로 기계를 미워하고 질병은 죄악으로 처벌을 받으나 죄인은 병자로서 따뜻한 치료를 받는 사회를 목도하는데, 결국 그곳에서 사랑한 여성과 기구를 타고 탈출한다는 내용이다.

20) 'Utopia'는 그리스어로 그리스 말로 '아니다'를 뜻하는 'ou'와 '장소'를 뜻하는 'topos'의 합성어로, 이 세상에 '없는 곳'으로서 이상향이다. 동양에서는 무릉도원인 셈이다. 16세기 토머스 모어의 ≪유토피아≫는 사회주의적 이상으로서의 섬을 설정하고 있는데, 이 역시 현실 비판성을 띤다.

현실에서 벗어나 그것을 채워줄 새로운 세상을 꿈꾼다. 그곳이 파랑새의 이상향이자 유토피아이다.

형이상학적으로 생각해보자. 에레혼에 대한 관심을 보인 들뢰즈의 경우, 에레혼이란 바로 '지금-여기'의 특수성으로 환원되지도 않을뿐더러, 개념의 보편성으로도 환원되지 않는, 어떤 환상적 상상력에 참여하는 칸트적 기초개념일 것으로 보고 있다. 그것은 자신의 날개를 자유롭게 펴 자신을 넘어 어떤 궁극의 착상에 도달할 때의 개념적 공간일 것이다. 하지만 그곳 역시 문제를 해소해주지는 못할 것이라고 본다. 문제는 범주화에 의한 개념의 정착적 분배와, 환상적이고 유목적인 기초개념들 사이의, 차이 기문제가 여전히 제기될 것이라는 것이다. 이렇게 그 마지막 단계에서 볼 때 존재의 분배 방식은 그것은 유비인가, 아니면 일의성인가가 불명하다고 하면서, 들뢰즈의 에레혼에 대한 정의는 미완으로 남는다.[21]

그러면 에레혼은 결핍을 채워주는가? 결국 그렇지 못하다. 그러므로 에레혼은 인간이 영원히 갈망하는 그 무엇이다. 인간은 노마드적으로 새 세계를 찾아 방황하지만, 결국 그곳은 영원히 도달할 수는 없는 원초적 부재의 장소이다.[22] 따라서 들뢰즈는 이 말을 위장된 'no where'로 읽지 않고, 그것이 재배치된 '지금-여기'의 'now here'로 읽어야 한다고 했다.[23] 그렇다면 '지금-여기'의 현재적 파생성이야말로 우리가 찾을 수 있고 느낄 수 있는 차선의 최선인 셈이다.

---

21) ≪차이와 반복≫ 중 결론 <차이와 반복> : <범주들에 대한 비판>(pp.595-597) 참조.
22) ≪천개의 고원≫(들뢰즈·가타리 공저, 새물결출판사, 2001) 제6장 <기관 없는 몸체>에서는 '기관 없는 몸체(Body without Organs)의 노마드(nomad)적 유목을 통한 비결정론적 잠재성과 변용에 의한 반복이라고 하여, 반복의 열린 가능성을 주장했다. nomad란 유목민 또는 방랑자를 뜻한다.
23) 들뢰즈 저, ≪차이와 반복≫, p.596.

필자는 바로 앞의 글에서 존재는 독립적이지 않고, 관계 속에 유동하며 존재하므로, 우리는 '정해진 답[정답(定答)]'보다는 각 지점에서의 해답에 기댈 수밖에 없는 존재일 것이라고 하였다. 흘러가는 과정은 있으나 답이 없다는 것은 세상에 일어나는 모든 현상이란 것이 결코 늘 고정적이며 일정한 답으로 연결되는 것은 아닐 것이라는 뜻이다.

이렇게 본질, 실체, 근원, 중심이 모습을 드러내지 않는 상황에 대하여 초월적 경험론자인 들뢰즈와 같은 시대이면서도 기표의 사회적 의미에 주안점을 둔 보드리야르(Jean Baudrillard)는 "시뮬라크르는 결코 진실을 감추는 것이 아니고, 진실이야말로 아무것도 존재하지 않는다는 사실을 숨긴다."고 우의적으로 표현했다. 즉 "원본 없는 이미지인 시뮬라크르는 현실을 대체하며, 현실은 이미지의 지배를 받으므로, 결국 파생실재인 시뮬라크르(simulacres)는 현실보다 더욱 현실적이 된다."는 것이다.24) 결국 궁극으로서의 진리는 잡히지 않고 구름 속에 언뜻언뜻 보이는 해와 같이 삶의 점점의 순간들, 즉 'now here' 속에서 명멸하는 가운데 우리와 만날 뿐이며, 대신 우리는 수많은 파생실재에 둘러싸여 근원을 향한 물음의 갈망과 함께 결핍을 채우기 위한 존재의 여정을 떠나게 되는 것이다.

(2) "당신은 시를 어떻게 쓰는지 알지만, 나는 시를 왜 쓰는지 안다."

이 말은 영화 <토탈 이클립스>(1995)에서 프랑스의 천재시인 아르뛰

---

24) 장 보드리야르 저, 하태환 역, ≪시뮬라시옹*Simulacres et Simulation*≫, 민음사, 2005, p.5.
    시뮬라크르(Simulacres)는 실제로는 존재하지 않는 대상을 존재하는 것처럼 만들어놓은
    가상의 기표와 이미지다.

르 랭보가 그의 동성애자이며 라이벌 시인인 폴 베를렌에게 던진 말이다.25) 본질에 대한 강력한 내적 발산과 응집력을 잃고 언어의 유희에만 의존하는 시는 껍데기일 뿐, 자기 부정의 노마드적 여정 속에서 새로운 열림을 만들어내야 함을 말한 것이다.

그렇다면 역시 이런 인간 존재의 공통 심연에 놓인 중국의 문인 지식인들은 어떤 그들만의 여정을 떠나갔을까? 중국의 문인 시인들 역시 열악한 삶의 조건들에 노출된 오랜 전부터 인간 숙명의 존재적 한계와, 시대 사회 및 내적 갈등과 분만들을 문언의 시로 표현해 왔다. 좋은 시일수록 그 내면에는 강렬한 자기 분출의 힘이 자리하고 있는데, 세계를 바라보는 진지한 성찰과 창작 욕구가 언어 예술과 어우러져 만들어낸 결과이다.

내용과 관련하여 한시를 통해본 자기 발견과 각성의 과정은 이렇게도 나눌 수 있을 것 같다. ① 시간 속의 유한 존재, ② 친자연의 정감, ③ 시대적 갈등과 울분, ④ 삶의 고단함, ⑤ 은둔과 초월의 사변, ⑥ 피세 향락과 적막감, ⑦ 생활의 담담한 발견, ⑧ 소수자로서의 여성 등이다. 이러한 감정들이 표현된 대표적 작가와 작품들을 통해 수백 년 전의 중국을 살았던 그들과의 만남은 보다 카이로스화 하며 다가올 것이다.

> ① 시간의 경과와 유한한 존재 : 악부시, 고시십구수, 이백, 두보, 소식
> ② 친자연의 정감 : 산수, 전원, 자연시, 도연명, 왕유, 맹호연, 류종원
> ③ 시대적 갈등과 울분 : 완적, 포조, 두보, 백거이, 육유
> ④ 삶의 고단함 : 행역시, 고시십구수, 가도, 변새시, 이하
> ⑤ 은둔과 초월의 사변 : 현언시, 유선시, 이백, 소옹, 소식, 송시
> ⑥ 피세 향락과 외로움 : 이상은, 두목, 유영

---

25) 승효상, 《건축, 사유의 기호》, 돌베개, 2004, 서문. 'total eclipse'는 개기일(/월)식.

⑦ 생활의 담담한 발견 : 도연명, 왕안석, 송시
⑧ 소수자 여성 : 맥상상(陌上桑), 공작동남비(孔雀東南飛), 어현기(魚玄
機), 이청조(李淸照)

이상의 시인들의 시 전부가 해당되는 것은 아니나 경향성을 놓고 볼
때는 어느 정도 구분이 가능하다. 사실 이들 대표작가 외에도 많은 시
인과 시가 작자의 강렬한 내적 표현 욕구들을 함축하고 있는데, 시는
그 내적 축적이 클수록 시적 온도도 더욱 상승할 것이다. 여기서 '시적
온도'란 시에 나타난 문자적 온도가 아니라 시에 녹아서 부지불식간에
느끼고 공감하게 되는 사유와 정감의 뜨거움이다. 여기에 시 특유의 언
어 구사가 적절히 강구된다면 그 감동은 더욱 커질 것이다.26) 결국 내
용면에서 시를 쓰는 기술과 함께 시의 성패를 가늠하는 보다 더 중요한
요소인 시적 열정의 성패는 시인의 세계에 대한 탐구의 질과 진지성의
강도에 달려 있으며, 그것은 시인의 노마드적 여정과 성찰의 결과이다.

(3) 언어도단의 초월지향성

'말도 안 되는 언어적 궤변'을 '언어도단'이라고 한다. '말의 길이 끊
어졌다'는 뜻일 것이다. 그런데 이 말의 처음 뜻은 이것이 아닌 것 같
다. 불교에서는 깨달음에 이르자면 언어도단의 장벽을 넘어야 한다고
한다. 천지 우주간의 이치는 즉 부처의 지견(知見)은 인간의 언어로서
"이렇다 저렇다"라고 정언할 수 없으며, 마음으로 "이것이다 저것이다"
라고 확정할 수도 없는 불가사의한, 문자를 넘어서는[불립문자(不立文字)]

---

26) 18세기 낭만주의 시인 워즈워드(Wordsworth)는 "좋은 시란 강렬한 정서의 자발적인 넘
쳐남(All good poetry is the spontaneous overflow of powerful feelings.)"이라고 했다.

것으로서, '언어도단(言語道斷)'이요 '심행소멸(心行所滅)'한 것이다. 이 불가사의함의 이름을 붙일 수 없으므로 이름 하여 그저 '묘(妙)'라고 할 수밖에 없다는 것이다. 이를테면 깨달음을 위해 화두를 던지나, 결국 진정한 깨달음[진체(眞諦) : 진제]은 그 언어 너머에 존재한다고 하는 이야기이다.27) 불교의 영향을 받기 전 언어 작용의 한계성에 대한 중국적 관점은 ≪주역·계사전≫과 함께 노자에도 보인다.

> 도를 도라고 할 때, 그것은 항상 그러한 도가 아니다.
> (道可道, 非常道)28)

노자 ≪도덕경≫의 첫째 명제인 이 말은 매우 유명하지만, 또 그만큼 해석상의 편차가 존재한다. 필자는 이렇게 보고 싶다. 세상을 관통하는 진리적인 것 이를테면 그것을 '도'라고 하자. 그런데 그것에 이름을 붙여 "도"라고 부르는 순간, 그것은 '보편적으로 존재하되 늘 변용 가능하여 언제든지 그리고 무엇에든지 적용 가능한 도'가 아닌 '특수한, 개별적인, 현상적인. 분화된 도'일 뿐이라는 것이다. 그래서 '분화되기 전[미봉] 잠재된 상태의 항상적인 도'인 '상도(常道)'는 아니라고 하였다.29) 해석이 그렇다면 문중에 나오는 세 개의 '도(道)'라는 글자는 이렇게 풀이될 수 있겠다. 첫 번째 '도'는 '명명 불가하나 어쩔 수없이 지칭된 진리적 도'이고, 둘째는 '특별한 지점에서 명명되는 개별적 도'이며, 세 번째는 항구불변의 보편적이며 잠재된 도이다.

---

27) 禪學에서는 이에 이르기 위한 도경으로서 역사적으로 如來禪, 祖師禪, 公案禪, 文字禪, 默照禪, 看話禪 등의 방법으로 추구하였다. 본서 제9편 <중국선의 전개> 참조.
28) ≪老子≫ 1장, "道可道非常道, 名可名非常名. 無名天地之始, 有名萬物之母. 故常無欲以觀其妙, 常有欲以觀其徼. 此兩者同出而異名, 同謂之玄. 玄之又玄, 衆妙之門."
29) 가도와 상도의 차이에 대해서는 제2부 제5편과 제8편 글을 참조.

보려 해도 보이지 않으니 이를 일컬어 '이(夷)'라 하고, 들으려 해도 들
리지 않으니, 이를 일컬어 '희(希)'라 하며, 만지려 해도 만져지지 않으니,
이를 일컬어 '미(微)'라 한다. 이 세 가지는 캐물을 수가 없는 까닭에 본
래부터 섞이어 하나이다. 그 위는 밝지 않고, 그 아래도 어둡지 않으며,
면면이 이어져 이름지울 수 없다. '아무것도 없음'[무물(無物)]으로 돌아
가니, 이를 일컬어 모습 없는 모습이요 물체 없는 형상이니, 이를 일컬어
미묘하여 알 수 없는 황홀(恍惚)이라 한다.30)

　　이 제14장의 글은 '도'의 속성을 알려준다. 형이상학적 실체인 도는
인간의 감관 기관으로 파악해 낼 수 있는 그 무엇이 아니고 이름 붙일
수도 없는 형상 없는 형상인 원초의 '무물'이라고 한다. 시간적으로 이
는 아마도 완전히 부합하지는 않겠지만 쓰임 이전의 상태라는 점에서
주역 건괘 중의 초구(初九) 효사인 "물 속에 있는 용은 쓰지 않는다(潛龍
勿用)"는 상태에 비견될 것 같다.

　　도란 우리가 그러한 것이 있을 것이라고는 생각하지만 그 실체를 체
감할 수는 없는, 시원적 존재[도] 또는 이치[길]라는 것이다.31) 이를테면
만물이 형성되기 이전부터 있던 빅뱅 이전의 '그것'과 같은 것인데, 우
리는 그 혼돈의 '무물'을 '도'라고 범박하게 명명할 수밖에 없을 것이
다. 이것이 도가가 강조하는 '무'이다. 그렇다면 시원으로서의 '무'란
그냥 없음이 아니며, 생생불식하여 '유'를 파생하는 어미로서의 이름붙
일 수 없는 '무'이다. 그리고 이러한 생생의 과정에서 우리 인간은 자연

---

30) ≪老子≫14장, "視之不見, 名曰夷. 聽之不聞, 名曰希, 搏之不得, 名曰微. 此三者, 不可致詰,
　　故混而爲一. 其上不皦, 其下不昧. 繩繩兮, 不可名. 復歸於無物, 是謂無狀之狀, 無物之象, 是
　　謂恍惚. (迎之不見其首, 隨之不見其後. 執古之道, 以御今之有. 能知古始, 是謂道紀.)"
31) 道를 '道'로 번역하면 '세계 근원의 형이상학적 실체'로서의 개념이 될 것이나, 글자의
　　원의에 충실하게 '길'이라고 하면 '세상을 운행하는 이치'로 보게 되어 양자의 뉘앙스
　　가 달라진다.

의 흘러감을 그대로 받아들이는 '무위자연'의 흐름에 순종해야 한다는 논리로 이어지는 것이다.

다시 제1장으로 돌아온다. 이렇게 도라는 것이 언어로 명명할 수 없는 것임에도 노자는 왜 이름을 붙여 말하였던 것인가? 여기에 사유와 의사 전달에서 언어로부터 자유로울 수 없는 인간의 언어의 굴레에 대한 '무명지명(無名之名)'의 자가당착적 모순이 존재한다. 이것이 '대상-언어' 사이의 건널 수 없는 강이며 간극이다. 결국 언어를 통해 소통할 수밖에 없는 인간은 언어를 사용하기는 하되 동시에 언어를 초월하려는 시도를 할 수밖에 없게 되는데, 이는 바로 언어의 탈영토화와 이를 이은 재영토화를 위한 기호의 노마드적 열린 여정이다.

이런 의미에서 인간 노자는 기성 사유 체계를 거부하고 당시의 문명의 각인들을 부정하면서 스스로도 이름 부를 수 없다고 한 그 무엇을 향한 유목의 여정을 자처하여 떠난 달인이다.[32] 그는 기존의 주류 문명 사유와 인위적 설정들을 모두 부정하고, 광야로 나가 비주류와 반(反)문명적 자연회귀를 역설적으로 외친 시대의 이단아이자 혁명가였던 셈이다.[33] 이를 통해 그는 자신을 둘러싼 지배 이데올로기의 속박을 부정하고 벗어나 새로운 열림의 세계를 향한 열린 지식인의 전형을 보여주었다.

이렇게 세계의 열림은 이미 생기를 잃어버린 과거의 형식과 타성에

---

32) ≪노자와 들뢰즈의 노마돌로지≫(장시기)에서 저자는 총 37편에 걸쳐 노자의 사상을 탈영토화를 통해 재영토화의 세계를 구축해내는 노마드 지식인의 관점에서 분석하였다.

33) 이러한 점은 당시 종교적 기본 정신을 모두 소실한 채 율법에 안주하며 특권을 누리던 바리새파 종교 귀족들에 대항하여 소수자들과 함께 진리에 직면할 것을 요구하며 새로운 세계의 도래를 알리다 자신을 내어놓은 예수, 그리고 보편 인간으로서의 존재적 고민을 풀기위해 왕위를 마다하고 광야로 나아가 수행 끝에 스스로 깨달음의 경지에 들어간 부처의 삶과도 유사하다.

안주하기를 거부하고 본질로 단도직입하는 자기 혁파를 통해서만 가능하다. 만일 중국의 한시가 오늘과 진정한 소통을 이루고자 한다면, 한시의 본질에 대한 물음, 즉 형해화한 과거의 껍데기가 아닌 '상도(常道)'적 본질에 대한 성찰과 함께, 그것으로부터 자유롭게 변화하여 오늘 각기 다른 조건과 상황들에 물을 대주는 항구적 교감이 가능한 것인지에 대하여 부단히 묻고 또 그로부터 물을 길어내는 수고를 통해서만이 가능할 것이다. 잡으려 하지만 잡을 수 없는, 진리를 향한 언어도단의 중국적 여정 속에서, 우리는 무엇을 길어내야 할 것인가? 이제 한시의 소통적 재발견의 마지막 여정으로서 은유의 기호성에 관한 총괄적 논의에 들어가 본다.

(4) 뫼비우스 시프트의 감성기호학

앞에서 우리는 진리 표상으로서의 '대상-언어' 간의 넘기 어려운 간극에 관한 중국적 물음을 보아 왔다. 이번에는 서구 시각을 봄으로써 관점의 균형을 기해본다. 언어의 대상 추적 도구로서의 불완전성은 지난 세기 서구에서도 진행되어 왔다. 앞의 <존재, 관계, 기호의 해석학>에서 언급한 서구 언어철학의 여정을 간략히 요약해본다. 서구에서 천년에 걸친 신학과 철학의 진리 탐구 과정이 소기의 성과를 내지 못하자, 사람들은 사유와 전달의 매체가 되는 언어 자체에 주목하기 시작하였다. 소쉬르 이래 언어라고 하는 기호가 지시체인 기표(Signifier, Sr.)와 피지시체인 기의(Signified, Sd.)로 이중구조화 되었다고 생각한 언어철학자들은 이 둘 사이의 관계를 추적하는 데 열을 올렸다.

그 결과 기의와 기표는 서로 완전히 합일하지 못하고 일정 부분 차이를 지닌 채 다음 기표와 기의로 이월시키는 과정을 반복 지연하며 흘러간다고 파악했는데, 이것이 데리다의 차연(différance)의 개념이다.[34] 결국 이렇게 무한 연기되는 차연의 흐름은 대상 또는 원의를 궁극적으로 드러내지 못하는 건너기 어려운 '요단강'인 셈이다. 이는 마치 한자 최초의 발음표기 방식인 반절(反切)법의 발음 표기가 상호 순환 반복의 굴레에 갇혀 끝내 원음에 도달할 수 없게 되는 것과 같은 이치이다.[35]

'대상-언어' 간의 합일 불가의 차연의 흐름의 관점에서 보자면 이제부터 우리가 유심히 생각해보아야 할 것은 원전을 드러내는 방식의 변용적 속성에 관한 부분이다. 어차피 원전을 원전 그래도 재현할 수 없는 것이 언어의 한계이자 숙명이라면, 장님 코끼리 만지듯 구현해낸 수많은 부분 재현의 파생실재들을 긍정하여 다시 원전을 유추 재현해내는 노력도 원전에 도달하는 한 가지 방법이 될 것이다. 그리고 그간 철학과 논리로써 도달하지 못했던 원전의 세계에 도달할 방편의 하나는 바로 우리가 주목해야 할 '시적 은유' 장치일 것이므로 이 부분에 주목하면서 논지를 전개한다.

차이와 반복의 무한 순환의 과정은 우리가 근원으로서의 기의인 텍스트와 대상에 영원히 도달할 수 없다는 뜻이다. 이를 다른 말로 표현하면, 의미는 기호 안에 '직접적으로' 존재하지 않는다는 말이다. 그런

---

34) 차연이란 말을 뜻하는 defférance는 differ(차이)와 defer(연기)의 합성 신조어이다. 차연의 과정은 형이상학의 동일률과 모순율의 대칭 논리에서 벗어나, 모호한 경계 상황이 야기하는 행간의 상호텍스트성 사이에서 유목적으로 배회하는 분산과 파생과 대리의 해석학으로서, 이론상 새로운 돌파와 한계의 두 가지 평가를 다 받고 있다.

35) 反切에서 '東'의 발음은 "德紅切"로 정의되며, 이러한 방식에서는 '德'과 '紅'의 무한히 파생되는 反切音들은 결국 東에 기대어 정의되므로 결국 東은 영원히 자신의 발음에 도달하지 못한다. 각 글자들은 상호 의존적으로 증명되는 순환 반복의 오류에 갇혀서, 상호 존재의 원인이 된다. 이것이 시뮬라크르라는 파생실재들로 직조되는 원전 부재의 시뮬라시옹의 세계이다.

의미에서 기호는 환유이면서 은유이다. 이렇게 기호의 의미가 그 기호가 아닌 것들에 의해 규정되고 있으므로, 기호의 의미는 기호에 부재(不在)하고 있다. 언뜻 손만 뻗치면 닿을 것 같던 그 의미는 고정되지 않고 유동하는 무한에 가까운 시니피앙 속의 파생실재들 사이에 흩뿌려져 있는 것이다. 보다 확대하여 말하자면 존재는 고정된 실체로서가 아니라 부재와 함께 명멸하며 자신의 존재의 춤을 추고 있는 것이다. 결과적으로 앞의 <존재, 관계, 기호의 해석학> 중 물리학, 면역학, 논리학에서 예시한 중심의 부재는, 언어와 인식의 세계에서도 같은 방식으로 구성되고 드러나 있음을 볼 수 있다.

오늘날 네트워킹의 발달과 함께 가속화되었고 또 서로가 서로에게 기대는 빅데이터 기반의 순환 반복의 재현의 지식정보사회에서 이제 근원 혹은 원전은 더 이상 강력한 의미를 지니기 어렵게 되었다. 수많은 파생실재의 시뮬라크르(simulacres)들은 그 자체로 자기 창출과 교환을 실행하며 무한 변신이 가능한 새로운 의미의 중심이자 원전들이 될 수 있는 것이다. 이것이 바로 원전보다 더 원전스러운, 그리하여 원전과 복제의 차이가 사라지고 '원전으로서의 대상'과 '그에 대한 기술로서의 재현' 간의 갭이 의미 없게 된 시뮬라시옹(simulation)의 세계이다.

시뮬라시옹의 세계는 원전에서 파생된 재현체들이 세상의 곳곳에 흩뿌려져 있는 세계이다. 이를 노자적으로 말하자면 상도에 대하여 구체적으로 명명된 수많은 현실의 파생된 도들을 통해 원전과의 차이를 무화한, 파생실재들의 상도 분산적이며 불완전한 환원주의적 세계 지향이라고 할 수 있다. 사실 이러한 관점은 총체성으로 나아가기 위한 과정 중의 분산자요 걸림돌이라는 점에서 우울한 것도 사실이다. 하지만 그럼에도 불구하고 이들 흩뿌려진 씨알들을 사이로 드러나는 파생된 실재들 너머 온전하게 빛나는 그 무엇을 향한 인류의 보물찾기의 여정이 그치지 않을 것이라는 점에서는 여전히 희망적이다.

이제 한시의 내부 상황을 보도록 한다. 시의 기본 특징은 운율과 함축이다. 먼저 한시의 운율적 속성으로부터 가능한 이야기들을 살펴보자. 시는 본래 노래에서 출발하였고, 후에 구송을 거쳐 운문문학으로 정착되어 갔으므로 당연히 내재율이든 외재율이든 음악적 성분이 남아 있다. 그 대표적 음악적 성분은 이미 보았듯이 음과 양 또는 평과 측을 기조로 하는 각 층차 별로 반복 파장되는 동형구조적인 맥동성이다. 또한 시의 내면을 흐르는 음양 상관의 파동성은 구와 연에 따른 시상의 자연스런 곡절을 야기하며 내재적 의미적 전개에 기여한다.

서구의 역사가 시각 우위의 역사로서 고정된 시선으로 타자를 배제하는 이분적 세계를 형성해 왔다면, 향후로는 주체와 타자가 함께 소통하고 어울리는 나눔의 역사를 향해 나아가야 한다. '노래방'은 성행하는데, 문학적 '시가방'이 스산한 이유가 무엇이겠는가? 시가의 본질인 노래에서 멀어진 때문이다. 후발적인 시각 요소 대신 그동안 사용하지 않았던 본래적 청각 요소인 귀와 입을 문학에서 살려내어 적극 활용하는 다각적인 노력과 함께 시의 쓸모와 가치는 소생 가능할 것이다.

시의 두 번째 특징인 함축과 관련하여 생각해본다. 우리가 이제까지 본 것과 같이, 종교, 철학, 언어학이 해결하지 못한 '대상–언어'의 갭에 대하여, 논리를 앞세운 산문 사유로는 그 산을 넘지 못하고 있다는 점에서 결국 언어이되 언어를 넘어서는 그 무엇이 필요하고, 여기서 시는 그 좋은 대안이 될 수 있다는 점이다. 필자가 보기에 시란 '세계에 대한 정감적 질문과 느낌을 정련된 음운의 매트릭스로써 그 한계를 초월하고자 하는 몽상가의 산물'이다.

자신의 생각을 드러낼 언어의 차연적 부조응으로 인해 시인의 언어는 모호하고 이중적일 수밖에 없다. 그리고 바로 이러한 불명료함, 모호성은 시의 근본적 힘이다. 논리로는 완전한 소통의 강을 건널 수 없다. 그러기에 시의 언어는 은유적이다. 그것에 대하여 무엇을 말하고 있다 하더라도 그것에만 고착되어서는 시인의 생각에 도달하기 어렵다. 우리는 모두 어차피 자신이 원하는 그것을 온전히 말할 수단을 놓아 둔 채 이 땅에 온 존재들이기 때문일지도 모른다. 그래서 작가도 독자도 서로 다른 것을 가리키고 또 다른 것을 쳐다보기 십상인 것이며,36) 이것이 진리 발견의 난해한 강이다. 결국 우리는 텍스트에 적혀 있는 그것만이 아니라, 그것의 저편에 놓인 저것도 보아야 한다. 그리고 그 소통의 언어들은 즐거운 리듬과 노래 속에 실어 보내야 할지도 모른다. 이렇게 할 때 뫼비우스 시프트의 기호학은 시의 은유적 기호 속성을 통하여, 기존에 건너갈 수 없었던 언어의 강을 건너 진실의 문을 열고 그 세계에 들어가도록 허락받을지도 모르기 때문이다.

이것이 바로 영원히 도달할 수 없는 그곳에 우리를 데리고 갈 뫼비우스의 띠와 그것을 통한 새 세계로의 도약이요 건넘(shift)이다. 테이프를 한번 비틀어 겉면과 이면의 대각선끼리 이어 놓은 뫼비우스의 띠는 두 개의 면이 하나로 되면서 이전까지 한 번도 갈 수 없었던 그곳으로의 여행을 가능케 하는 꿈과 희망의 구현체이다. 그리고 갈 수 없었던 그곳은 머나먼 곳이 아니라, 실은 바로 우리 안에 있지만 어떻게 도달해야 할지 몰랐던, 바로 우리 마음의 뒷자리이다. 단순히 한번 틀어 만들어진 뫼비우스의 길을 따라 우리는 건널 수 없다던 그 강을 건너고야

---

36) 이러한 까닭에 가다머, 야우스 등이 말하는, 텍스트의 보편적이고 궁극적인 의미가 고착되지 않는, 해석학적으로 열린 지평으로서의 텍스트성이 야기된다.

만 것이다. 이것이 '뫼비우스 시프트(Mobius shift)', 즉 뫼비우스적 전환
이며 도약이다.

　두 개의 단절된 공간을 하나로 묶어내는 뫼비우스의 띠는 단순한 기
계론적 평면 사고의 부정이며 세상을 바라보는 방식의 새로운 역전적
전도이다. 또한 모순적인 것들의 공존의 장소이자 서로 다른 두 세계의
하나 됨의 표상이다. 이는 주역과 노자를 통해 시사 받았듯이 역전, 도
치, 비구분, 그리고 자기초월적 차원융합의 경지이다. 사유 공간상의 건
너뜀을 통한 대상으로의 밀착은 문학에서는 내재의미를 생명으로 삼는
시에서 돋보인다. 한시의 표층에 흩뿌려진 은유와, 시어와 시어 사이의
긴장, 시인의 지향과 강도들에 의해 재구성되고 총체적 공명(resonance)
을 이루면서 언어를 넘어 새로운 세계의 열림을 이루어 낼 수 있기 때
문이다.

　한시 배양의 외부 여건과 관련하여 오늘의 세계를 조망해본다. 20세
기 자연과학의 발견에서도 보듯이 현상의 세계는 원본 또는 원존재의
다른 존재 양식으로서의 'now here'의 흩뿌려진 파생실재들의 세계이
다. 우리는 시에 흩뿌려진 진실 파편들의 감성적 조각 맞추기를 통해
다시 원전을 향한 여정을 걸어 나가야 할 것이다. 사실 이제까지 근대
를 굳건히 이끌어 왔던 이성중심주의가 퇴조한 빈자리는 기호와 감성
언어로 대체 가능할 것인데, 특히 한시가 보여주는 친자연성은 우리 문
화적 토양과 흡사하다는 점에서 긍정적이다. 중복을 피하기 위해 언급
하지 않았으나 한시는 우리가 줄곧 사용해 온 한자로 운용되었으며, 한
자라는 문자의 특성상 한시와의 친연성을 지니고 있다는 점에서도 한
시의 존속 가능성은 열려 있다.

　마무리를 겸하여 이글의 내용을 개괄한다. 중국의 한시가 현대와 소

통하기 위해서는 한시를 둘러싼 내외 여건의 상호 조응이 이루어져야 하는데, 소통의 잠재력을 지닌 시의 내부적 요건으로서 세 가지를 주목해야 할 것으로 생각된다. 첫째는 언어 재료로서의 강력한 문화 주도성을 지닌 한자의 속성이다. 이 부분은 앞의 제11편 <중국시와 의경미학>에서 논했으므로 중복하지 않는다. 둘째는 사유 토대로서의 중국 특유의 음양론적 사유와 그 흐름의 미학이다. 이 역시 제3편 <은유와 유동의 기호학, 주역>에서 다루었다. 그리고 세 번째가 본질에 이르기 위한 방법적 도경이자 중심 화법으로서의 기호적 은유를 통한 뫼비우스적 전환과 도약이다. 이상의 속성들은 바로 한시를 한시답게 하고, 향후 그 샘을 마르지 않게 해줄 진리 도경의 소중한 토대이자 황금률이다.

이제까지 우리는 한시의 소통과 관련된 몇 가지 기초적 요소들을 고찰하였다. 그간 한시의 형성에 영향을 준 사회문화, 심미사유적 시 내부의 '쪼음[줄(啐)]'이, 한시의 현대적 소통 가능성에 대한 줄탁동시로서의 외부적 도움자[탁(啄)]를 만난다면, 현대 언어철학이 난관에 부딪친 '언어-사유'의 벽을 넘어서는 또 하나의 의미 있는 대안으로서의 줄탁동시(啐啄同時)라고 하는 중국 고전시의 뫼비우스적 시프트(Mobius shift)는 불가능한 일만은 아니며, 새로운 소통자로 기능할 수 있을 것이다.

참고문헌

강신주, ≪장자, 차이를 횡단하는 즐거운 모험≫, 그린비, 2007.

강신주, ≪장자, 타자와의 소통과 주체의 변형≫, 태학사, 2003.

강진원, ≪알기 쉬운 역의 원리≫, 정신세계사, 2003.

금장태, ≪한국유학의『노자』이해≫, 서울대학교출판문화원, 2013.

금장태, ≪불교의 주역·노장 해석 : 지욱의 주역선해와 감산의 노장선해≫, 서울대학
　　　교출판문화원, 2007.

기세춘, ≪노자강의≫, 바이북스, 2013.

김가원, ≪도덕경과 선≫, 운주사, 2013.

김갑수, ≪현대중국의 도가연구 현황과 전망≫, 문사철, 2010.

김경방, ≪易의 철학 : 주역 계사전≫, 한국철학사상연구회, 예문지, 1993.

김경수, ≪노자 생명사상의 현대적 담론≫, 문사철, 2010.

김경용, ≪기호학이란 무엇인가≫, 민음사, 1994.

김교빈·박석준 외, ≪동양철학과 한의학≫, 아카넷, 2005.

김동규, ≪하이데거의 사이-예술론≫, 그린비, 2009.

김동현, ≪易으로 보는 시간과 공간≫, 한솜미디어, 2008.

김명진·EBS다큐멘터리, ≪동과서≫, 예담, 2008.

김상봉, ≪수역(數易)≫, 은행나무, 2007.

김상일, ≪대각선 논법과 역≫, 지식산업사, 2012.

김상일, ≪알랭바디우와 철학의 새로운 시작 : 존재와 사건과 도덕경의 지평융합을 위
　　　한 한 시도≫ 1·2, 새물결, 2008.

김상일, ≪易과 탈현대의 논리 : 라이프니츠에서 괴델까지 易의 강물은 흐른다≫, 지식
　　　산업사, 2006.

김석진, ≪대산 주역강의≫ 1·2·3, 한길사, 1999.

김석진·신성수, ≪주역으로 보는 도덕경≫, 대학서림, 2011.

김성도, ≪기호, 리듬, 우주≫, 인간사랑, 2007.

김승호, ≪주역인문학≫, 다산북스, 2017.

김승호·백진웅 저, ≪주역과 몸≫, 수연, 2003.

김욱동, ≪은유와 환유≫, 민음사, 2004.

김운찬, <기호와 거짓말> : ≪지중해지역연구≫ 제4권 제1호, 부산외대 지중해지역
　　　원, 2002.

김일곤・김정남 편저, ≪주역의 이해≫, 한국학술정보, 2009.

김재범, ≪주역사회학≫, 예문서원, 2002.

김정탁, ≪현, 노장의 커뮤니케이션≫, 커뮤니케이션북스, 2010.

김진석, ≪초월에서 포월로≫, 솔, 1994.

김창환, ≪도연명의 사상과 문학≫, 을유문화사, 2009.

김충열, ≪김충열 교수의 노자강의≫, 예문서원, 2011.

김학주, ≪노자와 도가사상≫, 명문당, 2007.

김학주, ≪장자≫, 연암서가, 2010.

김형효, ≪구조주의 사유체계와 사상≫, 인간사랑, 2010.

김형효, ≪노장 사상의 해체적 독법≫, 청계, 1999.

김형효, ≪사유하는 도덕경≫, 소나무, 2004.

김홍경, ≪노자≫(帛書甲本 저본), 들녘, 2003.

류영모 강의, 박영호 풀이, ≪다석 마지막 강의≫, 교양인, 2010.

류영모 역, 박영호 풀이, ≪노자와 다석-다석사상으로 다시 읽는 도덕경≫, 교양인,
　　　2013.

문용직, ≪주역의 발견≫, 부키, 2007.

박문호, ≪뇌, 생각의 출현≫, 휴머니스트, 2009.

박석준, <한의학에 적용된 음양오행론의 특징> : ≪동양철학과 한의학≫, 2005.

박영호 역・저, ≪장자 : 자유에 이르는 길≫, 두레, 2011.

박은희 역해, ≪노자≫, 고려원, 1994.

박재주, ≪주역의 생성논리와 과정철학≫, 청계, 1999.

박정근, ≪중국적 사유의 원형≫, 살림, 2004.

박정진, ≪일반성의 철학과 포노로지≫, 소나무, 2014.

박종숙, ≪노자로 살아가는 맛≫, 신아사, 2014.

박종혁・조장연, ≪주역의 현대적 이해≫, 국민대출판부, 2006.

박종호, ≪장자 철학≫, 일지사, 1985(1쇄)・1993(3쇄).

박찬부, <라캉의 기호적 주체론> : ≪언어와 기호≫ 제6집, 한국기호학회, 1999.

서대원, ≪주역강의≫, 을유문화사, 2008.

서울대학교동양사학연구실 편, ≪강좌중국사Ⅲ : 사대부사회와 몽고제국≫, 지식산업
　　　사, 1989.

소광섭, ≪물리학과 대승기신론≫, 서울대학교출판문화원, 1999.

송용준, ≪도연명 시선≫, 지식을만드는지식, 2010.

송용준・오태석・이치수, ≪宋詩史≫, 역락, 2004.

송항룡, ≪노자를 이렇게 읽었다≫, 사람의무늬, 2012.

송효섭, ≪기호학≫, 한국문화사, 2010.

송효섭, ≪문화기호학≫, 아르케, 2001.

승효상, ≪건축, 사유의 기호≫, 돌베개, 2004.

신동준, ≪노자론≫, 인간사랑, 2007.

신원봉, ≪인문으로 읽는 주역≫, 부키, 2009.

신현숙・박인철 편, ≪기호, 텍스트, 그리고 삶≫, 도서출판 월인, 2006.

심광현, ≪프랙털≫, 현실문화연구, 2005.

심재원, ≪생성의 도와 선≫, 정우서적, 2012.

안동림, ≪장자≫, 현암사, 1993.

양승권, ≪노장철학과 니체의 니힐리즘≫, 문사철, 2013.

양종국, ≪송대 사대부사회 연구≫, 삼지원, 1996.

오강남, ≪도덕경≫, 현암사, 1995.

오강남 풀이, ≪장자≫, 현암사, 1999.

오정균, ≪깨달음에서 바라본 수학≫, 라온북, 2014.

오정균, ≪깨달음에서 바라본 양자역학≫, 렛츠북, 2017.

오태석 등 공저, ≪글로벌 문화와 인문경영≫, 가톨릭대학교 글로벌인문경영연구소, 한국학술정보, 2017.

吳台錫, <노자 도덕경 기호체계의 상호텍스트성 연구> : ≪중국어문학지≫ 49집, 2014.

오태석, <북송문화의 혼종성과 이학문예심미> : ≪중국어문학지≫ 34집, 2010.

오태석, <송대 시학과 禪學> : ≪중국문학≫ 61, 한국중국어문학회, 2009.

오태석, <역설의 즐거움: 노장 존재론의 부정성> : ≪중국어문학지≫ 51집, 2015.

오태석, <은유와 유동의 기호학-周易> : ≪중국어문학지≫ 37집, 중국어문학회, 2011.

오태석, <장자의 꿈-초월・해체・역설의 글쓰기> : ≪중국어문학지≫ 45집, 2013.

오태석, <존재, 관계, 기호의 해석학> : ≪중국인문과학≫ 34집, 2006.

오태석, <주역 표상체계의 확장적 고찰> : ≪중어중문학≫ 53집, 2012.

오태석, <중국시와 意境美學> : ≪중국어문학≫ 44집, 2004.

오태석, <중국시의 세계문학적 지형-그 네 가지 정경> : ≪외국문학연구≫ 46호, 한국외국어대학교 외국문학연구소, 2012.

오태석, <한시의 뫼비우스적 소통성> : ≪중국어문학≫ 31집, 2009.

오태석, ≪중국문학의 인식과 지평≫, 역락, 2001.

오태석, ≪중국시의 문예심미적 지형≫, 글누림, 2014.

오태석, ≪황정견시 연구≫, 경북대학교출판부, 1991.

오형엽, ≪문학과 수사학≫, 소명출판, 2011.

옹산 김상봉, ≪數易≫, 은행나무, 2007.

이강수, ≪노자와 장자≫, 길, 2009.

이경재, ≪非의 시학 : 노자와 서양사상≫, 다산글방, 2000.

이경재, ≪현대 문예비평과 신학≫, 호산, 1996.

이광세 외, ≪이강수 읽기를 통해 본 노장철학연구의 현주소≫, 예문서원, 2005.

이규성, ≪생성의 철학, 왕선산≫, 이화여자대학교출판부, 2001.

이부영, ≪노자와 융≫, 한길사, 2012.

이석명, ≪노자와 황로학≫, 소와당, 2010.

이성환·김기현, ≪주역의 과학과 道≫, 정신세계사, 2009.

이우영, ≪알기 쉬운 생활역학≫, 아이템북스, 2007.

이지훈, <제유의 우주> : ≪노자에서 데리다까지≫, 예문서원, 2006.

이찬훈, ≪不二사상으로 읽는 노자≫, 예문서원, 2006.

이창일, ≪사상의학, 몸의 철학 마음의 건강≫, 책세상, 2003.

이창일, ≪주역, 인간의 법칙≫, 위즈덤하우스, 2011.

임진수, ≪상징계-실재계-상상계≫, 프로이트 라캉학교·파워북, 2012.

임헌규, ≪노자 도덕경 해설 : 왕필본·백서본·죽간본의 비교 분석≫, 철학과 현실
　　　사, 2005.

장석주, ≪오늘, 명랑하거나 우울하거나≫, 21세기북스, 2012.

장시기, ≪노자와 들뢰즈의 노마돌로지≫, 당대, 2005.

장우석, ≪수학, 철학에 미치다≫, 페퍼민트, 2012.

장은성, ≪복잡성의 과학≫, 전파과학사, 1999.

정기철, ≪상징, 은유, 그리고 이야기≫, 문예출판사, 2004.

정병석 역주, ≪주역≫ 상·하권, 을유문화사, 2010.

정석도, ≪하늘의 길과 사람의 길≫, 아카넷, 2009.

정순길, ≪과학 주역≫ 1·2, 안티쿠스, 2011.

정용선, ≪장자, 마음을 열어주는 위대한 우화≫, 간장, 2011.

정용선, ≪장자의 해체적 사유≫, 사회평론, 2011.

정진배, ≪장자, 순간 속 영원≫, 문학동네, 2013.

정진배, ≪탈현대와 동양적 사유논리≫, 차이나하우스, 2008.

조광제·김시천 엮음, ≪예술, 인문학과 통하다≫, 웅진지식하우스, 2008.

조창연, ≪기호학과 뇌인지과학의 커뮤니케이션≫, 커뮤니케이션북스, 2014.

조혁해, ≪주역과 철학≫, 한빛, 2004.

차경남, ≪진리는 말하여질 수 없다≫, 글라이더, 2012.

창현·박찬홍 저, ≪복잡계와 동양사상-자기조직화와 조직관리≫, 지샘, 2007.

청 화, ≪주역선해 연구≫, 운주사, 2011.

최완식, ≪주역≫, 삼덕출판사, 1979.

최완식, ≪周易≫, 혜원출판사, 1989.

최진석, ≪도덕경≫, 소나무, 2016.

최창현·박찬홍, ≪복잡계와 동양사상≫, 지샘, 2007.

최태군, ≪모든 것의 이론≫, 형지사, 2016.

한국도가철학회 엮음, ≪노자에서 데리다까지≫, 예문서원, 2001.

海住스님, ≪화엄의 세계≫, 민족사, 1998.

황정일, ≪불교시간론≫, 씨아이알, 2016.

A.C.그레이엄 저, 이창일 역, ≪음양과 상관적 사유≫, 청계, 2001.

G. 레이코프·M. 존슨 저, 노양진·나익주 역, ≪삶으로서의 은유≫, 박이정, 2006.

J.J.클라크 저, 장세룡 역, ≪동양은 어떻게 서양을 계몽했는가≫, 우물이 있는 집, 2004.

Jolande Jacobi 저, 권오석 역, ≪C.G.융 심리학 해설≫, 홍신문화사, 1992.

Robert E. Allison 저, 김경희 역, ≪장자, 영혼의 변화를 위한 철학≫, 그린비, 2004 (*Chuang-Tzu for spiritual transformation*).

가라타니 고진 저, 조영일 역, ≪근대문학의 종언≫, 도서출판b, 2006.

葛兆光 저, 정상홍 역, ≪禪宗과 중국문화≫, 동문선, 1991.

憨山 저, 오진탁 역, ≪감산의 老子 풀이≫, 서광사, 2011.

감산덕청 저, 심재원 역, ≪장자, 그 선의 물결≫, 정우서적, 2012.

거자오꾸앙 저, 이종미 역, ≪고대 중국 사회와 문화 10강≫, 동국대학교출판부, 2014.

고이즈미 요시유키 저, 이정우 역, ≪들뢰즈의 생명철학≫, 동녘, 2003.

高懷民 저, 정병석 역, ≪주역 철학의 이해≫, 문예출판사, 1995.

金景芳·呂紹綱 저, 한국철학사상연구회 기철학분과 역, ≪易의 철학 : 주역 계사전≫, 예문지, 1993.

金觀濤·劉靑峯 저, 김수중 역, ≪중국문화의 시스템론적 해석≫, 天池, 1994.

김원중 역, ≪노자≫, 글항아리, 2013.

나가다 히사시(永田久) 저, 심우성 역, ≪역과 점의 과학≫, 동문선, 2007.

나카지마 다키히로 저, 조영렬 역, ≪장자, 닭이 되어 때를 알려라≫, 글항아리, 2010.

남회근 저, 신원봉 역, ≪주역계사강의≫, 부키, 2011.

데이비드 봄 저, 이정민 역, ≪전체와 접힌 질서≫, 시스테마, 2010.

데이비드 폰태너 저, 원재길 역, ≪꿈의 비밀≫, 문학동네, 1998.

島田虔 次著, 김석근·이근우 역, ≪주자학과 양명학≫, 까치, 1986.

들뢰즈 저, 김상환 역, ≪차이와 반복≫, 민음사, 2004.

로만 야콥슨 저, 신문수 역, <언어학과 시학> : ≪문학속의 언어학≫, 문학과지성사, 1989.

廖名春·康學偉·梁韋弦 저, 심경호 역, ≪주역철학사≫, 예문서원, 1994.

루디 켈러 저, 이기숙 역, ≪기호와 해석≫, 인간사랑, 2000.

린 마굴리스·도리언 세이건 저, 김영 역, ≪생명이란 무엇인가≫, 리수, 2016.

린츠 저, 배연희 역, ≪중국문화 : 회화예술≫, 대가, 2012.

마르셀 그라네 저, 유병태 역, ≪중국 사유≫, 한길사, 2010.

모종삼 저, 임수무 역, ≪모종삼 교수의 노자철학 강의≫, 서광사, 2011.

박세당 저, 전현미 역, ≪박세당의 장자, 남화경주해산보 내편≫, 예문서원, 2012.

박세당 저, 김학목 역, ≪박세당의 노자≫, 예문서원, 1999.

발레리 한센 저, 신성곤 역, ≪열린 제국 : 중국, 고대-1600≫, 까치, 2005.

벤자민 슈워츠 저, 나성 역, ≪중국고대사상의 세계≫, 살림, 2009.

徐小躍 저, 김진무 역, ≪선과 노장≫, 운주사, 2000.

蕭兵 저, 노승현 역, ≪노자와 性≫, 문학동네, 2000.

蘇軾 저, 성상구 역, ≪東坡易傳≫, 청계, 2004.

쓰치다 겐지로 저, 성현창 역, ≪북송도학사≫, 예문서원, 2006.

야나기다 세이잔 저, 추만호 역, ≪禪의 사상과 역사≫, 민족사, 1989.

야오간밍姚淦銘 저, 손성하 역, ≪노자강의≫, 김영사, 2010.

葉舒憲 저, 노승현 역, ≪노자와 신화≫, 문학동네, 2003.

五光明 저, 김용섭 역, ≪장자철학≫, 대구한의대학교출판부, 2009.

王邦雄 저, 천병돈 역, ≪노자-생명의 철학≫, 작은이야기, 2007.

王弼 저, 임채우 역, ≪왕필의 노자주≫, 한길사, 2012.

王弼 저, 임채우 역, ≪주역 왕필주≫, 길, 2000.

이경우 역, ≪황제내경·소문해석≫ 1-5책, 개정판, 여강출판사, 1999.

이기동 역, ≪노자≫, 동인서원, 2007.

이제마 저, 이민수 역, ≪東醫壽世保元≫, 을유문화사, 2002.

任繼愈 저, 금장태·안유경 역, ≪임계유의 노자≫, 제이앤씨, 2009.

장 보드리야르 저, 하태환 역, ≪시뮬라시옹*Simulacres et Simulation*≫, 민음사, 2005.

장기근·이석호 역, ≪노자·장자≫, 三省出版社, 1986.

정약용 저, 방인·장정욱 역, ≪역주 周易四箋≫, 소명출판, 2007.

조선 서명응 저, 조민환·장원목·김경수 역, ≪도덕지귀≫, 예문서원, 2003.

조선 이충익 저, 김윤경 역, ≪초원담노≫, 예문서원, 2013.

존 배로 저, 고중숙 역, ≪무ㅇ진공≫, 해나무, 2003.

존 킹 페어뱅크 저, 중국사연구회 역, ≪新中國史≫, 까치, 1994.

朱伯崑 저, 김학원 역, ≪주역 산책≫, 예문서원, 1999.

陳鼓應 저, 최재목・박종연 역, ≪진고응이 풀이한 노자≫, 영남대학교출판부, 2008.

진정 저, 김효민 역, ≪중국과거문화사≫, 동아시아, 2003.

질 들뢰즈・펠릭스 가타리 저, 김재인 역, ≪천개의 고원≫, 새물결, 2001.

찰스 샌더스 퍼스 저, 김성도 편역, ≪퍼스의 기호 사상≫, 민음사, 2009.

찰스 세이프 저, 고중숙 역, ≪無의 수학, 무한의 수학≫, 시스테마, 2011.

최형주 역, ≪황제내경・소문≫ 상중하, 자유문고, 2004.

카나야 오사무 저, 김상래 역, ≪주역의 세계≫, 한울, 1999.

클리퍼드 픽오버 저, 노태복 역, ≪뫼비우스의 띠≫, 사이언스북스, 2015.

패트리샤 버클리 에브리 저, 이동진・윤미경 역, ≪케임브리지 중국사≫, 시공사, 2001.

프랑수와 줄리앙 저, 박희영 역, ≪사물의 성향 : 중국인의 사유방식≫, 한울, 2009.

許抗生, 李中華, 陳戰國, 那薇 저, 김백희 역, ≪위진현학사≫ 상하, 세창출판사, 2013.

홍원식 역, ≪황제내경・소문해석≫, 高文社, 1975.

Patricia Buckley Ebrey, ≪*China : Outlines & Highlights for Cambridge Illustrated History of China*≫, Cambridge University Press, 1996.

Peter K. Bol, ≪*This Culture of Ours : Intellectual Transitions in T'ang and Sung China*≫, Stanford University Press, 1992.

Youru Wang(王又如), ≪*Linguistics Strategies in Daoist Zhuangzi and Chan Buddhism : The other way of speaking*≫, Routledge Curzon, 2003.

高令印, ≪中國禪宗通史≫, 宗教文化出版社, 2004.

孔凡禮 點敎, ≪蘇軾文集≫, 中華書局, 1996.

龔 雋, ≪禪史鉤沉≫, 三聯書店, 2006.

成中英, ≪易學本體論≫, 康德出版社, 台北縣, 2008.

孫敏強, ≪律動與輝光-中國古代文學結構生成背景與個案研究≫, 浙江大學出版社, 2008

松本史郎 著, 楊金萍 譯, ≪緣起與空 : 如來藏思想批判≫, 人民大學出版社, 2006.

余英時, ≪士與中國文化≫, 上海人民出版社, 2003.

吳 可, ≪藏海詩話≫ : ≪續歷代詩話≫(丁福保), 木鐸出版社, 臺北, 1983.

王夫之, ≪莊子通・莊子解≫, 里仁書局, 1984, 台北.

王水照 主編, ≪宋代文學通論・緖論≫, 河南大學出版社, 1996.

姚瀛艇, ≪宋代文化史≫, 河南大學出版社, 1992.

魏伯陽, ≪周易參同契≫, 三民書局, 臺灣, 2008.

劉 林, ≪莊子寓言人物形象硏究≫, 濟南大學碩士學位論文, 2010.

李 靜, <論外王之學在宋代向內聖之學的轉化>, 重慶師院學報(哲社版), 1999年 第1期.

張立文, ≪空境-佛學與中國文化≫, 人民出版社, 2005.

張文利, ≪理禪融會與宋詩研究≫, 中國社會科學出版社, 2004.

張伯偉, ≪禪與詩學≫, 人民文學出版社, 1992・2008.

張玉璞, <宋代文人"居士"情結的社會文化闡釋>, 山東社會科學, 2002年 第3期.

張節末, ≪禪宗美學≫, 北京大學出版社, 2005.

張　晶, ≪禪與唐宋詩學≫, 人民文學出版社, 2003.

張志聰集注, ≪黃帝內經・素問靈樞≫(1-4), 北方文藝出版社, 哈爾濱, 2007.

張淸泉, ≪北宋契嵩的儒釋融會思想≫, 臺灣 文津出版社, 1998.

程裕禎, ≪中國文化要略≫, 外語敎學與硏究出版社, 北京, 2003.

程　潮, <乳痂內聖外王的源流及內涵新探>, 嘉應大學學報：社會科學, 1997年 第2期.

周亦池, <易經卦象的推演與排列原理的擴展>：≪大連大學學報≫第3卷 第2期, 1993.

周裕鍇, ≪文字禪與宋代詩學≫, 高等敎育出版社, 1999.

周裕鍇, ≪禪宗語言≫, 浙江人民出版社, 1999.

蔡仁厚, ≪新儒家的精神方向≫, (臺灣)學生書局, 台北, 1989.

洪修平, ≪中國佛敎與儒道思想≫, 宗敎文化出版社, 2004.

洪修平, ≪中國禪學思想史≫, 中國人民大學出版社, 2007.

侯外廬 邱漢生 張豈之主編, ≪北宋理學史≫, 人民出版社, 1984.

≪老子≫, ≪歷代詩話≫, ≪論語集注≫, ≪孟子≫, ≪般若心經≫, ≪蘇軾文集≫,
≪蘇軾詩集≫, ≪續歷代詩話≫, ≪宋書・謝靈運傳論≫, ≪詩人玉屑≫, ≪新約聖書≫,
≪易經≫, ≪豫章黃先生文集≫, ≪五燈會元≫, ≪莊子≫, ≪周易・繫辭傳≫, ≪周易≫,
≪中庸≫, ≪滄浪詩話≫, ≪黃山谷詩集注≫

찾아보기

저자 소개

오 태 석 estone@empas.com www.wenxue.kr

서울대학교 중어중문학과 학,석,박사.
경북대학교를 거쳐, 현재 동국대학교 중어중문학과 교수.
대만 중앙연구원(1989), 워싱턴주립대학(1999), 상해사범대학 및 절강대학(2009) 객원교수.
현재 동아시아과학철학회 대표, 동국대학교 중국학연구소장, 세계한학연구회 한국부회장.
한국중어문학회 회장, 한국중국문학이론학회 회장, 중국어문학회 회장, 한국중국학회 부회장 역임.

저서 ≪황정견시 연구≫(1991), ≪중국문학의 인식과 지평≫(2001), ≪송시사≫(2004, 공저), ≪중국시
의 문예심미적 지형≫(2014), ≪글로벌 문화와 인문경영≫(공저, 2017)
〈은유와 유동의 기호학, 주역〉(2011)으로 2012년 교육과학기술부 기초연구우수성과 50선 수상.
〈노자 기호체계의 상호텍스트성 연구〉(2014)로 2014년도 교육부 우수성과, 교육부장관 표창.
〈현대자연과학과 융복합적 중국학 연구〉(2015)로 한국중어중문학회 2015 우수논문상 수상.

노장선역, 동아시아 근원사유

초판 1쇄 인쇄 2017년 9월 7일
초판 1쇄 발행 2017년 9월 14일

지은이 오태석
펴낸이 이대현
편 집 권분옥
디자인 최기윤
펴낸곳 도서출판 역락
　　　　　서울 서초구 동광로 46길 6-6 문창빌딩 2층
　　　　　전화 02-3409-2058(영업부), 2060(편집부)
　　　　　팩시밀리 02-3409-2059
　　　　　이메일 youkrack@hanmail.net
　　　　　등록 1999년 4월 19일 제303-2002-000014호

ISBN 979-11-5686-975-7 93820

* 정가는 표지에 있습니다.
* 잘못된 책은 교환해 드립니다.